当代齐鲁文库·山东社会科学院文库

山东社会科学院 ◎编纂

山东文学通史 (下)

乔力 李少群 ◎主编

中国社会科学出版社

目 录

导言 ……………………………………………………………（1）

第一编　现代山东文学（1916—1949）

第一章　新文化的曙光 ……………………………………（25）
第一节　现代新诗坛概述 …………………………………（25）
  一　传统的"颠覆" ………………………………………（26）
  二　意象与形象 …………………………………………（29）
第二节　大时代揭开新的一页 ……………………………（34）
  一　艺术的候鸟在漂泊中成长 …………………………（34）
  二　论王统照 ……………………………………………（39）
第三节　诗艺的流变 ………………………………………（43）
  一　论臧克家 ……………………………………………（44）
  二　老舍和闻一多在山东的新诗创作 …………………（50）
第四节　文化环境的迁移 …………………………………（53）
  一　臧云远：求学和战争对诗人的影响 ………………（53）
  二　校园文化影响下的李广田 …………………………（55）

第二章　战地诗坛的乡土性 ………………………………（62）
第一节　战时诗歌氛围 ……………………………………（63）
  一　部队诗歌和解放区诗歌 ……………………………（63）
  二　论苗得雨 ……………………………………………（66）
第二节　审美时空的开拓 …………………………………（69）
  一　诗人与时代共舞 ……………………………………（69）
  二　论塞风 ………………………………………………（75）

第三节　关山诗旅成绝唱······································（79）
　　一　战时宣传与朗诵诗艺术·····························（79）
　　二　论高兰···（81）
第四节　贺敬之：解放区的艺术新风范······················（83）
第五节　沦陷区、国统区与海外诗歌···························（90）
　　一　沦陷区与国统区：以海笛的诗为例···············（91）
　　二　海外诗人：以管管为例·································（93）

第三章　新文学运动中的山东散文·······························（98）
第一节　概述："五四"文学革命和现代散文的兴盛·······（98）
第二节　新文化启蒙作家与散文·······························（101）
　　一　傅斯年早期的散文理念与创作····················（101）
　　二　杨振声的散文··（104）
第三节　王统照的散文成就·······································（106）
　　一　摇曳多姿的创作类型··································（109）
　　二　凝重奇崛的散文风格··································（113）

第四章　多元发展的30年代散文································（116）
第一节　概述：散文发展与文体流变··························（116）
第二节　李广田的散文创作·······································（120）
　　一　土地之子的歌吟··（122）
　　二　质朴与绚烂：民族之根的寻觅与显现··········（126）
第三节　吴伯箫的散文···（129）
　　一　生命的体验与升华······································（129）
　　二　精致自然　余韵回甘···································（132）
第四节　老舍在山东的散文创作·································（135）
第五节　臧克家、李长之、季羡林的散文····················（140）

第五章　战时散文创作···（145）
第一节　概述：战时散文的创作趋势及特点··············（145）
第二节　哲理性小品：《繁辞集》与《日边随笔》········（149）
第三节　长夜疾风中"不偃"的野草：孟超的杂文·······（151）
第四节　感时忧国的心曲：田仲济的杂文小品···········（156）
第五节　血与火的时代画面：解放区散文··················（159）

第六章 "五四"思潮影响下的山东小说 (166)

第一节 概述 (166)

第二节 "民生疾苦"与"个性解放" (169)
一 沉樱的婚恋小说——"个性解放"的一种书写 (169)
二 王思玷："像彗星一样闪过夜空"的作家 (171)
三 杨振声："极要写出民间疾苦" (173)

第三节 王统照：从"爱"与"美"到关注人生与社会 (176)
一 生平与初期创作——爱与美的追寻 (177)
二 关注现实人生的苦难 (179)
三 艺术探索与追求 (180)
四 王统照对现代小说的贡献 (181)

第七章 三四十年代的山东小说 (183)

第一节 左翼作家的创作 (183)
一 孟超的早期小说 (183)
二 耶林的工人题材小说 (184)
三 刘一梦和其他作家 (185)

第二节 李广田的小说 (187)
一 底层百姓的悲情人性 (187)
二 知识分子的乱世人生 (189)
三 可贵的小说艺术实践 (190)

第三节 臧克家的小说 (192)
一 民生形态与民间风情 (192)
二 知识分子人生百态 (193)

第四节 老舍在山东的创作 (194)
一 老舍小说的山东题材 (194)
二 山东七年：老舍小说创作的丰收期 (197)
三 走上小说艺术成熟的时期 (198)
四 其他旅鲁作家在山东的创作 (199)

第八章 解放区小说：强烈的"阶级关注" (201)

第一节 鲜明的"阶级斗争"主题 (201)
一 阶级压迫之苦的控诉 (201)

二　翻身解放艰难历程的叙述 …………………………（203）
　　三　英雄模范人物的颂歌 ……………………………（205）
第二节　"革命斗争生活"描写 …………………………………（207）
　　一　杨朔的小说创作 …………………………………（207）
　　二　王希坚的《地覆天翻记》 ………………………（210）
　　三　其他作家的小说创作 ……………………………（211）
第三节　山东现代小说的艺术追求 ……………………………（212）

第九章　山东现代话剧的兴起与发展 ………………………………（216）
　第一节　概说 ……………………………………………………（216）
　第二节　国统区话剧的发展 ……………………………………（217）
　第三节　解放区的话剧 …………………………………………（219）
　　一　表现敌伪矛盾斗争题材的作品 …………………（221）
　　二　反映军民一家，人民群众踊跃支援部队的作品 …（222）
　　三　反映解放区人民土地改革运动的作品 …………（225）
　第四节　"杰出剧作家"宋之的和他的《故乡》 ……………（227）

第二编　当代前期山东文学（1950—1976）

第十章　当代文学——新诗转型期 …………………………………（233）
　第一节　和平带来的变化 ………………………………………（233）
　第二节　乡土诗的自我完善 ……………………………………（241）
　　一　乡土观念的演进 …………………………………（241）
　　二　论王耀东 …………………………………………（245）
　第三节　都市的感情和体验 ……………………………………（251）
　　一　都市的感情和体验 ………………………………（251）
　　二　论郭廓 ……………………………………………（254）
　第四节　多样化的诗体 …………………………………………（258）
　　一　山东诗坛的鲜明特色 ……………………………（258）
　　二　论纪宇 ……………………………………………（262）

第十一章　当代散文前期风貌 ………………………………………（269）
　第一节　概述：散文的勃发与缺失 ……………………………（269）

  第二节　杨朔的散文 …………………………………… (272)
   一　"美"的讴歌及其写作的社会背景 ………………… (272)
   二　诗情馥郁、结构精美的诗体风格 ………………… (276)
  第三节　张歧的散文 …………………………………… (278)
   一　碧海波涛的忠实歌者 ……………………………… (278)
   二　由"观潮者"到"舟夫" …………………………… (280)
  第四节　峻青的散文 …………………………………… (282)
第十二章　革命英雄的传奇和历史创造者的诉说 …………… (286)
  第一节　概述 …………………………………………… (286)
  第二节　刘知侠的小说 ………………………………… (288)
   一　《铁道游击队》及其成就 ………………………… (289)
   二　中短篇小说及其艺术得失 ………………………… (290)
  第三节　曲波的小说 …………………………………… (292)
   一　《林海雪原》——英雄的传奇 …………………… (293)
   二　被"神化"的传奇色彩 …………………………… (293)
   三　从民间吸取的艺术营养 …………………………… (295)
  第四节　冯德英的小说 ………………………………… (296)
   一　"三花"——充满人情味的革命妇女形象 ……… (297)
   二　《染血的土地》——深刻的历史反思 …………… (299)
  第五节　峻青、王愿坚笔下的革命历史 ……………… (300)
   一　峻青：革命英雄主义的歌者 ……………………… (300)
   二　王愿坚：发掘革命者的人性美 …………………… (303)
  第六节　萧平的小说 …………………………………… (305)
   一　纯净、温馨而忧伤的儿童世界 …………………… (306)
   二　历史与现实的悲剧意味 …………………………… (307)
第十三章　新时代的主人翁的歌唱 …………………………… (310)
  第一节　工农作家主宰历史的时代 …………………… (310)
  第二节　集体化道路的热烈反映 ……………………… (313)
   一　王希坚的《迎春曲》和《变工组》 ……………… (313)
   二　王安友及其《李二嫂改嫁》和《海上渔家》 …… (314)
  第三节　农村新生活的颂歌 …………………………… (316)

一　郭澄清及其《社迷传》……………………………………（316）
　　二　牟崇光及其《在大路上》…………………………………（318）
　　三　姜树茂的《捕鱼的人》和《渔岛怒潮》…………………（320）
　　四　曲延坤的小说………………………………………………（322）
　第四节　其他题材小说……………………………………………（323）
　　一　林雨的军营题材小说………………………………………（323）
　　二　李向春的工业题材小说……………………………………（325）
　第五节　山东籍台港作家的小说…………………………………（326）
　　一　郭良蕙及其言情小说………………………………………（327）
　　二　"军中小说家"朱西宁……………………………………（328）
　　三　留学生作家丛掖滋、马森…………………………………（329）
　　四　"新世代小说家"张大春、王幼华…………………………（331）

第十四章　当代前期话剧………………………………………（334）
　第一节　概述………………………………………………………（334）
　第二节　胡可和他的《战斗里成长》。……………………………（336）
　第三节　王命夫和《皆大欢喜》…………………………………（341）
　第四节　蓝澄和《丰收之后》……………………………………（344）
　第五节　张耕夫和《卖马计》，张晶和《明月千里》……………（345）
　第六节　李心田的话剧……………………………………………（349）

第三编　当代近期（新时期）山东文学（1977—2000）

第十五章　新时期的情思………………………………………（355）
　第一节　从合唱到独白……………………………………………（355）
　　一　散文诗：孔林和耿林莽……………………………………（356）
　　二　讽刺诗：姜建国、张维芳、陈显荣…………………………（358）
　　三　山水诗：孔孚和孙国章……………………………………（361）
　第二节　凝重与深沉………………………………………………（366）
　　一　诗艺的深入探寻……………………………………………（366）
　　二　论桑恒昌……………………………………………………（370）
　第三节　举起探索的旗帜…………………………………………（376）

一　告别僵化保守语境的青年前卫诗人 …………………… (376)
　　二　从梁小斌到胡鹏 ……………………………………… (380)
　第四节　开拓与整合的文化精神 ……………………………… (383)
　　一　论赵镇琬 ……………………………………………… (384)
　　二　论晨声 ………………………………………………… (386)
　第五节　校园的追求 …………………………………………… (388)
　　一　校园诗歌 ……………………………………………… (389)
　　二　他们来自南方 ………………………………………… (393)
　第六节　诗学的境界 …………………………………………… (398)
　　一　前行代诗学 …………………………………………… (398)
　　二　中生代诗学 …………………………………………… (403)

第十六章　新时期散文的缤纷景观 ………………………………… (407)
　第一节　概述：多元艺术思维与文体开放 …………………… (407)
　第二节　马瑞芳的散文 ………………………………………… (409)
　　一　亲情生活掇拾・为文化人画像・"野狐"禅 ………… (409)
　　二　明朗灵动、洒脱幽默的写作风格 …………………… (413)
　第三节　郭保林的散文 ………………………………………… (416)
　　一　自然之子的丰沛情思 ………………………………… (416)
　　二　浓烈色彩与昂扬激情的交融 ………………………… (420)
　第四节　海外散文名家王鼎钧 ………………………………… (422)
　　一　乡土散文的新开拓 …………………………………… (422)
　　二　东西融汇的艺术技巧 ………………………………… (424)
　第五节　其他散文作家作品 …………………………………… (427)

第十七章　报告文学的繁荣 ………………………………………… (431)
　第一节　报告文学的兴起及特征 ……………………………… (431)
　第二节　李延国、李存葆、王光明等人的报告文学 ………… (433)
　第三节　其他报告文学作品 …………………………………… (436)

第十八章　社会大变革时期的山东小说 …………………………… (440)
　第一节　新时期山东小说的演变历程 ………………………… (440)
　　一　迟到的觉醒（1976—1984） ………………………… (440)
　　二　在现代主义思潮中探索 ……………………………… (443)

三　老、中、青作家"同台竞技"的文坛格局 …………………（444）
　　四　新时期小说创作的特点 ………………………………………（446）
第二节　王润滋的小说创作 ……………………………………………（446）
　　一　初期创作的道德主题 …………………………………………（447）
　　二　社会大变革时期的道德呼唤 …………………………………（448）
　　三　可贵的艺术实践 ………………………………………………（449）
第三节　矫健的小说创作 ………………………………………………（451）
　　一　社会转型期农民心态的审察 …………………………………（451）
　　二　反思历史与人性 ………………………………………………（452）
第四节　毕四海的小说创作 ……………………………………………（454）
　　一　审视农民文化的蜕变历程 ……………………………………（455）
　　二　探讨"人"本身的复杂性 ……………………………………（457）
　　三　其他作家作品的文化意味 ……………………………………（458）
第五节　马瑞芳的小说创作 ……………………………………………（460）
　　一　当代大学校园生活的缤纷图画 ………………………………（460）
　　二　拷问儒林败类的灵魂 …………………………………………（462）
　　三　不断拓展的艺术空间 …………………………………………（462）
第六节　李存葆和其他作家的创作 ……………………………………（463）
　　一　李存葆：直面现代军营生活的作家 …………………………（463）
　　二　刘玉民与他的《骚动之秋》 …………………………………（465）
　　三　张宏森及其《车间主任》《大法官》 ………………………（466）
　　四　赵德发及其农村题材小说 ……………………………………（467）
　　五　其他作家作品 …………………………………………………（468）

第十九章　张炜 …………………………………………………………（470）
第一节　张炜创作概述 …………………………………………………（470）
第二节　苦难、人性、人本质的思索 …………………………………（473）
第三节　坚守心灵圣地的痴情人 ………………………………………（476）

第二十章　莫言 …………………………………………………………（478）
第一节　莫言创作概述 …………………………………………………（478）
第二节　乡土社会的代言人 ……………………………………………（481）
第三节　继承与借鉴——莫言的艺术追求 ……………………………（485）

第二十一章　新历史机遇下的山东小说 ……………………… (488)

第一节　20世纪90年代的创作转向 ……………………… (488)

第二节　尤凤伟的小说 ……………………………………… (490)

　　一　早期创作——社会代言人角色 ………………… (491)

　　二　创作"真正意义上的小说" …………………… (492)

第三节　左建明的小说 ……………………………………… (495)

　　一　从社会人生中提炼诗情与哲理 ………………… (496)

　　二　历史与人性的诗性表达 ………………………… (498)

　　三　其他作家的诗意小说 …………………………… (500)

第四节　李贯通的小说 ……………………………………… (501)

　　一　前期创作的文化审视 …………………………… (502)

　　二　"天人合一"理想的追求 ……………………… (503)

第五节　刘玉堂的小说 ……………………………………… (505)

　　一　情系乡土 ………………………………………… (506)

　　二　温柔就是力量 …………………………………… (507)

　　三　语言与叙事 ……………………………………… (508)

第六节　苗长水的小说 ……………………………………… (509)

第二十二章　多样化的题材样式考察 …………………… (512)

第一节　异彩纷呈的儿童文学创作 ………………………… (512)

第二节　重点作家及其作品 ………………………………… (515)

　　一　邱勋：与祖国一起成长的儿童 ………………… (515)

　　二　李心田：塑造逆境中成长的儿童形象 ………… (517)

　　三　王欣：重视儿童素质培养的小说 ……………… (519)

第三节　女性作者的写作空间 ……………………………… (521)

　　一　于艾香：探寻人类心灵的奥秘 ………………… (522)

　　二　张海迪：塑造与不幸命运奋力搏击者的形象 … (525)

　　三　其他作家及作品 ………………………………… (527)

第四节　历史小说与通俗文学 ……………………………… (529)

　　一　穆陶：重温民族的悲患与风流 ………………… (529)

　　二　其他作家的创作 ………………………………… (533)

第二十三章　新时期的话剧 ……………………………… (535)

第一节　概述 ……………………………………………（535）
　　一　反映改革题材的话剧：刘桂成及其《榆钱树下》………（536）
　　二　80年代反映军人生活的剧作：殷习华和《绿色基因》……（540）
　　三　新时期对话剧的创新和探索：葛树伟和《年轻的迷惘》……（542）
　　四　少儿剧的繁荣：陈永娟和她的《小白龟》《宝贝儿》……（543）
　　五　其他作家作品 ……………………………………………（545）
第二节　青岛话剧作家群 …………………………………（547）
　　一　概述 ……………………………………………………（547）
　　二　业余话剧作家高思国 ……………………………………（548）
　　三　黄小振和他的《四十不惑》……………………………（551）
　　四　钱涂和《西街108号》……………………………………（553）
　　五　张志华和《定盘星》……………………………………（556）
第三节　邹星枢 ……………………………………………（557）
第四节　代路 ………………………………………………（562）
第五节　从《命运》到《眷恋》：翟剑萍的话剧创作 ………（569）

第二十四章　电视剧的兴盛 …………………………………（572）
第一节　初创与初创期的辉煌 ……………………………（572）
　　一　电视剧的初创 …………………………………………（572）
　　二　三连冠的辉煌 …………………………………………（574）
第二节　沉寂后的复苏 ……………………………………（578）
　　一　单本剧的兴盛 …………………………………………（578）
　　二　《孔子》…………………………………………………（581）
第三节　电视剧的稳步发展与繁荣 ………………………（582）
　　一　电视剧进入成熟期 ……………………………………（582）
　　二　单本剧的繁荣 …………………………………………（585）
　　三　《警方110》……………………………………………（586）
第四节　赵冬苓 ……………………………………………（587）
第五节　张宏森 ……………………………………………（592）

参考书目 ………………………………………………………（600）
后　记 …………………………………………………………（603）

导 言

20世纪山东文学的总体特征

近百年来的山东文学，在中国文学的世纪行程中，犹如一道源头深远、昼夜不舍的川流，展现了勃郁激越的壮丽图景。

在幅员广大的中国版图和中华民族文化史中，山东历来是备受人们瞩目的热土。她地处华北、华东结合部的地理位置，雄视五岳的泰山，流经全域奔腾入海的黄河，长达三千公里的海岸线，还有绵延两千多年、博大思精的齐鲁文化，使山东在中国的疆域、经济、文化乃至政治格局中，都占据了重要的位置。进入近代社会后，山东被卷入了遭受西方列强觊觎和被强占、凌辱的历史，15.6万平方公里的土地上，滋生聚演了无数封建专制和战争炮火下的人间歌哭，与祖国一起分担着承受民族苦难、挣扎奋斗的历史命运。20世纪初叶，于新文化运动中再续现代生命的山东文学，在山东社会由封建蒙昧走向时代觉醒、从半封建半殖民地走向社会主义时期的历史大背景下，其内质与祖国、民族的兴衰荣辱紧密联结。在中国文化、文学传统与外来文化的碰撞、交汇和融摄中，在对时代风云及广泛社会生活的敏锐感应和把握中，形成了自己的文学风貌和文化品格，以特色鲜明涵纳丰富的文学创造，苤献于中华民族的艺术精神苑林和文化实践。

（一）

19世纪中叶，世界资本主义列强加快发展步伐，中国日益成为它们在经济和政治军事上对外觊觎、扩张的对象。继两次鸦片战争①之后，

---

① 即1840年英国发动对华侵略的第一次鸦片战争和1857年英法联合侵华的第二次鸦片战争。

1883年发生中法战争，1894年发生中日甲午战争，1900年庚子事变，八国联军攻陷北京。这些战争迫使清政府与各侵华国家签订了一系列不平等条约，中国半殖民地灾难日渐深重。在这几十年中，中国各阶层人民的爱国运动此起彼伏。随着以救亡图存为主旨，在中国发展资本主义的维新思潮的涌现，新生的资产阶级开始走上中国的政治舞台。1898年，以康有为、梁启超、谭嗣同、严复、黄遵宪、麦孟华等人为核心进行的"百日维新"（史称"戊戌变法"）运动，虽以失败而告终，但其既是早期的资产阶级知识分子意图建立君主立宪政体的政治改良运动，又是一次以"新学"反对"旧学"、摆脱封建思想束缚的思想文化斗争，其意义和影响都颇为深远。正是与资产阶级维新变法思想相呼应，为进行思想启蒙，开启民智、民心，19世纪末20世纪初，以梁启超为主帅，在文坛上发起了一场资产阶级文学革新运动，又称文学改良运动。

这次文学改良运动，开始引进西方的进化论的文学观，质疑传统的尊古、拟古的文学观念。它强调文学是国民思想改革的利器，具有改造社会的积极功能；要求其为维新变法、启迪民众服务。在形式上，它主张文体解放，"言文合一"，追求通俗性，从封建文学的陈旧传统中解脱出来。梁启超即指出"文学之进化有一大关键，即由古语文学变为俗语之文学是也。各国文学史的开端，靡不循此轨道。"（《饮冰室文集》）在他的倡导下，文学改良运动中甚至提出了"崇白话而废文言"的口号。西方文学理论的许多新概念被引进，大批的异域文学，特别是西方小说被翻译过来，介绍给广大中国读者。当时梁启超先后创办的《时务报》《清议报》《新民丛报》和《新小说》，还有李宝嘉主编的《绣像小说》，庆祺、吴趼人主编的《月月小说》，黄摩西主编的《小说林》等著名文艺刊物，为文学革新提供了发表言论与作品的阵地。这一运动具体是以"诗界革命"、"文界革命"、"小说革命"和"戏剧改良"，取得了近代文学革新和文学创作的丰硕成果，孕育了中国文学走向现代化的萌芽。

由于地域文学发展的不平衡性，这一时期的山东文学总体上处于低潮期。19世纪50年代，有颂扬太平天国起义的歌谣《洪秀全起义》《长毛来到曹州府》等，反映了当时太平天国军队在山东的情形，代表了广大农民的心声。一般文人士子间所印制流传的诗赋文章，少有品艺卓越，影响远播者。但在这片寂寥的星空中，也仍然有耀眼的星辰在俯视尘寰，恒久闪烁。如曾在山东生活过的江苏籍人士刘鹗（1857—1909），他以山东济南等地为背景创作的长篇小说《老残游记》，即是此时山东文学的代表，中国文学的重要收获。中国这个时期的文学创作以小说最为繁荣，阿英在《晚清小说史》中说"当时成册的小说，就著者所知，至少在一千种上。"《老残游记》初刊于《绣像小说》1903年9月至1904年1月的第9期至第18期，共10回。它被鲁迅称为"晚清四大谴责小说"之一。胡适认为它"最擅长的是描写技术；无论写景写人，作者都不肯用套语烂调，总想融铸新词，作实地的描写，在这一点上，这部书可算是前无古人了。"[①] 它主要揭露和描写了清王朝社会的黑暗和吏制的腐败，同时尖锐地批判了封建统治阶级用以禁锢人们思想的宋儒理学。书中所塑造的鲜明生动的人物形象，其有别于传统小说样式的游记体结构，善于融铸新词和注重心理表现的文体特点，还有对济南等地社会生活、风情人物和自然山川风貌的大量精彩描写，等等，共同成就了它杰出的文学价值和承上启下的历史地位。

第一部《中国近代文学发展史》中如此评述该书："它以其深刻的思想寓意、别具一格的艺术构思、不同于传统模式的叙事方式，在中国近代小说史上占有重要的地位。但，《老残游记》又不是人们所理解的一般意义上的'谴责小说'，它是一部表现了作者政治观点、道德观念、美学理想的富有哲理意味而在艺术上又有创新的近代小说。它丰富的意蕴有待于进一步的探讨和研究。"[②]

晚清文学改良时期出现的另一位著名文学活动家、近代小说四大名著之一《官场现形记》的作者李宝嘉的生平和文学活动，也与山东有着一定的联系。李宝嘉（1867—1906），又名宝凯，字伯元。祖籍是江苏武进（今常州市），出生于山东。他三岁丧父，由堂伯父李翼清抚养成人。李翼清是地方官吏，曾历任山东肥城、济阳、黄县知县，胶州知府、东昌府知府、山东候补道。他对少年李宝嘉"督教甚严，伯元之母亦不稍予姑息，以是伯元学业精进，擅制艺、诗赋，能书画，工词曲，精篆刻，余如

[①] 胡适：《老残游记·序》，《胡适古典文学研究论集》下册，上海古籍出版社1988年版，第1264页。

[②] 郭延礼：《中国近代文学史》第2卷，山东教育出版社1991年版，第1308页。

金石、音韵、考据之学，无不触类旁通。"① 李宝嘉在山东一直生活到25岁，于1892年回到家乡武进。四年后即1896年，胸怀大志的李宝嘉赴上海，开始了他异常活跃、业绩辉煌的文学活动。在此后大约十年的时间里，李宝嘉先后创办了《指南报》《游戏报》《世界繁华报》《艺文社》等6份报刊，并主编了当时影响很大的《绣像小说》杂志，共刊行72期。其文学作品除了辛辣讽刺封建官场的小说《官场现形记》外，还创作了《文明小史》《活地狱》《中国现在记》《海天鸿雪记》等多部小说和《庚子国变弹词》《醒世缘弹词》等一些弹词、戏曲和诗歌、杂文等。李宝嘉39岁去世，他一生中有一半的岁月在山东度过。不能否认，他早期在齐鲁社会文化环境中接受的教育和人生经验，与其离开山东不久后所展现的维新思想及文学事业之间，有着密切的联系。并且李宝嘉也数次在创作中涉及表现山东生活的题材。如在被人称为"与《官场现形记》颇难分其轩轾"②的《中国现在记》一书中，就详细地描写了山东河工积弊一案。作者以纯熟的表现技巧，反映了治理黄河工程中官吏营私舞弊的情形。还有他的《醒世缘弹词》，通过山东聊城一缙绅之家的败落过程，写了当地的世俗生活。时有评者认为，作者摹绘世态人情，深细入微，且"用笔极化，如一盅清水，似墨笔渲开，初觉点点滴滴，俄乃融成一片。"③

晚清文学改良运动是历史上第一次由资产阶级知识分子发起的文学革新运动。虽然这次运动本身有着种种局限，如有将文学的社会功用取代其艺术功用的倾向，对于旧形式的突破也很有限等。但它已经撼动了传统文化与文学的根基，在一定程度上改变了中国文学的传统走向，并成为20世纪"五四"新文学运动的先声。与这一运动相关的山东文学作家及其创作，在文学史中的意义，不仅是展现了这一时期一定的文学实绩，更以其所表现出来的社会批判与文学开拓精神，显示了山东文坛在岁月长河中一缕永不泯灭的风骨血脉。

---

① 李锡奇：《李伯元生平事迹大略》，载《雨花》1957年第4期。
② 阿英：《〈中国现在记〉的发现》，《小说闲谈四种·小说二谈》，上海古籍出版社合订本，第69页。
③ 《醒世缘弹词》第十三回评语，载《绣像小说》第68期。

(二)

从地域文化的角度研究文学现象，是自古以来中西文化研究中都曾涉及过的话题。从这一视角出发去探寻和梳理地域性的文学史或其演变轨迹，在我国则是从20世纪末开始，逐渐为学术界所重视。这是由于人们已清晰地意识到"区域文化是中国传统文化的重要组成部分……包括近百年来对外开放过程中形成的新文化传统在内。对于20世纪中国文学来说，区域文化产生了有时隐蔽，有时显著然而总体上却非常深刻的影响。"认为其"不仅影响了作家的性格气质、审美情趣、艺术思维方式和作品的人生内容、艺术风格、表现手法，还孕育出了一些特定的文学流派和作家群体"[①]。随着对经济全球化背景下的民族文化与文学问题的深入探察，我们还看到，各民族的文化在漫长的岁月中滋育了人们，并深深地渗入各地区的文学创作之中；反转来，地方性文学创造，则给民族文化的发展以深远的影响。而着重表现特定区域的从自然风物、民情习俗到人民生存状态、心理和精神气质的地域文学，是最富于民族性、最具有民族特色的文化形式。文学的民族性，正是民族文学的立足之本，也是民族文学据以汇入世界文化语境的坚实依凭。实际上，从文学的具体生成来说，所有的文学都带有一定的地域性，无论它反映的是都市还是乡村，这自然与创作主体的个性气质及所受时代、环境影响等不可逾越的主客观因素有着直接的联系，同时这也正是地域文学现象或地域文学史研究能够成立的现实基础。因此，深入审视地域文学在不同阶段的艺术表征及内在含蕴，归纳、抉示其特有的艺术精神和审美特征，不仅能把握其历史的审美走向及演进规律，亦有助于揭示中国文学的深层艺术规律和总体文化特征。

作为区域性文学的一个类型，20世纪山东文学在世纪中国文学的大框架中，有着自己独特的内涵生成和结构特点。要从"史"的角度，研究山东文学流变的总体现象，那么对所涉及的研究对象范围、内容的界定是我们首先要面对的问题。对于有关作家作品范围的圈定，我们认为大致应包含以下几种，即（1）属于山东籍贯的作家；（2）不是山东籍贯但有较长时间居住山东，并在此期间有创作活动的作家；（3）以山东地区生

---

① 严家炎：《20世纪中国文学与区域文化丛书·总序》湖南教育出版社1995年版。

活为创作题材和主要空间背景的作家等。由于作为一种文化生产形式，文学"文本不仅反映现实，而且创造现实"，"它自身便是社会实践的一种形式"①。而文学发展演进的各个阶段一般同时体现为时间过程，作家与文学文本则属于充实、活跃于其间的空间实体，我们据此勾勒20世纪山东文学的时空格局，以便以此为坐标，进一步深入文学存在的内部形态及其与外部社会变迁的关系。

以1919年前后在北京发起的新文化运动和"五四"文学革命为标志。当时在北京大学、清华大学为中心的一些高校里，聚集着来自全国各地的新文化精英，他们是新文化思潮和新文学运动的先驱者、传播者。其中，傅斯年（1896—1950），山东聊城人，是最早成立的新文学社团新潮社的主要发起人之一，时任《新潮》月刊的主编，也是活跃的新诗人；山东蓬莱人杨振声（1890—1956），新文学初期重要小说家，新潮社发起人及主要成员之一；山东诸城人王统照（1897—1957），重要新诗人、小说家，文学研究会发起成员，曾主编文学研究会会刊《文学旬刊》。以上三人此时同为中国新文化运动的中坚，也是山东新文学的第一代奠基人和启动者。20年代中后期的山东社会，在济南、青岛等经济、文化重要城市，一方面，广大青年学生、知识分子积极感应新文化运动和社会大革命潮流；另一方面，军阀专制统治十分严苛，社会空气保守沉滞。广大农村更是日益走向凋敝破败。在社会及文化的窒闷动荡中，一部分有志于变革又爱好文学的青年纷纷离开山东，去追寻外面广阔的世界。其中如孟超（1902—1976）到了上海，李广田（1906—1968）、吴伯箫（1906—1982）先后到了北京，他们在大都市的著名高校求学，同时在浓厚的新文化氛围中开始创作活动。孟超在上海和蒋光慈等人组织新文学社团太阳社，创办春野书店、《太阳月刊》等，亦是新文学早期活动的积极参与者。还有臧克家（1905—2004）在这时奔赴武汉入中央军事政治学校，后编入中央独立师，投身大革命的经历为他后来文学创作积累了特殊的人生经验。20年代末中国政局发生了急剧的变化，新进作家陆续离京南移，全国新文化中心遂由北京迁移上海。进入30年代后，王统照、杨振声、李广田、吴伯箫、孟超、臧克家等相继回到山东。杨振声于30年代前期担任青岛大

---

① 帕特逊：《文学史》，引自张京媛主编《文学批评术语》，牛津大学出版社1994年版。

学校长。其他人有的执教于大、中学校，有的进入大学读书，几乎都在这一阶段写出了代表其高峰期的作品。而在文化中心由"北"到"南"的转换中，山东首府济南、滨海城市青岛等地，逐渐成为当时一些知名作家、学者一段时期内的中转站或落脚点。像老舍（1899—1966）1931年由英国归国后即来到山东，他先后应聘于山东齐鲁大学和青岛大学，后在青岛做专业作家。老舍前后在鲁生活了七年，他一生大部分的重要作品都在这里完成。还有闻一多、沈从文、洪深、梁实秋、李同彝等人都曾在青岛大学任教，舒群、萧红、萧军、丁玲、胡也频等作家也曾留居过山东。青岛大学一时间成为众多文学青年向往、歆羡之地。老舍在济南曾主编过《齐大月刊》。王统照、老舍、王亚平、吴伯箫、洪深、孟超、刘西蒙等人在青岛合作编辑《避暑录话》，一共出版了10期。这些作家、学者们在山东执教、写作、联谊，发表作品，在此与全国各地的文学界人士、报刊杂志出版业等发生联系。他们创作中直接取材于山东生活的作品自然应该进入山东文学的范围。同时重要的一点是，许多作家、学者有关的文化活动和写作、教学经历等，不仅在当时影响与改变着山东文坛的气象，在后来的岁月里，也必然地成为一种文学和学术的资源，长久地发生着难以湮灭的影响。

　　随着抗日战争的爆发，山东成为沦陷区，大批作家开始了抗日流亡的历程。胶东半岛、沂蒙山区则成为抗日根据地或敌我"拉锯"区域。山东文学遂呈现出两种态势和走向。一方面有一些本土作者在战火中写作和成长；一方面随着成名作家的四散离去，山东文学开始了主体迁移及文化变异。如王统照八年抗战期间固守在上海孤岛，主编《文学》月刊；李广田辗转流亡西南各地；吴伯箫赴延安革命边区；孟超到苏皖抗日根据地……作家们在这期间的创作，无疑增添了异地生活的色彩；而在文学的深层，则是国家民族话语、中国文学传统和地域特殊性在这一特定时期发生了重要的融溶交汇。

　　中华人民共和国成立之初，全国多数地区都处于疗治战争疮痍、恢复生产的过渡阶段。山东本身工业化程度不高，又是老解放区，经济、文化基础相对雄厚。这时经过战争年代的一批作家成长起来。如杨朔、曲波、峻青、王愿坚、贺敬之、冯德英等，还有长期在山东战斗、生活和写作的刘知侠（河南籍）等，他们是中国当代文学史上颇有实力的山东作家群体。对新中国成立前后应予以关注的作家,还有旅台、旅美的山东籍作家王鼎钧、诗人管管等。海外游子以殷殷乡情熔铸的篇章,拓展了山东文学的审美空间。20世纪80年代是山东文学的一个重要转折时期,在整个中国经过思想解放、走向精神文化全面复苏的阔大历史背景下,山东文坛出现了一批生气勃勃、在全国具有影响的作家:王润滋、矫健、张炜、莫言、刘玉民、李存葆、尤凤伟、马瑞芳、郭保林、孔孚、纪宇、张宏森等。随着经济迅速增长的现代化进程,他们以不断进取的文化姿态,继续着对意义世界的追求和创造,将山东文学带入了一个走向东西方对话和开放建构的新阶段。

(三)

山东文学近百年的演变历程,是在特定时代文化目标和文学传统的进展延续中,创作主体精神不断转换并赋予文学新的精神内涵的过程。

从文学产生的环境溯源,在一定程度上说,任何文学都首先是地域的。作为民族文化传统的一部分的地域文化,及其滋养下的文化人格,对于同一地区的文学显然起着十分重要的作用。山东是华夏文明的发源地之一,有着绵延深广的齐鲁文化。《史记·货殖列传》中记载:"泰山之阳则鲁,其阴则齐。齐带山海,膏壤千里,宜桑麻,人民多文采布帛渔盐。……其俗宽缓阔达,而足智,好议论,地重,难动摇,怯于众斗,勇于持刺,故多劫人者,大国之风也。其中居五民。而邹鲁滨洙、泗,犹有周公遗风,俗好儒,备于礼……地小人众,俭啬,畏罪远邪。"……历经千年风雨沧桑,重民生尚仁德、重实际并富于实践精神的齐鲁文化原初特质,在齐鲁子民的生活中始终有着沉潜而久远的影响。它和"儒释道"为主体的民族传统文化形成同构,以其准人道主义的民本主义的价值倾向,崇德尚仁的伦理特色,"文以载道"、"师法自然"的文学观念及审美指向,等等,影响和制约着一代又一代的山东作家。

"五四"文学革命从一开始,就被寄付于变革社会文化乃至社会政治的重大使命。"由来新文明之诞生,必有新文艺为之先声"[①]。由"人的解放"到确立了"人的文学""平民文学"这一立足于人本主义的、为普通

---

① 守常:《"晨钟"之使命》,载《晨钟报》创刊号,1916年8月15日。

人生的现实主义文学观念，随之而来的是作家文学家在封建时代受压抑的历史处境和精神依附地位的彻底转换。茅盾呼吁文学家要做新时代新思想发生的"先锋队"，其历史责任之一，就是"校正一般社会对于文学者身份的误认。'装饰品'的时代已经过去，文学者现在是站在文化进程中的一个重要分子"①。这种精神也为山东早期新文学作家所共同持有，当他们作为创作主体的意识觉醒之时，即体现出一种积极、执着的实践勇气和强烈的社会责任感。如傅斯年在"五四"前夕发表文章说："真正的中华民国必须放在新思想上面。新思想必须放在新文学的里面……所以未来中国的成长，很靠着文学革命的培养。"② 在新旧文学激战、新文学将立未立之时，他的《怎样做白话文》《白话文与心理的改革》等词锋犀利的文章，与陈独秀、茅盾等人相呼应，对新文学观念和新文学文体的建立起了有力的促进作用。杨振声属于鲁迅所指的"每作一篇，都是'有所为'而发，是在用改革社会的器械"③的新潮社作者群。他创作的短篇小说《渔家》《一个兵的家》《贞妇》等着重表现下层劳动人民的非人生活，控诉黑暗不公的社会。正像有学者指出的"较深刻地集中地反映下层人民的苦难，正是杨振声不同于《新潮》其他小说家的特点所在。……注入了更多的平民主义的内容和较深刻的阶级内容。"④ 王统照开始以"爱"与"美"作理想依托，写作笔触则忠实地面对社会人生与探索中的自我。其后他越来越执着抒写"对于外象的真感"，在小说创作中，产生了如《一叶》《黄昏》等表现广泛社会生活层面的现实主义作品。后来他出版了现代第一部农民题材的长篇小说《山雨》，写出了现代中国北方农村的崩溃，和农民的愤怒与挣扎。20年代另一位引起文坛注意的作家，是开始写作后不久便殉难于北伐战争的王思玷（1895—1926）。极大的生命热情使王思玷在匆促的生活行程中留下了7篇短篇小说，都是以在自然灾害

---

① 沈雁冰：《文学和人的关系及中国古来对于文学者身份的误认》，载《小说月报》1921年12卷1期。
② 傅斯年：《白话文学与心理改革》，载《新潮》第1卷5号。
③ 鲁迅：《现代小说导论（二）》，《中国新文学大系导论集》，上海书店影印1982年版，第126页。
④ 孙昌熙、张华：《杨振声和他的创作》，见《杨振声选集》，人民文学出版社1987年版，第351页。

和战乱中的不幸农民与士兵为描写对象，简朴有力的笔调充溢着泥土的气息，显示了山东作家的一个共同创作趋向。作家们无论写农民还是写士兵，借以表达的实际是对整个中国社会的感受与忧虑。如王统照这样说道："……百分之八十在传统下挣扎生活的农民，他们的思想，行动，终究是这个东方古国不可漠视的动力。……我在文艺作品中着力于农民生活的解剖，从微小事体上透出时代暗影的来临。……确实希望细心读者对此重大问题，因文艺的感发能予以缜密思考。……盖以时艰殷忧无限，而见闻所及悱恻难安……"① 着实道出了一代作家浓重的忧患情怀。稍后走上文坛的作家们，更加重视从自我的生命体验出发，去感悟与土地恒久的精神联系，力图表现社会真实的生活图景和人们的生存处境。在诗歌中，李广田吟出"地之子"的心声："望着白色的云，……/也望着碧蓝的晴空，/我的脚却永踏着土地，/我永嗅着人间的土的气息。"（《地之子》）臧克家的《老马》《生命的叫喊》等，则道出了土地上苦难生命的承受之重和"一声一口血"地发出的对命运的抗争。在民族危机日益严峻的30年代中期，王统照发表了《北国之春》《青纱帐》等散文集，向国人展示了中国北方特别是东北社会真实的生活画面，揭露并警示即将来临的更深重的民族灾难，抒发了作者沉痛焦灼的心情，具有深刻的社会意义。李广田、吴伯箫、臧克家等人的散文延深入广阔的平原厚土，审视、捕捉着大地深处的脉动，着意表现祖国、故乡自然河山与乡土民情之美，并从中透出时代艰难生活的影像。现代新文学的一个重要母题，是争取恋爱和婚姻自由，特别在其早期。但在山东作家中，当时涉及这类主题的作品并不多见，山东作家更多关注的是"人生"问题，是民间的疾苦，并将反封建主义的主旨，注入了其人道主义的内涵中。

在抗日战争和民族解放战争的烽火中，原有的新文学作家多数辗转流徙于其他省域。艰困岁月中，他们爱国主义、人道主义和"家国一体"的精神受到了最纯粹的砥砺而走向升华；他们的生活视野进一步扩大，文学创作自觉地纳入"同赴国难"和民族解放的积极呼应中。"我们，快快去将冤愤、愤怒、热情/播散到城市，乡村，每个人的心中/……勇敢地到

---

① 《王统照文集》第1卷，山东文艺出版社1980年版，第420页。

处喊出,大战的怒声。"① 另外,在山东革命队伍和解放区的文学写作,通常直接描写战争生活:敌寇的残暴,善良人们血与火中的呼号,奋争,妇孺的死亡和别离……这里,真实的倾诉往往产生了令人战栗的直达心灵的力量,其历史实录意义实际上大于文学的意义。

也许正是得益于山东革命老区较早形成的新民主主义文化氛围,得益于胶东半岛与沂蒙地区的历史基础和战争年代严酷生活的积累,新中国成立后的50年代至60年代前期,山东一批作家崭露头角,他们尤其是在表现革命战争题材和农村题材方面,产生了一批在全国颇有影响的作品,呈现了一种整体优势。如长、短篇小说有《铁道游击队》(刘知侠)、《林海雪原》(曲波)、《苦菜花》《迎春花》(冯德英)、《黎明的河边》(峻青)、《党费》(王愿坚)、《三千里江山》(杨朔)、《三月雪》(肖平)等。戏剧和话剧有《李二嫂改嫁》(王安友)、《丰收之后》(蓝澄)等。上述小说作品,大多描写与反映了革命英雄主义和解放区人民的斗争生活,是解放区文学传统的延续,是对"革命"和"人民"生动真挚的表现与歌颂。这一切,既是人们经过一段时日沉淀后对战争年代的感情回溯、英雄凭吊,也是当时新中国文学欢乐主调的有力前奏,大众讴歌胜利的情感来源。戏剧作品则分别表现了对农村社会旧道德观的批判,对新道德观的追求和建立。在承传新文学的批判性和社会教化的文学传统功能上,仍体现了山东作家侧重道德主题的把握和由此进入人物刻画的创作视角。虽然如此,由于意识形态功利化动机的制约,山东文学在现实题材的创作中,在坚持"为人民的幸福而欢呼"的同时,也一度削弱了文学固有的忧患意识,给文学带上了虚浮的光环。50年代,中国文坛曾经出现的"干预生活"的思潮在山东文坛基本没有留下痕迹。在一定时期的政治、意识形态需要及号召下,加上作家对社会发展的盲目的真诚向往,创作活动中的艺术规律便会受到忽略和违背。

显然,通常生活中社会精神空间的建设及其实质状况,是作家主体意识和个性精神能否得以张扬的一个前提条件。社会主义新时期首先是在历史精神层面,带来了作家主体意识的自觉与独立,并随着时代的发展产生

---

① 王统照:《横吹笛·〈伙伴,你应该闻到这一阵腥风〉》,上海文化生活出版社1938年版。

深层的改变。山东80年代崛起的新型作家群体，总体上依然恪守积极入世、关怀民瘼世情的思想文化传统，同时更注重独立个性的体现和现代精神要素的获取。新时期山东的文学创作，在对新旧交替时期社会生活风貌进行捕捉描绘的同时，还充分展开了历史观照的视角。其主体描写基本在两个层面上展开：一是文化反思与文化批判的多方位展现；一是人性表现上的注重民族心理开掘和人的自我审视。从总的创作倾向来说，显示了一种带有人文导引意识的现代理性立场。在第一个层面，首先体现为对社会经济迅速起飞这一历史阶段的文化反思和文化关怀。如王润滋的《鲁班的子孙》、矫健的《老人仓》、张炜的《一潭清水》《秋天的愤怒》《九月寓言》等小说。在对于历史发展中道德痛苦的关注里，呼唤物质文明的发展与美好人性的统一。其文化守成的姿态中，包含着现代性的内核，进而以文化批判闪烁出鲜明的现代色彩，张炜的长篇小说《古船》可为这方面的代表。《古船》在对"洼狸镇"苦难历史命运的俯瞰中，对农村封建宗法势力给予了深切的批判，显示了作者对封建主义的彻底否定和对原始农业文明的摒弃。其他作品如矫健的《天良》、王兆军的《拂晓前的葬礼》、刘玉民的《骚动之秋》、尤凤伟的《秋天的旅程》、李贯通的《洞天》、马瑞芳的《天眼》、张宏森的《车间主任》等，或是对社会生活中泅渗的封建等级、权利观念及现代权利掩盖下的腐朽行径进行揭示和抨击，或是对传统文化积淀下的历史惰力与国民性痼疾加以揭橥与描述，均展示了一种清醒的现代理性精神。第二个层面主要是对人的主体呈示和民族心态的内视角观照。张扬人的主体意识和独立个性，是延续了一个世纪的话题，在历史的曲折行进中，这个话题不得不被重新提起。"沉默不知多少年了，/看见它我就难受。/不知是否还活着，/轻轻拍它一声。"① 诗人孔孚发出如许苍凉而温煦的叩问。激活历史，激活心灵，当人的主体意识在又一轮历史螺旋中被释放，以高扬人的主体精神为主旨的书写，为不少作家的作品所涉及。特别在孔孚、孔林、耿林莽等诗人的诗作中，对此都有比较显著的反映。这一主题的表现很快便被莫言的《红高粱》推向了巅峰。他的小说在对高密东北乡人们生命血性的回顾中，反衬、忧思人"种的退化"，高扬人的主体性，张扬人的野性力量，召唤强悍生命力的

---

① 孔孚：《灵岩寺钟》，选自《山东新文学大系·诗歌卷》山东文艺出版社1999年版。

回归和激情的勃发，希冀以原始生命的强力，来审视和激励人的主体精神与生命意志。对人性、人自身的深入探察和民族心理轨迹的反顾，亦表现在这一时期的许多作品中。无论是在《古船》《家族》《九月寓言》（张炜）对历史人生史诗性的涵括和深致体察里，还是《丰乳肥臀》（莫言）对历史、文化的宏阔演绎与感性抒写中，都对此有着多侧面、多场景的抉示与刻画。还有马瑞芳、王兆军、于艾香等人的小说，也分别从不同的角度，进行了民族心理的探究和人自我的内在审视。

（四）

从一般意义而言，所有的地域文学，都具有地域性和共通性两种基本特性。即一方面它本身必然有着特定地域自然环境和文化风习的印记，具体到作家，即不可能不受到来自于他处身其中的独特自然环境，及其地方文化心理、审美习惯的影响和制约；另一方面，地域文学又会受到一定时代国家文化话语环境的浸润，和时代主流文学共同性追求的影响，甚而拥有主流意识形态的某些特征。从而在文学发展中，实际形成了地域性和共通性两者相互渗透、共同作用的生成特点。这一作用的内部运行机制，往往是具体的文学现象通过或凭借它"与生俱来"的地域性特色去达成其共通性，从而使其既属于地域的，又具有了普遍性意义。换言之便是文学的普遍性涵义，通常是经由一定的独特的地域性而得以呈现的。① 山东文学同样是如此。它在自身的发展嬗变中，积极进入主流话语，并以其主流文学和精英文学的创造，据于中国文学重镇的地位。这是与其地域文化特质分不开的，是创造主体文学意识自觉后能动选择的结果。总观20世纪的山东文学，正是以它特有的创作精神实践，浓郁的地方文化特色，加入并丰富了中国文学的整体创造；同时以富有民族意味的文学形态，对20世纪中国文学产生着影响。

在多年的历史进程中，山东文学所持有的美学精神的基本内核，是满怀激情对于现实、对于普通人生命运的执着关注。具有深重忧患意识、执着的道德理性和现实实践品格的作家们，在创作活动中始终坚持与中国现代化过程同进的价值诉求。"五四"文学革命的一项重要内容，是提倡并

---

① 参见周帆《地域文学的二重性》载《文学评论》2000年4期。

推进文学创作的社会化、平民化。山东作家们从一开始，就自觉地趋同这一价值认定，同时以自己独特的视角或写作特点去达成主题，并未全然为社会文化的共同语境所遮蔽。在特定意义上，"现实"即是当下一切实际存在的东西或情境，而不断流逝转换的一个个"现实"的连缀，则组成了历史。从而也是艺术据以展开的过程，是创作主体以个性创作为基础获取文化深层意蕴和文化超越意义的过程。新文学创建之初，在"忠实地"反映"世间普通男女的悲欢成败"，描写其"真挚的思想与事实"① 的"平民文学"写作中，新文学作家们或多或少都描述过底层劳动者不公平的社会处境，发出过对黑暗社会的揭露和批判，但像杨振声、王统照那样将其主要的创作笔触集中到这一题材领域的并不多见，特别在表现农民问题方面。杨振声在作品中所表现的人道主义"远远超过了本时期胡适的诗歌《人力车夫》所表现的贵族老爷布施式的人道主义。"② 王统照循着"问题"小说的视角探入更深广的所在。面对他的《山雨》，茅盾说："到现在为止，我们还没有看见过第二部这样坚实的农村小说。这不是想象中的概念的作品，这是血淋淋的生活的记录。在乡村描写的大半部中，到处可见北方乡村的凸体的图画"③ 在广阔的社会背景下，王统照一步步切入农民与其生存现实之间的矛盾关系，前所未有地赋予了作品以生活和历史的厚度。李广田、吴伯箫、臧克家等人都是现实主义思潮的产儿，是30年代中国文学界有代表性的、具有鲜明个人风格的作家。臧克家在"写实的同时'抚摩'心灵的创伤"把自己对于生命痛苦的体验和对农民苦难的同情融为一体，"热情在冷凝后变成了诗章"。④ 一部具有权威性的文学史评价道："臧克家的描写农民形象和乡村景色的诗篇，为诗坛吹来一股清新的风……并且为新诗反映农村生活开拓了崭新的天地。"⑤ 忧患色彩与悲悯之情同样弥漫在李广田的乡土画卷里。他深深地注视并表现着故

---

① 周作人：《平民文学》，见《周作人散文》第二集，中国广播电视出版社1992年版，第131页。

② 孙昌熙、张华：《论杨振声和他的创作》，见《杨振声选集》，人民文学出版社1987年版，第351页。

③ 《文学》第1卷第6号，1933年12月。

④ 章亚昕：《臧克家论》，见《山东当代作家论》山东教育出版社1989年版。

⑤ 唐弢主编：《中国现代文学史》，第2卷，人民文学出版社1979年版，第261页。

乡人物或坚忍或达观的坚韧生活情态，穿插着淳厚的乡土风情和农人们祖祖辈辈对平和恬静田园生活的向往。这是对那个凋败、危亡的时代的一种来自土地的呼唤，对民族文化个性尊严及历史价值的思考。在当时文坛主要表现为乡土批判和乡土寻梦的两种创作流向中，李广田侧重对民族生存之根的抉示，溢发着民族民间文化的沉厚力量。

由于大部分战争题材的小说所描写的事件及背景，都是出于已发生的历史事实，这些作品的叙事及叙事的方式，都浸染着某种"回忆"的氛围。所以我们说作者所回忆的，也依然是已驶过现在时态的"现实"，或称之为历史现实。例如前面谈到的战争题材作品。反映战争生活的特殊要求，和其与历史进展的相对并行性关系，又往往使其"写实"特点更凸显于其他类的小说。然而山东的这类作品，大多带有某种充满激情的传奇色调，体现了作者的内在审美选择。如50年代的几部小说在描写、塑造英雄人物时，每每以紧张、激烈的战斗对峙中人伦亲情、情谊的选择和牺牲，构成作品的形式张力和形成感情震撼的高潮。表现出英雄人物的高尚举动，正是来自于他们作为普通人与生活土壤的密切联系。这些作品的亲和力和感染力，便在很大程度上出自这些严峻生活图景自动生成的道德评判。而像《红高粱》《高山下的花环》，也都是描写普通人、普通官兵的命运，所表现的审美空间则无疑容纳了更加宏阔、丰富和激昂的情感内容。前者前面已有所论及，后者则涉及战争状态中的复杂的人性及人的内心世界，壮美中有悲凉。它们生成了涵括英雄主义和爱国主义的更为深刻的审美内涵。

显然，新时期作家的情感形态，与过去一个历史阶段中的人们基本是政治——社会单一化的情感形态，已有很大的不同。但那份关注现实人生、深情谛视大地的浓厚底色，没有改变。王润滋在他的《人民是土地，文学是树》一文中说，要"永远关注着农民的喜怒哀乐，农民的富裕和贫穷，农民的幸福和苦难"。张炜的心灵自白是："我寻求同类因为我爱他们，爱纯美的一切，寻求的结果却使我化为了一棵树。风雨将不断梳洗我，霜雪就是膏脂。但我却没有了孤独。……从此尽是树的阅历，也是它的经验和感受，有人或许听懂了树的歌吟，注目树叶在风中相摩的声响，但树本身却没有这样的期待。一棵棵树就是这样生长的，它最大的愿望大概就是抓紧泥土。"① 社会文化背景的变易，西方文化的大量引进，人们对于社会的阶层利益和历史状况有了更加明晰的认识和思索。在文化转型、价值迷失的时代坚持个体精神的定位，由此衍生出不为潮流所动的艺术特质，作家自我的声音也因此而变得更清晰、更强烈。对现实，对农村社会现存道德形态的把握，是张炜、王润滋、矫健等人带有共性的审美意向。他们以芸芸众生的存在状态作为艺术观照点，密切关注历史发展中的道德痛苦。在经济车轮带动的越来越趋于物欲化的社会现实中，作执拗的传统人文精神的"守望者"，于道德理性支配下的严肃人生开掘中，升腾起文化审视意蕴和人生终极目标取向。尽管有时也难以超越道德的重负。尤凤伟、左建明则逐步将创作视点投向民族生命力的存在形态，往往以强盛生命力与存在情境之间的重重纠葛、冲撞，辅以强烈的人道主义介入，泅蕴出一派深沉幽怆的历史命运景象，展示了一种渗入了新质的变化。真正带来了审美变异和新鲜感的是莫言，他的创作，为80年代中期后的中国文坛带来了一种"酒神"精神。他冲决理性的藩篱，随之而来的是自由意志的强烈迸发，其激情澎湃的力量，一方面是对世俗价值、社会规范的猛烈冲击与反叛；一方面又是摆脱了外在压抑、束缚的个体生命的自由体验。

　　浓郁的地域文化色彩，既是山东文学风貌的外在显现，又是它走向全国走向世界的民族底蕴依托。山东境内山高水长、平原湖泊的自然地理环境，淳厚民风，悠久人文，都哺育、吸引着作家，引发他们的思考与创造。如老舍不仅在山东写了许多小说，还写了《济南的冬天》《五月的青岛》等风景散文名篇，至今脍炙人口，其文学的根深深扎在齐鲁土壤里。无论在哪一个历史阶段，当单一的国家社会话语遮挡了文学的天空，当"走向世界"的潮流中人们对西方文学趋之若鹜之际，山东文学都以它鲜明而独特的地方色彩、民族品格屹立在中国文坛。文学作品中的地域自然景色和包含民俗风习、传统掌故在内的人文景观，是文学民族化、大众化的一个重要标志，是构成作品氛围格调和作品内蕴的重要因素。同时，从民族性、文明史及民俗学的角度来看，它又拥有独立的文化功能和审美意义。山东作家们是如此密集、主动地选择地域文

---

① 张炜：《融入野地》，载《上海文学》1991年第1期。

化背景来建构自己的艺术世界。仅从近半个世纪来说，有冯德英的胶东文学系列，张炜的芦清河小说系列、家族小说系列，莫言的"红高粱"家族系列，尤凤伟的石门小说系列，苗长水、刘玉堂的沂蒙山系列，李贯通的微山湖系列；还有李存葆等人的沂蒙山系列的报告文学，张歧的渔村、海洋散文，郭保林的乡村、田野散文，等等。那一马平川的齐鲁平原，巍峨雄浑的峰峦山脉，海域湖川，林莽野地，晨曦暮霭中的村庄农舍……气象万千的自然风光，挟带着古朴拙厚、丰富多姿的民俗风情，在作家们的笔下烘托着、演绎着一幅幅飘溢着土地气息、民族风味的社会历史和人类生活与情感的生动长卷；显示出醇郁、隽永、独具丰采的地域风格和民族特色。

民间意识视角的运用，是我们把握山东文学的又一切入点。民间意识，又可称为民间文化形态，作为文化概念有着丰富的涵盖面。在文学传统里，它是与自然形态的中国农村社会及其文化观念联系在一起的。在文学史上，它的特定含义是，既包含了来自生活底层（民间社会）的劳苦大众的感情、思想和立场，也包含着民间文化艺术特有的审美功能。作家与民间的文化形态相沟通，在创作中运用了民间形式，由此便把艺术表现的支点引向了民间立场。在现代新文学实行民族化、大众化的进程中，将本来处于自在状态的民间文化形态加以吸收利用，使之成为一种能包容多种文化价值内涵的语言形式，被视为形成文学现代性品质和发掘文学生命力创造力的关键环节。俄国思想家、美学家巴赫金认为，一个时代文学的深厚根源在于民间文化的强大潮流。民间文化体现了人民大众的世界感受和审美感觉，是最富有生命力和创造力的。它以自己的思维和艺术方式，向官方文化、上层文化提出挑战，有力地动摇了单一文化的垄断地位。其结果是使官方文化和民间文化，上层文化和下层文化，雅文化与俗文化之间的对立逐渐变得模糊，同时使它们在相互碰撞中互相渗透。① 新文学开创之初，一些先驱者便将民间文化的研究与传承，纳入了创造文化新质的总体目标下。1918 年北大的歌谣征集运动可视为其开端。胡适、周作人、郑振铎、茅盾、赵景深等人都在早期为此做出过贡献。其中，周作人更是进行过较多的有关中外歌谣、童话、神话、民俗的搜寻、研究和翻译介

---

① 程正民：《巴赫金的文化诗学》，载《文学评论》2000 年第 1 期。

绍。山东有着丰厚灿烂的民间文学传统和民间文化资源。山东作家在吸收和运用民间文化因素方面，一向具有比较明确、自觉的意识。杨振声就写过农村民俗生活题材的作品（《乞雨》《抢亲》），也曾以敢于仗义执言、惯打抱不平的江湖好汉形象作小说里的主人公（《抛锚》）。李广田不仅有一些散文可归属于民间文化形态的创造（《宝光》《山水》《看坡人》《种菜将军》），后来还整理、修订出版了直接体现民间精神的少数民族文学作品《阿诗玛》《线秀》等。孟超写于60年代初的颇有影响的戏曲剧本《李慧娘》《红拂夜奔》等，也是直接取材于中国古代具有强烈传奇性、民间性的文本记载。《铁道游击队》《林海雪原》均是利用传统的民间文化素质的成功之作。作品在人民群众喜闻乐见的民间英雄传奇模式的主体基础上，确立了人民解放战争的正义意蕴，而其民间性话语在艺术上占有突出地位。它们具有戏剧性、传奇性的结构形式、情节组织，和同样具有传奇性的人物描绘，使作品相对满足了大众在胜利的喜悦中得以拉近或重温胜利过程的心理需要，以及无意识制造并又参与解读其神秘感的审美愉悦需求。在其间的叙事中，民族解放战争、人民战争的进行和共产党领导战争的历史必然性，通过民间意识的认同和演绎得到了肯定和张扬，民间意识和主流意识形态于此融合成为一个整体。

在新时期文学的动态结构中，民间文化意识及视角得到了更为主动的运用和开掘，并由此体现出审美观念的深度更新。《红高粱》《石门夜话》《石门呓语》《九月寓言》等，都是文学史中全新的民间文化形态文本。前三篇作品都是从民间叙事的视角，展现令人荡气回肠的渲染着人性本真和生命本色的世间生活场景：那些流动的不受礼法约束的人群，他们逾越常规的活跃的思维和行动方式，敢爱敢恨、敢作敢当的感性生命风格、抗暴敌强、宁死不屈的民间侠义精神。在一个个跳荡着生命鲜活力量和率真气息的民间话语"场"中，原有的审美界域和价值规约被突破，突出的是传统伦理文化秩序和宗法制度的被拆解、被抵拒，是对民族旺盛生命力的向往和礼赞。在中国长期的社会现实中，代表农耕社会文明的传统伦理文化和宗法制度对人性及人生命力的束缚，顽固地纠结在民族文化心理结构深处，民族生命力的消退、萎靡，社会生存空间的闭窒，都与历史文化中的这类衰朽保守因素有着千丝万缕的联系。这些作品在结构方式和人物塑造上，从不同的角度突破审美预设和传统角色定位，表现了带有冲击力的现代文化品格。《九月寓言》则以传说中的故事,转叙的民间口头创作和现实故事相互叠错穿插,呈现了一个淡化国家意识形态话语的自在的民间社会。小村溃漫错综虚实相间的历史,就是一则灵动魅惑深邃幽远的寓言。最后小村人在工业文明灾难的覆临中重归大地母亲,在又一轮的流徙中将重获生命的激情。《融入野地》,表达的正是作者以民间文化形态疏离主流文化的生命哲学思考。刘玉堂撷取于沂蒙山生活题材的系列短篇小说,又另是一种风格类型。他的写作往往从民间视角,去解构乡村伦理政治的表层秩序。勾勒人物与事件时,看似朴拙简洁的手法中,时时流露出幽默与诙谐的底子。有时可令苦涩的人生河流迸溅起欢乐的碎浪,使人得窥水面下暗暗涌动的生命力量;显现出一种类似巴赫金指出的民间谐趣文化中的"狂欢"素质。

(五)

20世纪中国文学在"五四"时期和社会主义新时期,经历了历史转型中的两次大的蜕变,直接导致了文学的开放。在大的历史背景下,山东文学也呈现了自身的开放格局。

新文化运动引发的传统文化的现代性变革,是以现代工业文明为背景为前导的。而中国传统的文化价值观,及由此而形成的文学传统,是在以家庭血亲关系为基础的宗法社会自然经济基础上发展起来的。新文化启蒙者们在对此和封闭、落后的社会生活进行否定性审视时,则必须从现代工业文明寻取文化批判的立场和视角。正在缓慢发展的中国现代都市成为工业文明进步的象征,这也是为什么"五四"文学革命最先在北京揭旗形成气候,随即在其他大城市获得响应,而后在上海得以发展的一部分深层原因。因此进行文化批判,开始由农耕文明向现代工业文明的转换,只能依凭于托起工业文明的世界近代人文主义文化思潮。因此,文学的开放格局,首先体现在作家在时代风气的激荡下,打开眼界,对其他国家与民族的文化与文学优长进行吸纳和借鉴。具体到山东作家,像王统照早期的创作和文艺思想,便曾受益于西方唯美主义思潮的影响。李广田的新诗和散文里,也找得到19世纪西方浪漫主义文学的痕迹。早期新文学开拓者,旨在通过向外寻求,建构起更合乎理想,同时也更符合本土文化传统的新文学范式。"五四"后,"迄今不到百年间,世界各国的主要文学名著在我国差不多都有了译本。"① 不止如此，新时期作家显然有着更广泛地学习、借鉴世界各地文化与文学的机会。在张炜的主要作品里，既飘散着加西亚·马尔克斯魔幻现实主义的魅力，又有着普鲁斯特、福克纳式的绵深而永恒的回顾。莫言也曾坦陈他从乔伊斯、福克纳、劳伦斯及卡夫卡等人处获得的阅读愉悦和写作灵感。② 还有更多的作家，是在外来文学种种因素的影响下以及与同时期作家的相融互动中从事写作。正是在这样一种开放性的视野下，山东文学，特别是近20年来的小说、诗歌、散文和戏剧等各类文学样式，无论在题材、主题、形式和风格上都得到了丰富和扩展。

在文学观念上，随着社会生活的各种可能性与多元价值观，文学不再被视为是一个单一的概念，而是可以选择多种价值参照来确立自身的艺术存在。在审美趣味上，重在直面现实，亦可寄托于主观世界倚重心理表现而轻视情节，重视表现形式而追求"有意味"的形式创造。在人物塑造上，既遵循注重"典型人物"的传统，又同时走向描写人物的多种途径。如有意将人物抽象化、意象化，等等。在表现手法上，比过去更为注重外化人物的内心世界和多样态的结构；经常使用象征、隐喻、内心独白、意识流、内视角描写，有的作家也引进荒诞、变形及反规范的语言等。总之，对于西方文艺思潮和艺术形式的吸纳，山东作家们在自身个性的基础上，坚持以个我为主，体现了一种积极而又理智的开放态度。

艺术的开放与创新，重要的还在于作家艺术思维的创变规模和创作态势的多样化。张炜的艺术双峰《古船》《九月寓言》，一个沉厚凝重，一个浪漫灵幻；而其《古船》成为新时期中国文坛现实主义小说开放性发展的一个标志。莫言的一系列作品，则从另一侧面将小说形式从外部世界的发现，推进到生命内蕴的思考，开国内新感觉派小说的先河。孔孚奇迹般地接续濒临断绝的古代山水诗传统，开创当代文坛山水诗新局面，并进而在这一领域实现了"对沉重理性的美学叛逆和超越。"③ 王鼎钧的散文

---

① 张炜：《走向完整的中国文学研究》，载《文学评论》1996年第4期。
② 莫言：《独特的腔调》，载《读书》1999年第7期。
③ 魏建、贾振勇：《齐鲁文化与山东新文学》，湖南教育出版社1995年版，第217页。

创造了"具有小说的叙述,散文的描写,诗质的意象及歧义"① 的蔚然大观。还有尤凤伟、刘玉堂个性化的"民间叙事",马瑞芳"新儒林"系列小说的别开生面,于艾香侧重心理小说的开掘,张宏森的现实主义小说及影视创作等等,共同展现了新时期山东文学充满动感的多元空间。

---

① 郑明俐:《出入魔幻与写实之间》,见《风雨阴晴——王鼎钧散文精选》,尔雅出版社 2000 年版。

第一编
现代山东文学（1916—1949）

第一章　新文化的曙光

新文化运动的出现，带来了诗歌文体转换的历史契机。因为新文化带来了新的生产方式和传播方式，成为发展中国家向发达国家"看齐"的必要手段；而新诗作为文体被认可，就在于文化转型成为共识。以往流行的文体，被不成熟的文体所取代，是因为文学属于意识形态的物化成果。新文化的曙光就此以诗意的形式笼罩东方，而且它首先是来自海外。山东不属于中外文化撞击的"锋面"，艺术氛围主要是受到北京、上海等大都会的影响，很多诗人是通过现代教育来改变审美价值观念，才逐步适应新文化，因此抗日战争以前的山东诗坛，是一个以接受外来影响为主的文化园地。所以臧克家等诗人，虽然成长于山东，却与外省的革命运动、外来的诗歌流派，有着千丝万缕的联系。

第一节　现代新诗坛概述

新诗运动改变了传统诗歌的表现形式，乃是一种新型的现代艺术文体。为了解决新与旧的关系问题，闻一多曾经苦心研究律诗艺术。臧克家欣然接受闻一多的影响，也同格律体新诗近似旧体诗有关。当时"小诗"这种文体受到一些山东诗人青睐，也同样与散文化的艺术结构有关——小诗的形式感同旧体诗拉开差距，其实有助于摆脱旧诗传统的困扰。这样一些创作倾向，同后来以苗得雨为代表的民歌体新诗相互对照，可以看出山东现代诗坛的特点是在于质朴，其贡献是质胜于文。这表明，百年齐鲁儿女的悲欢岁月，更多地影响了诗歌的内容；而在艺术形式上的创新，则首推臧克家早期的现代都市诗、贺敬之新中国成立后的政治抒情诗、桑恒昌新时期的意象抒情诗。

一　传统的"颠覆"

中华诗歌艺术传统，如《论语》所谓："兴于诗，立于礼，成于乐"，代表了农耕社会重视情感的文化氛围。新文化运动重新进行价值定向，追求科学与民主，促使新诗运动"颠覆"了传统诗歌艺术，掀开了华夏诗歌新的一章。

这种"颠覆"的成败，又取决于新诗艺术是否符合诗歌艺术的普遍规律。大体上，诗歌艺术的精要在于，抒情诗以自我的人格理想为艺术表现的主要对象，可是这理想与人格不可能直接出场，诗人只好让读者通过诗歌意境，来间接地感受到抒情主人公的气质和风度；诗人直接抒写的种种意象，并不是诗歌中真正的主角，而是作为诗人寄托情思的艺术表现手段而存在；在抒情诗的世界里，诗人的自我投影无所不在，而各个意象又往往不能直接等同于抒情主人公本身。无论古今中外，抒情的间接性都构成了诗歌艺术成败的关键所在。对于这一切，华夏古典诗学有着非常独特的解决方案，并且形成数千年的艺术传统。新文学要想在几十年内取而代之，真是谈何容易。

在重视情感的华夏民族文化传统中，自然产生了登峰造极的抒情诗艺术。由于古代印刷技术的相对不发达，"说"要比"写"在传播上更有优势，因而韵文在文学艺术中遂能一枝独秀。就文体而言，律诗最能代表传统的诗歌艺术。律诗之美，在于它以纵横交错的对仗语言结构，造成了一种交叉式的联想网络，这就巧妙地打破了散文的线性思维模式，把诗意纳入了想象的系统。这种艺术传统强调"语不欲犯"，追求"意在言外"，一些看上去相当平易的语句，能够在律诗对仗的句式中相互映照，凭空产生了许多的比喻和联想。这种诗歌思维方式可以把对仗、平列、浓缩的诗歌表现手法发挥得淋漓尽致。读者倘若要在相互呼应、对照的诗句中寻找诗美，就要依靠象征、运用比喻、讲究暗示之道，借助品味来领悟诗歌的美学情韵。面对如此完美的旧诗词抒情艺术，早期白话诗的幼稚显而易见，后来新诗运动的发展道路又是如此的曲折。可想而知，倘若没有新文化运动的支撑，选择诗体"造反"之路的新诗运动，几乎是不可能形成气候的。事实上，对全新诗歌文体的实验，可说贯串了新诗史的全过程，而且新诗运动之路就是诗歌文体的"造反"过程。

值得注意的是，这个过程又体现出新文化运动中诗人们共同的探索模式：通过心境的发现和世界观的探索，来体现个性的自我意识，并以此推动了审美时空视野面向海外的拓展，从而影响一代人共同的追求。异军突起于海外的留学生诗歌如郭沫若，现代教育催生的校园诗人如清华四子，以及与都市文明不可分离的创造社和新月派，无不在体验与意向的变迁中留下自身的精神印记。于是文化传播牵引了艺术创造，诗人为了增强创造力，就需要通过借鉴外来艺术开拓审美视野，来获得表现的自由。这便有了新诗运动初期的文化传播过程：从留学生诗歌到校园诗歌、再到都市诗歌。可见新诗艺术创造与发展的重心，是逐渐从海外到海内，从老师到学生，从校园到街头，终于形成以京派和海派为代表的都市文化语境，新诗通过文化传播，进入广大市民的文化消费视野。对于新文化的普及，这是一种艰难而又必然的社会化进程。在这里文化的转型要求，美育的社会使命，都透过真诚的体验而表现为诗人的艺术审美意向。总之是社会经验通过群体而个体化，审美经验通过个体而群体化，这表明了新诗运动的发展，离不开新文化的扩散与延伸。体验和意向二者相辅相成，因其互动而形成了新诗的独特命运——与中华民族、华夏文明同步前进的发展道路。

诗歌文体的古今差异，在于新诗运动改变了旧诗词的对仗结构，通过单行线形推进的散文化诗句，建构起以意象、象征、隐喻为主的表现艺术体系。在《谈新诗》里冯文炳认为："旧诗的内容是散文的，其诗的价值正因为它是散文的。新诗的内容则要是诗的，若同旧诗一样是散文的内容，徒徒用白话来写，名之曰新诗，反不成其为诗。"他还说："新诗的生命便是诗人想象的跳动……它与散文唯一不同的形式是分行"。[①] 由于诗人们从形式层面改变了旧诗词（例如律诗）那种对应交织的艺术结构，新诗就建立了一种偏重义蕴的表现体系。音义关系中诗体以音为主还是以义为主，确实体现了诗歌艺术的古今之别。相对而言，古诗文胜质，新诗质胜文。在依靠口头传播的农耕时代，韵文便于传诵的优势是显而易见的。朱自清曾经指出：旧诗词以吟唱为主，而"新诗是'读'的或'说'的，不是'唱'的""默读只是'玩索义蕴'的工作做得好，唱歌只是'吟味节奏'的工作做得好——却往往让义蕴滑了过去"。他认为正是

---

① 冯文炳：《谈新诗》，人民文学出版社1984年版，第5页，第201页。

"幽涩的调子"和象征的手法，使新诗的文字具有"自己的尊严"。① 新诗不仅要以白话文取代文言文，而且要以重"义"的现代文体来取代重"音"的古代文体。旧诗重在形式，新诗重在内容，这种在新文化运动推动下的两种艺术之间的全面的对抗，使诗坛上的新旧之争几乎没有调和余地。

　　白话诗运动作为新诗运动的起点，表现了新文化对旧诗词传统的质疑。如上所述，新诗与旧诗词的主要差异，乃是在于文体上的重"义"与重"音"之别。重"义"是诗歌现代传播的特色，而重"音"却是诗歌古代传播的关键。由于古代传播靠人体器官，现代传播靠媒介工具，所以新诗与旧诗词不同：前者是以阅读为主的艺术，后者则是以传唱为主的艺术。由于新诗重"义"的前提是传播手段的现代化，基于现代印刷工业和市民相应的阅读习惯；旧体诗重"音"的前提，则在于口头传播时代的需要，基于韵文在口头传唱方面的便利性。新诗的传播过程，类似新文化的传播路线，是从海外到内地，从都市到乡村。这种艺术传播方式，同现代印刷术的扩散过程是同步展开的。于是新诗把读诗的主要传播方式，由记忆吟诵变成了读者手不离书，从而使自身成为新文化传播的一部分；而自由体、格律体、象征体等各种诗体的交替更新，同样也体现出文体转型形式优先的规律。如日本自 1905 年以来象征体诗歌就成为艺术的主流，写诗便意味着写象征体诗歌。但是由于诗人为了解决诗体形式问题（重"音"使旧诗词不存在分行的问题，新诗要重"义"则势必分行，而诗歌分行的核心问题，就是语言的排列格式与印刷品相应的艺术效果），自由诗与格律诗的实验，就转移了人们对象征诗学的注意。所以象征体诗歌只有在诗体形式问题解决后，才逐渐代表新诗创作自觉的艺术追求，表现出诗歌艺术的意象化倾向。

　　诗歌艺术的新旧之别，首先表现为诗歌抒情艺术从意境化向意象化发生转换，这个变化带来新旧诗歌艺术重"义"与重"音"的差异。旧诗词以严谨的格律为外在特征，强调音韵和谐的形式美，故以吟唱和品味构成审美的主要形式。由于品味主要是愉悦性的审美活动，所以人们要通过

---

① 朱自清：《新诗杂话》，生活·读书·新知三联书店 1984 年版，第 85 页，第 91 页，第 105 页。

吟唱的过程，由听觉的美感达到对神韵的领会，形式美规范就此成为旧诗词的艺术生命线，使格律构成创作中不可更易的法规：写旧诗词必须苦吟，诗人为适应形式技巧的要求，不背诵几百首诗就很难进入自如的创作。因此旧诗词难学而易工。相形之下，新诗易学而难工。上述重"义"的特质，使新诗的艺术不得不专注于抒情内容，表现为意象化和形象化交错的发展格局，大体上是在沿海都市偏向意象化，在内地乡村偏向形象化，因为不同的传播对象制约了新诗的结构方式，并且造成二者之间的某种对抗。形象化诗歌企盼继承古典诗歌的长处，但是贺敬之、郭小川的实验表明，形象化的诗歌虽然可以强化其音乐性，但是充其量只能做到排比性质的推进，不可能产生律诗"浑圆"的复调效果。

二　意象与形象

强调抒情内容的结果，导致新诗运动的诗体发展轨迹，表现为意象化与形象化的交替推进形式。这种形式还体现了新文化运动特有的弹性：它以顺应时势为核心，非常强调创作原则的坚定性和艺术思路的灵活性（即功能性追求的结构化倾向），根据社会的审美需要来调整艺术结构。虽然新诗的意象化与形象化文体差异很大，却都属于必须为内容服务的形式技巧。意象化诗歌有"向内转"趋势，强调个人的体验感悟，故象征诗偏重意象；形象化诗歌有"向外转"趋势，强调群体的交流共鸣，故写实诗偏重形象。

就诗歌文体美感特征而言，意象化不同于形象化，前者使诗的感觉变形跳跃浓缩，故以抒情性见长，而后者使诗的叙事性和政论性得到强化。因为意象较多情感想象因素，而形象较多感知理解因素，所以意象化使新诗的内部结构拥挤，脉络细密，诗情浓缩；而形象化使新诗舒缓流畅，语句明快平易，诗意简洁单纯。意象以审美知觉为核心，它偏于象征，富于暗示，多构成意群形态的比拟词组。形象则以生活经验为基础，它偏于描述，侧重刻画，一个形象就足以支撑起整个诗节或诗章。总而言之，由于意象化偏于比兴，意象化诗歌就长于表现，利于抒情而不便于叙事，易于写心而不适宜议论；而形象化则以赋为本，使形象化诗歌长于再现，可以如实描述，也能展开议论，遂扩大了诗的社会视野。

新诗史上意象与形象换位的文体变革，最带有新文化运动应时而变的规律性;而意象与形象之间的两次文体大换位,分别是以"抗战"和"文化大革命"为契机(民族悲剧性的大变局,造成新诗必须顺应的时势)。"抗战"前自由诗体、格律诗体、象征诗体的交替,意味着新诗意象化的发展趋势,主要着眼于沿海都市文化环境;而到了"抗战"后朗诵诗体、叙事民歌体、政治抒情体的循序演化,则标志了新诗形象化的方向,是在于适应内地乡土文化环境。至于到了"文化大革命"以后,情势则恰恰相反,以"朦胧诗人"为代表的对政治抒情诗的冲击波,标志着意象化诗歌的回归,因为改革开放又一次成就了文化环境变化的发展趋势。尽管意象化比形象化更多新异之处,但是就发展的情势而论,每一次意象与形象之间换位的演变双方却同样是以"创新"为号召的:其实意象化的诗歌,更便于在沿海都市进行传播;而形象化诗歌则有利于在内地乡土环境得到传唱。然而诗人在艺术形式上认同传统,却是为了在抒情内容上跟上时代,所谓"旧瓶装新酒"。

新文化运动带来新诗文体选择上的弹性,来自于社会对内容的强调,来自于诗人对社会功能的追求。在新诗史上,经常是时代需要什么样的艺术功能,诗人就会实验相应的诗体。所以"抗战"中最先产生的新文体是"朗诵诗"。为了表现华夏民族的群体意识,朗诵诗带来新诗的形象化,因为朗诵诗是充分社会化的诗体。它主要不是为了抒发自我的情怀,而是要激发"大我"的共鸣。朗诵诗的艺术特质,一来因为朗诵者登台表演,而使抒情主人公得到直观的外现;二来它不但是"听"的艺术,而且是"一次性"的听觉艺术。抒情主人公的直观外现,使抒情方式明朗化、艺术个性社会化。抒情主人公非但必须爱憎分明,而且还要能够"一语道破",引起大众的强烈共鸣,造成"一呼百应"的朗诵场面,这就要求新诗诉诸"大我"。引起"大我"的共鸣,是朗诵诗成功的关键。因此朗诵诗的感染力重于耐读性,它要倚赖诗歌的声情之美,做到音义并重,从而加大抒情强度,节制意象密度,掌握音节力度,形成平易晓畅的艺术风格。抗战军兴,诗坛从沿海迁往内地、从城市转入乡村,读者变了,诗风也势必向着形象化转变。

转变的关键是民族复兴的社会理想,转变的契机是战地文化的氛围,转变的重点是音韵流动的语句。在抗日战争初期兴起的朗诵诗,与后来先后时兴的民歌体叙事诗、政治抒情诗,等等,都趋向于新诗的韵律化和形象化。显而易见，形象化新诗晓畅流利的艺术品格，为群体性文化传播带来了优势。至于"文化大革命"后以"朦胧诗"为代表的新文体，则是伴随着人们对于个性的尊重；而在改革开放大潮中兴起的，由此形成了青年诗人所掀起的"新诗潮"，提倡个人化写作的艺术潮流。可见新的诗歌文体，主要脱胎于新的社会需求，社会审美需求影响当时的艺术观念。在沿海诗坛的新诗初创期，山东诗坛自然会落在后面；在诗坛重心迁往内地后，山东诗人却在异乡迅速得到成长，从臧克家到贺敬之，不少山东诗人走的正是这样一条路。同时在山东解放区，一批新诗人也成长起来。

诗歌文体是凝冻的艺术观念，而艺术观念则是诗歌文体中美感的灵魂。新文化运动导致时代精神成就了新诗美感的灵魂。比较意象化和形象化两种新诗的异同，可以发现新诗的艺术观念，大致可以概括为意象美原则、社会美理想、散文美趋势。意象美原则使现代诗歌取代古典诗歌，而社会美理想和散文美趋势，又表明新诗具有理性重于感性、内容压倒形式的崇高艺术特质。诗人们对于形式上的取舍，已变得不再严格，而富于灵活性。这正是文化转型期特有的以新文化运动为动力、以时代精神为灵魂的艺术形态。

从古典的和谐到现代的崇高，新诗艺术观念的转型，自有其历史规律。其中特别引人注目的文学现象，是作家世代的差异性。在传统文化观念笼罩下的中国古代文学，是"江山代有才人出，各领风骚数百年"，相对稳定的农耕环境，使每个朝代特有的习俗，都可能孕育出相应的代表性文体和代表性作家。在工业化文化氛围中发展起来的西方现代文学，则处处打下工商社会的烙印，形成艺术的流行性周期：由于一般作家在 20 岁左右形成艺术品位，40 岁时风格趋于成熟，而 60 岁以后才会引领时尚，文坛领袖往往去世 30 多年，才遇见文学史定位的"试金石"，所以现代社会文风数十年一变，有其继承与发展的脉络可寻。受到新文化运动引导的新文学，则不断在社会变革中遭遇新的文化情境，促使文艺的创新与整合处于非常频繁的变动状态，以至于"代沟"现象引人注目，故文坛上流行"各领风骚三五年"之说。由于缺乏稳定的文化传统，而直接影响了新诗史发展的连续性。新文化运动促使新诗发端于悲剧的体验，立足于艺术的借鉴，完成于即时的创造，以此构成华夏文明现代化的一个子系统，所以它只能与时俱进，随着民族文化的发展而发展。

论及于此,诗坛的"西化"与"回归"之争就是难以避免的话题。在新文化运动中,新诗运动一开始便脱胎于中西文化的撞击,天然带有"西化"的倾向;而"抗战"以来、尤其是解放区诗歌的"回归"意向,则意味着新诗渗透进乡土文化心理场所必须的努力与追求。直到新中国成立后,内地诗坛曾经力主"回归"本土文化,海外诗坛则一度以"西化"为时尚,似乎二者之间水火不相容;然而到了新时期,内地诗坛扬起了"西化"大潮,而台湾诗坛的"回归热"则风起云涌。二者的交替,往往伴随着激烈的论战。尤其是"抗战"和"文化大革命"的时代风云,导致艺术上的论争又往往激化为政治斗争。从文化转型期的角度看问题,从"西化"与开拓、"回归"与整合的联系上,才能把握二者之间的内在联系。因为在文化转型过程中实现二者的互补,通过二者交替的前进,才是历史的答案。

唯有开拓与整合的交替,才能完成现代化的历史使命!"西化"与"回归"在新诗史上的反复出现,体现了文化转型期的历史必然要求:从农业社会到工业社会,要求文化的乡土形态蜕变为都市形态,于是传统文化势必转型。在文化转型期,一方面必须接受外来文化的影响,因为华夏民族只有从异质的文化交流中获得新变的"基因",才能使新的现代因素介入古老的传统,所以"西化"的说法虽然不很准确,却也有其一定的根据;一方面整合古今中外文化因素,使之一体化,这样才能使文化环境具有整体性,故"回归"的说法也不准确,倒表达了整合的历史要求。两岸三地华夏民族命运与文化精神上的共同性,使诗坛"西化"与"回归"的交替,体现开拓与整合并存的文化发展逻辑。诗人在借鉴外来文化和张扬本土传统时,在不同创作方法的"钟摆运动"中,在新诗运动发展过程中提出的"西化"与"回归"要求,其实质是满足开拓与整合的文化转型需求。文化转型就是在开拓与整合的交替中完成的,而这种交替方式也带来诗坛太多的困扰,让新诗艺术在发展过程中付出了太大的代价。

意象化和形象化两种诗艺的交替,无疑丰富了新诗艺术手法,同时也体现了新文化运动特有的弹性(这种弹性保持了新文化运动长期的影响力)。但是"钟摆运动"毕竟影响了新诗运动的稳定性和持续感,推迟了新诗的发展日程,以至未能及时形成相对稳定的艺术传统。在历时80多年的新诗史上，惟新是求的消极的一面，也就逐渐显露出来。这消极的一面，被唐晓渡称为"时间神话"。他认为："我所说的'时间神话'，说白了就是指通过先入为主地注入价值，使时间具有某种神圣性，再反过来使这具有神圣性的时间成为价值本身。这种神话归根结底是近代中国深重的社会——文化危机的产物。如同所有的神话一样，它也有一个发生学的过程。溯其逻辑展开的轨迹可以发现它的胚胎，这就是'五四'新文化（包括新文学，新诗也一样）运动所体现的新时间观。"[①] 由于这种"新时间观"使人们把一切新的东西认为是好的东西，从而在诗人中造成一种类似狗熊掰棒子似的创作心态，弃旧图新。诗人表现出对于时尚的迫切追求，而且愈是强化发展的焦虑，他们愈是急于由远离时尚的边缘状态脱身出来，诗人们的艺术观念也就更加趋向于左右摆动。

　　新文化运动以来的山东诗人，以臧克家为代表的第一代，是从意象化新诗到形象化新诗转移的一代；以贺敬之为代表的第二代，是将形象化新诗推向极致的一代；以桑恒昌为代表的第三代，则是探索新诗意象化卓然有成的一代。文学世代的转换，影响到转型期文化乃至文学的历史分期。一般情况下文学的变革以 70 年为一个大周期，它相当于人的生命周期；又以 35 年为一个小周期，它相当于人的成长周期。事实上，自 1840 年以来一直到 1910 年左右，这 70 年正是"晚清"，是为传统文化的受挫期；这个时期的前 35 年开始了洋务运动，后 35 年则出现了维新运动，但是中西文化的异质对抗性，却是这个阶段的基本趋势。从 1910 年辛亥革命到 1980 年改革开放，基本属于中西文化的对峙期，亦可称之为撞击的裂变期；其中 1945 年正好是一个分界线，前 35 年是新文化运动对传统文明的冲撞阶段，而后 35 年是新文化运动对内地乡土文明的渗透阶段。一直到了 1980 年以后，随着经济转型的顺利进展，包括内地和台、港、澳，文化上磨合的蜕变期才开始出现，其标志就是都市文化倾向日益明显。

　　新诗运动有助于形成新的艺术传统，不断地从事调整与整合，就导致作品的积累史也象征了诗人的成长史。既然华夏文明形态伴随时代从农业社会走到了工业社会，时代也会要求艺术的乡土形态蜕变为都市形态。由此可见，新诗运动还深刻体现了弱势民族的文化发展逻辑，构成艺术体系

---

① 唐晓渡：《唐晓渡诗学论集》，中国社会科学出版社 2001 年版，第 3 页。

的内在支配规律；而古代传统与外来资源，则仅仅构成了这个艺术体系的子系统。于是新诗运动又是一个"西化"与"回归"交互为作的文化演进路线。在近百年的新诗运动中，山东诗坛有其重要特色。这种特色的形成，主要在于山东社会发展的过程中产生了齐鲁文化转型的鲜明印记。山东不是外来文化施加影响的主要窗口，靠的是本身历史演进中的突出业绩。这就决定了悠悠百年齐鲁魂化为诗意之后，乃是以其感悟性和体验性见长。故艺术的乡土性具有发展的优先位置，至于美学视野的拓展则相对处于第二位了。

第二节 大时代揭开新的一页

新文化运动，伴随着大时代的风云。华夏民族的现代化进程，是在血与火的斗争中开始的。诗歌艺术发展进程，因此主要不是线性的进化，而是跳跃的变化，"颠覆"的意义就在于新陈代谢。优胜劣汰的原因，在于新诗必须体现大时代的精神风貌。山东诗坛发展的运演轨道，主要是通过抒情语言的蜕变，来完成艺术的开拓。

一 艺术的候鸟在漂泊中成长

面对新文化的曙光，新诗表达了新的情思。因为诗意是发自心灵深处的呼唤，百年来山东大地的沧桑变化，遂被诗人们表现出来。

我们知道，新诗运动是新文学运动的一部分，新文学运动是新文化运动的一部分。悠悠百年齐鲁魂，必定以现代意识为其时代精神。事实上，华夏文明向着现代社会转型，在20世纪已经是大势所趋。然而这种历史的转向，也有一个渐进的过程——它是由海外到内地，从都市到乡村。诗歌艺术的嬗变，离不开整个文化环境的革新，以及诗歌语言蜕变过程；而革新与蜕变，又以传播新时尚的方式，是从都会转入外省。大都会的文化感召力，对外省的影响一目了然。在新文化运动中，无论时政还是艺术，大都会都独领风骚。

自近代以来齐鲁文化的"外省性"，便使山东早期艺术的发展间接受到外地都会影响，呈现一种诗人群体"走出去"与"请进来"的交替形态。例如，王统照参加文学研究会，是属于"走出去"；闻一多任教于国立青岛大学，则是"请进来"。诗人群体在活动空间上的流动性，在审美意识上的开放性，都是前所未有的。一方面，从"五四"到抗战前夜，伴随所谓文学的革命与革命的文学这一艺术使命的转换过程，山东诗坛经历了一个诗体相应转换的过程。一方面，当艺术变革成为历史的必然，山东的一些诗人自然地离开故土，变成了艺术的"候鸟"，主动去接受新文化的洗礼。后来，随着社会与文化的革命深入发展，新诗艺术革新的进程就逐步意识形态化，而诗学的革命与革命的诗学，也就在山东浑然而成为一种整合形态，让齐鲁诗坛的乡土性成为地域诗美的重要标志。一开始，是新文化运动使得齐鲁文化进入转型期，唤醒了诗人的变革愿望后，诗体革命遂成为一种艺术自觉。30年代初臧克家笔下的青岛，代表了那个时期文化的山东，一个在外部环境影响下发生巨变的山东。一波三折的诗坛发展态势，就体现了人性复苏和文体更新的艰辛过程。

新文化运动是对传统华夏文明的挑战，所以新文化运动中崛起的山东诗人，大都可以称之为艺术的斗士。食古不化的传统被打破，新诗才有自己的生存空间，所以一个时代有一个时代的诗歌。于是，当大时代揭开新的一页，诗坛便改换了新的颜色。美学的境界、抒情的姿态、语感的探索，都变得充满生机。打开海内早期白话诗人的履历表，多为海外留学诗人、高等学府诗人、大都会诗人。原因就在于他们顺应了一条"西化"的文学道路。以王统照为代表的山东诗人犹如艺术的"候鸟"，或者通过远游他乡，而大开眼界；或者通过现代教育，阅读新文化书刊，改变了自己的审美意识。因为审美观念的漂泊与变革，使新的时代精神发展成为新的美学习尚；而通过探索来改变齐鲁诗坛的旧传统，则代表着"五四"以来的时代精神。山东诗人由校园诗人领飞，显示出新文化运动中新诗的启蒙意义，这一点又带来诗人对于诗歌艺术史的隔世之感，而且相应的前卫意识，就在时间与空间的变幻中自然产生。就山东诗人创作群体而论，诗人孟超、燕遇明的创作同样颇具代表性。前者南行上海，受到海派文化的熏陶；后者进省城上中学，阅读京派杂志而得到启发。无论自己出门，还是受到现代教育、大众传播之惠，诗人的心灵上都有了一种"候鸟"效应。

孟超（1902—1976），本名孟宪荣，另有笔名东郭迪吉、林麦、林默、迦陵等，是山东诸城人，出身于书香门第。他从小受到旧诗的熏陶，在济南第一中学闹学潮被当局开除后，曾经回乡组织桃花诗社。在新文化运动中，他是《新青年》《新潮》的热心读者。孟超于1924年考入上海大学中文系，他在入学前就有新诗作品，如《热情的燃烧》，借鉴郭沫若诗集《女神》中凤凰再生的诗意而作反面文章。① 诗中这样说：

> 啊！
> 我怎敢有五百岁再生的奢望，
> 如其是作那集香木自焚
> 的靠尼克斯从死灰中更生；
> 何若趁着这炎炎的热情，
> 尽量的哭呵，
> 尽量的哭呵，
> 向着灼灼的洪炉逃生。

去上海求学，确是诗人一生命运的转机，也是诗歌创作的发展契机。孟超于1927年去上海参加全国总工会，1928年与蒋光慈、阿英等人在上海共组太阳社，创办春野书店，并出版了《太阳月刊》。海派作家的影响，塑造了这位齐鲁诗人的精神风貌。孟超参加过三次上海工人武装起义，后来同夏衍等人办上海艺术剧社（后来改组为中国左翼戏剧家联盟）；抗日战争期间，他在大西南编辑过《野草》等刊物；解放战争期间，他曾经在重庆西南学院任教；新中国成立后，他先后在出版总署和人民美术出版社工作。孟超主要以剧作家、杂文家闻名于世，但也是一位勇于抗争的诗人，他看重对于人道的揭示和张扬，让诗意成为生存智慧的结晶。他著有诗集《候》《残梦》等。他的诗作中有爱情诗，也不乏"反抗的呼声"。在早期齐鲁诗坛上，孟超是一位勇于创作"普罗诗歌"，自觉呼唤抗争的大众歌手。例如他在《反抗的呼声》这首诗里说："廿世纪是破毁的时期，/我们复兴的机会已到，/牢门开了，/镣铐断了，/拼着反抗的精神，/干吧！干吧！/与恶宣战！"这种海派革命文学的诗歌风格，同京派影响下的王统照形成有趣的对比。《战争中的秋》如是说：

---

① 王欣荣：《孟超论》，见《山东当代作家论》，山东教育出版社1989年版。

>   秋雨——泪雨，
>
>   红叶——血淤，
>
>   工农们的力已枯，
>
>   虎狼们仍在堂奥中冲突，
>
>   呵，
>
>   秋之魂，
>
>   已被强梁的人儿占据。

这首诗写于 1924 年，把红色写作同悲秋意境结合起来，在山东新诗界别具一格。他的艺术观念，同参加革命活动的履历有关，也与当时上海文化氛围、校园环境有关。作为 20 年代入党的老诗人，孟超成为山东革命诗歌创作的早期代表之一。

燕遇明（1907—1982），本名燕志隽，山东泰安人。他 1932 年参加革命，新中国成立后担任中共山东省委宣传部文艺处长、文教部副部长、省文联副主席、党组书记，著有诗集《碧叶集》《枯树开花》《山乡儿女》等。在 20 年代中期，他就发表了一系列作品，似乎带有文学研究会的流派印记。我们可以在 1924 年的《小说月报》15 卷 2 号上读到他的《小诗》（共 2 首，这是第 1 首）："我醒来，细雨絮絮，如她的微语，从睡梦里，絮絮地叫问我的窗纸。/曙光渐次地亮，四面的鸡在沉静里引动地呼叫着，我愉快地静默着，倾听万物方醒的呓语，默视着花木的黑影的安静。"他 17 岁时，由于病重从济南第一中学休学，在家中阅读《小说月报》泰戈尔专号，就有了模仿的冲动，写出的两首散文诗，用乡下的粗草纸抄出来寄给《小说月报》，竟然发表了。对于诗人那是一个情诗的时代，青春期的感悟，配上散文体"小诗"这种与旧体诗相反、也就比较容易自由发挥的文体，最适于作为新诗尝试的起点。《小说月报》从此成为他的主要园地，发表了他的不少作品。另外的作品，则发表在《文学周报》《语丝》《新女性》等刊物上。

从接触进步文艺出发，而开始文学创作，他后来便参加了革命，在那个时代，这属于顺理成章。1940 年《大众日报》上，我们可以读到他指导抗战诗歌的文章《我们的诗歌工作》："诗歌是有它无限光辉发展的前途的。它必然是随着人类历史的发展，而走向更高更丰富的发展，是随了人类革命斗争与进步而生长繁茂。诗歌是永远的以它震撼人心的创造，'而葆其美妙的青春！'"① 从此，他进入了自己人生道路的新阶段——从为写诗而革命，到为革命而写诗。在文学的事业中，他发现了真理，为了追求真理，而继续从事文学……

  燕遇明的文学创作，主要集中于两个阶段。第一阶段是 20 世纪 20 年代，第二阶段则开始于 40 年代并且一直延伸到新中国成立后。第一阶段的诗歌作品兼顾写实与抒情，到了第二阶段他则以叙事诗艺术的探索为主，以用诗歌再现革命人生而见长。其短篇叙事诗如 1943 年创作的《杨清法》、1946 年创作的《慰问》，都为人们所传诵，在《慰问》这首诗里，诗人写慰问伤员的农妇形象，虽然只有百行左右，却活现了沂蒙山区的军民鱼水情。

  赵耀堂指出："翻阅诗人燕遇明的全部诗作之后，便很清楚地发现，在他诗歌作品中，最有光彩、深得读者喜爱的是他的叙事诗，即：1943 年和 1946 年先后创作的短叙事诗《杨清法》和《慰问》，以及 1959 年出版、1979 年重版的长篇叙事诗《枯树开花》，1980 年出版的长篇叙事诗《山乡儿女》。而在他的叙事诗的创作中，成就较高，影响较大，并为他在我省诗坛上赢来更高声誉的，是他的长篇叙事诗《枯树开花》。可以说，这部长篇叙事诗是诗人重要的代表作。"② 《枯树开花》和《山乡儿女》等作品，体现了山东解放区特有的文化情调，表现出齐鲁诗坛的现代艺术特色。《枯树开花》写大汶河边宝莲姑娘的故事。东家李二坏调戏宝莲，宝莲大怒，送男人投了八路军，在抗日根据地重新起了个名字叫秀兰，后来还乡团来了，大队长正是李二坏，武工队救出了秀兰，而队长正是她的丈夫……传奇性的故事，乡土化的语言，革命性的内容，使《枯树开花》很受欢迎。《山乡儿女》写沂蒙山的小羊工林生和丫头梅妮的故事。林生逃出苦海参加革命，改名叫张勇，受伤后得到梅妮的看护，二人终于相认。他们坚持革命，从抗日战争打到解放战争，山乡儿女在战火中

---

① 《燕遇明文集》（文卷），长征出版社 2001 年版，第 6 页。
② 赵耀堂：《评燕遇明的叙事诗创作》，载《文苑纵横谈》第 5 期，山东人民出版社 1982 年版。

成长起来。他们经历了严峻的考验,终于取得了最后的胜利。这些长篇叙事诗,是战争年代的写实,具有现实主义史诗的艺术品格,代表了作者新的文学成就。

在山东诗人中,燕遇明的叙事诗艺术成就值得重视。

二 论王统照

王统照(1897—1957),字剑三,笔名剑先等,山东诸城人。他幼读私塾,1913年进济南育英中学,1918年入北京中国大学读书,从此开始文学创作;1919年参加"五四"运动,1921年与郑振铎、茅盾等组织文学研究会,并且成为文学研究会中最具持续性的新诗人。他一贯提倡并坚持为人生的艺术,是追求"美"和"爱"的歌手。他一生中著述甚多,包括小说、诗歌等多种文体,其中有诗集《雪朝》(合集)《童心》《这时代》《夜行集》《横吹集》《江南曲》《王统照诗选》,还有长诗《九月风》、散文诗集《听潮梦语》,以及旧体诗集《鹊华小集》《剑啸庐诗草》等,另有《王统照选集》等行世。他于"五四"之前赴京求学,在文学研究会中应时而动,遂成为山东新诗的前驱之一。诗人大学毕业后,曾经在中国大学任教,1927年迁居青岛,1930年旅行东北,1934年去欧洲考察,并在伦敦剑桥大学研究诗歌艺术。1935年回国,担任《文学》主编。抗日战争期间先是在上海美专、暨南大学任教,后来在开明书店当编辑。解放战争期间在青岛山东大学中文系工作。新中国成立后,他担任过中国文联委员、山东省文联主席、山东大学中文系主任、山东省文化局长等职。

诗之旅,是诗人旅程的一部分。1919年诗人开始创作新诗,这时他笔下的抒情主人公属于沉思者,仿佛是在《小说月报》13卷12号的《钟声》里面,那位浪漫多情的青年知识分子:"苍白的脸色,眼眶下有时带蓝青痕,不常言语的冷秘的态度,瘦削的身躯,表示出包有多少抑郁与不安的情绪在内……仿佛在他那常是戚戚的眉痕下面,聚藏了无限的神秘,与令人思想不到的事实。"在《诗》2卷1号中,我们读到王统照《人生的领受》:"只是有斑痕的迹象啊;/只是发青光的恍惚啊;/只是偶然嗅到的迷香啊;/这正是人生的领受——对于无尽的领受!"那不安来自变革时代特有的隔世之感,代表外界的广大莫测与不可穷尽性,以及主体的沉重压抑与自我超越感。这种感受，意味着人的现代化开始被确认，意味着主体的自我发现，以及自我完善成为迫切的课题。

这种文化心态的特点是："坚信人性能够自我完善，坚信社会总会变得完美和谐。这时候王统照的诗歌更能表现他这种朴素的理想人生憧憬。他的诗集《童心》几乎每一首都是写童心，写自然，写爱和美。尽管在诗行背后跃动着诗人难以排遣的对现实的强烈不满，但这并不能动摇诗人对现实中失落的'爱与美'的寻找。"① 现代化意味着新的历史进程，意味着新的发展的可能性。诗人面对沧桑世事的隔世之感，导致认识世界和认识自己的主题，突然变得如此急迫而且严峻，以至于"心"本身，竟成了"五四"时期诗人仿佛置身体外的独立之物，而王统照也不例外。除了八人合集《雪朝》外，对于诗人，《童心》可以说是他的第一本诗集，"童心"的意象，象征"少年中国"的成长意向，而且具有重新开始奋斗的味道。这种隔世之感还表明，诗人面对全新的外在环境，旧的权威被打破了，一切都要靠自己，靠自己的"心"来适应时代、创造未来，《童心》的意义即在于此。其中《偶聚》道："心啊！你竟是这样柔脆与纷扰的飘浮在夜云深处！"主体受压抑的感觉，带来抗议的意志。于是诗人在《心上的箭痕》这首诗里说：

  哦！痛苦与惊曝的呼声，
  "心"从夜底的黑暗之窟中喊出。
  声渐微细了！
  也许是为黑暗之影压下啊！

  "心"的全体，都渐渐呈现出来，再别一个清白的地上。
  可是已不是完全与赤的"心"了！
  蜂窠般的箭锋之痕，已攒成一个雪花之团。

"心"代表情感的寄托，更代表生存的意志，深刻象征了生命的体验。在王统照的笔下，"心"。是忧患意识的象征。例如《冬日出京前一

---

① 魏建、贾振勇：《齐鲁文化与山东新文学》，湖南教育出版社1996年版，第45页。

夕示唯民》说:"乱感相交迫!生命的光向哪里寄托?"那是一种生命的危机感,变革的使命便在危机中诞生。又如《谁能安眠》道:"在这沉沉如满布着黑云的夜中,谁能安眠?"无眠之夜,抒情主人公的思想成为脱困的希望所在,因为只有开拓思路,才能打开出路。于是为了探询人生之谜,诗人冥思苦想,抒情主人公在《秋天的一夜》这首诗里说,感到"冷寞的寒星"对自己冷笑:"你真是痴子!何苦来去咬破这玄秘的智果!"是的,欲求顿悟,谈何容易?苦思不得,乃有苦恼。请看诗人笔下这相当无奈的呻吟——《读清人词有"往事如流,后期成梦"句颇有感于心因作此诗》:"'生'之流呵,/更从何处追起?/已是永随了生命的前浪流向无尽的岸边去。"无端的悲凄,无奈的感悟,遂使王统照在《小诗·四十九》里沉痛地说:"不过星夜之下罢了,/为什么偏起寒思?/况有心忧充满,/于是我就无端的微泣!"忧国,伤时,应付时代的挑战,必须获得哲学的觉悟。这是主体历史局限性所带来的悲伤,忧患意识的进取性即在于此。《松荫下的倦》讲得分明,诗人的苦思,化为抒情主人公自我超越的探询:

血泪滂沱的身躯,
忧思戕伐的皮骨。
宇宙的核心,
教我怎样地辛苦惘惘地去寻觅你呵!

"童心"象征了真心。诗人悲哀的原因在于,他面对一个探索的时代。

传统的华夏文明受到重挫之后,以往鼎盛的诗学也随之遇到挑战。中华民族在现代化进程中,在思维方式发生变迁后,时代的生活方式随之变化,新道德追随新思想,而爱情就为诗人展开新的意境,那种重建新的家园的希望,也就成为心灵的美学归宿。"童心"深处,传来爱与美的赞歌。然后,在《紫藤花下》这首诗里,诗人抒写了纯洁的爱情:"东风啊!你可以与我方便,/几千里外,/枭荡着我的无限怅望,寄与他一个心电。/道我平安!道我在紫藤花下,/收拾起飘荡的花片。/放在砚池里,/写几个:'我愿与你相见,又不忍相见!'/相见不如不见!/只将这镌上心痕的花片,夹在他的诗集中,/任风吹蚀,香痕儿永久不散!"诗人写刻骨的相思,寄托自己对爱与美的追求;从象征的角度看问题,爱情追求的背后又似有一个故事主人公,随着抒情主体的成熟,而通向了远方……

王统照,是真理的追求者;所以,远行的故事其实还象征进步的姿态,他的诗集《这时代》,便展开了宏观视野——即便是《雾望》这首诗,那探索前程的目光也是远大的,远行就是追求。有论者认为:由于"道德理性精神始终是20世纪山东新文学所关注的一个重要问题。王统照对'爱'与'美'的讴歌,对农民悲惨命运的同情,是发自他的道德理性良知和人道主义的悲悯情怀。"① 面对世界,诗人的艺术视野因为行程而扩展,行万里路取代了读万卷书。在前进的路上,抒情主人公充满了斗争的勇气:

> 夜沉在雾中,还是雾变成夜的试探?
> 黑波上正还有不眠人的行程。
> 灯塔早成了遥遥的雾星,难管
> 那些探求命运人的勇敢。
> 这怪物在狂澜的暗里长叹,
> 迷落的夜世界会变成一片光明!

这种情思,正好契合了下一本《夜行集》的艺术氛围。在苦难的人世间,爱与美已成为太遥远的星光,"灯塔早成了遥遥的雾星",写实遂成为探索过程中一种扎实的姿态。是的,30年代已不比"五四",《夜行》诗中"黑暗如一片软绒展铺在脚下面",乃是极真实的感受。斗争成为现实的抉择,等到抗日战争爆发了,自然就有了王统照的诗集《横吹集》和《江南曲》。那是战歌。在《江南曲》中《五月夜的星星》这首诗里,诗人发出了奋斗的呼号,其追求的执着,与《童心》诗集的抒情主题又一脉相承:

---

① 魏建、贾振勇:《齐鲁文化写山东新文学》,湖南教育出版社1996年版,第66页。

> 五月夜的星星都敛了光芒，
> 让连宵风雨搅起飞浪。
> 把住舵，桨，凭每条臂膀，
> 冲过苦热的黑暗才迎着明亮。
> 伙伴，你后退？你向空中呆想？
> 后面，追奔着血流；空中，霹雳震响，
> 这共难的孤舟，向何处停傍？
> 齐出力，我们要保护住生命的船舱！

诗意就这样勾勒出诗人王统照的情感历程——他本是一位写诗常用问号的诗人。吕家乡指出："为了弥补想象的不足，王统照就刻意在诗的深度上开掘，他的构思过程主要的就是对题材进行深入开掘的过程。他不愿只告诉读者一眼可见或人所共知的东西，总要写出一点自己独到的领悟。因此他的诗不像一池秋水那样清澈见底，而像幽深的山林那样诱人探寻；不仅以赤诚的真心给人感染，而且以真知灼见的闪光给人启示。"① 是的，在《童心》中，《小诗》曾经道：只要"世界上仍有生机，/我的心情终是燃着！泪痕终是凝在眶里！"在风涛中，抒情主人公始终在思考，然后，期待的心情就被代之以果敢的动作，这实在是以真理为对象，以理想为目标，一个从向往到追求的自然过程！

第三节 诗艺的流变

诗意的变化，导致诗艺的流转。有了迁徙的诗人，便会产生"漂泊"的诗歌思潮。在这里，漂泊意味着规范的松动，以及风尚的变动不居。是的，漂泊者充满诗思，新诗钟爱漂泊者，似乎是山东诗坛的一个特色。因为动荡的时世为新诗提供了新的内容，而表现新的内容需要新的形式，在这方面，教育的转型也为诗艺的传播带来了机遇。从戎和求学，成为诗人走向成熟的独特道路，在那个特别的时代，这又具有普遍性。

---

① 吕家乡：《诗潮·诗人·诗艺》，江苏文艺出版社1991年版，第74页。

一 论臧克家

在山东诗人中,臧克家南行的体验,及其在青岛大学从闻一多学诗的经验,最能体现早期新诗的"漂泊性"。他的这种"漂泊性",一直持续到40年代。臧克家(1905—2004)字士光,号孝荃,曾用名臧承志、笔名有少全、何嘉等,山东诸城人,他是很有影响力的现代诗人,著有诗集《烙印》《罪恶的黑手》《自己的写照》《运河》《从军行》《泥淖集》《随军行》《淮上吟》《呜咽的云烟》《泥土的歌》《向祖国》《十年诗选》《生命的秋天》《民主的海洋》《宝贝儿》《生命的零度》《冬天》《一颗新星》《春风集》《凯旋》《欢呼集》《落照红》《臧克家诗选》《臧克家长诗选》《臧克家集外诗集》,以及长诗《古树的花朵》《感情的野马》《李大钊》等。

由臧克家的创作道路看,中国诗坛整体性的历史走向对他有所牵引,山东诗坛地域性的文化氛围对他有所熏陶。所以,诗人的艺术背景有全国性的社会因素,也有本省性的民俗成分。前者如青岛作家学者群中的闻一多,后者如诗人家乡的亲友一石。18岁前,他一直生活在乡间的家园,从小便不乏对于人生的悲剧性体验——由于祖父和父亲等亲人参加武装反清斗争失利,当诗人刚刚8岁时,母亲就因为受惊而故世;又由于患肺病的缘故,他的父亲也仅仅活了34岁。家人的惨死,确实给诗人年幼的心灵留下了很深的创伤;同时贫苦农民吃糠咽菜、手足胼胝的悲惨生活,也引起了诗人深切的同情。臧克家的情感体验,是他爱诗的"种子";而他生长于书香门第,祖父和父亲都雅爱诗章,也让诗人从小就受到了古典文学的熏陶——所以在优美典雅的唐诗宋词里,孕育着臧克家心灵中"诗的根芽"。到了中学时期,臧克家在读了郭沫若、冯至、汪静之等人的白话诗作后,心头的诗意便成长起来。这时候,他尤其喜欢郭沫若的《瓶》,以至于从杂志上将郭沫若的照片剪下,贴在案头并且提了字:"沫若先生,我祝你永远不死!"于是在郭沫若的影响下,在叔辈诗友"一石"和"双清居士"的启发下,臧克家写出了自己的第一首新诗:"秋千架下,/拥积着玲珑的少女;/但是,多少已被春风吹去了。"细细体味其中诗意,其中确有诗人在青春期所常见的淡淡哀愁,但是这种体验还比较肤浅。事实上,这时的诗人对艺术并无定见,而且对人生悲剧的理解也还

不够深刻——只有亲身"识尽愁滋味",他才能把凄苦的人情世态,熔铸成悲剧性的诗篇。就像他的代表作《老马》:

> 总得叫大车装个够,
> 它横竖不说一句话,
> 背上的压力往肉里扣,
> 它把头沉重地垂下!

> 这刻不知道下刻的命,
> 它有泪只往心里咽,
> 眼里飘来一道鞭影,
> 它抬起头望望前面。

都以为"老马"象征农民,其实却是诗人心态写照。了解了诗人后来的阅历,就可以知道这首诗中丰富的内涵。

1923年,臧克家在设于济南市的山东第一师范学校读书,在这里,他深受民主革命思想的影响,乃于1926年秋天里南下,到武汉报考国民党中央军事政治学校。当时诗人亲眼见到工农革命运动的高潮和汉口英租界的收回,实在太激动了!于是北伐誓师的场面,"民众武力"的大旗飘动,一一化作他心中的理想之光。虽然军校的生活紧张而艰苦,但是诗人在信念鼓舞下,便从奋斗中体会了生命的充实。这种充实感,从此成为一把衡量人生的尺子——诗人用它比较光明与黑暗,丈量生活的价值,就不难捕捉到时代的诗意。1927年的春天,蒋介石背叛了革命,臧克家满怀义愤参加了追捕右倾分子的行列。然而天边的乌云渐渐压向武汉,夏斗寅叛变了。为了讨伐夏斗寅,军校与学兵团合编为中央独立师,诗人征战40天回来,却不料大革命已经失败,武汉的光明如同彗星般逝去。这一时代大悲剧,为臧克家揭开万里独行天涯漂泊的序幕。他沿江而下,经上海返回山东,一路上人地生疏,食宿两难。诗人的身心不堪疲惫与激愤双重折磨,到上海不久便病倒了。回乡后,他险些被捕,只好远走高飞,逃亡关外,流亡北国。臧克家悲凉的身世之感,与大革命失败后的沉痛感受融为一体,与凄风苦雨中的民族苦难融为一体,这就造成了诗人情感的深刻性。

由东北返回山东，臧克家在1930年考入青岛大学（即今山东大学）。入学的关键，是他所写的一句"杂感"，即："人生永远追逐着幻光，但谁把幻光看作幻光，谁便沉入了无底的苦海！"闻一多由此而看到了臧克家对人生的体验深度和感悟能力，欣然接纳了这位学生。他受业于闻一多先生，以古诗词和民歌的修养为基础，认真借鉴新月派的格律化诗风，就找到了"自己的诗"。在闻一多的指导下，他学会了严格选择想象和炼字的技巧，并且在1933年出版了具有朴素、真实、含蓄、精练风格的诗集《烙印》。这些诗具有鲜明的悲剧性，与诗人的自我意识大有关系。臧克家在《十年诗选》的《序言》中，曾经说自己是"一个滋生成长在不同时代气流里的悲剧型的生命"，① 这种身世之感，造成了诗篇的悲凉意境。以身世之感为基础，所以对于下层民众的苦难与不幸，诗人有着强烈的共鸣；对于他们的困惑与向往，诗人也有深切的体会。臧克家在《我的诗生活》里曾经说过，当他在构思诗作时，那些暗夜里发生的可悲事件，又总是与自己的沉痛回忆相互交融，乃是"叫苦痛迫着，严冬深宵不成眠，一个人咬着牙齿在冷落的院子里，在吼叫的寒风下，一句句，一字字的磨出来的压榨出来的。"② 唯其如此，一首八行小诗，诗人竟然要推敲一个星期。那苦吟的过程，也就是诗人对于磨难进行再体验的过程。他充分调动感情记忆，遂有了诗意的结晶。对于诗人，《烙印》的意义非同凡响。

虽然臧克家的表现手法偏于细，可他的创作精神是追求大的；在他的文学道路上，带有里程碑意味的《罪恶的黑手》就是向大处走；而后来写出上千行的《自己的写照》，更是努力往长里写。我们还发现诗人一开始谈诗，就讲博大雄健，这显然是不同寻常的。例如《论新诗》主张以"表现大的思想"为新诗的艺术使命，怎么个"大"法？他说："要用人间的一切学问和世情锻炼自己，而感情往远大处放。诗人要以天地为家，以世界的人类为兄弟。……对于句子的排列，那还比玉人雕刻一块瑰宝时候的心还细，还苦，他诗

---

① 臧克家：《十年诗选·序》，见《臧克家研究资料》，甘肃人民出版社1999年版，第228页。

② 臧克家：《我的诗生活》，见《臧克家散文小说集》（下册），长江文艺出版社1982年版，第903页。

句全是用心血涂成的。"① 诗人为了求"大",而花费细心和苦心,为什么呢?这是因为现实主义思潮对臧克家的影响。例如,他着意写社会的悲剧,追求悲壮美,长诗《罪恶的黑手》就有了大的框架,真实又深刻。这首诗分三部分:一是伪善的形象,迷信的情境里有对教会的讽刺;二是淳朴的形象,施工的画面上有对工人的同情;三是勇猛的形象,反叛的想象中有对革命的向往——仿佛三部曲的结构,用形象对比表达社会矛盾,应该说是较为成功的。这首诗的构思布局有前因,有后果,依时间顺序展开,空间画面亦井井有条,于是铺开了大场面;其中又有细针细线的手法,如诗人讽刺教徒"用心做了一脸肃穆",小中见大,悲剧中渗透喜剧性。从《罪恶的黑手》来看臧克家创作的精神倾向,大致有以下四个方面:第一,在主题选择上,诗人更加注意思想深度,努力反映民族矛盾,阶级矛盾,把反帝反封建的时代要求和革命低潮的社会现实进行对照,提出要"来一个大的反叛"。第二,一在题材选择上,教堂成了社会的缩影,其背景有工人的血泪、乡村的破产,也有帝国主义进行文化侵略的投影。第三,在诗的形式上,不但叙事增多,而且篇幅拉长,从十几行发展到百余行,后来更写三五千行的长诗,看似求长,实为取大取真。因为叙事诗较便于再现生活,长篇叙事诗更是容量大,场景大,气势也大。第四,在语言选择上,诗人喜欢以土白入诗,作到深入浅出——《罪恶的黑手》确实很重视口语化的形象描写,比如在形容教堂的施工场景时,抒情主人公这样说:

> 有的在几千尺之上透下只黑影,
> 冒着可怕的一低头的晕眩。
> 石灰的白雾迷了人形,
> 泥巴给人涂一身黑点。
> 铁锤下的火花像彗星向人扫射,
> 风挟着木屑直往鼻眼里钻。

诗人在方言白话里提炼诗的语言,字里行间似乎有民间说唱艺术的影响,叙事形象鲜明,语句节奏明快,在描写中锤炼动词颇见功力,又通俗

---

① 臧克家:《论新诗》,见《臧克家散文小说集》(上册)长江文艺出版社1982年版,第7页。

易懂，很传神，非常符合叙事诗的艺术要求。总的来看，臧克家的眼界广阔而深邃，想象灵活而工巧。倘若就不同的诗体来说，他的短诗比较硬朗结实，浓缩集中，有力度，其长处是细致，可就是"大"不起来；而百行上下的中篇如《罪恶的黑手》，大处与细处较能兼顾，结合得相当成功；长篇叙事诗则足够"大"，却少了抒情的厚重。究其原因，闻一多的《死水》写作技巧脱胎于古典律诗，本不适宜写史诗，而要探索独创性的史诗艺术，就必须积年累月苦心经营，像但丁的《神曲》、歌德的《浮士德》，都灌注了多年的苦心；但是臧克家的长篇叙事诗大都写得仓促，并没有充分发挥"大"的威力。相形之下，倒是他的中篇或组诗兼有视野开阔、情思悲壮且又手法精细的特点。这种创作特点，也影响了臧克家的诗歌观念。毫不奇怪，只要谈起创作精神来，臧克家就要强调"大"，而讲到表现手法，他又讲究精细。"大"是要表现人生中的事件情理，即大是大非或者大事大理；精细的范围是想象比喻的字、词、句用法。大处着眼，细处落墨，凝练的字句与厚重的象征相交融，构成了臧克家现实主义诗歌的独特风貌。

十年磨一剑，则是臧克家创作道路的特色所在。大革命失败后，诗歌成了臧克家生活的寄托和最后的武器。就像臧克家在《匕首颂》里所说，它让诗人"梦里的天空，掣起来一道长虹"；又如《壮士心》所讲，它代表一种"举起剑来嘶喊"的向往。如何磨砺手中的白刃呢？在《新诗答问》中诗人道："一个诗人到了人格放了光的那一天，便是伟大来临的一天，不消说，光是由生活磨出来的。"[①] 在生活中自觉磨砺自己，遂成为诗人创作道路的主要追求。抗日战争爆发后，臧克家在前方战地整整生活了5年，他要在烽火中锤炼新的艺术风格。后来蒋介石掀起了反共高潮，诗人在战区实在待不下去了。万般无奈，臧克家1942年8月到了重庆。在这里他写了《春鸟》，说鸟儿尚在东风里欢唱"生命的歌"，而诗人的"喉头上锁着链子"。这愤怒如同地下的岩浆，迟早是要喷出火山口的；而且愤怒之火正在冶炼着诗的白刃——那怒火愈炽，铸出的青锋也就愈加锐利。政治讽刺诗，就是臧克家手中的利剑。诗人举起了它，"刺向黑暗的'黑心'。"重庆是"少见太阳多见雾"，一踏上重庆的土地，诗人就感到了强烈的窒息。达官贵人的流线型汽车，时髦人物的西装革履，与他那

[①] 臧克家：《新诗问答》，见《臧克家散文小说集》（上册），第11页。

一身汗迹斑斑的绿粗布军装,形成了鲜明的对照。这就是"战时首都"吗?诗人感到:"我,像一个叫花子误失闯入了天国。"诚然如他在《崎岖的道路》这首诗里所说:"什么对我都是陌生,这里的道路是这样的崎岖呵。"想起了战火硝烟中千千万万忍饥受饿的老百姓,诗人觉得心焦、气闷!于是政治讽刺诗的锋芒,便对准了这个腐败的世界!臧克家愤怒地指责政客与奸商,他这样抨击奸商:

> 大腹便便的商人,满街上晾肚子,
> 像怀了孕;是怀了孕——
> 怀着一个别人的"国难",
> 怀着黄金婴孩,
> 屁股一撅,就可以下来,
> 说不定还是一产三胎。

雾都中的阳光分外珍贵,读《新华日报》,与中华全国文艺界抗敌协会中的进步朋友往来,早就是诗人精神生活中必不可少的内容了。有爱有憎,臧克家的思想日趋成熟,他形成了自己的"星星主义":人民群众,就是暗夜里明亮的星群;只要大家汇聚起来,就能造出个灿烂的明天。所以,谁有一分热,就该发一分光,诗人当然也不例外。抗日战争前后,臧克家诗艺的重心,经历了一个从抒情诗到长篇叙事诗、再到政治讽刺诗的文体发展转换过程。文体的交替适应着诗风的变化,伴随着诗人人格的成长。为了民族的明天,臧克家笔不停挥。在《刺向黑暗的"黑心"》一文中,他提出:"讽刺不是要聪明,也不是说漂亮话。看得真,感得切,恨得透,坚决,尖锐,厉害,这样情形下产生的诗,才有力。力,从诗人传给诗,从诗传给群众。"[①] 所以在《你们》这首诗里,臧克家向反动统治者鲜明地表示了自己的创作态度,即以诗为剑:

> 我要用我的诗句鞭打你们,
> 就是你们死了,我也要鞭打你们的尸身!

---

① 臧克家:《刺向黑暗的"黑心"》,见《臧克家研究资料》,第240页。

我要把我的诗句当刀子
去剖开你们的胸膛……

因为写政治讽刺诗，1948年臧克家被迫逃亡香港，1949年初到北京。他于新中国成立后曾任中国作家协会书记处书记，《诗刊》主编。诗人一生中诗歌创作为数众多，从戎与求学则是其创作道路的转捩点，就此看来，他的创作道路可以说是早期山东新诗发展的一个缩影。

二 老舍和闻一多在山东的新诗创作

30年代来山东的著名作家中，老舍和闻一多都曾有新诗创作流传下来。虽然闻一多诗名较大，而老舍在山东诗歌作品则相对较多。

老舍（1899—1966），本名舒庆春，字舍予，满洲人，生于北京，1924年赴英国，1930年回国，先后任济南齐鲁大学、青岛山东大学教授。其间老舍除小说创作外，还著有论文集《老牛破车》和《老舍幽默诗文集》。在济南的四年里，老舍一共写了十几首诗。他到济南写的第一首诗《鬼子兵撤了》，就是回应"五三惨案"的讽刺性写实之作："我到讲堂去听课，/师生们喜气洋洋。/女的换上了新鞋新袄，/男的脱了蹩脚的军装。/先生说薪水六成有望，/况且，嘻嘻嘻嘻，中国哪会一时就亡！"这种风格带有民谣色彩，也同他在英国写小说的幽默风相近，作者也称之为"幽默"，其实它与老舍那种"骂世"的平民心态有关。如《国难中的重阳》写千佛山会熙熙攘攘，突然来上一句"谁知道'九一八'/谁爱记着那臭'五卅'！"又如《空城计》写日军攻打济南，不见守军，犹疑不定，不料登城南望："大车小车齐向南，/黄沙滚滚风浩浩"，只见一支南逃的大军！而写受难者的《国葬》，作者就自然换上了庄容。写实之外的作品，也还有抒情一类。如同袁忠岳所说："如果说幽默写实那一类诗用的是小说手法的话，那么浪漫抒情那一类是体现的就是诗的本色了。它是靠新巧的意象与绵绵的情思取胜的，说明老舍对这种诗歌技巧也不陌生，他有着真正诗人的气质。"① 这类作品多写作者游历欧洲时的思乡心态，同他的山东体验关系不大，故此从略。

---

① 袁忠岳：《诗学心程》，山东文艺出版社1999年版，第286页。

1934 年 9 月，老舍到青岛山东大学中文系任教授。1935 年暑假期间，老舍和王余杞、王统照、王亚平、杜宇、李同愈、吴伯箫、孟超、洪深、赵少侯、臧克家、刘西蒙 12 人，在《青岛民报》上开了一个专栏，叫《避暑录话》，7 月 14 日创刊，以后每星期日出一期，一共出了十期。后来老舍回到济南，参加过"山东省文化界抗敌协会筹备会"，直到抗日战争爆发后，日军逼近省城，他才离开了山东。应该说，山东时期，是老舍抗战写作的起点。

闻一多（1989—1946），名亦多，字友三，号友山，家族排行叫家骅，后改名多，笔名一多。湖北浠水人，1912 年考入北京清华学校，在新文化运动中舍旧诗而改写新诗。1922 年他赴美留学，1925 年归国，著有诗集《红烛》《死水》。应杨振声邀请，1930 年闻一多曾经担任青岛大学文学院院长兼国文系主任。同年冬天，闻一多写出一首抒情长诗《奇迹》，那就是这个阶段诗人唯一的作品，也相当于诗人的压卷之作。

从《红烛》到《死水》，诗人的风格经历了一个由繁丽到幽玄的变化过程。他由抒写理想为主，转向了描绘自己的心境。于是表现自我感觉，取代了表白自我意识，同时介入了比较多的写实成分。值得注意的是，这种心态，和臧克家写《烙印》时相似。他曾经说过，《烙印》和《生活》是诗集中那些写实的作品的"基础"，"克家自身的'嚼着苦汁营生'的经验"为他"全部诗集"带来了"令人不敢亵视的价值"[①] 更加值得注意的是，《奇迹》这首诗，同臧克家《烙印》的风格也有相似之处。是在表达心境的同时，有一种自我雕塑的意向。《老马》中任重道远的心态，与《奇迹》里的企盼心态相去不远。不知道是先生影响了学生，还是学生启发了先生？这是一个饶有兴味的问题，可惜不易得出答案。

还是先来看诗人创作中的收获吧！如果说"奇迹"象征审美理想，那么这首诗就代表了诗人新的艺术思考。新诗与旧诗的差异，让许多现代诗人难以安心。徐志摩翻译过李清照的词，闻一多研究过律诗，朱光潜探索古典诗学，似乎也是为新诗研究开路，而梁宗岱介绍象征主义，又钟情于陶渊明……融会贯通新诗、旧诗、英诗的艺术境界，闻一多是第一人。似乎《奇迹》又是一次新的试验与探索！

---

① 闻一多：《烙印·序》，见《臧克家研究资料》，第 435 页。

以往闻一多在表现个人心境时，更加注重形式美的探索。通过《律诗底研究》和"建筑美、音乐美、绘画美"的提倡，诗人对于新诗表现手法有了独到的发现，使想象力和形式感可以自由地组合，做到因内符外、法中见意。《奇迹》这首诗，也有类似的艺术倾向。同时，又有了新的突破。诗人似乎在调和两种倾向，企图开创新的境界。对于闻一多自己，那应该是一个新的努力，为了实现"集大成"的艺术境界吧。

《奇迹》可能是爱国诗，也许是爱情诗，可以是抒情诗，又带有写实因素。虚话实说，正话反说，是诗人经常采取的表白方式。诗中一开始就说：

　　我要的本不是火样的红，或半夜里
　　桃花潭水的黑，……

抒情主人公要的是什么？是"奇迹"，比一切美感更美、也更加神奇的理想境界。同时，诗人表示，理想是难以企及的，可是他等得迫切，"我不敢让灵魂缺着供养"。要想告别平凡，又不得不"等"。于是，心境与理想、自我感觉与自我意识，就在诗中得到了统一。很可能，这是诗人在追求新的艺术境界。他在诗中说："我要的是整个的、正面的美。"那是"一刹那的永恒"，也是"最神秘的肃静"，还是"最浑圆的和平……"我们见不到"奇迹"本身，只能看到诗人的期待。是期待，把理想和心境结合起来了。更值得注意的，是《奇迹》的艺术技巧。闻一多在给陈梦家的信中说："我认为长篇的结构应拿玮德他们府上那一派的古文来做模范。谋篇布局应该合乎一种法度，转折处尤其要紧——索性腐败一点——要有悬崖勒马的神气与力量。"①《奇迹》这首诗法度森严，结构细密，令人赞叹。让不同的艺术境界浑然合一为新诗的表现体系，也许就是真正的成功，"最浑圆的和平"……

殷切期待的心情，促使《奇迹》比《红烛》中的作品更严谨，比《死水》中的作品更豪放。虽然是一气呵成，中间也有跨行之顿；大体每

---

① 武汉大学闻一多研究室编：《闻一多论新诗》，武汉大学出版社 1985 年版，第 102—103 页。

一行字数相似，但是由于标点符号影响了节奏，朗诵效果还能做到有不同音步的变化。韵随意转，文白交杂，使斑斓的美感取代了繁丽和幽玄的风格，诚然是一种中年气象，雍容，华贵，从容，自在，纯熟老到，仿佛炉火纯青……在闻一多的创作道路上，它也可以称得上是一个"奇迹"！

是的，《奇迹》虽然说只是一首诗，但是对于山东现代诗坛，却也是弥足珍贵。

第四节　文化环境的迁移

新文化运动是一个过程，在这个过程中，人们逐渐改变自己的文化观念。现代中国以新的文化观念取代传统观念，同现代教育、大众传播密切相关，也与社会动荡、战争环境密不可分。文化环境的迁移，是历史前进的必由之路，而倒退是不可能的。校园与战地，都是现代社会的组成部分，诗人在这种大时代的氛围里，更易于受到新文化的淘洗。于是文化环境的迁移，同时也就伴随着诗人艺术观念的进步。文化环境的迁移，使新诗变得更"新"了。

一　臧云远：求学和战争对诗人的影响

新文化的曙光促成诗艺的流变，诗人的进步势必伴随文化环境的迁移，并带来艺术上的新追求。例如现代诗人求学和战争的经历，对于推动齐鲁诗坛的发展，就带有普遍性。在某种意义上，抛弃旧体诗，创作新诗，尤其是现代诗，本属于推陈出新的文化倾向，乃是在新的文化环境中形成的新声音。这就使得校园文化与新诗，结下了不解之缘；然而，诗人自己又总是来自家园，乡音与方言牵动人心，遂使乡土的情思在诗意中，同样扎下了深深的"根"。另外，诗人在战争岁月走上革命的道路，也同样是顺理成章。同臧克家齐名的臧云远，便在进入校园与保卫家园的两种生活追求的交替中成长起来。这种追求在山东具有代表性。校园与家园，当然都是文化环境的一个组成部分，而战争体验意味着臧云远也和千千万万爱国志士一样，是从校园解放思想，进而走向了捍卫家园、追求理想的道路。在这里，诗人因为加入革命队伍而开拓艺术视野，便相当于加入革命大学校，更新文化氛围。如果说"候鸟"是离家求学者的一种象征，那么现在又有了另外一种"候鸟",那是在军营中长大的一批诗人,从贺敬之到严阵,乃是下一章的论述内容。臧云远和他们的不同之处,在于他表现出更多的学院诗人特质。

臧云远(1913—1991)笔名辛苑、秀沉,山东蓬莱人,幼年入蓬莱县城读书,青年去北京求学。1932年他在北京加入"左联",1933年加入共产党,同年留学日本,为东京"左联"成员,于抗战爆发后归国,并且去了延安。后来臧云远到了重庆,负责主持中华全国文艺界抗战协会的新诗歌活动。新中国成立后,诗人先后在华东大学、山东大学、南京艺术学院任教授。他的诗名曾经和臧克家并列,一时有"南臧、北臧"之称,著有诗集《炉边》《静默的雪山》《云远诗草》,以及诗剧《苗家月》、歌剧《秋子》等。

诗人擅长写叙事诗和朗诵诗,而《秋子》更是中国的第一部大型歌剧,由此不难想见他的艺术风格。臧云远写于1945年初的《望中原》,从大西南遥想北国抗战的革命队伍,激情洋溢,是其抗战诗歌的代表作。诗中说:"就在这傍晚的阳光下/黄河嗦嗦地流着冰块,/大平原上的白雪闪着金色的光/天顶上飞着红冬冬的云彩,/村里的人望着黄河边/我们的队伍过了河来了,/多么英武多么强壮呵/我们的队伍回到了家乡,/把牛把羊都牵出来吧,/好日子已经来到了……"那发自内心的喜悦,体现了对于抗日战争胜利的企盼。

臧云远同臧克家一样,都是在抗日战争前受到校园文化的熏陶,又通过战地体验,而开阔了艺术视野。两人能够齐名,在臧克家主要是表现出朴素的抒情作风,在臧云远主要是得力于写实的叙事风格。但是,臧云远在抒情方式上也有得意之作,而且抒情诗的写作也是诗人的强项。例如他在《失掉》这首诗中说道:

> 当你以崇高的爱的光辉
> 在雾海里探照
> 当你爱的光辉里涌滴着泪
> 我曾是你希望的海岛
> 永隔着重洋呵
> 那滚滚献来的白花的海涛

像祭奠爱的心田
从此闯进无情的风暴
脑海上的身影路途遥遥
在滚滚的大海里
已把爱情挤掉
你提着怀念的皮箱
在战争的炮火下寻找
我披着漏风透雨的军装
想念着你不离开战壕
你看你的坚强已露在脸上
看我的枪伤又已经医好
让我们胜利地回到故乡
再重温记忆对着苦笑

抒情中有事件，叙事中有哲理，把战地体验同爱情生活的不幸遭遇结合起来，表现出现代人复杂的历史情怀、矛盾的人生选择。对话的语调，传神的叙事，把抒情主人公的表情表现得惟妙惟肖。战争体验确实丰富了诗歌的艺术视野，使臧云远从校园生活中解脱出来，不仅有了新的文化眼光，而且也产生了新的社会襟怀。

对于诗人的创作道路而言，这是幸运的。

二 校园文化影响下的李广田

李广田（1906—1968），号洗岭，曾用笔名黎地、曦晨、望之等，山东邹平人，著有诗集《汉园集》（合集）、《春城集》《李广田诗选》，叙事长诗《阿诗玛》《线秀》，诗学论集《诗的艺术》等。由于李广田幼年家贫，他是先入私塾，后进小学，于1921年进县师范讲习所，随后任县立小学教员。后来他考入济南市山东第一师范学校。在这里，诗人加入了共青团，并因为组织书报介绍社，传阅革命书刊而被捕，终于以所谓"新书案"的名义，给判了死刑，当年他才22岁。此时恰逢北伐军入山东，张宗昌仓皇逃出济南，日本人制造"五三"惨案，诗人方在大乱中逃出了大牢！1929年，他考进了北京大学外语系，1935年毕业后任济南初中教员。诗人在抗战爆发后随学校流亡四川,在国立六中任教。到了40年代,李广田先后在昆明西南联大、天津南开大学、北京清华大学任教,积极参加民主进步活动,并于1948年入党。新中国成立后他先后出任清华大学系主任,云南大学校长,昆明作协副主席等职。对于他,校园与家园同样重要——家园是起点与归宿,而校园,即新式教育,则为诗人提供了腾飞的翅膀。

李广田从1930年开始发表诗歌和散文,那是在北京大学上外语系时。在校园里,诗人开阔了艺术视野,初识叶芝、瓦雷里、艾略特、里尔克,他改变了美学的眼光,并与同学卞之琳、何其芳常常往还,成为心心相印的朋友。他们一起,在晚唐温李诗风与西方象征派诗艺之间,发现了相通之处,但是李广田本人,要更倾心于陶渊明的艺术风范。唯其如此,在三人1934年合编的《汉园集》中,李广田的诗辑虽然命名《行云集》,却以《地之子》为代表作,这似乎有其象征意义。

说起来,他们读书的地方虽然叫汉园,却是有名无园,乃一独立高楼。因为郑振铎编文学研究会创作丛书,问卞之琳要诗集,卞之琳就约两位朋友合出了《汉园集》,那是在1936年。李广田的《行云集》共收诗17首。作为"汉园三杰"之一,他的著作不多,但是纯朴深厚,质地坚实,虽然只有《行云集》和新中国成立后出的《春城集》《李广田诗选》等,倘若再加上《诗的艺术》,他在现代诗坛上的影响力,便与卞之琳、何其芳相去不远。他偏爱乡土人生,笔下有较多的现实内容,兼有写实和象征,仿佛在预演现代派未来的发展。大体上,《行云集》完成于30年代前期,有些作品更多"汉园味",即表现出三位诗人诗艺相通的一面,如《生风尼》(即交响乐曲)中说:"嘘,果子落地,永寂了。时间像大海,生风尼永无宁息。"这首诗有一种形而上的玄学意味,同时抒情主人公表现出诚挚忧伤的情调,浑然质朴的风格;诗里那些朴实、自然、纯净、亲切的诗句,表现出强烈的精神感召力。李广田的代表作《地之子》,沉郁而且凄婉,尤其令人赞叹:

我是生自土中,
来自田间的,

这大地，是我的母亲，
我对她有着作为人子的深情。
我爱着这地面上的沙壤，湿软软的，
我的襁褓；
更爱着绿绒绒的田禾，野草，
保姆的怀抱。
我愿安息在这土地上，
在这人类的田野里生长，
生长又死亡。

我在地上，
昂了首，望着天上。
望着白的云，
彩色的虹，
也望着碧蓝的晴空。
但我的脚却永踏着土地，
我永嗅着人间的土的气息。
我无心于住在天国里，
因为住在天国时，
便失掉了天国，
且失掉了我的母亲，这土地。

  代表抒情主人公的中心意象，仿佛是一棵树，根深叶茂，本固枝荣，顶天立地！它表现出一种怀旧的情感（根与过去，有深刻的联系），而这种情感，当然离不开李广田深沉的感慨与悲愤的体验。在诗人心目中，"生活得最好的，最理解生命的人，也许就是那发掘了最深最远的，那所发掘的却并不在别处，而只在我们的脚所践履的地下，那就是生长一切也埋葬一切的土里。"[①] 同时，他还在《第一站》这首诗里说："我可是一辆负重的车，/满装了梦想而前进？//没有人知道这梦的货色，/除非是/

[①] 《李广田文集》，第3卷，山东文艺出版社1984年版，第59页。

头上的青天和湖里的水。"抒情主人公所言，很可能指那个"新书案"的噩梦，他为此不幸入狱，关在济南东门外。监牢离大明湖不远，家人卖尽果园和土地，却还是无能为力，李广田终日痴立铁窗前，遥望晴空一角……那真是刻骨铭心的体验！

　　乡土情深，诗人不忘大地，便会自然地走向远方。"地之子"真挚淳朴的歌吟，促使抒情主人公自然表现出散文家的风范，诗的境界却自成浑然的整体。这与艾青似有某些相似之处，又仿佛印证了他个人总结的，新诗的发展路线："一、从个人的，到群众的；二、从主观的，到客观的；三、从温柔的，到激烈的；四、从细致的，到粗犷的；五、从低吟的，到朗诵的"①。诗人论述抗日战争中诗歌创作，兼顾内容与形式，曾经在《诗的艺术》中，从章法、句法、格式、韵法、用字、意象等方面来评卞之琳的《十年诗草》，其见解极为精辟。他长于把握诗歌艺术的本体论，如在《谈散文》中指出："如把一个'散'字作为散文的特点，那么就应当给小说一个'严'字，而诗则给它一个'圆'字。如果把散文比作行云流水，那么小说就是精心结构的建筑，而诗则为浑然无迹的明珠。"②唯其如此，诗人的眼力过人。一方面，李广田的诗歌创作在朴实敦厚中追求一种浑然的境界；一方面，他的评论又具开阔的眼界，如他很看重十四行诗，赞赏"它的层层上升而又下降，渐渐集中而又渐渐解开，以及它的错综而又整齐，它的韵法之穿来而又插去"③。这种对古典诗学和西洋诗学兼收并蓄的学风，正是李广田的过人之处，这让他把握到诗艺的精微所在。例如，李广田的《秋灯》，就使我们想起戴望舒《夜蛾》的韵味：

　　"是中年人重温的友情呢，/还是垂暮者偶然的忆恋？/轻轻地，我想去一吻那灯球了。//灰白的，淡黄的秋夜的灯，/是谁的和平的笑脸呢？/不说话，我认你是我的老相识。//叮，叮，一个金甲虫在灯上吻，/寂然地，他跌醉在灯下了：/一个温柔的最后的梦的开

---

① 潘颂德：《李广田的诗论》，见《中国现代诗论40家》，重庆出版社1981年版，第381页。
② 《中国现代文论选》，第1册，贵州人民出版社1982年版，第631页。
③ 李广田：《诗的艺术》，重庆开明书店1943年版，第100页

始。//静夜的秋灯是温暖的,/在孤寂中,我却是有一点寒冷。/咫尺的灯,觉得是遥遥了。"

那是一种浪漫的姿态,抒情主人公追求光明,追求温暖,追求理想,而理想实在是非常遥远的。诗人自身的情绪感受和对社会对生活的了解,通过艺术想象,而在诗中圆满地结合起来。细品诗意,似乎其中有一种失望,一种悲哀,那也正是诗人孤独的心灵所特有的感受——诗在生活中,生活中的诗人却很坎坷。青年时代的李广田,已经两次被关入监狱(还是被判过死刑的人),这种遭遇,反而使他意识到自己在生活中的位置。这一点,又转化为浓烈纯朴的抒情风格。李广田在《秋的味》这首诗中,给了我们一个传神的表现:

> 谁曾嗅到了秋的味,
> 坐在破幔子的窗下,
> 从远方的池沼里,
> 水滨腐了的落叶的——
> 从深深的森林里,
> 枯枝上熟了的木莓的——
> 被凉风送来了
> 秋的气息。
> 这气息
> 把我的旧梦熏醒了,
> 梦是这样迷离,
> 像此刻的秋云似的——
> 从窗上望出,
> 被西风吹来,
> 又被风吹去。

这首诗写出诗人的通感,味觉记忆背后是感情记忆,一种关于树林子的记忆,它意味深长,所以这首诗能够如此朴素委婉,把悲秋的情怀,化为一支歌,一片感伤的韵味。那味道只有在乡土山野大地上长大的孩子,才能写得如此传神。秋天的味道,令人品味。诗人一唱三叹的思绪,带着田园的味道，盘旋在读者心头……

诚如刘西渭所指出的："李广田先生是山东人，我不晓得山东人的特性究竟如何，历来和朋友谈起，大多以为肝胆相照，朴素无华，浑厚可爱，是最好的山东人的写照。而李广田先生流露的正是这种质朴的气质，这种得天独厚的气质，有些聪明人把这看作文学的致命伤，然而忘记这是文学不朽的地基。"① 诗人脚踏实地，一步一步朝前走，拥抱着大时代的主潮。于是，李广田在40年代有了新的飞跃，《给爱星的人们》一诗如是说：

"祝福你爱星星的人们，／你们生于泥土而又倦于泥土的气息。／／我呢，我却更爱人的星，／我爱那作为灵魂的窗子／而又说着那无声的温语的／人的星星。"

有道是双目如星，眼是心灵的窗户——对于诗人善确实比美更加重要，他期待着重铸河山。抗日战争的烽火和流亡的阅历，使他投身于革命洪流，成长为真正的"地之子"。于是，新中国成立后诗人以《春城集》为社会主义歌唱，也就一语双关，春城不仅是昆明的别称，更是家园的代称。诗人在《人浴》这首诗里说：

> 几千年的阶级社会，
> 几千年的阶级斗争，
> 尽管我们身上伤痕累累，
> 一个真正的春天确已形成。

诗人由于"伤痕"而参加革命，并自觉为"春天"而歌唱。"地之子"就这样以《春城集》取代《行云集》，改换了自己的抒情姿态。在这方面"人之子"艾青和"地之子"李广田，也确实表现出某些相似之处：受迫害成为写诗和参加革命的动力，二者最终又归结为一种对社会美理想的追求（在某种意义上，李广田写的《秋灯》和艾青写的《太阳》同样表现出对光明的向往）……这条道路实具普遍性，殊途同归，正是为了社会美理想！而现代诗的转向，也就在追求功能性的左翼诗歌运动中，形

---

① 《中国现代作家选集·李广田》，人民文学出版社1984年版，第256—257页。

成了结构的蜕变。

　　臧云远和李广田等山东诗人,都是为了求知而上学,为了真理而奋斗,所以他们的相似之处就在于——在校园与家园之间,恰是追求理想的广阔天地。由此可见,投身校园乃是重建家园的开始。同时对理想的追求,又意味着重建家园或者投身校园。诗意与奋斗一体,从追求真理出发而完成自我完善过程,已是诗坛习尚。变迁中的文化环境对诗人的影响力便鲜明地表现出来。

第二章 战地诗坛的乡土性

从抗战后到新中国成立前的山东诗歌，开始凸显了乡土性的地域性特色。20世纪齐鲁诗坛的特色，似乎就在于乡土性；而乡土性同战争年代诗人们依据"战地体验"所开创的艺术传统密切相关。大体上，地域文化特色，如何通过创作过程，转换为当地诗坛普遍的风格，关键就在于诗人的艺术体验。在战火硝烟中，把人情世事、山水风情、人生感悟溶进诗歌作品，用以激励士气，便有了山东战地诗坛的偏重乡土性艺术品格。

由于抗日战争的爆发，导致了华夏诗坛重心的西迁；然后，抗日战争和解放战争中建立的山东解放区，才在战火硝烟里造就了齐鲁大地上颇具特色的战地文学。这时流行于山东解放区的诗歌艺术，是一种非常富有乡土特色的文化现象。它不同于沦陷区诗人把悲剧性感受压缩为异常朦胧的诗句（因此在日据都市中流行的诗歌作品是晦涩得近乎无意识的语言）；而在解放区，那通俗的乡土诗学，就表现为极其口语化的宣传艺术。

在本乡本土生长，受到地域文化熏染，经历战场上种种感悟与体验，都会影响艺术风格，并且在诗人的创作中表现出来。战争年代的山东，成为决定敌我胜负的主战场。斗争残酷，形势严峻，这才培育出动人的沂蒙革命传统。作为时代的产物，少年诗人苗得雨，就是成长在这样的战地文化氛围中。此外像贺敬之等多年脱离山东又在革命中登上诗坛的本省诗人，以及像高兰、塞风等崛起于战地诗坛、后来又在工作中多年定居山东的外省诗人，也主要是在这一美学氛围中成长起来，由此而形成了带有鲜明生活印记的艺术个性。鉴于他们的作品属于同一类型的诗歌艺术审美形态，故在此一并论述。此外还将海外诗人的介绍，前提到这个章节，并且以管管为例，以便论述其在时间意义上属于当代文学性质的创作——因为从艺术形态学角度看，台湾诗歌可以称之为国统区诗歌的延伸；而在迁徙的诗人中,乡土性和海外性的对照又可以结合起来。

第一节 战时诗歌氛围

新文化运动之初,新诗的习尚偏重对海外诗歌的模拟;后来因为战时氛围的影响,山东诗坛形成了自己富有乡土情调的艺术特色("武老二"式民间艺术的影响力超越了海涅式的西方诗歌)。因此山东战地诗歌的兴起,在此主要特指抗日战争与解放战争中的部队诗歌和解放区诗歌的发生与发展,而且正是基于这种发生与发展,才奠定了齐鲁诗坛纯朴自然的美学风范。战时诗歌氛围,在山东诗坛上主要是表现为乡土的文化结构、战地的自然景观、传统的风土人情、俭朴的生活习惯、坚定的斗争信念,等等。

一 部队诗歌和解放区诗歌

部队诗歌和解放区诗歌,是这个时期山东诗歌艺术的主体。需要说明的是,同陕甘宁地区、晋察冀地区相比,山东解放区的诗歌创作是比较落后的,而且比起本地的抗战戏剧运动,诗歌创作也得不到应有的重视。一方面,由于抗日战争初期大批文化人流亡到外省,而滞留在敌后的知识分子,尤其是进步的知识青年,则基本上都参加了武装斗争;一方面,在20世纪30年代后期,山东解放区处于"文化工作干部荒"的状态,有的地方甚至认为文化工作是"工农青妇之外第五等的工作";而从形式上看,写诗比演戏的宣传效果,又要差上一截,其地位在工作安排中也只好往后排。一直到40年代,这种情况才有了好转。事实上,在抗日战争时期,日本当局拼命推行奴化教育,拨出大笔经费开办日语学校,强迫民众订阅《新民报》《新文化》《新中国》等反动书报,大量散发反动宣传品,而且其中就包括一些反动文艺作品,用以瓦解抗日军民的斗志。作为一种针锋相对的措施,山东地区和晋冀鲁豫地区的抗日军民,都把文艺运动纳入抗日新中国成立的历史使命之中,把宣传抗日反汉奸,作为文艺工作的基本任务。战地诗歌发展的艺术背景就在于此。

1940年3月1日,《大众报》发表署名李泰的文章《当前的文艺运动与文艺工作者的紧急任务》,文章向山东抗日军民发出号召:"普遍的发展与组织各地区，各社会阶层的文艺运动与文艺团体，……在这里要求我们的作者，要生活在大众中，熟悉大众的生活，了解大众的一切活动，采用大众的语言，生活，动作，描写他们所熟悉，与他们有关系的故事，这样才能使作品大众化。……我们应该在工厂，部队，农村中，建立文艺通讯网，建立文艺小组或文艺社，吸收一般喜欢文艺，有写作才能的大众，到文艺组织里面来，给以必要的写作训练；在文艺刊物上多登载他们的作品；鼓动他们写作的精神，引起他们写作的兴趣，想尽一切方法来培养与提拔大批的新作家。"① 以此为背景，山东爱国文艺活动开始蓬勃发展起来，山东战地诗歌也逐渐形成了自己的艺术格局。

　　这个过程，首先是一个组织动员文化工作者的过程，同时也是一个发展培养文化工作者的过程。又如《林浩同志在胶东文化座谈会上的讲话》也这样说：抗日军民为了配合回击敌人的"新国民运动"，要加强文化宣传工作，其中有一条，就是"今年我们的文协、报社与各机关应定出计划，培养一定数量的工农通讯员，加强对其帮助，每个文化工作者要能帮助一个工农同志写作。"② 在培养乡土诗人的过程中，也培养出诗歌艺术的乡土气质，山东战地诗坛的乡土性，就此而开始形成；少年诗人苗得雨成才的故事，就此而得以产生；山东诗坛浓重的乡土情调，就此而逐步得到了强化。是抗日的历史，带来了抗日的文艺史，抗日的诗歌史；而富于历史渊源的乡土情调，体现了沂蒙精神的历史烙印，代表了山东军民的革命传统，反映了战地宣传的时代要求。这种艺术风格，尤其是在落实延安文艺座谈会讲话的过程中，自然而然地被发扬光大起来。从抗日战争到解放战争，山东战地诗歌队伍中涌现了田兵、牛玉华等大批诗人，其中包干夫的诗歌创作，取得了较高的艺术成就。

　　包干夫（1920—2008），笔名戈振缨、杨帆、沥青等，山东蓬莱人，著有诗集《初航集》《田野的民歌》《歌唱红旗》等。诗人在抗日战争期间开始文学创作，出版于战争年代的《初航集》，是抗日战争时的胶东半岛战地写真，《田野的民歌》则为新中国成立后的抒情短章，《歌唱红旗》

---

　　① 《抗日战争时期延安及各抗日民主根据地文学活动资料》下册，山西人民出版社1983年版，第1—11页。

　　② 同上书，第119页。

是政治抒情诗集。诗人笔下的作品，呈现自由体与民歌体交错的艺术形态，其诗风是抒情性与叙事性交融，尤其以注重形象的塑造为突出特色。诗人以战地诗歌为背景，奠定了齐鲁诗坛上具有普遍性的艺术风格。请看《写一个海上英雄》的第一章：

> 看你那顽强的神气，
> 像站在海浪中的一座礁石，
> 任周围的巨浪向你攻击，
> 从不皱一下眉头，叹一口气。
>
> 你堆满了皱纹的脸，
> 北风吹起的波浪一般，
> 一叠一叠的，每一叠皱纹
> 都曾经过航海的艰险。

这是一首小叙事诗，主人公"海上英雄"的形象写得比较传神。胶东半岛抗日军民的不屈形象，借青年渔民的沧桑感，得到深刻的展示。《初航集》作为诗人的第一本诗集，确实是可喜的收获。马少波在序言中说：诗人"不单凭灵感，不专靠'诗兴'，也不是借着'斗酒'，他的诗之写成，每一篇，每一篇都不是坐在写字间里吸着浓烈的香烟写成的，而是创作与战斗中，在实际中，在人民群众里，在山头，在田野，在自己的膝盖上写成。……他用尖利的笔触，画出光明和黑暗；用响亮的歌喉，唱出大众的憎与爱。"[①] 长诗《青年与海》的副标题是《也算做自己的歌》，记录了自己海燕般的人生道路。第2章《暴风雨的前夕》有这样的场景：仿佛山雨未来风满楼，摩拳擦掌的临战情境，却在写实中有着浪漫的抒情氛围。这种写法真实而且深刻，带有自叙传的色彩。

> 记得那暴风雨未来的时辰，
> 周围的空气是多么死沉！

---

① 肖甦：《读戈振缨的诗》，载《文学纵横谈》第5期。

昏暗笼罩了辽阔的大海,
天空积压着铅色的乌云,
宇宙静息了一切声音,
啊!
忧郁的情绪塞住了青年的心。

为了排遣那胸头的烦恼,
有人把满腔热情,
寄托给放浪的欢笑,
想在欢笑声中啊,
把烦恼忘掉;
也有人在烦恼中悲愤地狂歌,
黑暗中作困兽的哀号;
但,更多的青年战士,
却都在磨着拳头,
准备迎接那欲来的风暴。

这样的诗歌情调,相当准确地传达了战士的情怀,这同苗得雨的乡土视野,可以说是各有千秋。由于苗得雨在新中国成立后诗歌创作有新的发展,所以需要把他放在更加独立的篇章中加以叙述。

二 论苗得雨

苗得雨(1932—),曾用名苗德生,在1943年上抗日小学后改名苗得雨,山东沂南人,号称"孩子诗人",主要著有诗集《旱苗得雨》《庄稼歌》《爱国村》《山东歌谣》《苗得雨诗选》《第一支歌》(合集)、《从荆河到沂河》(合集)、《青春辞》《沂蒙春》《解放区少年的歌》《衔着春光飞来》《怀揣祖国地图》《山川情》《维也纳雨丝》《闪光的心愿》等,以及文艺理论文集《文谈诗话》《赏诗谈艺》。

当然,我们首先要说明,苗得雨是在《鲁中大众》报编辑、女诗人牛玉华影响下成长起来的,是女诗人牛玉华贯彻培养乡土诗人的有关精神,花费很多心血,培养出这样一位著名的"孩子诗人"。因此少年诗人苗得雨的成长，可说具有典型意义。同时还要强调，经历过共和国半个世纪的风雨后，苗得雨应该代表了山东当代诗坛的另一个重要方面，也就是说，他还反映了诗人在新中国成立后艺术视野上的不断拓展，以及形象思维能力的不断提高。

早在1944年，他就在老奶奶纺线的油灯下开始进行诗歌创作，是一位写诗出了名的儿童团员。诗人曾经担任儿童团长、区通讯站副站长等，于1948年入党，因此在《苗得雨诗选》中1944—1953的作品，乃是沂蒙山百姓的心声，虽然声音尚属稚嫩，然而深受农民读者的欢迎。如他的诗歌处女作《汉奸狗进门》："老财东进门算盘响，／'汉奸狗'进门尽管抢。／'我要你，磨眼里生起蒿蒿草，／我要你，锅底下织起蜘蛛网！／剩你一颗粮，／算我眼珠长腚上！'"语言生动泼辣，表现出一种曲艺韵味，诗歌叙事中充满了民间形象，读来自有其动人之处。这一切，至今已有半个多世纪！

苗得雨成名极早，乃是一位以本色与真情见长的诗人。就艺术个性而言，苗得雨的诗心之"苗"，乃是萌发于战地；但是他的创作活动，主要还是以新中国成立后为主。从1953年进文学讲习所，到"文化大革命"期间，苗得雨除了表现乡土题材，尤其以情歌创作为新的收获。大体上，抒情时语言"一直二实"的文风，是其重要特色；而诗歌语言的通俗性，曲艺味，形象化，生活感，则是其主要特点。"如果说，山东是新民主主义革命文化的一个重镇，那么，沂蒙山区则是重镇中的重镇。在某种意义上说，沂蒙山区的新民主主义革命文化是山东的新民主主义革命文化的一个缩影，部分与整体之间存在着一种一一对应的全息关系。甚至可以说，从沂蒙新民主主义革命文化之中，我们可以窥见整个新民主主义革命文化的文化特质。"① 这种文化特质，为苗得雨的创作打上了时代的烙印。

如果要描述这种文化特质，我以为可以归结为理性内容压倒感性形式。有时候它表现为自信的判断，因为诗中充满了希望和理想。如苗得雨的《拖拉机下地》："从今天，到永远，／苦日子永不再回还！／从今天，到永远，／幸福日子无边沿！"有时候它又表现为对历史的总结，述说自己最深切的人生感受。犹如60年代苗得雨笔下的《沂蒙山颂》，代表了

---

① 魏建、贾振勇：《齐鲁文化与山东新文学》，第158页。

战地中成长起来的一代人最深刻的生活感悟："生在沂蒙山，/只知道它是我的家乡；/离开沂蒙山，/才知它声名是这样的响。//在人们心目中，/它远比实际高大，/雄伟，壮丽，/它的高度难以估量。//人们说它矿藏多，/它最多的矿藏是，'铁'与'钢'；/人们说它出产多，/它最多的出产是'坚硬'和'刚强'。//它是朴实人的母亲，/它的子女心地透亮；/它和宝塔山相连，/它是可爱的革命故乡。//毛泽东派来的队伍在这里生根、壮大，/汇聚着、培育着杀敌的力量；/这里也是革命的一只摇篮，/党，培育着她的儿女成长。//多少人喝过它的清泉水，/多少人吃过它出产的米粮。/多少人经过革命熔炉的冶炼，/成为坚定、有力的钢。//对敌人，它和许多高山一起站立，/是不屈的碑碣，是真正的泰山，/它标志着——人民是真正的铁壁铜墙！//就这样，家乡的山，/井冈山、宝塔山、太行山、大别山……/一起在我心内升高，升高，/一起被人们作高山赞唱。//就这样，/我懂得了：/山的高低，/不能用尺衡量。"我们发现，诗人苗得雨的形象思维能力在战后迅速提高了。他不仅擅长比喻联想，而且在形象化的叙事艺术中受到启示。

苗得雨本来是著名的孩子诗人，当他与诗歌一同长大，富于生活气息的诗意就自然产生了。在某种意义上可以说诗意如琴，因为如弦的诗心被现实之手拨动后，必须经过记忆的共鸣，才会转化为诗意盎然的语言。新中国成立后，诗人潜心研究诗学，著有《文谈诗话》，于形象描写最有心得。他晚年所著的诗集《闪亮的心愿》，更是凝聚了自己苦思诗歌艺术五十多年的心血，可谓非同寻常。诗集中《闪亮的心愿》这首诗与诗集同名，说是"让大家的诗作里，真正里外透亮"。[①] 对于诗人，显然这首诗是非常重要的。所以对这本诗集的解读，相当于倾听诗人晚年的自我回顾。在诗集中，《写给今天的孩子》说："世上许多事物，是时间的转换。"而且《爸爸世界里的孙孙世界》又道"孙子的心在大人的世界之外"，这就让我们感叹：当年的"孩子诗人"，如今他的抒情主人公也升级换代了。

诗人回到童年，回归本色，背后却有几十年生活感悟的底蕴。所以《蟹谣》里不乏童趣，"既会南辕北辙去，又会向西复往东，不用转身即

[①] 苗得雨：《闪亮的心愿》，中国国际广播出版社1998年版，第222页。

转身，无须耗费半秒钟"；然而还有许多孩子道不出者，像"它不霸道与挡道，虽有两钳不乱用，有人腰里捆扁担，那才比喻叫横行"。在诗集中，《小青青与狐狸》《海边坐思》一类作品，好像不仅在讲生活里的情趣，而且似乎还寄托了诗人对下一代的关心爱护；但是特别引人注目的，还是诗集里的某些谈艺之作。这些诗以象征眼光来看，称之为"论诗之诗"亦无不可。如诗人在《赠酒鬼诗》里说："作品有特点，读者便钦佩。模仿一阵风，必也随风吹。独特是独创，心血溶汗水。"斯为见道之语。另一首《说林黛玉》谈艺之法更妙："看过电视的，说陈晓旭是林黛玉，看过电影的，说陶慧敏是林黛玉，我们却记得，王文娟是林黛玉。"这些诗若与《花盆中的根》对读，更易见出诗人苗得雨的自信情怀。尽管他在《小时》中讲："人向往新奇，又思念分别"，事实上诗人的探索并不意味着自我否定。因为老人的回忆，本来就是宝贵的经验；而且他的深思，又正好比喻诗人凸显本色与真情的诗风。于是《忽见蝴蝶飞舞》遂针对某些造作的诗风有如是说："我忘了，当今生活，多少空间，早已走失了，美的天然"！

苗得雨的艺术见解，确有其深刻之处。

第二节 审美时空的开拓

乡土诗的发展，意味着新诗从城市进入乡村，乃是新文化继续传播的一个组成部分。同时乡土诗也意味着新诗的丰富。由城市到乡村，诗人的艺术视野变得更加广阔了，诗意中包容了更多的民间生活内容（当然，有时也包含艺术的降格与俗化）。正是由于审美时空的开拓，齐鲁诗坛乡土性的诗歌艺术并不局限于一时一地，而是具有大时代的审美空间感。同时，因为大时代的变动和震撼，还使得诗人的美感变得开朗坚实，例如塞风、吕剑等人，他们与时代共舞，遂走向一种宏阔爽朗的诗美。

一 诗人与时代共舞

诗人与时代共舞，意味着写作的工农兵化。

早在 1941 年 3 月 4 日《大众日报》上，就发表了燕遇明的署名文章《我们的诗歌工作》，这篇具有导向性质的文章指出："在抗日战争的烽火中，诗歌必然成为文艺中的'大众化'的一种形式，成为文艺领域上的先锋队。它的出色的特点是强烈的情感的高度发扬、同时带有深刻动人的具体性，它应该是把革命战争的情绪和明朗的形象，造成交流的美丽的统一体！好的诗歌是情绪和形象的精炼的结合。"文章作者还强调说："目前诗歌的又一个特点是表现阶级性与民族性的一致。革命的人生观是新诗人的情绪创造的丰富的源泉，因之诗人应具有进步的思想体系，同时能够活生生的有血有肉的深入到时代斗争的深处，而掘发出具有创造底特点的情绪与形象。"① 对于战地诗人，游离时代、脱离群众，都是不可原谅的事情。例如在贯彻延安文艺座谈会精神后，马少波就曾经反思自己诗作《音乐与木刻》，说其中有两句诗："星星咕嘟着嘴，／黑长虫又爬出了窝。"诗句的意思是：夜阑人静的时候，部队又出发了。他说，这两句诗想不到连军政干校的教授都看不懂，又如何"面向工农兵"！② 这就形成了一种文化氛围，让通俗变得要比精美更加有价值。

又如 1943 年，《大众报》举行欢庆"五四"文艺创作大赛，大赛中奖项众多，可是诗歌只有三篇中奖，杨帆的《周大妈》得了一等奖（奖金 30 元），陈伯坚的《妈，你看这麦田》得了三等奖（奖金 25 元），朱炳琳的《胜利生产的一团》得了五等奖（奖金 10 元）。这次评奖看似简单，众多的应征者却遍及军队、机关、工厂、农村，其中有很多稿件穿越敌占区，可说是来之不易。但是，应征作品数量不少，但是质量还有问题。评委会表示："有些诗作，也许作者要做到通俗，反而陷于庸俗了。'鬼子屁滚尿又流，不打出王八蛋去誓不休！'如此'武老二'式的诗句，决非我们所要求的通俗呀。"③ 所以，创作的技巧要从快板提高到诗歌，需要诗人掌握新的表现方式，用来表现一种艺术的崇高感。

为了宣传的效果，显然也要提高表现力。战地诗坛的建设，就是从培养诗人入手，在审美尺度、艺术眼光上狠下功夫。诗人燕遇明《从情调谈起》，就是为了普及崇高的艺术形式。他试举苏联诗人史起巴巧夫的《美丽颂》为例：

---

① 《抗日战争时期延安及各抗日民主根据地文学运动资料》（下册），第 16 页。
② 同上书。第 41—42 页。
③ 《抗日战争时期延安及各抗日民主根据地文学运动资料》（下册），第 60 页。

>谁都把他想象得活生生的。
>他把头盔摘下，擦擦脸庞。
>无畏就是美丽，美就是刚毅，——
>俄罗斯普通战士的面孔。
>像他这样人遇事不会吃惊，
>他曾冲过十四次刺刀锋。
>死神虽然注视过他的眼睛，
>他果敢的眼睛却并不眯缝。
>我觉得就连那块土地也要，
>刻下这战士开阔的脚印。
>没有方法分开：美丽和骁勇，
>懦夫脸庞不美所以可憎。

在当时，作为形象思维的启蒙，这篇文章很有必要。文章中非常注重宣传效果，他还强调："在识字班中，小学中，部队中，集会中要进行故事会，回忆晚会，朗诵诗，讲读杰作、街头诗，群众歌舞，一直到说书唱小戏和武老二。"① 可想而知，诗歌在战地宣传过程中，会逐渐形成一种通俗的工农兵文艺格局，同当时群众喜闻乐见的审美习俗心心相印，丝丝入扣，相互契合起来。

当时诗人们也在努力提高艺术境界，可是这就要普及诗歌艺术的创作常识。犹如其雨在《从〈吴满有〉说到大众的诗歌》一文中，曾经指出了山东战地诗坛的三个缺点："其一，在于诗人的文学修养差些，所以不少的诗作，与其说是诗，倒不如说是散文的分行，那表现在哪里呢？笼统地说就是：缺乏艺术的形象；或者说形象性肤浅、思想内容单薄，以至显得平淡、不生动、一般化，以至于口号化。其次，倘若严格讲究，那诗人们当中有一些还没大能够把握诗的基本特征，或者说诗的音乐性还没引起重视，因此不善于组织语言、格律、韵律、节奏，从而不能适当表现感情情绪，终于不能朗诵——而朗诵应该被特别指出，是今天的诗、今天的群众的诗必具的条件；凡是诗都应该能够朗诵，这样，诗与群众接近，交给

---

① 《抗日战争时期延安及各抗日民主根据地文学运动资料》，第98页，第101页。

群众。其三，是语言问题，正由于以上两个缺点，诗人就很少在诗的语言上下苦功，更谈不到语言的创造；同时正由于语言的贫弱，更加重了刻画形象的困难，更冲淡了诗的色彩光芒。"① 这样一些诗歌艺术的基本要领，诗人们尚且需要从头开始学习，山东诗坛发展的艰难，也就可想而知了。

与时代共舞的诗人，当然并非个别人，而是一个大的艺术群体。战争要求人们献身于时代，献身于诗歌。犹如在1944年5月《胶东大众》上，就有注明"天刑遗作"的文章《街头诗歌之研究》。作者在文中指出："街头诗歌是大众自己的文学作品，是自己真实生活的反映。因此，这些诗歌的内容应当是自然的流露而没有一点造作生硬的毛病。像现在（指投降派盘踞东海时）文荣牟一带所流行的：'嫚呀嫚呀你快长，长大了好嫁队长，一出门三道岗，没钱花要给养，穿皮鞋披大氅，走起道来格格响……'真是极尽讽刺反抗之能事，在这里也能看出群众对于假抗日者的真正态度来，这是有丰富的真实内容的活生生的写实文学作品，是最有价值最可宝贵的。"② 这让我们想到，在街头诗、朗诵诗的背后，不知有多少可歌可泣的英雄故事？与时代共舞，也就是接受战斗的洗礼！

战火中成长的山东诗人，最具代表性的还有吕剑（1919—），诗人本名王聘之，号原白，别署一剑，山东莱芜人。他受过初中教育，1937年抗日战争开始后参加革命，主要从事文艺与新闻工作。吕剑的诗歌创作始于1938年，《大队人马回来了》一炮打响；曾加入中华全国文艺界抗敌协会，担任过香港《华商报》的副刊主编，新中国成立后历任《人民文学》，编辑部副主任，《诗刊》编委，《中国文学》英文版编辑，其著作有诗集《进入阵地》《草芽》《英雄碑》《诗歌初集》《溪流集》《喜歌与酒歌》《南方与北方》《吕剑诗集》，论著《诗与斗争》《诗与诗人》等。

战地诗歌是吕剑的创作起点，他擅长抒情短章，以情真境美取胜。其艺术基调如同诗人作于1942年的《初夏》："当你们听了/我泥土一样颜色的歌，/穷苦人的普通的歌，/一定会说：/'这位弟兄，/和咱们一伙！……'"而1946年诗人的重要作品《我的歌是眼泪和朝霞》曾经如是说："朝霞从东方升起来了，/好友啊，打开你的柴门吧！/我要骑上我

---

① 《抗日战争时期延安及各抗日民主根据地文学运动资料》，第136页。
② 同上书，第130—131页。

的马儿,/风一样地驰向草原。//草原迎面扑来把我搂住,/我的马儿踏碎了草叶上的露珠;/河流歌唱着,放着光辉,/我的马儿就快快赶到河边去饮水。//草原啊,我是你的亲生孩儿,/在你面前我是多么天真和年少;/我说,我的歌唱就是你的言语,/而我的歌呀是眼泪和朝霞。//我虽然年少,/可也懂得不少事啦,/我本有快乐的天性如今却是满心悲怆;/因为呀,丰美的草原竟是贫苦的摇篮,/我拜访了无数乡村,听见家家都在哭泣……//哦,太阳呀,被横暴的云层遮蔽,/哦,漫天飞雪呀,夺去了金色的星群;/哦,俊俏的姑娘呀,偷偷地吊上了屋梁,/哦,绯红的蔷薇呀,都已减退了颜色。//广阔的草原是人民的见证,/人们无声无息地出生和死亡;/我们的人民还是皇民们的奴隶,/我们的命运是跟囚牢和镣铐结亲。//人民呀,唱起你的歌来吧!/人民呀,擂起你的响鼓吧!/草原将挺身而起帮他的儿女进行战斗,/我们的草原将永不再有哭泣和悲苦。//我是永远忠心于你呀,草原!/而我的歌呀是眼泪和朝霞,/草原呀,我是你的小儿子呢,/请接受我对你的衷心的歌唱。//我要骑上我的马儿,/风一样地驰向草原!/好友啊,快打开你的柴门吧,/朝霞从东方升起来了!"所以诗评家墨铸认为:"诗人吕剑一踏入文坛,就紧紧地拥抱着时代这位'巨人',投入了人民的怀抱之中。他挥笔描绘抗日斗争的风云,揭露侵略者的残暴和国民党反动派的腐败,抒写劳动人民的痛苦和他们的觉醒、抗争,用'泥土一样颜色的歌'把人间可怕的丑恶和庄严的美全部揭示出来。"[1] 这种品格,就是诗人吕剑成功的奥秘。

抒情主人公以蒙族兄弟的语言歌唱着,他在痛苦中期待着光明,那是抗日战争点燃了诗人的豪情,成就了时代的缩影;而在共和国的春天,诗人从江南湘江到塞外草原,在《一个姑娘走在田边大道上》中写道:"她是谁家的一位姑娘?/谁看见她不把她永记在心上!/可是我想说的还不是这些,/我想说的是这个崭新的景象——//年轻、自由而又健康,/浑身焕发着青春的光芒;/这不正是一种理想的化身?/你看她一面前进一面歌唱。"但是,在1957年诗人进入了孤独的时期,《赠友人》诉说着他的回忆:"而我的弦琴也被摔断,/挂在墙上,罩满了尘土。/在那常常失眠的日子里,/我曾有过难言的孤独。"这种对大时代的审美感受,通过孤独

---

[1] 墨铸:《浅评〈吕剑诗集〉》,载《文苑纵横谈》,第5期。

的体验,而把空间性和心理性结合起来,于是诗人的艺术个性在十年浩劫中,被打破其空泛的一面,并以敏锐的心理描写加以丰富。对于齐鲁诗坛在新时期的自我超越,这也是一个关键性的因素。

山东诗人中开拓新的审美空间感,并且在创作中从事对美感的优雅表现者,还有严阵(1930—　)。他本名阎桂青,又名阎晓光,山东莱阳人,1946年在胶东解放区参加革命,1950年南下安徽,1954年开始写诗,曾任职于《胶东日报》《安徽文学》和《诗歌报》。诗人喜爱古典诗词,又深受江南民歌影响,因此诗风清丽灵秀,又富有力度。严阵主要著作有诗集《淮河上的姑娘》《春啊,春啊,播种的时候》《乡村之歌》《杨柳岸》《梅信》《红雨》《山坞》《江南春歌》《月下的练江》《采莲曲》《采菱歌》《江南曲》《琴泉》《长江在我窗前流过》《红色牧歌》《淮河要唱一支歌》《降龙记》《红石》《喜歌》《草原颂》《樱花集》《渔女》《竹茅》《花海》《旗海》等。

诗人运笔精细,擅长以绘画美来点染意境,以音韵美来强化语境,所以他的诗精美婉转,平中出奇,小中见大。于有发曾经指出:"他善于从平凡的事物中发现不平凡的深意,从细微的现象中挖掘重大的主题,从一瞬间的、有限的镜头中,得出广泛的、含义深长的思想意义。正所谓:刹那间见终古,微尘中见大千。"[①] 这种文思,有助于在抒情主题相对集中、单一的文化环境里,开拓自由的想象空间,完成华美的艺术境界。

严阵有鲜明的艺术个性,他擅长写"江湖",在他笔下,江水湖水里面的世界,是烟雨迷离的境界,充满了诗情画意。所以,在《江南春歌》这首诗里,诗人说:"十里桃花,/十里杨柳,/十里红旗风里抖,/江南春,/浓似酒。"这种诗风,如同江南民歌,色艳情浓,温婉缠绵,风情万种,读来令人心醉。这种情调,在1981年出版的诗集《花海》中,更加发展为一种华丽的表现风格,例如《太湖》:

刚刚才冰化雪消,转眼间便花稠叶盛,
早晨的太湖,一缕缕翠雾飘渺,一层层烟波浮动。
笑着推开啊,那身边一座连着一座的云门;

[①] 于有发:《漫论严阵诗歌的思想艺术风格》,载《文苑纵横谈》第5期。

唱着走过啊，那眼前一条接着一条的花径。

就创作时间看，诗人应该属于新中国成立后崛起的诗人；然而严阵诗中，却以战地体验为底子，来抒写其和平时代的种种感悟。例如《飞吧，鸽群》只有 4 行诗："飞吧，鸽群，按照自己的心意，／我的祖国把所有的天空全交给你，／能对你说出这句话，我多么自豪，／祖国啊，是你给了我这种权利！"在极轻松的话语中，流露出浓重的沧桑感，这才是严阵诗歌艺术真正的长处。到了 20 世纪 60 年代，浓情美景的诗歌境界，被他推向极致，而且那些"江湖"写景抒情之作，都打下了个人风格的鲜明印记。

后来，诗人主持《诗歌报》，成为新时期现代诗的热心推动者，这时，他的诗歌观念该受到"第三代"诗人较大影响，从浪漫的转向前卫的了吧？

二　论塞风

诗人塞风（1921—1992），本名李景元，祖父起名时巴望有元、亨、利、贞四个孙子，却不料只有这棵独苗。诗人 11 岁写儿歌的笔名叫蝈子，上中学后又用超先，他在抗日战争中使用塞风这个笔名，正好呼应其大量的抗战诗作。当时他在河南、陕西、四川、湖北各省编文学报刊，1943 年参加春草诗社。解放战争时期，诗人用李根红这个笔名，并且于 1946 年带着这个笔名进了胶东解放区，编辑《胶东文学》……他著有诗集《天外，还有天》《北方的歌》《弯路上的小花》《塞风抒情诗选》《征马的歌》《根叶之恋》（合集）、《母亲河》《塞风诗精选》，和长诗《黄泛行》等。

塞风是以黄河之水滋养的诗人。他心目中的诗歌境界，也正是围绕黄河这一"母亲河"的中心意象而展开。黄河与母亲之间的联想，使诗意通向中华民族的生命之流。黄河不仅是地理的，亦是历史的，民族的，文化的。唯其如此，诗人在《黄河奏鸣曲》中说："我属于黄河，黄河就是我的诗源。"生活在流动的时间里展开，生命在世代中交替，诗人面对一条"跳动着火焰的诗河"，而水也就是血，而诗也就是火，而波涛也就是情，而历史也就是传统。在《红葫芦》这首诗里，"爷爷的红葫芦"乃是载着抒情主人公在黄河里起伏的不沉之舟,所以它"装着老爷爷的胆"。同样,在《思母》这首诗里,诗人是"游在爱的视线里",他感觉到"人生的帷幕从这里拉开",于是黄河之水天上来,从古流到今,流出历史,流出无穷的心事,也流出一条长长的"感情线",流出《胚芽》这首诗里,诗人心头"淤积的故事";流出《长夜》这首诗里"弯着腰的小纤夫",及其数不清的"脚窝"……所以《风浪》中的无数风波,却"留下一个悠长的吻"。而《脊梁》的抒情主人公道是:

　　在黄河的呐喊声中
　　黄土高原直起了脊梁

　　一切期待,一切追求,都在大河中开始,也在大河中结果。这是真的,是善的,又是美的,就像民族的生存,就像生命的延续。黄河在诗意中作为一种生命的境界,乃是与生俱来,无穷无尽,无休无止,故《河》说它是"血的舞蹈",是过去,是现在,又是未来,"如一匹火焰般的奔马"。黄河就这样成为一个不死的精神,成为一种生命的象征。《天上来》这首诗里的黄河,"激越"而又"深沉",抒情主人公说其中"不知蕴藏了多少情感","这古老的北方的河呵/正是民族的胞衣"。诗中的"船老大"与风涛相对,留下了"一路沉重的传说"……诗人道:"劈风斩浪的船老大/也就是我引以自豪的爷爷"。在这里,黄河的美是在对立冲突中展开,抒情主人公让主体面对万里风涛,而诗中的客体正好反衬出主体的强健。于是诗中多的是崇高感,犹如"塞风"这个笔名,即便不乏悲剧意味,却又是对生命力的自我肯定。诗人的身世本来就坎坷之极,其《摇篮》便是"黄河上的老木船",他的一生都离不开同命运的搏斗。正是在对抗过程中,人格变得高大起来。《火的河》说黄河"给中原心脏/注血/于是激起了/一个永恒的节拍"。悲壮之美,油然而生。是的,"船老大"犹如草原上最好的骑手,因为有了骏马而变得意气风发,可以在苦涩的人生之旅中超越现状,然后便有了"泰山的伟影"。在黄河的意境里,塞风思索着一种奔放的美,倾吐着一腔无羁的豪情,抒写着一片自由的情怀。《北方的河》说大山拥有"被压抑的情感",而大河"浑身是胆",奔突万里"如入无人之境"。诗人的艺术心态也一样,如黄河般

"忘记了规范"才有自由的想象，多彩的创造，壮丽的人生。诗意就像《马》那样"魂飞万里"，那是"野性的舞姿"，诗人的情思便能如同黄河之水天上来——意象在飞，激情在流，诗的乐章犹如精神的舞蹈，人生的浮雕。《我熟悉这条河》告诉我们，"龙的图腾造型/在地球的东部游动起落/所繁衍的伟岸民族/独具金子的光泽"。这是崇高的艺术境界，其追求不在于愉悦性，而在于感染力；其手法不重在形式，而重在内容——所谓理性内容压倒感性形式，又在抒情中包容一定的写实因素。由于诗人强调品味人生，所以他处处着意于表现矛盾的心理内容，以相对朴素的形式来诉说自己的喜怒哀乐，其美感偏重真实性，其思绪骚动且颇多痛感，于是：

　　风云变幻
　　大河从不改色
　　在心的活波上
　　划动着命运的船

　　是的是的，黄河之水已经流动在诗人塞风的血脉里！黄河的意境，与诗人的心境相契合，其中多的是波澜，充满了力度。对于他，黄河——母亲河已经不仅仅是一个比喻、一个意象、一种联想，而是变成了诗意的"生长点"。母亲河的意象，犹如《母亲河》这首诗里所说，乃是"心"与"血"的有机合成体。由于几十年生命体验的参与，使黄河意象以其巨大的时间与空间，造成非凡的力度和气势，在想象力中渗透了意志力，诗人心目中的诗歌境界也就充满了主观能动性。诗是泪，又是血，还是人生与人情的结晶，从而表现出浑朴而崇高的人格，所以《爱的沉淀》说"黄河的泥沙"乃是一种"爱的沉淀"，这种沉淀造成：

　　中原男儿的心
　　同中原一样广阔
　　粗犷
　　也是一种迷人的色彩

母亲河这个中心意象，经过诗人全力经营，已经变成了对中华民族的整体象征。象征"大我"存在的生态，也象征"小我"抒情的姿态。塞风实在是"粗犷"的。倘若以生旦净末丑来比喻诗人在人生舞台上的角色，这位诗人非生非旦，而像是嗓音常常沙哑的大花脸，为了表达强烈的感情，在表现形式上也就粗犷朴实，有现实真切的本色，讲究表现真情实感，讲究以豪壮的气势来打动人。在"文"与"质"的关系上，主要是以"质"取胜。大体上，重"文"的形式美往往令人佩服，重"质"的内容则会引起人们的敬重。以"质"取胜，可以成就理智感、道德感、美感合一的诗歌境界。诗人的激情由于质朴，而能迅速透过黄河——母亲河的联想形式，直接给人以感动。于是塞风以整体象征的思想内容见长，其诗意指向一种比较概括的心理情绪，形式感也就粗犷严峻。《生命之乳》说黄河"为雕塑积累泥巴"，抒情主人公承认："我即你的泥制品"：

　　虔诚接受你的感染
　　从不修饰什么词句

唯其如此，当诗句凸显于白纸之上，便以社会情境和个人心境为其背景，而且在生活积累、艺术构思、语言表达的创作三部曲中，他无疑更看重前两项的结合，其心目中的诗歌境界便指向了"粗犷"。例如《生命的河》强调："人为的灾难"总是会带来"灾害的黄泛"——就此而言，塞风诗艺的悲剧性的确是显而易见的，犹如《太阳的颜色》中"我静听/战友们的呐喊/黄河所流的/正是他们的血。"同时经过了悲剧体验的诗人，又总是在痛感中发掘崇高感。文艺美学认为，崇高感不同于美感，美的感受趋于和谐、优雅、平静，而崇高感则更为激烈，更多震荡，充满冲突和斗争的心理特征，在大悲大喜之间，表现为主体与客体之间的矛盾运动，在客体的普遍性与无限性中，唤起主体积极要求向上的精神力量，如同诗人在《沉音》这首诗里所说：

　　什么也不用说
　　没有伤痕就没有愈合
　　中原深厚的黄土层

正是黄河所积累的情感

塞风那朴素、粗犷、单纯的风格，打下了诗人坎坷的心路历程和奋斗的心理印记。《赠诗神》道出了诗人特有的自我感觉和自我意识："你曾经接受过我一个诗句，/黄河，长江/我两行混浊的眼泪……//正因为如此/当我重新走到阳光下/第一个拥抱的就是你"。是的，诗是悲，也是喜，是人生，是命运，是心声，是本色。黄河——母亲河作为塞风心目中的诗歌境界，乃是在苦闷与伤感之中，高扬其信心和力量，通过黄河奔腾的风涛和磅礴的气势，塑造出弄潮儿的抒情主人公自我形象。

第三节 关山诗旅成绝唱

关山诗旅，是齐鲁诗坛的一种常见的写作形态，诗人在战时写作中，努力实现人生理想和艺术追求，然后，在完成了一种诗歌文体创造的同时，也完成了诗人自己的艺术人格理想。从王统照到李广田，从臧克家到贺敬之，都是如此。朗诵诗人高兰，同样以个人的艺术追求，实现了自己为祖国而歌唱的人生理想；高兰朗诵诗，成为关山诗旅中的绝唱，成为战时诗歌的一面旗帜。

一 战时宣传与朗诵诗艺术

朗诵诗艺术，对战时宣传有积极意义。

陈沂曾经在《在文艺座谈会上的总结》中指出："在党的领导下，我们的文艺活动配合创造了山东抗日民主根据地，创造了山东八路军；坚持了山东抗日民主根据地，巩固和壮大了山东八路军；我们的活动与山东民主根据地山东八路军不可分离。敌后艰苦斗争教育锻炼了我们，我们的活动也推动和帮助了坚持艰苦的斗争，尤其是在开辟地区时起了很大的宣传鼓动作用。"[1] 他还在文中强调"文学上着重提倡报告文学和写通俗故事（也包括改造旧的）"，街头诗则主要配合壁画。[2] 但是朗诵诗艺术的创造

---

[1] 《抗日战争时期延安及各抗日民主根据地文学运动资料》（下册），第85页。

[2] 同上书，第94页。

与发挥，在山东文化工作中还属于弱项。事实上，战时宣传的艺术品格，要求诗歌艺术必须强化其可朗诵性。

朗诵诗具有特定的艺术追求。它必须声情并茂，晓畅传神，使朗诵者能在不长的时间内强烈地吸引并且感染听众。它专注于声情之美，要求朗诵诗重视抒情强度，节制意象密度，掌握音节力度。抒情强度要求朗诵诗具有"大江东去"的豪放格调，"一呼百应"的审美属性，从而实现其鼓动性与群众性。这就要求朗诵诗突出爱国主义的高昂主题，唤醒听众经过强烈体验的有普遍性的感情。同时还要注重章法结构的安排：从朗诵者与听众交流感情需要的时间出发，朗诵诗的长度多在百行左右，并且要求注意气氛的渲染，注重情绪的起伏。一般是起首有悬念，中间有铺垫，结尾有高潮。这样朗诵者才能始终抓住听众，在时间的延伸中逐步加热升温，最终造成撼人心弦的艺术效果。

朗诵诗是音义并重。诗的脉络粗，可以节制意象密度，减少隐喻暗示，加大诗歌的"可听性"。诗的分量重，便于形象塑造，增多诗意内涵，强化诗歌的"鼓动性"。从朗诵诗的创作规律出发，诗人要注意选用记忆性联想的描写型意象——这类意象多富于动作性，能够强烈地牵动人们的情感记忆。就艺术感染力而言，它并不亚于创造性想象的暗示型意象。朗诵诗主要是一种形象化的诗歌艺术。由于抒情诗中暗示型意象多以喻体词组形式出现，而描写型意象却需要铺叙，往往占有较多诗行，多用描写型意象，也就减少了诗中意象的总量。朗诵诗常用同一意象的重叠或者对比，在时间的延伸中造成意象的复沓，以显示人物形象的气质个性与行动线索，不但强化了意象自身的分量感，还减少了意象跳跃的次数。诗人也可以运用暗示型意象，作为构造意境的诗眼，以便渲染气氛，但是绝不用隐喻作为主导脉络，为了便于听众理解，朗诵诗人尽量使用俗语。

音节力度是朗诵诗传神的首要手段，缺乏声韵节调的朗诵诗，便不成其为诗。音节力度主要产生于诗人对重音与节奏的运用，重音用来加深印象，停顿留出联想时间。通过声调语气的变化，可以突出诗中的思想感情。诗人还经常用同类型词组的排比罗列，以空间并列的文字，显示出在朗诵过程中的意象复沓；用同音尺词组的反复出现，造成等量时值的意群复沓；用诗行的变化，调整各意群在字面上的空间距离，从停顿中见诗意。

这种艺术形式的典型代表,是高兰朗诵诗。

二 论高兰

高兰是新中国成立后才进入山东的,但是他的诗必须从现代讲起。他的诗之所以称之为绝唱,同高兰朗诵诗的独特性、深刻性有关,它影响了整个战时诗歌,为抗战以后的民歌体叙事诗、政治抒情诗开辟了道路。高兰(1909—1987)本名郭德浩,笔名有黑沙、郭浩、浩、齐云等,黑龙江爱珲人,著有诗集《高兰朗诵诗集》《新辑高兰朗诵诗》(上下册)、《高兰朗诵诗选》《用和平的力量推动地球前进》等,以及论著《李后主评传》。

高兰出生于辽宁锦州,他3岁丧父,7岁入齐齐哈尔师范附小,1921年考入齐齐哈尔师范学校。这时他开始接触冰心的《繁星》,并主编过白话文校园杂志《春光》。一次上晚自习,他拿着《东方杂志》,朗读郭沫若的《落叶》,念得兴起,竟未发现数学老师站在身后……怀着对新文学的迷恋,高兰1926年到北京入崇实中学读书,1928年考入朱自清、冰心、郑振铎、许地山等任教的燕京大学国文系,从此文思大进。1931年他兼任了《京报》副刊《金桥》的主编,并参加学生卧轨南下请愿的爱国运动。1932年大学毕业后,高兰曾经在多所中学任教,并一度去驻在北京的东北义勇军指挥部,编辑宣传抗战的刊物《哨岗》,在刊物上发表了《记天照应》。

抗战成为诗的抒情主题,对高兰来说具有必然性。1936年,诗人到汉口博爱中学任教。"七七"事变后,高兰写出第一首朗诵诗《是时候了,我的同胞!》,不久,他又在鲁迅逝世周年纪念大会上朗读了另一首《我们的祭礼》。从此,高兰在抗日战争期间积极发起朗诵诗运动。他的代表作《高兰朗诵诗集》在1938年出版了,并且多次再版,不断增补内容。穆木天在该书的《代序·赠高兰》一诗中指出:"在你青春的诗里,/我感到了——/一种荒莽的力量,/一种纯朴的大地的土的气息,/我感到了——'八·一三'的诗歌,/已经有了它的健全的萌芽,/诗歌的大时代/已经在开始!"高兰和冯乃超、蒋锡金、光未然等坚持推动朗诵诗运动,全力创作朗诵诗,自觉地将"左联"开展大众朗诵诗的决议付诸实施。在《展开我们的朗诵诗歌》这首诗里,高兰强调"惟有朗诵的诗歌,/它才能不再是剖白自我感伤的吟哦,它是/奴隶们怒吼的喉舌,/它是/争取民族解放/抗战的队伍中/文化的铁甲列车"。事实正是如此,诗人到群众中朗诵《我的家在黑龙江》时,曾令在场的东北军将士痛哭流涕。这首诗三百余行,是高兰朗诵诗中的精品。他的朗诵诗,不仅刊载于书刊报章,更由电台广播,谱上曲被传唱,有的还成为抗战剧的序曲。

高兰朗诵诗的代表作,是《哭亡女苏菲》。武汉失守后,他随东北中学流亡于湖南、贵州、四川,挣扎在饥寒交迫之中。微薄的薪水难以糊口,7岁的女儿苏菲得了疟疾,因为无钱医治而凄然离开人间。一年后,诗人整理亡女的遗物,激情如火山般爆发了。他望着蓝色的书包,深红色的小裙子,辛酸的泪水不绝地流了下来!诗人轻轻叹息,呼唤女儿的小名道:"小鱼,我对不起你呀!"夜深人静,诗人高兰一字一流泪,一句一呜咽,在寒风里完成了这首不朽的朗诵诗名篇:

  但蜡泪成灰,灯儿灭了!
  我的喉咙再也发不出声息。
  我听见,寒霜落地,
  我听见,蚯蚓翻泥,
  孩子,你却没有回答哟!
  唉!飘飘的天风吹过了山峦,
  歌乐山巅一颗星儿闪闪,
  孩子!那是不是你悲哀的泪眼?

这首诗发表后,不知多少人以呜咽的声音去朗读;这首诗朗诵后,不知多少人以沉痛的抽泣去应和……高兰每一次朗读这首诗,都会打动每一位听众的心弦!那正是心灵的共鸣。后来,诗人曾经在重庆实验剧院和歌剧学校任编导和副教授,在中央大学附中任教师。1948年秋天,诗人在长春大学国文系任兼职教授。

新中国成立后,诗人曾在华北大学政治研究所接受培训,后来到济南华东大学、山东师范学院任教,不久又任山东大学中文系教授,在此期间,他继续从事朗诵诗的创作活动,出版了诗集《用和平的力量推动地球前进》。在山东大学中文系,他对校园诗歌的推动,更加使自己成为促进当代山东诗坛发展的重要动力。

第四节　贺敬之：解放区的艺术新风范

解放区诗歌对山东诗坛的影响是十分深远的，它的确开创了新的艺术风范。

唯其如此，解放区诗歌的传统会成为连接现代诗歌与当代诗歌的中介。事实上，山东诗人不仅是解放区诗歌的建设者，而且还将诗歌艺术的这一传统直接延续到了当代中国诗坛。贺敬之在建设并且发扬解放区诗歌的传统这个方面，非常具有代表性。

贺敬之（1924—　），曾用笔名艾漠、贺进，是山东峄县（今枣庄市）人，出生于贫苦农民的家庭。13岁那年他高小毕业，考上了滋阳县乡村师范学校。不久抗日战争爆发，日军迅速过了黄河，1938年爆发台儿庄大战。战役结束后，母校迁往湖北并组建国立湖北中学。贺敬之和一些同学寻去了湖北均县，投身于抗日救亡活动。在这里，他们阅读了大量书刊，了解到红军长征到陕北的情况，并且开始练习写作。在这里，贺敬之曾经聆听臧克家的讲演与诗歌朗诵；第二年年初，他又随学校流亡到了四川。贺敬之在梓潼学习时，向往延安，对文学兴趣更深。他参加了"挺进读书会"，并且非常喜爱艾青、臧克家、田间的诗作，曾经受教于李广田，从此开始发表散文与诗歌作品，终于由此"走出了南方"。1940年，他们一行四人来到延安，投考鲁迅艺术学院，奔向光明。《走出了南方》就是贺敬之奔向北方——解放区时写的一首诗：

雨，
落着……
——阴湿的南方啊！

1940年，
走出了那狭窄的
低沉而暗哑的门槛。

春天,
浓雾的早晨;
野花——
红色的招引。
去远方啊!

不回头,
那衰颓的小城,
忘记
那些腐蚀的日子。

响亮地:四个!

"南方"这个文学意象,象征着国统区的腐败社会;而大西北,则象征解放区,是希望与理想之所在。所以贺敬之同时写的另一首诗,叫作《跃进·在西北的路上》,即:"是不倦的/大草原的野马;是有耐性的/沙漠上的骆驼。//我们/四个,/——在西北的路上,/迷天的大风沙里。/山,那么陡!/翻过!"这些诗意义重大,它们使贺敬之考上了鲁迅艺术学院文学系,走上了革命与文学的道路。在口试中,他回答不好文学系主任何其芳的提问,但是交上的这些作品,确实有对激情的表现力,以及打比方的想象力,因为"创作还可以,有点诗的感觉"①,遂被录取,成为班上最小的学员。何其芳慧眼识人才,也许同自己曾经在山东教过中学,熟悉齐鲁子弟有关。这些试卷,可以同臧克家报考青岛大学的《杂感》相映成趣。同时,"北上"意象,作为一种人生选择的艺术表现,使得这些诗也为诗人奠定了一个起点,意味深长的起点。

最能决定贺敬之艺术个性的因素,当然还是他在解放区的生活感悟和艺术体验。他在胡风主编的《七月》和《希望》上,发表过一些写实的诗作。在18岁那年,贺敬之入党了。应该说,"鲁艺",延安,是诗人精神上的家园,他在这里长大,又从这里出发,去了张家口,在华北联合大

---

① 尹在勤、孙光萱:《论贺敬之的诗歌创作》,上海文艺出版社1983年版,第12页。

学文艺学院的文工团创作组工作。从"鲁艺"到"联大",贺敬之的代表作,当然首推他在1945年春天,他与丁毅合著的新歌剧《白毛女》,而歌词《南泥湾》《翻身道情》等,也传唱天下。诗人更在组诗《生活》中说:"我们跟他,诗,/学习/反抗和讴歌,/爱和播种。"

唯其如此,贺敬之是喝延河水长大的诗人。在那里,他穿的是"三号"军装,吃的是小米饭,却在精神上得以再生,在心灵上得以健旺。唯其如此,贺敬之在新中国成立后写《回延安》以来的艺术创作成就,均离不开诗人在青年时代的生活积累。这是因为诗人的"文化心理结构,主要是由齐鲁文化与革命根据地文化所构成。这两种带有理想主义特征的文化形态,铸就了'十七年'山东作家比其他区域作家更为明显的理想主义创作指向。这时期的山东作家显得格外热爱生活,他们不太注意生活中的阴暗面和丑恶,他们特别想激励人们乐观向上的情绪。崇高理想的支撑,使他们意气风发,豪情激荡。"① 开一代诗风的追求,遂成为一种自然的向往。新中国诞生后,贺敬之曾任中国戏剧家协会书记处书记、中宣部副部长、文化部副部长、中国作家协会鲁迅文学院院长等职。他著有诗集《笑》《朝阳花开》《放声歌唱》《并没有冬天》《乡村的夜》《放歌集》《雷锋之歌》《贺敬之诗选》《回答今日的世界》等,另有《贺敬之文艺论集》《贺敬之代表作》《贺敬之诗书集》等。

《回延安》代表了诗人新的起点。而名篇诗作《放声歌唱》对于贺敬之的诗歌创作,又具有非常深刻的意义:"诗人通过参差错落而又各各对称的诗行,为我们急速地展现了一幅幅色彩鲜明,各具特色的图画,其中有形象,有声音,有背景,有人物,时间和空间的跨度极大,给人联想的天地极广。最后诗行由实及虚,总括前面的内容,上升到一个新的思想境界,表达了'祖国处处亲如故乡'的自豪感和幸福感。"② 这种情怀,是政治抒情诗感动千百万读者的关键。贺敬之认为:"我们这个伟大的时代,它本身就是最伟大的诗篇",当然"这是不必细说的"。③ 所以在1956年,在第一个五年计划将要完成的日子里,诗人的《放声歌唱》如

---

① 魏建、贾振勇:《齐鲁文化与山东新文学》,第46页。
② 尹在勤、孙光萱:《论贺敬之的诗歌创作》,上海文艺出版社1983年版,第88页。
③ 贺敬之:《关于民族的"开一代诗风"》,载《处女地》1958年第7期。

是说:"春天了,/又一个春天。/黎明了,/又一个黎明。/呵,我们共和国的/万丈高楼/站起来! 它加高了/一层——/又一层!""长安街的/夜景呵/怎么这样迷人?/大兴安岭的/林场呵/怎么竟如此美丽?/一片汪洋的/淮河两岸/怎么会/万顷麦浪?/万里无人的/不毛之地/怎么会/烟囱林立?"

那是值得歌颂的奇迹,同时也是大手笔的艺术概括,然后,就产生了广受欢迎的颂歌形式。颂歌是那个时代诗歌艺术最高的表现形式,当然,也有可能表现了那个时代的某些局限性。尽管存在某种缺憾,但是如果历史地看问题,就应该肯定,贺敬之的诗歌创作代表了50年代和60年代共和国诗歌的最高成就,体现了一代人在和平建设中所表现出来的冲天豪气。而且这样的万丈豪情,对于共和国永远是最重要的文化资源。是的,正是由于他真实生动地表现了一代人建设新中国的万丈豪情,所以他的诗歌才会如此动人心弦,《三门峡——梳妆台》才会如此地充满英雄气概:

望三门,三门开:
"黄河之水天上来!"
神门险,鬼门窄,
人门以上百丈崖。
黄水劈门千声雷,
狂风万里走东海。

望三门,三门开,
黄河东去不回来。
昆仑山高邙山矮,
禹王马蹄长青苔。
马去"门"开不见家,
门旁空留"梳妆台"。

梳妆台呵,千万载,
梳妆台上何人在?

乌云遮明镜,
黄水吞金钗。
但见那:辈辈艄公洒泪去,
却不见:黄河女儿梳妆来。
梳妆来呵,梳妆来!
——黄河女儿头发白。
挽断"白发三千丈",
愁杀黄河万年灾!
登三门,向东海:
问我青春何时来?!

何时来呵,何时来?……
——盘古生我新一代!
举红旗,天地开,
史书万卷脚下踩。
大笔大字写新篇:
社会主义——我们来!

我们来呵,我们来,
昆仑山惊邙山呆:
展我治黄万里图,
先扎黄河腰中带——
神门平,鬼门削,
人门三声化尘埃!

望三门,门不在,
明日要看水闸开。
责令李白改诗句:
"黄河之水'手中'来!"
银河星光落天下,
清水清风走东海。

走东海，去又来，
讨回黄河万年债。
黄河女儿容颜改，
为你重整梳妆台。
青天悬明镜，
湖水映光采——
黄河女儿梳妆来！

梳妆来呵，梳妆来！
百花任你戴，
春光任你采，
万里锦绣任你裁！
三门闸工正年少，
幸福闸门为你开。
并肩携手唱高歌呵，
无限青春向未来！

　　这首诗，把雄伟和优雅巧妙地结合为一体。可诵性与抒情性在诗中相互辉映，古典美和时代情在诗中丝丝入扣。

　　在共和国的诗歌史上，贺敬之无疑是一位不可忽视的著名诗人，他把新诗线性推进的思路，用古典诗歌回环复沓的手法加以冲淡；他把外来的朗诵诗流行排列格式，同传统诗歌布局不露声色地加以融会贯通。例如陶保玺就曾经发现，《放声歌唱》《东风万里》《十年颂歌》都采取了"三踏步式建行体"，并且带有"逐行递增空格式"的特色，这是贺敬之的首创。"从视觉上说，无论是从上而下，还是从下而上看，也无论是从左向右，还是从右向左看，它均是楼梯形。而'逐行递增空格式'，则在倒过来（即将其载体，旋转180度）看时，更像拾级聚足，连步以上的阶梯。"在这里，"贺敬之所使用的'楼梯式'并不是什么'舶来品'它们仅是借鉴马雅可夫斯基体，而将中国诗歌中，常用的典型句式，诸如对偶句、排比句等，为适应朗诵的需要，而拆开排列罢了。"同时，"贺敬之越写越趋向格律化。如上所述，他在使用他的'逐行递增空格式'时，越来越多地注意让'原型诗句'或句组，构成'对应式'。"① 在这里，"楼梯式"成为一种传统诗歌节奏的现代变奏，同古典诗歌与民歌可以心心相印。这是一种了不起的创举，把延续传统和借鉴外来不露声色地熔为一炉，在诗歌艺术上达到了炉火纯青的地步。同时，"如《回延安》《向秀丽》《桂林山水歌》等，作者又采取从民歌信天游或爬山调发展变化而来的二行诗体形式。在这种二行一节，匀称、并排的诗体形式里，抒情节奏一般较为徐缓，行与行、节与节间内容的跳跃，再加上比兴手法的运用，往往能造成一种任读者想象飞驰的空间，从而感情表达也就有更多回旋、留连的余地。所以在处理思想感情丰沛而又蕴蓄的内容，特别像《回延安》这类的诗作时，就需要这种亲切、质朴、富有地方色彩的形式与之配合。"② "楼梯式"面对大众，"信天游"宛若谈心，贺敬之举重若轻，出入自由，其关键在于把握了新诗的"时空转化律"。

同闻一多相比，贺敬之更加自觉地运用了新诗的"时空转化律"。所谓新诗的"时空转化律"，同"开一代诗风"有内在的联系。"时空转化律"是关于分行的艺术规律。新诗为什么要分行排列？因为它打破了旧诗词固定的格律规范，不分行，读者就无从确认语流的间歇，而只能用散文的调子来读诗。诗的调子如此重要！它使诗的"建筑美"并非空谈的话题，而是艺术的现实。诗的语言是最经济的，诗的印刷却是最不经济的，诗行的两边有大片空白，仿佛是个"浪费"，却又由诗的审美而得到补偿。用语的经济和用纸的不经济相互统一，说明间歇感是对于诗感的必要补充，文字分行排列的形式美是诗美的必要成分。"建筑美"的文字空间结构，不但转化为"音乐美"的语音时间结构，而且还转化为"绘画美"的幻想空间结构。诗行的长度管着诗的调子，语流的间歇取决于上一诗行句尾和下一诗行句首的空间距离。停顿、间隔本身，又制约着"蒙太奇"画面的展开速度。可见，语句的间歇是诗人的权利，跨行造成间隔，有如音乐的休止符，大家也能接受这种停顿。不分行，诗人就没法子于动中取静，在"连"中截"点"。这方面，贺敬之不愧是新诗语言的

---

① 陶保玺：《新诗大千》，安徽文艺出版社1994年版，第553、560页。

② 孙克恒：《谈贺敬之的政治抒情诗》，见《中国当代文学研究资料·贺敬之专集》，江苏人民出版社1982年版。

艺术大师。

例如，在《西去列车的窗口》中：

> 几天前，第一次相见——
> 是在霓虹灯下，那红旗飘扬的街头。
>
> 几天后，并肩拉手——
> 在西去列车上，这不平静的窗口。

"北上"与"西去"的联想，使思绪流动如长江大河，带来诗人的灵感；而作为表现技巧，动中取静才能突出音节的复沓，连中截点才能强调诗意的回环。回环复沓带来了诗歌的耐读性，语音的节奏感带来情绪的律动，意象的跳跃感带来想象的律动，对于这种艺术规律的自觉掌握，使政论性、形象化、音乐感可以有机地结合为一个艺术整体，成为典范性的政治抒情诗。

在新诗史上，贺敬之属于贡献非常突出的一位诗人。

第五节　沦陷区、国统区与海外诗歌

本节我们要追溯到抗日战争前夜，亦即那个"密云期"的诗歌时代，从而涉及中国诗歌会和《新诗歌》的有关创作情况。大体上，早期山东的城市诗歌，要以臧克家的《烙印》和《罪恶的黑手》为代表。虽然山东的山光水色，曾经打动了无数诗人，例如美学家宗白华就说过："十七岁一场大病之后，我扶着弱体到青岛去求学，那象征着世界和生命的大海，抚育了我生命里最富于诗境的一段时光……"[①] 可是，那毕竟是在宗白华写诗集《流云》以前，亦即在青岛大学进修德语期间；这就像闻一多的《七子之歌》中，尽管有一首《威海卫》，却只是取材于山东而已。

---

① 宗白华：《艺境》，北京大学出版社1987年版，第365页。

一 沦陷区与国统区：以海笛的诗为例

不过，闻一多的《威海卫》，确实道出了山东人的心声。

在"九一八"事变后，20世纪30年代的山东诗坛，可以说处处洋溢着抗日救国的斗争精神。1932年中国诗歌会在上海成立，后来在青岛成立了分会，分会的机关刊物《现代诗歌》于1935年创刊，由王亚平主编，作者有曼晴、流水、胡楣、白曙等；同年又在青岛诗歌出版社出版了"诗歌新辑"，由王亚平、袁勃、沈旭编辑，作者有柳倩、李华飞、林林、蒲风、温流、白莹、溅波、林蒂、洪遒、陈子谷等。他们的诗，是战斗的呐喊，又是写实的画卷。请看1934年12月，王亚平写于青岛的诗作《都市的冬》：

> 月儿还没有升起，
> 寒风吹来夕暮的影，
> 灰烟，一重重，漫过了
> 街心、瓦房、西式的楼顶。

在写实的画面背后，弥漫着一种反抗的情绪，斗争的要求。可惜的是，当抗日战争爆发后，这批诗人大部分都去了内地，主要是西北抗日根据地；而在山东的敌占都市，则失去了进行文化斗争的骨干。所以与解放区诗歌相对应的，主要是沦陷区诗歌和国统区诗歌。由于日寇奴化教育的高压，沦陷区诗歌要比国统区诗歌更加朦胧。在40年代后期，青岛还出版过杨唤的诗集，这位诗人不久在台湾变成了乡愁诗的歌者，在某种意义上，他成为联系海峡两岸的文化线索。

在《山东新文学大系》中，我们可以看到海笛的诗。海笛身世不详，只知道抗日战争期间诗人住在济南，当时的创作是下笔朦胧而且含蓄，犹如《变的遗迹》说"悬崖落有海潮形迹/贝壳已剥蚀为化石/是多少年前的故事"，实际上，这种沧海桑田之叹，其实也寄托了诗人对日寇的愤怒。抒情主人公在诗中沉痛地说：

> 无情、狠斗，自己使自己消没

> 风泣了，海波追逐着海波
> 原野上堆满了磷化的白骨
> 转眼天上人间又多少无常起伏

显然，这是对日寇杀戮罪行的控诉！因为人类自相残杀的悲剧，本来就是日本侵略者一手造成的。所谓的"变的遗迹"，其实就是历史的铁证。随着形势的变化，诗人的艺术风格也就变得明快。解放战争期间他住在青岛，诗意便鲜明、痛快了许多。如诗作《阿Q的彷徨》标明"悼念鲁迅逝世十一周年"，从而歌颂了"民族魂"，并且沉痛地述说着国统区的冷酷与沉默，解放区的光明与希望：

> 这是个荒谬
> 而寂寞的国度呀，
> 不会笑，不会歌唱，
> 心灵彷徨在铁锁的边缘上，
> 彷徨！无尽的彷徨！
> 野草的露珠，也给他们
> 带不来明日的希望！
> 听啊！
> 有人在那边呐喊呵，
> 是铁样的汉子，
> 是执着火把，
> 带着热力的汉子，
> 用匕首割断了铁锁，
> 用巨手拉群众出苦难，
> 可是麻木的死灵魂呀，
> 麻木的死灵魂呀，
> 而还给他以冷漠的咆哮！

抒情主人公对解放区、解放军充满期待，而对于国统区的反动势力，他也爱憎分明。《森林中的狩猎者》这首诗就斥责了鹰犬般的特务"以猎取为目的／森林中的狩猎者／会使用忍耐／也会使用陷阱／比猎狗还要敏捷地／追逐着每条踪迹／寻求着每一个声响"——诗人所说的，也正是群众的呼声。

正是在光明与黑暗决战之际，人民以诗意的方式，表达了历史的抉择！

二 海外诗人：以管管为例

旅台诗人的海天羁魂，正不乏漂泊的感慨。诗人管管，可以作为其中的代表。因为恰恰是生活体验的复杂性，带来了他的艺术风格的特异性。

管管（1929— ）本名管运龙，山东胶县人。1938年举家迁居青岛，行伍出身，1949年去台湾，著有诗集《荒芜之脸》《管管诗选》及《真挚与奔放》（与吴晟合集），散文集《请坐月亮请坐》《管管散文集》《早安·鸟声》《春天坐着花轿来》等。

行万里路与读万卷书，在古人似乎是一回事。离家远行，诗就从心中自然地长出来。对于现代诗人管管，行者实在是一个悲壮的角色，在他漂泊起程之际，完全不知道航程会把自己带到何方；对故乡凄楚的回忆，也就成为内心深处一种神圣的呼唤。于是，一路走到的、看到的，遂变成想到的、写到的，而且是顺口随心，如何想便怎样写，所以在《管管散文集》中，颇有不少散文诗，而在《管管诗选》里，又包容了像《飞飞传》这样令人惊异的文章（它很像是荒诞派的武侠小说）……这样看来，非但他的散文诗可以说诗中有文，而且具有"管管风"的散文，也正是文中有诗。对于管管，几乎诗就是文、文就是诗，等到他画画、唱戏、演电影时，更可以非诗非文、诗文两忘！是的，诗文对于行者而言，本就是心路的历程，形式乃是次要的；重要的还是伴命运以俱来的感情历程，其实管管是在"读自己"。他是在解读自己独特的命运，读无奈的人生与向往的自由。所以他以"吾"代替"我"，意在表明自己的"吾"，不同于他人的"我"；而笔名"管管"，也有如负负得正，"管管"即是不管。诗人以"邋遢"为斋名，大约是自己也不管自己吧。管管非"管"，因为在乡村长大的孩子，本来就是无羁的野马。诗人习惯于家族的亲情氛围，一旦他离乡远行，在刻板的军营中自然会被"管"得难以忍受。他说："我从小就犯了漂泊的命。来到台湾更是漂泊加流浪，到处是儿家。我像是一个最自由最没有门牌的人,也像是一个乡愁特别多的人。其实不是的,吾身上枷锁奇多……更还有乡愁万种!"唯其如此,诗人格外珍惜自己的个性与内心的真情,希望一切都能任其自然,"吾实在太喜欢玩,有点游于艺。"① 是的,属于自己的时间才是悠闲的,从事创造的心态才是自由的。诗人进入游戏的境界,情思便涌上心头,倾诉积郁的愿望也就孕育了创造的冲动。因此管管的诗,就像《四方的月亮》,看上去似乎荒诞不经,实际上却极为真实,荒诞的乃是历史与人生。正因为"一只老鼠在吾的帐上舞",即舞在"这个汉子搬家的一夜",抒情主人公才会说:

吾问月亮。你既然能把你雕成个弓型的。为什么不把自己雕成个四方型的呢。
唉。这圆型目前并不流行。唉。
或是雕一枚指环送给吾妻。

抒情主人公的叹息之中或有游戏的意味,却也流露了诗人对于家人难以团圆的失望。相似的又有《弟弟之国》,诗人的想象如真似幻,带有一种童话的韵味:"陀螺的脸被一鞭一鞭的抽着;漂泊、漂泊,像一笔一笔的颜真卿;您是只断了线的风筝;漂泊、漂泊;漂泊着那么一种乡愁。"虚拟的童话氛围,仿佛是轻松的游戏,却来自沉重的回忆。抒情主人公的心,就像被抽打的陀螺;而他的人,又像是断了线的风筝;而寻找童话境界的管管,则是在努力保持自己本真的心灵,不断回头遥望一生的起点,而且遥远的行程便一下涌进心头……诗文里的童话,是游戏的又是真实的,它超越现实却并非虚假。诗人可以摆脱规范,又岂能摆脱人生的无奈、自由的向往?陀螺与风筝,也正是身不由己呀。于是诗意在行者与童话之间,犹如在鞭子与陀螺之间、线团与风筝之间!《缱绻经》千言万语,说到头不过是"天长地久有时尽/此恨绵绵无绝期"!

在管管童话般脱俗的言行里,便包容发展的多种可能性。这使他很像是《世说新语》中的人物。对于行者,人生本来就是一段行程,看熟了的山水如同知己的老朋友。管管对大自然一往情深,对魏晋风范也深感会

---

① 管管:《管管诗选·自序》,洪范书店1986年版。

心。他在其散文《竹林七绝》中强调:"但识琴中趣,莫劳弦上音";而且主张:"所谓诗的神,要从尔身上找,等尔的诗成了你的骨血皮肉,也就是你已变成了诗,那即是诗之神,也就是用诗做成的人儿,陶老头儿便是这样。"这是在说陶渊明呢!在管管的心目中,诗人应该知道如何享受美好的人生,应该对生命充满了爱。在管管的《陶潜图》中,陶渊明是这样超凡脱俗,宛若神仙中人:

晨起宿酒犹自胸中块垒跌撞而出
门外那五株绿柳竟一夜之间
为酩酊秋风所灌醉,而落得
鬓发零乱,衣衫不整了
独东篱下众菊善饮
昨宵俺是独饮东篱拥菊而归的

抒情主人公唯心所适,随意任情,因为真实的只有现在,幸福只在此有限的生命中。诗人与陶潜心心相印,那酒香也就有如花香,乃是以感性的酒意,来帮助性灵敞开胸襟,促使童话中的精神寄托,变成现实中的心灵安慰。醉酒,象征着从委屈而累己的世俗生活里超脱出来,可以不拘于俗,"独饮东篱拥菊而归"。醉以忘忧,乐此不疲,只因醉翁之意不在酒,而在于梦幻的眼睛和沉醉的心,亦即在于人格风神之间、像秋菊,又只是一片浑然天成的心境——化境之妙,实在于真,体验种种喜怒哀乐之后,诗人只是率真而言,家常话便能自然高妙。若诗文只是自娱,而非娱人,就不会为时论所拘;没有得失挂怀,潜意识遂乘审美的醉态而自然流动;唯其天然本色,故格调天成,而酒意只不过是心灵深处潜意识流的升腾激荡!行者驻足观赏之际,最易流露出内心的情思,管管为诗为文,往往巧处即是真处,原因或在于此。他像一个永远长不大的孩子,又像超凡脱俗的风尘异人。从《空原上之小树呀》(之二)中,我们感觉诗人有与众不同的想法:"每当我看见那种远远的天边的空原上/在风中/在日落中/站着/几株/瘦瘦的/小树/吾就恨不得马上跑上去/与小树们/站在/一起//像一匹马/或者/与小树们/站在一起/哭泣"。小树在天边,是孤寂的;"落日"提示年华老去,却没有风的自由——管管也同样,而且只有"像一匹马",诗人才能脱离困境。否则也只能一哭了事。《世说新语》中桓温道:"木犹如此,人何以堪?"管管因为漂泊天涯,很想似树一样站在故乡的大地上,如今见小树和自己一样被放逐到"天边",岂能无动于衷?看似荒诞的想象,其实是来自真实的抒情心态。管管倾心于童话式的幻想,在散文《那条有大树的路》中,主人公"南飞星稀"总被调来调去,终于"看见那条有着大树的路尽头就是斜斜的天河"。这也是童话,跨过大河才能看见亲人!所谓人在江湖身不由己,身不由己却心可由己,诗人努力保持自己本真的心灵,意味着抓牢内心的记忆。在散文《一棵二棵嗨!四棵小芒果》中,管管说:"惟有乡村的童年才是童年的故乡,你知道吧!惟有儿童才是最靠近自然,你越长大离自然越远,惟有儿童们才像一只鸟一尾小鱼,惟有儿童才可以给鸟给鱼给树给花说话,你能吗?也许你能,那么你也是儿童!"这种童话意境,正是管管心灵的乡音。于是,乡愁化入童话,自然进入童心,本真渗入感性,诗意也纳入了心路历程!在《请坐月亮请坐》这篇散文中,"妈妈也给我说过,龙儿,不要忘了乡音呀,忘了它你就找不到妈妈。"管管本名管运龙,是山东胶县人,张晓风在《一个东西南北人》里,说他的山东话好听,因为那是一种"文学的声音"。① 其实在管管的方言里,多的是凄楚的回忆,充满了深情的呼唤,其神韵沉浸在自己离开的那片土地上,就像他的散文诗《刺青族》里"猎者"的"纹身",而且这位猎者又是"能唱出他族里最标准的歌的歌者","他要回家",却倒在大都市中的柏油路面上!《住在大兵隔壁的菊花》这首诗里,我们见到一位把野花插在枪上的士兵。抒情主人公说,爱菊花的习惯促使"我总会偷偷的(在晚点名前)拿水壶打着酒来隔壁醉一回",并且要陶然见陶潜,为此自己"总会是挨了赶不上晚点名的颇为过瘾的骂",因为排长是守纪律的军人,"完完全全不是死老百姓"。抒情主人公只好如是说:

> 不管排长您信不信这门子邪
> 我看见菊花上有孩子在顽皮是真的

---

① 张晓风:《一个东西南北人》,见管管散文集《早安·鸟声》,九歌出版社1985年版,第202页。

我与陶老头喝酒是真的

甚至"我必须闻着我床头上浸在墨水瓶里的菊花才睡得着也是真的/那天晚上我就看见每个钢盔上都栽满了菊花更他妈的是真的（我总偷偷的骂你排长知道个屁）。"是的，"真的"便非"胡扯"，诚然是"文学的声音"。军营生活越是单调无味，诗人越是细细品味身边的一草一木，因为行者离家越远，就离诗越近，此刻诗意成为心灵的故乡。为安顿身心，管管本能地追求着诗性的人生，即便乡愁是苦恋，其中也包蕴不受限制的情怀。"有太多青春残酷的恋情，老眼来看觉得神话，其实不神话一点不叫恋情。"① 对于管管，感性的生活才是真切的。在无拘无束的境界中，我们见到了诗人的童心，那是一种敞开的真，自然而然的本色。这样一种心路历程，使得功夫在诗外，又导致诗文意在言外，言中有象，象中有意，意中有道，道是人生之路，亦是幻美之旅，诗人在探索中求得身心的自由境界。于是在《俺就是俺》这首诗里，抒情主人公说："俺就是这个熊样子"！

为了安顿身心，诗人管管本能地追求着一种诗性的人生，即便乡愁是苦恋，在苦恋中也要表达不受拘束和限制的心态，这样一来，便有了独具一格的"管管风"。究其特色，主要是乡土性情思与海外性体验的结合，成就了超现实的乡愁诗！

---

① 管管：《请坐月亮请坐·代后记》，九歌出版社1985年版。

第三章　新文学运动中的山东散文

第一节　概述："五四"文学革命和现代散文的兴盛

随着20世纪破晓的晨曦，中国历史加快了前进的步履。从1916年陈独秀创立《新青年》（原名为《青年》）为标志的新文化思潮初兴到"五四"运动前后，进步文化界大力批判封建文化，积极输入西方先进思潮和科学理性，初步确立了以民主和科学为尺度、以人的解放与发展为核心的新文化价值观，为人的自我实现奠立了新的文化思想体系。周作人在他的《人的文学》一文中，便从"人的发现"谈起，尔后由此谈到"人的文学"，这也正是新文化运动中人本主义思潮与"五四"新文学革命的关系。正是在人本主义思潮的涌动中，产生了中国以白话文运动为起端的划时代的文学革命。源远流长的中国散文，这时也以其自身的特质与新的历史条件相契合，在时代精神的引领下，进入了现代蜕变与发展的过程。

中国深远闳富的古代散文，在漫长的年代里，一直是作为拥有最广泛功用性的文体而存在的。古时散文虽然有着繁多的种类样式和丰富圆熟的表达技巧，但它在分类上，并未将文学性的散文和一般功用性的文章区分开来。从西汉末年一直到清代，文章的分类方法，主要是以其内容和功用为标准的。如清代古文家姚鼐的《古文辞类纂》一书指出的散文常用文体，计有论辩、书说、传状、箴铭、序跋、碑志、颂赞、奏议、诏令、杂记和辞赋等共13类。嗣后曾国藩编的《经史百家杂抄》，大致也是按其功能性质将散文分成了十类，总的体例上并没有大的改变。这种广义的规范方式有很大的覆盖力和代表性。除此之外，并无进一步的文体性质上的细致划分。所以说在中国传统文化和传统文学领域，一直缺乏自觉而独立的文学散文的观念。"五四"文学革命打破了传统的文体规范，追求民主科学和实现人的价值尊严的文学原则，反对"言之无物"的形式主义旧文学，散文才开始被认定为一种独立存在的文学样式，与日常的应用性文体加以区别，得以"……与诗、小说、戏剧并举，而成为新文学的一个独立部门……"①。散文继而率先实现了由文言向白话文的转变，强调表现真实和个性的艺术。在由传统向现代的传承变革之时，散文还同时向域外的文学艺术、主要是英国的随笔（Essay）艺术进行了吸纳和借鉴，也与其他的艺术门类相互鉴取和参照，从而融旧铸新，实现了对古代散文的扬弃和超越。

在新文化运动初期，有关散文观念的变革，首先是散文的功利观和审美观。刘半农的《我之文学改良观》②一文中，最早提出了"文学散文"的概念，其中指出：各种科学论文、官署之文牍告令等均"系文字而非文学"，文学改良，必须先搞清楚"文字的散文"与"文学的散文"的分别。继而傅斯年在他的《怎样做白话文？》③一文里，直接将散文归入"英文的Essay"一流，同时将散文与小说、诗和戏剧放在一起并提，进一步明确了散文独立的文学地位。在这方面影响最大的，是1921年周作人写的《美文》④。他在这篇文章里，专门介绍了"在英语国民里最发达"的那种"记述的，是艺术性的"美文散文，着意说明了这类文体是"可分出叙事与抒情"，或者"两者夹杂"，又指出人们在写作散文时"须用自己的文句与思想"。文章大力倡导新文学作者们以此"给新文学开辟出一块新的土地"。"美文"的观念，由此逐渐深入人心，现代散文的概念遂得以确定。人们一般是根据文体的性质，将散文划分为三个基本类型，即抒情散文、叙事散文和侧重于说理议论的议论性散文，后者又包含了杂文。与这些类型并行不悖的还有小品散文，即包括了所有"含讽刺的、析心理的、写自然的""往往着墨不多，而余味曲包"⑤的简约灵动的短文体式。由此，拥有了文学性和艺术性实质的散文，实际上便成为新文学诸种形式中最为自由活泼的文学样式。在思想解放和人为本位的浓厚

---

① 朱自清：《什么是散文》，见《文学百题》生活书店1935年版。
② 载1917年5月1日《新青年》第3卷第3号。
③ 载1919年2月1日《新潮》第1卷第2号。
④ 收入《谈虎集》上册，上海北新书局1928年版。
⑤ 曾孟朴：《复胡适之信》，载《真善美》第1卷第12号。

的新文化氛围中，它以崭新的姿态，强烈的个性色彩，突破了传统文化的藩篱，在承负着"载"现代新思潮和社会改革之"道"的文学使命的同时，大大拓展和增强了抒情言志的文体功用、艺术体式和多样化内涵，使现代散文作为人们释放心灵的空间，社会生活和生命本身的记录，大千世界与人类之间契合连接的桥梁，从根本上与鲜明的时代精神和时代文化特征相呼应。

当时与思想解放同时启动的白话文运动，则使自然平易、生动畅晓的白话文这一能充分地表达现代人的思想感情的"活"的语言，在散文语言中占据了绝对的优势，令散文这一文学形式在文化变革中迅速地更新与成长。现代散文的语言在发展过程中，逐渐形成了口语化及撷取文言的某些优点、又融合了欧化语成分的语言形态。正是在这一充满生机的语言基础上，种种贴近社会生活和现代人心灵的话语形式，姿态各异的书写风格得以衍生和成熟，直接推动了现代散文的兴盛。在新文学的声浪中，当时一百多种新兴的报纸杂志，都刊登了大批各类形式的散文。许多作家如鲁迅、周作人、孙伏园、冰心、庐隐、许地山、王统照、郑振铎、苏雪林、朱自清、俞平伯、郭沫若、郁达夫、孙福熙、陈学昭，等等，和文学研究会、新潮社、创造社、浅草社等著名文学团体的一些成员们，都热衷于散文小品的创作，一时间涌现了大量有关抒情叙事、纪游、议论等个性独立、新鲜率真的优秀散文作品。而其中由陈独秀、鲁迅、瞿秋白等人开创的现代杂文，尖锐深隽，有着强烈的现实性和历史感，也吸引了一批批青年作家和读者，呈现了葳蕤蓬勃的发展局面。因而鲁迅在总结"五四"时期的新文学运动时说："散文小品的成功，几乎在小说戏曲和诗歌之上。这之中，自然含着挣扎和战斗，但因为常常取法于英国的随笔（Essay），所以也带一点幽默和雍容；写法也有漂亮和缜密的，这是为了对旧文学的示威，在表示旧文学之自以为特长者，白话文学也并非做不到。"[①]
1928年，朱自清在谈及新文学时，对散文创作的情形介绍得更为详尽："就散文论散文，这三四年的发展，确是绚烂极了：由种种的样式，种种的流派，表现着，批评着，解释着人生的各面，迁流曼衍，日新月异：有

[①] 鲁迅：《南腔北调集·小品文的危机》。见《鲁迅全集》第4卷，人民文学出版社1991年版，第576页。

中国名士风,有外国绅士风,有隐士,有叛徒,在思想上是如此。或描写,或讽刺,或委屈,或缜密或劲健,或绮丽,或洗炼,或流动,或含蓄,在表现上是如此。"① 可见在时代文化潮流中获得了新生的中国散文,不仅很快便展现出其文体本质特有的成熟和魅力,而且充满了向着广阔艺术空间自由驰跃的无限活力。

第二节 新文化启蒙作家与散文

20世纪山东的散文历程,同样发端于百舸争流、万木竞春的"五四"文坛。作为文化载体,散文在敏锐地反映时代精神和文学变革信息的同时,也必然含寓了特定地域及其人文传统的历史传递。从20世纪中国文学的发展框架中观照山东散文,首先应该提及的,是活跃于"五四"时代的傅斯年、杨振声和王统照等山东籍作家的有关活动和创作。

一 傅斯年早期的散文理念与创作

傅斯年(1896—1950)字孟真,山东聊城人。他出身于鲁西地区的一个名门世家,幼年家道衰落,父亲早丧。他五岁入私塾,在祖父的严厉督导下打下了深厚的国学根柢。他12岁离家赴天津读中学,开始接受新式教育。1913年,傅斯年考入北京大学预科,后入国文系。1917年《新青年》编辑部迁至北京,主张"思想自由"、"兼容并包"的蔡元培出任北大校长,陈独秀、李大钊、胡适等新文化运动的主将陆续执教北大,北京特别是北大遂成为中国新文化运动的中心。大学时代的傅斯年,才气纵横、博学敏识。在新思潮的激荡下,他冲越"旧学"藩篱,很快便活跃于新文化启蒙阵营。他是当时《新青年》的主要撰稿人之一,并在1918年和罗家伦、俞平伯、康白情、杨振声等人共同组织了新文学团体"新潮社",热心鼓吹文学革命。由他担任主编的《新潮》月刊,成为继《新青年》《每周评论》等杂志后又一新文化的重要阵地。在1919年5月4日这天,傅斯年被群情激昂的北大学生推选为他们集会的主席,担任了轰轰烈烈的学生游行队伍总指挥,是名副其实的风云人物。从"五四"前

---

① 朱自清:《论中国现代小品散文》,载《文学周报》,第345期。

夕到 1920 年傅斯年赴欧洲英、德等国留学，这前后一年多时间里，人称"黄河流域第一才子"的傅斯年，在《新青年》和《新潮》等杂志上共发表了四十多篇文章。其中影响较大的如《文学革新申义》《文言合一草议》《怎样做白话文？》《白话文学与心理学》《戏剧改良各面观》，等等。他的文章锐气风发，内容广泛，涉及了文学革命、新文学建设、社会批判与社会改革等各个方面，对新文化运动起到了积极的推动作用。像在《文学革新申义》一文里，傅斯年从文学的性质、文学的历史嬗变进程和旧文学的现状各个方面，系统、有力地论述了文学革命的必然性与合理性，指出文学革命是"天演公理，非人力所能逆从者矣"。他断言："新文学就是白话文学；只有白话能做进取的事业，已死的文言是不中用的。"在《怎样做白话文？》里，他直接指出散文作为"无韵文"之属，应该归入"英文的 Essay 一流"。他将散文与诗歌、小说和戏剧同论，认为散文具体包括"解论"、"辩议"、"记叙"、"形状"四种形态，阐明了散文是一门独立于其他几种文体的文学样式。在此之前，刘半农曾在 1917 年的《新青年》3 卷 3 号上发表《我之文学改良观》，第一次提出了"文学的散文"概念。不过刘氏在这里所讲的"文学的散文"，指的是除了"戏曲诗歌"以外的"小说杂文"，即一切带文学性质的散行文字都在其列，而没有将文学中小说和散文的界限给予清晰地划分。傅斯年则在刘文的基础上有所深入，进一步将散文与同样是散行文字的"不歌的戏剧"和"小说"划分了开来。在文章中，傅斯年还论述了做好白话散文所必须"凭借"的两个要点，即"一，留心说话；二，直用西洋词法。"对于第一点，他的阐述含纳了两层意思。首先，他认为当人们在做文章时，总是"郑重之心太甚，冲动之情太少"；而在说话时节，"心里边是开展的，是自由的，触动很富"，因而作文如果"乞灵于说话"，便往往会"应机立断"，"兴至神来"。他进而强调"文学的精神，全仗着语言的质素"——"第一流的文章，定然是纯粹的语言，没有丝毫掺杂；任凭我们眼里看进，或者耳朵里听进，总起同样的感想。若是用眼看或用耳听，效果不同，便落在第二流以下去了。""再看散文的各类各样，还是一个道理，形状的文，全凭说话的自然，才有活泼泼的趣味。……记叙的文，重在次序；这次序正是谈话时应当讲究的次序。老太婆说给孩子听的故事，每每成一段绝妙的记叙文……辩议的文，完全是说话、更无须说了。

这全仗着'谈锋'制胜……解论的文,看来似乎和说话远些,但是要想又清楚,又有力,仍然离不开说话的质素。"(《怎样做白话文?》)这便是要求文学语言的时代性,语言的充实、纯洁与明朗。傅斯年的这种"留心说话"的观点,和倡导白话文运动的精神显然是一致的,是对怎样造就成功的白话文学进行的具有实践意义的探讨。此时,他对于散文应表现作者的真情实感与个性的美文等特质,虽还没能明确地指出,但实际上已从语言的角度有所触及。特别是其对于语言"质素"的要求,实际通向了语言问题的内核——文学思维的改革。他认为"语言的质素"直接关乎文学精神,认为"语言里所不能有的质素,用在文章上,便成就了不正道的文章。中国的'古文',所以弄得愈趋愈坏,只因为把语言里不能有的质素,当作文章的主质。"(《怎样做白话文?》)"五四"前后,白话文应否取代文言文,以及白话文对于文学、文化改革的重要性,是人们讨论争议的一个焦点问题。对于傅斯年的这篇文章,在长时间内人们多盯在了他提倡语言的西洋化即"国语欧化"的问题上,而一定程度上忽略了对其精辟之处的认识。这便是其中的关于语言"质素"对于文学能产生决定性作用的观点。随着对事物认知的发展,人们已清晰地认识到,语言问题并不仅仅是形式问题,语言变革自然也不是文化表层的变革。自有文明史以来,语言实际上是人类生命活动的基本体现,是人类思维的本体。当语言在被用于人们的言语活动时,它即生成和具备了变通和再生的无限空间。与此同时则是人的精神和思维活动、思维方式的活跃和突踊,以至影响到人们思维方式的变化。白话文运动对于现代文化、现代文学创作来说,其极为重要深远的意义,就在于此。虽然傅斯年本人早期也多半在文学形式的层面谈论语言,但他从实质上触及到了语言变革的核心问题。他的"直用西洋词法"的观点,主张对西洋语言成分的吸取,也含有相当的建设意义。这些都属于傅斯年对新文化运动和新文学散文的贡献。至于他片面要求文学语言的大力"西化",提出形成所谓的"欧化国语",则明显的是"矫枉过正"了。这也是当时一般激进的文人言论中常有的情形。

  傅斯年在1919年前后的写作,其主要成就在于有关文学改革的评论文字。其他除了一部分格调清新的白话诗,还有一些社会文化批评的杂感类文章,像《心气薄弱之中国人》《自知与终身之事业》《社会与群众》

和《随感录·四则》等。当时由《新青年》率先,许多报刊都开辟专栏刊登社会文艺方面的随感类短章。陈独秀、鲁迅、钱玄同、李大钊等都是此中的热心作者。这一类的文章敏捷精悍、灵活犀利,在传播新文化思潮中发挥了很大的作用,在文体上可属于现代杂文的早期形态。傅斯年在这方面的短文,也大都紧密配合新文化运动的现实,批判旧思想、旧道德和旧文化,宣扬人道主义和个性解放。如他的几则《随感录》中,有的是对封建卫道士的痛彻批驳;有的是表达对权威、偶像和世俗"名气"的鄙夷和摒弃;有的是对中国"哀民生之多艰"的文学家的热切呼唤;将尚在萌芽中的新文学,比作天地间"日月未出以前的爝火之光",指出独立的"个人","是人类向着'人性'上走的无尽长阶上一个石级"。他的文章还常联系古今中外知识,加以类比和概括,表现出相当的历史感和理论深度。其活跃的思维,元气淋漓、清晓酣畅的文笔,在当时是启蒙者阵营中的一支劲旅。

二 杨振声的散文

与傅斯年同时开始新文学活动的杨振声,是现代著名的学者、教育家,也是现代文坛的开创性作家。杨振声(1890—1956)字金甫,亦作今甫,出生于山东蓬莱。他1915年入北京大学国文系,1918年与傅斯年等人共同酝酿成立新潮社,既是"五四"期间活跃于学生运动的热血青年,也是将小说用作"改革社会的器械"的新潮社作者群的中坚成员。杨振声于1919年3月开始发表小说,先后有短篇小说《渔家》《贞女》《磨面的老王》等。1925年发表的《玉君》,是现代较早出现的有广泛影响的中篇小说,从此奠定其小说家地位。1925年"五卅"惨案的发生,进一步激发了杨振声的民主主义和爱国主义情绪,他的创作更加贴近激烈的民族矛盾和现实社会斗争。从这时开始,他不光写小说,也间以杂文和散文创作来直抒胸臆。杨振声散文写作的数量虽然不多,但在取材和气势上都有自己的特点,又是他自身特定时期心路和意绪的忠实载体。像1925年6月发表于《晨报副刊·艺林旬刊》的杂文《侏儒与瘈孟子》,就是他针对"五卅"国耻的声讨与思索。他在文中激励人们:"对于沪案……我们叫既没用,哭也无益。还是狠狠心,投笔从戎去。……不惟对外,打走那些黑老鸹子;就是对内,也可驱走那些城狐社鼠。"喊出了愤怒的心声后，文中又进而对萎靡弱化的国民性加以揭示和质究，"我不晓得为了什么我们中国'有力如虎，执辔如组'之男子与。'硕人其颀，衣锦褧衣'的女子，一变而为'粉白不去手，''腰弱不能弯弓'与那'作掌土舞''步步生莲花'的玩物；再变而为'槁首黄眼'青筋鸡爪的男侏儒……"循着历史的踪迹，尖锐地揭露了封建文化长期来对中华子民的戕害；在帝国主义的强权欺凌前，发出了对民族强悍生命力和御侮抗暴精神的激切召唤。如此这般质直地表达对社会的看法，和对生命、对文化现象的感慨，是杨振声散文的一个主要特点。他的写景散文格调真诚自然，注重物象和心绪的关联。早期这方面有代表性的作品，是在1926年先后发表于《现代评论》的《圆明园之黄昏》和《再写圆明园之黄昏》两文。这两篇散文围绕残颓、冷寂的圆明园，追古抚今，重温民族深重的创痛，直指内忧外患的社会现实，寄托作者沉郁的心境。前一篇从作者病中凄惶的心情引进，在圆明园遗址的"古墟断桥"、"萋萋衰草"中描绘着白玉故宫的断壁残垣，屹立在夕照里的排排玉柱，又与往昔弘丽壮观的景象在想象中进行对比，反衬，"当日庭院，于今只有茂草；当日清池，于今变成污泽；这白玉栏杆，当年有多少宫人，曾经倚了笑语，于今只围绕着寒蛩的切切哀音了；这莹澈的池水，当年有几番画舫的笙歌，于今只充满着芦苇的萧萧悲语了；这玉殿洞房，当年藏过多少的金粉佳丽，于今只成个狐狸出没的荒丘了"，尽情抒发着那"一齐都攒上心来"的"欣赏，赞叹，惋惜，凄怆"之情。在思古之幽情和对现实的慨叹中反映出作者对民族前途的忧虑："……出了故宫的旧址，……不觉回头望一望，只见一片玉海，在迷离的银雾笼罩中，若有无限哀怨的。"煞尾渲染的这凄清意境，情景交融，令人回味。后一篇则在观览、凭吊圆明园遗迹的同时，更记述了人们野蛮愚蠢的行为带给它的进一步损害，抨击了那些随意卖掉"民族公产"的"无耻官僚"，表达了作者愤怒而无奈的心态：

> 谁知道中国的事，都是人类想不到的呢！几十个泥水匠正在那儿努力拆毁它。石柱一条条拉倒在地上，雕花的石梁，都从柱头拉下……有多少雕刻很精的白玉梁柱，都打成断块，很无辜地横卧在荒草里，向游人泣诉它们的命运！……还有使你哭都哭不出的事。看！几个穿灰色衣服的人……在那里用很大的铁锤，很勇武的去打碎几块

石色最白雕花最细的柱头,又榨成最小的块子用骡车拉走……我的心纵使像石头一样的坚硬,也像石头一样被他们榨得粉碎了。

作品中描述和抒情相结合,又随时插入议论,随着作者感情的流动,开阖自如地将一片诚挚之心袒露出来。语言朴素清朗中蕴含着诗意,结构自然完整而饶有韵味,突出地呈现了"五四"时代知识分子忧时伤世的心态。

杨振声后来的散文表现手法更为多样、辞采动人。如他的怀人之作《与志摩的最后一刻》,文字间还原诗人的声形容貌,使读者如身临其境;评点其文学上的成就,独具洞见。情至深处,精彩流畅的诉说和比喻,自然地托现出了已逝诗人的精神魂魄:

他的行事受旁人的攻击多了,但他并未攻击过旁人。难道他是滑?……他是那般的天真!他只是不与你计较是非罢了。……他只是这样一个鉴赏家,在人生的行程中,采取奇葩异卉,织成诗人的袈裟,让苦丧着脸的人们看了,钩上一抹笑容。……志摩你去了!我们从今再没有夏日清晨的微风,春日百花的繁茂!

痛悼不已的行文中,作者本人亦性灵毕现。杨振声40年代还写有一篇《书房的窗子》,想象丰富,感触细腻,文笔灵动,挟以儒雅的书卷气,也是战时大后方散文的佳作。

第三节　王统照的散文成就

新文学早期涌现的另一位著名作家王统照(1897—1957),是现代新文学的开拓者之一,也是20世纪山东文学的奠基人。王统照,一名恂如,字剑三,山东诸城人。他早年在济南省立第一中学读书,1917年开始写白话小说。1918年考进北京中国大学英国文学系。大学时代的王统照,是新文化运动的中坚人物。"五四"期间,他先是担任了《中国大学学报》的编辑,又与人合办《曙光》半月刊,同时开始发表白话小说、新诗和散文。1921年年初,王统照与沈雁冰(茅盾)、郑振铎、叶圣陶、耿济之、周作人、许地山等 12 人，共同发起成立了新文学团体"文学研究会"，积极宣扬为人生而艺术的现实主义文学主张。1922 年，王统照大学毕业后留校任教，兼任学校出版部主任；同年主编《北京晨报·副刊》《文学旬刊》；1925 年他与友人创办《自由周刊》。1926 年后辗转青岛、广东、上海等地执教和从事文学活动。后来曾去日本、英国、法国和德国游学和考察文学艺术。40 年代前后担任过上海《文学》月刊的主编，开明书店的编辑。

王统照一开始即是活跃的多产作家。他既是新文学早期的新诗人，小说家，也是大力推行小品散文的名家。在文艺观点方面，王统照把"立诚"、"真实"作为创作的标准（《这时代·序》）。同时他早期受爱尔兰诗人叶芝和印度诗哲泰戈尔的影响，将"美"与"爱"视为艺术的真谛，认为凭借着"美"与"爱"，便可以为人类创造福祉，也"将可怜污浊的中国社会完全改造"。他 20 年代初期发表的《美之剖析》《美育的目的》《美性的表现》《叔本华与哈儿特曼对于美学的见解》等一系列文章，大意都是对此类观点的阐述。他说："此人类烦闷混扰之状态，亘遍于地球之上，果以何道而使人皆乐其生得正当之归宿欤？斯则美之为力也。""两性也，美也，最高精神之爱也，交相融而交相成，于以开灿烂美妙之爱的花，以达于超越现实世界真美之境地，将于是乎求之。"王统照希冀用美与爱构筑的和乐世界，疗愈人们现实的痛苦，提升人们的精神与生活。他早期的一些小说和诗，像《微笑》《沉思》《星光》《雪后》《春雨之夜》等，便主要表现女性美与爱的力量，也有的是以生活图景和人性的思索去创造人间爱的象征，即是这一艺术意识的体现。王统照此时的文艺理想虽然有虚幻的成分，但其固有的人文主义内核，使其对现实人生和生命的关注，从一开始便以强烈的主观色彩展现在他的创作活动中。因而除了这些表现了他玄妙遐思的篇章，他还有一些重在写实，再现人生苦难的作品。而在散文领域，从新文学初创阶段起，王统照就十分关注并热心地参加了有关散文创作和理论建设的各种讨论。1923 年和 1924 年，他先后在北京《晨报副刊》上发表了《纯散文》和《散文的分类》等文章。在前一篇里，他指出当时新文坛难以产生纯正的散文的原因：一是作者的思想没有确切的根据；第二是"辞技及各种语势不得有灵活的用法"；第三是"太偏重理智的知识，没有文学上的趣味"等。在新文学刚刚兴起之际，他指出的这几个因素，确实击中了僵化、虚泛的旧文学的弊症。也由此说明了他本着文学革命的精神，对纯散文创作提出的基本要求。在后一篇《散文的分类》里，王统照则以"取材于韩德的书中而加以我个人的论断"，对他视野中的现代散文应有的形态及其类别规范，进行了更详细的说明：

"第一，历史类的散文……又可名之为叙述的散文，它能借用优美、生动有趣的文笔将历史的事实写出……其形式最单纯，能感人的力量亦最深入。……历史的散文又有两种，（1）年代学的或叙述的方法。（2）是逻辑的或反映的方法。可含有历史及文学两方面的价值。第二，描写的散文。这类散文其注重艺术之点较历史的散文尤为重要。偏倾于从风景与视力之中绘画事实就加以理想化。此类散文须有想象的融化——再现如其想象相同——受象示的支配比事实的支配为大，其理想的与意象之真实的表现及其活力，恰与实体的东西无异。……至于纯凭想象不能看见的物体与风景的描写的如霍桑、罗斯金、伊尔文诸人的小品文字多属此类。……中国的唐人小说与清代的聊斋等多数可归于此类。第一的主要性，就是此等散文须有清显的想象要素在内。其次，是要有'活泼'、'有力'及易于令人感兴、记忆的方面，欲求得文学生的价值及其永久性，在此类散文中，非有宽阔的想象，及活动、具有生力的文字不成功。第三，演说类的散文……属于鼓励与兴奋的散文的种类。……第四，教训的散文……题材上的条理，谈话的意念与真理的论点，所以又可称之为说明散文，与哲学的散文近似。……第五，时代的散文，随时发表于杂志报纸之文字而具有文学趣味的。"

在这里，王统照对现代散文的定位和分类、具体样式、创作方法和审美价值，均进行了尽可能细致的思索和描述。从中可以看到，他在介绍与分析散文的各种类别及其创作特征时，撷取中西方优秀的文学实例加以阐述和论证，十分重视西方文学理论与创作方法上的缜密、思维的逻辑性和条理性，并将其每一种散文样式的叙述分析，都与散文写作的文学趣味即活泼灵动的生命力的强调联系在一起。专门针对散文这一创作体裁，进行如此详尽的分类论述，在当时的文坛是并不多见的，由此可见王统照对于散文的兴趣和重视程度。

稍晚于其小说和新诗的写作，王统照的散文创作始于1923年。当时

"五四"运动的高潮已过,追求理想的心灵翅翼仍在扬展悸动,美丽的梦幻却已逐渐飘散。他带着一份对爱的原则的坚执,心灵沉浸于美的沉思与寻求和对世间苦厄的体味,以散文来表达动荡时代里复杂斑驳的生命感印,抒发对光明执拗而真挚的追逐.在创作中呈现了自己鲜明的艺术特色。

一 摇曳多姿的创作类型

王统照这样谈到自己写散文的动机:"本来文学各体裁的类型与作者的个性有关,不可勉强,散文的范围最广,写起来比较自由;也因为易于自由抒写的缘故,如果不是成心去写甚么类型的散文,东涂,西抹,终于是'四不像'。不过从另一意义说,只要有写的冲动,与对于外象的真感,又何必为一定之类型约束住自己的笔锋?"①

这说明王统照充分意识到了散文形式的灵活多元特质和其硕大的包容性。身处纷繁多变的时代生活中,他用散文来表达自己复杂跌宕的内心世界和对于外部生活的"真感",创作形态亦有着阶段性的特点及自身的发展规律。他在 20 年代发表的散文,后来大多数编入散文集《片云集》中,由上海生活出版社 1934 年出版。前后十几年间,他的散文结集还有《北国之春》(神州国光社,1933)、《青纱帐》(生活书社,1936)、《欧游散记》(开明书店,1937)、《游痕》(文化生活社,1939)、《繁辞集》(署名"容庐",世界书局,1939)、《去来今》(诗文集,文化生活社,1940)等。另有部分散佚的篇章,后来收入《王统照文集》(山东人民出版社,1982)。

在《片云集》里,收入了《片云四则》《绿荫下的杂记》《阴雨的夏日之晨》《"血梯"》《在囚笼中的苦闷》等 17 篇散文小品,其中大部分写于 1923 年至 1926 年之间。正如王统照后来所追述的,在这段时间里,他的"思路渐渐地变更,也多少搀入了一点辛涩的味道……常常感到沉重的生活的威迫",从而"将空虚的薪求打破了不少,在文字方面,也不全是轻清的叹息与渺茫的惆怅了。"(《青纱帐·自序》)他的这些散文,感应物象,质究生命,表达了对生活、对人生命运的困惑和思索,也叙写

---

① 载《晨报副刊·文学周刊》1924 年 26、27 号。

了动荡黑暗的社会现实和自我的愤郁心境。从这部集子和王统照写于同时期的其他散文来看，他的散文的形式，确实是不拘格套，率性而为。总的说来，仍可大体分为几种类型。

一类是冥想式的、带哲理意味的小品文。这其中，一部分是体悟性的小品短章。像《片云四则》《绿荫下的杂记》《如此的》，等等，它们往往围绕着某一生活情境，或是一件小事，或是生活里的某种经验，在描述和议论中呈示其含有哲理性的意蕴。有的像一则寓言（《片云·跌跤·债》《林语》），有的是一段回忆（《片云·三弦的余音》《初恋》），也有的仅是思绪的片断（《绿荫下的杂记》）。所表达的多是对人生意义和命运的思考，或由物及人，从生活的挫折和失落中体味艺术的真谛。再一部分是浸染了更浓重的冥想色彩、侧重于以想象造境的散文。如《阴雨的夏日之晨》《秋林晚步》等。这些作品在对自然界、对人生现象的摹写与自我体验的表达中，常常是将自我对现实的投射与冥想交融为一体，展开其丰富迤逦的想象，伴随着丰沛情感的抒发，充分表现其幻美沉郁的遐思。后来他写的题为《听潮梦语》和《寓言两则》的小品文，便是其抒发冥想、深究哲理的写作类型与创作倾向的接续与发展。前者是由40多则短文组成，于1935年在《文学》《中流》等杂志上发表。这些记述了他的细微感念和自由象征与想象的小品文字，犹如散文诗。短的不到百字，长则二三百言，大多内容充实、深幽含蓄。作品一般从细微事物生成内涵深邃的意象，于抒情说理之中侧重理义的阐述和衍生。有时或许稍嫌晦涩，却不能遮掩一股令人回味的力量。如"一粒沙藏在我的衣袋中多年了，小心地拈出来，看不出些微的光亮，纵使放在任何生物的身上，有多重？摇摇头掷到大漠里去，那些无量数世界中平添了又一个世界，走近前光在炫耀了，踏下去便多觉出这一粒沙的力量。"（《一粒沙》），像这样以严肃的生命态度，摒弃虚无与消极，对生之脚步进行执着的思考，追求真实而高尚的人生目标，是王统照此时这类作品中共同的主题。和《听潮梦语》相类的，还有稍后的《繁辞集》和《去来今》（一、二辑）。它们是抗战期间王统照留守上海"孤岛"时所作，留待后面的章节再叙。

第二类是其诗性散文。王统照原本是诗人，诗情浓郁，是其许多散文共通的特点。他的一些诗性特点突出的篇章，往往直接进入抒情主体的情感世界，作品全篇充斥、跳跃着情感意象，想象更加瑰丽，在段、节、句之间有着鲜明的节奏感。像前面提及的《阴雨的夏日之晨》，也可同时看作是诗性散文，而早期更具代表性的是他写于1925年"五卅"惨案后的《烈风雷雨》。像下面的文字：

> 突喊，哭跃，悲哀极度的舞蹈，"血脉愤兴"的狂歌，挥动着，旋转着那些表现热情灿烂的千万个旗帜；震吼着，嘶哑着那为苦闷窒破了的喉咙；鼓荡起，冲发起，吹嘘起平地的狂飙横澜。……呵！呵！这不是在那万头攒动中的精诚！呵！呵！这不是在那幽暗地狱中的火光明耀！……
>
> 黯阴的空中只有层叠与驰逐的灰云；那深墨的，那如铅笔画幅上烘染的，如打输了交手战的武士的面色的，如晶亮的薄刃上着了一层血锈的部分，如美人失眠后的眼角的青晕，低沉下多少惨恻的哀意，都由那灰色层云中弥满了我们的心头！
>
> 卷地的狂飙，爽利的冰雹，倾落的骤雨，震惊的疾雷，呵呵！千万铁甲中的金鼓的鸣声，无量数的健儿呐喊……喊动；——喊动这已死的地球上安睡着的婴孩！
>
> 不要安静的！不需安静的！我们要实现吐火的梦境，我们要撞碎血铸的洪钟，我们要用这金蛇般的电光遍射出红色的光亮，要用震破大地的雷霆来击散阴霾。……
>
> （《烈风雷雨》）

王统照曾自述他写这类作品，是由于在时代的刺激下，有一种深重的苦闷压迫心间，不吐不快（见《这时代·自序》）。这种喷发着浓烈诗情的文字，正是作者追求情感力度的选择。

王统照还有一类散文是记叙性的，是以写实为主、反映社会现实和普通人生存处境的作品。像《囚笼里的苦闷》，《海滨小品》中的《夜游》《笑逢》等都属于此类。这些散文一般来说是叙事、抒情、议论兼具，展示作者眼中的世间百相，社会丑陋，倾吐他对于社会人生问题的关注与悲绪。里面常有比较细致的场景描写、生活断片或有关人物的刻画，结局也往往是无奈或怅惘的。如在前一篇中写他乘火车时的见闻：蛮横无行的军官，被作践、欺压的农人，一幅旧中国民生现象的速写画面。作者以囚笼象征现实，说："似乎在毒热的空气中所留与我的不是惆怅，不是眷恋，不是趣味与风景的感动，只有一片凝定住的苦闷！"后面两篇，则一个记述了夜游时偶然捕拾到的生活暗影，另一篇描写了一个令人哀怜的雏妓的故事。

这些各类形态的散文，反映了王统照在对生活的感应与滤取中的艺术旨趣和社会人生向度，其中亦流露了作者写作变化中的思绪脉络。其后一段时间，随着中国社会局势的发展和作者生活、心情上的变化，王统照创作了大量直接反映个人经历与社会现实的记叙性散文和纪游散文。散文集《北国之春》主要取材于作者1931年旅行东北时的所见所闻，写作视角对准了当时人们普遍关注的东北时局以及这一地区的社会生活情景。其中《被检查的"小学教员"》《小卖所中的氛围》《红日旗的车中》《生活的对照》《人道》《风的诅咒》《白城子中的投影》《松花江上》《中央大街之夜》等20篇作品中，作者以忠实于生活的素描式笔法，记叙了"九·一八"前夕东北三省的情形，真实再现了当时东北社会的普通生活现状——那苍凉背景中历尽磨难，儿女皆死于日俄战乱的孑然一身的老人（《老人》），在贫苦辛劳生活中为求生存求知识忍受屈辱的少年（《诗话》），都给读者留下了颇为深刻的印象。不仅底层人民过着惨淡无助的生活，连社会日常生活行止中，都处处感受到日寇横行的气息，"到处是邻人的话，到处是他们的规矩。"（《红日车中》）还有被到处肆虐的鸦片毒品征服的麻木的人群（《小卖所中的氛围》）……生动揭示了广大百姓在战争和贫困蹂躏下的喘息与挣扎。《青纱帐》是被作者称为"有如杂文"的散文集，意在说明其文体的驳杂，其实内中占主体的还是一部分记叙性散文。作者更深入地审视和捕捉着北方土地的脉动。北方田野特有的风物和乡村的衰败、骚乱一起映入人们的眼帘（《青纱帐》《乡村偶记》7《蜀黍》）；无论是畸态的城市还是凋敝的乡村；到处都有不幸的人们，黯淡的人生（《平常的故事》《青岛素描》）。绘写乡野景物民俗，折射出北方社会的重重忧患，在集子里占有突出的位置。

1934年王统照的长篇小说《山雨》被政府查禁，他被迫避走欧洲。《欧游散记》便是这次行旅的产物。作品描述旅途见闻，刻画外域风光，鉴赏欧洲艺术，时时处处，表现了一个具有进步民主意识和强烈民族情怀的、敏感博识的文学家特有的视角。其后又有记述国内旅行生活的一部《游痕》，取材叙事，在渲染河山胜景之际，同时带出了作者及其周围知识分子的一部分生活情态。

王统照的这些记叙性和纪实性的散文,其中除有少量作品近于速写式手法,有直接插入议论、缺少凝练和剪裁的缺陷外,从多数篇章中还可见出作者文风、笔法都有了相当的变化,记叙场景、景物和人物更为生动圆熟,描述和议论趋向简洁明朗,显示了纯熟畅丽、朴实遒劲的写作特点。下面看他对一处场景氛围的描写:

> ……这烟之国的气味,是微辛的甜,是含有涩味的呛,是含有重量炭气的低气压;不像云也不像雾。多少躺在芙蓉花的幻光边的中国人,当然听不到门外劲吹的辽东半岛的特有的风,当然更听不到满街上的"下驮"在拖拖地响。这里只有来回走在人丛中喊叫卖贱价果子与瓜子的小贩呼声,只有尖凄的北方乐器胡琴的喧声,还有更好听的是十二三岁小女孩子的皮簧声调。

(《小卖所的氛围》)

二 凝重奇崛的散文风格

作为一个成熟的散文作家,王统照显示了鲜明的艺术风格。最早表现了其散文的独特艺术色调的,是他那些冥想的、诗性的小品文。钱杏邨(阿英)认为:"他的小品文不但有这样的'热情'这样的'力',且是一种诗的,无论在那一篇里,都反映了作为诗人的王统照的精神,飞跃着,驰骋着,那非常丰富缜密的想象。当他写作的时候,在他的面前,我想定然有一个幻美的世界,这世界是从苦难中产生出来的,而他的一切想象也就在这幻美的世界里胚胎。他的小品文,由于这样的原因,遂必然的成为瞑想之作,王统照作为小品文作家而存在的,也就是建筑在他的'瞑想的小品文'上。这一类的小品文除鲁迅的《野草》而外,我想是没有谁可以和王统照比拟的;徐志摩虽也写作瞑想的小品文,然而他的瞑想是偏于欢快。"[①] 这一评论可以说是"知人"之论。王统照融冶自我个性

---

① 阿英编校:《现代十六家小品·王统照小品序》,天津市古籍书店影印1990年版,第279页。

和中西文学的影响、以诗人的气质为文,体现的是一种诚挚沉郁、注重体悟的审美个性。作为紧贴着时代脉动、不断发展自己的作家,他的散文从整体而言,拥有着不同的风格侧面。主要是以凝重刚健又不乏秾丽的文字,驰动丰富的想象,创造敏锐的情感意象和抉示哲理,展示了其情思深蕴、博郁奇崛的主体风格。王统照在散文中擅长运用排比句式和多种比喻。其中大量复叠排沓的词汇和排比迭列的句子,使其散文语言常常于节奏性中显现一种刚而涩的力度。而许多修辞手法的灵活运用,又使其劲健中增添了幽婉神奇。他常以炽热浓郁的情感伴随着缥缈飞扬的冥思遐想,跌宕起伏地表现其思绪活动延展乃至悟解的过程。如《阴雨的夏日之晨》一文,展开的是作者于阴雨后的夏日清晨漫步庭院时的冥想。全文的基调由静而动:从对眼前幽静朦胧的夏晨境界的欣赏品味,身心的被吸引,思及曾有的热烈心情与茫茫前途又掀起心海的躁动。反顾过往——偶然迸裂的"'生'的火星"并没有燃起明丽的火炬,偶然低鸣的"'爱'的曲调"也没有扬起暴烈的飓风,只剩下"求之不得的号泣"及依恋与怅惘。面对利剑与毒炎的现实,作者对勃莱克的"露泪儿"可融解"长矛与利剑的战争"、托尔斯泰的"鸟鸣"与"细语的树枝"使生死得以协调产生了疑问:"露泪儿果能融解?死亡果能以平静?"表明作者对爱与美的梦幻的怀疑与质询。进而作者又陷入苦苦地急遽地思索:争与夺,爱与欲,都是切割人肢体、血流遍地的,"有曲棱的尖刀",因而反抗暴虐的"血潮,终不能静止","自由的反抗的种子"又行"萌芽,滋生"。于是"我们重行转入缚紧的密粘的网中去,……心火又随着电火引烧,向无边的穹海中作冲撞的搏战。……"

> ……平静是一时的慰安,奋动是人生的永趣。我在这夏日的清晨的淡灰色的云幕下,虽然喜慰我这心琴的调谐,但我也何尝忘却霹雳,电光的冲击。我由一杯香茗,一帘花影的沉静生活中,觉得可以遗忘一切,神游于冥渺之境:但激动的奋越的生命之火焰却在隐秘中时时燃着。

作者由初时的恬适心态,涌起奋然搏击的灼热的心潮。作品在表达这生命的冥静与火焰的错落之舞时,托呈出了果实、花草、闪电、骤雨和刀剑、风火、露珠、糖果等一系列相互对应的纷繁意象，形成了一种刚柔相济、虚实相生的艺术效果、巧妙地含涵与表达了作者交叠回旋、波推浪涌的玄思。

王统照的一部分哲理小品，其冥想更注重理性的内涵，如作者所称是用"理智的铁梭"去交织"事事非非，交互错综"的感情。而所追求的仍是"织成光华灿烂，经纬细密的美锦"（《繁辞集·序》）的艺术境界，是一种含蕴了生命智性的艺术感召力。文中用隐喻、象征、抽象等艺术手法，将诗情和哲理更洗练、凝聚地表达出来，因而时时出现有如吉光片羽的格言警句，也仍有散文诗一般的深情抒怀：

> 深夜的暴风雨，正可锻炼你的胆力，警觉你的酣眠。金铁皆鸣，狂涛震撼，你不必为不得恬适的稳梦耽忧，也不必作徒然的恐怖。
> 暴风雨过后方有令人欢喜的晴明，有温抚慰悦你的和风朗日。
> 灯光昏暗中，正视你自己的身影，努力你的灵魂的翱翔，坚定你的清澈的信念！
> 这样，你更感到暴风雨的雄壮节奏的启示。
> 你所等待黎明前的玫瑰色已经从风片雨丝中透过来了。
>
> （《玫瑰色的黎明》）

这出自作者独特生活实感的篇章，节律优美，意象鲜明。内抑的激情与清醒的理性水乳交融，像一曲拨散云雾、激励人心、眺望光明的生命咏叹调，又如一首洞悉人生骇浪，沉着警醒，指点迷津的人生哲理诗。哲理与文采相得益彰，这正是王统照散文一贯的特色。

综上所述，王统照从"五四"到40年代散文创作的发展，可以作这样概括的描述：从表现知识分子的"唯美"心灵和变革现实的抗争精神，到弘扬爱国、坚守正义的民族情操；从抒发浓重的人道主义情怀，走向与更广大生命相连接的更深沉的艺术境界。写作手法上注重现代派的表达技巧，同时在继承传统的基础上不断创新，实现表现上的多样化。王统照的这种努力追求开拓的创作道路标示着山东现代散文的发展方向。

第四章　多元发展的 30 年代散文

第一节　概述：散文发展与文体流变

　　20 世纪 20 年代后期，军阀专制统治下的山东，社会空气保守压抑，广大农村破败凋敝。在社会生活的动荡和新文化潮流的吸引下，一些有志于变革和爱好文学的年轻人纷纷离开故乡，奔赴北京、上海等大城市。他们在这些大都市的著名高校求学，也在那儿浓厚的文化氛围中开始自己的文学活动。这其中便有孟超（1902—1976）、李广田（1906—1968）、吴伯箫（1906—1969）等人。20 年代末，中国政局发生了急剧的变化，大批新进作家陆续离京南迁，中国的新文化中心遂由北京逐渐南移上海。在这样一种情形下，到了 30 年代，不仅许多本省的作家陆续回到了山东，一些外省籍的作家也由于种种原因客居齐鲁。山东文坛，这一时期由于李广田、吴伯箫、臧克家等青年作家的崛起，老舍等著名作家的留驻，散文创作也进入了一个丰饶斑斓的收获期。

　　从国内文坛来说，在"五四"时代后期，散文创作曾一度出现寂寥缓滞的状态，进入 30 年代后又再度形成热潮。这与当时社会思潮的变化有着直接的关系。在国内第一次大革命到抗日战争爆发的十余年间，中国社会风云迭变，内外矛盾日趋激烈。"五四"退潮期弥漫了整个文化界的幻灭情绪，大革命失败后惨淡、高压的社会气氛，使许多作家产生失落寂灭的心态。王统照此时的一段自述，即颇有代表性。他说："这六七年间，多少人事的纠纷，多少世事扰攘的变化，多少个人的苦恼。我不但没有写诗的兴致，即使看别人的诗也觉得眼花，谁知道这是一种什么心情？感触愈多愈无从写出不易爬梳的心绪，不易衬托出的时代的剧动，一切便甘心付诸沉默，这期间可真有难言的深重的苦闷。"① 1931年9月18日，日本悍然出兵，侵占了中国东北三省。翌年初又发动了淞沪战争，直接进逼中原。中华民族危亡在即，文化界进一步面临着歧异迁变的局面。动荡不安的时局，严峻的生存现实，将大批作家进一步推入了广大的社会生活层面。他们在急遽变化的环境中挣扎奋斗，人生立场和生活道路都接受着时代严苛的考验和磨砺。社会思潮的变动，必然会波及到文学创作方面。而生活的丰富与流动，思想情感的纷繁杂乱，也在促发着作家们回应人生，释放心灵的创作欲求。由于散文体式的灵活便捷及其深厚的传统，因此文学界写作散文的热情及其社会需求都迅速增长。而当时全国民众逐日高涨的抗日救亡浪潮，和新文学运动中大力倡导的"文艺大众化"方针，也无疑是30年代出现散文写作高潮的重要社会因素和文化因素。在这一时期，全国专门刊登散文的文艺期刊就有《涛声》《新语林》《芒种》《太白》《水星》《杂文》《论语》《人间世》《宇宙风》《文饭小品》等十几种。还有一些报纸副刊和综合性文学杂志，也很重视开辟有关抒情散文或是杂文、随笔等小品文的专栏，像《立报》的《言林》副刊、《大公报》的《文艺》副刊和《申报·自由谈》《萌芽》《拓荒者》《现代》《北斗》《文学》《文学季刊》《文学月刊》《文丛》《作家》等。另外文学界对外国散文的翻译介绍，这时也表现了空前的规模。大致说来，当时对英、法、德、日本、俄国、西班牙等国的著名的、也有不太知名的散文家及其作品，都有所介绍。像兰姆、史蒂文生、斯威夫德、毛姆、蒙田、伏尔泰、梅里美、阿左林等名家，更为文学界和青年学子们所熟知。还有的青年作者广为搜求外国散文创作中的"知音"，由欣赏、喜爱到创作中受其影响，也就是很自然的事了。冯至曾这样谈到当时的有关情形："……那时我常听亡友陈炜谟谈，兰姆在《莎士比亚戏剧本事》之外，写了些娓娓动听的散文，吉辛一生穷苦，在他创作小说的同时，怎样写他的《四季随笔》。还有不幸早丧的梁遇春，在20年代末期写的散文，文采焕发，纵谈艺术、人生，也是受到英国散文的陶冶。当然，不只是英国散文，别的国家类似的散文，也赢得了一部分青年的爱好，我曾经爱不释手地读过一本中文译的西班牙阿左林的散文集（后来卞之琳也译过几篇阿

---

① 王统照：《去来今（这时代·自序）》，文化生活出版社1940年版。

左林的小品，收在《西窗集》里，广田在《冷水河》一文中引用过这个西班牙人的妙论）。广田在外文系读英国文学，最欣赏几个英国散文作家。一方面是受到当时散文风气的影响，更重要的原因是从几个不甚著名的朴素的作家的笔下，看到了一个中国农村的儿子感到亲切的事物……。"① 对外国散文及其作家的具体认识和了解，显然尤其有助于开拓一代青年作者的艺术视野，为散文创作的发展，注入了新的活力。

在这一时期，一批山东籍青年作家先后在文坛崭露头角，他们也多是现代散文领域的生力军。其中如李广田、吴伯箫在短短数年间，以风格鲜明的创作，奠定了其散文名家的地位。诗人臧克家、以评论见长的李长之，稍后还有孟超等人，都写有颇具特色的散文。另外，一些先后在济南、青岛等地居住过的外省籍知名作家学者，他们在山东的文学活动，也给山东文坛增添了夺目的光彩。如在山东时间最长的老舍，在青岛山东大学任过教职的闻一多、沈从文、梁实秋、洪深等人。老舍在山东创作和发表了大量的作品，其中包括他一批最优秀的散文。他在济南还主持创办和编辑了齐鲁大学的《齐大月刊》。自 1930 年 10 月到 1942 年 6 月，共出版两卷 16 期。在这份文、理合编的综合性刊物上，老舍尽量扩大新文艺作品和外国文艺理论与作品的刊登比重，自己更是在上面发表了多篇诗歌、散文、小说和译文等，为当时空气沉闷的齐鲁大学，带入了一股清新的气息。1935 年夏季，王统照、老舍、王亚平、王余杞、洪深、李同愈、赵少侯、杜宇、吴伯箫、孟超、臧克家等人在青岛一起写作编辑了《避暑录话》，随《青岛民报》发行，前后两个月共 10 期。还有著名诗人、学者闻一多，也在这里写下了他唯一的一篇写景散文《青岛》。这一时期山东文坛出现的作家，大都有着比较深厚的中西文化背景。如李广田、吴伯箫和季羡林，他们的都是在浓厚的齐鲁文化和生活氛围中度过了童年和少年时期，大学时代又都就读于北京著名的高等学府，前两人读的是英文系，后者读的是西洋文学系，比起一些同时代人，他们对西方文化和文学显然有着更深的浸润。而客居山东的老舍，早年在北京受中国满汉文化的教育，青年时期赴英国任教数年，期间欧洲文化的影响也是不言而喻的。综合的中西文化素养，使这些作家具有比较开阔的文化视野和艺术意识。

---

① 冯至：《文如其人，人如其文——〈李广田文集〉序》，山东文艺出版社 1983 年版。

像李广田、吴伯箫的散文作品，还有李长之、季羡林此时的少量散文，都是比较注重艺术性和文学品位，追求个性的显现和艺术创新，基本上是继承了二十年代"美文"的传统。老舍，则以他杰出的艺术个性和学识修养，在这一领域做出了他的独特贡献。

在这段时间里，山东散文创作的一个突出倾向是，作家们往往以特定的乡土地域为客体对象，由具体作品所展现的地方生态与生活景观、风土习俗、故乡情感中，呈现出创作主体的审美意向、哲学思考和理性批判等。这些作品里有相当一部分，汇入了新文学以来的乡土文学传统。如王统照此时的《青纱帐》集中的部分篇章，李广田的作品，吴伯箫、臧克家的一些散文等。他们在"将乡间的生死，泥土的气息，移在纸上"的同时，也力图表现出土地的坚实，和对自然恬静的田园生活与淳朴人性的向往。再如老舍这期间的散文里，既有《想北平》这类抒发故土情思的篇章，也有一批专门描写济南、青岛景色风物和习俗人情的佳作。在当时的时代氛围和民族生存环境下，这种具有一定倾向性的创作态势的形成，与作家对民族文化、现代文化的思考和选择有很大的关系。一些作家其时的思想情感活动，主要表现为两个方面：一是青年时期只身走向社会所带来的新奇与幻灭、自伤自勉与满怀憧憬相交织的心绪；二是对当时中国现实状况的不满，尤其是随着民族危机日益逼近而产生了深重的忧患感。他们在否定传统乡村社会的同时，也失望于灰暗混乱的都市生活，便转而以淳朴的乡土来安放其孤寂感伤的心灵。当他们在社会生活的刺激下，在一定的审美经验过程中，有意识地把文学的目光移向田园乡野时，描绘那水土的深厚、自然和人性的优美与奥妙之际，是把这一切当作孤彷无依又渴望翱翔的青春生命的依托，汲取灵感的源泉。他们对现实秩序的叛逆心理中，特别对祖国山川和某些体现了美的、强烈的民族性的事物，怀有深深地珍惜、眷恋之情。意图通过文学来检视民族生存的根柢，张扬中华民族精神，使之成为民族文化特质的审美表现。这儿一个共同的基础是，作者们均致力于用现代意识来观照中国的社会世相及乡土人间。因而这时他们的散文同时体现出了：批判封建愚昧落后、探索与改造国民性的启蒙主义；崇尚民间生命力及向往自然质朴生活的田园情结（或谓故园情结）；又时而隐现着对现代物质文明的质疑与憎倦。……从而在个性的审美表现中，呈现出价值选择的多样性，在一定程度上带动了散文艺术的多元发展。

　　在这一阶段，山东散文已进入成熟期。从整体来说，这时期的散文逐渐削减了"五四"时代的理想色彩，而代之以作家们更为繁复多样的现实关注和内心探察；风格多样，艺术技巧也更加开放与成熟。概括起来有以下基本特点：一是中国散文传统的精髓与"异域"文化营养形成了更完美的融合。中国散文有"载道言志"的久远传统，家国意识、民族情怀、乡土苍生、人伦亲情向来是重要的创作题材。这些传统散文中的常见母题，同样也是山东现代散文创作中涉及最多的领域。但受新文化思潮激荡，受"西洋的科学哲学与文学上的新思想之影响"的作家们，是用现代人的眼光和心灵去为之注入新的生机、去表达对这一切的感受与理解的。除了上面所提及的多元价值选择，还表现在从人的本位写生命真谛，于娓娓絮语中见澄明哲思……在他们寄托人生感慨的许多作品中，此时已少见完全以自我为中心的感情抒写，而是通过对周围人生、对乡村野夫和平民百姓的生涯见闻、身世变迁，通过对记忆中的故乡的展示与复现，来寄寓对自我、人生和民族命运的思索和探寻，从而使散文拥有了更加丰厚的生命和情感力度。二是在散文艺术上更自觉地引入多种审美形式和表现手法。李广田的好友何其芳"为抒情的散文找出一个新的方向"的祈愿，当能代表同时期多数青年作者的观点。他们不同程度地消解着历史因袭的重担，寻找现实主义和现代主义的契合点，追求艺术创造上的完美。如李广田善于讲述平中寓奇的乡村寓言；吴伯箫的散文既有传统骈赋的声势，又有电影技法蒙太奇式的拼接；臧克家散文则有着诗的苍劲和意象。而象征、反讽、时序颠倒、时空交叉、意识流动等西方现代文学技巧，在写作中亦被普遍地运用。三是作家们强烈的文体意识，形成了多种散文风格、艺术特色凸现争辉的局面。李广田、吴伯箫融质朴与灵气、卓然独立的个人风格，老舍亦庄亦谐、圆润幽默的文风，以及李长之、季羡林等人词语讲究、格调新颖、独抒性灵的散文，等等，使这时期的散文创作，成为20世纪前半部山东散文历史上最为斑斓多姿的一页。

第二节　李广田的散文创作

　　李广田在《汉园集》中他的诗辑《行云集》里，首次显现了他清新质朴的抒情特征。代表作为真挚浑厚的《地之子》,诗中宣称要"永踏着土地"、"永嗅着人间土的气息",这既是作者心境的真实表白,也是他个性气质的鲜明象征。李广田心仪几位英伦诗人和散文家,如华兹华斯、叶芝、兰姆,和不大知名的善写乡土与自然风物的玛尔廷(E. M. Martin)、怀特(Gilbere White)等人,同时自述受影响最深的是当时国内文坛"周作人一派提倡的散文小品"。卞之琳后来也在回忆里提及,当时他们几个年轻人在文学方面,"谈的最多的却不是诗的问题,而是散文的问题……想到散文,就容易想到论文、小说、话剧、文学传记、文学回忆录、讽刺杂文、报告文学等等,随笔、小品文、《古文观止》式散文,我国历来就有……在西方像英国十九世纪最流行一时的所谓'家常闲话'式散文,即在英国到今日似乎也少见了,我们三人当中,只有广田最初写的似乎还是这路文章的味道……我们都倾向于写散文不拘一格,不怕混淆了短篇小说、短篇故事,短篇评论以至散文诗之间的界限,不在乎写成'四不像',但求艺术完整,不赞成把写得不像样的坏文章都推说是散文。"① 由此可见当时一些作家关注散文小品的风气,亦在一定程度上说明了李广田在散文创作上的艺术追求。

大学毕业后,李广田回到山东,在济南、泰安等地的中学执教。几年间,他陆续写作出版了散文集《画廊集》(商务印书馆,1936)、《银狐集》(文化生活出版社,1936)和《雀蓑记》(文化生活出版社,1939),奠立了他现代散文名家的地位。1937年,在日寇飞机的轰炸声中,李广田跟随学校撤离山东,开始了"走遍大半个中国"的流亡岁月。《西行记》(文化工作社,1942)、《日边随笔》(文化生活出版社,1948)等散文结集便是这段生活的产物。此后几十年李广田先后在云南、天津、北京等地的大学从事教育和文化事业,出版的散文集还有《回声》(桂林春潮社,1943)、《灌木集》(开明书店,1944)等。1949年后他担任过清华大学副教务长和云南大学的校长,既是成就斐然的著名作家,也是优秀的教育家。在多年的文学生涯里,李广田的创作活动从最初的新诗、小说和散文创作,到后期少数民族民间文学的整理,遍及文学多个领域。他写作和出版的诗、散文、小说、文学评论等共计二十余种,许多作品都产生了

---

① 卞之琳:《李广田散文选·序》,云南人民出版社1980年版。

相当的影响，其中成就最突出的是他的散文。

一 土地之子的歌吟

李广田的散文涉及题材和内容都比较广泛，但也仍有他自己一贯侧重表现的范围，大体来说，主要有地方风土描述和山水记游、乡村故事及童年回忆、人性表现和现实人生的揭示，等等。李广田在他的第一本散文集《画廊集》的"题记"里这样说道："我是一个乡下人。我爱乡间，并爱住在乡间的人们。……我喜欢我这个朴野的小天地，假如可能，我愿意我能够把我在这个世界里所见到所感到的都写成文字，我愿意把我这个极村俗的画廊里的一切都有机会展览起来。"他从自己"地之子"的质朴个性出发，在早期生活经验和中西文化素养的基础上，深切领悟到民族精神、民族优秀文化与自然淳朴生活之间的内在联系，并由此找到了释放自身情感的艺术切入点。他的《画廊集》《银狐集》和《雀蓑记》等散文集，便以大量的篇幅展现了山东故乡的朴野天地。他描绘齐鲁大地的高山长水，风土民俗，审视其特有的自然环境和文化背景下的种种人生形态，表现大自然和平凡劳动生活中蕴藏的美与真实。这些作品从内容上，可大致分为描写风物民情、描绘田园景致和大自然风光以及描述乡间人物几个部分。在这里，首先映入人们眼帘的，是一些古朴动人的民俗风情画。如《画廊》，描绘了年终岁末农人们在古庙里观赏挑选年画的祥和景象：那有着古老传说的村庙里，熙熙攘攘间弥漫着平和与喜悦，孩子们仰了脸儿看着"莲生九子"、"仙人对棋"的画儿出神；衔了长烟管的老人缓缓讲述着图画中的故事，指点着，叹息着，……作者接着写道："再没有比这个更能给人以和平之感的了。是的，和平之感……人们在那里不相拥挤，不吵闹，一切都从容，闲静……"《野店》则展现了乡野旅途上人们"陌路相遇又相知"的淳朴场景：在摆着青生铁脸盆、黑泥茶壶的荒僻小店里，挑担的、推车的、卖鱼的、卖山果的、走方郎中等各路客人偶然地聚在一起了。作品中写道：

> 他们总能说些慷慨义气话，总是那样亲切而温厚地相照应。他们都很重视这些机缘，总以为这也有神的意思，说不定是为了将来的什么大患难，或什么大前程，而才先有了这样一夕呢。如果是在冬天，

便会有大方的店主人抱了松枝或干柴来给煨火,这只算主人的款待,并不另取火钱。在和平与温暖中,于是一伙陌路人都来烘火而话家常了。

当叙述到那陌路相遇的行旅人彼此会"毫不计较地把真情流露了出来"时,作者笔锋一转,"就如古火所歌咏的:'君乘车,我戴笠,/他日相逢下车揖;/君担簦,我跨马,他日相逢为君下。'——这样的歌子,大概也是在这样的情形下产生的吧。"还有那灿烂星空下、乡路上马车的摇曳缓行中,人们讲述着乡野趣闻、鬼怪故事、地名掌故……(《平地城》),一股平凡而隽永的魅力,油然而生。记述风物乡情的散文还有《雀蓑记》《回声》《宝光》等。在这些作品里,出现的都是一些极普通的农村情景、乡野风情,仿佛一阵阵亲熟又清新的泥土气扑面而来,弥漫着鲁中地区特有的地方色彩。作者赞美纯朴的人生,平凡的生活,并以单纯的情景叙述或想象空间的转换,使其直观的表象世界蕴含了厚重的民族底色。那从和平劳动生活中产生的质朴的人生情趣,那些奔走四方的底层谋生者中独有的"世间味",都令人们于熟悉和亲切中体会到一种平和隽永的意味,一种历久而弥新的美感。意识到正是在这些习见的生活常态中,孕蓄了中华民族生命和道德传统的根柢、反映着民族文化及美学产生的渊源。这些作品的格调正如作者那悠长的乡情,平朴而又醇郁。

在描写田园风光和自然景象的作品中,李广田每每以深挚的文字,将生机盎然的自然景色、淳朴的民俗风习、优美的神话传说和人间生活气息糅合于一体,创造了优秀的散文篇章。如《桃园杂记》描绘了故乡的桃园,诗情画意中浮漾着泥土的芳馨:

> 最好的时候大概还是春天吧,遍野红花,又恰好有绿柳相衬,早晚烟霞中,罩一片锦绣图画,一些用低矮土屋所组成的小村庄,这时候是恰如其分地显得好看了。到得夏天,有的桃实已届成熟,走在桃园路边,也许于茂密的秀长桃叶间,看见有刚刚点了一滴红唇的桃子,桃的香气,是无论走到什么地方都可以闻到的。……雨后天气,天空也许半阴半晴,有片片灰云在头上移动,禾田上冒着轻轻水气,桃树柳树上还带着如烟的湿雾,停了工作的农人又继续着,看守桃园

的也不再躲在园屋里。……孩子们呢，这时候都穿了最简单的衣服在泥道上跑来跑去，唱着歌子……

作者以清新简洁的白描手法，摹绘了桃园在春夏、雨后等不同季节、天气里的种种迷人景色，穿插以飞来飞去的布谷鸟的鸣叫，烘托出了极美的桃园风情。在作者缓缓地描叙中，有关"桃王"的传说，更给桃园抹上了一道神秘瑰丽的色彩，传达出了世代桃农对于丰收的祈望。同时在文中作者又点出了"现在年头不好，连家乡的桃树也遭了厄运"，静美的桃园和桃农们的向往，遂与当时农村的凋敝景象形成了对照，在对桃园的留恋叹赏中流露出对故乡暗淡前景的忧虑。那透着淡淡惆怅的素朴郁隽的意境，充分显示了李广田描写田园散文的独有神韵。这类作品里还有秀逸多姿、引人入胜的《扇子崖》，亦朴亦绚、虚实相间的《雾》《山水》等。前者不仅写出了泰山名胜扇子崖那秀卓傲岸、动人心魄的美，还以沿途的风俗人情，有关扇子崖的神话故事，一起赋予了作品丰厚秾丽的情致；后者则是在"村落，树木，五谷，菜畦，古道行人，鞍马驰驱"的乡野平原背景上，构筑了美丽山水之乡的虚幻镜像，从中折射出北方故土先辈人的乡垦深情和后代子孙的梦幻追求；亦鲜明地显现了李广田散文诗情浓郁的特点。

李广田描写乡土人物和儿时回忆的散文，同样显现了他独特的写作个性。《过失》《悲哀的玩具》《回声》等，记载了作者的童年悲欢。这里既有童稚嬉乐的欢颜稍纵即逝、幼小心灵受到伤害的真实场景，也有祖母、父亲两代人生命沧桑和现实艰辛的映痕。还有《花鸟舅爷》《柳叶桃》《枣》《父与羊》等，都反映了特定乡间环境中人生的无奈与悲剧，渗透着作者对当时农村广大人群生存状况和心理重压的理解与申诉。在这类作品中，更多地还是对乡村各种人生形态的冷静观照。如有的再现了人物面对生命与死亡的达观与从容（《上马石》），有的揭示了人在生活失意和落寞中的自我担持、默默背负（《银狐》《老渡船》），还有的展示了人在尘世遭逢生命劫难后的顽强支撑（《种菜将军》《他们三个》《看坡人》《生活》）。在这里，李广田对生命过程通常不作具体的道德评判，而是欲通过对人物际遇或生活情状在一定距离的俯仰观察，达到对民族生命观念和心理积淀的相当把握。在自然与文化的大背景下，他表现的，是人在苦难的重重折磨或是人生大限将到之时，所体现出来的那么一种自然人格力量和强韧的生命力；是在那些受尽灾难打击或已然落魄的人物身上，去发掘和表现人的本性中一种蓬勃的、永远也不会窒息的愿望和追求。张扬在历史长河里中华民族所赖以生存的优秀民族素质，是他散文创作的突出特点，也是其作品中深含的现实主义力量之所在。《山之子》是其人物散文的名作。这篇作品烘托了一个粗犷、倔强的哑巴——"泰山之子"的形象。哑巴一家在险峻的泰山高崖上采撷野百合为生。他的父兄相继摔死在深涧下。为了奉养母亲和寡嫂，哑巴继续冒着性命危险去采摘百合，日日攀登在悬崖峭壁上。散文里，哑巴既是现实中地道的贫苦山民，又被赋予了一定的象征性。当高大结实的哑巴站在山崖上讲着谁也听不懂的话时，作者深情地写道："然而我却懂得了另一个故事：泰山的精灵在宣说泰山的伟大，正如石头不能说话，我们却自以为懂得石头的灵心。……"哑巴是朴实而苦难的中国劳动人民的代表，又是雄浑、沉毅的泰山风骨的象征。他以自己的沉默，背负着一山的沉默，也背负了千百年来中国劳动人民沉重、黯淡的生活命运。李广田饱含沉郁之情的抒写，不仅表达了对贫苦劳动者的深切同情，更抒发了对泰山般博大、坚韧的民族精神的颂扬和向往。在人与自然两相参照的表现手法下，《山之子》的格调于浑朴沉峻中，滋生着一种郁勃的张力，构想雄奇，蕴含深远。总的来说，李广田描摹乡野人物的散文，其沉重或淡泊的调子各不相同，却从多重视角，反映了水深土厚的齐鲁乡间丰厚的生命场景，抒发了他独有的人生体验和生活情愫。

散文集《西行记》（本书初版时名为《圈外》），李广田称之为抗战流亡生活的"苦涩"记录。从1937年到1939年，他和一批教师、学生从山东泰安出发，历经豫、鄂、陕而入川，一路上伴随着饥渴、寒冷、疾病、匪患，总计行程五千多华里。流亡岁月大大开阔了李广田的生活视野，也带给了他痛苦的情绪体验。他在这祖国内陆地带，所见尽是人们绳枢瓮牖的贫穷处境，和国民党统治下大后方的沉沦世相。怀着亡国离乡的愁绪，记叙这些所见所闻，揭露并鞭挞黑暗，寻取和讴歌光明，正是这本散文集所表现的主要内容。它显示了李广田此时的写作视野更加宽广，拥有着广泛取材基础上的纪实风貌，表现上也比先前增加了峻厉苍冷的色调。这些散文里记叙了形形色色的人生样态，如《乌江渡》反映了数万饥民——"饥饿的灵魂们"的剪影，《西行草》描述了小城镇鸦片烟馆的景象。既有蒙昧沉滞、浑浑噩噩的小镇生活写实（《母与子》《冷水河》《养鸡县官》），也有对打着抗战旗号却终日无所事事的所谓服务团的素描（《威尼斯》）。在怀着惊讶和悲悯反映贫困、愚昧、欺诈和虚伪的人生境况的同时，李广田也着意去感受、描绘劳苦民众善良自尊的品性和劳动群体的力量。如《黄龙滩》《忧愁妇人》中对几个老人和妇女形象的捕捉，他们虽然衣衫褴褛，处境贫寒，有的还受着保甲长的无情盘剥，却都葆有着性情上的真诚、平和、顽强与尊严，从这里可以看到作者关注纯朴善良人性的一贯笔触。他还饱蘸着感情记述了纤夫们在浅滩逆流中拉拽大船的情景，那酷烈的力的显现，粗犷的群体节奏，在李广田眼里，直同于"民族的起舞与高歌"，由此引出"我们的民族，也正如这大船一样．正负载着几乎不可胜任的重荷，在山谷间，在逆流中，在极端困苦中，向前行进着。"表达了作者"寻取光明"的生活实感。整部集子里，对鄂、川等地的民情风俗和自然景色的描写新鲜有力，险峻而奇异的自然环境中，凸衬出生命的执着与美丽。

像《西行记》这样通过作者的直接体验，比较集中地反映某些特定地域的基本生活风貌，及其与时代特征相联系的经济、文化的种种现象，在抗战时期国统区的散文中还是很少见的。它不仅是时代生活的实录，在表现20世纪前半时期鄂川地区的民生状态、风土民情来说，也有着难以取代的文本价值。可惜由于李广田在战时的流亡处境，时间、体力等种种因素的限制，使该集中的部分作品，因提炼和剪裁不足而显得较为单薄。

二 质朴与绚烂：民族之根的寻觅与显现

李广田的散文创作，从30年代即显现出鲜明的个人风格。他的多数作品，基本上属于现代新文学开创以来的乡土文学范畴。鲁迅在《中国新文学大系·小说二集》的导言中，针对20年代的创作，指明当时乡土文学的基本特征是"隐现着乡愁"，"展示了……乡间习俗的冷酷"，"范围是狭小的"，写"平常人"与"琐屑事"等。在李广田进入文坛的年代，新文学创作越来越走向成熟，乡土文学也进入了一个新的发展阶段。大致说来，它除了葆有过去的特点之外，在题材及表现上都更加宽泛和深刻；在艺术上则从多维的审美视角，在更深广的历史文化背景中反映和折射时代人生。当然，这在具体的作家来说，表现上又各有不同。李广田最优秀的作品，便是他的一些乡土散文。这些散文描绘齐鲁大地的风景风俗画卷、表达祖祖辈辈的人们对恬静田园生活的向往，同时开掘乡土社会中与自然和历史悠久时空相连接的普遍人性，揭示现实中的困顿人生，由此呈现了一个复杂、多方的乡土世界。他的作品是那凋败、危亡的时代里一种来自广袤土地的呼唤，也是作者对民族文化个性及历史价值的严肃思考。在现代乡土文学主要表现为乡土批判（以鲁迅为代表）和乡土寻梦（以废名为代表）的两种创作态势中，李广田兼而有之，并以自己的努力，开拓出一片新的田园，也打造了山东乡土散文的新风貌。

这主要表现为以下两点：一、以开放的视野和笔触，展示了中华民族最带有泛性因而也是最具有典型性的乡土人生。在30年代的散文领域里，还有多位作家写过表现乡土题材的作品，如沈从文、陆蠡、吴伯箫、丽尼、师陀、吴组缃，等等，他们以各自的风格，叙写着故乡的世态风情和乡野故事。然而像李广田那样，在散文里比较集中的、多方面地表现一定地域的风俗景物和生活样态的，大概除了沈从文，还没有人能够超过他。与沈从文、陆蠡等人善于展现偏远深僻地带的奇风异俗、旖旎风光不同，李广田表现的是在齐鲁文化——中国最阔大、深厚的儒道文化背景下的地方风土人情。他笔下所展示的景物和人生场面，浸润着浓郁的民族历史文化色彩，齐鲁民间的古朴意识，又是北方中原农村的常见景象，绿野，农舍，桃园，欲将倾颓的古庙，肩犁荷锄的农人……在他这里，就连那朴野清新、雄浑伟丽的自然景观，也易唤起人们文化上的亲熟感——田野是陶渊明诗中的"平畴交远风，良苗亦怀新"的田野，山川是华夏民族的摇篮和民族精神的象征——黄河与泰山。而活动在其中的，则是几千年封建统治下负重、坚忍的普通人群，那生生不息的生命的续替与追求。他呈现的是中国更具有普遍性，因之也就更具有代表性的乡土人生。他的质朴、真挚、浑厚的表现风格，善于在描绘与人互相参化的秀丽自然景色时，添抹上人间生活不和谐的色彩；在表现恬静田园时显现出生活的严峻；在对人物卑微生活的呈示中，开掘其人性的庄严。同时一股浓重的民族历史和文化意识升腾出入于其间。于是他的作品在司空见惯中给人以清新又厚重的感受，引起人们对周围平常事物和人生的再认识，从这亘古常新的土的讴歌中引起对民族生存之根的思索。从而产生了深远的美学意义。

二、自然隽永、兼容并蓄的个性化文体。李广田将来自生活土壤的新鲜、生动的口语，与中国传统的文学语言和外来语汇加以融溶与锤炼，形成了他带有自身气质的简朴亲切的艺术语言，在总体上是民族气味很浓的如行云流水般的行文风格。有一文学史家说，"新文学自1918年诞生以来，散文的语言，为两大因素所左右，一是欧化语；二是方言土话，这两个因素本是两个极端，居然同栖于现代散文中，遂使现代散文生涩不堪。……文学革命时期，本有现成而优秀的散文语言，那就是……传统白话小说的散文语言，胡适曾有气无力地提倡过，可是没有认真的主张，遂令那些作家们，在欧化语和方言土话中披荆斩棘，走了一条艰辛的弯路。这条弯路，到了李广田的《灌木集》才又回归了康庄大道。在《灌木集》中，罕见欧化的超级长句；也绝少冷僻的方言土话，所用语言切近口语，但做了细致的艺术加工。换言之，展示了新鲜圆熟的文学语言，也可以说，重建了中国风味的文学语言。"[①] 李广田的语言也注意融进现代新质，在兼收并蓄的基础上发展自己的民族风格。有的散文句子便纯净而轻灵，带有意识流的味道，如：

我从那黄河发源地的深山，缘着琴弦，想到那黄河所倾注的大海。我猜想那山是青色的，山里有奇花异草，有珍禽怪兽；我猜那海水是绿色的，海上满是小小白帆，水中满是翠藻银鳞。而我自己呢，仿佛觉得自己很轻很轻，我就缘着那条琴弦飞行。

（《回声》）

李广田的文风自然淳朴，于亲切中略带忧郁。在表现上一般以叙写个人见闻或内心感受的方式，使情愫水乳交融般渗透到景物中去，并力求采取开放式的表现手法，延宕情感的表现空间。如他的一部分优秀之作，在描绘平原山川、风土民情时，都适时引进了神话传说（包括寓言）、民间歌谣等，使积累深厚的民间生活经验、情感和历史记忆等，不受生活逻辑

---

① 司马长风：《中国新文学史》，第2卷第27章，《散文的圆熟与飘零》，香港昭明出版社1976年版。

限制的进入作品之中；调动时空的转换，使作品实境与想象的情境交替出现，充分地溶入作者波动变幻的情感；将虚与实、真与幻、写实与象征进行巧妙地结合，其散文便往往于平实浑厚中隐现着丰腴和绚烂，为其乡土生活画卷增添了生动色泽和哲理诗情，强化了作品的内部声音，显现出了多重层次的美。

永远以"地之子"的真诚与炽热面向土地，看取人生；于宏博、杂乱的时代音响中，谛听从低微土层中传来的种种声息，并将之永远留在历史的写照和美的创造中，是李广田散文的最根本魅力所在。

第三节　吴伯箫的散文

一　生命的体验与升华

在山东作家中，始终专注于散文创作的，是吴伯箫（1906—1982）。他原名吴熙成，字伯箫，笔名有山屋、天荪等，山东莱芜人。吴伯箫1919年考入曲阜师范学校。1924年夏天他师范毕业后，应聘在天下闻名的曲阜孔家教了一年家馆，教孔子的第七十四代孙孔德成学英文。1925年，吴伯箫进入北京师范大学英文系读书，同年开始在京津地区的《京报》《大公报》等报纸副刊上发表散文。1931年他的第一本散文集《街头夜》编成准备出版，不料将要付梓时恰逢"九一八"事变，结果书稿在一片混乱中散失。直到多年后该书才得以重编面世。在这部散文集里，作者以《白天与黑夜》《塾中杂记》《街头夜》等篇章，写封建贵族，"写更夫、写老豆腐摊、也写警察"；既收进了中原腹地古老县城巨族大家的衰旧与奢侈，也映现了京城里嘈杂的市声与缭乱的色彩。这些作品素描式地勾勒了青年作者眼中形形色色的社会现实，流露了一个初涉人世的心灵面对大千世界的种种凌乱心绪与感受。30年代前后，吴伯箫先后在青岛山东大学、济南和莱阳等地的乡村师范学校、山东教育厅等处谋生，并继续写作和发表散文。后来他在1941年由上海文化生活社出版的《羽书》，即主要收集了写于这期间的散文作品，并奠立了他优秀散文家的地位。1938年4月，吴伯箫来到延安，他是抗战烽火中最早奔赴革命根据地的作家之一。他在延安经过抗日军政大学的短期学习后，即深入晋东南抗日前线进行抗战文艺工作。此时他的散文创作开始涉足报告文学，以这一新的文学体裁去及时捕捉和反映战地生活。后来他回到延安编辑《文艺突击》杂志,在中国女子大学和边区教育厅任职,担任过陕甘宁边区文化协会的秘书长。在延安,吴伯箫以高昂的生活热情,一边忘我地投入工作,一边以抗日斗争和陕北边区生活为题材写作,创作了一批具有浓烈战斗生活气息和反映边区新貌的散文和报告文学作品,主要有《潞安城》《响堂铺》《一坛血》《黑红点》等。这些篇章将抗日战场上人性与兽性的撕掳、对抗,写得凝练传神,慷慨悲壮。吴伯箫在整个战争年代,在新中国成立后他出任人民教育出版社副社长期间,一直没有停止散文写作。后来他出版的散文集《北极星》(作家出版社,1963)在当代中国文坛产生了较大影响。他不少脍炙人口的优秀名篇,多年来被多次收入各种散文选集,收入大、中学生的语文教材。他出版的散文集主要还有《潞安风物》(香港海洋书屋,1950)、《黑红点》(新华书店,1950)、《烟尘集》(作家出版社,1955)等。

吴伯箫与何其芳、李广田、卞之琳、萧乾等几位作家,同属于30年代前后崛起于北方的文坛新人。吴伯箫因个人经历、气质禀赋、学识修养等涵育形成的文化性情,诚挚而深切,并富于想象力和感受力。吴伯箫曾这样谈到自己的写作经验:"一个人是会凭借了点点滴滴的物什,憧憬到一大堆悠远陈旧的事上去的;您,不晓得怎样,于我,这却成了牢不可破的习惯。"(《荠菜花》)在散文写作中,对所要描写的事物深入体味,放飞遐想,形成了他的散文思绪活跃、感性充沛的行文特色,以及与众不同的情感风致。吴伯箫这个时期散文的诗意内核,便是其自由伸张的"自我"。华夏文明之丰博、花草鸡鸣之细微,山峦的厚重、海域的辽阔,都是他舒展生命情感、感应物象内蕴的无穷领域;字里行间则充溢着浓重的乡情和生命对美的喟叹,以及面对生活的心灵悸动和来自现实的深沉呐喊。淳朴优美、充满韵味的富于艺术个性的《羽书》,是吴伯箫的重要代表作,体现了其散文的鲜明风格特征。它综合地展现了吴伯箫孕生于民族文化及"五四"新潮的心灵蕴积与笔底风情,是现代文坛一向被视为与何其芳的《画梦录》、李广田的《画廊集》《银狐集》等相提并论的作品。在这里,吴伯箫追忆和绘写北方古朴农村的人情风俗和山居野趣(《马》《荠菜花》《山屋》);从或平淡细微,或宏大瑰丽的事物与自然物象中汲取润泽情性,驱策人生的美和力(《天冬草》《啼晓鸡》《海》);

更将笔触楔入了中华子民的情感源头，形象地表现了祖国悠久、博大文明对民族自强、抗侮意识的深刻影响（《话故都》《我还没有见过长城》《羽书》《灯笼》）。对祖国、历史的深切眷恋，对社会现实、民族危机的热诚关注与勃郁激情，还有对每一处熟悉的地方如北京、青岛的独有感印，都在这部书里一一留下了生动、鲜明的印迹。

从这些散文中可以看出，吴伯箫也是一个善写乡土风物的作家。他往往针对历史和现实生活抒写深广的情思，表现出炽热而又活跃飞动的生命情感体验。表现在创作中，是善于在平凡题材的基础上，展开活跃而缜密的艺术构思，以广阔时空与现实"焦点"的交叉融会，追求散文的内涵密度与生活纵深感。具体说来，是立足于切实的事象情态，开展丰富的想象与联想，尽力使描绘对象的诗意内核，向无限时空作多角度的延伸，从而导引出层叠繁复的作品内涵。作者无论是写故乡的马、灯笼、啼晓的鸡、翠岚深处的山屋，还是写大海、故都、战时传递消息的羽书等，总是让思绪恣肆地铺漫开去，或萦绕着现实——历史——传统这一绵亘不绝的生活轴心纵论古今，或围绕事源本象多方变换审美角度，呈现出多重的意象空间。如《马》这篇散文中，作者围绕着被古人誉为"灵物"的马，回顾往昔，寄付遐想，尺牍之间，充满了浓浓的乡思亲情和壮士豪气。文中从回忆童年时与马亲近的场面入手，娓娓含情地描绘了与马儿联系在一起的故乡生活。其中漫漶交织着儿时生活的回忆，父老乡邻的音容亲情，乡野农家的自然情趣，像一幅幅浓淡有致、生机盎然的风景风俗画：那夕阳辉照中响着銮铃的马儿驮来了归宁的姐姐，正月里阖村老少欢声笑语中的"春郊试马图"，纵马驰骋的少年心境，老祖父与孙儿揽缰缓骑的漫游……作者过往生活中堆聚的乡土情结，以马贯穿，以马借托，叙事抒情中有含笑的酸楚，有纯朴宁静的悠然，牵延着绵绵不绝的情愫。作者紧接着在下面又联想起历史上有关骏马的种种故事传说，表现了马的骏勇豪烈以及从古至今人与马之间的诸般情怀。特别表达了对在战争中出生入死的征马的向往之情，托物言志，抒发了作者身处30年代遍地烽烟中"落日照大旗，马鸣风萧萧"的慷慨悲壮心境。

在《山屋》《岛上的季节》《羽书》《话故都》等作品中也是这样，作者擅长层层渲染出事物的美，极尽其致，反复咏叹，或使物象环环相生，使其情愫内含随之步步更新，起伏跌宕。前两篇都是从春、夏、秋、冬各个季节，写出了山居及滨海之城——青岛的特色。抒情表层面面俱到，内里则逐项递进，使作者的主观意绪得到了尽意的倾泄。像《灯笼》，从民间的照灯、节灯、婚庆喜灯、翠羽流苏的宫灯一直写到古战场上威重肃杀的帐前灯笼，企盼中的探海和燎原的烈火，曲折流转地托出了一系列美妙别致的意境。常常是作品中的风土人情美、民俗文化美、旖旎典雅与智勇刚猛的古典美，与作者自强御侮的外化意象糅合在一起，使得吴伯箫的散文，独具一种亲切灵动、委婉慨切的美，朴厚幽丽中不乏一种豪放激越之气。与同期在文坛崭露头角的何其芳、李广田的散文相比，在审美旨向上他们有相近之处，其创作风格的差异，主要还是在于抒情格调的不同。吴伯箫的亲切深醇，有别于李广田的质朴浑厚；其婉转飘逸，亦不同于何其芳的纤婉秾丽。从纯文学的角度来说，他的抒情模式比起前者来似乎少了些许明净，比起后者则不似那么纯粹，同时他又自有一种他们所不具备的开阔洒脱、委迤而慷慨的气势。

二 精致自然 余韵回甘

吴伯箫散文的魅力，还得自于他在创作中十分讲究构思和锤炼。如他自己所说，"曾妄想创一种文体：小说的生活题材，诗的语言感情，散文的篇幅结构。内容是主要的，故事，人物，山水，原野以至鸟兽虫鱼；感情粗犷、豪放也好，婉约、冲淡也好，总要有回甘余韵。"（《无花果》）正是这种文体意识和写作构思方式，在创作实践中，形成了他布局讲究而又酣畅淋漓的抒写事物与情感的艺术特点。例如他的《夜谈》这篇融抒情、叙事和议论为一体的小品美文，在这篇散文里，作者巧妙地采取了类似"蒙太奇"集束式的结构手法，将具有中国文化和时代生活特点的多种"夜谈"情景聚接在一起，使人仿佛在漆黑的暗夜里，眼前被一下子打开了一扇生活的窗口，浓重的生命色彩和人间气息扑面而来：从夏天农人乡场上充满天伦乐、田野风、有声有色的纯朴夜谈，寂寞的羁旅途中的坦诚夜谈，到风声鹤唳中革命者"饱藏着一种不可遏制的力"的隐秘夜谈，飘洒着古往今来书香逸趣的形形色色的率性夜谈……文中将广阔多姿、鲜活亮丽的生命场景浓缩在一个"夜谈"的题目下，使读者审美体验的空间从中骤然扩大，深有目不暇接之感。古人刘勰在他的《文心雕龙》中曾以"思接千载……视通万里，吟咏之间、吐纳珠玉之声；眉睫之前，舒卷风云之色"，来形容论说作家以某一事物为中心充分驰骋想象、并将不同空间和时间的相关表象连接起来的艺术想象和艺术思维，吴伯箫可说是深得其味的。这是《夜谈》的后面部分：

> 夜谈是有味的。除夕大年夜，一家老小，守岁喝黄米酒，火烧大盆火，同话祖宗遗事；零乱的爆竹声中，那夜谈是弥漫着天伦之乐的。两个看坡的老人，地头上禾家丛里，领一条狗，曳一杆猎枪，在夜色凄凄的时候，吸烟说杂话，听禾苗刷刷的长，那夜谈是有田野风的。几个青年人捧了一位蔼然可亲的老先生，向他质疑问难，说诗经里的郑风，讲希腊神话，娓娓动听的那博雅谈吐，是充满着书香的。偶语弃市，眉眼便代替了唇舌；楚囚对泣，眼泪说一腔抑郁。"开琼宴以坐花，飞羽觞而醉月"，管它闲情还是逸趣呢。夜谈总是可爱的。
>
> 不信，你来，大大的一壶白开，小小的一坛醉酒，一听香烟，若干份上海小报，烤白薯，赛梨萝卜，几卷禁书；替你约两三个知心朋友，在花香的春夜也好，雷电风雨的夏夜也好，萧萧风唧唧虫鸣的秋夜也好，深冬大雪夜也好：月白如水的时候，一夕数惊的时候，别后重逢，都随你：请你谈，作彻夜的谈。那么，联床西窗烛下，该是你睡不着觉的时候了罢？
>
> 喂，伙家，就请移驾夜谈如何？

雄浑匀称中兼有幽默蕴藉，机灵潇洒。吴伯箫的一些优秀散文，都显示出一种抒情艺术上的新鲜和圆润。他的构思有时能将其感受与想象的激情，谱成一支美好的起伏有致的乐曲。如他的另一个名篇《山屋》，结构自然大气而又精致繁复。文中依次展开了人在山屋对春夏秋冬四个季节景象的领略和感印。在作者充沛的激情和高超的技巧下，这文字的乐章忽而隐约荡响，忽而欢快明亮，随着季节的移变其声调旋律则高低缓急各有不同：夏季是"蝉噪林俞静"的境界，秋暮则添了清清冷冷凄凄的幽切，而沉缓温厚的冬夜流动着更多的人间生气。朴实乡人的围炉闲谈，适意中隐现出苦涩的调子，折射出了动荡的社会现实。最后的雪夜读书，残烛映窗，又由沉厚的合声回归悠然的独奏，清越动人，余音袅袅……。其散文创作跌宕回旋、言外余韵的艺术效果，在很大的程度上还得力于他自然酣畅、时而活泼俏皮、时而节奏铿锵的语言。譬如：

>……一路，鸟儿们飞着叫着的赶着问"早啊？早啊？"的话，闹得简直不像样子。戴了朝露的那山草野花，遍山弥漫着，也懂事不懂事似的直对你颔首微笑，受宠若惊，你忽然骄蹇起来了，迈着昂藏的脚步三跨就跨上了山巅。你挺直了腰板，要大声嚷出什么来，可是怕喊破了那清朝静穆的美景，你又没嚷。只高高的伸出了你粗壮的双臂，像要拥抱那个温都的骄阳似的，很久很久，你忘掉了你自己。自然融化了你，你也将自然融化了。等到你有空再眺望一下那山根尽头的大海的时候，看它展开着万顷碧浪，翻掀着千种金波，灵机一动，你主宰了山，海，宇宙全在你的掌握中了。
>
>（《山屋》）

>海风最硬。海雾最浓。海天最远。海的情调最令人憧憬迷恋。海波是旖旎多姿的。海潮是势头汹涌的。海的呼声是悲壮哀婉，訇然悠长的。啊；海！谁能一口气说完他的瑰伟与奇丽呢？且问问那停泊浅滩对了皎月吸旱烟的渔翁罢。且问问那初春骄阳下跑着跳着拣贝壳的弄潮儿罢。
>
>（《海》）

美丽精练的文字，齐整得似可以吟唱的韵律，给人以视觉及至想象感官上的美的享受。他散文中有的语言段落明显带有骈文体的味道，这样的文字在"五四"运动后的新文学创作中出现，类似于一个奇迹。它们证明了，骈文这一我国传统文化中古老而几近于僵死的文体形式，在新鲜血液的灌溉下，仍可以开出明丽悦目的花朵。后来作者在《北极星》中的用语，进一步平易、简洁和纯净。便很少见到先前的句式了。

在纯正的现代汉语中，随时引进古诗文的名句、历史典故，也经常用一些方言俗语，是使吴伯箫的散文语言丰赡而有张力的另一个因素。运用典故知识去拓展散文的时空境界，吴伯箫是山东现代散文作家中做得比较突出的一个。尽管在这方面有时也会因"火候"不足而稍嫌滞涩。在更多的情况下，古代故事、诗文名句和通俗鲜活的口语，能随着他的意绪流动,自然地出现在其作品中,从而增强了他语句的密度和质地。像"可是我还是喜欢马呢,不管它是银鬃,不管它是赤兔,……我喜欢刘玄德跃马过檀溪的故事,我也喜欢'泥马渡康王'的传说,……徐庶走马荐诸葛,在这句话里,我看见了大野中那位热肠而又洒脱风雅的名士,骑马倚长桥,满楼红袖招,……"(《马》)像"投笔从戎倒好,可惜没有班仲升的韬略。景慕张骞,景慕马援,但又无由去出使西域,去马革裹尸。奈何!哙,'匈奴未灭,何以家为!'……"(《我还没有见过长城》)如此这般的语句,将作者心中那股浓浓的历史情怀,融泗在他的散文中,自易造成一种深远辽阔的美感和气势。

第四节 老舍在山东的散文创作

1930年夏天,从英国归国的老舍来到济南,应聘于齐鲁大学,担任了国学研究所的文学主任,兼任文学院的教授。由此,老舍的文学创作生涯,与山东土地缔结了一段密切的因缘。

老舍(1899—1966)原名舒庆春,字舍予,满族人,出生在北京贫民家庭。1924年,他到英国伦敦大学东方学院任教时开始文学创作,1926年在国内发表小说《老张的哲学》《赵子曰》等,成为颇有影响的作家。来到济南后不久,老舍与夫人胡絜清结婚,此后他携妻将子,在山东度过了7年的珍贵岁月。在齐鲁大学任教的日子里,老舍先后住过济南南新街54号和校内的东村及长柏路2号宿舍。他给学生讲授《文学概论》《文艺思潮》《小说及作法》《世界文艺名著》等课程,还主持和编辑着校刊《齐大月刊》,过着一边教书一边写作的生活。1934年秋季,老舍应聘青岛国立山东大学,举家迁居青岛。1936年起他在青岛黄台路寓所专事写作。后来日军侵华形势日渐危急,1937年8月老舍回到齐鲁大学,当年11月在济南即告沦陷时转赴大后方武汉。老舍在山东的七年,是他人生中一个十分重要的阶段,是他创作上硕果累累的丰收时期。老舍说过济南是他的第二个故乡,在这里他"努力的创作,快活的休息"(《吊济南》)。胡絜青回忆说,"颠沛流离,四处为家的生活,是老舍50岁以前的总情况,这中间,当然也有比较安定愉快的时候,他常常怀恋的是从婚后到抗战爆发,在山东度过的那几年。""最使他难忘的,还是在山东认识的那许多终生不渝的知己好友。他和洪深、王统照、臧克家、吴伯箫、赵少侯、孟超、赵太侔、丁山、游国恩、王亚平、杨今甫、萧涤非等诸位先生的友谊,是从那时候开始的。此外,山东的一些拳师、艺人、人力车夫、小商小贩,也都是他当时的座上客,互相之间无话不谈。"①1937年3月济南的《中报》刊登了《老舍的老师是济南两个说相声的》一文,披露了老舍注意从相声艺人处学得了一些幽默喜乐的技巧。而老舍的得意之作,小说《断魂枪》,里面的主人公原型,便是当年在济南教了他三四年的学拳的老师,有"山东一杆枪"之称的回族拳师马永魁。他还有更多的作品,有的是以济南为背景,有的是直接反映了济南和青岛的生活。山东岁月之于老舍生活和创作的意义,当然还远不止于此,有专家认为:

"老舍自英国回来后对济南有一种天然的亲切感,济南这座文化古城与老舍自幼在北京的生活是直接接轨的,老舍在这里深入接触了中原文化、儒家文化,济南开阔了老舍的文化视野。……济南这块厚土更有利于老舍思索中国传统文化,思索中华民族这个古老民族的文化心态,老舍是把济南看作中国文化的一个象征……。"②"济南是老舍……特异风格的成熟期。在济南,老舍把十八般武艺都使出来了,全面试验、找寻自己的风格。当他离开济南的时候,带走的就是这种最适合自己的最成熟的东西了。"③

在山东的济南和青岛,老舍不仅创作了包括其最优秀的《离婚》《骆驼祥子》《大悲寺》《微神》等作品在内的一批长短篇小说,同时还发表了大量的杂文、散文、诗歌和译文等。仅是在齐鲁大学期间,他所写的幽默诗文就有四十多篇。其中一部分收进了《老舍幽默诗文集》(时代出版社,1934)。大部分文章,散见于《大公报》《益世报》《宇宙风》《论语》《华年》等报刊和他主编过的《齐大月刊》上,还刊登在老舍与王统照、洪深、臧克家等人为青岛《民报》办的副刊《避暑录话》上。单从

---

① 李耀曦、周长风编:《老舍在济南》,济南出版社1998年版,第249页。
② 同上书,第365—366页。
③ 同上。

散文领域来说，正是山东的土地，山东的人与生活，孕育和催生了老舍一批优秀的散文作品。

进入30年代后的老舍，其民主主义的现实主义批判的艺术风格日臻成熟，也充分表现出了他的多方面的文学才能。他的散文和小品，总的来说题材广阔，记人叙事和描写自然景象、地方风物，社会时政，日常琐事，花草虫鱼，几乎无不涉及，并且在很大程度上呈现了他本人的生活之旅和心路历程，呈现了独特的情感形态和文字魅力。

老舍是新文学的幽默大师，他机智流利、诙谐幽默的写作特点，很少能有人与之比肩。他此时的幽默小品大致可分为两个方面的内容，一是对世间百相种种庸俗可笑之事的关注与揭示；二是对自己处身于其中的日常生活的体味和调侃。前者如《买彩票》，将小市民抓会赌彩的前后心理、形态和举止描绘得惟妙惟肖，令人忍俊不禁中又感可叹可悯；又有《讨论》一文写的是一位官老爷和仆从讨论逃难问题，看似滑稽错位的问答对话里，把老爷身居官位却贪生怕死、时时预备投降敌寇的嘴脸暴露无遗。后者像《婆婆话》《读书》《有钱最好》《我的理想家庭》等，谈婚姻，谈居家度日，谈读书，谈生活中的想望与经济困窘的尴尬，乍看多是由日常生活中来的拉杂感喟，却在调侃中有奇思，幽默自嘲中见新意。且看他谈自己怎样读书："……第二，读得很快，而不记住。书要都叫我记住，还要书干嘛？书应该记住自己。对我，最讨厌的发问是：'那个典故是哪儿的呢？''那句书是怎么来着？'我永不回答这样的考问，即使我记得。我又不是印刷机器养的，管你这一套！读得快，因为我有时跳过几页去。不合我的意，我就练习跳远。书要是不服气的话，来跳我呀。"（《读书》）任情适性，谐趣横生，引人发笑又使人自省。《我的理想家庭》里则发出对生活的自嘲："人生的矛盾可笑即在于此，年轻力壮，力求事事出轨，决不甘作火车；及至中年，心理的，生理的，种种理的什么什么；都使他不但非作火车不可，且作火车货车焉。把当初与现在一比较，判若两人，足够自己笑半天的！"指出随着年龄的增长，人生现实与年轻时的理想拉大了距离，但在失落之余，又何尝不是从中明了了生活的底细？这便是典型的老舍式的幽默。其文多数以反讽的笔调出之，犀利而不乏温厚，谐趣中寓有锋芒，在讥嘲调侃的背后，是对人性弱点的洞悉和世事的通达。正如他自己所说的，幽默应持有的"是一视同仁的好笑的心态"，

"嬉皮笑脸并非幽默;和颜悦色,心宽气朗,才是幽默。一个幽默写家对于世事,如入异国观光,事事有趣。他指出世人的愚笨可怜,也指出那可爱的小古怪地点","由事事中看出可笑之点,而技巧地写出来,""笑里带着同情,而幽默能通于深奥。"(《谈幽默》)他在写作中所持有的,是这种通达乐观的精神,宽厚、理解的心态。他的幽默小品活泼通达,圆转剔透,在调侃揶揄中讥时讽世,滑稽风趣中隐含着警戒悲悯,达到了理性对非理性的一种高妙的反衬,堪称现代幽默散文的最高水准。

在这个时期,老舍另一类有特色的散文,是一些描写北京和济南等地风光景物的作品。其中有代表性的如《想北平》《济南的秋天》《济南的冬天》《趵突泉》《青岛与我》《大明湖之春》《五月的青岛》等。老舍对于地方风物、市井人情有着天然的兴趣和敏锐的感受力,他往往以小说家对于事物的细致观察,真诚温和兼带幽默的笔调,俗白生动极具表现力的文字,将他以"自我"灌注的这些作品世界一下子拉近、呈现于读者面前,自然地吸引人们、感染着人们。在写于1936年的《想北平》这篇散文中,他先说:"我所爱的北平不是枝枝节节的一些什么,而是整个儿与我的心灵粘合的一段历史……真愿成为诗人,把一切好听好看的字都浸在自己的心血里,像杜鹃似的啼出北京的俊伟。啊!我不是诗人!我将永远道不出我的爱,一种像由音乐与图画所引起的爱。"在这整体的铺垫之后,他终于将这种深挚的爱表达了出来,那就是一个自然的、调和的、自由而平民化的北平。文章中将北平和伦敦、巴黎、罗马相比,认为"北平在人为之中显出自然",北平的热闹"和太极拳相似,动中有静",又"可以使人自由的喘气";北平是人人皆知的古城,有举世闻名、数不胜数的名胜古迹,然而作者坦言"我却喜爱北平的花多菜多果子多"。"墙上的牵牛,墙根的靠山竹与草茉莉,是多么省钱省事而也足以召来蝴蝶呀!""雨后,韭菜叶上还往往带着雨时溅起的泥点。青菜摊子上的红红绿绿几乎有诗似的美丽",说起水果来,"哼!美国的桔子包着纸,遇到北平的带霜的玉李,还不愧杀!"就这样,老舍从老北平人的平民化生活化的视角,写出了世俗生活中的自然和谐、富于悠然情趣的北平,是作者和普通百姓心中丰足、祥和、大方、无比亲近的古城。这不仅表达了他对自由平凡生活的珍爱,对北平的思念与向往之深;更以作品整体,象征了中华深厚的民族底蕴及其伟大的生存力量。彼时国难的阴影步步逼近,作者的心境自然更其复杂，行文在亲切、风趣里含着丝丝殷切的沉痛。末尾一句"好，不再说了吧；要落泪了，真想念北平呀！"进一步回应强调了主题，从容恳切，令读者的情感与他一起回荡不已。

写济南、青岛景物与生活的篇什，同样表现了老舍对所到之处风土人情的强烈感受力，和其独有的会心与体味。在这里他运用了两副笔调。其一是他特有的调侃、讽世的幽默笔触，勾画了城市世俗生活里弊陋和可笑的一面。如《到了济南之一》《到了济南之二》《路与车》，形象地针砭了济南特有的破车衰马和坑凹坚硬的石板路，称人坐车上，"车起须如据鞍而立，车落应如鲤鱼入水"。《有钱最好》《青岛与我》等，则表现了喧嚣浮丽的都市生活加予人的尴尬与无奈。其二是以诗意文笔，出色地描绘了地方的山水风情，抒发了对山东土地、人情的吟味和深厚感情。老舍写地方景物善于抓住其总体的特色。如他写青岛的"绿"是从"海"来写起，"青岛的人怎能忘下海呢。不过，说也奇怪，五月的海就仿佛特别的绿，特别的可爱：也许是因为人们心里痛快吧？看一眼路旁的绿叶，再看一眼海，真的，这才明白了什么叫作'春深似海'。绿、鲜绿、浅绿、深绿、黄绿、灰绿，各种的绿色。联接着，交错着，变化着，波动着，一直绿到天边，绿到山脚，绿到渔帆的外边去。"（《五月的青岛》）在现代文坛，老舍写济南的篇章最多，无人能及。他以最美的季节色调突出了济南的神韵：

> 设若你的幻想中有个中古的老城，有睡着了的大城楼，有狭窄的古石路，有宽厚的石城墙，环城流着一道清溪，倒映着山影，岸上蹲着红袍绿裤的小妞。你的幻想中要是这么个境界，那便是个济南。
>
> 请你在秋天来。那城，那河，那古路，那山影，是终年给你预备着的。可是加上济南的秋色，济南由古朴的画境转入静美的诗境中了。这个诗意秋光秋色是济南独有的。上帝把夏天的艺术赐给瑞士，把春天的赐给西湖，秋和冬的全赐给了济南。
>
> 那中古的老城，带着这片秋色秋声，是济南。是诗。
>
> （《一些印象》）

他写了济南的山，济南的水和济南的物产。其名篇《济南的冬天》

以其擅长的拟人化笔调,形神俱备地描写了济南的冬天,使这一历史名城经由他的生花妙笔,越发鲜明生动起来。"最妙的是下点小雪呀。看吧,山上的矮松越发的青黑,树尖上顶着一髻儿白花,好像小日本看护妇。山尖全白了,给蓝天镶上一道银边。……等到快日落的时候,微黄的阳光斜射在山腰上,那点薄雪好像忽然害了羞,微微露出点粉色。……""那水呢,不但不结冰,倒反在绿藻上冒着点热气。""天儿越晴,水藻越绿,就凭这些绿的精神,水也不忍得冻上,况且那些长枝的垂柳还要在水里照个影儿呢!"写出了济南冬天的神髓,也写出了这一方水土特有的厚重温润的气氛。具有浓郁北京风味的通俗传神的语言,朴实简练寓庄于谐的行文格调,是老舍散文的一大特色,充分显示了其语言大师的艺术功力。关于文字老舍坚持认为:"简单、经济、亲切的文字,才是有生气的文字。"(《出口成章》)而他语言的亲切有味,俗白畅晓,炉火纯青的程度,在中国现代作家中是极少有人能及的。正如沈从文对此所论:"宛转如珠,流畅如水,真有不可形容的妙处。"[①] 老舍在山东的散文创作,是现代散文史上重要的一页,更为山东文坛带来了新的活力与技巧,增添了生香活色的篇章。

第五节 臧克家、李长之、季羡林的散文

这一时期比较优秀的散文作者还有臧克家、李长之,季羡林等人。

从 30 年代前期到抗战爆发,臧克家一直在山东的济南、青岛、临清等地求学、谋职。在写诗的同时,他也发表散文与小说。1939 年,上海良友出版公司出版了他的一部散文集《乱莠集》,抗战后出版了《磨不掉的影像》(益智书局,1947)。另有一些散文,后来收入《臧克家散文小说集》等选本中。

在散文写作中,臧克家多是从个人亲历的农村和城市生活中撷取题材,以夹叙夹议的方式,表现了自己对社会生活多个侧面的实感与记录。如《社戏》《野店》《拾花女》等几篇散文,分别描写的是山东农村地区的节庆风俗场面、乡野客旅的情形,和收获时节农家女抢收棉花的景象。

[①] 沈从文:《谈朗诵诗》,载《星岛日报·星座副刊》1938 年 10 月 1 日—4 日。

作者熟悉农村及那里底层人们的生活情景，他的叙写充满了真实浓郁的乡间气息，并从中透映出了特定时代艰难生活的影像。如《社戏》里乡村"唱台子戏"时的"那醇真的趣味"和热闹气氛犹如缭绕在身畔；《野店》里的乡间客栈，虽然简陋但却有着特殊的情味，但这一切却又因为"年头不对"和随着时间流逝而发生了变化：社戏这太平年代的点缀"于今也不轻易见到"，诗意的野店则"成了时代头顶上残留的一条辫子了"。从中流露了作者沉挚的感喟。还有那些拾花女们所组成的惹眼的秋收图，黑土地上的棉花负载着多少生活的期许，女人们生命活力的迸发和拼命劳作的艰辛，在这里交相映衬。田野里盛着拾花女们的希望，更洒满了她们的汗水和辛劳。作者在写实的文字间杂以诗意的笔触，渲染了一派乡土情调。如"最好还是看夜戏。……戏台四围一万点灯光。灯光映着一些好看的脸。朦胧中一些眼睛一些心在神秘地交语。散戏回来，夜已深了，脚步声惹出了巷中的一阵犬吠。"（《社戏》）"初秋中秋一坡绿……一到晚秋，绿里又染上了红，红红绿绿的一片，真是半野霜叶把秋催老了。"（《拾花女》）臧克家反映城市风貌的散文，给人印象深刻的，是其对有时代特征的生活场景的即时捕捉。像《文明的皮鞭》《济南三日记》等篇章均以特写的方式，记叙了美国水兵在青岛的横行情景和日本侵略军将临济南危城时的真实场面。美国大兵的蛮横嘴脸，中华民族生死存亡之际的历史画面，其中包含了彼时各类人们的心态行为，都给予了读者一种生动的临场感。也可以说是一种具有立体感的现实性很强的历史文本。

另外臧克家还有写人物的散文，都是追怀和描述他生活周围曾经熟悉的人物。其中《老哥哥》和《没出息》，连带出作者对社会现状的揭示和针砭。前者和臧克家那篇响亮的同名诗歌一样，再次用散行的诗记述了家乡"老哥哥"的勤劳、坚忍与善良，叹息他勤恳劳作了大半生后又被主人逐离家门的晚年境遇，表达了作者与这老人之间血肉般的深厚感情。《没出息》里的人物也真实可感，他的落魄、无奈、尴尬和虚荣，都出于特定社会环境中的生活遭际和本人性格的交互作用。作品突出地表现了这个被生活所抛弃的小人物的窘状。

臧克家是诗人，也写过小说。他的散文说不上精雕细琢，但情感真挚，描写扎实，兼有诗的情思和小说观察细致、绘写生动的特点，这体现了他本人拥抱生活、折射自我的另一创作风貌。

李长之（1910—1978），原名李长治、李长植。山东利津人。李长之是著名的文学史家和批评家。他1931年进清华大学生物系学习，后因对文科的爱好，转入哲学系。在大学期间，他主编过《清华周刊》，并创办《文学评论》双月刊。1934年，他受邀主编天津《益世报》文学副刊。抗战后先后在云南大学、中央大学、教育部和重庆北碚编译馆任职。1946年后去北平，主编《北平时报》副刊《文园》。李长之所写散文不多，比较为人熟知的有《大自然的礼赞》《孩子的礼赞》等篇。

讴歌大自然，礼赞人类的自然形态——孩子及其童心，在新文学作家中向来不乏人涉及。李长之的写作，自有他的特点。在作品中，他不走人们描写自然时一般熟知的路径，即移情于山水，创造"物我交融"境界等惯有的构思套路，而是以阔大的胸次，去面对整个大自然，在深入的领略和感受中去细细体味自然的伟力，自然的永恒的逻辑，联系人生与作深度的哲理的思考。

> 有谁感到没有归宿么？到大自然里去。
>
> 最不自量，而又最不安分的动物，恐怕只有人类吧。人类企求一切，而超越了实际的能力。大自然在这地方却恰是人类的母亲，她不会打消孩子们的梦的，虽然早知道那是梦，她却只用种种暗示，种种比喻，种种曲折而委婉的辞令，让人们自己去觉悟。在人们的能力限度以内，她却又鼓舞人们，完成人们，务在把人们所仅有的一点能力，去作一些最善的发挥。

在他看来，大自然的奥秘还在于她是永远的剧场，一代代人类在这里演着一出出人生的戏剧。人生之剧终会曲终人散，而大自然天天在创造。人间的一切艺术，不过是大自然艺术的副本。平庸的人当从中悟到自然的力量而消却怨尤；为自然所眷顾的天才参透了自然的秘密，便以其存在而表现出了自然的生的澄明、和悦与伟大。……以阔大敏锐的审美眼光，把自然、人生、艺术结合起来作睿智的哲理阐发。这篇《大自然礼赞》写得气魄宏健，有一种形而上的美。另外他的作品也有亲切平易的一面，如《孩子的礼赞》。

季羡林（1911—2009）山东省清平县（今临清县）人。他幼年跟随叔父迁居济南，童年和少年时代都在济南度过。1930年他考入清华大学西语系。1935年赴德国哥廷根大学攻读印度古文字。数年后开始致力于印度中世纪的语言及佛经研究。40年代中期回国，担任北京大学东方语言文学系主任。后曾在中国社会科学院、北京大学等处从事研究和教学，是著名的大师级学者。季羡林自大学时代起，陆续有散文发表。在漫长的岁月流迁中，因了种种原因，他的散文多年中未能编集。直到晚年，汇聚多年所写篇幅，先后编成《天竺心影》（百花文艺出版社，1980）、《朗润集》（上海文艺出版社，1981）两部集子。后有《季羡林散文全编》出版。

季羡林最早的散文写于1929年，有《文明人的公理》《医学士》《观剧》等；30年代前后发表的散文有十几篇。作者在《朗润集》"自序"中写道："当我还年轻的时候，我对散文（有一时期也叫做小品文）这种体裁就特别感兴趣，特别喜爱。我觉得它兼有抒情与叙事之长。你可以用一般写散文的手法来写。你也可以用写散文诗的手法来写。或如行云，舒卷自如；或如流水，潺湲通畅；或加淡装，朴素无华；或加浓抹，五色相宜……"正是由这种自由无拘的观念作导引，他早期创作的散文数量虽然不多，却有着自己的艺术特点。《年》《黄昏》《母与子》《红》等篇，或抒情或叙事，均表现出一种特殊的观物兴思的视角或出人意表的运构联结。像《黄昏》，就是选择了每天都会出现的"黄昏"时分，这一很少有人专门写过的特定的时序状态，展开了萦绕复沓、缠绵悠长的联想和抒情。在这里，"黄昏是神秘的"。尽管人们年年月月过了无数的黄昏，但作者问："有几个人觉到过黄昏的存在呢？"他运用了奇特神妙的想象，去追寻那瞬间的寂寞而纯粹的美。黄昏的美是朦胧的，冷寂的，微明、幻变，充满了诗意。"它给一切东西涂上银灰的梦的色彩。牛乳色的空气仿佛真牛乳似的凝结起来。但似乎又在软软地黏黏地浓浓地流动里。"那美的流动带出了作者多少纷繁缥缈的思绪与绮丽画面，然而那奇美而寂寞的黄昏终是在人们的心上"只一掠，走了，像一个春宵的轻梦"。暗示了美的不能久驻。向虚缈中去感受生之流逝的美与惆怅，也出现在作者此时的其他散文里，如《寂寞》《年》《兔子》等。而散文《母与子》，在回乡奔母丧的情景和心境铺叙中，突兀出另一对母子阴阳相隔的悲惨命运，折射出生活的贫瘠和时代战乱之下的人生绝境，带有更加沉郁忧惋的色调。

反映人生不幸命运及其困境中的挣扎的，还有《红》《老人》和《夜来香花开的时候》等。在这类篇章里，作者往往以少年的视角去观察和表现。那些在生活重压下的畸零而孤苦的生命，久久地吸引着他哀悯而思索的目光：

> 我看透了一些事情：我知道在每个人的嘴角上常挂着的微笑后面有着怎样的冷酷；我看出大部分的人们都给同样黑暗的命运支配着。王妈就在这冷酷和黑暗的命运下呻吟着活下来，她眼睛里有着无量的凄凉……
>
> 《夜来香花开的时候》

季羡林稍后的散文基调逐渐削弱了冥想的色彩而走向明朗。像赴德国后写的《海棠花》《wala》等，表达对祖国的眷恋和热爱，对侵略者的憎恶和控诉，便于浮想联翩中喷涌出激荡的情感。总的来说，他的散文在创作意识上与何其芳、李广田等人相近，注重结构和想象，重视内在开掘，追求散文艺术上的美。表现上善于营造情调氛围，语言轻灵蕴蓄、暗示丰富，充溢着微妙的诗情。早期作品表达有时极尽深幽悱恻，则略嫌隐晦拖沓。

第五章 战时散文创作

第一节 概述：战时散文的创作趋势及特点

1937年7月7日，中华民族抗日战争爆发。这也是20世纪中国散文进入第三个创作时期的分界线。自这一天起，八年民族抗战，三年国内解放战争，中国社会的战时状态一直延续到四十年代末。社会剧变，艰苦困厄的战时生活使作家们的生存和情感历经了大的动荡和磨砺。他们的创作，也必然镂刻着鲜明的时代痕迹。

1937年12月，继北平、上海等地沦陷后，日本军队沿津浦路段向冀鲁中原逼近。驻守山东的军阀韩复榘在大敌面前不战而退，致使包括济南、泰安、兖州、济宁等城市在内的山东大部分地区沦入敌手。随着国土的相继沦丧，当时许多大中学校、文化团体及作家文艺家，开始向大后方——祖国的东南、西南等地迁移。1938年3月，"中华全国文艺界抗敌协会"在汉口成立。"文协"以"抗战文艺"为旗帜，组成了文艺界的抗日统一战线。同时在武汉由郭沫若负责筹建的军事委员会政治部第三厅（后改为文化工作委员会），也是由共产党领导的组织文化界及作家文人进行抗战文艺活动的有力机构。这时，各种报纸副刊和文学刊物纷纷创办刊行。作家们组成访问团进行战地访问，"文章下乡，文章入伍"一时成为风气。正如郭沫若对当时的情形所概述的："一切从事于文笔艺术工作者，无论是诗人、戏剧家、小说家、批评家、文艺史学家、各种艺术部门的作家与从业员，乃至大多数的新闻记者、杂志编辑、教育家、宗教家，等等，不分派别、不分阶层，不分新旧，都一致地团结起来，为争取抗战的胜利而奔走，而呼号，而报效。"① 国难当前，一切服从于抗战，是大多数人的共同心声。进一步加强新文学现实主义的战斗性，加强新文学与人民大众的结合，其时已成为大批作家、艺术家身体力行的主观要求。抗日战争进入相持阶段后，"文协"等机构迁往重庆，进步作家们和一些抗战文化团体，也基本分布在大后方的重庆、桂林、昆明、成都、延安等地，主要依凭各地的文艺报刊进行文化活动。以这期间的国统区为例，比较有影响的文艺报刊便有《大公报·战线》《国民公报·文群》《救亡日报·文化岗位》《大公报·文艺》《新华日报》副刊和《自由中国》《文学报》《文艺半月刊》《文艺阵地》《抗战文艺》《野草》《创作月刊》《人间世》《宇宙风》《文聚》《西南文艺》，等等。它们刊发了包括大量的散文、杂文和通讯报告文学在内的文学作品，直接促成和推动了战时创作的发展。散文文体因为快捷方便，与其他文学样式相比，更为适应战乱年代的生活环境和印刷物的出版、印制条件。同时新文学界也从散文的创作实际出发，对其如何适应时代变化、深入把握战时中国现实的理论和实践问题，给予了强烈关注。特别对当时兴盛的杂文创作，前后经过数度论争②。人们进一步明确了在新的历史条件下继承与发展鲁迅杂文传统的必要性，肯定了报告文学这一新的文艺形式的文学内质和社会功用等。这一些争论和探讨，无疑从理论和实践上，双向促进了散文的写作与发展。因此数年之间，文坛发表、出版的散文不仅产量颇丰，样式上也是各体齐备。从总体来说，是以战斗风格为基调的多姿多态的杂文，和新兴的战地通讯、报告文学类作品大大增加，与已然拥有深厚创作基础的记叙抒情性散文，形成了一种多种体式共存并进的创作局面。

战时山东文学呈现出两种态势和走向。一方面在胶东半岛和沂蒙山区等抗日根据地，一些本土作者在战火中写作和成长；另一方面随着原成名作家的成批离去，山东文学发生了某种程度上的主体迁移与文化变异。如

---

① 郭沫若：《新文艺的使命》，见《文学运动史料选》第四册，上海教育出版社1979年版，第309页。

② 即指分别于1938年至1941年发生在上海"孤岛"、1940年前后发生于延安文艺整风运动、1946年至1947年发生在国统区的论争。参见俞桂元主编《中国现代散文史》第三编第五章。山东文艺出版社1988年版，第401—407页。

王统照在整个抗战期间,与郑振铎、阿英、王任叔、李健吾、柯灵等人在上海"孤岛"坚守文化岗位;杨振声去了长沙,李广田辗转流亡西南各地,后两人均在西南联合大学任教;臧克家先奔赴前线,后到了重庆;吴伯箫远赴延安革命边区;三十年代开始写杂文的孟超在苏皖抗日根据地……战乱中的生活既艰苦备尝,又大大地丰富了他们的人生经历。如李广田在敌后艰辛流亡近两年,行程经历4个省份,所以写下记录了这段生命历程和社会百相的文字《圈外》。孟超则自豪地坦述:"抗战以后,我也曾在初秋的夜晚,在大别山作过随军的长征;我也曾在黄鹤楼头,对着秋的江流,作过夏口汉阳的远瞩;我也曾突破敌寇的包围,登过武胜关,偷越了鸡公山的脚麓;我也曾在襄江的古渡看过落日,吊过三国的遗迹……"(《未偃草·秋之感会》)生活现实,使他们的视野更为开阔,生命体验得到不断扩展、更新和深入。作为拥有并珍视创作个性的作家,他们这时十分重视将抒写个人真情实感与表现时代精神统一起来。李广田曾这样写道:"生活比写作重要,也比写作困难。最要紧的是改造自己的生活,要打破自己的小圈子,看见、认识并经验那个大圈子的生活,要使自己和世界相通,要深知那血雨腥风和深知自己身边琐事一样,……这自然很不容易,但既是应当的,就是我们必须努力达到的。"(《论身边琐事与血雨腥风》)他们作为各地新文化活动的骨干,大后方进步文学的中坚力量,努力使自己的散文创作适应时代生活的变化、深入感受和看取更广大的中国社会现实,以自己真情实感的抒写,表现后方现实生活的严峻与惨淡,表述与劳苦大众共通的人生感受,写出了一批各具特色的富于时代感和现实意义的作品。这也往往形成了他们创作历程和表现风格的一种转折。而此时山东抗日根据地的散文写作,更是直接反映日寇入侵暴行,表现民族儿女浴血奋斗的悲壮事迹。无论在前线或是后方,战争带来的毁灭,人性的被践踏,生命自由的消泯与顽强的期盼,现实的严酷艰危及其对人本身的淬炼,都在此时的散文中大量涌现。在文学深层,国家民族话语、固有的传统因素和地域的特性则得以相汇交融。

1945年抗战胜利后,大批的作家陆续回到京、津、沪等大城市,"努力于文艺复兴的使命"。在国内很快掀起的反内战、争民主的时代潮流中,山东作家大多积极地站在民主斗争的前列,并以自己的创作去感应时代的脉搏,揭露、抨击黑暗,向往迎接光明。同时在抗日根据地和解放区的战地文学活动中,还逐渐成长起了一批青年作者,如刘知侠、峻青、鲁特、鲁平、于良志、董均伦、苗得雨、王愿坚……

总的来说,整个战争年代的山东散文,更加自觉地适应时代要求,密切了与现实和人民大众的联系,其主导风格上加强了战斗性和批判性,表现文体也随之发生了明显的变化。记叙抒情散文的写作,一向为山东大部分散文作家所擅长。在这一时期,也依然产生了一些具有优美抒情风貌的作品,除前面已经论述过的王统照、李广田、李长之等人的作品外,还有杨振声的散文《窗》、臧克家的《我的先生闻一多》、季羡林的《海棠花》《忆章用》,等等,均情感饱满,韵味溢发,展现了抒情散文的新境界。而臧克家在《磨不掉的影像》集中另外一些纪实抒感类的作品,如《济南三日记》《潢川的女兵》《立煌小景》《我在"胜利号"拖轮上》等,以战时社会生活和个人经历为题材,着重于即事叙写,因感而发。这些作品和李广田记叙流亡生活的《圈外》一样,成为抗战大时代生活图景的真实写照。

战时散文在文体方面的变化主要有:一是记叙抒情的散文小品,不仅增添了刚健硬朗的色调,同时在写作中常常更趋于简短和富有哲理性。如王统照的《繁辞集》,李广田的《日边随笔》,都是哲理与诗意交融的散文小品。第二是针砭时弊、进行辛辣讽刺见长的杂文和报告文学类体裁的兴盛。杂文既具有散文的感应性、现实性和形象性的特点,又是刺向一切邪恶黑暗势力的"匕首"和"投枪";报告文学这一新的文艺形式则是由"事实报道接近了文艺,它底读者是最广泛的"①。这即是战时文坛杂文和报告文学风行的根本原因。举凡此时的山东作家,大都写过杂文,而其中最具有特色的,无疑是孟超和田仲济的杂文作品。吴伯箫和抗战前后出现的文学新人杨朔(1913—1968),以他们优秀的报告文学作品,首先表现出这一体裁的优势和魅力。解放区散文,也以战地通讯和反映根据地斗争与建设的报告文学,表现了战时社会生活和大众情感的一个重要侧面,体现了文艺大众化的新方向。散文文体的上述变化,在原有的基础上丰富了散文的表现形态,从而也使山东散文在这一特殊的历史阶段继续蓬勃发

---

① 胡风:《论战争期的一个重要的文艺形式》,载《文艺阵地》,第2卷,第7期,1939年1月16日。

展,并从整体上呈现了自身的时代特色。

第二节 哲理性小品:《繁辞集》与《日边随笔》

"八一三"后,上海沦为"孤岛",王统照因患病未能离沪南下,是抗战期间少数留守上海的新文学中坚作家之一。在"孤岛"压抑、险恶的生存环境下,王统照抱着高昂、坚贞的人生信念坚持写作。散文集《繁辞集》(世界书局,1939,署名容庐)即是此时的作品之一。

《繁辞集》共收有五十四则散文小品,最初是分别以"炼狱中的火花"和"繁辞"为题目的两组小品,以王统照的"韦佩"、"默坚"两个笔名在1938年4月至9月的上海《文汇报·世纪风》上连载。"……不错,谁能承认只凭仗'落纸云烟'便能廓清宇宙的阴霾?但又怎能否认正义的言行是世界复生的开始?……在当前,我们不止需要时时处处有力的显示,更需要时时处处有言辞的联合与警觉。……"这是作者写在《繁辞集》序言里的一段文字,由此可大致见出该书写作的旨意和风格。作者借用了古代诗人阮籍"繁辞欲语谁"的诗句含义,说明其文名曰"繁辞",绝不是寂寞中空作无聊的叹悼,而是视言辞为"一种平直的桥梁",一簇永不泯灭的感情与理性的光焰,抒辞、摅思,达成对自我心灵的检视,对于生命真谛的感受和悟解,点燃阴暗暴虐的世界里希望、抗争与慰悦的烛火。这部小品集,以奋扬民族精神、维护人间正义、生命尊严和御侮自强为中心主题。一则则内蓄着热情的文字,多半以论理为轴,融叙事、议论与抒情为一体,或从现实生活与事象出发,在社会时代背景上和历史框架中将其加以开掘,议论生发,深究事理,彰显真理和正义(《集团的力量》《痛苦的循环》《理智与暗影》);或将思想情感凝铸于意象和象征形式中,在诗意创造中揭示人生哲理,向往力量与光明(《郁热中的语声》《玫瑰色中的黎明》《一丸霜月荡潮尾》)。其主旨是用人类文明发展中高尚的爱与智性,乃至最强的意志,去清除戕害生灵、遮蔽文明的战争黑氛,烛照人们的心程,激励中华儿女自重自强,在劫难的烈火中聚集和复苏新生的力量。在艺术上,《繁辞集》较之作者以往的散文,仍具有文字凝练、节奏铿锵的特点,同时加深了理性的色彩,语言更其简约而深蕴,整体说来则是诗情与哲理并重。如:"我们还不是'不暇自哀'

的怯者，我们还期待着与人类共享阴霾后的光明！……我们不忍心说黄金时代在过去不在未来；我们更不能阻绝了乐观的希望而空担着目前的悲苦。真的科学，真的艺术，在黑暗中增加其寻求光明的力量。……"（《推开他们的风帽》）追求的是一种如作者所称用"理智的铁梭"将"是是非非，交互错综"的感情，"炽成光华灿烂，经纬细密的美锦"的艺术效果。当时的文艺界即注意到了《繁辞集》的这一特点。1939 年 1月 2 日《文汇报·世纪风》刊文指出："以哲理的散文，来出现在'孤岛'的文坛上，而有着很丰满的收获的，是韦佩和默坚先生的两篇连载：《炼狱中的火花》和《繁辞》，""这些是难得的洗练的词章，有着和谐的节奏，有着深远而坚韧的力！是富有哲理和诗意的散文。"《去来今》创作的环境显然更为险恶，作者的笔调有时也增加了些许隐晦，但大多流溢着作者特有的时代生活体验和情感哲思，仍有如"炼狱中的火花"，跳动着醒目的光芒。

  李广田发表于 40 年代末期的《日边随笔》（文化生活出版社，1948），写于 1946 年昆明"一二·一"惨案之后。他在该书的"序"中写道："……我至今也还没有写出那种清淡到毫无人间气息的作品，因为我们的生命无时不在烈火中燃烧，就像生活在太阳近边一样……"显示了作者此时创作的社会背景，同时表现了他的审美情致在大时代中的某种转换。《日边随笔》里是一些杂文性的随笔，简短锋利，有的却又比一般杂文更为蕴藉含蓄，近似于散文诗。现代著名诗人冯至对此曾说，"我记得《日边随笔》里的某些短文在昆明的小型刊物上初次发表时，我读后立刻想到鲁迅的《野草》。作者讽刺时弊，剖析心灵，运用新奇的比喻和寓意，不落一般窠臼。"[①] 这准确地指出了李广田这些小品的内涵和艺术特点。在这里，作者多是抓住生活中的点滴事象进行议论、思索，从中提炼出深刻的哲理寓意。像针砭人类贪欲的《他说，这是我的》《分担》《这种虫》，揭露虚荣、懦弱人性的《手》《绳的用处》，等等，作者着重鞭笞丑恶，揭露痼疾。他在文章中说："那永久用了争夺的声音说'这是我的'的人，永不会领有一切，且必将在自己的自私与残暴中自毙。"（《他说，这是我的》）其中《一粒砂》，是作者对人类坚韧追求精神的形

[①] 冯至：《李广田文集·序》，山东文艺出版社 1983 年版。

象再现，也是他内在心灵世界的诗意呈露：

> 有这么一个人，他作了一世旅客。他每天都在赶路。他所走的路，就是世界上的路。他很不幸，一开始便穿了一双不合脚的鞋子，这使他走起路来总不能十分如意。而且走了不久，他的鞋里便跳进一粒砂，……这以后，他的行程就更其困苦了，那砂子磨他的脚，使他走一步，痛一步，……把鞋子脱掉，只一抖，便可抖出那颗磨脚的砂子。然而他不能。他赶路赶得很急，每天都担心日落西山时赶不到那个段落。天晚了，……，还不等脱去鞋子，他已经沉沉入睡了，……这样，他就永没有取出那一粒砂子的机会。……

这个旅客，就一直走到死，留下一颗"落地作金石声"的滚圆的砂子，也留给人们无尽的思索。这篇作品含义深远，结构凝练，具有上古神话传说"夸父追日"和鲁迅的《过客》的意境。

王统照和李广田此时融哲理与诗情的小品，是战时散文的可贵收获。

第三节 长夜疾风中"不偃"的野草：孟超的杂文

在40年代中国的杂文作家中，孟超（1902—1976）是引人瞩目的一位。这不仅是因为当年他同夏衍、聂绀弩、宋云彬、秦似在桂林合编了影响很大的杂文刊物《野草》，还因为他本人在杂文创作方面的优秀成就。从后者来说，孟超的杂文，也是这一时期山东散文成绩的一个突出代表。

孟超从事写作后他用过的笔名有二十多个，"孟超"是其中最著名的，遂在文坛内外代替了他的本名。他另外几个常用的笔名还有东郭迪吉、林麦、林默、小糊涂、迦陵等。当年"五四"运动初兴，孟超在诸城踊跃参加"反日会"的活动，接触了《新青年》《新潮》等刊物后，开始用新诗来抒发他对新生活的向往之情。1924年，孟超到上海大学中国文学系学习。其时是国民党元老于右任担任上海大学的校长，瞿秋白任社会学系主任，陈望道是中文系主任，教师有任弼时、恽代英、蔡和森、萧楚女、沈雁冰、蒋光慈、刘大白、田汉等人。在这所"革命空气"十分浓厚的学校里，激进的孟超"进一步的接近了马列主义"，于是他不再仅仅是一个文学青年，还成了革命活动的积极分子。1925年"五卅"期间的工人运动、上海爆发的三次工人武装起义，都有他在奔走宣传、参加战斗的身影。这期间孟超成为中共党员。30年代初，担任上海总工联宣传部长的孟超因组织罢工被捕入狱。翌年出狱后他脱党回到山东，做了几年教师和报纸编辑。在抗日战争期间和40年代，他以进步文化人的身份辗转多地，奔走在抗敌的前线与后方，活跃于争取民主的各种文化活动中。1947年孟超到重庆西南学院任教，后赴香港与秦似等人恢复已停刊的《野草》半月刊，并于中华人民共和国成立前夕再度加入中共。新中国成立后他先后在出版总署和人民美术出版社工作。可以说，孟超的生命行程，总是充满着一种强烈的使命感和人生参与热情。这种生命激情也同时体现在他的文学活动中。孟超从大学时代开始在《洪水》等杂志上发表诗和散文。1928年在瞿秋白的指导下，他和蒋光慈、阿英等人成立了新文学团体太阳社，随即又创办了春野书店和《太阳月刊》。1931年他加入左翼作家联盟后，又与冯乃超、夏衍等人共同创办了艺术剧社，开展左翼戏剧活动。30年代中期孟超回到山东，任《青岛民报》的编辑，曾专门开辟了杂文专栏。抗战期间，孟超先后在苏皖前线和桂林等地作抗日宣传活动。他领导过当时第五战区的抗日宣传队，主持过广西的国防艺术社，搞抗战戏剧。自40年代初期开始，孟超不仅为创办《野草》半月刊做了大量工作，还在昆明、重庆、香港等地，先后主编了《艺丛》月刊、《妇女旬刊》、《西南日报》副刊、《大众日报·漫画漫话》旬刊和《新民报·艺术周刊》《小说》月刊等一系列的杂志刊物。同时他在忙碌的活动和编务之余，写作了几十万字的杂文小品和历史小说等。联系到孟超后来在50年代至60年代，又创作了若干引起轰动的历史剧，他确实是文学方面的多面手。而在这个时期，他最有影响的还是杂文。他具有代表性的两本杂文集《长夜集》（1941）和《未偃草》（1943），均作为《野草丛书》，分别由桂林文献出版社和桂林集美书店出版。此外孟超还有不少刊登在报刊的杂文，未能结集。

《长夜集》里收有《略谈宋代的"奸臣"与"叛臣"》《从战国时代的社会背景说到纵横术》《梁山泊与知识分子》《焦大与屈原》《脸的艺术》《谈自画像之类》《魔术师的把戏》《从米老鼠说起》《不寂寞的冢场上一个寂寞的灵魂》等二十余篇杂文。《未偃草》集中，收入了《从梁山泊的结局谈到水浒后传的作意》《略谈文人作风与武人作风》《历史的窗纸》《教育方法种种》《孙行者的际遇》《抗旗杆的人们》《当了丫头还斫头》《奴才的身份》《事实的答辩》《寓言的谜底》《聪明人与傻子》等共30篇杂文。对这两本书名的由来，孟超这样说道：《长夜》是因为他的"写作习惯多在夜间……感想一到，不能自己"，而"迨感尽书完"窗外或星月稀疏，或风雨满楼，所以将这些完成于深夜的文字题以"长夜"；《未偃草》是因为他把自己的杂文比作了野生的小草，取野草"临风不偃"之意。他在《未偃草·题记》中写道："看见了短墙上那一株小草，已经从姜黄中露出了几片极轻微的淡绿色的新叶，他是经过了严霜，经过了疾风苦雨，挣扎着自己的生命，蓄养着自己的新机……纵然风还是不住的威临着他，而在风里舞动着，实在没曾偃伏下他的身子。"从中可以体会到作者的心境与用意。

而孟超的将杂文比之于野草，除了喻其易于生长和本性顽强之外，其实还包含了他的杂文观在内。他说："本来杂文真也和小草差不多，他既不是茁壮的乔木，也不是娇艳动人的花卉，久已夫是被人瞧不起的……自己是以爱小草的心情，爱著杂文；但临到自己笔底下写起杂文来的时候，就不免杂草蓬生，毫无条理了。……也许有人孤芳自赏的玩他那所谓杂文正宗，而我呢，还是把杂文比成小草，让他野生好了，只求其能够临风不偃，就是自己满意的地方。"（《未偃草·题记》）现代杂文的界限原本并不严格，在很多的场合，随笔、杂感、随感之类短文小品，都可以成为杂文的代指。如鲁迅就曾把"随笔"看成"杂文之一体"。孟超的杂文，确是率性而为，随心赋形；有现实杂感、社会短评、文艺鉴论，也有抒情随想、历史札记、讽刺及寓言式杂文小品，等等，体式多样。其内容也是国政时事、历史现实、自然人生及至"宇宙之大，苍蝇之微"，几乎无不涉及，林林总总，丰富博杂。在代表了他的杂文总体水平的《长夜集》和《未偃草》中，其作品大致来说可分为四类。一类是针对现实事象和时弊作社会批评和文明批评的杂文；一类是援古论今，古今纵横，发表一己议论和见解的杂文；再就是抒情感怀的杂文和运用寓言或戏说借题发挥的杂文。

孟超切近现实作社会批评和文明批评的文章，感性的文字和理性思考相交融，视角敏锐，落笔率直。如《"婢"与"夫人"》一文，谈文学与政治、文学家与政治家的关系，针砭社会舆论对此的陋见，和"暗地里偷鸡摸狗的与政治结着私情"的空头文学家，提出"文学家谈政治……问题倒在于他谈些什么，怎样去谈，替什么人去谈"的鲜明见解，显示出了"鲁迅风"杂文特有的锐利锋芒。还有《不寂寞的冢场上一个寂寞的灵魂——吊张伯伦先生》《魔术师的把戏》《周作人东渡》等杂文，前者从张伯伦迁就德国使英帝国蒙羞，联系到国内有人将此"自坠声誉"之举视为"爱好和平的表示"的谬论，于不动声色中予以了辛辣地批驳，笔致灵转，是非昭然；后两文则针对1940年发生的周作人附逆一事及其相关的种种反响，拣拨文化界某些舆论中缠绕其人其文欲说还休的矛盾链条，紧紧扣住周本人"辱身降敌"，"甘之如饴"的核心事实，以历史上的人物和现实中的鲁迅与其做比较，入情入理地进行了剖断和抨击，行文缜密而生动。在抗日战争最艰难的阶段，《野草》杂志曾开辟了一个专栏名为《斩棘录》，目的是回击当时宣传法西斯思想、诬蔑抗日斗争的"战国策"派陈铨之流。孟超便在上面发表了《"娜嬛福地"》等杂文，对其给予了毫不容情的揭露和批判。这类批评性的杂文，溢发着孟超特有的爽直激切的个性气息，具有议论与说理形象化、趣味化的特点。

孟超熟谙中国历史古籍，特别喜爱古代戏曲。他认为历史本身就包含了现实的意义，历史题材即可用来讽喻现实。他不仅在直接批评现实的杂文中时常引用史料，更善于从古代的历史典籍、戏曲和笔记小说中取材来写杂文。或借史抒怀，或援古论今，在对历史和文学掌故、戏剧人物的审视论析中发表自己的见解。他留给人们印象最深、成就也最高的是这一类杂文。《从梁山泊的结局谈到水浒后传的作意》，一一列举比较、条分缕析了几种《水浒》版本及其后续作品中的描述，独具慧眼地指出《水浒后传》不只是"泄愤之书"，而是遵循了作者原意的忠于故国、反对异族侵略的抗争之作。《略谈宋代的"奸臣"与"叛臣"》从秦桧对金人献计如何立君更易巩固政权入手，论证奸臣和叛臣比起来实是为害更加深巨。《读曾文正公手札》则钩隐显微，洞察了书信主人公看似精悍，实际对洋人极为畏惧的内心世界。《历史的窗纸》由当时大学的历史教育延深到怎样研究历史、借鉴历史的立场与方法。还有《屈原与钟馗》《关于陈圆圆》《〈红楼梦〉里的小红》《论花袭人的身份》，等等，作者将对现实的褒贬寓于对历史事件、人物和文学作品的评论之中，挥洒自如，议论风生，让自己活跃的思想在与历史的碰撞中激发出亮点和新意。《孙行者的际遇》也是一篇显示了作者对古代文学名著《西游记》独有会心的佳作。文章围绕佛法与孙悟空的较量展开生动的论述。大闹天宫前的孙猴子是何等的精神抖擞，野气勃勃，"刀斫斧剁，雷打火烧，一概无效，添进热锅里，他还会跳出来的。""无数的天神都制服不了他。"于是佛法对他先是重压后施以计谋，"一个白面和尚自然不比凶狠的天兵天将使人来得可怕些，猴儿容易上钩，猴儿不会存着戒心……甘愿做他的弟子而不疑，在这里白脸也就有了白脸的作用了。""一顶嵌金帽儿，一篇紧箍咒……一个活跳的猴子，便能呆若木鸡，驯如牛羊似的，受制在比他孱弱得多的和尚手里。"但皈依佛法后的孙行者便再也没有了以往的能量，"遇妖遇怪，常常是战他们不过……甚至于连老鼠蜘蛛都欺负他。"对此作者说"我倒不像一般的看法，以为西游记作者对孙行者这一人物写到取经时笔力已经衰弱，实在孙行者头上有了金箍，你要他还那样自由自在，还能充分地施展出自己的威力，已是不可能的事……"所以"得证后果"后的孙悟空，也就必成为一个心如枯木的悲剧角色了。孟超的这类杂文常常是诗情与理性相交织，写作中其深厚扎实的史识和优秀的文艺鉴赏力，提升了诗人炽热敏锐的感性，形成了其特有的魅力。

抒情及怀人杂感和寓言式的小品，也在孟超杂文里占有相当的分量。前者有《秋的感怀》《一年容易又秋风》《记吴检斋（承仕）》《怆恸的友情——纪念灵菲兄》，等等。这些短文一般都情感诚挚，不事雕饰，给人以自然亲切感。后者如《鸡鸭二题》《渔猎故事》《风和太阳的故事》等，以家禽动物、自然界等作为借喻的主体，或诗情蕴藉，或幽默讥讽，将作者对世事人生的感悟和社会百相的观察以象征和比拟的手法出之，深切别致，感受鲜活。

前面说过，孟超在文学的多方面都甚有成就。在杂文方面，就更显示出了他的学识的通达。孟超的杂文其实更近于学者杂文，融合学养、智慧和情趣于一体，视野开阔，知识面广。其创作底蕴深厚而不带学究气，议论深透而不拘泥，侃侃而谈中逸兴遄飞，具有亲切感性、自然洒脱的风格。

第四节 感时忧国的心曲：田仲济的杂文小品

田仲济（1907—2002），原名田蔼宽，山东潍坊人。用于写作的笔名有蓝海、杨文、柳闻、青野、小淦等。田仲济是中国最早进行抗战文艺研究的学者。作为第一部论述抗战时期文艺运动的专著《中国抗战文艺史》（1947）的编撰者，和出版了《五四新文艺运动的精神》（1959）、《中国现代文学史》（1979，与孙昌熙共同主编）等书的著者，他是出色的文学史家、文艺理论家，同时也是优秀的散文家。在创作领域，田仲济以杂文闻名于世。他 30 年代初毕业于上海公学。尽管在学校里学的是政治经济学专业，他却对文学有着浓厚的兴趣。在校期间曾为《青岛时报》和《民报》创办文艺周刊。毕业后，田仲济在济南度过了最初几年的教师和编辑生涯。抗日战争爆发之初，他到西安办《报告》半月刊。1938 年到重庆，先是在冯玉祥属下的政治经济研究室任研究员，1941 年到中国乡村建设学院教书，翌年开始在东方书社任编辑主任、总编辑，与叶以群、臧克家一起编辑过《东方文艺丛书》，又与姚雪垠、陈纪莹合办过《微波》月刊。1940 年，田仲济出版了《杂文的艺术与修养》一书。同时期他发表了多篇杂文，引起文坛注意。1943 年，他的杂文结集《情虚集》（重庆东方书社）出版；1944 年，杂文集《发微集》（重庆建中出版社）、《夜间相》（重庆明天出版社）相继出版。他成为战时重庆杂文作者群中活跃的一员。田仲济后来的杂文集还有 1957 年出版的《微痕集》（上海文艺出版社），20 世纪 90 年代有《田仲济序跋选》《田仲济杂文集》问世。

《情虚集》一书由郭沫若作序，收入了 51 篇杂文。如《赤脚大仙·衬领和衬袖》《读书琐记》《关于暴露黑暗》《民心》《不守秩序》《文人末路》《阿 Q 与鸵鸟》《奴才的残暴》《管不着》《气节》《猫》《灯下偶记》《说真话》等。《发微集》和《夜间相》两书，前者收有杂文 26 篇，后者收入了 31 篇；内如《从戏想起的》《送灶日随笔》《天堂》《发微》《天下太平》《名与实》《"战时如平时"》《狗》《偶步》《"非革命的急进革命论者"》《和平》《变》《打官话》《读史随录》《反面文章》和《流行病》《关于"真实的讽刺"》，等等。这些作品，包括作者其时一些没有收入集子的杂文小品,与当时新文坛以杂文为"匕首"和"投枪"的主流创作,取同一倾向,并在艺术风格上显示了自己独有的个性。

田仲济的杂文主要是社会批评和人生杂谈这样两种类型。在创作中,他往往从具体的生活现象入手,揭示病态畸形的世间相,通过事实发出自己的抨击,引起人们的思索与反省。像《渤海之滨的一角》《从烟台到济南》《民命微贱》《踢》《奴才的残暴》,等等。前两篇是带有山东地方生活气息的现实反映,表现了抗战爆发前期在日本侵略暗影下农村的忧虑和城市生活的片段。作品展示给人们,当时的农村"在东三省做买卖的被赶回来……靠地吃饭的麦子坏了",打鱼为生的渔民也因为"'友邦'捕鱼的小火轮的横暴"而破产(《渤海之滨的一角》)。城市则在光怪陆离中撕呈出颓废和被奴役的伤口:火车上空虚和窒闷的空气;站台上日本浪人的肆虐;大明湖里日本人视船工性命为儿戏的暴行……(《从烟台到济南》)。作者愤慨地指出:"生活的苦闷已压在所有的人们的心上了。"他企盼着"人间的狂风暴雨"的来临。在后两篇中,作者则针对平常生活中的国民性痼疾作了抉示与批判。公共汽车上的"路员"(今称售票员),因为车上的人拥挤中无意间碰着了他,就逞性向无关的乘客乱踢。作者在文中质问:"谁给他的这种权威?"(《踢》)而作者另一次乘船的遭遇所引起的思索,恰好是对这个问题的回答。"茶房帐房都是中国人,却在欺凌他们自己的同胞时比对洋鬼子的船主还凶,这道理真使我百思不解。后来一留心,才知道这种自己侥幸拿他人做牺牲的不只船上的茶房和帐房。上海的红头阿三,安南巡捕,凌辱中国老百姓就比三道头厉害,华捕有时更威风些。并且也不限于主子是中国人才如此……有人曾说过'暴君下的臣民,大抵比暴君更暴',一切奴才全是如此的。"另有《臭虫》一文从日常琐细、虫芥之微深入表达了广博的悲悯情怀;《说真话》强调了直面惨淡人生的无畏战斗精神;《发微》揭露讽刺了当时大后方一些知识分子虚伪卑琐的心态;《灯下偶记》则从南明亡国史中寻例,以"作当前的鉴戒""都知道明亡最大的恨事是竟忘在并不怎样昏庸的崇祯手里。可多半忽略了南明的不能复国,甚至不能偏安,并不是因为敌人过于强大,而是因为内部过于腐败。在国势危殆至极的时候……昏君权臣只知道鱼肉良民极尽淫乐,国又怎会不亡!……"在这类直抒爱憎、思想尖锐的杂文中,可明显见到鲁迅杂文传统的浸润和影响,同时其中活跃着田仲济作为杂文家本人的卓识与思辨。田仲济认为学习鲁迅，决不是文章样貌上的相像："学习鲁迅，并不是只求表面的相似……要学的是那'独立的观察和分析的能力'，并且要扩大这能力"。"这需要靠思想深度的追求，生活能量的吸收，而最重要的，是在我们的心脑中对于现实的深刻的爱和憎的感受。"（《杂文的艺术与修养》）从《天堂》《猫》等杂文中便更能领略到作者的独出机杼。《天堂》以批判和质疑的精神，颠覆了人们对天堂的向往；《猫》一文则阐述了"自由的物事被爱所囚系所阉割"的观点。这后一篇文章从西南地区的猫不捕老鼠说起。捕鼠本是猫的天性，"为什么猫生在西南各省这天性就消失了呢？"问题便在于这儿的猫"每一个都用绳子系着"。而主人之所以这么做，除了可能的厌恶之心外，"爱"可能是其更普遍的原因。由此引出："爱"也能令事物走向反面。"自由的物事，一经人类的爱，一经变成人类的财产，便照例被囚起系起，这物事便也照例地渐渐失掉原有的机能，变成怯弱的附庸或囚徒。"在这里，作者别具视角地揭示了"美丽的传统"下被遮蔽的"真相"，撕呈出表象下面更本质的东西，表现了一个杂文家审事观物的透视方法和思考力度。

　　田仲济还有部分记叙性和抒情性的小品文，文字洗练，富有韵味，依然处处透出对世事人生的关注和一份炽热又内敛的情感。如《盐之故乡巡礼》，纪游的笔触下，详细叙写了西南自贡一带食盐的生产和运输情况，以及其著名的产盐工业对当地城镇经济、生活面貌的影响。文中对工人们艰难提炼盐的过程，和生产场地氛围的描述，简练而逼真，最后还涉及制盐技术的发展为地方守旧意识所忌视的情形。如今读来，仍然给人强烈的临场感，并具有地方史料和专业史料的价值。在《更夫》一文里，则对"更夫"这一传统职业角色的岁月变迁作了形象的描绘，字里行间，古今交织，沧桑更替，像展开了一幅幅跃动的黑白版画，有着简练醇郁的意味。

　　对于自己的杂文，田仲济说："这些短文，有的是对社会的偶然的感触，有的一个人一时的感想，而这种感想也是社会上某种事象引起来的。所以，每篇中写的虽不过是社会的一毛一鳞，一耳一鼻，合起来未尝不可以窥到某些较全的形貌。……那么将它印出来，把社会的某些丑态摆在面前，叫人人都看到一付污浊的心脏是在怎样跳动，也不能说是没有一点意义吧？"（《情虚集·自序》）正是疾恶如仇的斗争精神，和对光明的不懈寻求，使他的杂文小品有一种坚忍、扎实的基调，生动剔透的议论，常常起到了点化主题的作用。作者善于交叉使用几种表现手法，使他的作品朴实而不失尖锐，平易中抵达深刻，具有素朴、沉挚而又生动的艺术风格。

第五节 血与火的时代画面：解放区散文

解放区文学，是中国八年抗战时期起延续整个战争年代的一种特定的区域文学现象。具体是指当时相对于国统区、沦陷区（抗战时期）的中共政权占主导地位的地区的文学。山东自1938年起在中国共产党领导下建立的抗日根据地，在全国的抗日民主根据地中占了重要的地位。当时在鲁东、鲁中和鲁西南等地"建立了数十个县的抗日民主政权，至1942年最困难时，民主政权辖区仍有10余万平方里土地、800余万人口，根据地内实行了民主改革……进行了财政经济建设"，"建立了我党领导的相当大的抗日武装（经过1941、1942两年艰苦战争的消耗，人数有所减少，但仍保持约10万军队），沉重打击了敌伪，钳制了相当数量的日军和伪军"，并"部分地协助华中的坚持和发展，部分地策应了其他各根据地的斗争。……使山东成为具有全国性意义的重大战略单位，成为发展华中、巩固华北的战略枢纽。"[①] 而山东我抗战根据地的基本特点，是处于较长时期的三角斗争中，即共产党八路军领导下的抗日武装在抗击日本侵略者的同时，还要和数量相当多的国民党顽固派、投降派进行周旋和斗争。这在一定程度上使根据地的斗争生活更为尖锐和复杂化。直到抗日战争结束后的解放战争时期，山东解放区一方面加快了民主改革和建设的步伐；另一方面由于其重要的战略地位，国共两党在这一地区的争夺仍然十分激烈。所以山东解放区作为一个政治区域，应该说无论在政治、经济还是文化生活方面，都有自己的显著特点。在这里，关于文学报刊的建设，从抗日根据地时代起便受到重视。在三四十年代，有关文学、文艺的刊物报纸等计有十五六种之多。主要有《大众日报》的文艺副刊《抗战文艺》，还有《文化防线》《前锋文艺》《山东文化》《胶东文化》《胶东大众》（后

[①] 参见中共山东分局《关于抗战四年来山东我党工作总结与今后任务的决议》，《山东革命历史档案资料选编》第9辑。

更名为《胶东文艺》）等。这些报刊为解放区的许多写作者提供了发表作品的主要阵地，成为表现这一方热土人们生活与心灵的鲜活的窗口。同时，也有本省作家反映山东及其他解放区战斗和生活的散文在省外一些刊物上发表，从而产生了更大的社会影响。

解放区散文中最多的，是通讯、特写和报告文学类的作品，抒情类散文在其中只占有很小的比例。这些散文，除了一部分是揭露与控诉侵略者的罪行之外，多数反映了解放区军民亲身经历过的战斗和劳动生活，其中呈现了山东散文的新题材：如表现解放区军队和普通百姓英勇抗敌的战斗场景和动人事迹；反映在农村的民主改革、土地革命中阶级关系、人际关系的新变化；赞颂在抗日军民和解放战争中涌现出来的英雄人物；再现革命根据地和解放区的新生活，等等。从总体上看，解放区散文在题材、主题、体式等方面都表现出了有别于国统区散文的新特点。在这里，大众成为表现主体，客观记叙的体式几乎覆盖了全部写作，散文的战斗性和大众化被进一步强调，散文的社会功用更为显豁。

抗战爆发后，真实而敏捷地反映现实斗争风云，记录时代人生侧影的报告文学，极受广大作者和读者的欢迎。在战火硝烟中，这一适应时代和读者需求的散文体裁迅速发展。30年代崛起的山东作家里，吴伯箫最早涉及报告文学的写作。他于1938年春季到延安，不久与卞之琳、马加等一行"抗战文艺工作组"成员到了晋东南前线。后来他出版的《潞安风物》中的《夜发宝灵站》《沁州行》《夜摸常胜将军》《微雨宿洭池》等报告文学，便是根据这次"战地生活"的体验而作。记录军旅行程见闻，写下八路军和战区民众的抗敌事迹，控诉敌人的罪恶行径，展现战争中敌我双方惊心动魄的斗争，是这些作品、也是他另一部同类力作《黑红点》中所表现的主要内容。怀着对边区新生活的极大热情，吴伯箫还写了《战斗的丰饶的南泥湾》《"火焰山"上种树》《新村》等报告文学作品，描述了延安军民生产自救，用双手粉碎敌人的经济封锁的动人画面，称颂了边区军民的顽强精神。在延安时期，吴伯箫只写过几篇他一向擅长的感怀抒情的文艺性散文，像后来收入《出发集》里的《向海洋》《书》《出发点》《十日记》等。他主要写的是报告文学和战地通讯作品。作者愿意用他的笔，忠实地记录下匆促纷扰的战争年代影像，捕捉住时代的脉动。如他自己所说，"从抗战的酝酿，抗战初期有游击战争的胜利，抗战中期敌后战争的深入和开展，直到抗日民主根据地的生活建设"①，都在他的作品中得到了反映。吴伯箫这时期的作品内容坚实，笔调朴素遒劲。无论记事还是写人，善于运用细节和穿插引人入胜的故事。加之畅晓洗练的语言，更显其疏放明朗，深切感人。

杨朔也是在这个时期开始发表带有报告文学色彩的战地通讯和特写，在散文领域留下了他最初耕耘的成绩。杨朔原名杨毓瑨，字莹叔，山东蓬莱人。他早年在家乡读书，高中毕业后离乡谋生。1929年他在哈尔滨开始发表诗词和翻译小说。1937年曾到上海创办北雁出版社。抗战爆发后，杨朔曾在延安、广州、桂林等地从事抗日文化活动。1938年他在广州《救亡日报》发表了描写陕北革命根据地斗争生活的长篇小说《帕米尔高原的流脉》。1939年，他参加中国文艺界抗敌协会组织的作家战地访问团，跟随八路军部队奔驰转战，深入华北前线和晋南、冀南、冀中、晋察冀边区等各抗日根据地。火热的抗日斗争为他提供了大量的创作素材。这期间，杨朔在热衷于写小说的同时，还写了一些通讯和散文特写，其中少数收入他于1941年由烽火社出版的散文特写集《潼关之夜》，余者多数散见于《自由中国》《烽火》等文学杂志。

杨朔的这些作品，翻卷着抗日战场的风云，再现了辽阔国土上敌人横暴的铁蹄和人民的不屈抵抗。《雪花飘在满洲》《西北战场上》《昨日的临汾》《征尘》《七勇士》《铁骑兵》等篇章，记叙简洁生动，以人物对话和自然的情节过渡，带出了战争年代特有的生活气息和人物风貌。还有《毛泽东特写》《胡泰同志》《成仿吾同志》等一些人物特写，则透过人的事迹或言行举止抓住其风貌神髓，将描述对象凸现在特定的历史镜头下。善于择取题材，记叙中有时带有传奇意味，也是杨朔此时散文所具有的特点。散文《潼关之夜》便是一篇题材独特并带有传奇性的佳作。这篇写于1938年的散文，写的是奔赴延安解放区的青年知识分子。作者以记叙的口吻，描述了自己的一次旅途奇遇。他在兵荒马乱的旅程中，一天在客店偶遇一英姿爽朗的青年军人。两人无拘束地谈笑、散步，军人活泼地唱着救亡歌曲，又跳进路边的战壕作敏捷的射击姿态。两人相处正愉快之时，却发现这军人原是一个女扮男装到延安去的年轻"女同志"。原来

---

① 吴伯箫：《烟尘集·再版后记》，上海文艺出版社1979年版。

这位年轻的知识女性，她与丈夫为了投奔解放区，别离刚满周岁的儿子，双双来到根据地。现在丈夫被组织派往前线，她一人前去延安学习。这篇作品角度新颖，内容新奇而又感人，从中焕发着一种青春无畏的生机和令人振奋的力量。杨朔在这期间的散文数量不多，但题材多样，兼之刻画细致生动，擅长比喻和捕捉形象，其中不乏优秀之作。

更多的解放区散文，被收进了1999年出版的《山东新文学大系》（山东文艺出版社）。其中的一些佳作，直接再现了侵略与反侵略的战争生活，展示了根据地军民在战火和鲜血中的生命与情感图景。

抗日军民正义精神的讴歌。八年抗日战争，是中国历史、也是人类历史上少有的正义抵抗罪恶暴力的惨烈斗争。对战争发动者及其依附势力的抨击和控诉，对中国军民坚持民族大义、英勇抗争的精神的反映和赞颂，是许多记述战争实况和称扬英雄人物事迹的散文的主题。如夏川的《就义之前》、姚力文的《愤怒的吼声》、鲁特的《血帐》、少波的《十勇士——为纪念马石山惨案而作》等篇，即如实叙写了不义战争中侵略者的兽行，和善良人民在血光火海中的呼号与挣扎。像《愤怒的吼声》，写的是1943年初敌寇扫荡鲁西南时对范县吕楼村村民的疯狂虐杀，表达了决不屈服于敌人的民众心声：

> （面对一百多以沉默抵抗的村民）鬼子恼羞成怒了。……堵住了房子的出口，用刺刀抵住窗户，把房子放火烧起来。熊熊的火焰，逐渐的在升高，像狰狞的野兽似的伸出可怕的舌头，在人们的身上，肉体上舔着。屋子里像煮沸了水似的，孩子们在哭叫而且乱跳着，房子里在惊天的震动中怒吼而且长嘶……刺刀，插入了胁肩，血像山泉样涌出……火焰凶猛地舔着人们的衣服，肌肉一块块地从受难者的身上脱落了。……直到火光融融地旋绕在吕楼村上空的时候，凄厉而愤怒的吼声，仍在火光的爆炸声中吼叫着，屋顶塌下了……

文章最后传达出必胜的信心："如今，……我们已经看到敌人的凶焰，快到尽头，为祖国的自由独立而牺牲的烈士呀！……敌人偿还我们血债的时候，已经不远了。"这种移取自现实的真实场景，给人以刻骨铭心的感受，具有一种直抵心灵的震撼力量。另像刘知侠的《攻占赣榆城之夜》《登城英雄班》、白刃的《坚持沂蒙山区》、冠西的《光辉的南北岱固保卫战》、徐刚的《攻克蒙阴城》、刘汉《胶东地雷战的故事》、黄虹的《列车英雄徐广田》、高七的《老沂河沸腾了》、韩希梁《飞兵进逼孟良崮》等作品，也将人们带回了那一个个布满了死神的黑翼、回荡着中华儿女英雄豪气的激烈战场。敌人"流散弹的碎片满山凄厉的呼啸，烧夷弹在崮的每个角落里燃烧。"战士们前仆后继，誓死捍卫阵地。"他们的口号是：……决不退缩，决不逃避！""在昼夜炮火、饥寒交迫中，英雄们板着铁青的面孔，在废墟里与敌人坚持每一分钟的斗争。"（《光辉的南北岱固保卫战》）；那些令敌人有来无回、闻风丧胆的"石雷"、"踏雷"、"拉雷"、"西瓜雷"，都是"富有创造天才的民兵们想出的……奇妙方法，让受过新式训练的敌人工兵们也只得丧命在这落后的简单武器上。"（《胶东地雷战的故事》）还有那由海口渔盐工会的水手们组成的海上游击队，"以帆船来对付敌人的军舰和水上飞机"，"出其不意，攻其不备"，常打胜仗（曹秉衡《海上游击队》）；有单身制敌的孤胆英雄（王时春《白光单人制群敌》）等。反映全民族抗战的战斗历程，抒发英勇将士的顽强精神，颂扬普通人民的坚贞与智慧，都离不开这些历史性的实地记录。同时在这些一般是粗线条的战地特写中，也有着颇为美妙的写景文字。如署名齐语的《冀鲁豫战地散记》里的一段：

> ……我在夜间经过郓城，遇见一群支援前线的担架队准备出发。运公粮的四轮牛车，一辆跟着一辆，在寒风中沿着郓（城）巨（野）公路向前方输送。宋江河两岸，被一丛丛白杨、苍松和披了满身红叶的柿树，点缀得十分庄严美丽。站在宋江河的青石桥上，沿着大堤向东北望去，古梁山像一匹矫健的战马，横卧在苍茫的云树间。

解放区散文作者中应该提及的还有峻青（1922—1991）。这位后来新中国著名的小说家，1940年参加革命，曾任《大众报》记者。他早期写的散文于40年代中期发表在《大众报》等报刊上，有《小侦察员》《胶济线上》《罪恶的黑手》《云安》《水落石出》等。这些散文，有的是描写人民战争中少年英雄的形象，有的是反映解放区土地革命中你死我活的阶级斗争和阶级关系的新变化。特别是表现土地革命中尖锐斗争的题材，在当时的散文中并不多见。作为早期作品,这些散文和大多数解放区散文一样,尚有文笔上的幼稚、简单之处,但是在自己独到的选材中注意刻画形象,并以诚挚的笔触去表现,这正是他对解放区散文的贡献。

解放区新生活的写照。民主革命和土地改革,使农村的社会结构和阶级关系发生了改变。劳动人民做了自己的主人,过上了新生活,从而焕发出前所未有的政治热情和生产积极性。解放区的散文作品,对这一历史性社会变革给予了及时的反映。如吕若骥的《临朐无人区的新生》,写国民党反动派一手制造了惨绝人寰的"临朐无人区",而到了"一九四五年的春天,带给临朐老百姓的,是一连串的快乐和兴奋","民主政府的工作人员来了,说今年又放春耕贷款,又放肥料,又种棉花好穿衣裳,还要组织大变工……",牛、驴、猪、鸡也多了起来",两年前人们"鹑衣百结,面黄肌瘦"的农村,如今繁荣起来了。还有力科的《新家庭》,王欣奎的《枯树开花,扁担发芽》等,都反映了民主政权下的地方和百姓生活发生了翻天覆地的变化。解放区明朗天地的新生活还表现在劳动者在文化上也翻了身。阎吾的《山东人民的办学运动》里这样写道:"……在沂山区人民流传着一句话:'从前学屋门朝南,财主才能把书念,穷人没钱也没空,要想上学难上难。'但是经几年来的减租减息,反奸清算运动,农民在经济上翻身后,进入了轰轰烈烈的文化翻身运动。……出现了很多苦学勤学的农民。如给地主种山场的高洪安……改造成民主家庭的李筱云……"这篇文章以比较长的篇幅,具体的描述,并佐以数字的统计,全面地再现了农民追求文化知识的情形,对解放区农村的文化教育工作作了翔实的报道。农村办文化学校,在慰问会上歌唱着的是农村剧团,"工农演员演着工农的生活斗争的戏剧,是用不着装潢,修饰,夸张的,就像他们本人一样的真实自然,他们流露着所扮演着的角色底喜怒哀乐的感情;而观众,那大多数来自工农群众中的战士,指挥员,和政治工作者,又是多么熟悉这些感情这些生活斗争啊!……"这不仅仅是"歌舞了新生气象,而且标志着我们人民在翻身斗争中是怎样茁长壮大了……政治上以及文化生活上的崭新人物……"(贾霁《我歌唱:人民自己的歌唱》)。杜文远的《庄稼英雄李守诚》,康荫的《母亲》,于良志的《妇女英雄孙玉梅》等,以解放区普通劳动者为作品主人公,前一篇写庄稼地里的"能人"组织乡亲办合作社的事迹,后两篇刻画了在拥军支前和生产劳动中涌现出来的妇女模范。以这些获得翻身解放、在生活和战斗中进一步发挥了自己生命能量的平凡百姓形象，丰富了解放区文学的人物画廊。

12年战争，在这种特定的背景下进行的文学活动，其发展趋向和创作实践，都必然地要受到其时社会民族总体目标的制约。而山东散文在这既定的历史情势下依然迈出了坚实前行的步伐。抒情散文的创作更加真切地面向现实和大众，显示了作家将个人的人生探寻和对人民境遇、社会前景的思索融合起来，表达了一种更为阔大的抒情指向。诗性和哲理化的散文小品，是对散文抒情功能和艺术技巧的发展，还意味着作家在对生活的深入思考和大众批判中对创造个性的坚持与探索。杂文和报告文学则是战时散文的典型代表，它们及时、准确地传达了人们在战争覆盖下不安、充满攻击性和意欲不受拘束的表达的生命信息。从文学表层来看，它们则无疑是更灵活、通俗地表现历史批判和社会事象的文化载体，形象化的同时，又具有很强的政治性和新闻性。

第六章 "五四"思潮影响下的山东小说

第一节 概述

标志着中国现代新小说开端的,是鲁迅发表于1918年的《狂人日记》。虽然女作家陈衡哲已于1917年在《留美学生季报》上发表了白话小说《一日》,然而只有《狂人日记》才能称得起真正意义上的现代新小说。因为它无论从题目、体裁、风格,乃至思想内涵都是"前无古人的"(茅盾:《读〈呐喊〉》)。由于鲁迅的带动,具有全新意义的现代小说才出现在中国现代文学史上。

在以小说创作积极呼应新文学运动的"五四"先驱者中,山东作家杨振声、王统照、王思玷以及女作家沉樱等,是不容忽视的名字。文学研究会的发起人之一——王统照早在中学时代(1917年)就创作了反映女性自我意识朦胧觉醒的白话小说《纪念》,并与《狂人日记》同年发表于《妇女杂志》上;新潮社作家杨振声也于《狂人日记》发表的次年,陆续在《新潮》杂志上发表短篇小说《渔家》《一个兵的家》等。在"五四"初期的文坛上,杨振声、王统照等人站在了中国新文学运动的前沿,而且王统照也是与冰心、叶绍钧、郁达夫、许地山等人齐名的作家。杨振声、王统照还分别是现代中篇小说和长篇小说的奠基人之一。杨振声的中篇小说《玉君》是开现代中篇小说先河的作品,而王统照的长篇《一叶》与创造社作家张资平的《冲击期化石》,是中国现代文坛上最早出现的长篇。中国新文化运动初期的山东作家,不仅以自己的文化活动和理论主张,积极地参与了新文化运动,也以自己的带有鲜明特色的文学创作,积极地应和了新文学运动的历史要求。王统照作为文研会作家的一员,一方面主要以"爱与美"为宗旨,寻找着改良社会人生的"灵丹妙药",同时也以《生与死的一行列》《湖畔儿语》等作品，表达了对底层民众生存现实的关注。杨振声一方面以《渔家》《一个兵的家》《李松的罪》等短篇"极要写出民间疾苦"，一方面也应和了当时青年知识分子"个性解放"的要求，写出了反映婚姻自主和爱情自由的作品，具有鲜明的反封建意义。而女作家沉樱则以女性特有的感受和体验，以及对于生活的敏感，专注于青年男女（主要是女性）婚姻、爱情生活的描写，大胆地反映了"五四"青年尤其是女性的个性解放要求。

山东作家从新文学运动的初始便是积极的参与者和主力军中的一员，他们的创作虽基本上采取了与新文学同一步调，但也带有山东作家自己的某些特点。如强烈的社会责任感和参与意识，忧国忧民的爱国主义情怀，关注现实、拥抱人生、积极入世的理想主义精神，特别是"民本意识"影响下的对民生民瘼的深切关注……等，随着新文学运动的深入，山东作家的这些个性愈来愈鲜明地呈现出来了。

无论在中国现代文学史的哪一个历史阶段，都有山东作家的积极参与。30年代中国文坛上十分活跃的李广田、臧克家、耶林、刘一梦、孟超等人，是这个文学史阶段山东作家中的佼佼者。而且耶林、刘一梦、孟超等也是当时左翼文坛上十分活跃的成员。30年代后期到40年代，在抗日战争和解放战争的时代背景上，又出现了吴伯箫、杨朔、刘知侠、峻青、陶钝、王希坚等共产党员作家，他们主要活跃在革命根据地和山东解放区，也为山东这个时期的文学作出了贡献。

按照王欣荣先生的观点，在山东现代文坛上，存在着三种类型的作家[①]，这就是以王统照、杨振声等人为代表的前驱作家，以耶林、孟超、刘一梦、臧克家、吴伯箫、杨朔、刘知侠、陶钝等为代表的战士型作家和李广田等为代表的校园作家。那个时代的作家基本上都属于兼职作家，除刘知侠、峻青、陶钝、王希坚等人之外，大多数人都不在山东本土生活和工作。从创作阶段来说，"五四"和30年代是山东的小说作家创作活跃并产生重大影响的时期。到40年代中后期，王统照、杨振声等已基本上不再从事小说创作，而诗人、散文家李广田恰恰在这个时期写出了一批思想和艺术价值都比较高的小说作品。考察这时的山东小说，除大后方的李

---

① 丁尔纲主编：《山东当代作家论》，山东教育出版社1989年版，第27页。

广田外，基本上是靠刘知侠、峻青、陶钝与在延安革命根据地和解放区的杨朔、吴伯箫、臧克家等作家支撑着。而在青岛等沦陷区，除个别通俗文学作家（如王度庐）还在创作着之外，基本没有文学活动。

在审美理想、审美视角和思想倾向等方面，不同类型的作家存在不同的追求。杨振声、王统照、李广田、臧克家、吴伯箫等人均接受过大学教育，中学和西学的根底比较深厚，因此他们的知识和艺术视野比较开阔；他们写人生的苦痛，关注社会人生的苦难，关注大时代的变迁，但他们往往是从普遍的人生和人性的角度构思自己的作品，表现了一种普遍意义上的人文关注、平民意识和忧患意识。而解放区作家如刘知侠、峻青、洪林、陶钝等人，由于时代的原因（民族矛盾和阶级矛盾的日渐加深）使他们来不及从容地接受系统的学历教育，知识根底和艺术根底还不够深厚；又由于他们多是在戎马倥偬之余从事小说创作，他们的作品往往紧紧应和着根据地和解放区政治工作的需要，有着明显的宣传意图和急功近利的功利主义动机。他们多以根据地和解放区那些贫苦农民和革命工作者、英雄模范人物为主人公；他们的倾向也十分明显，以反映旧社会的黑暗和穷苦人所饱受的阶级压迫之苦，映衬共产党带来的光明和幸福为宗旨；他们偏重于写好人好事，表彰和歌颂英雄模范人物，记述共产党领导人民所进行的革命斗争和战争。他们不像王统照等作家那样关注带有普遍意义的人生问题和人的精神世界的问题，很少反映人的心灵内部的东西，虽也有不少很好的人物心理描写，但却并未深入到人的心灵内部，题材范围、主旨倾向都显得比较狭窄。但这些作家的确通过他们的作品，反映了社会历史的发展趋向，反映了当时多数民众尤其是贫苦的工农群众希望通过社会变动和改朝换代来改变自身悲苦命运的强烈要求。因此，他们的作品充分地描写了旧时代人民群众所遭受的阶级压迫和饥寒交迫之苦，表现了共产党来了之后给他们带来的新希望和实际利益；他们对那些被解救出来的人们舍生忘死、英勇杀敌和废寝忘食地工作的种种叙写，应当说是有相当的真实性的。他们之所以如此拼死苦干甚至不惜牺牲生命，是因为他们从切身的体会中认识到必须用鲜血和生命来保卫和扩大来之不易的胜利成果（如积极支前、参军等）。虽然总的来说解放区作家的小说创作在艺术水平上比不上王统照、李广田、杨振声等学贯中西的作家，但他们却以自己的创作生动地反映了中国社会发展的历史趋向和人民群众的革命要求。

第二节 "民生疾苦"与"个性解放"

一 沉樱的婚恋小说——"个性解放"的一种书写

"五四"运动是一场启蒙运动,"五四时代的启蒙家对新文学发出强烈呼唤,要求新文学为思想启蒙和思想解放鸣锣开道,摇旗呐喊",而所谓启蒙,"就是以现代的科学与民主意识反对蒙昧主义,启发人们觉醒,争取人性解放和民族解放"①。在当时中国知识分子的心目中,所谓"人性的解放"主要是通过争取恋爱和婚姻自由来实现的,"个性解放从要求恋爱婚姻自由发端",这是当时文学思潮的一个主要倾向。然而,在山东作家中,真正涉及"恋爱婚姻自由"主题的并不多。正基于此,女作家沉樱的婚恋小说,在"五四"初期的山东小说创作中便显得十分可贵。

沉樱(1907—1988),潍坊人,原名陈瑛。1925年考入上海大学中文系,后转入复旦大学中文系,1928年开始发表小说,20年代末、30年代初是沉樱小说创作的高峰期。沉樱著有短篇小说集《喜宴之后》(1929年,北新书局)、《夜阑》(1929年,光华书局)、《女性》(1934年,上海生活书店)、《一个女作家》(1935年,北新书局)等。沉樱作品的主人公多是些受到"五四"新思潮影响、在个性解放和婚姻自由旗帜下争取恋爱婚姻自由的新女性。作者以细腻的笔触刻画了知识女性对婚姻恋爱自由的向往之情,描写了她们的恋爱和婚姻、家庭生活,也写了她们的苦恼和某些失望情绪。如中篇小说《某少女》对十六岁少女朦胧的爱情渴求心理的刻画,十分符合这个年龄的少女心态,表现了"五四"新思潮影响下女性的朦胧觉醒;《空虚》写一位知识女性在与男友约会时的复杂心情,真可谓一波三折,跌宕起伏,真实地反映了那个时代的女性既敢反抗世俗、做出越轨行动,又畏惧人言的复杂心态。沉樱善于表现青年男女和夫妻之间的感情波澜,描写家庭生活的细节,如《下雪》写一位因自由恋爱与家庭决裂,数年后其父母回心转意,盼望她回家过年,而她的丈夫却为给她筹集路费而奔波辛劳的故事,细腻的描写中也反映出了他们生活的拮据和难堪。

---

① 朱德发:《中国五四文学史》,山东文艺出版社1986年版,第1页。

沉樱的作品似乎并不像冰心、卢隐等女作家那样表现出对社会、人生问题的强烈关注并进而作理性的形而上的思考，她的小说多局限在对青年男女的情爱和琐屑的感情波澜的描写中，但也有少数作品表达了她对走出家庭、争取到恋爱婚姻自由的女性会有怎样结局的思索，也就是鲁迅关于《娜拉走后怎样?》的质疑。《妩君》便是表达这一思考的较好篇什。作品中年轻的妩君为了婚姻恋爱的自由，毅然反抗封建家长，和恋人共同出逃。然而，当她在约定的地点等候那位恋人时，那个信誓旦旦的男子却始终没有赴约。她失望之极、痛苦之极，只有以死来表示对封建势力和背信弃义者的反抗。这是沉樱作品中最耐人寻味的一篇。

另外，不管沉樱是否自觉，她的作品还是透露出了这样的迹象：争取婚姻自主、恋爱自由这种"个性解放"方式，是否能够真正地达到"个性解放"的目的？《喜筵之后》和《旧雨》等作品所刻画的女性苦恼，便很启发人们的思索。茜华（《喜筵之后》）是通过自由恋爱结婚了，但婚后不久丈夫便开始追逐别的女人。面对丈夫的情感不专，茜华也只能忍气吞声、委曲求全，在寂寞和痛苦中打发时光；《旧雨》所表达的是更深切地对于女性命运的思索。作品中那几位曾经热烈追求自由的年轻女性，在实现了所谓的婚姻自由之后都陷入精神的困境。在严酷的生活现实面前，她们开始了深切地反省："什么自命不凡的新女性，结果仍是嫁人完事，什么解放，什么奋斗，好像恋爱自由，便是唯一的目的，结婚以后，便什么理想也没有了。""什么恋爱，反正最后不外乎是结婚，可是结了婚，女人便完了。"这正是那个时代的女性追求婚姻恋爱自由的悲剧，在强大的男权社会里，将个性解放的途径寄托在单纯追求婚姻自由上该是多么不可靠！没有经济上和社会地位上的真正解放，她们实现"我是我自己的，他们谁也没有干涉我的权利"的宣言是多么的空洞和不堪一击。沉樱在当时的历史环境下能作出如此深刻的思索，是十分值得称道的。

在沉樱之前，王统照、杨振声等先驱者们就表现了对妇女问题和婚姻爱情问题的关注，以呼应反封建和个性解放的时代要求。王统照从1918年起陆续发表的《纪念》《真爱》《毒药》《遗音》《她为什么死》等短篇小说和《一叶》《黄昏》等长篇小说，杨振声的《贞女》《小妹妹的纳闷》《她的第一次的爱》和中篇小说《玉君》，都触及到这个问题。但是，他们这类作品与沉樱有所不同，沉樱主要描写新女性们在争得了婚姻自由之后的家庭生活和感情波澜；而王统照、杨振声则特别关注那些被封建道德伦理压制束缚、理想的爱情婚姻得不到实现的悲剧女性，更多地反映她们命运的不幸和抗争的艰难，意在"揭出病苦，引起疗救的注意"①。

值得注意的是，山东作家虽然也写婚恋小说，也反映个性解放要求，然而，他们却与郁达夫等作家有明显的不同。他们没有郁达夫那种个性得不到伸张而痛不欲生的描写，更没有郁达夫关于"性苦闷"的淋漓尽致地刻画。他们即使触及到上述现象，也是比较含蓄、朦胧，完全是"发乎情，止乎礼义"。这正是在齐鲁文化土壤上成长起来的山东作家与其他区域作家不同的特点之一。我们还可以以王统照为例进一步认识这种道德伦理对山东作家的影响。王统照青年时代曾经有过一次刻骨铭心的婚外恋情，但是，他却始终没有像郭沫若、郁达夫们那样让这种婚外恋情走得更远，而是很快终结了这个爱情。之所以如此，客观的原因当然来自于他那位知书达理的母亲的训诫；另一方面更由于传统的道德观念对他无孔不入地渗透。这就是齐鲁文化养育的知识分子的个性特点。

二 王思玷："像彗星一样闪过夜空"的作家

紧跟"五四"新文学的启蒙要求，发出个性解放和民主自由的呼喊，山东作家曾作出了自己的贡献，然而，这并不是山东作家独有的特点。最能显示山东作家个性的是：他们从新文学发端之初就比较关注百姓的疾苦和人生的苦难。这种对民生民瘼的关注，逐渐成了山东现代小说的一个主导倾向。这正是齐鲁文化中平民意识、民本思想影响的表现。他们虽然也在为争取婚姻恋爱自由呼吁，也在探讨改良社会、解救人生不幸的药方。但是，更使他们关注着的却是平民百姓的命运和遭遇。如果说新文学与旧文学有什么不同的话，关注下层人民的苦难，反映他们的生存惨状，为他们的疾苦呼吁，即是其根本的不同之处。有人认为新文学与旧文学的最大不同是是否以平民百姓为写作对象的问题，其实并不准确。实际上旧文学（如明清白话小说）也有许多是以平民百姓为主人公的，反映了封建社会末期普通小市民的悲欢离合。但是，这些作品并没有有意识地将关注百姓

---

① 鲁迅：《我怎么做起小说来》，见《鲁迅全集》第4卷，人民文学出版社1981年版，第512页。

疾苦放在作品的核心位置。由于时代的局限,他们也不可能像现代作家那样关注民生的苦难,为下层社会的百姓呼吁;而山东的作家们则做到这一点,英年早逝的鲁南作家王思玷即是其中之一。

王思玷(1895—1926),苍山人,原名王思璜,曾用名王亦民,出生于一个比较富有的农民之家,读完小学后,考入南京铁道专门学校读书。1921年开始发表小说,几年间在《小说月报》发表了七篇短篇小说。北伐战争时投笔从戎,在战斗中壮烈牺牲。他"像彗星似的一现就不见了"① 的短暂人生,一直将关注的目光对向农村和农民。王思玷一生只有七篇小说作品,其中有五篇是以农民为主人公、以他们的苦难为描写对象的。在这些作品中,王思玷用真实、生动的笔触,描绘了20年代初军阀统治下鲁南农村的悲惨情景,深刻地反映了帝国主义、封建主义和军阀混战给中国人民造成的深重灾难。这就从题材上突破了"五四"初期一般作家描写学校生活和青年男女恋爱的范围,表现了山东作家深厚的人道主义精神和强烈的平民意识。他的第一篇作品《风雨之下》是为响应《小说月报》的"风雨之夜"征文而写的。作品通过一个老农民的自述,描写了农民在大自然的肆虐(狂风暴雨袭击)下苦苦挣扎而终无效果的情景,表达了作者对劳动人民深厚的同情。这篇小说一发表,就得到了茅盾的重视,说"作者对农民生活的熟悉,在这里已露端绪"②。自此之后,他又连续发表了《刘并》《瘟疫》《偏枯》《归来》《一粒子弹》《一封用S署名的信》等6篇小说。《刘并》写了一位具有反抗性格的农民,面对贪赃枉法的恶势力的欺压,只能以他自己能够做到的方式进行无力地反抗,最后只能以自己被关进监狱的悲剧告终。《瘟疫》一篇通过一个小村的村民对于"过队伍"的极度恐惧,揭露了军阀混战给黎民百姓带来的深重灾难。作品对村民们在大兵到来之前商讨对策的情景进行了充分地描写,生动地反映了广大百姓对兵匪骚扰之苦的惧怕心理。最值得重视的是《偏枯》这篇作品,写贫苦农民刘四得了偏枯病之后家破人亡的生活惨象。为了治病和生存的需要,他们不但卖掉了唯一的农具和最后一只母

---

① 茅盾:《中国新文学大系·小说一集导言》,上海良友图书印刷公司1935年版,第11页。

② 同上书,第15页。

鸡，而且不得不将大儿子送到寺院，小儿子卖给别人。作品较好地刻画了这对农民夫妇在严酷的生存困境面前进退两难的心情，写出了他们生存的韧性，将他们妻离子散的悲惨情景刻画得淋漓尽致。

王思玷另外两篇作品属于当时的"非战文学"范围。《几封用S署名的信》用一个为谋生而混进军队的知识分子的口吻，通过自己在旧军队中混事的深切感受，揭露了军阀混战带给人民群众和普通士兵的灾难，反思了战争的意义，批判了"买卖式的，雇工式的"战争，"除了多给人民造出些极端的痛苦，俾他们从麻木中早日觉悟过来，是再没有别的效果可言了"的实质。王思玷虽然给山东现代文学史留下了不多的几篇作品，但其作品的意义是不可低估的。王思玷是始终站在人民的立场上观察生活、观察社会、构思作品的作家。这种深厚的"民本意识"，契合了山东作家的总体倾向。

王思玷的作品也得到文学大师茅盾的高度评价，认为他的小说"不但在题材上是新的东西，就是在技巧上也完全摆脱了章回旧小说的影响，它们用活人的口语，用'再现'的手法，给我们看一页真切的活的人生图画。"①

三 杨振声："极要写出民间疾苦"

杨振声虽然是一位并非多产、且在小说创作上过早封笔的作家，但却是与王统照、傅斯年并驾齐驱的山东新文学的先驱者，他也是山东新文学史上最早表现出对"民间疾苦"真诚关注的作家。"极要描写民间疾苦"②，是鲁迅对他的小说的中肯评价。他的某些作品虽然也反映了知识分子的个性解放要求和在封建传统观念压抑下的精神苦闷（如《玉君》《小妹妹的纳闷》《她为什么疯了》等），但他的主要精力和多数作品还是关注着底层民众和普通人，揭露社会的黑暗和封建势力的猖獗，极写民间的疾苦和不幸，为处于社会最低层的人们呼吁。他这一带有"民本意识"的对于民间疾苦的深切关注，不管是有意或无意，都影响和启发了同时代

---

① 茅盾：《中国新文学大系·小说一集导言》，上海良友图书印刷公司1935年版，第15页。

② 《（中国新文学大系）小说二集序》，见《鲁迅全集》第6卷，人民文学出版社1981年版，第239页。

与他之后的山东作家，代表了山东作家的总体倾向。

1919年3月，杨振声在《新潮》杂志上发表了第一个短篇小说《渔家》。作品通过贫苦渔民王茂因官府逼债和天灾人祸而走投无路、家破人亡的遭遇，反映了社会的黑暗和劳动人民命运的悲惨。此后他陆续发表的许多作品都是以普通百姓为主人公的。《一个兵的家》（1919年4月）并不以"家"的环境为描写对象，而是截取祖孙俩沿街行乞的惨象，通过他们的对话，写出了一个阵亡士兵的家人怎样在饥寒交迫中挣扎度日的情景。《贞女》写了一个嫁给木头牌位很快抑郁而死的农家女子的悲剧。这些初期作品篇幅短小，情节简单甚至无情节，更不可能刻画人物。但《磨面的老王》（1921年）就有了状写人物的迹象，在看似平淡的语调中写出了一个靠推磨为生的汉子的悲苦人生。作品注意了对人物形象本身的描写和人物心理的刻画，特别是对老王那个"贤妻爱子其乐融融"的梦境的描写，较好地表现了人物向往生活富足和家庭温暖的心理需求，让读者感受到了一种情感的触动。《李松的罪》（1925年）和《瑞麦》（1926年）虽然篇幅依然短小，但可见出杨振声小说开始走向圆熟的迹象。短小的篇幅中不但有较生动的人物形象和心理刻画，而且也有一定的情节和故事描写。正是在这种人物刻画和情节描写中，作家所要表达的题旨也较为自然地表现出来。前者写李松为完成亡兄"养活寡嫂和三个孩子"的嘱托，在到处找活干而碰壁之后，不得已而去抢劫却被抓进监狱的故事。作品写了三个简短的情节：一写李松一无所获后回到家里看到的悲惨情景；二写他面对此景时进退两难、痛苦失据的内心矛盾；三写他抢劫不成反被抓进监狱后的心理活动，并不复杂的故事刻画了一个相当善良而有责任感的底层百姓，也在一定程度上揭露了当时的社会黑暗。后者写了一个看似荒唐的故事：农民李老头因为田里偶然发现的一株双穗麦而引来了县太爷的"拜瑞麦"，结果使老人的"丰收"美梦化为泡影，以至因此精神失常。语言简洁，情节简单，少有描写而以叙述、交代为主，却对地方官吏肆意侵扰盘剥黎民百姓的罪恶作了含蓄的揭露。

如果说上述作品还多少停留在状写现象的层次，那么《抢亲》《报复》等则能深入到民间生活的内部，触及到体现在风俗人情表象中的民族性格、文化心理以及某些人性的底蕴。《抢亲》（1932年）篇幅短小，似乎只是描写了一个从策划到抢亲成功的并不复杂的过程，然而却生动地写出了一个民间特有的风俗故事。在这个显然属于陋俗的风俗中，隐含着诸如民风的朴野、粗粝和底层人生活的困苦艰辛等深层的东西。写于1934年的《报复》是一篇情节较复杂、颇有故事性、且生动地刻画了人物形象和性格的优秀作品。围绕着"抢亲"事件，渔民高二和刘五被推到了尖锐的对立中：在抢亲——报复抢亲——反报复——救人——化仇为友这曲折生动且逐渐被推向高潮的故事叙写中，两人身上所表现出的齐鲁百姓质朴、豪爽、粗犷的性格，见义勇为、宽容大度、知恩必报的美德，以及浓浓的人情味，都得到了较为感人的表现。在这里，"抢亲"风俗成为背景，而人物却被推到了前台。

杨振声的小说在主要关注着民间苦痛的同时，也在关注着知识分子尤其是知识女性的个性解放要求，从而应和着反封建反传统的时代旋律。《小妹妹的纳闷》从儿童视角（小妹妹观察姐姐）写一位知识女性因为家长的干涉而使爱情婚姻不能如意的苦恼，不但反映了家长专制的积弊，而且也反映了五四初期知识女性的软弱。《她为什么疯了》也写了恶浊环境压抑下年轻女性的心理变态，从而反映初步觉醒的女性的精神需求和这种需求得不到实现的悲哀。

反映知识分子在"五四"新文化运动影响下意识觉醒和反抗的力作是中篇小说《玉君》（1925年）。小说通过知识女性玉君的爱情遭遇、人生坎坷的描写，应和了反封建、争取个性解放、婚姻自由的时代旋律。这篇作品也是我国新文学史上继鲁迅的《阿Q正传》之后较早出现的中篇小说之一，是艺术上相当成熟的一篇。作品成功地塑造了玉君、林一存这两位封建势力和传统观念的叛逆者、觉醒的五四青年形象。在作家的笔下，玉君是一位勇敢地反抗封建包办婚姻、争取婚姻自由、人格自由的女性，她坚决地反抗父亲逼嫁军阀之子的威胁，为争取自由恋爱不惜以死抗争，并毅然与家庭决裂。在封建势力还非常猖獗、封建道德伦理统治还相当严密的齐鲁大地，出现了玉君这样进行决绝反抗的叛逆者形象，是十分可贵的。作品还以动情的笔触刻画了林一存这一理想化的知识分子形象。林一存为玉君而返乡，然玉君已另有所属，偏偏杜平夫又以玉君相托。正是在这种严峻的考验中，林一存显示了他人格的高尚和为人的真诚。他以一个朋友和兄长的身份关怀、爱护、鼓励、帮助、引导着玉君，甚至为帮助玉君去法国与杜平夫相会，慷慨地卖掉自己的田产。杨振声将林一存塑造成一个既接受着现代观念影响,又更多地接受了中华民族优秀文化传统、特别是"士文化"传统化育熏陶的知识分子形象。这大概是杨振声和那个时代多数知识分子心目中的理想形象。

《玉君》是一篇技巧上相当圆熟的中篇小说,这篇作品寄托着杨振声的艺术主张和审美追求。在人物形象塑造上,不但玉君、林一存两位主要人物形象鲜明,血肉丰满,而且几位次要人物也能用省减的笔墨刻画得鲜明生动。如玉君父亲的保守、顽固、趋炎附势和暴戾,杜平夫的偏狭自私和缺乏责任心,尤其是关于玉君的妹妹菱君的描写,在其一言一行一颦一笑中,活现了一个天真活泼、聪明伶俐的女孩形象,有相当的感染力。在构思谋篇上,杨振声显然将中国小说的美学因素、表现手法与西方艺术表现手法融会贯通起来。作品故事情节跌宕起伏,自然流畅,尤其是那一连串内在"巧合"的谋划,既加强了故事因素,又不露声色地剖示了人物(主要是林一存)的心理。对此,杨振声在《〈玉君〉自叙》中有极好地解说:"林一存海外归来,孑然独居。回首盛时,自愿玉君一如昔日。而偏偏玉君已有了情人;有了情人也罢,又偏偏是他的朋友;既是他的朋友,自愿此生此世,不再见到玉君,偏偏杜平夫又以玉君相托;偏偏要他作个红娘;作个红娘也罢,偏偏玉君处又来提亲;此真令人难堪之至者矣。故其桥下第一梦,欲杜平夫能有外遇也,第二梦欲早能与玉君有婚约也。"虽"无意比附于心理分析学来写小说",却已经显示出心理分析的迹象了。

《玉君》是杨振声的代表作,是他本人十分重视的作品。不但小说三易其稿,而且专门写了"自序",阐述自己的审美理想和艺术主张。

第三节 王统照:从"爱"与"美"到关注人生与社会

王统照是山东新文学史上的领军人物之一,与杨振声、傅斯年等同为"五四"新文化运动的弄潮儿,是中国新文学运动的先驱者。他也是中国最早、人数最多的新文学社团——文学研究会的发起人之一。他以他高尚的人格,深厚的学养和艺术功底,数量质量都堪称上乘的小说、诗歌和散文,为中国新文学作出了应有的贡献,也为山东的新文学史留下了光辉的一页。

一 生平与初期创作——爱与美的追寻

王统照的父亲是一位造诣颇深的诗人，母亲也是旧时代不可多得的通文墨、能诗文、有见识的女性。这种诗礼传家的环境为王统照成为一位杰出的文学家奠定了深厚的基础。16岁那年，他去省城济南读书，在这里读到了《新青年》。后来又考入北京中国大学英文系，受到外来文化的影响。从此，他摆脱了成为继承祖宗家业、做一名封闭乡村的乡绅富豪的命运，而成就了一位载誉史册的诗人、散文家和小说家。就小说创作来说，他给新文学史留下了《春雨之夜》（1924年）、《号声》（1928年）、《霜痕》（1932年）、《华亭鹤》（1942年）、《银龙集》（1947年）、《王统照短篇小说集》（1937年）等多部短篇小说集和《一叶》（1922年）、《黄昏》（1923年在刊物连载，1929年出版）、《山雨》（1933年）、《春花》（1936年）、《双清》（1943年连载于《万象》杂志）等长篇小说，是一位勤奋、多产的作家。

王统照是中国现代文学史上较早从事小说创作的优秀作家之一。早在中学时代（1917年），他就创作了反映妇女自立自强的白话小说《纪念》，发表于1918年的《妇女杂志》上。虽然远不及同一年发表的鲁迅的《狂人日记》格式特别且忧愤深广，但却已经见出了新的时代气息。像"五四"时代众多的优秀作家一样，王统照也是怀着一颗忧国忧民忧世之心走进新文学运动的大潮的。他深感民族的羸弱，国民精神的萎靡，百姓生存的艰难，试图通过自己的笔探讨人生问题，寻找救国救民的"灵丹妙药"，他所推崇的这个药方便是"爱"与"美"。"他以为人生应该美化，美为人生的必要，是人类生活的第二生命"① 人生的理想便是"爱与美的实现"。他在小说中极力描写"爱"和"美"是怎样创造理想的生活，怎样挽救世道人心。如《醉后》无条件地讴歌了"母爱"的力量，让读者看到宽厚无边的母爱是怎样使迷失本性的浪子回头；《微笑》让一个因偷盗而入狱的青年犯人，偶然看到一位美丽的女犯动人的微笑而受到感化，从而弃恶从善，改邪归正；而《深思》中画家韩叔云的画室，

---

① 瞿世英：《〈春雨之夜〉序》，《王统照研究资料》，宁夏人民出版社1983年版，第172—173页。

因爱与美的化身琼逸的到来顿时四壁生辉，圣洁无比，纯净无比。《遗音》中孤寂清苦的乡村教师，因为与一位美丽聪慧姑娘的相遇、相助和相恋而感到了生活的美好和心灵的宁静。在初期王统照的笔下，"爱"和"美"的力量似乎是太伟大了。

然而，王统照毕竟是一个尊重现实的作家，生活的现实使他悲哀地发现，充塞于现实人间的并不都是"爱"与"美"，而更多地是丑陋与邪恶、虚伪和欺诈；因此，他的小说便不能不更多地表现"爱"与"美"的虚幻和不能实现的悲哀。如《雪后》以散文笔法描写了因为一次军阀之间的战斗，将孩子们辛辛苦苦堆成的雪人、雪楼破坏得无影无踪，雪地上只留下了马蹄践踏的污迹。《深思》中韩叔云的画室固然能因琼逸的到来顿然生辉，然而却被为争夺琼逸而打上门来的小报记者和"五十岁的官吏"凶相毕露的撕打詈骂而无情地破坏；《微笑》中给予偷儿以净化心灵的微笑的美丽女人，却是一个被终身监禁的杀人犯；《湖中的夜月》中那位因失恋而痛不欲生的青年，并未因为目睹了湖中小船上那一对青年男女相亲相爱的美的画面而振作起来，反而痛苦嫉妒得投水而死。这就与同是"文学研究会"作家的冰心有所不同。冰心的小说极力歌颂母爱、人类之爱的力量，她也相信"爱"确实能够净化人的灵魂，因此，便有了"超人"面对爱心时的醒悟与振作。王统照虽然向往爱与美的境界，企盼爱与美的实现，然而，齐鲁文化赋予他的重实际少空想的文化性格使他清醒地意识到，在现实的恶浊环境中，用"爱与美"来美化人生只不过是一个空幻的理想罢了。瞿世英说："他所咒诅的是与爱和美的生活不调和的生活，想象中建设的是爱和美的社会。"① 此说甚当。

表达王统照早期思想意向的力作，还应属于长篇小说《一叶》《黄昏》。《一叶》和张资平的《冲击期化石》是中国现代文学史上最早出现的白话长篇小说（同一年出版）。这部带有自叙传色彩的作品，通过青年知识分子李天根的人生道路、生活经历和人际交往的描述，通过他对恶浊社会环境里的人生悲苦遭遇的感悟思索，表现了"五四"退潮后青年知识分子的苦闷彷徨心境。父亲的抑郁而死，好友张柏如的无端入狱，慧

---

① 瞿世英：《〈春雨之夜〉序》，《王统照研究资料》，宁夏人民出版社1983年版，第173页。

姐、芸涵的不幸遭遇、青岛海滨老渔夫的悲愤诉说等，都在青年李天根的心灵上留下了浓郁的阴影，使他"对于人类之互相妒忌、争杀与人生生命之微末"，"如一叶之飘零"的无常，发出沉郁的感伤。写于1923年的《黄昏》与《一叶》相比，减少了主观的、苦思玄想的成分，而多了实实在在的对现实的反映。青年学子赵慕琏在了解了被他叔父霸占的三位年轻女性的不幸遭遇、了解了她们对自由的向往之后，冒着极大的危险帮她们逃出了这人间地狱。这部作品与前不同处在于：不仅反映了几位青年女性的人格觉醒，思索了人生，而且也探索了如何解决人生问题的道路（如逃走）。

二 关注现实人生的苦难

正因为王统照从现实生活中更多地看到的是苦难与困顿、丑陋与恶浊，所以还在他歌颂"爱与美"的同时，就已经把目光盯向现实的人世间，写出了《卖饼人》《警钟守》《湖畔儿语》《生与死的一行列》等描写百姓疾苦的作品，表达了对底层人民不幸遭遇的深厚关注和同情。20年代末期之后，他更是"不再从空想设境"，而完全转向了对民生民瘼、社会现实矛盾的深切关注。他"对人生苦痛的尖刺愈来愈觉得锋利，对解决社会困难的希求愈来愈加迫切"（《银龙集序》），作品愈来愈触及真实的社会现实，对于中国社会因外国资本入侵和封建军阀统治所造成的经济日渐萧条、生活日渐艰难和因兵匪灾荒、苛捐杂税所导致的百姓之苦，作了深刻地揭露。其浪漫成分愈渐减少，写实成分愈渐增多。《沉船》是颇有代表性的一篇，对20年代末中国农村衰败景象及其原因作了沉重的表现。这篇取材于《青岛日报》的一篇真实报道的作品，通过乡村理发匠刘二曾一家因在家乡无法生活而逃往关东，却与超载的日本轮船一起沉没的悲惨遭遇，以及他们逃难途中乡村荒败、乡民纷纷逃难情景的描写，生动地揭示了帝国主义侵略和封建军阀统治下齐鲁农村民不聊生、经济衰败的社会现实。《五十元》《刀柄》《旗手》《站长》等，都分别从不同的角度较有深度地反映了当时黑暗的社会现实和人民群众民族意识、反抗意识的逐渐觉醒。

代表王统照由空幻的理想追求向现实关怀转向的力作是长篇小说《山雨》（上海开明书店1933年9月出版）。这部作品与叶圣陶的《倪焕之》、茅盾的《子夜》、老舍的《骆驼祥子》、巴金的《家》等一样，是30年代出现的优秀长篇小说之一。当时的许多读者将《山雨》与《子夜》看作反映中国乡村和都市经济崩溃状况的双锋并峙的重要作品，将出版这两部作品的1933年看作"子夜山雨季"。作品通过主人公奚大有一家以及他的乡邻们的遭遇，反映了中国北方农村由于军阀统治和战乱频仍尤其是帝国主义入侵造成的经济崩溃和生存艰难，以及农民在走投无路时所进行的挣扎和反抗。作品对农村经济日趋破产，农民求生日趋艰难的情势次第写来：先是奚大有被兵痞讹诈关押，奚二叔卖掉心爱的土地将大有赎回；进而写旱魃的肆虐和土匪的骚扰，使依靠土地生存的村人感到了生存的威胁和前景的无望；再次写败兵的洗劫，像蝗虫一样将陈家庄劫掠一空。就是在这重重灾难、祸患的逼迫下，老实忠厚的奚二叔含恨而死，奚大有一步步卖掉了赖以生存的土地，带领全家进入城市寻求生路；无业游民宋大傻混进兵营，成为兵痞混混；而刚直鲁莽、年轻气盛的徐利则铤而走险，对欺压他们的土豪劣绅、地方官吏进行了扭曲地反抗，最终被送上死路。通过作品生动质朴地描写，扎扎实实、有声有色地再现了30年代帝国主义侵略和封建军阀统治之下民不聊生、民族生存危在旦夕的悲惨社会现实，预示了"山雨欲来风满楼"的社会形势。尤其可贵的是，《山雨》较早地将导致中国农村经济破产、民不聊生的根本原因指向帝国主义的经济侵略和政治控制，这是王统照对现代文学的一个贡献，"在中国现代小说史上，《山雨》最早喊出了抗日救亡的时代呼号。"①

这部朴实凝重的作品还为中国新文学提供了一幅色彩浓郁的山东乡村民情风俗画，生动地刻画了山东农民的传统心理和文化性格。其中几个人物如奚大有、奚二叔、陈庄长、宋大傻、徐利等农民形象，代表了山东传统农民的典型性格。

三 艺术探索与追求

《山雨》是王统照小说艺术走向成熟的显著标志。他的早期作品虽然蕴藉着清新的格调、抒情的气息和美的氛围，然而，因为那些小说多是从空想设境，缺乏真实生活的基础，故而显得有些飘浮。那些作品之所以人

---

① 刘增人：《王统照论》，山东教育出版社2001年版，第77页。

物、情节都比较淡化，散文化成分较重，也起因于此。从语言风格上看，他也像当时刚刚从文言创作转向白话文创作的作家们一样，欧化句式较多，使现在的读者读来显得生涩难读。此外，他写农民和社会下层民众的作品，因为对群众语言缺乏深入地观察了解，难免有些知识分子腔，也缺乏鲜明的地方色彩。如《警钟守》一篇，从那位报警人对故乡苦难生活的回忆来看，他分明是来自山东农村，然而，作品中人物的名字和对话却又像来自南方农村，如"阿仔"之类等。随着作家阅历的逐渐深厚和创作的深入，王统照克服了新文学早期普遍存在的幼稚和不足，走向了艺术的成熟。《山雨》不但描写出了30年代山东农村真实、丰厚、充满乡土气息的生活场景和民俗风情画，描写了相当充实生动的故事情节，刻画了奚大有、奚二叔、陈庄长、吴练长等性格丰满、内涵丰实、颇具典型性的人物形象，而且语言也逐渐变得生动流畅，人物对话也是比较地道的鲁中农村群众语言，甚至有许多是生动活泼的口语。

王统照是一个有进取和探索精神的作家，他在小说艺术上进行过许多可贵的尝试，小说集《春雨之夜》中的大部分作品颇具散文化意味和浪漫主义精神，有些作品还采用了象征手法，融进了梦幻色彩；而《山雨》和《号声》《银龙集》中的大部分作品则体现为比较明显的写实风格，有较重的故事因素和情节描写。另一部长篇《双清》不但情节和故事因素更强，而且人物和故事具有较浓的传奇色彩，具有作为文学作品的艺术感染力，因为作品的未最后完成而使读者对主人公的命运和他们的故事留下了许多遗憾。

四 王统照对现代小说的贡献

《山雨》以及收在短篇小说集《号声》《霜痕》《银龙集》中的许多描写农村和农民生存状况的作品，显示了王统照的小说创作由问题小说向乡土文学创作的转变，显示了作家已经逐渐将主要精力和关注的目光倾注到养育他的齐鲁大地上。他的绝大多数描写北方农村和农民生活的小说，都取材于他的故乡，取材于他所熟悉和了解的那些人中间。他从一位与"五四"时期大多数作家有着许多时代共性的作家，转变为一个更多地打上地域文化烙印、关注民间与大地的作家，这正是养育他的齐鲁大地重农恤农的民本意识和西方人道主义意识对他进行双重影响的结果。王统照少年时代接受了旧学的教育，打下了深厚的国学根底；从中学时代起他又接受了新文化、新思想的教育，沐栉了欧风美雨，这使他对社会人生的审视站在了一个相当开放的高度。从《银龙集》序言中，人们也能看出王统照这种深厚的民本意识的深厚根基："几乎皆以将崩溃的北方农村生活作背景"，"我特为表现这些真正'老百姓'的性格、习惯，与对于土地的强固保守心理，以及因此心理不获正常发展反激出难于补救，难于解释的蛮横行为，借以映射出中国各地的不安状态。……我认为这确实是一个严重的问题！无论世界的政潮资本力量，有若何变革，而我国以农立国的根本却不能抛弃。""我在文艺作品中著力于农民生活的剖解，从微小事体上透出时代暗影的来临。这等启示不止从表现上在意，确实希望细心的读者对此重大问题，因文艺而感发能予以缜密思考。"王统照毕竟是齐鲁大地的儿子，他的血脉一直与这块古老而沉重的大地息息相通，与生活在最底层的民众息息相通。他这种艺术精神也启发和沟通了同时代和他之后的山东作家，形成了与其他区域作家有所不同的山东作家的个性。另外，作为一个从诸城率先走出的作家，他也影响和带动了诸城一批爱好文学的青年走出诸城，成为驰骋山东乃至全国文坛的作家，如30年代成名的孟超、臧克家，四五十年代的陶钝、王希坚、王愿坚等；形成山东文学史上特异的"诸城现象"。

第七章　三四十年代的山东小说

第一节　左翼作家的创作

从 20 年代后期以来，除王统照、杨振声等仍在为新文学作着自己的贡献之外，又出现了一批值得书写的作家，如李广田、臧克家以及左翼作家孟超、耶林、刘一梦等。这个时期与"五四"和 20 年代早中期有所不同。那个时代是"启蒙"和"反封建"主题占主导地位，而到 30 年代尤其是中后期，民族矛盾日趋尖锐，"抗日救亡"逐渐成为压倒一切的主题；再者，1928 年前后还有一批左翼作家崭露头角，这批左翼作家的出现也是山东文学史上值得注意的现象。随着 1928 年到 1929 年"无产阶级革命文学"的倡导和论争，孟超、耶林、刘一梦等左翼作家活跃起来，他们秉承"革命文学必须以工农为主要描写对象，必须表现无产阶级意识"的要求，创作了一批与这一主张相呼应的作品，使山东文学出现了新的主题和新的创作倾向。

一　孟超的早期小说

孟超 20 年代初在上海大学读书期间就倾向于左翼运动，是太阳社重要作家之一。孟超既写诗歌、杂文，也写小说、剧本，著有短篇小说集《冲突》（上海春野书店，1929 年）和历史小说集《骷髅集》（桂林文献出版社，1942 年）。其早年的小说收在《冲突》中，与当时所流行的"革命加恋爱"题材小说相接近，具有典型的"普罗文学"特征。如《冲突》一篇以上海三次工人起义为背景，写二男一女的三角恋爱，其中一位出于革命工作的考虑，自动退出恋爱角逐。但不幸那两位男女却在斗争中被敌人杀害了，他决心以自己的实际行动为两位同志报仇。作品没有对缠绵的恋爱作过多地描写，而是写了革命者的胸怀和志向；然而《梦醒后》却似乎是关于"革命与恋爱"的阐释：一位失恋青年发现自己被抛弃是因为缺少金钱和地位，猛然醒悟，于是作了关于革命者的爱情观与资产阶级的爱情观有根本不同的思索。这类作品颇有革命激情，但往往显得过于直露。孟超也写有反映地主阶级剥削压迫激起农民群众自发反抗的作品，如发表于1928年《太阳月刊》的《盐务局长》，就是一篇颇见艺术功力的作品。它写乡绅王朴斋为了从百姓那里捞取更多的利益，向县长献计征收盐税并千方百计谋取盐务局长职务。消息传出后，遭到贫苦盐户团结一致地斗争反抗，终于美梦落空。作品有较好的情节描写，也有一定的故事性因素，既描写了王朴斋等密室策划的情节，也写了盐户们的串连和斗争过程，其情节气氛紧张、跌宕起伏。另外，他还写有《潭子湾的故事》和《路工手记》等近似速写的小说，前者反映铁路工人的罢工斗争，后者则直接为纪念"五卅惨案"五周年而写，显然有阐释革命斗争的意图。作品虽有情节简单、描写粗糙之嫌，但节奏的明快却有其可取之处，与"革命加恋爱"之类作品有所不同。

　　随着救亡图存呼声的日渐高涨，具有积极入世精神和参与意识的山东汉子孟超更把目光转向对民族命运和国家前途的深切关注。抗战前后他写了一批历史题材的小说，试图从历史人物和历史故事中发掘借古喻今的主题。在《破巢》中借孔融门下两书生因空谈国事而徒遭杀害的故事，表达了对百无一用、空谈误国现象的针砭；在《瞿世耜之死》中，他歌颂了为民族大义而殉节的高尚品格；在《李陵与苏武》中，他旗帜鲜明地表达了对变节投降者的鄙视和对恪守民族气节者的敬佩。"他以鲜明的政治倾向，从历史人物、历史事件中挖剔出有借鉴意义的东西。"① 这种献身政治、关注时代、关注社会的积极入世精神，影响了他的一生。新中国成立后使他付出沉重代价的那些评论国是的杂文和鬼戏《李慧娘》，正是他始终无怨无悔地关心和参与政治、关注社会生活的绝好证明。

二　耶林的工人题材小说

　　耶林（1901—1933），潍坊人，出身于寒亭镇一个书香之家。他能诗

---

① 王欣荣：《孟超论》，丁尔纲主编《山东当代作家论》，山东教育出版社1989年版，第115页。

善画，有少量小说创作。耶林被认为是"在'左联'直接培养下成长起来的一个文学新人"①，其早期作品多以恋爱婚姻为题材，加入"左联"后转向对社会与政治的关注。1932 年他写了反映工人斗争生活的小说《开辟》。作品以上海"一·二八"事变为背景，从一个侧面描写了上海工人失业团在共产党的领导下进行热火朝天的反帝爱国斗争情景，以简洁的笔墨勾勒了一群有组织、有领导、有斗争经验的工人形象，歌颂了工人阶级的优秀品质，表现了他们的团结战斗精神。虽然这篇小说也像左翼文学的其他作品一样，注重描写革命工农的群像，但其中老高这个人物形象还是比较感人的。作品写了老高如何善于思考和循循善诱，团结、组织工人弟兄进行斗争；写了他的思想水平和政策水平等。在当时的左翼文坛上，耶林塑造的老高形象还是有较高的真实感、时代感和一定的艺术价值的。正因为如此，沙汀认为，"耶林是三十年代初写工人写得较好的一位作家"②。耶林还写有揭露国民党反动派和帝国主义侵略的作品，如《村中》描写了国民党军队飞机为应付侦察任务，无耻地轰炸了一个小村的和平居民的事件。这篇作品与其说是小说，还不如说是一篇速写，没有具体人物形象，更多的是场景描写和飞机轰炸的情景描写，意图在于揭露国民党军队草菅人命的罪恶事实。写得最好的是《月台上》这篇作品，他以细致的笔触写了"九·一八"事变之后一个东北老人的遭遇。这位老人曾因为偶然帮助了一个日本人便对其抱有幻想，一心要去投靠。在去往长春的车站月台上，他遭到了日本人百般的戏弄、侮辱、毒打和折磨。他企图以低声下气和装疯卖傻、自残自虐以换取侵略者的同情与饶恕，但这一切努力反而遭到了变本加厉的毒打和欺凌。作品一方面揭露了日本殖民者的残忍和冷酷；一方面也批判了老人表现出的那种可悲的奴性。耶林的小说多从暴露的角度，揭露帝国主义侵略者对中国人民犯下的滔天罪行。

三　刘一梦和其他作家

刘一梦（1906—1931），原名刘坛荣，沂水人。1928 年加入太阳社，左翼作家，著有短篇小说集《失业之后》，另有《雪朝》《暴民》等小

---

① 田仲济、孙昌熙主编：《中国现代小说史》，山东文艺出版社 1984 年版，第 229 页。

② 同上书，第 230 页。

说。1928年，他在《太阳月刊》上接连发表了《失业之后》《沉醉的一夜》《车厂内》等数篇反映工人生活的小说，这显然是为呼应关于无产阶级革命文学的倡导而创作的作品。这些小说反映了工农群众在旧时代被压迫被剥削受欺凌的非人生活，以及他们初步的阶级觉醒和反抗斗争。《失业之后》是其中写得较好的一篇。作品以S纱厂的一次失败的罢工事件为重点，反映了工人阶级反抗资本家残酷剥削压迫的英勇斗争，以及他们坚定的革命信念。由于罢工的失败，给罢工的组织者朱阿顺们带来了非常严峻、悲惨的处境。但是，他们并没有被困难所吓倒，而是重新鼓起了生活的勇气和斗争的信心。作品反映了工人阶级的觉醒，他们的斗争意志以及在严峻考验面前的勇气和信心，以及他们对于共产主义的坚定信念。作品有情节，有人物，甚至也有一定的人物性格刻画，但仍犯有当时左翼文学创作的某些通病：诸如概念化的东西较多，作者的主观介绍取代了人物的性格刻画，等等。

  即墨人于黑丁（1914—2001）的作品《回家》，写青年知识分子吕明从青岛回家探亲被敌人盯上，到家后立刻被搜查、盯梢和威胁逼供，最后终于被关进宪兵队遭受残酷迫害的不幸遭遇，反映了在日本侵略者的血腥统治下人身安全难保的恶劣现实。于黑丁还写过反映延安大生产运动的《炭窑》，作品通过农民出身的生产股长彭云华由对搞大生产运动想不通到积极投入烧炭劳动的思想转变过程，反映了根据地的革命者克服困难的决心和自觉革命的精神。此外，鲁西良发表在1938年聊城《抗战日报》上的小说《复仇》，以简洁的笔墨写了一个受欺凌受侮辱的百姓向侵略者复仇的故事。故事从王老三兄弟二人深夜掩埋日本兵的尸体，在回村的路上被汉奸保长碰上并告密开始，写了弟弟王老四的机智勇敢和随机应变。机警的王老四为防保长告密，连夜打死了一只狗，将日本兵换到别处，使敌人扑了空，并使汉奸保长丧了命。作品虽然文字极为简洁，但善于构思谋篇，将事件写得生动而完整。

  可以看出，孟超、耶林、刘一梦等左翼作家的创作与王统照、杨振声等人有明显的不同。王统照、杨振声、李广田等作家，由于他们自身经历和文化素养影响的关系，他们所关注的是现实社会中带有普遍性的苦难人生，带有反映"全体人类的忧闷、痛苦、喜悦与微笑"（郑振铎语）的意味。而耶林、刘一梦、孟超等左翼作家，出于一种对信仰的热情，则更集中地反映阶级压迫和历史的必然要求之下人民群众的生活，以及共产党领导的阶级斗争和革命战争。显然，他们是与当时蒋光慈、叶紫等人所代表的左翼文学保持一致的。

第二节　李广田的小说

李广田既是一位优秀的散文家、诗人和文学理论家，同时也是一位有相当艺术功力的小说作家。他的小说虽数量不多，但却有不容忽视的艺术和精神追求。李广田的诗歌和散文盛于 30 年代，而他的小说却主要作于 40 年代。他为中国现代文学史留下了《欢喜团》（1945 年 10 月桂林工作出版社出版）、《金坛子》（1946 年 12 月文化生活出版社出版）两部短篇小说集和一部长篇小说《引力》（1946 年 2—9 月连载于《文艺复兴》，1947 年由上海晨光出版公司出版）。

一　底层百姓的悲情人生

李广田的短篇小说多是反映乡土社会尤其是处于社会底层的农民的生存形态和命运遭际，尤其是叙写他们渺小如草芥般默默生存和死亡的可悲人生。他从乡间那些带有民风民俗意味的轶闻轶事中，从那些看似平常的故事中，发掘了带有普遍意义的人生和人性。关注农村和农民，是李广田挥之不去的情结。他常常满怀深情地称自己是"乡下人"、"地之子"，是"生自土中，来自田间"的，对生养他的大地"有着作为人子的深情"（《地之子》）。他愿意把自己的艺术之笔伸向"辗转在土里……负着人类忧愁与痛苦的农民"，他还要求别人并且自己身体力行："用自己的笔，去刺探一下今天人民的痛苦有多么深，看看自己的笔可能担得起那份痛苦的分量"[①]。《金坛子》中的 13 个短篇颇有代表性。在李广田的笔下，那些"辗转在土里的"乡民，就像《金坛子》中两位借住在子侄辈房子里的孤寡老人一样，历尽艰辛却只能勉强度日。而他们之所以能安享天年，是因为子侄们听说他们手里有一个装满金银财宝的"金坛子"，正是晚辈

[①] 李广田：《关于小说》，见《李广田文集》，第 4 卷，山东文艺出版社 1986 年版，第 425 页。

对这个"金坛子"的觊觎和期待才使老人没有流离失所;就像《没有名字的人们》中的那对夫妇,一辈子没有自己的名字,他们的名字随着孩子的生命存在而存在,随着孩子的夭折而失却。生活在底层的乡民就是这样默默地生存,默默地死去。活着如草芥,死去如蝼蚁,不会有半点涟漪留给他人。还有那两位"活在谎话里的"老夫妇(《活在谎话里的人们》),他们在苦苦地思念、盼望、等待远行儿子的归来,然而却得到了儿子的死信。为了安慰病中的妻子,丈夫不但隐瞒了真相,而且制造了儿子活着的假象。已经看出了内情的妻子并没有说破这虚假,笑着离开了人间。两位老夫妇在孤独、绝望中相濡以沫的深厚感情,作品浓浓的人情味和悲凉氛围,让读者为之动容。有人认为:《金坛子》中的小说"结构都十分严谨,人物栩栩如生,处处可见作者对善良小民的无限同情,篇篇都闪耀着一股圣洁的人性之光"①,的确如此。

  李广田的小说不仅叙写底层百姓悲凉的生存样式,表现了对他们的同情和关爱,而且也写出了他们生之坚强和铮铮风骨这些值得敬仰的美德。《两老人》从一对知识分子夫妇与一对将儿子送上抗日前线的老夫妇交往的角度写起,将故事置于战争的大背景上,写出了两位老人的贫穷和艰难,也写出了他们的善良、坚强、通达和爱国心。特别是老翁对"忠孝不能两全"的理解,对儿子生死问题的豁达,不能不使两个知识分子对这位普通老人肃然起敬。《废墟中》是对普通百姓生存韧性的歌颂。面对敌机轰炸后的废墟,王木匠夫妇并不气馁,而是以勤劳的双手、不屈不挠的韧性重建家园,始终是那样坚强乐观和豁达。在这类作品中,最突出的是《子午桥》。作品以追述的方式从主人公陈炳然儿时的行状写起,写了他的好斗、好逗英雄和爱打抱不平,更突出刻画了他从不服输的硬骨头性格。这位从小就以"要制服老子比登天还难"为口头禅的汉子,在侵略者的侮辱、威胁面前挺身而出、大义凛然,最后为保护村民的利益、维护民族的尊严献出了生命。作品带着较浓厚的感叹色彩和回忆调子,是李广田短篇小说中刻画人物最有力度的作品,也是一篇典型的乡土题材小说。

  李广田开阔的艺术视野使他的小说不止于对底层人民的同情和歌颂,

---

① 梅子:《李广田选集·前言》,见《李广田文集》,第5卷,山东文艺出版社1986年版,第547页。

他也在民风民俗中发现了愚昧落后的一面并表达了自己的批判意向。如《金坛子》在对两位贫穷孤独老人表示同情的同时,也对那些觊觎着莫须有的"金坛子"的贪婪自私的人们进行了含蓄地讽刺;《水的裁判》也是如此。那两个因债权的归属问题无法说清的汉子,为了证明各自的清白,竟作出了让大水作裁判的决定,结果是在无情的江水中同归于尽,让人深为他们的愚昧而叹息。

二 知识分子的乱世人生

李广田也写有少量以知识分子生活为题材的短篇小说。有的表现知识分子在战乱年代的生存困境和精神痛苦,如《欢喜团》中那个想制造一点欢乐的节日气氛和天伦之乐却引来了相反结果的故事,使沦陷区知识分子生活的艰辛跃然纸上。《木马》也写了一个教书先生和孩子的故事。一位读书人沦为偷儿而被抓获、遭毒打的情形,在一个小女孩心灵上留下深深创伤,以至于因为怕爸爸也沦为盗贼,再也不让爸爸给她买木马了。在小女孩童稚心灵的后面,隐藏着多么令人心酸的意味。李广田笔下还有另一类知识分子,前者如《追随者》中失去自我、唯他人之命是从的奴性十足的莫望尘;后者如《朝》中那群国难当头仍只顾吃喝玩乐、宁肯赌博输掉30元钱也不肯向有志青年捐赠一元钱的教书先生,对知识分子中的国民劣根性进行了揭露和批判。

李广田写知识分子最有分量的作品是长篇小说《引力》。这是他对抗日战争时期知识分子生活境况和精神状况的审察和思考,也是他将时代气氛由背景转为前景的表现。小说以沦陷区济南的生活环境为背景,以他妻子王兰馨当年逃出济南到大后方找他的经历为素材,写了正直的知识分子在日本帝国主义的侵略和血腥统治下生活的苦难和精神的痛苦。作品细腻真实地描写了在这种压迫和统治下知识分子所体验的亡国奴痛苦,揭露了侵略者对中国人民统治的伪善与残酷。作品对主人公黄梦华面对奴役和统治时的深切感受和体验的刻画,非常细腻、真实。黄梦华是一位受过新思潮影响、有正义感的知识女性,她一开始并没有认识到转移大后方的重要意义,带着孩子留在沦陷区济南。为了生活需要,她不得不在敌伪统治下的学校里担任教职。她试图努力地以自己的学问和品质、正直和良心去教育、影响学生。但是,为了能保住教职,她不得不与敌伪人员巧妙周旋,并竭尽全力保住自己的清白。然而,却未能逃脱被怀疑、被逼迫的命运,她终于痛下决心离开这里,投向"光明"的"大后方"。然而,旅途中的所见所闻以及到达"大后方"的遭遇,使她看到"大后方"的黑暗现实,她下决心追随孟坚,奔向真正光明的地方(延安)。

《引力》对主要人物黄梦华在侵略者的奴役压迫下深沉的内心痛苦和思想变化过程的刻画是很有力度的,也是相当真实的。李广田曾就《引力》篇名的寓意作过如下的解释:"以梦华而言,丈夫所在的自由区是一股'引力';以孟坚而言,更自由的天地是一股'引力'"。《引力》形象而深刻地写出了知识分子面对民族危难所作出的深切思索和严肃选择,有较高的思想价值和艺术价值。这也就是当这部作品在战后传到日本,在日本人中引起较大反响的原因所在。日本作家冈崎俊夫将其译成日文,并在"译后记"中写道:"……小说震撼我的心灵。中国民众慷慨激昂的亡国哀痛,对敌人的深仇大恨,凡此种种都表露出了强烈的民族意识。如此描述,既不是作家的刻意雕琢,也不是渲染夸大。"① 在当时的文坛上,能够如此集中地反映知识分子这种深沉的亡国之痛、反抗意识和明确的理想追求的小说并不太多,李广田以自己的创作为中国现代文坛作出了突出的贡献。

三 可贵的小说艺术实践

李广田认为小说(主要指短篇)有两种写法:一种是"小说中或有故事,或无故事,但必须有中心人物"② 的散文化写法。像《金坛子》《没有名字的人们》《活在谎言里的人们》等便属此类。这类小说不讲究营造引人入胜的情节或故事,而只是围绕人物的某一方面散漫写来,让人从平淡幽然的叙述中有所领悟和思索,从而使心灵受到某种触动。即如李健吾所说"本来是家常便饭,一经广田写来,犹如佳肴在口,滋味无穷。"③ 另外,这类小说也有颇具诗意的构思,这是因为李广田本人就是诗人和出色的散文家的原故。他有些小说中的景物环境描写也相当出色,

---

① 转引自李少群:《李广田传论》,山东文艺出版社1989年版,第211页。
② 李广田:《文学枝叶·谈散文》益智出版社1948年版。
③ 李健吾:《李广田·序》,人民文学出版社、香港三联分店1983年版,第4页。

那些诗意浓郁的乡村风光、美不胜收的自然景物和生活氛围的描写，令人感受到废名田园小说的气息。

李广田关于小说的另一观念是："小说就像一座建筑，无论大小，它必须结构严密，配合紧凑，它可能有千门万户，深宅大院，其中又有无数人事陈设，然而一切都收敛在这个建筑之内，就连一所花园，一条小径，都必须有来处，有去处。"①《子午桥》《废墟中》《冬景》《欢喜团》等便是按照这种"建筑学"理论精心构筑的小说。这几篇作品，在构思谋篇上各有侧重。《子午桥》《废墟中》虽都着重写人，但前者通过人物一生的若干生活片断和故事塑造人物个性，而这一切又是紧紧围绕着"要治服老子比登天还难"这句突显人物个性的口头禅进行的；后者则从人物"出场"到"行状"次第写来，好像一台小剧的幕布徐徐拉开又从容上演，通过若干有声有色的具体情节（劳作、夫妻打架等），将人物形象和性格生动地呈现出来。《欢喜团》是以记事为主，在故事的讲述中展现人物的情绪和感受。作品围绕着"天伦之乐"、父女情这一核心，以"欢喜团"为道具和引线从容写来：由目睹科长融融的父女情，引发"我"不能得到女儿亲近依赖的感慨以及买"欢喜团"赢得女儿好感的愿望，最后是"欢喜团"买回家后引来的适得其反的结局。整篇小说写得有层次、有章法，首尾相顾，结构严谨，的确是"一切都收敛在这个建筑之内"、"有来处，有去处"的优秀之作。而且更值得注意的是，作品将情绪和情境、故事水乳交融，在情境故事中写情绪感受，而又通过情绪感受串连情境和故事，于是作品便显得明快活泼起来。《冬景》是与以上几篇不同的作品，它不重于写人而着重于记事，写一个娶亲被骗的惨痛故事。"惨"是这个故事的内核，然而整个故事的表象却是"热烈"。作品从开头到结局之前都在极力渲染热烈的喜庆场面，直到发现新娘子失踪，才揭开主人公再一次受骗的悲剧谜底。在这里，李广田运用了以大喜反衬大悲的美学原则，愈是极力地渲染喜庆，就愈是令人产生深沉的悲哀。

总之，以《金坛子》为代表的李广田小说，虽并非篇篇都是精品，却都有较高的艺术价值，李健吾认为"是货真价实的金坛子，不是徒有虚名的镀金坛子"，"有时轻轻几笔，就把人物通过语言和行动勾勒得栩

---

① 李广田：《文艺书简·谈散文》，开明书店1949年版。

栩如生,有时用笔细致,能在平铺直叙中使人一口气读完,而读后觉得心中久久不能平静。"① 这是李广田为山东的现代小说作出的一个贡献。

第三节 臧克家的小说

一 民生形态与民间风情

诸城人臧克家也在三四十年代,于诗歌创作之余从事着小说创作,表达着他对社会人生的关注和思考。他的小说以反映知识分子的生活为主,也有少量是描写贫苦百姓的命运和普通人的人情世态,表现较浓郁的民间风情。《猴子栓》《挂红》《梦幻者》《小兄弟》和《小虫》等几篇,是颇有代表性的作品。《猴子栓》写一个贫苦的农民因被地主抽地抽房而无路可走,为了养活老母而沦为窃贼,最后被愤怒的群众打死的不幸遭遇。故事以阎罗庙里出现的"闯入者"开头,先将一个悬念摆在读者面前,然后掉转笔锋,追述赵婆婆母子的不幸遭遇和儿子的失踪,以及赵婆婆突然得到的"好报",最后写众人捉住盗贼的情节,照应了开头,交待了"闯入者"的结局。虽并未点明盗贼的身份,但读者却已经了然分明。虽然臧克家似乎极客观地在讲述故事,但他显然是将深厚的人道主义同情给予了故事中那两位不幸的母子,给予了那些在残酷的阶级压迫下呻吟的底层百姓。《小兄弟》亦属这一思想倾向指导下的小说。作品以他在重庆生活时的见闻为依据,反映平民与贵族明显的阶级差别,描写农民子女求学的艰难。那三家普通农民虽勉强将子女送进了为"军政要员"所设的"子弟学校",却备受歧视,倍尝艰难。作品不露声色地揭露了国民党政权"教育平等"的虚伪性。《挂红》以重庆城乡普通百姓的生活为素材,写了一个极有民俗味的寡妇改嫁故事。作品生动地描写了围绕着新姑娘的改嫁所引起的明争暗斗,刻画了新姑娘及其婆家人的心理活动,塑造了新姑娘刚强、果断、精明的性格。作品充满了浓郁的四川农村生活气息和风俗味。臧克家也写了旧时代人民生活朝不保夕的悲惨情景,如《债权人》(写于1935年)写了一个银行破产给百姓带来恐慌和灾难的故事。虽然主人公方二姐千方百计地想挽回损失(发起众人向市长请愿、登报揭露

---

① 李健吾:《李广田·序》,人民文学出版社、香港三联分店1983年版,第4页。

等），却无济于事，终于绝望地杀死孩子并自杀，她的丈夫也因目睹这一惨象而自杀身亡。悲惨的故事中蕴含着对旧时代人生如飘萍的黑暗现实的抨击。

二 知识分子人生百态

然而，臧克家的小说更关注的是他所熟悉的各种类型的知识分子，生动地刻画了他们的人生百态。他这些小说可分为两种类型：一是写正直的知识分子在恶浊的社会政治环境中的不幸遭遇，如《严正清》刻画了一个正直清高、廉洁奉公的法官的遭遇。这位依法办案的法官被同僚拉进有偿办案的污水中，怎么也不能摆脱别人对他的污蔑，气愤之极只有以辞职来洗清自己。《牢骚客》中的青年职员考丕烈比严正清的遭遇更惨。考丕烈对国民党接收大员们的掠夺和贪污行径极为不满，然而却因为亲人的一封告急信而被贪污腐化分子所利用，最后成了贪污腐败分子的替罪羊。作品对国民党"接收大员"们罪恶行径的揭露和抨击是相当犀利的。《文艺工作者》也是揭露国民党大后方黑暗、表现正直知识分子无奈处境的较好作品。周荃、刘纹两位文艺工作者本来是到大后方去采访和观察生活的，但却被沿途的官僚机构当作"视察大员"接待。一次次的客气"拜访"，一场场的"接风"宴会，特意安排的"文艺晚会"，搞得他们无可奈何，疲惫不堪。他们深深地感到这一切与抗敌前线紧张艰苦、出生入死的生活，与敌占区人民水深火热的处境是多么不协调，这使正直的人们的心情是多么痛苦。这类作品通过正直知识分子不幸遭遇的描写，反映和揭露了国民党统治下社会和官场的腐败和污浊。

臧克家小说中的第二种类型的知识分子是那些有着灰色人生或丑行的职员、教员们。《重庆热》写一个曾经去过革命根据地的青年知识分子回到重庆，被国民党搜捕共产党的白色恐怖吓得精神失常的故事。懦弱、胆小、多疑的青年樊天祥，因为受不了苦而从革命根据地回到重庆，又因为胆小和多疑而导致精神错乱。作品既揭露了当时国民党政权的黑暗和白色恐怖的严重，同时也对懦弱和意志衰退的小资产阶级知识分子进行了一定程度的讽刺。《"凤毛麟角"》刻画了一个中年职员卑劣的内心世界。他企图"休"掉人老珠黄的妻子，追逐年轻的女郎，却又顾虑重重，担心影响名誉仕途而唯唯诺诺地活着。臧克家也写了文化人中的败类。《骗子》

中那个堕落的青年专门到文化名人那里招摇撞骗,他的花言巧语和伪装的进步骗取了善良正直的知识分子的同情和资助。作家以本人的亲身经历让人们看到了文化界和知识分子中丑恶的一面。

第四节 老舍在山东的创作

值得注意的是,在30年代的山东文坛上,有一批客居山东的作家为繁荣山东文学作出了贡献。享誉中国文坛的著名小说家老舍、沈从文、丁玲、萧红、萧军等,都曾经在山东工作、居住并创作过小说。而老舍在山东生活工作的七年,无论对于他本人还是对于山东现代文坛,都具有十分重要的意义。

一 老舍小说的山东题材

老舍夫人胡絜青说:"老舍一生共写出十几部长篇小说和六七十部中篇和短篇,其中,半数左右是在济南和青岛写成的。"① 它们是:长篇小说《猫城记》《大明湖》《牛天赐传》《离婚》《骆驼祥子》和短篇小说集《赶集》《樱海集》《蛤藻集》。其中《猫城记》《离婚》《骆驼祥子》《月牙儿》《微神》《断魂枪》等,"为他带来了世界声誉"(舒乙:《老舍与济南·序》)。

老舍对山东尤其是对济南有深厚的感情。在1938年写的散文《吊济南》开篇,他深情地写道:"从民国十九年七月到二十三年秋初,我整整在济南住过四载。在那里,我有了第一个小孩,即起名叫'济'。在那里,我交了不少朋友:无论什么时候我从那里过,总有人笑脸招呼我;无论我到何处去,那里总有人惦记着我。在那里,我写成了《大明湖》《猫城记》《离婚》《牛天赐传》,和收在《赶集》里的那十几个短篇。在那里,我努力地创作,快活地休息……时短情长,济南就成了我的第二故乡。"在这里,他"对社会下层民众生存状态和文化心态的关注、观察和思考,不仅开阔了他的文化视野,也深刻地影响了他的思想,深刻地影响

---

① 胡絜青:《重访老舍在山东的旧居》,《老舍与济南》,济南出版社1998、1981年第4期,第249页。

了他的创作，为他的小说创作提供了鲜活的素材。"① 毁于"八·一三"战火的长篇小说《大明湖》、中篇小说《月牙儿》和《黑白李》《断魂枪》《歪毛儿》《上任》《文博士》等多个短篇作品，均是以当时济南民众的生活为题材或背景的。他也曾写过以青岛的生活为背景的长篇小说《病夫》，遗憾的是因抗日战争的爆发而不得不中途停笔，未得面世。

老舍及其家人多次谈到《大明湖》，这是老舍来山东创作的第一部长篇，是以发生在济南的"五三"惨案为背景，以济南城市贫民的生活为素材创作的。这是老舍到济南后，"看见西门与南门的炮眼，我便自然地想起'五三'惨案，开始打听关于这件事的详情"② 而激发的。据老舍自述，这部作品以爱情为线索，侧面地反映惨案发生前后的时代背景和社会状况，其中的"几个穷男女"，受着贫穷、失恋及前途无望的折磨，在饥饿和精神苦闷的境遇中挣扎度日。尤其是那沦为娼妓的母女两位主人公，她们走投无路、不得不跳大明湖了却残生的悲惨遭遇，成了旧时代中国城市贫民悲惨生活的缩影。作品中还有一对双胞胎男主角，这是两个性格截然相反的青年学生，他们对生活、对时局、对社会现实苦闷、茫然、愤激的态度，尤其是对"五三"之后国破家亡痛苦滋味的咀嚼，亦是对当时青年学子心态的较好反映。在1931年《小说月报》的"要目预告"里曾这样介绍过这部作品："《大明湖》（长篇创作）心理的刻划，将要代替了行动表态的逼肖，为老舍先生创作之特点，全文约二十万字"。对于这部作品，老舍本人并不满意，他认为文字写得太实，"没有一句幽默的话，而文字极其平淡无奇"③。虽然老舍没有再重写《大明湖》，但他终不能忘记作品中的主要人物及其命运，还是截取了《大明湖》中的一些生活片断，写成了中篇小说《月牙儿》、短篇小说《黑白李》等，读者可以从中了解《大明湖》内容之一斑。

《月牙儿》是老舍小说的代表作之一。作品中他写了在济南的城市贫民行列中艰难度日的母女俩是怎样出于求生的欲望而苦苦挣扎，那位中年丧夫的母亲为了养活自己和女儿做过洗衣妇、嫁过人。但好景不长，她又

---

① 李耀曦：《老舍小说中的济南》，见《老舍与济南》，济南出版社1998年版，第354页。
② 老舍：《我怎样写〈大明湖〉》，见《老舍与济南》，济南出版社1998年版，第128、130页。
③ 同上。

做了寡妇，在走投无路的时候，她只好出卖自己，沦为娼妓；最后她在连娼妓也做不成时，便狠心扔下自己的女儿再次嫁人。那位目睹母亲一切的女儿，害怕自己重蹈母亲的覆辙，极力地挣扎着，想靠劳动和诚实养活自己，保住自己的清白，以使自己不在城市的泥淖中沉沦。然而，她的一切努力却没能摆脱黑暗和邪恶的社会布下的罗网，她先是被花花公子所欺骗，做了人家的情妇。善良和同情心使她经不起那位少妇的眼泪攻势，又成了无家可归的人，最后终于重复了她母亲走过的道路，甚至比母亲走得更远，成为一个玩世不恭的娼妓，最后被关进监狱。老舍通过母女俩的不幸遭遇，写出了旧时代底层人民尤其是女性的悲惨命运，揭露了黑暗社会吞食弱者的罪恶。

《月牙儿》是老舍最满意的作品之一，他在《我怎样写短篇小说》中说道："《月牙儿》是由《大明湖》中抽出来而加以修改，所以一气到底，没有什么生硬勉强的地方……有长时间的培养，把一件复杂的事翻过来掉过去地调动，人也熟了，事也熟了，而后抽出一节来写个短篇，就必定成功，因为一下笔就是地方，准确产出调匀之美。"

另一个以山东生活为题材的小说《断魂枪》，是根据未成的长篇《二拳师》创作的，其中的主人公"神枪沙子龙"，明显地含有老舍的武术老师、济南著名回族拳师马永魁（字子元）的影子。老舍自述《二拳师》构思说："内中的主角是两位镖客，行侠仗义，替天行道，十八般武艺件件精通，可是到末了都死在手枪之下。"① 他说，这部小说"假如能写出来——武侠小说"。虽然因为种种原因没能完成这部作品，但他对自己的武术老师和那一段习武的经历终难释怀，于是抽取了其中最精彩的一段，创作了短篇《断魂枪》。老舍十分珍爱这篇小说，他在向学生讲授小说作法或作学术讲演时多次以此为例。他说："在《断魂枪》里，我表现了三个人，一桩事。这三个人与这一桩事是我由一大堆材料中选出来的，他们的一切都在我心中想过了许多回，所以他们都能立得住。那件事是我所要在长篇中表现的许多事实中之一，所以它很利落。"② 关于拳师的素材，老舍后来在与宋之的合写的话剧《国家至上》（1940年）和用英文写的

---

① 老舍：《歇夏》，载《良友画报》，1935年7月15日第107期。
② 老舍：《我怎样写短篇小说》，见《老舍与济南》，济南出版社1998年版，第148页。

话剧《五虎断魂枪》(1947年)中又使用了它。据老舍自述,《国家至上》中那位"名驰冀鲁,识与不识咸师称之"的回族老拳师张老师,"是我在济南交往四五年的一位回教拳师的化身"①。

二 山东七年:老舍小说创作的丰收期

老舍在山东生活的七年,是他文学创作上最好的时期之一,是老舍文学生涯的黄金时代。"老舍在这里深入地接触了中原文化、儒家文化,济南开阔了老舍的文化视野"。他之所以在这里如鱼得水,创造着自己文学生涯的黄金时代,是因为他本来就是一位文化感知型、文化批判型的作家。"老舍到了济南,感受到自己又生活在了一块丰厚的中国文化的土壤之上,很容易找到自己生命的契合点。济南这块厚土更有利于老舍思索中国传统文化,思索中华民族这个古老民族的文化心态,老舍是把济南看作中国文化的一个征象的。"②他的足迹踏遍了济南的大街小巷,他所交往的朋友,不只是大学教授、画家文人、知识阶层,而是广及三教九流、七行八作,厨子、洋车夫、曲艺艺人、武术拳师等下层百姓,很多人都成了他的好朋友。在这里他不仅创作了以济南的生活为背景的长、中、短篇小说作品,而且创作了使他获得了世界声誉的《猫城记》《离婚》《牛天赐传》《骆驼祥子》《我这一辈子》等小说作品。虽然这些作品主要是以北京民众的生活为素材的,然而,在许多作品里面也多多少少留下了山东民众生活的影子。如《骆驼祥子》的主人公虽然是北京的洋车夫,但里面也融进了他在济南、青岛交往洋车夫的生活体验;在《牛天赐传》中,牛天赐的三位家庭教师中有两位是山东人,其中那位王老师虽然着墨不多,却让读者领略了他豪爽的性格和讲信义、有良心、知恩必报的"山东大汉"品质。

老舍是一位心向民间的作家,他的小说的主人公多是些城市下层穷苦人和小职员、小人物,他所深切关注的是这些下层小人物的悲欢离合、命运遭际和身心痛苦,现代学者、济南人李长之关于"他生活在民间,来自民间"、他的小说是"为穷人伸张正义"的评价是相当中肯的。在《骆

---

① 引自周长风:《老舍和他的武术老师马永魁》,《春秋》1993年第12期。
② 周长风、李耀曦编:《老舍与济南》,济南出版社1998年版,第365页。

驼祥子》中，祥子想靠本分、诚实和吃苦耐劳实现自己办车厂的"小康"理想，实现自己与小福子终成眷属的爱情理想，然而，在那个污浊的社会里，他的努力只能以最后的失败而告终；《牛天赐传》的主人公从一个还算养尊处优的少爷，最后成为一个提篮叫卖的小贩的人生历程，也是他和他的养父母被社会所挤压、所掠夺的过程。通过这些小人物的人生悲喜剧的刻画描写，老舍将自己对中国文化和社会现实的思索与批判作了真切生动地艺术表现，实践着他"创作只有深刻地反映民间疾苦，才会有生命力"的艺术主张①。老舍也是一位有强烈责任感和忧患意识的作家，一面世便引起争议的《猫城记》可见一斑。作品写一个地球人（老舍所谓"感伤的新闻记者"）到火星探险，逐渐与猫国人交上了朋友，在猫人的帮助下遍览猫国各地，了解了猫国的政治、军事、外交、文化和教育的诸方面，目睹了猫人的愚昧、自私、麻木、落后、苟且偷安、互相残杀以及被矮人灭绝的情景，历尽艰险终于返回了地球的故事。作品显然借猫城影射古老愚昧而落后的中国。这是老舍从英国回来，"头一个就是对国事的失望，军事与外交种种的失败，使一个有些感情而没有多大见解的人，像我，容易由愤恨而失望"，居然想借讽喻小说"去劝告苍蝇"②的结果。老舍在他的《谈创作》中曾这样呼吁："我们不许再麻木下去，我们少掀两回《说文解字》，而去看看社会，看看民间，看看枪炮一天打死多少你的同胞，看看贪官污吏在那里耍什么害人的把戏。"在关注民间疾苦和深切的忧患意识这些方面，无论老舍是有意还是无意，他都与杨振声、王统照、王思玷、李广田、臧克家等深受齐鲁文化滋养的山东现代作家有某些相通之处。这可以说是他在来山东前就已经具备、来山东后又被齐鲁大地的文人文化氛围进一步滋养的结果。

三 走上小说艺术成熟的时期

不仅如此，在山东的七年还是老舍小说艺术一步步走向成熟的时期。在这里，他把小说创作的"十八般武艺"都进行了摸索和试验，终于形成了自己所独具的、足以使他跻身于世界小说作家之林的艺术风格。他既

---

① 张桂兴：《老舍在齐鲁大学》，见《老舍与济南》，济南出版社1998年版，第264页。
② 老舍：《我怎样写〈猫城记〉》，载《宇宙风》1935年12月1日第6期。

写过像《大明湖》这样平实而带有悲剧色彩的小说，也进行过如《猫城记》这样具有荒诞意味、寓言形式的讽喻性作品试验，更写过如《月牙儿》《微神》《阳光》等颇有抒情意味的散文风格小说。他的散文风格小说流畅、匀净、抒情，给人以略带凄凉的美感；他用得最多、最得心应手的幽默风格，也是在山东时成熟起来的。而他的《牛天赐传》《离婚》《骆驼祥子》中的幽默，也不再是《老张的哲学》《赵子曰》式的幽默，而是有节制的内在幽默。尤其是《离婚》这部小说，不但文化内涵厚重，"堪称 20 世纪中国文学创作上的一座丰碑"①，而且艺术上相当成熟，"被当时的评论家李长之称誉为'高于他先前的一切作品'"② 老舍自己也十分看重这部作品，将其放在《骆驼祥子》《月牙儿》之上，他曾在《我怎样写〈离婚〉》的创作谈中这样说："匀净是《离婚》的好处，假如没有别的可说的。我立意要它幽默，可是我这回把幽默看住了，不准它把我带了走。""写过六七本十万字左右的东西，我才明白了一点何谓技巧与控制……《离婚》有了技巧，有了控制"③。

不可否认，山东生活的七年为老舍提供了创作他的传世、经典之作的良好机遇，尤其是在济南的四年，对老舍的一生具有十分重要的意义，对此，老舍研究者们已经作出了很好的总结："一、从济南开始，老舍真正形成他一辈子文学创作中两个鲜明的主题：社会批判和文化批判，或曰关注下层劳苦大众的生活与精神状态及重新深刻认识中华民族的精神负荷。二、建立了自己一整套的文艺思想和创作观念。三、济南是老舍抛弃前半辈子纯粹洁身自好、远离政治的生活方式，开始融入民族救亡运动的转折点。"④

四 其他旅鲁作家在山东的创作

除老舍之外，湖南作家沈从文（1902—1988）在山东的小说创作也

---

① 李耀曦：《老舍不能没有济南》，见《老舍与济南》，济南出版社 1998 年版，第 366 页。
② 赵家璧：《最早的友谊——三封信》，见《老舍与济南》，济南出版社 1998 年版，第 242 页。
③ 老舍：《我怎样写〈离婚〉》，见《老舍与济南》第 140 页。
④ 李耀曦：《老舍不能没有济南——京城访老舍研究专家》，见《老舍与济南》，第 365—366 页。

值得提起。在沈从文小说的两大题材（湘西乡土社会和城市知识分子）创作中，他的知识分子题材的重要作品，如《八骏图》《三个女性》《春》《若墨医生》《静》《凤子》等，是1933—1934年在青岛大学任教时写作的。这些小说有的直接取材于青岛本地的生活，有的取材于当时在青岛工作的作家和学者教授。如《八骏图》中除"我"之外的七位教授，均是以当时在青岛大学任教的教授为模特儿的。《三个女性》中的主人公们，也分别以当时在青岛生活的丁玲、张兆和、小九妹为模特儿的。上述作品便是他"通过文学来寻找他自己生活的意义"以及对知识分子观察审视的艺术结晶。在这些知识分子题材作品中，沈从文通过人物探索了属于人的一些深层的精神现象，特别是潜藏在知识分子文质彬彬的外表和信誓旦旦的宣言之后的心理真实（如《八骏图》），具有浓厚的弗洛伊德心理分析学意味。

此外，被鲁迅誉为反映"北方人民的对于生的坚强，对于死的挣扎"的"力透纸背"的萧红中篇小说《生死场》和萧军的长篇《八月的乡村》，也是他们在青岛短暂居住时完成的。

第八章　解放区小说：强烈的"阶级关注"

第一节　鲜明的"阶级斗争"主题

历史进入20世纪30年代，随着阶级矛盾和民族矛盾的日益激化和加剧，中国文学出现了由"对普遍的人生问题的关注"向"对阶级解放问题的关注"的转变，这是当时文学的一个主流。这种转向既与作家自身所持的观念和所受的教育有关，也与时代的变迁有关。"九一八"事变以后，"救亡"成了当务之急。作家们转向对救亡图存的关注是自然而然的。再后来，便是愈渐激烈的阶级斗争和解放战争。革命作家们由于更加强烈的功利目的，遵循《在延安文艺座谈会上的讲话》的要求，试图用自己的作品证明共产党领导的革命战争的必然性和合理性。因此，他们的审美对象不再放到一般意义上的人生与命运，而是向革命的依靠对象——被压迫的底层群众和革命队伍中的人与事倾斜。特别是40年代之后革命根据地和解放区作家的作品中，更呈现出一种集中和单一的样式，即集中反映根据地和解放区范围内以及革命队伍中的人与事。

40年代以来山东解放区的文学创作十分活跃，《大众日报》《山东文化》《山东文艺》等报刊对促进这个时期山东文学的活跃起了非常重要的作用。许多文化人在艰苦繁忙的斗争生活之余从事着小说创作，写出了不少在当时条件下难能可贵的小说作品。

一　阶级压迫之苦的控诉

反映人民群众（主要是农民）饱受的阶级压迫和战争之苦，以及共产党来了之后所获得的种种实际利益，也即是作品中常常称颂的"翻身解放之甜"，是解放区作家所要表达的一个重要主题。这类作品有：峻青的《血衣》《水落石出》,那沙的《一个空白村的变化》《血案》,韩川的《乌龟店》,俞原的《血海深仇》,董均伦的《血染潍河》,包干夫的《移坟》,洪林的《瞎老妈》等。

峻青的《血衣》讲述了老农民李洪福血泪斑斑的家史。这位老人因为交不起赵保原派下的沉重捐税,结果是儿子被活埋,老伴因心疼儿子病痛而死,哥哥因替他说情而被当场枪杀。作品通过李老汉家破人亡的惨痛遭遇,控诉了汉奸赵保原及其部下欺压百姓的罪行。作品有情节,有一定的故事性,但结构显得不够协调;《水落石出》写了一件人命案子的发生和真相大白的过程。故事曲折复杂,扑朔迷离,农会会长被杀的幕后,竟扯出了一系列的命案,最后终于将伪装成"开明绅士"的真凶、地主分子陈善人揭露出来。作品生动地反映了阶级斗争的残酷和复杂。

那沙(1918—),广东博罗人,在山东解放区工作时也写过一些小说,如反映解放区军民团结一致、英勇抗日的《骨肉亲》,反映农民饱受地主阶级欺压剥夺之苦、求告无门的《血案》和反映农民翻身解放艰难历程的《一个空白村的变化》等。其中《一个空白村的变化》在当时反响较大。作品的大部分篇幅集中在对小齐庄"过去"的叙写上,通过一位青年长工和他的未婚妻活活被拆散并逃往他乡的故事,揭露了恶霸地主欺男霸女、鱼肉乡里的罪行,以及小齐庄穷苦百姓走投无路的悲惨处境。这一切都为共产党到来后扭转乾坤、农民翻身得解放作了充分地铺垫。故而,虽然作品将共产党到来之后的描写简化了许多,而故事的大团圆结局却是顺理成章的事情。

韩川《乌龟店》里的故事比上述作品的写得更复杂曲折和生动自然。老实的农民林凤生被高利贷压得透不过气来,年年还钱,年年欠账,以至于卖房卖地,无家可归的悲惨遭遇,揭露了旧社会高利贷盘剥的残酷和放高利贷者的冷酷无情。作品将林凤生的被迫借贷和还贷过程写得真实生动,曲折有致;林凤生的善良忠厚和逆来顺受的性格,他对老伴和继女的真心疼爱,以及他们一家人贫穷相守、相亲相爱的情谊,都刻画得生动感人。洪林的《瞎老妈》以贫苦农民孙大嫂的不幸遭遇控诉地主阶级的罪恶。作品写孙大嫂一家如何在生死线上挣扎度日,一步步地被地主何老五夺去土地,夺去丈夫和唯一的孩子,最后又使她哭瞎了眼睛的悲惨故事。

包干夫的《移坟》写一位农民怎样中了地主的圈套,被迫拿自家的几亩好地抵债,并导致儿媳自杀身亡的故事。作品对反面人物"二爷"算计人的过程描写得有板有眼,对他的阴险、狠毒、伪善嘴脸的刻画也较为生动。显然,作者试图通过这种描写,揭示穷苦百姓之所以受苦受难的根源,以及他们何以拥护共产党、八路军的原因;而作品也以生动真实的、富有感染力的描写达到了这一目的。

值得提起的还有威海人董均伦(1915—)的《血染潍河》。作品以1947年国民党重点进攻山东为背景,写了一场地主还乡团武装疯狂报复、屠杀翻身百姓的惨案,以及当地群众在共产党的领导下与还乡团武装激烈斗争的过程。作品真实地描写了国民党反动派给潍河两岸百姓带来的深重灾难,歌颂了胶东人民配合解放军战胜国民党军队及还乡团武装的英雄事迹。作品的不足之处是偏重于记述事件发生过程,虽有众多的人物,但并不注重刻画人物形象,也没有生动的场面和情节描写,显得平铺直叙。

二 翻身解放艰难历程的叙述

反映穷苦百姓翻身解放尤其是精神觉醒的艰难历程,是解放区作家所要张扬的又一个重要主题。这类作品中,叙写人物成长过程的小说较多。这些作品能够通过人物思想觉悟不断提高的过程的描写,展示出解放区生活的另一面。这类作品以陶钝、洪林等人的作品为代表。

陶钝(1901—1996),山东诸城人,原名徐云梯,1925年考入北京大学政治系,毕业后回青岛、济南等地任教,1934年到山东文协工作。这个时期陶钝既写有《杨桂香鼓词》等曲艺作品,也写有小说。小说《传家宝》极力渲染了一个靠推车出苦力为生的人家在共产党解放了这个地区之后的巨大变化,特别是描写了他们面对眼前的幸福情景满足的心情,也回顾了他们在此之前生活的艰辛和困苦。这种对比是对共产党领导人民得到真正的翻身解放的最好诠释。《麦黄杏》由一个杏子被偷的小事,描写了八路军与人民群众的密切关系,赞扬了人民军队严明的纪律和军民之间的鱼水深情。其中主要人物——15岁的战士小马既幼稚天真又律己甚严和房东大娘开朗通达的性格写得比较生动。《庄户牛》的可贵之处是塑造了一个性格倔强、正直通达的老农民形象。作品先极力描写贫苦农民张文有(外号"庄户牛")如何为保住自己的三亩半土地拼死拼活地劳动,最后还是遭地主算计而失去它。共产党领导农民进行土改时,农会主席却将"庄户牛"的好地分给自己,而将薄地分给"庄户牛",这位倔强的老汉产生消极情绪。在大家的一再劝说下,他才诚恳地表达自己的意见:他并不是非要自家的几亩好地,而是对村干部的自私行为看不惯。他的诚恳和通情达理既教育了那位村干部,也感动了在场的村民。作品对人物性格的刻画合情合理,真实感人,是当时条件下较出色的小说。陶钝写得比较好的还有《上升》。这篇作品写一个久别亲人的战士回家探亲,一路上忐忑不安,沉浸在上次探家时的惨象中,害怕这次探家仍会看到过去那样的情景。可是到家之后却看到一派幸福祥和的景象:父亲精神振奋,不再酗酒;弟弟妹妹积极进步,全家生活安逸,喜气洋洋。作品充满了较浓郁的生活气息和欢乐的氛围,也有一定的心理活动描写(如探家路上那种忐忑不安的心理描写),有一定的感染力。

洪林(1917—2003),安徽泾县人,原名洪绳曾。他青少年时代在南京读书,1937年考入武汉大学机械系,1938年去延安,此后不久来山东抗日根据地工作,常在《山东文化》《大众日报》等报刊上发表文学作品,成为山东根据地和解放区比较活跃的作家之一。《李秀兰》比较生动地刻画了一位青年妇女如何从不正确的思想和习惯中转变过来,成为真正的新人的故事。李秀兰在新的天地里感到了生活的幸福和欢乐,她沉浸在扭秧歌、演戏等热闹活动中,养成了不爱劳动爱热闹的不良习惯,与公婆、丈夫不合。通过到县讲习班学习,她受到了很大的教育,认识了自己的错误,回村后成为一个孝顺公婆,疼爱丈夫、积极生产的模范人物。这篇小说与当时出现的另一篇小说《俊英》(作者崔石挺)比较接近。《俊英》中的青年妇女俊英错误地认为翻身解放就是自由自在,想怎样就怎样,既不愿参加劳动,也不尊重公婆,养成了游手好闲的习气。在工作人员的教育帮助下,她明白了"妇女不会劳动,就得不到真正平等,真正解放"的道理,从此转变思想,成为积极分子。两篇作品都注重写人的思想转变过程,而且曲折有致。但《李秀兰》更注意细节描写,也注意了刻画人物的心理活动,因此更显得生动活泼。《莫忘本》写了一个忘本村干部思想转变的故事。此外,洪林还写有反映解放区干部由工作消极、思想消沉到重新振作的小说《老许》。区干事老许由于想与女学员结婚的要求没得到批准,从此牢骚满腹,工作消极,别人都投入紧张的支前备战中,他却回家休息。在家人紧张繁忙、村无闲人的气氛感染下,在驻村工作人员齐同志废寝忘食带病工作的精神感召下，他受到了深深地触动，认识了自己行为的自私，也投入了火热的支前运动中去。这篇小说也比较注意人物的心理活动描写，人物的思想变化过程刻画得比较真实可信。上述这类小说，对英雄人物成长过程的描写一般都比较有真实感，有较丰厚的生活内容。

女作家张伟强的《尼姑庵的春天》也是一篇较好的作品，它通过一个尼姑还俗的故事，反映了人性解放的问题。主人公小春等尼姑在村子里翻身解放锣鼓的召唤下，产生了还俗的愿望，但是却不敢走出尼庵与外界接触。最后，在区妇救会长的启发和帮助下，她们终于摆脱了老尼姑的束缚，蓄发还俗，过起了正常人的生活。尼姑还俗这种举动，比起穷苦百姓走上翻身解放之路要艰难得多，因为她们不但要冲破几千年宗法观念的束缚，还要冲破宗教观念的束缚。这的确是只有共产党到来之后才能做得到的事情。

三　英雄模范人物的颂歌

反映先进人物的成长过程，歌颂英雄模范人物在革命战争中作出的贡献，是解放区作家常常要极力表现的内容，它实际上起到了表彰先进，彰显英雄模范对于推动革命历史进程的作用的功效。这类作品数量很多，择其要者有：申均之的《小马参军》《残而不废的人》，刘知侠的《韩邦礼苦学记》，峻青的《马石山上》，王若望的《吕站长》，以及李根红小说集《人民的心声》中的一些小说。

申均之是山东根据地和解放区不容忽视的小说作者，他的《小马参军》《残而不废的人》均属歌颂和表彰英雄模范的题材。前者写解放区的人民群众踊跃参加人民子弟兵的故事。故事主角小马从16岁起连续三年要求参军，前两次因为参军动机不明确和年龄太小而被拒之门外，18岁那年在一次反"扫荡"中，他与民兵们一起经受了考验，认识到参军不只是光荣和好玩，而是因为"打鬼子、闹革命是我的职责"。因为动机正确，小马实现了参军的愿望。作品通过参军这件事，意在述说一个革命战士的思想觉悟过程，其中虽难免有一些概念化的东西，但整体看来还是比较生动的。申均之的《他第一次的笑》反映了一个饱受剥削压迫之苦的贫苦农民，在共产党领导的减租减息运动中胆小怕事，千方百计阻挠家人参加斗争，后来在事实的教育和家人的帮助下终于摆脱"怕"的阴影，投入了减租减息运动的故事。这篇小说的可贵之处是反映了农民摆脱传统观念的束缚，放下沉重的精神负担的艰难。相比之下，表现人性内容和放下沉重精神负担内容的小说，在解放区作家的创作中还比较薄弱，这是令人遗憾的。

刘知侠的《韩邦礼苦学记》将一个旧时代的受苦人学习文化而成为模范人物的故事写得细致具体。韩邦礼在旧社会尝尽了没有文化的苦水，他千方百计地偷偷学文化，却倍受白眼和嘲笑。共产党来了之后，他才真正有了学习文化的机会，成为学习和工作的模范。作品细致地描写了韩邦礼刻苦学习的过程，歌颂了他锲而不舍、勤奋自觉的学习精神，颇有令人动情之处。

峻青的《马石山上》以抗日战争时期的胶东为背景，以真人真事为基础，写了一个可歌可泣的斗争故事。八路军一个班为掩护群众脱险，自己被日寇包围在"网"里，弹尽粮绝，最后全体砸碎枪支壮烈牺牲。作品歌颂了革命战士临危不惧、先人后己、舍己为人的高尚品质和情操。

此外，值得一提的还有王若望的《吕站长》（载于周而复主编的《解放区文艺创作丛刊》）。作品生动地描写了一位乡村粮站的站长如何在做好军民粮食供应工作的同时，自觉做好所在地的群众工作，带领群众争取翻身解放的故事，塑造了一位坚强、自觉、责任心强的共产党员形象。作品有比较浓厚的生活气息，人物形象也比较鲜明。

另外，诗人李根红在这个时期也进行过小说创作，于1948年出版了短篇小说集《人民的心声》。李根红（1921—），河南灵宝人，笔名塞风，1946年来山东工作。他这个集子的八个短篇，大多以济南解放前后的生活为背景，从不同侧面反映了解放战争时期人民的斗争生活，如《柳英》通过进步女学生柳英遭受国民党政权迫害的经历，控诉和揭露了国民党反动派的罪行。柳英因为写信述说国民党"中央大军"侮辱迫害青年学生的罪行而被捕入狱，在狱中倍受折磨凌辱，济南解放后才获得了新生；《光荣的大旗》和《李凤彦的故事》写了妇女在共产党领导下获得翻身解放，积极投入革命工作而成为劳动模范的故事，后者对李凤彦自觉的男女平等要求和泼辣能干的性格描写得比较生动。尤其值得提及的是，李根红这个集子中有反映工人生活的作品。如《纱》写了纱厂工人在新旧社会中不同的劳动态度和精神面貌,《两朵红花》写由农民而成为电厂工人的吕云生,济南解放前虽然拼命地工作,仍不足以养家糊口,解放之后他才得以翻身解放,从此他积极劳动,努力生产,成为一名先进工作者。正因为李根红小说对工人生活的反映,文学史家们没有忘记他,赵遐秋等在他们编写的《中国现代小说史》中提到了李根红的名字。总之,李根红的上述小说写出了他所熟悉的革命事业的直接参加者和支持者们的生活和命运,令人颇有亲切感。

事实上,上述这类作品已经为五六十年代塑造"社会主义新人"形象的美学要求作了铺垫,虽然这些新的人物的刻画大多数还比较幼稚,但由于还没有后来那些条条框框的束缚,因而能够让人产生一种真实感。

第二节 "革命斗争生活"描写

一 杨朔的小说创作

杨朔与于黑丁、吴伯箫等山东籍作家一样,是生活在山东根据地和解放区之外的文艺工作者,在繁忙的工作和战斗空隙,他陆续创作并出版了许多反映根据地和解放区人民开展革命斗争的中短篇小说,如中短篇小说集《红石山》《望南山》《北黑线》《北线》等。全国解放后,他创作了反映铁道兵战斗生活的中篇小说《锦绣河山》和反映抗美援朝斗争生活的长篇小说《三千里江山》,以及大量散文作品等。尽管杨朔的小说多是以山东境外的斗争生活为描写对象,但他这个时期的小说创作为山东文学作出的贡献是不容忽视的。

发表于1938年广州《救亡日报》的中篇小说《帕米尔高原的流脉》是杨朔的小说处女作。这篇作品描写土地革命之后西北人民清除土匪汉奸的斗争生活,歌颂了边区人民的爱国热情和革命警惕性,并表达了共产党领导下的边区是"中华民族复兴的新起点"的立意,这是曾经被认可的杨朔这篇作品的"闪光点"。《月黑夜》写一支八路军的侦察队在人民群众的帮助下顺利完成侦察任务的故事。作品生动地刻画了庆爷爷等农民群众是怎样沉着果断、无所畏惧地在日军的眼皮底下帮助自己的军队渡河,并为此付出了生命的代价的。杨朔显然意在歌颂人民群众的高度觉悟和无所畏惧的精神,对主要人物庆爷爷的形象刻画比较本色、自然。人物没有什么豪言壮语，只有默默而坚韧的行动和面对危险的从容，但却写出了一个颇具真实感的觉悟群众形象。《模范班》是反映延安大生产运动的作品，写某部一个班在劳动英雄张治国的带动下创造"劳动生产模范班"的故事。作品写劳动模范张治国在自己所在班组发动群众，深入细致地做战士们的思想工作，终于取得大家的尊敬和信任，成功地树起了"模范班"榜样的故事。作品较好地刻画了张治国任劳任怨、谦虚谨慎、以身作则的性格和品质，同时也写出了战士们自觉、要强、顾全大局、拼命苦干的精神。虽然作品也写了人物之间的矛盾、冲突，如描写了战士们对张治国的误解、不服气和冷嘲热讽，以及张治国面对误解谦逊忍耐的态度，等等，但遗憾的是作品仅限于全知视角的过程叙述，而不太注重刻画人物的心理活动，显得平铺直叙。《大旗》显然取材于一个真实的历史事件，写一个有组织地抗日武装起义中的故事。但作品的立意似乎有些模棱两可，既想写起义的组织发动过程，又想写人民群众的觉醒过程。但从对主要人物殷老大怎样被日本侵略者和汉奸欺压逼迫，不但被夺去了土地，而且失去了儿子的遭遇的具体描写来看，反映沦陷区人民民族意识觉醒的意图还是比较明显的。

杨朔还创作了反映工人斗争生活的中篇小说《红石山》（新华书店辽东书店1949年出版）。这是杨朔深入宣化龙烟铁矿，与那里的矿工共同生活了九个月后写成的。作品写了抗日战争时期矿工们不堪忍受日本资本家的残酷统治和欺压，在共产党的领导下组织起来与日寇进行斗争，并取得最后胜利的故事。作品通过三个不同的矿工形象，反映工人群众的成长历程。董长兴是一种类型的群众，这位矿工在日本人的统治下备受煎熬，痛苦不堪，他虽然对日本统治者怀有刻骨仇恨，却胆小怕事，不敢起来反抗，最后只能在敌人的折磨中含恨而死；殷冬水是又一种类型，这位与董长兴一样苦大仇深的工人虽然敢作敢为，敢于反抗日本人，却爱感情用事，独往独来，不愿意参加有组织的反抗活动，结果惨遭敌人杀害。作品显然将表现的重点放在胡金海这个人物身上。胡金海起初也同殷冬水一样，虽然有强烈的反抗意识和斗争勇气，却显得盲目鲁莽。殷冬水被害的教训给他敲了警钟，共产党人罗区长的教育使他受到了启发，他参加了有组织的斗争，最后与八路军里应外合，终于迎来了矿山的解放和个人的翻身。据资料介绍，小说中的人物和故事都有真实的来源，杨朔只不过是把它们整理、连贯在一起，进行一定的艺术加工罢了。不管是有意或无意，杨朔的这篇作品都给人留下这样的印象：他试图通过人物和故事阐发一种理念，即"工人阶级要求得解放，只有在共产党的领导下才能实现"①。

杨朔的中篇小说《望南山》（天下图书公司1949年出版）也是曾经引起关注的作品。作品的背景是解放战争初期，国民党反动派进攻解放区时期人民的斗争生活。日寇投降后，蔚县川的百姓本来分到了土地，但由于国民党的进攻给地主提供了反攻倒算的机会，蔚县川的人民为了保卫胜利果实，纷纷参加游击队与国民党和地主还乡团展开惨烈地斗争，终于坚持到解放大军的到来，胜利地保卫了自己分得的土地。杨朔写这篇作品，仍然是试图阐释一个理念，即"通过边沿区的复杂斗争，来证明'土地能使农民产生力量'这一真理"②。杨朔反映人民斗争生活的作品还有《北线》（新华书店1949年出版），作品描写了人民解放战争从张家口撤退到攻坚战大规模展开这二阶段内，活跃在华北地区的一个连队的斗争生活。作者通过几个英雄人物的事迹叙述和性格描写，反映了"战争怎样由撤退转入进攻，我们的连队怎样成长壮大"③ 这一重大事件。

杨朔的这些小说与山东解放区其他作家的小说有所不同。他的作品往往反映大背景、大事件中的人与事，如起义、战争、大生产运动等大事件，而陶钝、洪林、刘知侠等人一般不描写大的事件和大的场面，而是写斗争生活中的小事件、小故事，这可以见出杨朔视野的开阔和反映生活的敏感，以及反映重大背景、大事件的能力。但杨朔也暴露出一些艺术上的弱点，即因为急切地要反映大事件、反映历史的某种动向，急切地要通过作品表达什么，来不及作一番思索、取舍、艺术加工的功夫，因此，他的小说往往显得艺术上比较粗疏，反而不如《上升》《庄户牛》《李秀兰》《化妆》之类偏重于写小故事、小事件的作品耐看。再者，杨朔试图在小说中塑造正面人物形象，歌颂在革命斗争中涌现出的英雄模范人物。但是，作为艺术形象，这些人物大都不太成功，"都缺乏性格，甚至表现得非常概念"④，而一些中间色彩的人物和次要人物却显得更生动鲜明一些，

---

① 萧殷：《评〈红石山〉与〈望南山〉》，载《文艺报》1949年第1卷第3期。
② 同上。
③ 牧原：《北线》，载《文艺报》1950年第1卷第1期。
④ 萧殷：《评〈红石山〉与〈望南山〉》，载《文艺报》1949年第1卷第3期。

这也是解放区文学一个比较明显的通病。

新中国成立后，杨朔创作了反映抗美援朝战争的长篇小说《三千里江山》。这篇作品在较为广阔的背景上反映了中朝人民反侵略的斗争精神，热情地歌颂了中国人民优秀儿女伟大的国际主义和爱国主义情感，以及他们不怕牺牲、勇敢坚强的高贵品质，讴歌了他们创造的英雄业绩。杨朔满腔热情地塑造了铁路工人姚长庚父女，火车司机吴天宝、车长杰，电话员小朱，基层领导者武震等英雄形象，既写出了他们高度的思想觉悟和勇于献身的革命英雄主义气概，也表现了他们作为一个平常人的丰富情感。作品比较朴实，没有有意识地美化或神化他心目中的英雄人物。杨朔也注意克服他战争年代作品粗疏的缺点，有较充分的艺术准备和较强烈的艺术冲动，也有自己关于塑造英雄人物的艺术见解。他提出的英雄人物是"许许多多的平常人"，文艺作品就是要写出英雄人物作为"平常人"的感情丰富性等见解，还是颇有新意的。

《三千里江山》之后，杨朔还创作了一些反映现实生活的中、短篇小说，如《锦绣山河》《晚凉天》《红花草》等，构思了长篇多卷本小说《洗兵马》等。

二 王希坚的《地覆天翻记》

王希坚（1918—1995），山东诸城人，山东早期共产党人王翔谦之子。他青年时代曾在济南读书，1938年参加抗日队伍，曾在东北工作，1943年调回山东，担任过山东省农会委员、省农会宣传部长，主编过《山东群众》《群众文化》等刊物。王希坚在繁忙的工作之余创作的文艺作品，以诗歌和通俗读物为主，如《翻身道理》《翻身民歌》《万事不求神》《说唱朱富胜翻身》等。《地覆天翻记》是他的第一部小说，这是1946年他被委派做敌军的策反工作时受阻，滞留在旅社中写成的，1947年由山东新华书店出版，是山东解放区出现较早的一部长篇小说。

《地覆天翻记》以抗日战争时期鲁南革命根据地的小村莲花汪为背景，写了减租减息、建立农村基层民主政权、武装反扫荡等重大的历史事件中人民群众的斗争生活，形象地展现了共产党领导人民进行的一场复杂严峻的阶级斗争，以及在这场斗争中人民群众的觉悟和成长过程。故事从工作组下莲花汪开展减租减息、发动群众写起。由于工作组缺乏斗争经验，先是让恶霸地主吴二蛙子的走狗臭于等当了农救会长，并导演了假斗争；继而汉奸特务暗杀了真正的积极分子并腐蚀拉拢干部，使运动受到很大的损失。血的教训激发了群众的觉悟，唤起了他们的斗争勇气和热情，他们终于识破了吴三蛙子们的阴谋诡计，挖出了暗藏的坏人，取得了减租减息斗争的胜利。

在这部作品中，王希坚较好地塑造了老毛叔等正面人物和吴二蛙子等反面人物形象，描写了具有浓郁的农村生活气息的情节、情景和场面。作品对革命依靠对象老毛叔这个人物的性格刻画，比较自然、真实。尤其是对他所背负着的沉重的传统精神负担的揭示，诸如听天由命、与世无争、逆来顺受、忍气吞声等处世哲学及其实践的描写，非常有真实感。而他在工作组的教育启发和变化了的世道面前的转变，也比较真实可信。此外，对反面人物吴二蛙子阴险、奸诈、伪善和老谋深算的描写，也非常生动真实。

《地覆天翻记》较好地继承了中国古典小说的艺术传统，采用章回体这一旧艺术形式结构作品；讲究曲折的情节描写和引人入胜的故事讲述；注意通过人物的言语动作描述形象，刻画性格；运用了生动活泼的群众语言和口语，语言明快、质朴，而且还运用一些性格化的语言，因此，这部作品虽然形式上显得略嫌陈旧些，但却非常有利于普及，也非常有可读性。而杨朔的上述小说与之相比，就显得有些知识分子腔了。

三 其他作家的小说创作

反映革命斗争生活的作品还有洪林的中篇小说《一支运粮队》，写1947年，为粉碎国民党军队的重点进攻，解放区政权组织的一支农民运粮队怎样历尽千辛万苦，克服重重困难，胜利地完成了支前任务的故事。作品生动地描写了觉醒的农民深明大义、顾全大局，为保卫胜利果实公而忘私的奉献精神；歌颂了人民群众的伟大力量。作品中这样评价人民的力量："就是这些人，就是这些平凡的、朴素的、诚实的人们，他们参加了战争，支援了战争，同时也赢得了战争"。这应该是十分中肯、客观的评价。此外，吴伯箫反映人民群众英勇斗争事迹的作品《化妆》也值得一提。小说写一次人民群众自觉的对日伏击战：九个化装成八路军的敌伪人员进了大刘庄，机警的青年妇女徐凤看出了破绽，将计就计稳住敌人，并与游击队一起将敌人顺利地消灭。小说颇见艺术功力,情节紧凑,故事生动,虽笔墨省减,但人物形象(如徐凤)却生动鲜明。

第三节　山东现代小说的艺术追求

"五四"以来的山东小说在艺术观念和表现手法的演变,虽然带有作家个人的鲜明个性,但基本上是与整个新文学的艺术演进相一致的。尤其是王统照、杨振声等所遵循的"为人生"的现实主义传统,在相当长的时间内影响着山东的新文学作家,形成了比较相近的艺术追求。

首先表现在艺术观念上"五四"先驱提出的关于"人的文学"、"人的发现"等命题,与文学研究会提出的"为人生的文学",在基本精神上都体现了对于人本身的关注。从王统照、杨振声到李广田、臧克家,从"五四"到40年代前期,基本上都遵循了关注"人"的原则。虽然他们没有过多地停留在"个性解放"命题的表达上,但却一直在关注"人的解放",他们作品中对社会底层人的处境的关注,对人生的不幸的同情,对"民生民瘼"的深情关切,其实都在一定意义上体现了对"人的解放"的呼吁。只是这种普遍意义上的"人的关注",在革命作家(左翼作家、根据地作家和解放区作家)那里逐渐演变为对阶级的关注,也就是对群体的"人"的关注。

在艺术表现手法上,"五四"作家发起了借鉴西方文学艺术传统的热潮。虽然他们也继承了中华民族艺术传统中优秀的东西,但主要偏重于对欧美文学艺术传统的学习借鉴。如有些作家不再像旧小说那样以写故事为主,追求情节的曲折离奇,而是转向了人物形象的刻画和环境氛围的描写;在人物形象刻画上,也不再单单偏重于人物外部形态的描写,而是探向了人物的内心世界,旧小说少有出现的心理描写,在现代小说作家的笔下便是经常出现的现象;他们也不再满足于平铺直叙地再现式描写,而是引进了某些现代派表现手法,如荒诞手法和梦境描写、还有杨振声《玉君》对"心理分析学"的运用等。当然,作家们对外来艺术的借鉴,许多时候是如王统照《山雨》那样的环境氛围描写、人物性格刻画和内心世界剖析。对于王统照来说,不只是《山雨》,短篇小说集《银龙集》中的作品也体现了这一特点:"……几乎皆以将崩溃的北方农村生活作背景。尤不愿只强调农民困苦作浮泛一般描写。我特为表现这些真正'老百姓'的性格，习惯，与对于土地的强固保守心理，以及因此心理不获正常发展反激出难于补救，难于解释的蛮横行动，借以映射出中国各地的不安状态。"① 这就与中国传统小说的艺术表现手法有了很大的不同。

王统照、杨振声、李广田等作家不但有丰厚的小说创作艺术实践，还提出过他们自己的艺术见解，有自己的艺术理论。如杨振声在谈到《玉君》的创作时比较了"小说家"与"历史家"的不同，他说："若有人问玉君是真的，我的回答是没有一个小说家是说实话的。说实话的是历史家，说假话的才是小说家。历史家用的是记忆力，小说家用的是想象力。历史家取的是科学态度，要忠实于客观；小说家取的是艺术态度，要忠实于主观。一言以蔽之，小说家也如艺术家，想把天然艺术化，就是要以他的理想与意志去补天然之缺陷。他要使海棠有香，鲫鱼少刺。……他是勤苦的工蜂，从花中偷出花蜜，酿成他的蜂蜜。"② 其中"小说家用的是想象力"和"小说家取的是艺术态度，要忠实于主观"的观点，对小说这一体裁样式的性质及特征作了深刻地辩证，是很有启示性的。杨振声还谈道："……科学家是为天然说话，你看了他的书，仍是不能知道他这个人；小说家是为自己说话，你在书中到处都可以捉到他的。"③ 这就又提出了一个与传统小说不同的观点，即传统小说往往是以第三者的身份讲述故事；作者只是个讲述者，而不是参与者；而现代小说则多多少少融进了作者本人的身世、经历或感受，有些甚至带有很浓的"自叙传"色彩，如郁达夫的小说，等等。杨振声坦然承认，在《玉君》的男主人公林一存身上，就带有他本人的某些影子。这就体现了现代山东作家对传统的突破。

另一位有自己的小说艺术见解的是李广田，他从结构学上谈对小说艺术的认识。他认为小说有两种做法，一种是"小说中或有故事，或无故事，但必须有中心人物"的散文化结构，这种"散文化"结构也是对传统小说的一个反动；一种是"小说就像一座建筑，无论大小，它必须结

---

① 王统照：《〈银龙集〉序》，见《王统照文集》，山东文艺出版社1986年版。
② 杨振声：《玉君·自序》，见《杨振声选集》，人民文学出版社1987年版，第89页。
③ 同上。

构严密，配合紧凑，它可能有千门万户，深宅大院，其中又有无数人事陈设，然而，一切都收敛在这个建筑之内，就连一所花园，一条小径，都必须有来处，有去处。"① 的"建筑学"理论，这种理论接近于传统小说需要有"故事性"的要求，但却从结构上把关更严密，是对"小说作法"的一种讲究。对于这两种理论，他都进行了精心的创作实践，而且是卓有成效的。

　　从语言形式来说，王统照、杨振声等山东作家的初期创作因为刚刚从文言文转化为"白话文"，难免有文、白和欧化句式夹杂的情况，显得比较生涩拗口，但随着白话文愈来愈娴熟的操作，也由于后来许多人关于语言"大众化"提倡，语言问题逐渐得到了很好的解决，对比一下王统照《生与死的一行列》与后来《山雨》《双清》中的语言，就可以看出这种演进的快速。到了三四十年代作家的笔下，"白话文"的语言形式问题已经不再是困扰作家们创作的大问题了，李广田、臧克家小说的语言就显得非常流畅自如了。

　　"五四"和"五四"思潮影响下的山东作家在艺术追求上基本上表现出了自己的个性，他们能够比较从容地进行小说艺术观念和写作技巧的研究探讨和实践；然而，到了大多数根据地和解放区作家那里，就少有这种对小说艺术表现手法的探讨和研究。因为随着民族矛盾和阶级矛盾日渐尖锐和激化，参加到革命队伍中的那些作家很少有这种探索的从容，他们的创作是与宣传、斗争结合在一起的，创作服从着斗争和宣传的需要；另外，紧张的斗争生活也没有给他们充分的时间从事小说艺术观念和表现技巧方面的研究和理论建树，他们仅凭着各自曾经接受的文学艺术陶冶，基本上是从古典诗词、明清小说和通俗说唱文学的熏陶中得到启示，从而进行小说创作的。因而，我们看到的根据地和解放区小说虽然充满了阶级激情，有些作家也接受了"五四"作家的某些艺术影响，但一般说来大都显得比较粗疏和匆忙，来不及进行艺术上的精雕细刻；从表现形式上说，也大都以传统的"讲故事"为主，虽然有些作品也有一定的人物形象刻画和环境氛围描写，但总体上看来，艺术形式还比较陈旧，作品的质量还不算太高。从语言上来说，因为作家们十分明确他们的创作要面向工农

---

① 李广田：《文学枝叶·谈散文》，益智出版社1948年版。

兵，出发点是"宣传群众、教育群众"，因此他们比较注意将文学语言与大众化的语言特别是大众的口语结合起来，做到明白畅晓、通俗易懂。虽然有些作品的语言有过于迁就大众口味之嫌，也有些作品缺乏精心的语言锤炼，但这种大众化的语言作为中国新文学的一种语言形式，还是有其存在价值的。

应该承认，根据地和解放区作家因为没有机会像王统照、杨振声等人那样受到中外文学艺术的深厚滋养，艺术功底的起点还比较低。然而，他们中的许多人在后来的艺术实践中逐渐开阔了自己的艺术视野，而且他们对古典文学艺术传统的继承借鉴，为他们进入新的历史时期之后，创作逐渐走向成熟并形成自己的风格打下了较好的基础。

第九章　山东现代话剧的兴起与发展

第一节　概说

话剧起源于欧洲，19世纪初传入中国的北京、上海。兴起之初，演的都是国外的话剧或者是根据外国名著改编的，中国人自己编写演出剧本是在1915年以后。"五四"运动之后，话剧才在中国发展和成长起来。山东现代话剧的兴起稍晚于北京、上海。在山东，济南、青岛、烟台最先兴起话剧，但上演的剧本基本上是来自北京、上海的剧团排演过的，有的是国外翻译过来的，如《月亮上升》，有的是我国戏剧界的大师们创作的，如曹禺的《日出》、田汉的《咖啡店之一夜》、丁西林的《压迫》、吴祖光的《少年游》，等等，还有的是改编的。当然，也有新编写的，如青岛市立中学教师秦惠亭的儿童剧《门外的孩子》《雨后》等，但数量却很少。济南是省会城市，是全省文化的中心，而青岛则得益于文人的青睐，二三十年代，青岛云集了许多文人学士，老舍、闻一多、萧军、萧红、吴伯箫、王统照、孟超等，他们大多在青岛大学任教，美丽的海滨城市陶冶了他们的身心，青岛则因为他们的到来，使得文化底蕴更加丰厚。山东现代的话剧，抗战以前，主要是在济南、青岛和其他的城市，这时期的成绩主要是建立了话剧的土壤，并且培养了一批话剧演员和观众。抗日战争后，济南、青岛等城市成为沦陷区，话剧的中心便转移到了抗日的前线解放区。解放区话剧的主要特点是突出了话剧的宣传教育功能，因此，解放区的话剧剧本大部分是解放区的文艺工作者根据现实斗争的需要编写的，内容来自现实生活，如反映土改的《群策群力》、军民一家积极参军的《过关》等。这时期的最大成就是造就了一批剧作家：贾霁、那沙、王如俊、虞棘、留波等。

第二节　国统区话剧的发展

早在 20 年代初济南就有了话剧活动，最早的演出是济南一中学生联合会演出的话剧《惩办卖国贼》。抗战之前，济南建立了"山东省立实验剧院"、"山东省民众教育馆"、"济南业余剧社""晔晔剧社"等民众团体，演出过田汉的话剧《获虎之夜》《威尼斯商人》、丁西林编写的《压迫》和《一只马蜂》等。山东省立实验剧院是一所以培养话剧表演人才为主的艺术学校，分音乐、话剧、编剧三组，剧院虽然仅存在一年左右，但在全国产生了一定的影响，有"南院北校"（北校指北平国立艺术学校）的说法。1929 年，设在曲阜的山东省立第二师范学校编演了《子见南子》，此剧本是林语堂编剧，但经过二师师生修改和增删后，已面目全非，剧本体现了反封建的主题，剧中采用了讽刺的手法批判了旧礼教、旧道德，引起了孔氏家族的强烈不满，引发了震惊中外的事件。这是用话剧艺术作斗争武器的最早最直接的话剧演出，也是山东话剧史上的重大事件。青岛影响最大的话剧团体是"海鸥剧社"。1930 年，中国共产党在上海成立了"中国左翼戏剧家联盟"。之后，在北平、南京、广州、青岛等地建立了分盟或小组。1932 年春，青岛大学组建的"海鸥剧社"就是左翼剧联领导下的青岛小组，这也是山东的第一个左翼剧联领导下的话剧剧社。剧社演出了爱国题材的世界著名的独幕话剧《月亮上升》、反映上海工人斗争生活的独幕话剧《工厂夜景》、抗日题材的话剧《暴风雨中七个女性》《乱钟》《饥饿线上》等，受到观众的好评，在当时产生了一些影响。我国著名的艺术家崔嵬当时正在青岛，他积极地投入海鸥剧社的演出，并和"杜建地合写了《命令！退却第二道防线》以揭露蒋介石的不抵抗主义。"[①] 他把田汉、陈鲤庭改编的宣传抗日的话剧《放下你的鞭子》改编为街头演出的广场剧《饥饿线上》，在海鸥剧社作了首次演出。之后，又在各地广泛演出。后来，又恢复了原剧名。上海左联机关刊物《文艺新闻》以《预报了暴风雨的海鸥》为题报道了青岛海鸥剧社的活动情况。1933 年春，由于青岛地下党组织遭到破坏，海鸥剧社的活动也就

---

① 路望：《崔嵬》，《文化艺术志》，第五集，1985 年第 233 页。

结束了。海鸥剧社虽然存在的时间短暂，但其影响深远，在山东话剧史上占有重要的地位。这个时期，烟台、潍坊、泰安等地也都纷纷成立了话剧团体，演出话剧宣传爱国抗日。像烟台的"河山话剧社"演出了《放下你的鞭子》《我们的故乡》《古城的愤怒》《保卫卢沟桥》等，他们不仅在城里演，还到农村演出。当然，沦陷区剧团被日寇胁迫演出的现象也存在，《山东省志·文化志》中讲到了这一段的情况："在沦陷区和国民党统治区的话剧演出团体，如济南新民话剧团，受当时日伪新民会管辖，演出一些所谓'中日亲善'的宣传剧，但也演过《雷雨》《日出》等进步戏剧。"

抗战胜利后，沦陷区的人民以极大的热情欢庆胜利，济南光话剧团体就成立了十几个，演出的话剧的主题大都是表现爱国主义和民族精神的，剧目有《还我河山》《蛊惑》《警钟》《白山黑水血溅红》《最后一课》等。人们利用话剧来发泄八年来心中聚积的愤懑和仇恨；这些话剧都不同程度地表现了爱国主义和民族精神，反映了中国人民不可侮、中国的土地不容侵犯这一主题，这些演出在观众心中产生了强烈的共鸣。虽然，当时的话剧上演都很仓促，无论话剧剧本的艺术水平还是演员的演技水平都显得粗糙，却受到了观众的热烈欢迎，这时期的话剧成绩，不仅在于培养了一批编导和演员，而且还培养了一批话剧观众，为话剧的繁荣和发展打下了基础。当然，话剧的火热景象随着国民党的黑暗统治很快消失了，话剧的爱好者有许多都到了解放区。直到解放后，两支队伍会合起来迎来了话剧的繁荣时期。

山东话剧较早的剧本是1922年6月10日发表在《小说月报》上的《死后之胜利》。这是个七幕话剧，作者是王统照。《死后之胜利》是王统照唯一的一部话剧剧本，由于这个话剧没有上演，而王统照以后再没有写新的话剧剧本，所以《死后之胜利》就被大家淡忘了。但是，剧本中却体现了作者的创作个性，表达了作者的思想、感情和愿望。剧本宣扬的是"唯美主义"思想，美的理想，美的心灵和美的风格。《死后之胜利》的主角何蕙士是一个画家，《死后之胜利》是他的画作，凝聚着他十几年的心血，也是他对美的一种寄托。剧中的另一主角，家庭女教师吴桂云，本身就是美的化身。她美丽善良，多才多艺，有头脑又有现代意识，是对美的共同的追求把他们连在了一起。他们所面对的是虚荣浮夸的国家银行经理苏惠和他的儿子淫荡无知的苏慕愚及狡诈无赖的朋友周余商。苏慕愚"想着迎合女教师的嗜好",偷了何蕴士花了半年时间的力作《死后之胜利》,"窃取艺术家的美名!……藉着艺术的声誉,要骗取她的爱情?……"并署上自己的名字参加画展,获一等奖。苏慕愚的阴谋并没有得逞,吴桂云发现并揭发了他的阴谋,丑和美形成了鲜明的对比。作品"着眼对现实社会的人生的真实的叙写,批判社会扼杀艺术、扼杀人性、扼杀人的尊严和价值的罪行,歌颂为了自我人格价值的实现奋不顾身的精神。"① 这部剧作虽然没有产生多大的影响,却是王统照早期艺术观念在戏剧创作上的一次成功尝试。

第三节 解放区的话剧

话剧的兴起:山东解放区话剧的兴起与发展是和山东根据地的建立发展密切相关的。1937年"七七"事变,日本帝国主义在卢沟桥点燃了全面侵略中国的战火,也拉开了中华民族抵抗日本帝国主义侵略的序幕,中国共产党义无反顾地站到了斗争的前列,带领人民创建了许多敌后抗日根据地,不断扩大人民的武装,有力地打击了日寇,山东地区也和其他地方一样,在中共中央及时地帮助和领导下,组织发动武装起义,建立抗日根据地,在胶东、滨海、鲁中、鲁东南、鲁南、泰西、冀鲁边形成了大片的解放区。当时,山东军区司令部统辖了"五路大军的九个师、12个警备旅、四个独立旅共27万余人,民兵45万人",和日寇进行了艰苦卓绝的斗争。抗日战争胜利后,又同蒋介石国民党进行了殊死的搏斗,直至全国解放。从抗日战争一开始,革命的文艺团体就活跃在抗日斗争的最前线,利用各种宣传工具宣传共产党在各个时期的方针政策。当时,军队都有自己的宣传团体,如:一一五师的"战士剧社"、八路军山东纵队五支队的"国防剧团"、山东自卫军宣传队、教导二旅"突进剧社"等。还有一些党组织直接领导的专业宣传团体,如:鲁迅文艺宣传大队、国防剧团、民众剧团、胶东剧团、孩子剧团等。另外,还有解放区的农民自己组织的剧

---

① 王兆胜:《他在戏剧上的辛勤耕耘不应被遗忘》,见《山东作家与现代文学》,山东大学出版社。

团，这些农村剧团大多都是党派的文艺工作者帮助组织建立起来的。话剧是这些文艺团体使用较多的文艺形式，发挥了巨大的作用。同时，话剧艺术在表现人民的生活和斗争中得到了普及和提高，逐步走向成熟。

抗战话剧在根据地是一步步发展起来的。刚开始，话剧是由在城市参加过戏剧演出的同志带来的，其内容往往脱离了现实。那时所谓的创作仅仅是利用话剧的形式，演员在舞台上讲故事，而故事本身由于脱离了工农兵的生活，内容又枯燥，所以不具备吸引力。平剧也曾风行一时，但是，平剧的内容由于其剧种的限制，不可能及时地反映根据地的新人物新气象，而这却是话剧的长项。"我们要反映根据地，宣传八路军的军事胜利，民主建设，民主改善等等，假若要求内容与形式一致，而且真正能为工农兵服务，还有好过'话剧'形式的吗？"[1] 所以发展话剧势在必行。后来，一批反映现实题材的话剧作品《丰收》《蜕变》等公演，受到了欢迎，话剧这种形式才真正被根据地的工农兵所接受。《丰收》的"作者把山东抗日民主根据地的新生气象，给我们画出了一个比较清新的轮廓；不形式，不八股，也没有标语口号，自然的达到了政治任务。像这样的反映现实，过去是没有的。"[2] 根据地话剧的普及和提高是在毛泽东《在延安文艺座谈会上的讲话》发表之后，创作人员政治觉悟的提高，创作队伍的不断扩大，使话剧创作的质量和数量都有较大的提高，题材也有了扩展。葛一虹在《中国话剧通史》中指出："根据地、解放区的戏剧运动与国统区不同。自由的创作空气，明确的创作目的，崭新的创作素材和广大的服务对象，使解放区话剧形成了鲜明的特点：坚定的无产阶级性，是解放区话剧艺术的灵魂；为了配合战争和政治工作，戏剧成为革命斗争的有力武器；为了适应战争的恶劣环境，解放区的话剧突破了单纯剧场艺术的禁锢，创作出灵活多样的演剧形式；在创作方法和艺术风格上，与火热的斗争生活紧密相连，强调舞台形象的真实性和写实风格。解放区的话剧创造了独特的风貌和经验。"[3] 这也正是山东根据地话剧的实际情形。

山东根据地这时期的话剧有敌伪题材的、农村减租减息土地改革题材

---

[1] 姚尔觉：《话剧创作的新阶段》，载《山东文化》1944年第2卷，第2期。

[2] 同上。

[3] 凌青：《戏剧工作检讨》，文化艺术志第七集。

的、军爱民民拥军题材的、历史题材的等,形成了话剧创作的繁荣期。艺术水平的提高主要表现在,剧本从开始注重故事性转向对人物性格的刻画,出现了典型人物或具有典型性的人物。像《过关》中的刘纪湘、《铁牛与病鸭》中的铁牛和病鸭、《喜酒》中的喜姑、《群策群力》中的老马,等等。到解放战争开始后,话剧数量有所减少,其主要原因是文艺工作者有的加入了前线部队,有的忙于支前,有些文艺团体不得不解体。但是,这时期的话剧作品,总体质量有所提高。

一 表现敌伪矛盾斗争题材的作品

敌伪题材的作品在根据地话剧创作初期占主导的地位,产生较大影响的有:《十字街头》《圣战的恩惠》《喜酒》,这些作品"明确而有力地表现了敌伪内部矛盾,厌战与叛变,反正的发展趋势,表现了我对敌伪政策的成效,对敌伪,对敌战区的政治优势,教育我军民对敌斗争的胜利信心,动员我军民开展对敌斗争"①。《十字街头》(仇戴天编剧)的情节比较简单,通过伪军士兵李二傻子、武三魁、老马三个典型人物,"一个是比较明白的人;一种是糊涂作狗的人;另一种则彷徨两者之间,得过且过。而这三种人物,正是动摇的伪军在强蛮的敌人脚下三种姿态的形象"②,写出了伪军的内部矛盾和逐渐走向分化瓦解并最终失败的历史发展趋势。这在当时分化瓦解敌人起到了很好的宣传作用。《圣战的恩惠》(那沙编剧)是反映日军内部矛盾的话剧。侵略中国的日军并不是铁板一块,他们内部也是矛盾重重。随着对华战争时间的推移,日军中反战、厌战的情绪也在不断升温,像山田、藤村这种有一定地位的日军军官都对这场"圣战"产生了怀疑和厌倦,而美子这个被骗来中国的随军妓院的妓女,则属于日本社会的下层人物,丈夫被这场残酷的战争夺去了生命,她也用死写下了对这场战争的控诉。剧本还写了忠于日本军国主义的岛崎、甘心卖身生活的妓女秋子。《喜酒》是白华创作的一幕喜剧,主要人物有:风姑、四喜子兄妹、游击小组成员玉林、汉奸队长高峻才、小流氓二秃子。风姑和玉林相爱并早已定亲,但是风姑的哥哥四喜子——一个吸毒

---

① 凌青:《戏剧工作检讨》,文化艺术志第七集。
② 《评第一奖的四个剧本》,《山东文化》1943 年第 1 卷。

的小流氓，竟然要把妹妹送给高峻才当太太，以此来换取自己的荣华富贵。然而，机关算尽的四喜子和高峻才摆下"喜酒"，却成全了凤姑和玉林的喜事，让观众在笑声中体味了正义战胜邪恶的必然和愉悦。这三部话剧都获得1943年"八月征文的第一奖"。这些话剧在艺术上取得的成就，代表了当时的话剧的水平。首先，在人物的塑造上，注意了人物性格的刻画。每个剧本都具备了典型性格的典型人物，这些人物形象鲜明，个性突出。《喜酒》里的凤姑，《圣战的恩惠》里的代美子、藤村，《十字街头》里的李二傻子，看过后都给人留下深刻的印象。另外，在技巧的运用与对话的描写上，也取得很大的进步。"《喜酒》《铁牛与病鸭》运用了喜剧的手法，给观众一种回味，是讽刺剧中人或者也讽刺了自己；《十字街头》则提出了十字街头不是路而是向路走去的决定命运的集点，这些结尾都是很好的。而《圣战的恩惠》则在开场的从反面显示了悲剧的情调。"①"语言是形象化动作化的"② 当然，缺点也是明显存在的，指出"《喜酒》的主题是被扭曲了，《十字街头》似乎动作过于少，或者说戏剧性比较差些，《圣战的恩惠》异国情调与其悲剧的气氛是不够强烈的。"③

二 反映军民一家，人民群众踊跃支援部队的作品

抗日战争、解放战争的胜利是建立在全国爱国民众的支持之上的，特别是解放区的人民作出了巨大的贡献，他们不仅仅保障了军队的物质需要，而且还不断地把自己的优秀儿女送到部队。这时期反映这方面的话剧作品很多，比较出色的有：山东省实验剧团集体创作，由贾霁、李夏执笔的三幕五场话剧《过关》、留波的《一家人》、那沙的《父老兄弟》等。

《过关》这个剧本向我们展示的是1944年春，山东滨海解放区的人民克服困难积极参军的故事。这是在真人真事的基础上创作的，创作人员和演出人员一起参加了刘家屿山的动员参军工作，剧中的主要人物都是有原形的。抗日战争胜利前夕，根据地面积不断扩大，部队扩编迫在眉睫，如何动员青年积极参军，家属支持亲属参军，成了这个时期各级政府的主

---

① 《评第一奖的四个剧本》，载《山东文化》1943年，第一卷。
② 同上。
③ 同上。

要任务。作者通过在动员参军的过程中，刘家官庄各种各样的人物的描写，表现了解放区农民的思想和生活状况。剧本的主要人物是刘纪湘，他是刘家官庄的村团长，本人积极上进，并且在青年中有威信，在全区动员参军的大会上，他第一个表了态："我自愿参加老六团，我保证带一个班"，被授予"参军模范"的锦旗。他的行动引起了很大的反响，掀起了报名参军的高潮。然而，落后的老父亲，刁蛮保守的丈母娘，贪图安逸的小媳妇，为他的从军设下了巨大的障碍。剧本通过展示矛盾、解决矛盾，形成一个个的高潮，让观众在艺术享受的同时看到了根据地百姓积极向上、团结互助的风貌。

《过关》的成功主要表现在对人物的塑造上。剧本中人物较多，但个性鲜明。妇救会长刘纪兴德高望重，又足智多谋，他明白，参军对一个人和一个家庭都是一件大事，这次的参军工作能否作好，关键在干部。在动员参军的干部会议上，他说："这回动员参军，我先起个模范。大家都知道，我多少年就是个穷汉，家里几亩地早就叫人家给占去啦，头几年我外出逃过荒，要过饭，受苦受累大半辈子，八路军共产党实行减租减息，替穷人想办法，我这才有口饭吃，我不能吃饱了饭就忘本。我老了，不能去，我叫我家里孩子去，我家里两个孩子都能干活，大家讨论讨论，看那个行挑那个去！"肺腑之言，让我们看到了一个朴实正直的村干部，正是在他的带领下，刘家官庄在动员参军这件事上又获得模范的称号。村团长刘纪湘苦出身，立志参军报国。他说："八路军是咱们老百姓的队伍，咱们无产阶级穷汉不去参加，谁去参加？"在阻力面前毫不退缩，对自己落后的亲属既不妥协，又有情有义，最后在村干部的帮助下，终于实现了报效祖国的愿望，并带动了一批有志青年共同奔向抗战前线。刘纪湘的父亲是个倔老头，他既自私又自负，儿子在家他可以舒舒服服地过日子，另外他同儿媳妇的关系不融洽，所以坚决不同意儿子参军，对刘纪湘的参军形成很大阻力，这在当时也是很典型的一种人，革命给他们带来了利益，他们却不愿意为革命付出。村干部们针对他过去受苦受难，整年在外逃荒要饭的经历，反复讲道理作工作启发他的阶级觉悟，并帮他解决实际困难，最后，他高高兴兴地同意儿子去参军。通过剧本我们还看到了党所领导的解放区的基层组织的坚强有力。这些村干部没有什么文化，革命的道理也说不出多少，他们靠的是自己朴素的无产阶级感情，事事以身作则，以自己的行动赢得村民的信任。在刘纪湘亲属设置的困难面前不退缩，同心协力积极工作，以理服人，以情感人，表现出革命的坚定性，我党的方针政策正是靠着他们来贯彻的。"这个戏在解放区曾广泛演出，风靡一时，在广大群众中引起了强烈的反响，对推动解放区的参军运动起了积极的作用。"①

《过关》这部剧在山东话剧史上具有一定的地位，标志着山东话剧创作的新阶段。之前，"写敌伪题材的戏剧占百分之八十以上……生息活动在根据地何以不能很好地反映根据地的现实呢？答复是很简单的，就是没有深入工农兵，熟悉工农兵，和没有站稳工农兵的立场。""到最近的三幕话剧《丰收》和《过关》，都可以说是在向前发展，向前进步的。也开始踏上了：表现新的群众时代。"② 的确，这之后，话剧的题材有了一个大的转变，用现实主义的手法，描写工农兵的生活成为话剧所表现的主要题材。而话剧这一集宣传、教育、娱乐为一体的文艺形式已经成为解放区的军民所最喜爱的形式。

那沙的《父母兄弟》讲的是一个根据地边沿区的农民家庭，在抗日战争这个大背景下，对共产党、国民党，八路军、日伪军的态度和行为，这成为家庭中每一个人必须面对的问题。剧中，父亲、二儿、三儿选择了拥护共产党、八路军，坚决抗日的道路，二儿参加了八路军的队伍。大儿好吃懒做，贪图享受参加了伪军，一个家庭形成了两大阵营。大婶想站在中间，希望一家人平平安安的过日子。结局是，当八路的儿子在保护村民与伪军的战斗中立了功，当了伪军的大儿子却送了命。具有戏剧性的是，大婶在不知死去的伪军是她儿子的情况下，也恨得咬牙切齿地说，"死汉奸，鬼汉奸，这样死便宜了你。"虽然在知道死者是她的儿子之后，变恨为悲，但她的话却代表了村民们对伪军的怨恨。剧中的大婶是一个很典型的形象。在她身上体现出了自私和狭隘的意识。她痛恨日伪军，感到八路军好，但却只想站在中间观望，因此她非常不满地说："我，我快给你们爷儿们气死了。大儿子不学好，吃喝嫖赌，家里呆不住，上了大楼当了兵，是无奈的事；春上你这老糊涂又把老二打发去当八路，老三小金那小

---

① 任孚先等：《山东解放区文学概观》，山东人民出版社1983年版。
② 姚尔觉：《话剧创作的新阶段》，载《山东文化》1944年第2卷第2期。

畜类也成天学着站岗放哨。"事实上是没有中间路可走的,大婶的悲剧也就在这里。

话剧《一家人》,作者留波。军民一家是我军打败日寇和蒋家王朝的根本所在。《一家人》写了李大爷一家与住在他们家的八路军战士的关系,由不融洽到亲密如一家的过程。这个转变非常有代表性地说明了军民一家的实质。一开始李大爷并不欢迎军队住到他家,原因是出于对以前住军的坏印象。生活的艰难养成了李大爷仔细勤俭的习惯,而年轻战士却不能理解这一点,毛手毛脚又不知道爱惜东西,矛盾就产生了。战士们在接触中了解了大爷的情况和困难,并尽力帮助了他,受感动的大爷重新认识了这些战士;而战士们在与大娘大爷的接触中,得到了大娘的真诚的关怀,理解了大爷的"不近人情",大家在互相帮助和互相了解中增强了感情,加深了友谊,最后就像一家人一样亲密无间。

这方面话剧的共同特点是塑造了普通老百姓的形象,他们说的是地道的老百姓的语言。由于这些素材来自生活,让我们看起来是那么的真实,那么的亲切。虽然这时话剧的宣传教育功能占主导地位,但是话剧的艺术性也得到了不断地提高。

三 反映解放区人民土地改革运动的作品

解放区人民在抗日战争和解放战争中有着不可磨灭的功绩,不论从人力还是物力上都做出了巨大的无私的贡献。解放区人民所具备的觉悟和物资力量,来源于我党领导的减租增资、土地改革等运动。通过这些运动贫苦农民的经济生活得到了改善和提高,农民得到了土地后成了真正的主人,在同地主土豪的斗争中阶级觉悟有了很大的提高,这是中国革命史上一个很重要的阶段。这段历史在山东话剧史上有着充分的反映。

《铁牛与病鸭》的编剧王汝俊,1920年出生在江西丰县。1938年参加八路军,曾任八路军一一五师五旅宣传队长、师政治部战士剧社副主任,鲁南军区宣传队队长等职。《铁牛与病鸭》创作于1942年,另外还创作了《老婆婆的觉悟》《抗争》《汪精卫出嫁》等剧本。《铁牛与病鸭》描写的就是在抗日根据地开展减租增资的事情。减租增资是我党1942年在根据地开展的一场运动,目的是发展生产,改善贫雇农的生活。因为损伤了地主阶级的利益,所以地主阶级和贫雇农形成了尖锐的矛盾。剧本就是真实地反映了地主阶级和贫雇农的矛盾和斗争。《铁牛与病鸭》也获得了"八月征文"的第一奖，并且是四个一等奖中唯一一个反映根据地群众斗争生活的话剧，虽然存在一些缺点，但是却赢得了当时评奖的戏委会的好评，认为："它开始真正深入到大众生活中去发掘题材，是适合于面向工农兵的创作方向的，而这正是过去剧作所有意无意地忽视了的，而为今后剧作应该努力的主要目标。"①

铁牛、病鸭是作者笔下两个性格鲜明的人物，也是当时很典型的两种代表人物。铁牛所代表的是贫雇农中坚定的革命派，即正直坦荡敢于斗争，又能根据政策讲究斗争策略，取得斗争的胜利。病鸭是个胆小怕事的人，在他身上体现了"两面性"。一方面，盼望贫雇农和地主的斗争取得胜利，他可以提高工钱，而这工钱对他来说是救命用的；但另一方面他又怕得罪东家，想靠委曲求全来得到东家的同情和怜悯。在减租增资运动初期病鸭这类人数量还是相当多的，很具有典型性。《铁牛与病鸭》演出后，影响较大，通过舞台上的生活中真实再现的人物，认识到委曲求全不可能求全，只有斗争才有出路。其他的人物也都写得栩栩如生。

这方面题材的剧本还有三幕话剧《群策群为》，这个戏也是反映农村减租减息斗争的。地主恶霸多年来欺压贫苦农民，他们靠的是剥削农民多收租子富起来，减租就好像在割他们的肉，对立情绪可想而知。这个剧中充分展示了地主恶霸的狡诈和狠毒，告诉人们斗争是残酷的，是你死我活的，一点点侥幸心理、一点点脆弱都会导致失败。只有贫苦农民团结一致，和他们作坚决的斗争，才能取得胜利解放自己。这个剧的演出在当地引起了很大的反响，后又被调到上级领导机关汇报演出，同样得到了好评。山东省战工会授予《群策群力》奖状和奖金。

《群策群力》的作者虞棘，山东掖县人，1916 年出生。虞棘是一个多产而且题材多样的编剧；不仅如此，他还是一个不错的导演和演员。他 1938 年参加革命后就一直从事部队文艺工作，1939 年担任了国防剧团的团长直到 1949 年。这期间，他编写的主要话剧和歌剧剧本有：《雨过天晴》《群策群力》《气壮山河》《炮火之晨》《十字路口》《三世仇》等。他还在话剧《流寇队长》中饰队长，1941 年演出的《李秀成之死》中

---

① 《评第一奖的四个剧本》载《山东文化》1943 年第一卷。

饰李秀成。1948年,虞棘又"根据1947年土改运动中了解的情况,和同志们在部队搜集的战士忆苦材料编写"了十一场歌剧《三世仇》。《三世仇》写的是:恶霸地主"活剥皮"看中了贫农王老五的一块全家赖以生存的地,就不择手段地要占为己有。为了这块地,他贿赂"伪县长"害死了爷爷王老五,又逼得虎儿妈上吊自尽。虎儿的妹妹被卖在地主家,家中只剩下了虎儿一人,"活剥皮"又叫人放火烧了虎儿家的房子,妄图烧死虎儿,幸亏乡亲们将他营救,九死一生的虎儿在乡亲们的帮助下,到了解放区,参加了解放军,跟着队伍解放了家乡,活捉了"活剥皮",成长为一名勇敢的革命战士。这部剧作对部队的阶级教育起到了很好的作用,激发了战士们的无产阶级感情。

《群策群力》和《三世仇》可以说是虞棘的代表作,特别是《三世仇》代表了他1949年前的最高成就。虞棘的剧作有几个特点。首先是取材。他的话剧都是来自于根据地的斗争生活,《群策群力》产生于土改运动中;《气壮山河》有感于革命先烈的悲壮事迹;《解放》出自"解放"战士对两种军队的不同感受,说明了人民军队必胜的内涵;《三世仇》则写了农村残酷的阶级压迫,告诉人民只有跟着共产党闹革命,才能翻身得解放。其次,虞棘剧作中的主要人物具有典型性。《群策群力》中的老马和三羊,老马代表了贫雇农中的疾恶如仇,敢于斗争的一批人,三羊代表了那些胆小怕事的人;《三世仇》里的虎儿是贫苦农民在部队里成长的代表。人物个性化的语言也是虞棘作品中的一个突出特点。《群策群力》中老马和三羊,老马性格耿直倔强,是非分明,对地主为省柴故意做夹生饭之事,表示了极大的愤慨,"顿顿饭不是少,就是生,问问他还不说理,这份气谁受得了!""他这回要是不说理,王八蛋才在这里干呢!"而性格懦弱、胆小怕事的三羊,却逆来顺受,"凑付着吃了吧,老马,快别跟掌柜的磨嘴了。""就说做的饭生吧,少吧,总比饿着肚子没饭吃强得多啊!"通过两人对话,两个个性不同的人物活灵活现的展示在我们面前。

第四节 "杰出剧作家"宋之的和他的《故乡》

这期间,还有两部剧作不能不提,这就是宋之的1946年到1948年在山东期间创作的《群猴》和《故乡》。宋之的,原名宋汝昭(1914—

1956），出生于河北省丰润县，1930年开始在北平参加左翼戏剧运动，一生共创作剧本40个。1956年因肝病英年早逝。茅盾在宋之的墓前举行的告别仪式上说："宋之的同志是杰出的剧作家，他的逝世，是我们文艺界，也是我们国家的很大损失。"宋之的是把话剧作为武器来使用的，曲六乙对宋之的的剧作是这样评价的："他的创作生活，充满了战斗性和坚韧性。他的剧作，一般来说自始至终都是在先进政治思想指导下进行的，每部作品都表现出他的毫不含混的政治目的。""主体总是鲜明的，政治倾向鲜明，思想有棱有角，深邃而不晦涩。作品的情调，清洗朴素与结实，气势磅礴，全凭本色。而那俏皮的对话，活泼的语言，健朗的基调，明快的节奏和粗犷豪放的风格，构成了作品所具有的特色。"[①] 其代表作品有《雾重庆》，与老舍合写的《国家至上》，与夏衍、于伶合写的《戏剧春秋》等。1946年，宋之的曾在山东大学任教授，当年秋季，创作了独幕剧《群猴》。《群猴》是一出揭露国民党竞选国大代表丑行的喜剧，其中又有很浓的闹剧色彩，剧中表现了各派系的一群代表耍猴式的种种丑态，显示了作家高明的艺术技巧，在当时和解放初期被各剧团争相演出，并引起了轰动。作者辛辣的讽刺艺术起到了良好的政治宣传作用。

1947年，宋之的随山东大学转移到胶东，写了独幕剧《故乡》。《故乡》描写了山东解放区人民当家作主后的幸福生活，通过一个农民家庭的幸福生活烛照出整个解放区的翻天覆地的变化。逃荒要饭的父子俩回到解放了的家乡，修了房子，分了地，儿子娶上了媳妇，吃的饱穿的暖，媳妇参加了识字班，学文化知识和革命道理，儿子积极报名参军，保卫胜利果实。最后，十五年前也出去逃命要饭的母亲经过千难万险也回到了家。此剧没有突出矛盾和冲突，整个剧像一篇散文，一幅画，把人带进根据地人民的丰衣足食干劲十足的情景中去。但是，剧一开始就设置了一个悬念——分离十五年的母亲和妹妹现在在哪里，他们的命运紧紧地牵动着观众的心。剧中只写了一个家庭，四个人——父亲、儿子、新婚的儿媳和失散十五年的母亲，发生在这个家中一晚上的事情，就让人感到了解放区人民热气腾腾的新生活，显示了作者的艺术功力。

剧中的人物性格鲜明，父亲安元振在地主的欺压下饱经磨难，对共产

---

① 曲六乙：《试论宋之的的剧作》见《宋之的研究资料》解放军文艺出版社1987年版。

党带来的新生活充满感激之情。他支持儿子去参军,保卫胜利果实,儿子不在家他要更努力生产。秀兰是剧中给人印象最深的一个,当公公因儿子参军又一次回忆起十五年前的悲惨一幕时,这是个说了八百遍的事情,秀兰仍耐心听,并不断地用自己新学到的革命道理纠正公公的说法,让我们看到了一个善良有觉悟的小媳妇。她的善良和觉悟还体现在对一个衣衫褴褛的要饭老太太的态度和支持丈夫去参军上。她聪明好学,性格开朗活泼,给人以激情和力量,是根据地翻身妇女精神面貌的集中体现。剧中的母亲,虽然出场很晚,但也给观众留下较深的印象,一身破烂的衣服,惊恐不安的神情,战战兢兢的话语,一个生活在最底层,倍受迫害的形象出现在我们面前,和其他三人的主人翁形象形成鲜明的对比,给人以较深的感触。此剧不是以大团圆结尾。母亲回来了,妹妹却不知是生是死;母亲回来了,儿子参军马上就要离开家。但是整个剧却洋溢着一种积极向上的气氛,他们要努力生产,积极参军,打倒反动派,保卫家乡,让老百姓永远过好日子。剧中的地方语言更好地体现了人物的情感,让人感到亲切。

《故乡》和《群猴》两部剧作题材内容形成鲜明的对比。1948年,作者将这两个独幕剧合为《人与畜》出版。虽然宋之的在山东只待了两年,但他留下的这两部剧作对山东的话剧创作产生了积极的影响。

第二编

当代前期山东文学（1950—1976）

第十章 当代文学——新诗转型期

从 1949 年新中国成立后，到 1976 年"文革"期间，山东诗坛大势是随着战争与和平的转换，而进入了和平时期，这也是新诗的艺术转型期。这个转型期大体上以强调战地宣传转向政治抒情为起点，但是由于在这个阶段共和国仍处在"冷战"的国际氛围之下，政治抒情诗遂成为艺术主流的载体——颂歌与战歌，属于这时期时尚的诗体；而且有的诗人本来就起步于战争年代，他们也势必自觉不自觉地，前承战争年代形成的写作风格，并且随着生活题材的变化，开始了新的诗艺探索；或者是根据新的抒情主题的提倡，而在表现内容上有所取舍……在得失取舍之间，可以看出山东诗人特有的文化心态。由于他们受到了传统齐鲁文化和解放区革命文化双重的影响，形象化诗歌就自然构成了山东当代诗坛重要的特色之一。

同时，有的年轻诗人刚起步，他们的艺术生命力要一直延伸到新时期乃至新世纪，而至今仍在辛勤笔耕——其创作风貌的变化，也是显而易见的。这种转变，也属于新诗转型期的一个组成部分：他们的作品带来了新的发展契机，并且在后来有了新的突破。这就难免带来艺术分期的复杂性。我们只能根据诗人个体创作的基本面貌，把时间的自然顺序和发展的艺术趋势结合起来，进行一种整体的阐释。于是，历史的与美学的因素，都在分期中表现出来。

第一节 和平带来的变化

和平，宣告了战争年代的结束；和平，意味着建设时期的开始。和平与建设，意味着憧憬与追求。只有当建设改变了落后的经济面貌，山东大地才可能通过工业化进程,为诗坛打造新的文化背景。20世纪50年代初期,世界和平运动曾经是我国的外交方略。同时,和平带来了新的审美心态,人们有条件从容地欣赏艺术品了。事实上,当代文学的诗歌艺术作为新诗转型期最初的作品,首先便立足于和平时代和建设的抒情主题。在这里,战争与和平,是两种不同的创作环境;而且和平带来的变化,首先是安全感、安定感,以及由此而来的社会主体对于建设未来幸福生活的美好憧憬。当代文学取代现代文学,就同这一审美接受心态的转化有关。我们知道,在战时环境的制约下,诗歌艺术有利于加强部队战斗力的宣传特性,不得不被充分调动起来;而到了新中国成立后,政治讽刺诗就逐渐被代之以政治抒情诗。尤其是在长期的和平环境中,人们钟爱的爱情诗、纪游诗、儿童诗等种种生活气息更加浓厚的诗体,也就自然地发展起来。诗歌,成为在幸福家园中开放的花朵。

老诗人宋协周的创作历程,就颇具代表性。

宋协周(1927—),山东莱阳人,字旷放,笔名宁岛,1944年参加革命,其生活阅历相当丰富。诗人曾经在小学任教,后来从事过多种基层工作,任区文教助理、县政府秘书,也在中学和大学任过职,后来在省委宣传部、报社和出版社担任领导工作。宋协周的创作道路,经历了一个由国际讽刺诗、政治抒情诗、纪游诗的诗歌文体嬗替过程,这一过程与他的社会经历有关——诗人眼界既广,情怀便宽。诗人向往的艺术境界,如他在《散步散心集》的《自序》中所道,是"文心宽似海,诗胆大如天"。其主要著作,有诗集《东风集》《声情集》《万里情韵》,散文集《散步散心集》等。

战争年代形成的战时情思与基层写作传统,使宋协周看重诗歌的宣传作用。这一点,他同苗得雨相似。所以在1962年出版的《东风集》中的前半部分,主要就是国际讽刺诗创作——这些作品开始于1945年,终结于1961年,构成了诗人在50年代的重要探索内容。战地宣传的需要,使得这种诗艺近似"活报剧",注重抓住时事,丑化敌人以鼓舞士气。袁水拍、臧克家的政治讽刺诗,也与此相仿。由于战争年代的体验和新中国成立初期的环境,政治讽刺诗的艺术自然延续下来,并且在50年代开始蜕变为政治抒情诗。大体上,宋协周主要是以幽默的语言,漫画的手法,喜剧的情节,结合国际舞台上的重大政治事件发言,来发挥作品的匕首投枪作用。如结合攻克柏林写《希特勒的命运》，结合抗美援朝写《杜鲁门和麦克阿瑟的悲伤》，这些作品绘声绘色，朗诵时可以产生强烈的表演效果。所以读了《东风集》后，著名政治讽刺诗人袁水拍认为，这些国际讽刺诗"蛮有味道"，同时他又提出："不过，这条路子太窄，不如写抒情诗那么海阔天高"。① 袁水拍这个意见的重要性，是在于这种审美意识背后，趋向抒情的文体演化轨迹揭示了 50 年代以来诗歌习尚转化的基本思路。新中国成立之后由于和平取代了战争，抒情诗就比讽刺诗更有广阔的表现天地。华夏民族的自强不息，即将通过建设新社会的方式表现出来。抒情诗的天地，自然要比讽刺诗更加广阔，袁水拍作为著名的讽刺诗人，他的判断当然让人信服。新中国成立后山东现代化、工业化、城市化、市场化的历史进程，不能不影响诗人的创作心态。

同时，诗人写自己最熟悉的内容，才能表现得更加深刻。宋协周接受了这个意见，加大了自身诗艺的抒情性。事实上，从 50 年代后期到 60 年代初期，诗人已经更多地转向政治抒情诗的创作，因此在《东风集》的后半部分，就已经多为抒情之作，其中又有不少散文诗。从诗路的转化与丰富中，可以窥见诗人强化自身艺术修养的努力。他说过："古代的杜甫，近代的何绍基，现代和当代的臧克家、郭小川等，我从他们身上学到的东西似乎多一些。"② 大体上，宋协周主要是学习杜甫的见识和朴素，学习何绍基的奔放与豪爽，学习臧克家的严谨与细密，学习郭小川的气质和韵律。在他笔下，歌颂老教授刻苦攻读的《夜半灯火》，描写胶东渔民丰收的《吟春汛》，都表现出写实意向。诗人思路豪放而措辞精细，有一种自然挥洒的声情之美。这些特色，其实也预示了诗人后来的发展倾向。因为战争与和平的转换，制约了诗人的抒情主题，使政治抒情诗走向成熟。

宋协周新中国成立后新的探索，首先便集中于政治抒情诗这个新的领域。创作于《东风集》之后的作品（包括在《夜半灯火》基础上改写的《老教授的窗口》），开始于 60 年代初期，又跨越了"文革"期间，从 70 年代后期一直延续到 80 年代前期。出版于 1983 年的政治抒情诗集《声情

---

① 宋协周：《散步散心集》，山东文艺出版社 1991 年版，第 115 页。
② 同上书，第 168、170 页。

集》，代表了诗人新的收获。在此期间，宋协周努力感应时代的脉搏，尽情吹响大时代的号角。他以郭小川、贺敬之为政治抒情诗创作的榜样，潜心体会郭小川"朴素与华丽、含蓄与明朗、雄浑与细腻的统一"，[1] 创作中力求声情之美，在抒情的艺术章法上也有了更加宏阔的局面。诗人坦然而对"文革"后期人们对政治抒情诗的责难，强调政治抒情诗的"阵地"意识，主张以观点正确的政治抒情诗来反击"四人帮"，其胆识令人钦佩。在作品中，他也表现出鲜明的历史感和现实感，如《天安门的喜怒哀乐》长约500行，从明朝永乐年间写到粉碎"四人帮"，表现出诗人的史诗意向。

从政治抒情诗转向纪游诗，标志着宋协周审美艺术视野的焦点，已经由社会美延伸到自然美。创作于70年代和80年代的《万里情韵》，传达了诗人新的审美理想。如《万寿山之恋》的抒情主人公所说："初恋者愿意到这里，这里可以使话题纷纭……热恋者也愿意到这里，这里可以使情丝向高处延伸……"纪游诗就此成为延伸文学道路的一个选择。说起来，宋协周的纪游诗集《万里情韵》的产生，还离不开老诗人李季的建议。在一次诗歌朗诵会上，李季曾经对宋协周说："他（何达）的纪游诗更出色，你今后也不妨在这个领域涉足一番，把你的政治抒情诗打开一个缺口。"[2] 所谓"打开一个缺口"，也就是扩展审美的艺术视野。于是"北京山影、东北诗签、广州行吟、南海航咏、海南拾翠"……诗人行万里路，大抒自己爱好河山的情怀。这种新的抒情方式，在诗集中又是以地域为单元，以审美判断为主干的。远行的观感，成为构思的起点，《翠》这首诗如是说：

> 海南的特色一句话：满眼皆翠。
> 椰林青翠，蕉林绿翠，竹林碧翠……
> 因此，海南的脊梁——五指山啊，
> 可以说是海拔一千八百多公尺的堆翠、叠翠、垒翠……
> 我第一次生活在这迷人的"翠的世界"，我第一次形象

---

[1] 宋协周：《敬步散心集》，山东文艺出版社1991年版，第168、170页。
[2] 宋协周：《万里情韵·序》，花城出版社1989年版。

> 地理解了"翠微"这个美妙的词汇……
> "翠的色彩"使我心神清爽,
> "翠的溪流"轻轻淌过我的胸扉——
> 它不是长江,也不是黄河,
> 而是翠波闪烁的万泉河在安详地似睡不睡……
> 我爱海南岛,爱这翠微之地啊,
> 正是这翠景翠情,浸润并启迪着我的心怀;
> 当然,我更爱它的开拓者和耕耘者——
> 插翠、种翠、收翠、藏翠的父老兄弟、婆姑姊妹!

这种精细的审美判断,当然离不开诗人的艺术修养。

有时,诗人对自然美的欣赏渗透了自己的史识与文思,如《我行吟在武汉东湖》说抒情主人公"把美感之水与东湖汇合",亦即"从屈原的《桔颂》,/到黄庭坚的《武昌松风阁》;/从李白的《鹦鹉洲》,/到苏轼的《定风波》……"有时,诗人对自然美的欣赏渗透了自己的艺术见解,如《漫步瘦西湖》对瘦西湖之美的巧妙论说:"不在于:一叶扁舟,数声去橹,/不在于:撒着轻歌,载着细语……/而在于她有自己的独特风格,/弯弯曲曲,垂柳掩护,越望越不断,越步越宽舒……"其中是不是也表现出宋协周对于诗歌艺术的会心领悟?——对于诗人,那虚实相生的风景,正是全新的艺术境界。

在山东诗坛上,以政治抒情诗见长、并且向多种诗体发展的诗人还有高平、牛明通、马恒祥等。高平(1932—),山东济阳人,在济南就学时开始创作,后来成为西藏平叛战场上的诗人。高平于1949年入伍,随即进军大西北,后来在西藏军区工作8年。所以高平最初的诗歌,深深打上了战场的印记。后来他在1958年调甘肃省歌舞团任编剧,更加强化了他的叙事倾向。高平现为甘肃省作家协会主席,主要著有诗集《珠穆朗玛》《拉萨的黎明》《大雪纷飞》《川藏公路之歌》《古堡》《帅星初升》《冬雷》《山水情》,等等。

长期的军旅生涯,使得战士生活诗、边疆叙事诗成为诗人的两大重头戏。叙事长诗"西藏三部曲"是他的代表作。在进军西藏时,诗人曾经步行数千里,跨越横断山,在先遣部队最前方的连队代职文化干事。重要文献《关于和平解放西藏办法的协议》送到前线后,也是他最先向全连战士宣读……这样的经历,导致生动的回忆、丰富的生活体验,构成诗人创作的最大本钱。他有很强的叙事能力,擅长以带有藏族民歌风情的抒情语言,讲述在青藏高原上发生的传奇性故事。由于他转业到地方工作后,继续留在西部地区,边疆生活的观感,就更多进入了诗人的艺术视野。多年不间断的体验生活和工作访问,使高平去过国内外许多地方,这些见闻和阅历,也为诗人带来许多美丽的诗行。如《舞蹈》:

双脚像骏马疾驰,
双臂像雄鹰展翅,
动作毫不费力,
就搬来了西藏的天地。

诗是文字的舞蹈,
舞蹈是动作的诗;
它们越是浓缩,
越能流传不息。

诗中充满了审美情趣,叙事平和而喜形于色,从中可以看出诗人对西藏的一片深情。

牛明通(1938—),山东邹平人,从20世纪50年代开始业余创作,发表诗歌300多首,60年代毕业于中央戏剧学院,曾长期从事编辑工作,著有诗集《火红的朝霞》《振兴之歌》等。在那个颂歌飞扬、战歌嘹亮的岁月里,诗人自然而然地成为以政治抒情诗为主要文体的歌手。他的诗作,抒情深入而亲切,形象比较自然生动,视野开阔,用语晓畅,颇具感染力。例如《祖国的早晨》唱道:

歌唱你呵,祖国的早晨!
在你的霞光中开始了新的劳动:
田野——落霞,
车间——飞虹……

祖国的早晨呵，声浪沸腾，
将一曲曲凯歌用汗水谱成；
毛泽东思想指引我们前进，
把胜利的旗帜插上时代高峰！

在政治抒情诗渐成习套的情况下，诗人力避陈词，把思想观念加以形象化，这是很不容易的。组诗《北京抒情》表现出诗人新的艺术追求，把写景的成分融进政治抒情诗，让思想观念在新奇的场面中加以意境化。犹如《香山红叶》这首诗说："染红了地，/映红了天，/秋风阵阵醉香山。/假日香山人如潮，/人心如燃山似焰。/呵，香山红叶，/哗哗啦啦——/在歌声里抖，/在笑语中翻。"用语避熟就新，诗人把抒情场景放在休闲场所，让"红色"更加人情化，这里面，确有作者的艺术苦心在。

马恒祥（1946—），山东潍坊人，多年从事文学编辑工作，并在编辑之余从事诗歌创作，已经发表诗歌千余首，出版了《初恋之歌》《马恒祥诗选》等5部诗集，现任山东作协副主席。他的创作起步于70年代，其文思则与这个阶段的诗坛风格相契合。进入新时期后，尝试爱情诗写作，很有收获，更进而写起山水诗、都市诗、儿童诗、叙事诗，开辟了诗歌创作的新套路。《老房子》这首诗，可以说是代表了诗人的文化反思：

曾祖父繁衍祖父的地方
祖父繁衍父亲的地方
父亲繁衍我的地方
几代母亲的呻吟
使你更衰老了

腐朽的梁是遗传
剥落的墙壁是遗传
昏暗的木格窗是遗传
只有我这颗不安分的心
不是你的遗传

它有太多奢望

我喜欢立体思维
脑电波总向八方辐射
你却是封闭的
满足于遮蔽风雨
我追求强烈节奏
让每一步都踏响一声惊雷
你却是凝滞的
乐于在历史中徜徉
我崇拜太阳神
期望它在我的脉管里运行
期望它在我妻子的乳房里旋转
加热我们的精血和乳汁
孕育我们的儿子
我们的儿子
应有太阳一样光热的胸
应有太阳光一样挺直的脊梁
而你总是把太阳雨关在门外
怕那幅古老的中堂画轴
被阳光褪了颜色

于是
我同你矛盾
我同你冲突
你把叛逆和不孝的罪名加给我
然而
我依然要
在埋葬古梦的地方
建我的大厦

这种文化反思，也带有政治抒情诗的味道，但是它已经发生了巨变——诗人用象征的手法，表达了创新的意愿，显示了开拓的意志——那正是表现了改革开放的时代精神。

第二节 乡土诗的自我完善

乡土诗歌的审美意义，在于它同解放区诗歌之间的深刻联系。经过了朗诵诗、民歌体叙事诗、政治抒情诗的演变过程，解放区诗歌成为形象化新诗的典型形态。这种艺术形态，主要是诗人在形象认知的基础上向"大我"说"大事"，以再现因素充实表现成分，从而促使新诗审美社会化，亦即以大众合唱式的艺术共鸣，来取代以往意象化诗歌那种讲悄悄话式的抒写心境体验，其目的在于表达社会美理想。这种战时色彩颇浓的艺术形态，在当代诗坛上自然会逐渐被淡化，其中的表现形式之一，就是乡土诗的自我完善进程。

一 乡土观念的演进

乡土诗是当代山东诗坛的强项，它与齐鲁诗坛的艺术风貌息息相关，并且有一个自我完善的发展演化进程。乡土诗的兴盛，最初是在战争年代，由于社会焦点在于抗战的胜利，一切都要为战争服务，这就必定要求强化诗人的民族意识和实践意识。抗战是整个民族的社会实践，民族意识取代了张扬个性的自我意识，促使"小我"走向了"大我"，实现了抒情的工农兵本位；而实践意识则取代了张扬自我的个性意识，用"大事"代替了"心事"，形成了以政论性为中心的抒情传统。自抗日战争以来，在朗诵诗、民歌体叙事诗、政治抒情诗顺延的形象化艺术流程中，山东乡土诗成为一大特长品种。

苗得雨和阎一强，是早期山东乡土诗的代表性诗人。苗得雨以前已经有所论述。阎一强（1933—1974），是山东商河人，他1949年参加革命，1951年发表诗作，著有诗集《布谷鸟》《沂蒙赞》等。他们的作品表明，乡土诗体现了审美社会化的主旨，在于造成接受主体的群体"心理场"，这不但关系到艺术传达的形式，更加决定了艺术表现的内容。传统乡土诗的艺术特色，似乎在于强调政论性、形象化、民歌体，以实现对社会群体传统审美风俗的确认。政论性曾经构成乡土诗艺术的核心，它使群体理性成为贯穿现实主义和浪漫主义的内在线索；形象化技巧基于叙事，易于认知，有较强的再现功能，可以寓理于事，成为政论的艺术载体；而且民歌体作为乡土诗的形式，便于叙事采用小说的内容，令读者喜闻乐见。三者合一的乡土诗，逐渐形成一种艺术表现的定式。

问题在于，随着社会审美习俗的发展演化，乡土诗不可能成为一种固定模式。乡土诗艺术的发展，也就势在必然。诗人姚焕吉（1944—），山东蓬莱人，60年代初开始发表诗歌作品，著有诗集《八音鸟》《雁阵》等多种，《八音鸟》中他就曾经采取以山水诗取代乡土诗的抒情策略，《雁阵》进一步从写景到写意，注重了意象的经营。由此可见，乡土诗可以有多样的风貌，而且长期以来乡土诗本身的艺术品格，也是在变化中。张中海（1954—），山东临朐人，著有诗集《田园的忧郁》《现代田园诗》等，他就曾经在《荒原写意》这首诗里说："红灯亮的时候，我看到一个/白胡子老头领着娃娃走过街头/绿灯亮的时候，我看到一个/娃娃牵着白胡子老头走过街头"诗句看似朦胧，其实寓意很明显：在缺乏创意的诗坛上，传统的经验具有"领导"的功用；而在创新的诗坛上，新鲜的探索与实验，就成为推动艺术发展的发动机。诗人的《黑马》说："远离马群/远离鞍和老骥的槽枥/黑马来到这儿/独自行走"。个性是创新的本钱，要告别传统，"黑马"就要"远离马群"。乡土诗的发展，也不例外。"黑马"总是卓尔不群的创造者，对于诗人来说，就更是如此。

乡土诗人丁庆友和王耀东，在山东诗坛上颇有代表性。他们的创作表明，乡土诗并非一成不变，并非缺乏艺术的开拓空间，它是一种包容性很大，颇具弹性和张力的艺术形式。从新中国成立后到新时期，山东的乡土诗风可以说是今非昔比。归根结底，它意味着文化环境的巨变，导致了乡土观念的演进，并以现代意识促成了乡土诗风的变迁。这个变化的关键，主要在于北京诗人海子的影响。因为海子的诗当时很有影响力，他笔下的"麦子"意象，乃是成长中的生命的象征；他笔下的"大地"意象，乃是包蕴万物、孕育万物的母亲的象征。在现代哲思的启示下，乡土诗完成了自己的艺术转型。所以李掖平这样评说丁庆友："作者带着对家乡农民的深爱和基于对具体生活的熟稔进行这种场景描绘，虽然真切，最终绘成的却是一幅实象，一幅政策好积极性高的图解，其精神旨趣并不在人，而且诗句在朴直中露出一览无余的浅淡。而1985年以后农民形象再次出现在他的笔下时，他取了'红高粱'这样一个象征性的意象来传达自己的新的理解和感受"[①]。《红高粱》这首诗，的确是丁庆友的力作，也是乡土诗的新收获。丁庆友（1948—）山东冠县人，任职于胜利油田，著有诗集《家乡呵，家乡》《荒沙·荒原》《酸枣那棵树》，等等，乃是一位出身于农家的乡土诗人。他的创作，开始于"文革"期间，其风格是长于叙述农家的岁月，喜欢描述田园的风光，而对于黄土地上锄禾者的精神风采，更是烂熟于心，往往随手点染，便可以写貌传神，令农家儿的神韵气质跃然纸上。

80年代中期，丁庆友的乡土诗艺术有了新的突破，其代表作《红高粱》和《老牛》都运用了拟人手法，前者写群体之神，后者写个体之态，但是传神写照总如项庄舞剑，意在沛公，充满了象征的意味。《红高粱》说："要不然／小小的一粒种子／敢闯到这个世界来／／九九八十一难／有雷殛它／有风折它／死死生生的事情／红高粱经历得还少么／所有的根须／像鹰爪一样的／蜷着／紧紧地攥住泥土／不这样／在这个世界上／就站不住脚／也不是没有创伤／／只要不死／就在伤处振作／长出来的／就是一颗燃烧的头颅／也不是没有死者／一年之后／还回到这个世界来／还红火火揭竿而起／还是一群大骨节的男人／／祖祖辈辈／红高粱／摸索着向上成长／／所以，人们都说／世界上／红高粱不会绝种"。诗人运笔的起势是极突兀的，上来就以"要不然"这三个字，唤醒一大片浓浓的乡土气息。诗人的神情透过语气，一直迫向眉睫，令读者透不过气来。气若飞虹的语势，在夹杂反问、论证、驳难的过程中，令阳刚之气扑面而来。于是"气盛言宜"的感叹，也就在读者心头闪闪烁烁。然后，一连串的"还少么"、"不这样"、"也不是"等，势若贯珠，连绵而至，成就了语言的张力，让全诗似乎在答辩的语境中一气呵成。在这里，紧张的语感来自于悲剧性的抒情氛围。那"小小的一粒种子"与"这个世界"的对抗、冲突，是一种在"祖祖辈辈"苦难身世里提炼而成的崇高境界。闯世界历经"九九八十一难"，生生死死，"有雷殛它"、"有风折它"，生存的艰苦就像是上西天去取经。诗人告诉我们，生活本来就是不容易的。唯其如此，"攥住泥土"也就成

[①] 李掖平：《新时期文学综论》，中国文联出版社1999年版，第156页。

为"所有的根须"共同的姿态。百折不挠的奋斗，使得"红高粱"变成英雄的群像，那是不屈的生命，那是永恒的精神，感天地，泣鬼神——受伤了，从伤口再长出"一颗燃烧的头颅"；死了，还要"回到这个世界"，继续"红火火揭竿而起"，他们永远是"一群大骨节的男人"……利用红高粱的植物品格，诗人表现出农民强悍的生命力，人性的庄严就凸显在我们面前。一种非常悲壮的情怀，使得《红高粱》《老牛》中的诗句，成为丁庆友不可能笑着说，亦不肯哭着说的农家语。《红高粱》的悲壮，可以称之为超越了悲的壮，令人悲伤的种种困苦，在被克服之后便不再生出悲凉之感，只剩下豪放的心情。"红高粱"的意象，处处突出人类力所难及的地方，来表现农民过人的豪迈刚强！唯其如此，《红高粱》这首诗象征农民，却又带有咏物诗意味。

丁庆友的诗作《老牛》则不然，它更像叙事诗，它在这首诗里的意象是坚忍的，其中有人生的无奈，所以悲中有壮，又在壮志里渗透了悲情——那九死犹未悔的情思，宛若六出祁山时的孔明，知其不可也要为之，于是更多人情味，更见悲剧性，以一缕婉转的哀思深入读者肺腑之间："什么都没有留下/只留下/一弯牛角//既然已死去/还有什么/难了难断的尘念呢//特别是黄昏/特别是微雨的黄昏/呜呜的牛角之声/让小村所有的扶犁手/举不动竹筷//就是那个微雨的黄昏/还有最后的一犁/你猝然倒了/双角深深扎入泥土/甚至来不及作一次挣扎/呕出那口猩红之血//你只是不想死在这个时候/你的灵魂得不到解脱/最后的一犁/是败笔/是你终生恨之所在//所以，你就断角以志/发誓/倘有来生/你还回这个世界来/是么？老牛"。如上所述，两首诗的意境虽然均以悲壮为抒情基调，一些细微处的差异，却促使"红高粱"意象具有"燃烧"的，亦即"红火火"的感情色彩；而"老牛"的视觉形象，却以"微雨的黄昏"为其背景，视线则聚焦在"一弯牛角"上面……如泣如诉，是"牛角"的呜咽，是"老牛"的心声，也是抒情主人公的娓娓低语。因为"拉犁"象征了生活的沉重，而任重道远的岂只是农家？不仅是孔明，不仅是岳飞，普天下未竟全功徒令英雄饮恨的悲剧，正不知有多少！于是诗意定格在抒情主人公与"老牛"的对话中，是悲剧性情境，规定了"灵魂得不到解脱"的心境，以及"断角以志"的语境。所以"拉犁"成为一种庄严的使命，而耕种的哲理，也来自生活的神圣感——"拉犁"如同军人的征战、琴师的演奏、画家的泼墨、球星的射门，乃是一种生命的形式，是心灵的寄托所在。可见"败笔"的比喻，以书法家运笔来拟喻"拉犁"的力度，乃是把诗人心目中最崇高的联想给了"老牛"——"一弯牛角"带来关于真善美的价值判断，表现出充满献身精神的人格理想。

在丁庆友的创作心境中，渗透了愚公式的先天伦理精神，寄托了或刚猛、或坚忍的乡土情怀。诗人对人生价值的执着追求，无论生死，亦不计得失。可见，丁庆友的乡土诗，形象虽然宽泛概括，却自有其典型性，因为诗中凝结了农家的智慧，以及愚公式的人格风范——抒情主人公相信，太阳每天都会升起，春天每年都会降临，只要自立自强，农家岁月与田园风光中都会洋溢健旺的生命力。当这种农家的智慧升华为生命的哲理，乡土诗就充满了现代意识和现代情韵。

二 论王耀东

王耀东（1940—）本名王德安，山东临朐人，行伍出身，现在潍坊市文联工作，著有诗集《战旗颂》《在历史的眼睛里》《崛起集》《爱的宝石花》《岁月的梭》《飘逝的彩云》《不流泪的土地》《走向辉煌之梦》《插翅膀的乡事》，等等。他本是军中诗人，早在60年代就擅长写部队生活诗；转业后又自80年代起以乡土诗名世，在90年代初成为新乡土诗的代表人物，引起了诗坛上广泛的注意。王耀东的乡土诗创作，达到了较高的境界。谢冕指出："他不是乡村风景照相式的照搬重现，而是一种刻骨铭心的风情的诗意重铸。他思及那一切，心灵中充满了美好的中国乡野的情致。他的歌里有牛犊撒欢和春雨落地的声音，他能够听见'牛吃草是最美的声音'，因为他熟悉和热爱那一切，因而他不是用耳、而是用心去感受并拥抱了那一片天籁。"① 这种感受的价值，在于把长期的感悟凝结为美感的结晶。诗人自己也说："乡土，是一本书。上面的每一页，似乎都是熟读了的东西，其实并不然。真正取其农人的一滴汗，一寸土，一粒粮，一个眼神，一个沉思，把它解剖开来，触摸到农人在抗争，在奋斗，以及在悲欢之中留下的踌躇，困惑，焦躁，看到历史文化在上面走过的脚

---

① 臧克家等：《王耀东与乡土诗》，百花文艺出版社1993年版，第124页。

印和积淀，就感到震撼了！"① 在某种意义上，它也可以称之为从个人社会感悟出发的乡土诗学。

王耀东的诗集《插翅膀的乡事》，在 2000 年出版于人民文学出版社。这部诗集标志了诗人对于乡土诗的新探索，其中凝聚着他的乡土诗学。事实上，一本诗集显然不同于诗论集，它首先要抒发诗人的情感——就诗集来谈诗学，往往会是勉强的；但是这部诗集确有不同，它体现了以诗论诗的民族文化传统，何况诗意与诗心同样也构成诗人自我意识的一个组成部分，所以由诗作而论诗学，就不算过分。尤其是读诗过程中的感受，也常常支持这种判断，例如诗集所谓"插翅"，便意味着超越，而非局限于写实；而且这部诗集，一共分为六卷，亦即："感觉的姿势、血融的真情、审视的形态、石雕的记忆、永恒的歌唱、时间的梦痕"——诗人对于诗的分类，显然含有关于诗法因素的考量。结合这六个方面，来谈这六卷诗，也是一种有意义的探索。因为这六个侧面，构成王耀东乡土诗的艺术系统。

感觉的姿势，渗透了抒情主人公的情态。《童年的阳光》写抒情主体那些铭心刻骨的感受，追溯诗意的源头所在："少年的纯情/如飞鸟划过碧空/飞向白云　飞向月宫/阳光载我在一朵荷叶上飞翔//露珠自叶尖滑落地上/时间走廊上有我惊恐的心跳/星星划落她的眼里/会发酵你一生的向往//童年的阳光/是一块不褪色的水晶/每一块棱镜上/都有珍宝贮藏"。在生活的积累中，感觉总会伴随相应的情态。诗意遂由感而发，诗人在过去、现在、未来的三棱镜中，与时间对话，亦即与生命对话。于是充满乡土气息的诗意，就仿佛《雁过长空》的歌唱，拥有辽远的时间与空间，又处处体贴入微，表现出细腻的感觉：

　　它的歌　总与辽阔
　　保持一种均衡
　　是散文的一种潇洒
　　散漫不经却又不失魂魄
　　如果有笔该描它的眼睛

---

① 王耀东：《插翅膀的乡事·自序》，人民文学出版社 2000 年版。

唯其如此，乡土诗并不是抒情主人公对乡野的照相。在诗人的心目中，大地是有深度的，乡土是有灵性的，而诗意是有生命的。王耀东遂在《玉米　仅是一道屏风》这首诗里说道，"叶片之下　遗落着野兽的指爪/叶片之上　有雷电撞击时火的灼伤/如果你坐在时间的外边/怎么也不会了解它哲理的妙处"。与大自然心心相印，抒情主人公脉脉含情的目光，使得物我两契，它给感觉以深度，乃是乡土诗特有的迷人之处。

血融的真情，决定了乡土诗的超越性。诗在情深处，诗在情浓处，在诗人心头久久品味着、思索着的地方。王耀东本是农家儿，故《痴情》这首诗说："在谁也不在意的时候/一只背篓系紧了/在山与茅屋之间/油画般的色彩越涂越浓/她只能站在小山上/透过那层薄雾，看水鸟起处/透明的归帆远去"。情怀犹如身体的一部分，原来最贴心的，也就是最真实的，它最近于诗人自己最亲切的记忆，其中渗透了诗人自己的向往和追求。在《质地——忆母亲做的鞋》这首诗里，诗人认为最深切的情思，决定了诗意的质地：

　　庄户鞋　最讲究质
　　质　这个最不善于
　　显山露水的东西　经得起用手摸
　　用心灵去探　靠岁月去磨
　　他和高雅与名贵
　　一个是塔尖上的亮光
　　一个是塔底下的坚石

若无深情，诗意何以动人？乡土诗的好处，其实就在于它来自最深最厚最浓的情思。是的，情若真，乡土的意象便淳朴感人。《声音——忆祖母》道："只要一站到那里/重新会感到空间的充实/她的声音　从遥远的地方走来/春凝缩为花/秋凝缩为果/每个季节都透过她的精巧与玲珑"。美丽的想象发自真情，发自最强烈的心理体验，激情就是想象的动力。抒情主人公于是说，活在心里的，才是诗意的声音。

审视的形态，对情而言是视角，对景而言是视线。有情有景方有诗，审视的方式决定诗歌意境的营构趋势，它又离不开构思的思路。所以王耀东认为，乡土诗是自己进入诗歌世界的一个切入口，他在《那条胡同》中说，乡土诗不是"死胡同"，因为乡土"是我少小阅读的最早的词汇"，在城市化进程中人们渐渐远离乡土，可是这样就会更加留恋乡土，"更觉它存在的逼真"。乡土是现在的镜子，乡土是过去的梦幻，诗人的回忆如镜，诗人的乡思如梦，因此抒情主人公要"从人们行走的习惯上／去另辟蹊径"，去开辟乡土诗的新境界。这种艺术追求，离不开诗人的生活积累。请读《往事》：

> 往事并非都是
> 值得翻阅的古籍
> 可是　走过一段土路之后
> 总想回回头　一种幽光
> 常常从砖缝中找到昂扬的叹息

抒情主人公的"往事"，出现在"揉皱的岁月里"，那是"从血槽中滚出活的化石"，而情感的记忆与往事同在，在诗人心中，表达深刻的体验就是他创作的动力。大体上，人生感悟越深刻，审美境界也就越独特，诗意的表现也就越需要创造力。但是，创造是以经验为基础的，独创的前提，反而离不开广泛的阅读与借鉴。借鉴在某种意义上对诗人来说，这是一种"对饮"。值得注意的是，在王耀东的《对饮》诗中，与抒情主人公相伴的有李清照、李白、苏轼；而诗人发现："不可能是同一个时辰／我们却饮的同一月色"。此外，"谁想到酒杯弄翻／新诗竟是个个失魂落魄"等诗句，则在忧患意识中，寄托了王耀东的自我期许。诗中说"狂有狂的好处"，抒情主人公强调博采众长，立志广交"天下同样的哥们"，诚然是一种反对画地为牢，主张一切为我所用的开放心态。

石雕的记忆，也许相当于王耀东的意象论。诗人行万里路，读万卷书，乃能在意象创造中左右逢源。所以《感觉西递》这首诗描写桃花源时，他强调"面孔和故事"要保持原色且充满力度；同时说文化记忆促使"农人们一个个坚硬的姿态／变成楹联哲理的内涵"。在王耀东心目中，无论"隔与不隔"，无论有限还是无限，诗人都要把意象立足于文化传统,"不被外来的风云迷乱"。王耀东近年来有志于阅读,在文化传统的研习中颇为用功。因此《阅读古田园》就会注意到"方言方语"中有一种"炉中熟透的味道/一点点一滴滴/粘粘的在我的手上/简直使我无法剥离"。他发现,在文化记忆的深处,把握这种难以穷尽、又充满张力的意象,正是表现诗意的不二法门。抒情主人公告诉我们:

> 于是　不得不改变
> 我的阅读方式
> 于是　我的胃中
> 有了一些丝丝缕缕的东西
> 我仅挑出一点
> 拉成丝
> 扯在阳光下观看
> 我发现　有一滴最亮的东西
> 盖有我的胎记

充满乡土气息的诗思就这样展开了,意象生成于最为浓郁的感受之中。然后,《陷在深处的脚印》指出:"月亮根本不存在虚无的问题",诗人的意象如一棵树,总是生长在历史的风雨里:"风是什么　忽东忽西/雨是什么　忽骤忽细/独立于村中　是大树一棵/任它是春天来秋天去/管它是桃花榴花吵的面红耳赤/那寺院的钟声响过之后/月亮照例在河中述说一夜不变的走向//孤独于世　自食其力命运挣扎构成一本长满皱纹的大书/记忆扎根泥土　宽宏养育了勇气/风车慢慢旋转　岁月缓慢有序/满池的红莲总在夏日瞬间伸展五指"。这样的意象,境界博大又深刻,思绪新鲜又自然//情怀朴实又丰盈,实在是诗的妙境。

永恒的歌唱,以乡土诗的情调,揭示了诗人的审美空间。在这里,历时性的生命感悟被诗意的节拍转化为一种共时性的情调。《不流泪的土地》告诉我们:"有流泪的乡村/就会有不流泪的土地",是二者共同构筑了乡土诗的审美空间。对于王耀东,乡土诗乃是心灵的印记,乡土诗的创作乃是"字写在旗上　遭受的鞭挞/风写在脸上　遭受的雷击/沉默以石头的形状/喧嚣以水的姿势/突然降临在流泪和不流泪之间/钻出的三棱蛇"。于是，乡土诗成为大地发出的永恒的声音。倾听这种声音，然后他的《最初的歌》就唱着：

> 牛吃青草是最美的音乐
> 眯起眼听着最起情
> 是三月春雨落地的声音
> 是芒种麦收割的声音
> 起情就张开嘴巴
> 根本不要曲调

所以乡土诗是天籁，有一种忘我的情调，是一种自然的歌唱。这种情调，犹如《拔节之韵》所形容的旋律："晨听其韵/志坚而意清/剑击石，石裂于岸/每一声断裂都伴着一种亢奋/昏听其韵/胜负有高野之辨/天之豁然/云之飘逸/拔节之声洞穿多少忧烦之事//拔节，阳刚之烈/击鼓之重/秋之原野/充盈在一种音乐的氛围/势必有一种渴望/在愉悦的悸动中/走向成熟"。忘我的境界，使得诗人超越了个人的局限性，小我便融进大我。农家的智慧，遂被提升为生命的情韵。大我的风情，人地的情调，生命的律动，就是乡土诗的本色。

时间的梦痕，以乡土诗的风格，揭示了诗人的文化空间。在这里，历时性的文化传统被想象的神韵转化为一种共时性的风格。行万里路，读万卷书，时间才被融进诗篇。《步向源头》认为，黄河的源头也就是历史的源头，那高原的冰雪结晶了一种"如玉的意志"。诗人感到，意象与精神是契合的，本源与本质是相通的，民族性灵之根丰富而深刻，它难以把握，难以穷尽，"语言在此失去魅力/不能组合形象/在她的晶体中 新颖和专注/使你的灵魂脱离本体"。离开小我，是进入大我的第一步。《黄河源探寻》指出，王耀东由此而领悟了文化，他感应了传统，发现了历史的力量：

> 于是 我开始理解
> 一滴净水 如何由清变浊
> 遂之响起音乐和声 调和着

> 黄色的随意性的天空　在
> 战争明灭之中，冷静和沉寂之时
> 母亲一句话的分量
> 以及寻不到根时　伏在黄土地上
> 那一声声嚎啕

王耀东顿悟了，也就找到探索的路。诗人发现：文化的传统是艺术探索的途径，又是精神血脉的源头，也是民族性灵的风骨。所以王耀东告诉我们，它表现为《碑林》诗中"汉字的舞蹈"。因此诗人在这首诗里，对我们说："欧柳颜赵/从各自的源头/喧哗夺路而来"，乡土诗的文化意象仿佛"笔锋旋转的翅膀/是一只只凌空飞翔的鹰/啄住你的眼睛/连灵魂也把你抱住"，读来令人为之心醉，充满了精神的魅力。

这也象征了乡土诗的自我超越。

第三节　都市的感情和体验

都市体验，表现了当代山东新的气象、新的情调。山东在成长，都市在长高。作为都市的建设者，他们的体验已经不同于臧克家写《烙印》时的感受。现代都市的建设，给了山东人新的审美眼光，新的艺术模式。都市体验，再现了当代山东人新的视野，新的观感。走南闯北的山东人，不可能用乡土诗的模式来抒写一切感悟。于是，工业化和市场化，推动了都市诗的崛起，都市诗也代表了山东人新的文化生存环境和新的情感体验方式。

一　都市的感情和体验

现代化与都市化，是当代山东社会的发展大趋势。山东都市诗歌艺术的发展，有其必然性。这种诗体在当代的崛起，应和了社会发展中自我认识的需要，表达了人们新的感悟和体验。通过人们新的感情和体验，我们可以感受到大时代前进的历程。都市体验是复杂的，经历过半个世纪的悲欢，诗人的情怀也就丰富而浓烈……何况，我们知道山东城市化的道路，是如此的崎岖而且坎坷。走向都市，无疑是一个艰辛的过程。

当代山东都市诗,其实建立在诗人从乡村走向都市的历史过程中。诗人出生于乡下,却在生活道路上奔向未来,走进城市,这作为人生的象征,也反映了一种现代化进程中人口迁徙的必然性。例如忆明珠(1927—),他本名赵镇瑞,又名赵俊瑞,曾用笔名杭雨,山东莱阳人,著有诗集《春风呵,带去我的问候吧》《沉吟集》《天落水》等。他生在书香门第,从小就很喜欢《楚辞》,也读过一些新诗,读高中时写过一首诗《流星》:"流星打哪儿来,/打哪儿去?/我们何时相识,/何时相离?//反正我心中已得了慰藉,/不知那流星却是怎的!"这首诗似乎妙手偶得,却在无意中预示了诗人在流动生涯中的一生。他在1946年参军,1950年入朝作战,后来转到公安、文化等部门工作,1957年开始发表诗歌作品。当时他下放江苏仪征,在县文化馆工作,妻子蓝桂华,是当地小学的代课老师。忆明珠为她写过这样一首诗:"二十年,/粗茶淡饭生涯。/你淡泊如水,/我便是水边那枝/不肯红的花。"(《书空·其四》)等到出版第一本诗集,他已经52岁了。后来,忆明珠回到城市,是先到扬州,后到南京,对一生甘苦,诗人曾经以《书空·其十二》表现自己的感悟:

> 风景入目最佳处,
> 不在此岸,
> 不在彼岸。
> 向前走,
> 走过桥去:
> 再回头,
> 回到桥中间。

人生之路,得失其实不在于始终,而在于过程,在于对过程的品味。这种品味,提升了诗人忆明珠的精神境界。可见都市体验,也是同乡土体验相对而言的。正是在二者间差异的比较中,诗人感受到了历史情境的巨变。

都市的感情和体验,还意味着诗人的审美视野超越乡土,他们的眼界日益得到开阔。像孙敬轩的诗。孙敬轩(1930—),山东肥城人,他著有诗集《我等着你》《唱给浑河》《沿着海岸，沿着峡谷》《海洋诗》《抒情诗一百首》《母亲的河流》《孙敬轩抒情诗集》，长诗《黄河的儿子》《七十二天》等。他1943年参加革命，1953年考入中央文学讲习所，1956年以后专事创作，先后在重庆作协、四川作协工作。诗人前期作品以海洋诗为代表，诗风明快清新，后期转向叙事诗，诗风凝重沉郁。长篇叙事诗《黄河的儿子》写一位革命者的生平，长篇叙事诗《七十二天》则写巴黎公社。诗人在70年代"文革"期间选择这些题材，诚然是一种"无言之言"，乃是对"四人帮"无声的抗议。孙敬轩走南闯北，自然是见多识广，深深懂得诗歌艺术妙在虚实之间。诗人在《不要成熟》这首诗中说："不是成熟，不要成熟——/熟透了，就会凋落，干枯/不要摘它，就让它挂在枝头/半是甜，半是酸/半是生，半是熟/留给你一些期待和幻想/保持一些神秘的引诱/倘若摘落了它/连同你的幻想和希冀/将永远沉没在腐败的泥土。"开阔的眼界，成为创作的必要基础。孙敬轩有空间上的漂泊体验，也有时间上的分期体验。人间正路是沧桑，诗中也就不乏历史感。

这种生活哲理，同时也可以视为诗人的诗美观念。首先是因为这种抒情姿态诚然是大音希声，于无声处听惊雷；其次还因为抒情主人公不说的姿态，其实也是一种表白方式，含蓄而且深沉。孙敬轩还有一首诗，叫作《过去的事儿不要再说》：

> 过去的事儿不要再说
> 就让它在记忆的棺材里永远埋葬
> 该宽恕的，就宽恕吧
> 该遗忘的，就把它遗忘
> 漫长的人生，总是坎坎坷坷
> 有欢乐，有烦恼，也有悲伤
> 谁没有品尝过初恋的甜蜜
> 谁没有经历过失恋的迷惘
> 过去的事儿，就让它过去吧
> 切莫让暗淡的回忆耗掉剩余的时光

这正是见多识广后的"顿悟之语"。我们很难说它的来历是属于乡土还是都市，但是这种现代人的生存体验，却分明属于一种深刻复杂的都市情怀。这种深沉浓郁都市情怀，其实就是现代诗特有的审美意向，乃是一种对现代人生的反思与感悟，同田园风月毫不相干。

新中国成立后表现出现代诗意向的诗人，还有牟迅（1935—）。他是山东栖霞人，16岁初涉诗坛，很快就引起广泛的注意。他以田园诗和咏物诗见长，笔下的风物中却不乏都市情韵，而且意象精美动人；诗人在"文革"后的作品，则不乏慷慨悲歌的诗章，有《牟迅诗草》行世。犹如《煤的自白》所说：

> 我的渴望是我的存在
> 炽热的炉膛是归宿。只愿
> 将浓缩的积愤
> 造福芸芸人世
> 交给富有革命精神的
> 瓦特的后裔
> 叫不泯的信念
> 竖起丛密的向往
> 一如我曾经拥抱天空的枝桠
> 那放飞自由鸟的手臂

这种朦胧的情怀，是现代人历经坎坷后的身世感悟，执着而又坚强，含蓄却又浓烈，就像煤，充满了有待燃烧的能量，却内敛含凝，抱有一种深沉的期待！

二　论郭廓

从工人生活诗到现代都市诗，郭廓可以作为一个代表性人物。

郭廓（1939—），山东寿光人，笔名郭远山，于20世纪50年代开始文学创作，著有诗集《芳草集·日观峰晨曲》《心泉奏鸣曲》《郭廓抒情诗》《黎明风景》《郭廓诗选》等。组诗《岱顶放歌》最早引起世人注目，乃是诗人具有代表性的作品，尤其值得注意的，应该是诗人在《日观峰晨曲》中的联想："倏然，我想起了心爱的平炉，／此刻，第一炉钢水正在沸腾翻滚；/千万名钢铁骑士手挥钢钎，/驾驶着祖国的另一个车轮。//哦，太阳和钢炉是一对巨轮，/载我们向美好的未来飞奔……"这首诗是 1962 年写于日观峰，乃写实之作。但是绝代佳人纵着旧衣衫、亦不能尽掩其丽色。倘若就诗论诗，或可称之为未脱习套的工人生活诗，或可称之为观景咏志的泰山登临诗，尚不足以令人耳目一新。但是在《郭廓诗选》中，由于《日观峰晨曲》是在第一卷里，亦即属于 1991 年以前的作品，考虑到从 1962 年到 1991 年，几近 30 年岁月，诗人选诗不过 39 首，且题为"岱顶放歌"，想来是以诗作为登临艺术高峰的足迹，就此而论，它的象征意义也就非同小可。

本诗的境界，妙在以炉前工的眼睛来看日出，把那瞬间的辉煌、火热的灿烂，视为天地间最绚丽的铸造过程。诗人一生的追求，也就如同《泰山低下高傲的头颅》这首诗里所说，总是离不开"金色的向往"。唯其如此，作于 1990 年的《诞生》，该是《日观峰晨曲》的现代变奏："在一脚能踏出一眼沸泉的地方/有成群的金翅鸟鼓舌鸣啭/火焰树吐出一天绚丽音符//（现代工业硕大的羽翼/要孵化出一个惊世奇迹）/橘红色的乐思谱出磅礴旋律/激情如火山迸发 岩浆炽烈/成熟的希冀骚动于世腹//云中有凤辇/隆隆驶来/为临盆的婴儿接生//母亲殷红的血/溅到天幕上 以悲壮的爱/呼唤那神圣的第一声啼哭//断脐 剪下一条金色瀑布"。诗人看出钢也像是在观日出，由此可见郭廓在诗艺的生命孕育过程中，总是努力去寻找一种灿烂辉煌的充满了诗意的天地，这应该是他的一个特点。

是以《出钢钟声》中诗人说，这种声音在呼唤"生命之舟"，是它重新升起了"希望之帆"；《燃烧的星座》讲炼钢炉"旋转着、轰鸣着。接受火的洗礼。"郭廓由此确认了自己的角色：生活的铸冶者。从此他走上了一条庄严、壮烈、夺目的诗之道。抒情主人公犹如《比萨斜塔》这首诗里"一茎睫毛/在地球的眼睑"，并且以诗句来倾诉着"这金属灵魂之奥秘"。那确实是一种个人化的审美角度，一个与众不同的艺术视野……由此出发，诗人不必时刻面对朝阳，自能处处领会人生瞬间的辉煌；诗人不必日日亲临平炉，自能时时发现人生火热的辉煌——那是希望的光辉，那是温暖的诗意。郭廓的艺术个性就这样形成了，与日出相似的，与出钢相似的，是诗人的创造。灵感中充满了创造力，创造是神奇的，诗艺是神奇的，艺术人格也是神奇的，所以《独得天籁——致诗人孔孚》如是说：

> 东方神秘的霞光
> 镀亮你硕大的前额
> 临诗海之渊　左手轻扬
>
> 甩出无钩之线　垂钓
> 诗魂与灵感

　　这正是一种创造者的形象,具有神话的氛围,氤氲着火热的激情,把艺术家的灵思妙想,化为如同日出的壮丽场景。它当然不是炉前工生活体验的复写,诗人把生命中的一个情结,化为创作历程中的一种抒情主题,就得有所展开,并且转入变奏,才不会过于单调或者单薄,才能形成奏鸣曲似的浑厚交响。在郭廓创作的通感式联想中,包孕了日观峰上审美体验的内化因素,也融会了出钢时记忆进入创作经验的外化因素。在郭廓心目中,创造即奇迹。他不仅在《第三只耳朵——致诗人姜建国》这首诗里赞美姜建国"以一只心灵的耳朵/弥补失聪的听觉";在《梵高印象》中更是道尽了艺术家的感悟:

> 在一个漆黑的夜里
> 受昂奋的艺术冲动驱使
> 你割下了那只惊世骇俗的耳朵
>
> 鲜红的血滴在画布上
> 染出一枚　燃烧的太阳

　　抒情主人公解说道:"正因为你将生命融入了作品/画笔下开拓的艺术天地/才如此神奇而辉煌!"是的,这种"燃烧"的诗意,已经成为郭廓挥之不去的艺术情结,对于他,光和热的印象已经成为召唤灵感的美学要素。上述感悟仿佛艺术精灵,几乎是主动地参与创作,习惯成自然地介入并且调节着诗人的创造心态。对于诗人郭廓,诗是创造,亦是记忆,就像太阳日复一日地升起,就像平炉一回又一回地出钢,诗人的艺术生命,也因此获得了新的境界——当劳动成为人生的追求，千锤百炼的生活情境，便升华为登岳观日的心境，是如此自豪，又如此自信；当写诗成为自由地创造，豪情万丈的诗人心境，便凝结为生命燃烧的语境，它充满光，充满热，充满了对于明天的憧憬……

唯其如此，郭廓的城市诗歌就成为艺术道路上新的阶梯。对于他，城市体验似已成为一种与平炉体验相反相成的对照。在大都会拥挤而且封闭的居所里面，多的是平淡的灰色调，少了一些灿烂与辉煌。这样的心境，既表现为《鸽子巢》中"楼群拥挤得令人窒息……"也表现为《空房间》中"寂寞如利齿／将凝固的空气／一点点蚕食"——不像出钢时的火热，没有日出时的明亮，反而现实地揭示了人生中某些无奈之处，表现出现代人生存环境不完美的一面。这样一种明暗对照，在《猫眼·窥视镜》中成就了警策的格调：

> 猫咪很舒适　很惬意
> 抓鼠　已成为遥远的记忆
> 现代楼房　像屹立的辞典
> 将"家庭"这个词汇
> 排列于封闭的格子
> 彼此　相邻而不相识
>
> （只有空气是流通的）
> 于是　家家门上
> 窥视镜惊恐的瞳孔
> 将猫的视觉取而代之
> 防范着　鼠类的
> 突然袭击

这样的感叹，恰恰表明了平炉意象与日出意象的价值所在。通过诗人的明暗对照，我们看到了现实与理想之间的反差。这种反差，更能揭示希望之所在。郭廓在历经不同的人生情境之后，因其阅历丰富诗歌境界也就更加丰富多彩。一声长笛出云来，每个日出都会带来人生的新意。而钢铁,则是在沧桑的岁月里炼成的,于是便有了郭廓"铁打的睫毛",便有了他的诗意人生,都市情怀……

那应该是工业文明取代农业文明的艺术见证。

第四节 多样化的诗体

诗歌文体的丰富,是山东诗坛的一大特色。文体学的研究表明,诗歌文体的发展,意味着抒情内容更加丰富,表现手法更加繁复,乃是创造精神旺盛的象征。大体上,在文化转型的过程中,新的艺术潮流有时表现为同一流派的迅速崛起,并且风行一时;有时表现为不同诗体各有千秋,春华秋实各呈异姿。前者如水行三峡,后者如月印千江,山东诗坛常见的是后一种现象。事实上,多样化的诗体,同样反映了活跃的艺术风气。由于个性的张扬,多采的风姿就往往更能经得起历史的淘洗。由此可见山东诗坛的鲜明特色,不在于众星捧月,而在于万紫千红;多样化的诗体,仿佛十八般兵器,被诗人们运用得得心应手;又好像一百单八将,在聚义厅各居其位……

一 山东诗坛的鲜明特色

论及山东诗坛的鲜明特色,就要从诗人们的艺术心态谈起。在艺术心态中,似乎也有民俗的影子——所谓山东人的"老二"性格:以礼相见时,是"孔老二";一旦翻了脸,那就成了"武老二"。是"老二"就不是"老大",自秦汉以来,有长安在西;自元明清以来,有北京在北;南有金陵、有临安……反正山东算不上中心。近代以来,北有京津唐,南有沪宁杭,山东仍然处于外省的地位。这种外省心态在艺术上的表现,就可以概括为:理想精神、民间本位、彩虹格局。所谓理想精神,带有传统齐鲁文化和革命根据地文化的传统,不乏追求的意志,充满使命感;所谓民间本位,则同山东民俗有关,百姓情怀、田园风物,永远是人们的最爱;而彩虹格局,就在于山东经济发展的多样性,造成了农耕文明、工商文明、信息文明在文坛上的共时性配置——几个历时性发展的诗人群体,由于多变的时局,而"压缩"在同一时空,成为艺术的"彩虹"。

首先,从新文化运动到世纪末,总共不过80多年,大约只是人生中一代人的生命时间跨度。在这个过程中，有抗日战争、有"文革"等阻碍社会发展的间歇阶段，更加造成了时代进步的曲折性。在曲折进程中始终坚持理想精神，就带来了一种艺术上的企盼心态。这种企盼心态，可以举董培伦的诗作为例。董培伦（1938—），山东诸城人，出版诗集《董培伦爱情诗选》《温馨的梦幻》《沉默的约会》等。《倾听》这首诗说："你仰卧成一座雪的／高山／让我在山下驻足／俯首帖耳倾听／皑皑的雪山深处／似有轰轰烈烈的岩浆／在澎湃／律／动／是我热血的／涌／流／还是我心跳的回声／你以雪山般的静默／绽一朵莲的笑容／似说你正按照我的模样／构思我的／重／生"。诗行排列，犹如曲折的山径；而文思的苦涩，带着一种看透沧桑的甜美。中年以后的苦恋，仿佛企盼心态的写照。我们等的，盼的，实在太多太多。

其次，由于人生同时代经历的重合度，带来身世与文化的某种"同步性"。于是诗人实说多而戏说少，多少带有史诗或者诗史的倾向。同时，民间本位的百姓情怀，也就在于山东人阅历的"同步感"。说到底，共同经历，造成人们的现实感同身世感相互贴近。况且社会阶层的差异感，在当代山东也就是近几年的事情。为百姓代言，说人间悲欢，便成为诗人的自觉。这就造成了一种艺术上的民本心态，这种心态表现为诗人言说中的百姓话题，而且百姓话题同诗人情怀可以若合符契。这一点，让诗人的身世变成了一段历史的缩影，而且有些经历丰富的诗人，可以用自己不同的人生段落来对应社会上不同的角色。栾纪曾的诗歌作品就可以为例。栾纪曾（1941—），山东高密人，他出生的时候，日本侵略军正在山东实行灭绝人性的三光政策，长大后又赶上饥饿的岁月，他以最低的生活标准读完中学，考上工科大学，读矿山开采，后来却弃学入伍。诗人是老军人，又是资深记者，他认为"诗人与记者有许多共同点，其中最重要的共同点之一就是都甘与百业为伍，愿以自己的心灵去钻探自然、社会和人生这三大矿藏，并着力去探寻它们的关系。"[①] 1965年诗人在《解放军文艺》开始发表诗作，从此一发而不可收，出版有诗文集《心之河》《雾笛》《虹》《那一瞬间》《栾纪曾抒情诗选》《在生命金字塔底部》《在远方》《太阳的孩子》《在青岛海滨》《栾纪曾诗选》等。他和新中国一同

---

① 《栾纪曾抒情诗选·自序》，山东文艺出版社1991年版。

成长，与山东人有一种共命运的情怀，所以在人们面前，诗人可以分享"家园感"：经历既然一样，那也就同亲人差不多。在"文革"后，《写在蒲松龄墓前》的抒情主人公这样说："历史已不用掩埋了／森森古柏／已向荒草／讲说了所有的秘密／仿佛他就坐在目前，看着／风，在草丛中偷偷哭泣"。面对"文革"体验，似乎连古今文化人的情感都被沟通了，因为有那种荒唐的故事："墓穴，会被挖开又重新掩埋／墓碑，会被砸碎／又站成新的历史"。所谓民间本位，就同诗人的阅历太丰富了有关，他的阅历丰富得似乎可以同历史对话。所以在《世纪留言·五》中，抒情主人公这样说：

夜幕从瓦檐落下
年迈的村庄坐得离城市很近
灯光一百年一百年地摇过
它夜夜对村头的老树说
那些城市都是自己的儿子或孙子

再次，所谓"彩虹格局"，则表现为在齐鲁诗坛，不同诗体都有自己的代表性人物。例如儿童诗的作者，就有刘饶民（1922—）。他是山东莱阳人，50年代初在小学任教，并开始了儿童诗创作。他先后出版过三十多本诗集，其中童话诗《兔子尾巴的故事》曾获1957年全国少儿作品一等奖。诗中描写贪睡的兔子，未能从兽王那里得到称心的尾巴，结果为了短尾巴而哭成了三瓣嘴，终于在别人面前失去常态，连走路都是一蹦一跳……诗人的想象力是惊人的，其意境十分优美，而且具有一种诙谐的叙事效果。其儿歌作品也有许多佳作，例如《春雨》就颇为传诵："滴答，滴答，／下小雨啦。／／种子说：／下吧，下吧！我要发芽。／／禾苗说：／下吧，下吧！我要长大。／／梨树说：／下吧，下吧！我要开花。／／孩子说：／下吧，下吧！／我要种瓜。／／滴答，滴答，／下小雨了。"那韵味写意而且传神，是令人心醉的。但是我们所要强调的，则是大家都能够安于自己之所长，在不同的领域里，寻找最适合自己的位置。这样一来，有人传统，有人现代，有人抒情，有人写实，各自取长补短，却成就了诗坛上的万紫千红……论其原因，就在于三种文明的迅速更替，造成多种艺术景观的共生形态。这样一种文化生态，让不同阶段的时尚得以同台表演。

还有一种情况，就是一个作家就表现出多方面的才华。又如张传生（1947—），山东五莲人，著有诗集《草芥馨音》《星夜灵音》《荒漠晓露》等。他是1968年入伍后开始文学创作，1978年转业到地方，担任过多种职务，挥洒过多种文体。读着《荒漠晓露》这本诗集，孙国章和晨声说："张传生是从农村走出来的，又在边疆从军十数年，后又在党政机关当过干部，直到今天在企业里任职。这种不断变换生活内容的经历，使他有了丰富的人生经验。收在这本集子里的诗，正是从多个侧面，记录下他的亲身感受，抒发了他对人民及生于斯长于斯的这片土地的挚爱之情。"① 他的儿子张伟则说："父亲上过学、务过农、干过工、当过兵、从过政、经过商，经历可谓丰富，他无论从事哪种行业，从未停止对缪斯的追求，一有闲暇便笔耕不辍，作品积少成多、集腋成裘，迄今已出版了9部专著，主编、主笔了7部文集。我想这主要归结于父亲文学创作时心境的松弛与洒脱，他的文艺创作没有依此为业的生活沉疴，没有任何功利目的，他把自己的书斋叫作'草芥书斋'，将自己比作草芥，虽然弱小却可以绿遍旷野。他沉下心来扎根基层，以心血打造语言，在时间与经历的沃土上，以真诚感悟生活、体味人生。"② 只因为诗人保持了良好的艺术心态，多彩的人生才带来多样的笔墨。然而不变的，却是对人生、对大地的热爱。《小憩》这首诗道：

> 山累了
> 静卧在那里
>
> 风
> 借一把小扇
> 轻轻地摇

---

① 张伟、王玉华编：《梦的旷野——评张传生及其作品》，作家出版社2002年版，第106页，第223—224页。

② 同上。

诗句看似不经意，却达到了很高的境界，在空灵中含蕴着一片深情。这种笔法很像孔孚的诗歌风格，物我无间地融为一体，对物的同情寄托了自我的体悟，然后虚实相生，表现出无所不在的山水情怀……

诗人纪宇，也具有这样的特色——化身于万物，挥洒多样的艺术笔墨。

二 论纪宇

随着生活的发展，诗歌也在变化。生活的多样性，带来诗体的多样化。大体上，诗体形式就是诗歌审美规范的载体，因此不同的美学追求，往往带来相应诗体形式的兴旺。事实上，诗体的多样化，是当代山东诗坛最具特色的艺术倾向，代表了社会思潮一个重要走向。山东诗人往往各有各的拿手好戏；而诗人纪宇，则堪称诗体运用的多面手。

纪宇（1948—）本名苏积玉，山东荣成人，1966年开始发表诗作，现在任职于青岛艺术研究所，著有诗集《金色的航线》《船台涛声》《五色草》《风流歌》《纪宇朗诵诗》《纪宇抒情诗》《纪宇儿童诗选》《纪宇爱情诗》《纪宇自选诗集》《'97诗韵》《20世纪诗典》，等等，以及散文、传记文学等多种作品。

对于诗人，不同的诗体构成了探索的不同契机。在某种意义上，他不仅"用心写诗"，也"用肝胆写诗"——不同的艺术形式，表现了不同的美感内容。纪宇"用心写诗"，像朗诵诗，属于一次性的听觉艺术，故首在谋篇立意，重在对话开导，对想象力不能不有所节制；像儿童诗，必须追求通俗易懂的艺术效果，其创作心态势必接近于日常心境。用"心"写，更多理智感的自觉参与，诗人自然不妨借鉴郭小川的政治抒情诗技巧，以华美的形式感来支撑叙事与说理，其艺术表现所依赖的人格力量，均来自他日常所积累的经验与知识。诗人的创作是从朗诵诗开始，发挥媒体的作用，促使响亮成为一种理想。响亮与清晰，都要求理念的参与。纪宇写诗历来都是极用心的，他较少写爱情诗，写于1978年的组诗《爱情赋》，自己也认为"理性的色彩浓重了些，具体的意象和感受少了点。"

然而《纪宇爱情诗》这本诗集的问世，就连诗人自己也同样感到突然。那是在1991年初，纪宇因为雪后骑自行车驶下一段陡坡，而摔断右腿股骨，卧床三个多月，才写下这百多首爱情诗。他在写这些诗的时候，

"汗淋淋泪盈盈，不知是腿痛还是心痛，只觉得过去有的诗写得太轻飘太随便"。由于是在痛苦之中，诗人不再从容潇洒，而能把自己"铭心刻骨的疼痛"转换为沉郁强烈的情思。这时候肝火压倒了心事，就连抒情风格也为之大变。诗人在《自序》中，曾经说"写诗是需要全身心感情投入的，投入得越彻底越好。表面完全不动声色的客观叙述，有时也是一种方式的投入。我在病床上写这些诗，我的心和激情的投入是真挚和毫无保留的。腿痛，全身痛，我默默地忍受着，我的痛苦、欢乐和呻吟都写在诗里。"[①] 人的精神能量本来就是相对稳定的，足不能行则手益勤挥，心不能安则肝气更旺，激情和联想把肉体的痛苦转换为心灵的向往，而一切感受都因为感觉的敏锐而增强了力度！是的，一位呻吟着的诗人的笔下，必定会流溢出更健旺的文气。文如饭而诗如酒，灵感对于人的理智，也多少会显得有些莫名其妙。一旦创作激情取代日常心境，精神集中、思维活跃、情绪高涨的艺术心态便唤醒了灵感，使用"心"写变成了用"肝"写，一切都具有创造性、偶然性、突发性，超越了日常经验范围，想象中更多妙悟。纪宇爱情诗或多或少脱离了朗诵诗与儿童诗的法度与规矩，更多直觉的介入，更多空灵跳跃之感，可以虚实相生，而有意省略标点符号，亦有助于诗歌的语境脱离日常心境。事实上，诗人换了一副笔墨，多半因为他选择了与以往有所不同的诗体。按照朱自清《论朗诵诗》的说法，朗诵诗旨在"悦众耳"，爱情诗偏于"娱独坐"，不同的审美方式也要求不同的艺术表现。"悦众耳"使诗歌趋于散文化，"娱独坐"则导致诗质的意象浓缩。纪宇在《孤独》这首诗中提到，病床上的创作心态相当个人化："孤独是人生境界/奥妙灵性可悟/因为你的阳光/把没有足音的峡谷/照成金光紫雾缠绕的路/让我冥想苦读/于是 孤独/就成为我专享的/别样滋味的幸福"。卧床的诗人是孤独的，孤独的构思环境造成了"娱独坐"的创作心态，倾诉的对象由群体变成了个体，他对她说悄悄话，这种个人化的话题，促使抒情主人公选择了一条更加个性化的表达途径，不必专求平易，只要深有会心，让"冥想"自然流溢为空谷灵音，让"灵性"尽情地从事创造……唯其如此，过去、现在、未来，都汇聚于孤独的斗室。抒情主人公回忆过去，又向往未来，即便是在《记忆不

[①] 纪宇：《纪宇爱情诗·自序》，作家出版社1994年版。

灭》这首诗中所渲染的"这漆黑的风雨夜里",一种"灵犀相通"的爱情,也能让他"爱到情深时,笔随心行",默默地"数我的脉搏,写你的心声"——在这里,内心世界的感受取代了视觉与听觉,甜蜜的想象取代了痛苦的官感,卧床的诗人就此在梦幻中回家了。家是情爱的所在,亲切温暖,不同于"四壁惨白清冷"的病房,诗人说:"当然不是说爱能发光,无灯也明,／可灯亮时四壁惨白清冷,／黑暗里,爱的精灵洞穿古今载歌载舞,／我燃烧的心和笔,诗思泉涌。"

当然,我们没有必要强行分别朗诵诗人、儿童诗人、爱情诗人等"专业",恰恰是在多种笔墨、多种诗体的探索中,诗人的艺术才华得以充分施展,取得创作上的自由。爱情当然是可以理解的,如纪宇在《爱情赋》(之一)中有关"爱情是什么"的思考;爱情也可以认知,又如在《爱情赋》(之二)中诗人对马克思、周恩来感情生活的叙述;然而,爱情更加需要体验,如诗人在《筋骨相连》这首诗里所说:"彻骨钻心"的爱情,是特别的"人生滋味",他在受伤之后,进入一种写爱情诗的新境界,不再偏爱理念和情节,因为"不关痛痒才人云亦云／有切肤之痛便语意尖新／此刻 神经细胞正游行示威／我如撕如裂如割如焚／这种抗议声耳朵听不见／只有牙齿体验最深"。这时候,一切均已置之度外,灵感就在咬牙切齿的官感中到来,抒情主人公告诉我们,他是"骨"而她是"筋",骨要筋"忍"而筋要骨"韧",仁忍韧的人生三字经,此刻已经化作"血泪与共的情和真"!这一切不再是空泛的信条,而是一种活生生的精神。不得不"忍"而终于能"韧",爱情诗便代表了诗人不懈的人生追求。在这里,追求采取了期待的形式,虽然不是千年等一回,但是历来"为人随和,总愿把生活看得美些,把人看得好些,把事看得简单些"的纪宇,① 却变得如此急不可待,在回环复沓中《你的名字》已经很少见出郭小川或者贺敬之影响的痕迹,在重叠的文字中倒可以品出某些台湾现代诗歌的韵味,那是一种不讲"理"的抒情方式,执着中见出痴情:

　　平时唤你的名字在夜晚在黎明
　　轻轻轻轻轻轻　如痴如醉如梦

---

① 纪宇:《纪宇自选诗·答问》,青岛出版社1988年版。

像晨曦里一道流云唤另一道流云
是蓝天下一阵清风唤另一阵清风

而今唤你的名字在医院在病中
重重重重重重　如嘶如咽如鸣
是错骨断位的这一端唤那一端
是扭裂淤血的那根神经唤这根神经

要靠拢要复位要重逢
这战场已把筋血骨骼调动
巨痛难忍时　痛更欲生时
我唤你的名字　你的名字　你的名字
你的名字不只可以御寒
你的名字真的能够止痛

由这首诗里一二两节的对应结构，我们虽然不难看出郭小川体诗歌的形式感对纪宇的影响，但是形式感在这里已经退居次要的地位，诗人不再着眼于豪迈雍容的抒情姿态，而是立足于期待，表现为呼唤。仁即二人之意，忍与韧都因为期待的执着、呼唤的迫切而得以凸显，所以不是形式感给人以快感，而是期待的情思将痛苦在呼唤过程中转换为爱恋的快乐。这样一种用伤口唱歌的艺术形象，就或多或少地接近了洛夫。当然洛夫的诗是以想象来印证自己心灵的痛苦，纪宇的诗则以想象来解脱自己肉体的痛苦，两位诗人在此颇有不同。但是诗人的体验与创造，则同为全身心的投入。"断骨错位"利"扭裂淤血"都是工巧的比喻，其联想正是从体验中来，所以叠字叠词这呼唤式的内在节奏，遂冲淡了郭小川近于赋体的外在模式，产生了另一种诗的精神。大呼小叫的病中吟竟有如许妙用，实在出人意料之外。试看《这也是治疗》："都说信则有/但愿诚则灵/我谦恭身心/承接宇宙信息/快点来作法吧/风　雷　电/天　地　人/日之精　月之华/山之髓　海之魂//是针灸不必针至/是按摩不必手动/过路的微波传感/远方的光纤通讯/生物场　静电场/紫外线　磁效应/阴阳八卦气功大师/特异功能 UFO/都来助我　助我/助我一腿之力呵"……医学所无之理，却成诗家绝妙之言。诗人想落天外，而万物皆备于"腿"，看似异想天开，其实匪夷所思便大快人心也。感情心理学认为，感情三分为理智感、道德感、美感，政治抒情诗自然偏重于理智感，爱情诗则更加讲究道德感的伦理意志和美感的醉心体验。唯其如此，诗人会在《说不尽的风景》这首诗里说爱情："最古老的也最年轻（永不雷同）/最甜蜜的也最沉重（举重若轻）/爱情是一种感觉　一种燃烧/在你是陷阱在我是顶峰//最独特的也最普通（旁观不清）/最尖刻的也最多情（爱恨交融）/爱情永远说不清　道不明/廿五部全唐诗的结论是月朦胧鸟朦胧"。爱如此，诗如此，患得患失又难以割舍，理智感遂让位给"燃烧"的道德感和美感，激情便取代日常心境参与创作，造成了一个艺术上的奇观。如果说痛苦令人深刻，那么这深刻处不在理念，而在于铭心刻骨的感悟。诗人卧床之后，孤独也就令人有所期待，有所呼唤。于是《度日如年》道："让我翻个身/成为最紧迫的心愿"。

事实上，纪宇写爱情诗的成功并非偶然，其中有艺术心理学的深刻原因。《用心灵歌唱爱》提到自己在"文革"中有"切肤之痛"，"在那丧失理智的年代，我们年轻人每天都在接受着'恨'的教育，"于是爱成为荒漠中的甘泉，"我心目中的这个'爱'字，不是抽象的，而是十分具体的。不仅仅是男女之间的爱情，也不局限于母子之爱、亲朋之爱或同志之爱，它包括的内容还要更丰富，涉及的范围还要更宽广，是人类最崇高的感情，是无所不包，无所不含的，'是理性的太阳，照耀着中国也照耀着世界'；'是感情的江河，浇灌着昨天也浇灌着未来'。"① 实际上，纪宇的儿童诗也有其所长。诗人在《纪宇儿童诗选·后记》里说过："儿童是要读诗的，儿童的生活中也潜藏着丰富的诗情。在本集中的许多诗，都是直接得之于生活，有真实生活的基础，不是靠在书斋里空想写出来的。"② 诗人的童心，就化入儿童的天真世界。纪宇在《蘑菇》这首诗里说：

    问小溪流，问白杨树，
    夜雨降下多少颗水珠？

---

① 纪宇：《用心灵歌唱爱》，见《美的遐想》，中国文联出版公司1988年版，第104页。
② 纪宇：《纪宇儿童诗选·后记》，少年儿童出版社1993年版。

小溪流说:"我没学好算术,
点着点着,就忘了数目。"

白杨树说:"我一整夜忙碌,
接呀接呀,却全没留住。"

看草地撑起多少把小伞?
一颗雨滴变一只蘑菇……

　　这首诗宛如大人同孩子说话,有情有景,有故事有情节,所以"小溪流"自有其性情,"白杨树"别有番面目,"蘑菇"美而无言,却引人深思,乃是诗中不开口的主角,被抒情主人公深情地指指点点!如果"水珠"便是人生的乳汁,孩子们应该怎样长大?如果"水珠"便是学习的内容,学生们应该如何把握?在情育之中,德育、智育、美育兼而有之,诗的形象画面里,处处闪烁着童心,充满了游戏的氛围,确实是情趣盎然,在《纪宇儿童诗选》中,堪称上乘之作。同时诗人的朗诵诗,也有其发展前景。在《纪宇自选诗集·后记》中,诗人表示:"我想说说诗与时代同步或'超前'前进的问题;诗与广播、电视等现代化的传播方式的关系;诗与人民与青年的血肉联系;诗怎样争取尽可能多的知音和有些诗为什么失去了基本读者?可想说的话太多,反而觉得无从下笔。"这都是一些重要的话题,当诗人面对电视机前的广大观众,又当如何?也许朗诵诗最适宜出音像版,从而成为信息时代的天之骄子。纪宇的朗诵诗,有情,有理,有故事,有韵味,比较便于音像制作;他的《泰山交响曲》说得好:"看山径曲折使我想起坎坷人生,谁一生没有几次峰回路转?"是的,选择新的诗体,改用新的手法,都是"峰回路转"的心路历程,一以贯之的,该是诗人全力向上之心,是他在艺术上不懈的登攀意志。诗之旅,即是登山路,朗诵诗、儿童诗、爱情诗,均是其中的过程之一,每种诗体侧重点各有不同,分别代表了诗人在艺术上的不同探索;但是种种得失,又均是相对而言,重要的还是开拓前进,全身心地投入未来的创造。

世纪之交，纪宇依然保持了强劲的创造力。他致力于长诗的创作，《'97 诗韵》力图以荡气回肠的激情，歌颂香港回归的盛典。7000 行长诗，包容了华夏民族的百年悲欢；18 章的结构，又用了诗韵的 18 个韵部。诗人壮怀激烈，尽兴挥洒，表现出非凡的自信，而且这本长诗，确实也引起了诗坛上的瞩目。看来，纪宇诗歌创作之路，很可能再攀上新的高度。

第十一章 当代散文前期风貌

第一节 概述：散文的勃发与缺失

当代前期散文伴随着中国多变的社会政治和文化格局，经历了由沉寂到勃兴、而后又走向衰退的曲折历程。这一时期山东散文的代表作家有杨朔、吴伯箫、张歧、峻青等。他们以个性充盈、图景丰富的散文作品，为山东乃至中国文坛做出了优异的贡献。同时，他们作为在全国有影响的散文作家，特别是其中的代表人物杨朔，也与这一时期中国散文的荣衰得失有着密切的关系。

中华人民共和国成立之初，在整个文坛来说，散文创作所发挥的功能，仍主要在于迅速反映社会现实和直接配合斗争的需要。散文体裁仍以通讯、特写为主。如反映当时抗美援朝的战地报告、志愿军英雄人物特写，反映国内经济建设的通讯和报告文学，等等，在散文作品里占了绝大多数。至50年代中期，整个中国由社会主义改造进入了社会主义建设时期，经济有了明显起色，社会走向稳定。加上1956年"百花齐放，百家争鸣"（毛泽东）文化艺术方针的提出，一种宽松、活跃的氛围逐步形成，以抒情、叙事为主体的散文小品，开始接续"五四"文学传统，有了复苏的迹象。报纸、刊物开始较多的出现了借景抒怀，托物言志的文艺性散文和山水游记等。故而有人称此时为新中国成立后散文的第一个高潮期。其实很快国内便接连开展政治运动，刚显生气的散文写作也随之陷于凋零。至1960年年底，中国国内经济已严重失调，针对这一状况，中共中央遂提出了"调整、巩固、充实、提高"的八字方针，开始进行相应的国民政策调整。而在文艺界，则对当时"左"的文艺思潮给予了一定的纠正。就在这样一个社会文化背景下，各种报纸刊物开始大量刊登散文。1961年，国内迎来了新中国成立后真正的散文繁荣期。

这次散文高潮到来的标志，是先后两本散文选集《雪浪花》（作家出版社，1961）和《散文特写选（1959—1961）》（人民文学出版社，1963）的出现。这两本集子里，收入了陶铸、陈残云、刘白羽、杨朔、秦牧、靳以、侯金镜、严文井、郭风、韦君宜、傅雷、周而复、方纪、徐迟、吴伯箫、冰心、巴金、黄秋耘、宗璞、叶君健、周瘦鹃、李健吾、魏巍、秦似、翦伯赞、柯蓝、何为、碧野、骆宾基、艾煊、邹荻帆、玛拉沁夫、曹靖华等一大批优秀作者的佳作。如同它们的选编者所说，这时散文的总体风貌，是作家的"自我"意识和散文的文体意识得到了增强，"以自己的创作手法和精心的艺术安排来抒写个人的感受和期望"，"标志着历史进展和文学进展中的里程。"（川岛《雪浪花·序言》）其中还针对当时非议闲适性散文的观点谈到，这里有的作品"看上去好像只是一幅烟雨迷朦的水墨面，别无深沉涵义，……我想也是需要的……在斗争里，工作间，人是需要休息的；人的精神也必须有一些调剂。读者固然爱看剑拔弩张的战斗的佳作，也都想望轻松、愉快和优美的东西。"（周立波《散文特写选（1959—1961）·序言》）这在当时的具体环境下，无疑有着重申文艺作品艺术审美和愉悦功能的意义。

以这两部集子为主体的60年代前后的散文，代表了新中国成立后至1966年"文革"发生、即通常所说新中国成立后十七年的散文的最高水平。其中许多优秀作品，在后来几十年中一直被选入各种散文选本，成为一直占据几代读者心灵的经典之作。它们体现了当代散文自身发展的演变趋势，同时也与当时的现实政治、经济和社会文化心理等种种因素密切相关。作为一个兴旺阶段的散文，它们所表现的文体发展和文本特点，主要有这样几个方面：第一，所反映的社会现实生活，无论从范围、类型、还是层面的多寡，较之以往，都有了比较大的拓展；第二，以普通劳动者为主人公，为主要描写和塑造人物的对象，更不是过去哪一个时期所能相比的；第三，是白话文体更为圆融纯熟，成为有空前读者受众的、当代中国艺术美学、文化思维模式和情感特征的语文表达；第四，便是前面已提及的，比及新中国成立初期的创作，作家们特别是一些有长期积累的作家，表现出了不同的创作个性和艺术追求。所以说这时期的散文取得了重要的实绩。

然而创作思维的单一化和审美指向的模式化倾向，又给这时期的散文创作造成了不容回避的缺失。其一，是大量"颂歌"式的作品几乎充满了散文园圃。时代更迭，社会前进，中国人民摆脱半封建半殖民地压迫的解放来之不易。文学创作中的歌颂礼赞，这在新中国成立初期有其时代的必然性，一些拥有真情实感的优秀篇章，也有着较高的艺术价值。但是在当时、特别是1957年"反右扩大化"后的社会环境制约下，便逐渐发展为只能"歌颂"不能"暴露"的单一性思维了。由此必然带来散文表现情感的狭窄和僵滞，同时散文作为"时代的人生的记录"的文学，其真实性便从根本上受到质疑。其二，是"散文的诗化"理念的极端化走向。追求散文的诗意，自"五四"以后就一直有作家在写作实践中加以体现，如冰心、王统照、朱自清、李广田、吴伯箫等人的创作。在这60年代前后，散文诗化的理念和模式形成热潮，杨朔则成为散文诗化的代表作家。1960年，他在自己的散文集《海市》的"小序"中说："好的散文就是一首诗。"不久又在《东风第一枝·小跋》中说"在写每篇文章时，总是拿着当诗一样写。""常常在寻求诗的意境。"这一观点和他当时一些脍炙人口的名篇《香山红叶》《海市》《茶花赋》《荔枝蜜》《雪浪花》等互为印证，很快在评论界和读者界引起了热烈的反响。《人民日报》《光明日报》《文汇报》《文艺报》和《文学评论》等纷纷发表评论给予称扬，还有一些青年作者以杨朔的作品为范本加以效仿。应该说，散文的诗化，既是杨朔独特的审美追求，也是现代抒情散文发展中的一个相应结果。在当时，它又是对50年代通讯特写式体裁盛行的一种反拨。正如有的专家评论说："杨朔诗体散文的出现，对当时流行的浮词套语、生硬说教韵文风，是一个鲜明的对照，又是一个有力的批判。与此同时，岭南的秦牧擅长从智慧树上采摘奇异的花瓣，经营他的'知识'的'花城'，形成另一种特殊的散文风格。北杨南秦的散文，像两股清新的春风，吹进了沉闷已久的散文园地，给散文创作带来了新的生机。"[①] 然而，散文本身的体式和写作方法应该是丰富多样，是没有一定之规的。无论何种新颖体式，当它在社会普遍的思维模式下成了一种众所奔趋的固定模式后，其影响和后果必定是消极的。杨朔的散文即是如此。加之散文界"颂歌"式的创作倾向，其诗体散文，便成为"……是

---

① 吴周文：《杨朔散文的艺术》。上海文艺出版社1984年版，第14页。

'颂歌式'更完善的表现,作者着意'酿造出甜美的诗意',而回避生活中的矛盾和冲突,出现了粉饰生活的创作倾向,散文就不可能真实地反映'时代的侧影'"。① 这便是既有作家所处的时代的因素,又与杨朔本人的创作局限有关了。

吴伯箫这个时期仍在散文创作上用力甚勤,其成就主要见于1963年出版的散文集《北极星》(作家出版社)。这部散文集中收入了《记一辆纺车》《菜园小记》《延安》《窑洞风景》《歌声》《难老泉》等十几篇散文小品,以回忆、礼赞延安精神和歌颂祖国新人新貌为主题。这其中,又尤以写于1961年的回忆延安生活的几篇作品最为出色。八年延安生活,是吴伯箫对革命根据地生活及共产党与人民军队的优良传统,体验得最真切、集中和长久的一段时间。如他所说,在那里所形成的思想意识、某些作风习惯,已经浸透了他的血液和肌体。延安孕育了并始终牵系着他生命中最庄严、最纯洁的一段情感。倾力再现革命优秀传统,把革命的过去和现在紧紧连接在一起,显然是他的创作指向在当时主、客观条件下的最佳选择。故而在这有限的题材范围内,他如鱼得水,充分发挥了自己艺术上的潜在优势。《北极星》中的用语,平易、流畅、简洁中见其醇郁、遒劲的功底,无论写纺车、菜园还是窑洞,都是出以简洁朴素的"实事"、"实物"、"实情",令人几乎看不出构思上的匠心,却又使人深深感到其内蕴的扎实与深厚。这种"自然生成"式的质朴与单纯,实在是作者经过对多年来所积累素材的回味与提炼,"把浮光掠影变得清晰明朗,片面感受汇成完整印象"(《无花果》)后所达到的艺术新境地。其作品纪实性强而情感自然、含蓄洗练,风格诚挚纯朴、亲切沉厚,有以简寓丰、淡而至远的大家风范。

这一时期成名的峻青、张歧,都是以自己熟悉的题材从事写作,并表现出浓厚的地域色彩和艺术特点的作家。

第二节 杨朔的散文

一 "美"的讴歌及其写作的社会背景

新中国成立以后,杨朔写作的兴趣渐渐集中在散文上。1950年朝鲜

---

① 张振全:《如何评价建国后17年代散文》,载《广东社会科学》1999年第6期。

战争爆发后，他以《人民日报》特邀记者的名义赴朝采访，先后写了《鸭绿江南北》《历史的车轮在飞转》《仇上加仇》《平常人》《上尉同志》《和平列车》等通讯特写、报告文学。结集出版了散文集《鸭绿江南北》（天下图书公司，1951）和《万古长青》（中国青年出版社，1954）。这期间，杨朔回国休假时曾游历祖国的西北、西南等地，以此行的收获写下了《戈壁滩上的春天》《西北旅途散记》《"石油城"》《滇池边上的报春花》等散文和通讯，后来收入他的《铁骑兵》里（北京作家出版社，1961）。1955年杨朔担任了中国作家协会外国文学委员会主任。

1956年起，杨朔开始长期从事对外事务。他先后担任了中国保卫世界和平委员会副秘书长、亚非人民团结理事会书记处书记、中国亚非作家常设局委员会秘书长等职务。他走过世界的很多地方，也愈发热爱自己的祖国。此时他的散文创作也进入佳境。他发表的作品常能引起热烈的反响。在多种场合谈及的散文创作经验和理论观点，也引起评论界的重视，以至于他的散文写作模式被称为"杨朔体"。可见杨朔散文在当代前期文学史中的重要地位和作用。杨朔享誉文坛的散文集主要有《亚洲日出》（北京出版社，1957）、《海市》（北京作家出版社，1960）、《东风第一枝》（北京作家出版社，1961）、《生命泉》（北京作家出版社，1964）。杨朔于1968年离世。后来有《杨朔散文选》（人民文学出版社，1978）、《杨朔文集》（上卷，山东文艺出版社，1984）出版。

杨朔一些优秀的散文以"美"著称。在全国解放以后的和平年代，他以诗人的眼光去尽力捕捉广袤生活寰宇中的"美"，在散文表现中则去寻求诗的意境，经过精心提炼，刻意推敲、结构，创造出一篇篇给人以强烈美感的作品。评论家称赞他的散文，"为了更充分地体现散文内容的美，他刻意创造出种种情致优雅的意境……他的散文美得最单纯、美得最彻底"。[①] "读杨朔的散文，在领略其作品诗的意境时，总有一种强烈的美的感觉；特别是读着那些精彩的篇什，这种感觉尤甚。这是意境的美感力"。[②] 的确，杨朔正是以所描绘的客观景物、人生图景和其思想情感溶融合一的艺术境界，打动了人，感染了人。在那些作品里，无论是埃及神

---

① 熊忠武：《"散文年"透视》，载《上海师范大学学报》，1998年第3期。
② 黄政枢：《论杨朔散文的意境》，载《江苏文艺》1978年第3期。

秘的金字塔、日本美丽倾绝的樱花雨、印度曼妙的孔雀和民间传说、令人震撼的加纳蚁山和巴厘火焰，还是秋韵袭人的香山红叶、神秘漂缈的海市蜃楼、轰鸣奔腾的雪浪、璀璨明艳的茶花，都与他细腻的感触、纯净优美的情思互为泅渗，化为一幅幅动感的图画，一阕阕美的讴歌。他描绘异域奇异的美景风情，烘托、歌颂其勇敢的人民和历史，如同他在《东风第一枝·小跋》中说的，是要从中表现"在世界舞台上，……和平力量日益明显超过战争力量"的"当前人类历史的特征"。所以他从漫天盖地的樱花和护士君子那闪亮的眼神中，悟到"风雨中开放的樱花，才是日本人民的象征。"(《樱花雨》)；他在肯尼亚腹地清澈珍贵的泉水潭边，看到了反殖民主义的"起义战士的内心深处，也积存着一湾生命的泉水，永远不会枯的。"(《生命泉》)同类题材中意象更丰富、笔致更绚烂的还有《金字塔夜月》和《印度情思》等。在表现国内题材的作品中，他也往往是撷取一个生活片段，一处风致景物，一个小小的事物或时光的瞬间，以小见大，去赞颂美的祖国（《海市》《蓬莱仙境》《茶花赋》）、美的人物（《香山红叶》《雪浪花》）、美的精神（《荔枝蜜》《龙马赞》）和美的山水（《画山绣水》《泰山极顶》）。

  如前所述，倾向于写作"颂歌"式的作品，是60年代前后文学界的一个普遍现象，许多优秀的作家都作过这类真诚的抒写。与杨朔同时被称为当代散文大家之一的刘白羽当时也提出，要把"美的生活，美的思想，变成美的文字"。① 那么这种文学现象、包括杨朔后期散文产生的社会经济与文化背景，便成为我们必须加以关注的问题。事实是，50年代末至60年代初，中国社会的经济生活状况遭遇了极大的困境。正如中共中央的一次决议中指出的，"我国国民经济在1959年到1961年发生严重困难，国家和人民遭到重大损失"②。期间最可靠的国际盟友亦中断支援，广大人民普遍处于饥馑之中。从当时的意识形态和文化领域来看，除了"反右扩大化"带来的有形无形的思想禁锢外，"文学为政治服务"的方针通常被解释为文学是从属于政治的，在何时何地都应该服从于社会政治大局

---

  ① 刘白羽：《早晨的太阳·序》，作家出版社1959年版。
  ② 《中国共产党中央委员会关于建国以来党的若干问题的决议》，见《三中全会以来（下）》，人民出版社1982年版，第806页。

的需要。加上多数作家经历过旧中国"黎明前的黑暗",思维习惯上一直认可文艺是斗争的武器。因此文学创作要以对社会、对生活的讴歌,去激励人们树立信心,战胜经济困难,与祖国共渡难关,成为文学界的一个总体导向。这在社会主义中国遭遇重大困难的关头;以美好的事物和精神,给予人们以信念支撑和舆论引导,的确是必要的。但文学创作如果背弃了客观认识事物的哲学基础,就无法达到对历史本质的反映。正如有人在文章中所反思的:"当年的散文普遍地沿着另一种思路而展开。即:正是在这种严峻的情况下,中国社会尤其需要'美'来对抗'丑',只有'美'才是'丑'的最合适的'解毒剂'。越是在艰难困苦的情况下,越是需要激发广大人民奋发昂扬的斗志和积极向上的精神。而讴歌美……正是散文为大力净化中国人民精神而作出的努力,为稳定社会形式而作出的贡献。……问题在于,美与丑是对立统一的范畴。美与丑以对方作为自身存在的依据。……因此,散文只有在歌颂美时,本身就融入了对丑的批判意识时,它才能真正达到一种历史本质的真实。"① 其实不只是文学界,在1961年,中国哲学界、美术界也曾先后展开了新中国成立以来首次关于"自然美"和"山水、花鸟画问题"的美学、艺术方面的大讨论。一时间,表现美、讴歌美似乎成了整个社会文化舆论强调的重心。

杨朔说:"散文常常能……迅速地反映出这个时代的侧影,……常常会涂着时代的色彩,富有战斗性。"(《海市·小序》)这句话,实际含有作者对上述社会主导精神的某种朴素而真诚的回应。例如他的《茶花赋》,以昆明"春深似海"的茶花为题歌唱祖国。那"每朵花都像一团烧得正旺的火焰"的茶花,有着极顽强的生命力,它不择地势,到处生长;它经过几个世纪的风风雨雨而繁茂不衰。文中还插入育花人和如童子面茶花一样可爱的孩子。借赋茶花,赞美坚强祖国一片春色,前景灿烂。文章以景寓情,静中有动,文采焕然,浮漾一片诗情画意。杨朔的散文中也经常出现对比,这在他国内生活题材的散文中主要是新旧对比。抚今追昔,以旧衬新的思想内容出现在他的《迎春词》《海市》《蓬莱仙境》《海罗衫》《西江月》等一系列作品中,"沿着十月革命的道路,中国人民的历史上也终于出现了春暖花开的季节,可是我们的道路上曾经扬着多猛的风

---

① 熊忠武:《"散文年"透视》。

雪啊……"（《迎春词》）。回顾仿佛发生在昨天的艰苦卓绝的战争经历，格外珍惜尚处在起步阶段的新生的祖国。必须看到，这种深沉的思想感情，也是杨朔，还有此时其他山东作家散文写作的一个情感来源。

二 诗情馥郁、结构精美的诗体风格

杨朔在别人问及他的写作经验时这样回答："我在写每篇文章时，总是拿着当诗一样写。我向来爱诗，特别是那些久经岁月磨炼的古典诗章。这些诗差不多每篇都有自己新鲜的意境、思想、情感，耐人寻味，而结构的严密，选词用字的精炼，也不容忽视。我就想：写小说散文不能也这样么？于是就往这方面学，常常在寻求诗的意境。"（《东风第一枝·小跋》）他散文魅力的奥秘，便都在这其中了。

杨朔从古典诗章中汲取创作的养分，其散文精心融冶创造清新俊雅的意境，淬炼琢磨出秀丽、精当的语言和"文眼"。写景叙事细致贴切，写人记物特征鲜明而灵动，且又构思巧妙，布局考究，呈现出他独具的诗体风格。著名文学家冰心曾这样评及他的散文集《海市》："我很喜欢读杨朔的散文，他在我所爱读的现代作家中，有他独具的风格。昨夜枕上忆及司空图诗品中几个断句，我想假如刘白羽的散文像'采采流水，蓬蓬远春'的话，那么杨朔的散文就是'落花无言，人淡如菊'了。""称得上一清如水，朴素简洁，清新俊逸，遂使人低徊吟诵，不能去怀。"①她称赞的便是杨朔散文的意境。杨朔散文意境的总体特色在于，把诗情、画意和哲理交融起来，在作品中创造犹如抒情诗所具有的那种美的艺术境界。具体来说，他往往是把景物的特征、人物的风貌和自己含蕴了哲理的诗情统一起来，或借景抒情，或托物言志，构成新颖的意境。如《金字塔月夜》，是以"期待着日出"的人面狮身的司芬克斯石像，把它作为埃及人民的化身、不畏强暴的历史见证，赋予其丰富的诗情和想象，以年迈的看守的殷切愿望相呼应，创造了一种寄意幽深、沉厚雄丽的意境；《荔枝蜜》通过对小蜜蜂辛勤酿蜜情景的叙写，作者对蜜蜂感受的变化，托现出"为人类酿造甜蜜生活"的精神向往，呈现的是纯洁温婉、含蓄优美的意境；《茶花赋》融情入景，从鲜艳夺目的茶花、到勤劳的育花人，再

---

① 冰心：《〈海市〉打动了我的心》，载《文艺报》1961年第6期。

写欢快的儿童，相互映衬了"生活的美"，形成了其旖旎宛曲，韵味隽永的意境等。

杨朔把读者带入比现实更美的诗境的一个重要之点，具体还在于他以丰沛而深切的诗情，灵活地采用古典诗歌中的比兴手法，婉转新颖地塑造艺术形象，营造精美的结构。以《雪浪花》为例，散文开头以"雪浪花"起兴：

> ……月亮圆的时候，正涨大潮。瞧那茫茫无边的大海上，滚滚滔滔，一浪高似一浪，撞到礁石上，唰地卷起几丈高的雪浪花，猛力冲击着海边的礁石。那礁石满身都是深沟浅窝，坑坑坎坎的，倒像是块柔软的面团，不知叫谁捏弄成这种怪模怪样。

下文便由对雪浪花的议论，引出了老泰山的形象、老泰山所象征的革命精神"别看浪花小，无数浪花集到一起，心齐，又有耐性，就是这样咬啊咬的，咬上几百年，几千年，几万年，哪怕是铁打的江山，也能叫它变个样儿……"。在以老人的经历作了进一步铺叙后，文章结尾点出"老泰山恰似一点浪花"，"问他叫什么名字，他笑笑说：'山野之人，值不得留名字'，竟不肯告诉我。"由此境界豁朗，主题升华。可见作者深得古人"兴之托谕，婉而成章"（刘勰《文心雕龙·比兴》）的真味。作品形神合一处，似乎戛然而止，却又余韵缭绕。于变化跌宕中，见其精巧的结构布局功夫。这种比中有兴，比兴结合的手法，在杨朔的散文中比比皆是。不仅是雪浪花，还有宝石、蚁山、小蜜蜂、鹤首、茶花、红叶……杨朔擅长以花草禽虫等自然景物引类取义，既是用来比喻烘托，写景叙事；更往往是由这些比兴进而形成一篇作品的立意，营构的骨架，由物而及人、及景、及情，从而以虚衬实、虚实相生地创造作品的意境。大约由于表现主题的局限，作者一些作品的构思、结构方式有着雷同之处。有时也显得过于刻意雕琢了。然而杨朔的散文，仍与一般平铺直叙式的散文大相径庭。他努力以诗的手法，诗的思维和诗的结构，打造其诗美风格。

杨朔散文的语言，既精约隽秀又富于生活气息，在当代散文家中很少有人能够企及。以《海市》为例。作品开始时，作者描绘的那缥缈神秘、人间幻景的海上蜃楼的文字，已经令人读时不禁屏住呼吸，"只见海天相连处，原先的岛屿一时不知都藏到哪儿去了，海面上劈面立起一片从来没见过的山峦，黑苍苍的，像水墨画一样。满山都是古松古柏；松柏稀疏的地方，隐隐露出一带渔村。山峦时时变化着，一会山头幻出一座宝塔，一会山洼里又现出一座城市，市上游动着许多黑点，影影绰绰的，极像是来来往往的人马车辆。"眼前的每一句，仿佛都是一个画面，使人目眩神迷，无以卒收。而下面写碧蓝的大海风光，海岛四时的花草，岛上渔船出海、渔家安居生活，等等。

这段文字新鲜遒劲、错落有致。简短妥帖的语句，生动明朗的描述，处处浮现清丽生动的画意，又飘逸着纯净明快的节奏感和抒情音色，充满了生活的欣喜与生气，溢发着强烈的乡土芬芳，表现了杨朔散文语言更切近生活一面的诗意色调。

第三节 张歧的散文

一 碧海波涛的忠实歌者

在山东当代散文作家中，张歧也是颇为引人瞩目的一位。他的散文主要取材于海岛和渔民，被文坛称为"渔岛作家"。他的创作于20世纪50年代起步，散文写作断断续续逾30年。因为他侧重的散文题材有着一贯性，我们将其创作集中放在这一章里进行论述。

1929年出生在山东渤海湾长山岛上的张歧，是在大海日夜轰鸣翻卷的浪花簇拥下走上写作之路的。

张歧，原名张乐儒，笔名海啸、海平线。他是渔民的儿子，自幼失去母亲，是"抱着浪花，枕着涛声，玩着贝壳"，吸吮着大海母亲的乳汁长大（《啊，蓝色的摇篮》）。战争年代张歧曾担任过小学教师、革命根据地北海军分区的爆破队员等。在新中国成立以后的安定岁月里，他饱含着对大海、对生活的浓厚深情，开始了写作。他说："我爱听那喧腾咆哮的海潮声，爱看海上那种神奇变幻的烟云景象，爱呼吸那带有浓郁咸味的海风气息，爱和那勤劳剽悍的猎海渔人交结朋友……我觉得渔村的一棵草木，一块卵石，都和我有着深厚的感情，都给我留下了深刻的印象。"于是他要"把自己对于大海的爱，和由于这种爱获得的对大海的感受和印象,……记录下来。"① 1953年张歧开始发表作品。最初他写诗,很快又改写散文和散文诗,也写过小说。写得最有特色的还是散文。其中一些是儿童文学作品。他在家乡担任过县文教局副局长,县报社的副总编辑。50年代末调至山东省宣传部文艺处、《山东文学》杂志社工作,后成为专业作家。多年来他出版的散文集、散文诗集有《螺号》(山东人民出版社,1961)、《渔火》(1963)、《灯岛》(人民文学出版社,1974)、《彩色的贝》(1984)《蓝色的足迹》(百花文艺出版社,1986)等多部。其中一些篇章被多次收入有关散文选本。

　　张歧的散文及散文诗,情思深隽,格调质朴清丽,好像被作者朝夕相对的大海赋予了色彩与灵气,有着海的色彩,海的律动,海的魂魄。他在作品中向世人抖开了大海硕大无朋的奇丽画面,并从中寄托了热爱生活的激情。那些有关海域的描画,确是绚丽斑斓、壮阔多姿:那高爽的秋日下,永远像闪动着无数鳞片的海浪,退潮时,又如一匹飘卷的蓝缎,呼啦啦向海心卷去;那活跃着各种水族动植物的晶莹海底世界,形形色色的鱼虾,扬着长钳的大青蟹,肥油油的海参,白嫩嫩的鲍鱼、憨态可掬的小海狗,还有掩映在珊瑚、海藻间嫩莹、深绿、晕红的海葵、花芯,在水中轻轻地摆动……(《海螺》《老海怪》)这一切,作者以生动、形象、色彩强烈的笔墨出之,给人带来新奇与永久的魅惑。当他将视线转向海岸时,他淋漓的摹写则带出了渔岛特有的风情:金黄、暄软的海滩上,不仅有五彩的贝壳,每当渔船进港时,更是堆满了"白的墨鱼……银的对虾、金的黄花……飘洒着熏人的浓鲜",那滩上的人因此"脚上、衣裳、脸腮、甚至眉毛,都闪闪发光。"(《渔火》)还有海岛上渔家妇孺盼迎归帆的情景、旧日渔民出海时求乞"神灯"的风俗,关于"珍珠母"与"神笛"的美丽传说,等等。如果说散文美的因素之一,在于表现了独特的地方色彩和风土人情,那么张歧的作品无疑具备了这一特点。它们在给予了人美的感受的同时,还展现了渤海湾一带渔岛特殊的经济生产方式,和与其并存的民间文化形态,表现了世世代代的渔人们和大自然的关系,以及他们对生活的美好向往。

　　关于童年生活回忆的一部分散文,如《酸枣》《老榆树》《燕窝》等,

---

① 张歧:《螺号·后记》,山东人民出版社1961年版。

盛满了作者对于故乡风物和家人、乡亲亲情的怀恋。娓娓而谈的质朴笔调，在一幕幕北方渔村的生活场景中，一个个家乡人物身上，萦回着作者儿时贫穷生活里幸福与痛苦、温馨与期冀的情绪回声。在《诉山情》《歌》《铭刻在记忆中的路》《涛声》等篇章中，描写的是过往的战争生活和军民关系。深情追忆和生动的叙述，复现了紧张、严酷的战争生活景象，和革命军民之间以诚相待、鱼水相依的动人情景。时光易逝世事变迁，历历往事挥之不去。温故鉴今，作者在遣发内心情结的同时，还夹杂着希望能沟通过去与今天——革命斗争历史与社会主义建设事业的意愿。还有一些描写海岛当代生活的《石田》《香炉礁》《海参岛散记》《梨》等作品，则大多将旧日景象或历史传说与现实情景交织在一起，在大海雄放辽阔的背景中，突出渔村人宽广的胸襟与豪迈气魄。浓郁的海岛生活气息里，含纳了比较丰厚的生活底蕴。

他早期的写作，多半停留在对于大海和海上生活直接的赞颂抒写上。较优秀的作品则在情景融一中体现出对自然和人格力量的观照。像《海鸥》这篇散文诗，便流露出一种发自心灵的感悟与渴望：

  海鸥，你是大海的骄子。你有镰刀似的翅膀，有玉雕似的羽毛，有湛蓝透明的眼睛，有红如宝石的脚爪；我说这一切都是大海给你的，那银色的翎羽，是大海银雾给你编织的，那蓝色的眼睛，是海水给你涂染的，那红宝石似的利爪，正是海上朝阳的光彩。

这段文字以鲜明的色彩烘托，不仅给人视觉上的美感，更以其独到的移情效应，把感觉、形象、哲理融合无间，显示出作者优秀的想象力和文字功力。

二　由"观潮者"到"舟夫"

张歧后来的散文，开始寻找并表达大海与人之间关系的深刻内涵。在《呵，蓝色的摇篮》中，作者以诗一般的语言，记叙褓褓中丧母的自己如何在姐姐的挚爱下，在大海母亲的摇篮中成长：蹒跚学步在沙滩的孩子，饿了吃水里捞上来的嫩嫩的海青菜，吃姐姐用野火烧烤的蟹子和海胆，困了便枕着干海苔草卷成的"枕头"，在软软的沙滩上睡觉。"我闻着头下海苔草的咸味,听着大海有节奏的潮声……我觉得是躺在妈妈身边。那海苔草的咸味是妈妈的汗味,那一有节奏的潮声是妈妈心脏的搏动声,那柔软的海风,就是妈妈轻拂我的手。……"姐姐忙于生计,没人照看的顽皮的孩子被海水呛着了,差点儿没了性命,姐姐又气又痛,"大海妈妈灌了我几口苦咸的乳汁,可我一点不怨恨她,我觉得大海妈妈和姐姐一样,都是在给我领路。"……吐纳儿时纯朴的乡土记忆,将创作维系于民族文化中饮水思源的感恩情怀,多幅画面,重叠出现,层层推进并不断加浓感情色彩,最终创造出完美的意境。文中的回忆暗含凄伤但不流于伤感,朴实中有幽婉的体味,充分表现了大海是人生另一意义上的母亲这一主题。

大海的波峰浪谷,动静潮汐,海边的一块岩石,一段沙岸,乃至海风、海空、海底、海的颜色,都成为他思索、领略人生的永恒参照。——"海的颜色绿,是因为它的水层深,它的每一滴水都紧紧凝聚在一起。不信?当落潮的时候,你会发现礁湾里的水是白色的,因为它太浅;……"(《生命的颜色》)"每个人都驾着心灵的小舟,在心的海上航行,那海域宽的,小舟就驶得远些;那海域窄的,小舟就原地回旋……"(《心的海》)这类诗一般的小品构思独特、新颖,譬喻浅显易懂。因形象贴切而取的又是人们常见却不甚留意的景象,所以反有一种扎实隽永的感觉,于朴素中蕴含了沉甸甸的生命意识。当作者的笔触由生活的表层向着深层伸延,他面对大海的吟咏,放射出更加睿智的光彩。像:

爷爷老了。

我看见波浪爬上了他的额头,渐渐地,那波浪又从他额头爬遍了他的脸。

爷爷笑的时候,那些波浪就汹涌起来。这时候,我觉得爷爷的脸就是一片海。

爷爷打了一辈子鱼,足迹踏遍了大海,大海没有征服他,为什么脸让波浪给占领了呢?

难道他的脸真是大海的一部分?

《爷爷的脸》

这首散文诗表现了大海与人生的真正交融。是大海铸就了人钢铁的魂魄,还是人的生命融进了海永不停息的生命波动?构思奇巧,意象深邃,有如哲人之思。此外张歧还有《大海情思》《心的海》《海的梦》等篇章。大海在他的笔下成为生活的立体象征,"……你身上记载着地球的昨天,今天和明天。你的每一滴血,每一根骨骼,都是一个大千世界。古往今来,无数探索者,高擎着生命之炬,在你身上艰辛地也是痛苦地颤颤着,以致耗尽生命之全部烛光。但是,你仍然隐藏着好多的秘密。你说,那些秘密并不是你故意隐藏,而是探索的烛光还没有照到。"(《大海情思》)此时他就像那驾船驶向深海的舟夫,探索着生活之海的无限神秘,试图揭示她那丰厚、多面的特质及深刻的蕴藏。

如上所述,张歧的散文,从题材来说略嫌狭窄,但在这有限的题材表现中,他呈现了这样一个艺术嬗变过程,即从直朴的平面描述到情感与理性结合的多层次体察;从单一的色彩渲染到赋以整体的生动色韵;从稚拙的情感宣泄到物我一体、情景相生,创造优美的诗的意境。

第四节 峻青的散文

峻青不仅是当代著名的小说家,他还喜爱写散文。他从四十年代开始散文创作,新中国成立以前发表的作品数量不多,也尚未形成一个整体的特色。1963年人民文学出版社出版的《秋色赋》,是峻青的第一部散文集,也是他散文作品的代表作。这里所收入的作品,风格亲切自然、质直雄劲,充满了时代的气息和作者对生活、对人民的深挚情感。一部分优秀篇章被收入多种散文选本和学生课本,在当代文坛和读者界有着广泛的影响。

在《秋色赋》的"后记"中,峻青这样写道:"……现在我们的国家正在轰轰烈烈地进行着社会主义革命和社会主义建设事业。……去年,我在我的故乡——胶东半岛住了一个时期,在那里,我亲眼看到我的故乡的人民在战胜自然灾害克服困难的斗争中,表现出一种多么动人的英雄气概,创造了多么惊人的英雄业绩。这许多动人的事迹使我产生一种强烈的欲望:要把我的乡亲们的英勇斗争和我的故乡的崭新面貌,用文学的形式迅速地反映出来,让更多的人像我一样的得到鼓舞,受到教育……。"这说明了其中大部分作品的社会背景和写作动机。和共和国一些从战争年代走来的作家一样，峻青对新中国的建设怀着极大的热情，对家乡面貌的变化更是敏感和关注。这使他在散文创作中，积极地面向生活、感应现实，从真挚的感情和自己的思考出发，去把握和表现所要表达的主题。

峻青善于摄取生活美好的征象和自然物景的神韵，与现实社会中的精神风貌融合在一起，以宽阔的胸怀和豪迈气势去表现、歌咏生活，体现时代特征。在这方面的典范之作，是他的散文名篇《秋色赋》。这篇散文，写于1962年10月，正值年轻的中华人民共和国刚刚渡过"三年经济困难"时期。作品写得气势开阔，内涵丰美。文章由作者在海边感受到美丽秋色，因而对古人欧阳修所作《秋声赋》产生不解开始，以此起兴，引出对胶东半岛"瓜果遍地的秋色"的赞美："……那驰名中外的红香蕉苹果，也是那么红，那么鲜艳，那么逗人喜爱；大金帅苹果则金光闪闪，闪烁着一片黄澄澄的颜色；山楂树上缀满了一颗颗红玛瑙似的红果；葡萄呢，就更加绚丽多彩。那种叫'水晶'的，长得长长的，绿绿的，晶莹透明，真像是用水晶和玉石雕刻出来似的；而那种叫做红玫瑰的，则紫中带亮，圆润可爱，活像一串串紫色的珍珠。……"作者接着拉开视野，展现给人们，这迷人的秋色还包括平原和内地那"金色的麦浪"、"火红一片"的高粱，"到处推着像小山一样高的庄稼秸子和金光闪闪的苞米穗子"，包括一辆接一辆卡车运送苹果到海关码头、火车站和全国各地的景象，将丰收的喜悦波浪般推向了全国。作品接着层层深入，写到人们不仅庄稼果蔬丰收了，还在经过与自然的勇敢奋斗之后获得了"精神品质上的丰收"。而"不行春风，难得秋雨"，文中借一位老农的话，指出党中央集中力量加强农业的号召即是那化雨的春风，进而点出了时代的特征。那国庆节夜晚城市里各个行业人们的欢悦喜庆气氛，更加重了人间秋色的灿烂华美，喻示了走向复苏的祖国一派欣欣向荣的景象。最后作者写道，他忽然明白了生活在封建时代的欧阳修为什么把秋天写得那么肃杀悲伤，"我可以大胆地说，如果欧阳修生活在今天的话，那他的《秋声赋》一定会是另外一种内容，另外一种色泽。我爱秋天。我爱我们这个时代的秋天。我愿这大好秋色永驻人间。"至此全文首尾衔接，神完气足。文以气为主。作者正是以其淋漓劲健的笔触，让其感情抒写随着景物移换的步步推进，夹以鲜明的形象和诗意咏叹，令作品中充满了一股与时代和生活共进的浩然之气。无论写景还是写人，讲究一种昂扬的精神和气势，体现了峻青这一特点的作品还有《傲霜篇》《海滨仲夏夜》《火把赞》等。

将生活面貌、乡土风情与忆旧情怀相交织于散文画面中，使散文作品在拥有现实感的同时又具有相应的历史感，是峻青散文的另一个特点。他的作品有着浓郁的地方色彩，其中有关乡间景物的描写随处可见，也是他作品中最动人的画面：

> ……中午，晴朗的天空，显得又高又蓝，太阳明晃晃地照耀着，大地上到处都是暖洋洋的。在那枯草丛中，山石堆里，蚂蚱、蜥蜴、蝴蝶等还在活跃地跳跃着、奔跑着、飞舞着，而从辽远的西伯利亚一带向南方迁移的各种时鸟儿，也成群地在灌木丛中唧唧喳喳飞来飞去，大雁和野鸭则呷呷地叫着，在小河里，在收割后的豆地里啄食丢下来的豆粒子。夜间，地面上的湿气又开始向上升腾，田野里，村边上，到处都弥漫着豆秸、地瓜蔓和花生果的香气。黎明时分，微带凉意的风，从山谷里吹来，于是，那夜间凝聚到树枝上的水蒸气，变成了一滴滴水点儿，从树枝上抖落了。地上，便像下了一场小雨似的。山鸡，在这黎明的潮湿的田野上，开始啼叫了。……
>
> （《壮志录》）

他用这样的笔致写"乡音"，写故乡的山和水，他说喜爱这土地山川的优美和雄伟，然而最喜爱的还是这里的"英雄历史和居住在这儿的英雄人民。"他写家乡人民克服自然灾害的英勇斗争，写家乡建设的新貌，其思绪总是频繁穿行于这块土地的过往历史、主要是革命战争史实和现实之间。像《故乡杂忆》《乡音》《火光》《夜宿灵山》《记威海》《烟墩》等作品中，无不交织着旧社会与新社会、过去与现在的回忆和对照。作者的笔下，有近代以来中华民族受侵略受屈辱的历史回顾（《记威海》《烟墩》），有的是解放战争历史场景的再现（《故乡杂忆》《火光》），朴素纪实的笔调，真实地记叙了当年"无数和平的村庄被化为灰烬，无数劳动人民，惨遭杀戮"的悲惨景象，描绘了贫苦农民流离失所、艰困求生的情形（《乡音》）。同时作品中通过更多的对比描写，反映了善良坚强的人们一代代坚持奋斗，在新社会更加努力振奋、战胜困难创造幸福的精神风貌。牢记过去奋斗与牺牲的历史，珍惜今日得来不易的和平，让艰苦创业、永不屈服的精神与信念，溶入中华民族的血脉，是峻青这些散文的内在主旨。

峻青的散文大致有两种结构方式，一种是以岁月或生活时序的穿插来组织行文，大多数作品是如此；一种是以某种意象来串缀起对人物的描写或人生足迹的追溯，如《傲霜图》《乡音》等。《傲霜图》是以傲霜斗寒的菊花贯穿全篇，以花衬人，描写了一位始终酷爱此花的老农的精神行止。《乡音》则以胶东乡间特有的"二把手"木独轮车辘辘的声音，串连起了农民命运的历史画面。他的散文是平实的叙写和鼓荡的激情的自然结合，文笔以气势取胜。但有时以议论人文较多，有的作品结构较松散拖沓。后期的《雄关赋》《沧海赋》的文字功力显然更为精练劲遒。峻青在创作实践中逐渐开阔了自己的艺术视野，而且他对古典文学艺术传统的继承借鉴，为他进入新的历史时期后创作逐步形成自己的风格，打下了良好的基础。

第十二章　革命英雄的传奇和历史创造者的诉说

第一节　概述

随着新中国的建立，中国发生了翻天覆地的变化，这种变化也深刻地影响了文学的整个格局，进入了真正的"工农兵主宰历史"的时代。山东文学正是在这个背景上开始了新的历史征程，发生着令人瞩目的变化。这种变化有以下两个方面：

其一，工农兵和解放区作家成为文学创作的主体。山东是抗日战争时期和解放战争时期的老革命根据地和解放区，文学本来就是当时根据地和解放区活跃的政治和文化生活的一个组成部分。进入新中国之后，当时很活跃的那批文化工作者，即被有的文学史称为"来自解放区的作家"的那些人，如刘知侠、王希坚、王安友和在外地工作的峻青、杨朔等人，便成为这个时期山东小说创作的中坚力量；不仅如此，人民群众当家做主的时代还培养了一批新的工农兵小说作家，如军人出身的革命历史题材作家冯德英，农民出身的农村题材作家郭澄清、肖端祥、邵勇胜，工人出身的工业题材作家李向春，还有军人出身的军营生活题材作家任斌武、林雨等人，就是在此时登上了文坛。此外，一些在战争年代带兵打仗和解放后从事文化宣传工作的人，前者如曲波、王愿坚、赛时礼，后者如姜树茂、牟崇光、曲延坤、李新民等，也转入了小说作家队伍。正是这三部分作家推动了五六十年代山东小说创作的发展和繁荣。

其二，出现了革命战争和革命历史题材小说繁荣的盛况。当然，这种盛况是全国范围的，山东只是其中的一个重镇。之所以出现这种现象，与新中国成立初期人们特有的精神面貌有极大的关系。随着革命的胜利和新中国的建立，人的身份发生了根本的变化，过去的被统治者一举而成为新政权的主人。"历史的创造者"们在充分地享受着胜利的喜悦、体验着国家主人翁的自豪感和生活的幸福安宁之时，更忘不了他们亲身经历的艰苦岁月，忘不了那些为今天的胜利付出了鲜血和生命的人们。这种由自豪感、幸福感引起的怀旧情绪，使"历史的创造者"成员之一的作家产生了一种诉说"昔日辉煌"的强烈愿望。曲波就曾经在《林海雪原》的扉页和"后记"中谈到自己的这种愿望。他在扉页上写道："以崇高的敬意，献给我英雄的战友杨子荣、高波等同志！"在《后记》中写道："在这场斗争中，有不少党和祖国的好儿女贡献出了自己的生命，创造了光辉的业绩，我有什么理由不把他们更广泛地公诸于世呢？"从作家本人的愿望一方看是这样；而从新生政权的角度来说，也希望和要求文学用中国共产党的历史观反映已经过去的那段历史，再现共产党领导的新民主主义革命胜利的必然性与正确性，以起到宣传、教育民众的作用。因此，革命战争题材和革命历史题材小说便成为新中国成立初期的文坛上十分红火和引起广泛关注的现象。

山东作为一个深受齐鲁文化传统影响、且有着强烈忠君爱国意识的文化区域，作为由解放区作家和工农作家主宰文坛的文学省份，也必然作出积极的反映，出现了许多以革命历史和革命战争为题材的作品。仅在十七年这个时间段中，山东就出版了长篇小说多部：如刘知侠的《铁道游击队》，曲波的《林海雪原》《桥隆飙》，冯德英的《苦菜花》《迎春花》，王安友的《战斗在沂蒙山区》，翟永瑚的《民兵爆炸队》，牟崇光的《烽火》，姜树茂的《渔岛怒潮》，赛时礼的《三进山城》等；短篇小说集多部：刘知侠的《铺草》《一次战地采访》，峻青的《黎明的河边》《老水牛爷爷》《党员登记表》《胶东纪事》，萧平的《三月雪》，王愿坚的《党费》《后代》《亲人》《普通劳动者》等，数量极为可观。在全国引起较大反响的有《铁道游击队》《林海雪原》《苦菜花》《迎春花》和峻青、王愿坚、萧平等人的短篇小说。

这些革命战争和革命历史题材的小说，因为其作者所受文化教养和艺术熏陶的不同，个人性格禀赋、艺术感知方式的不同，因此，作品的审美情趣和艺术风格也有一定的差异。如刘知侠、曲波、峻青等人深受《水浒传》《说唐》《说岳全传》等民间文学样式的深刻影响，吸收了其中某些审美情趣和表现手法，重视于故事的大起大落、大开大合以及故事和人物的传奇性，他们的作品虽然描写刻画的是革命英雄人物及其业绩，但却带有较浓厚的民间色彩，散发着泥土芳香；冯德英、王愿坚等人虽然也受到中国传统文学的影响，但他们同时也接受了俄苏文学的某些影响，因此，他们的作品除具有较浓的故事因素和一定的民间性之外，还吸收了外国文学的创作方法和表现手法，如比较注意人物的形象塑造和性格刻画，表现人物的成长过程，能够描绘较广阔的时代背景和某些大场面，这使他们的小说多多少少带了点"洋"味。

这个时期山东小说的基本特色，可以借用《中华文学通史》关于"来自解放区的作家"的论述："作为一个创作群体，较之来自国民党统治区或新中国成立后成长起来的作家，其共同特色依然十分鲜明。从他们新中国成立以后，特别是'文革'前17年的作品里，我们处处都可以感受到他们在革命战争年代练就的那种工农兵'化'了的思想情怀，感受到他们在创作中坚持贯彻'文艺为无产阶级政治服务'原则的自觉，感受到他们在接受'五四'新文学运动中传入中国的现代小说形态的同时又力求使'民族化''群众化'的审美取向。"[①] 山东的小说也基本符合这一论述，所不同的是，山东新中国成立后成长起来的那些作家，如王安友、郭澄清、林雨等，与来自解放区的作家同样有鲜明"工农兵的思想情怀"，因为他们大多数人本来就出身于工农兵；同样有"坚持贯彻'文艺为无产阶级政治服务'的自觉"，甚至是很强烈的自觉。这种自觉使山东作家在紧跟党的号令，反映时代脉搏和广大人民群众的思想感情和需要方面有一定的积极意义，但也因此而产生了一些负面影响，特别是"左"的东西的影响，以至于使山东文坛长期处于一种保守、守成的状态之中。

第二节　刘知侠的小说

刘知侠（1918—1991），原名刘兆麟，河南汲县人，出身于一个铁路工人家庭，幼年家贫。他曾在焦作铁路局所办半工半读小学读书，1938

[①] 张炯、樊骏、邓绍基主编：《中华文学通史·当代文学编》，华艺出版社1997年版，第33页。

年入延安抗日军政大学学习，1939年冬来山东革命根据地沂蒙山区工作，历任《山东文化》副主编、文工团长等职。新中国成立后，历任《山东文艺》主编、省文联副主席、作协山东分会主席等职。战争年代曾多次对鲁南铁道游击队进行采访；1948年以《前线报》记者身份亲临淮海战役进行战地采访，这些经历为他提供了丰富的创作素材。著有长篇小说《铁道游击队》（1954年），短篇小说集《铺草集》（1959年）、《沂蒙故事集》（1963年）、中短篇小说集《沂蒙山的故事》（1961年）等。

一 《铁道游击队》及其成就

刘知侠的小说多取材于抗日战争和解放战争时期山东人民的斗争生活。《铁道游击队》是新中国较早出现的长篇之一，是在1945年发表的中篇小说《铁道队》（《山东文化》第2卷第3、4期）的基础上充实、丰富起来的。这部小说是根据抗日战争时期活跃在枣庄至临城铁道线上的一支抗日游击队的事迹创作而成的。通过作品的生动描写我们看到：这是支由煤矿、铁路工人和部分农民组成的队伍，这些叱咤风云、令日寇闻风丧胆的英雄人物的身份本身就具有一定的民间性质；作品中还歌颂了诸如芳林嫂、日本洋行职员等革命的基本群众，他们更是来自民间的人物。正是这些"非正规"的军人和群众，在正、副大队长刘洪、王强和政委李正的带领下，在从临枣铁路沿线到微山湖一带的广阔地区，与日寇展开了顽强斗争。他们砸洋行、打票车、拆炮楼、扒火车、夺军火、毁铁路，并且成功地护送了党中央的领导人和其他革命同志往来于延安和沂蒙山革命根据地之间。他们还开展群众工作，组织和发动群众建立根据地，斗争汉奸地主，分化瓦解敌伪势力。抗战胜利受降时，他们又迫使拥有数千人的日军铁甲列车部队向八路军投降，创造了惊天动地的英雄业绩。

《铁道游击队》是刘知侠的代表作，在这部作品中，他较好地继承借鉴了中国民族民间艺术传统中的表现手法，尤其是《水浒》、话本小说和"武老二"（山东快书）的艺术精神，运用了传统小说的传奇性和故事性因素，将砸洋行、扒火车、夺军火以及迫使日军铁甲部队投降等具体事件写得有声有色，情节紧张惊险、波澜起伏；《铁道游击队》的民间色彩，还表现在作品对民间文学"英雄美人"模式的借鉴上。作品以一定的篇幅描写了队长刘洪与美丽温柔的芳林嫂之间真挚浪漫的爱情，这对"英雄美人"经历了诸多磨难之后终成眷属的结局，也与中国民间文学艺术传统的"大团圆"结局相契合。此处，小说还刻画了多个形象鲜明甚至富有个性的人物形象、如刘洪、王强、彭亮、鲁汉、小坡、芳林嫂的形象，其中有的人物具有传奇色彩。整部作品自然朴实，引人入胜，非常有可读性。刘知侠此时的小说因为还没有受到后来战争题材小说概念化模式的影响，能够巧妙地将反映战争和历史的难度转化成民间文化视点，在较大的可能性上发挥作家的想象力及故事、人物形象本身的魅力和真实性，因此，小说不但在当时受到了广大读者的欢迎，即使在今天读来也很有可读性。

二　中短篇小说及其艺术得失

除长篇小说《铁道游击队》产生了较大的反响之外，刘知侠的一些短篇小说也比较成功。这些短篇小说也多取材于战争年代山东人民的斗争生活，讲述感人至深的英雄故事，讴歌普通群众的阶级觉悟和崇高品德，展现在血与火的斗争中英雄人物和人民群众的伟大贡献和光辉业绩，以及军民之间的鱼水深情。虽然刘知侠的短篇一向以情节描写和故事讲述见长，但有些作品中也刻画了感人至深甚至富有个性的人物形象。如《铺草》对王老头这个农民形象的刻画，即是如此。这位老农民，性格耿直，当他认识到拒绝战士张立中借铺草的要求是"忘本"行为，特别是得知张立中已经牺牲的消息之后，陷入极度的悲痛与后悔之中，带着一种赎罪的心情，他参加了支前担架队，积极忘我地工作，当了模范却不肯受奖。在总结大会上，他声泪俱下地讲出了事情的原委和自己追悔莫及的心情。王老头淳朴善良的美德给读者留下了深刻的印象。《红嫂》是根据一个真实故事写成的。一位普通的农村妇女在敌人扫荡、丈夫思想比较落后、村民们封建思想还很浓厚的恶劣环境里，勇敢地掩护了一位八路军伤员，不但用乳汁救活了他，而且在他养伤的日子里一直偷偷地为他送饭换药，直到伤愈归队。这种义举不但体现了沂蒙百姓民风的纯朴，而且也体现了人民群众广泛的思想觉醒。这类故事在刘知侠作品中较多的展现。

在艺术品位上，这些短篇也与《铁道游击队》一样，充分调动和发掘了传统小说中的故事性和传奇性因素，情节故事引人入胜，人物性格也较为生动。如《一支神勇的侦察队》描述了一个个曲折、惊险、神奇的侦察故事，生动地表现了这支侦察队的英雄们大智大勇、忠诚坚强的英雄气质。其情节有紧张、奇险、"看似山穷水尽，忽又峰回路转"的特点，是对中国小说美学因素的较熟练发挥，充分地调动了读者的阅读兴趣；《红嫂》虽不似前者那样情节跌宕起伏，但也有较强的故事性。红嫂救活并保护八路军战士的故事写得紧张突兀，曲折有致，且环环相扣。如红嫂发现伤员、掩藏伤员；红嫂的丈夫跟踪红嫂，发现隐藏伤员的地方；村里的坏人监视红嫂，差点发现伤员的秘密等一系列情节的描写，都具有引人入胜、令人读来紧张兴奋的艺术效果。短篇《铺草》亦有很强的故事性。农民王老头与解放军战士张立中因为铺草问题而发生的故事，其中有许多误会与遗憾：张立中向王老头借铺草而王老头不给，两人发生争执、遗憾一；王老头和张立中分别受到批评，认识错误，想向对方道歉，遗憾二；两人分别找对方道歉不遇，遗憾三；战斗结束后，王老头又找张立中，张立中已牺牲，遗憾四。作品在如此短小的篇幅中，能够将故事写得这样生动感人，的确是值得称道的。刘知侠在谈自己的小说创作经验时常常以此篇为例，是极有道理的。

此外，《一次战地采访》中讲述的寻找国民党军官钟磊的故事，如果剔除那些流水账式的过程和枝节叙述，也有一定的可读性。第一人称"我"从一本遗落在战场上的日记中初步了解了一个正直、有良心的国民党军人的内心世界、非常感兴趣，于是千方百计地到战场的废墟中寻找钟磊，历尽曲折辛劳终于找到了钟磊。作品将笔墨集中在发现日记和寻找日记主人的过程描写上，中间有一系列悬念和曲折。正是在这一过程的描写中，生动地将一个国民党军人苦闷彷徨、向往光明的心境揭示出来。这是刘知侠作品中比较独特的一篇。

从整体上说，与长篇《铁道游击队》相比，刘知侠的短篇小说存在着艺术功力参差不齐的弊病。他的长篇写得语言朴实、简洁，比较注意人物语言的身份化和大众化，情节故事生动精彩，引人入胜，具有很强的可读性。但他的少数短篇则存在着如下缺点：其一、大都不注意材料的取舍，开头结尾穿靴戴帽，拖泥带水，节外生枝，与正题无关的叙述太多。如《红嫂》开头有相当长的篇幅写"我"与彭林中校相遇的过程叙述，迟迟不接触与红嫂有关的正题，让人读来沉闷难耐。《一次战地采访》有三分之一的篇幅写了寻找钟磊过程中所遇到的无关紧要的事件和人物，无形中冲淡了与主要人物钟磊有关的情节和故事。其二、不必要的交代、解释、介绍过多。许多不用多说就可以明了的问题往往作画蛇添足式的叙述。如《一支神勇的侦察队》开头关于此地即将被解放的交代占了不少篇幅，《铺草》亦有开头不精练的毛病。其三、不太注重人物的心理活动和言语行动描写，往往以情节和故事发生的过程描写代替人物本身的刻画。而且，人物语言的身份感、性格感较差。老农民的语言与学生的语言几乎无太大区别。然而，这些弊病在长篇《铁道游击队》中则得到了基本的克服。

值得注意的还有刘知侠60年代出版的中短篇小说集《沂蒙山的故事》。作品中的大多数篇什采用了历史回顾与现实描写相结合的叙述方法。"我"重访沂蒙山，是为了重温过去的艰苦岁月，重访那里的父老乡亲，既回忆历史，又描写眼前的所见所闻。其中对英雄人民舍生忘死掩护地方干部和革命战士的事迹和故事回顾，往往写得比较生动真实，令人感慨良多。然而一接触到现实的描写，便难免有矫饰之感。主要因为这些作品中反映的是1961年前后沂蒙山区人民生活，那时正是全国大灾荒大饥饿时期，然而作品却将那里的生活景象写得幸福繁荣、鸟语花香，就显然带有粉饰太平的意味了。这也是当时的文学环境所致，不必过多地苛责于作家。

刘知侠在新时期也创作有长篇小说《决战》《牛倌传》（又名，《沂蒙飞虎》）等，但其反响不如《铁道游击队》。另有电影文学剧本《草上飞》。

第三节　曲波的小说

曲波（1923—2003），山东黄县人，出身于贫苦的农民家庭，小学未毕业即辍学务农，1938年参加胶东主力部队，转战于山东半岛和东北战场。1943年入胶东抗大学习，毕业后任胶东军区报社记者，参加过改造起义部队的工作，也与日本侵略者进行过多次较量。1946年，他以团政委身份带领一支剿匪小分队进入东北的深山老林，与土匪武装周旋了大半年。这些经历为他以后的小说《桥隆飙》《山呼海啸》《林海雪原》的创作打下了坚实的生活基础。全国解放后，他担任了工业战线的领导工作，在繁忙的工作之余进行小说创作，出版了四部反映革命战争的长篇——《林海雪原》（人民文学出版社 1957 年）、《桥隆飙》（人民文学出版社 1979 年）、《山呼海啸》（中国青年出版社 1977 年）和《戎萼碑》（山东人民出版社 1977 年）。此外，还有《热处理》《争吵》等少量工业题材短篇小说和为数不多的散文等。

一 《林海雪原》——英雄的传奇

《林海雪原》是曲波的代表作，这部小说是在为他昔日的战友、那些在战场上抛头颅洒热血的英雄人物树碑立传的创作冲动下完成的。作品以解放战争初期人民解放军一个 36 人的小分队，在东北的林海雪原中与国民党残匪周旋并将其歼灭的故事为蓝本，以几位英雄人物的事迹为素材，歌颂了人民解放军指战员机智勇敢、忠诚坚定、所向无敌的英雄气概，反映了人民群众对匪徒的憎恨和对自己军队的支持和拥护，揭露了国民党残匪的凶残和愚昧；成功地塑造了杨子荣、少剑波、孙达得、刘勋苍、李勇奇等颇具传奇色彩的英雄形象。这部小说在它的问世之初之所以能引起极大的反响，一方面是因为它有健康向上的思想内容，更主要的一方面是因为它有引人入胜的传奇色彩、强烈的故事性和紧张突兀的情节性等艺术魅力。

在这部小说中，曲波依次讲述了奇袭狼窝掌、智取威虎山、周旋大草甸、大战四方台四个既有独立性、又相互联系的战斗故事，其中每一个故事中又有若干或惊险奇谲或轻松欢快的小故事，整部作品布局严密，层次清晰，惊险奇诡，颇有环环相扣、峰回路转、曲径通幽之妙。再加上它对主要人物足智多谋、神奇超凡的刻画，对每一个战斗故事奇妙莫测、惊险紧张以及自然环境神秘奇丽的描写，使得整部作品呈现出鲜明的浪漫色彩和传奇神韵。

二 被"神化"的传奇色彩

"传奇性"这一美学意味在曲波的作品中得到了神化性的诠释：解放军指战员个个都是刀山敢上、火海敢闯的英雄；人人都是大智大勇、战无不胜的精兵强将。尽管环境是那样艰苦恶劣，斗争是如何错综复杂，敌人是多么的凶狠强大，但在英雄的人民军队面前都是极其渺小、不堪一击。

一个三十几人的剿匪小分队在深山老林里与数十倍于自己、而且训练有素又有天险可作屏障的土匪周旋，却能在自己较少伤亡的情况下克敌制胜，全歼顽匪（《林海雪原》）；八路军主力部队的一个连队与三县民兵联合，在人民群众的支持下，硬是拖住了企图进犯中州的上万日军主力和伪顽军队（《山呼海啸》）；一支十几人组成的战地医护队，在极其艰苦的反扫荡中，不仅保存、壮大了自己，而且有效地打击了反动地主武装（《戎萼碑》）。作者显然将革命军队和革命战士理想化、浪漫化、传奇化了。也是在这个意义上，曲波的小说塑造了许多具有非凡本领和特殊能力的人物形象。如《山呼海啸》中的凌少辉姐弟、《戎萼碑》中的戎萼和双燕姐妹，几乎个个是身怀绝技，本领超凡，文武双全的神话中人物。凌少辉年仅18岁，便能运筹帷幄，神出鬼没地指挥大军克敌制胜；他的姐姐则不但具有非凡的领导才能，而且文采出众，"万言长书，一挥而就"。这种被神化了的人物，在《林海雪原》中亦举目皆是。团参谋长少剑波具有英俊潇洒的"儒将"风采，不但是运筹帷幄、决胜千里的将才，而且是诗文并茂的才子；机警过人、勇猛无比的栾超家，具有猿猴般灵活自如的攀援本领；刘勋苍不仅勇猛无比，而且力气超凡；孙达得则是日行千里的"飞毛腿"。这几位"虎将"均属身怀绝技的"超人"式英雄；而被重点刻画的杨子荣虽然不像上述人物那样身怀绝技，但他却有精细老练、沉着冷静、能言善辩和胆气超群的孤胆英雄本色。杨子荣在"智取威虎山"战斗中的表现，令人惊叹不已。曲波较好地继承了传统文学和民间文化自由粗放、浪漫传奇的艺术精神，在这个艺术海洋中如鱼得水。

这种对人物的传奇化和神化，必然与对情节故事的传奇化和神化联系在一起，于是我们在《林海雪原》中读到了一个个神奇和离奇的情节故事。作者就从这一个个曲折离奇的情节和故事中发掘了来自《三国演义》《水浒传》和《说岳全传》等传统小说"大奇大险"、"惊险奇谲"的美学精神，而且运用得灵活自如。他往往将人物推到绝境，让其饱受惊险，眼看山穷水尽，但转眼间又柳暗花明，一切都迎刃而解。如杨子荣正在威虎山倍受器重，眼看大功告成，却不想来了栾平，一下子将他推入险境。杨子荣临危不惧，舌战栾平，竟出人意料地转危为安。再如《桥隆飙》中马定军和沙贯舟被坏人陷害，在即将被鲁莽的桥隆飙砍头的时候，忽然来了救星，立刻化险为夷。曲波还运用了传统美学中的"巧中求快"的审美心理，在"巧"字上大做文章。如"智取威虎山"需要派人打入敌人内部，正愁没有"见面礼"以取得信任，正"巧"捉住了一撮毛，得了"先遣图"；正为不知威虎山的路径发愁，又恰"巧"捉住了傻大个，利用他的脚印顺利进山；正担心无法送出情报，却又有座山雕搞试探杨子荣的"演习"被杨利用；而且更"巧"的是，座山雕恰恰委任杨子荣为"百鸡宴"的司宴官，为小分队聚歼土匪创造了有利条件。这一连串的"巧"制造了一种大惊大险、大忧大喜的审美效果，因此深为当时的读者所喜闻乐见。

另外，曲波小说还善于将情节写得曲折萦回，扑朔迷离，以调动读者的审美快感。如1962—1963年发表在《山东文学》上的《桥隆飙》长篇连载，写桥隆飙智斗地主武装头目"七小姐"时，那若干"七小姐"和"专员"出场的描写，让读者感到扑朔迷离，如堕五里雾中。这种美学精神与中国民族民间的审美理想十分契合，因而这部小说也的确契合了五六十年代读者的口味。遗憾的是在新时期初期出版时，由于受到"文革""三突出"极左文艺思潮的影响，将一些扑朔迷离、引人入胜的情节改掉了。

三 从民间吸取的艺术营养

从曲波个人的文学修养来看，他对民族民间文学传统的喜爱和继承似乎是与生俱来的。他自己就曾经说过：他虽然也读过《日日夜夜》《钢铁是怎样炼成的》等属于俄苏文学传统的作品，"但叫我讲给别人听，我只有讲个大概，讲个精神，或者只能意会不能言传；可是叫我讲《三国演义》《水浒》《说岳全传》，我就可以像说评词一样地讲出来。甚至最好的章节我还可以背诵。"（《关于〈林海雪原〉》）这就道出了他何以能创作出《林海雪原》这类作品的原因所在。

与刘知侠一样，曲波也逐渐受到时代气氛的左右和影响，尤其是"左"的创作理论和模式的影响。当然，这里面有不得已而为之的因素，但也有作家本人自觉应和的因素。如塑造人物形象，《林海雪原》中还没有将人物绝对化，虽然对少剑波形象有些过火的刻画，但杨子荣、刘勋苍等相对要真实一些；《桥隆飙》的主人公因为本身是个被争取、被改造的形象，因而写得比较丰富复杂，而像表嫂这种"党代表"人物类型，虽然写得非常概念，但因她不是作品中的主要人物，没有过多引起读者的注意。但到了"文革"期间出版的《戎萼碑》和新时期初出版的《山呼海啸》，便是另一种样子了。好便是绝对的好，坏便是绝对的坏，"英雄人物"的高大完美，革命战士的所向无敌，即使是当时的读者也难以信服地接受了。

曲波和刘知侠等人对民族民间文学传统的继承，在新中国文坛上当然有十分重要的意义，但却在美学风范上远离了王统照、杨振声、李广田等作家遵从的"五四"文学传统。王统照等人用自己的创作实绩进行了引进西方创作手法和美学精神的实践。然而在新中国的时代背景下，由于向民众进行"革命传统教育"的需要，因此，为中国老百姓喜闻乐见的民族传统表现手法便成了最好样式之一了。当然，这并不是唯一的样式，但却是很受欢迎的样式之一（如"山药蛋"作家们的作品、《烈火金刚》《敌后武工队》和《新儿女英雄传》等）。山东作家曲波、刘知侠等人的作品在五六十年代的文坛上取得了与上述作品相同的地位。当然，即使是在山东这样偏于守成的地域，也并不是只有一种形式，也还有如冯德英、萧平等偏重于学习借鉴俄苏和欧洲文学表现手法的作家。在全国文坛上，受到俄苏文学和欧洲文学影响的作家就更多一些。如柳青和他的《创业史》、吴强和他的《红日》、杜鹏程和他的《保卫延安》、周立波和他的《山乡巨变》、丁玲和她的《太阳照在桑乾河上》等，不胜枚举。

第四节　冯德英的小说

让读者认识光荣的革命历史，就是认识英雄与普通的人民群众共同创建的历史。歌颂人民群众为革命事业所作出的巨大贡献，为普通的民众树碑立传，是山东作家努力表达的又一个主题。刘知侠、峻青、王愿坚、王希坚的小说中都有刻画人民群众舍生忘死、尽心尽力支援革命事业的动人篇章，然而有意识地将为革命事业作出了杰出贡献的人民群众作为被歌颂、被刻画、被叙述的主要对象的还是冯德英，这也正是冯德英创作的突出个性。

冯德英（1935—），山东牟平人，出身于一个贫苦农家，仅读过五年小学，1949年参军，在第三野战军通信学校学习，毕业后曾任报务员、电台台长、无线电雷达指挥排排长等职。1958 年从事专业创作,任空军政治部文化部创作员。1980 年,冯德英转业来山东,历任济南市文联主席、《泉城文艺》主编、第三届省作协主席、中国作协理事、中国文联委员和济南市政协副主席、青岛市政协副主席等职。著有长篇小说《苦菜花》(解放军文艺出版社 1958 年初版)、《迎春花》(1959 年)、《山菊花》(山东人民出版社、解放军文艺出版社同时出版,上集 1979 年;下集 1982 年)、《染血的土地》(解放军文艺出版社,1986 年)、《六月的天空》等长篇小说和《冯德英中短篇小说选》(解放军文艺出版社,1997 年)以及话剧《女飞行员》等。其小说曾被译成俄、日、英、越、朝、蒙等文字。

一 "三花"——充满人情味的革命妇女形象

在部队学习时读到的文学作品是引发冯德英小说创作的契机,儿时从家庭以及出入于他家的革命同志那里受到的熏陶和听来的革命斗争故事,为他的创作打下了坚实的生活基础。冯德英的小说多取材于抗日战争和解放战争时期胶东革命根据地和解放区人民的斗争生活,反映了他家乡的人民怎样在严酷的斗争中和共产党的教育影响下觉醒奋起,以鲜血和生命为人民解放事业作出可贵贡献的故事。这些作品塑造了许多可歌可泣的革命者和普通的革命群众形象,其中最感人、最有血肉的是众多的革命妇女形象。翻开《苦菜花》《迎春花》《山菊花》(上、下),人们便会感到一个个个性鲜活的妇女形象扑面而来。在这个挺胸昂首行进的女性队伍中,既有娟子、花子、星梅、白芸(《苦菜花》)等女革命者,也有母亲(《苦菜花》)、春玲、春梅、淑娴(《迎春花》)、桃子、三嫂、好儿、小菊(《山菊花》)等贫寒人家的女性,还有如杏莉母亲、杏莉(《苦菜花》)、萃女(《山菊花》)这些出身特殊的妇女群众。正是她们在艰苦的岁月中,在血与火的斗争中,尽自己所有和所能参与、支持着革命事业。她们之中有的为自己认为应该坚持的真理而英勇献身。赵星梅唱着《国际歌》慷慨赴死;杏莉为了维护革命的利益,英勇地与汉奸特务父亲作斗争,最后献出了年轻的生命;母亲、桃子、三嫂等人则从顺从命运摆布的普通农妇成长为一个为理想、为他人奉献自己、"虽九死而犹未悔"的战士;而更多的便是如春玲、春梅、淑娴、花子、小菊那样的,以自己的微薄之力支持革命事业的基本群众。冯德英在这些可敬可爱的女性身上，发掘了山东妇女深受传统文化滋养和革命文化教化的精神素质，尤其是她们忍辱负重、克己奉献的牺牲精神，让读者从中了解和认识在夺取革命胜利的历史进程中，人民群众这大海之水曾经发挥了怎样重要的作用。他这样写，当然不排除文学史家所论的"鲜明的中共党史的叙事立场"。然而，他躺在那些经常出入于他家的革命者怀抱里听战斗故事的少年经历，也是促使他试图用自己的笔写出他知道的人和事的情感原因。

冯德英与峻青一样，认为革命战士与人民的克己奉献精神是最高尚和最值得歌颂的，但他们又有所不同。峻青将人物放置在尖锐的矛盾对立和生死考验中，表现人物毅然决然的舍己为人和奉献精神，他的人物是理想化了的。冯德英也有意表现人物在生与死的考验中所表现的大义凛然和视死如归，但他却较好地刻画了人物此时此刻真实的内心世界。正是这种刻画触及了人的真实可信的心灵世界，展现出了可贵的人情与人性内容。如《苦菜花》中写母亲在监牢中被毒打折磨得遍体鳞伤、苦不堪言时，那种"生不如死"的痛苦心情；尤其是敌人当面摧残她五岁的幼女时，她不由自主地求告敌人放过她的孩子的情节描写，写出了一个血肉之躯面对生死时的矛盾和一位母亲的亲子之情。《苦菜花》中还有一个令人难忘的情节：敌人为了孤立共产党员，使出了让群众认领各自亲人的毒计。共产党员花子为了营救区委书记姜永泉，没去认领自己的丈夫。作品生动地写出了她向姜永泉走去时那种矛盾、痛苦的心情："虽然几步路，她觉得像座山，两脚沉重，呼吸急促；她觉得走得很快，一步步离自己的丈夫远了，她又觉得走得很慢，离自己的丈夫还是那么近。"这种矛盾、痛苦心理的刻画正是对可贵的人性和人之常情的表现。正是因为有了这样的描写和刻画，使冯德英的小说在"观念述说"之外，具有了一定的真实感人的力量。峻青以浪漫主义情怀感染人，冯德英则以对人物内心世界颇具人情味的真切刻画而打动人。

冯德英作品不仅成功地刻画了众多的妇女形象，还成功地刻画了老东山（《迎春花》）、张老三（《山菊花》）等后来被称为"中间人物"的具有一定缺点的人物形象，写出了属于人物自己的独特个性。如对老东山的描写就较少有概念化的东西。作品刻画他的自私、顽固，他那常常挂在嘴边的"我不自愿"便是极富个性化的语言。《山菊花》中"觉悟前"的张老三显得血肉丰满，真实生动。这个人物既具有劳动者心地善良、吃苦耐劳的美德，但又有"埋汰"而爱充精明，胆怯而硬充好汉，"躬背拖沓"却精于农务，恨富人又想做富人，人穷又嫌贫爱富等矛盾的性格。这些矛盾的性格，表现在张老三身上便给读者一种幽默、风趣、可爱又可气的感觉。这可以说是冯德英刻画人物的高明之处。但我们也不能否认在当时那种时代氛围的左右下作家所受到的影响，这在《山菊花》中表现得比较明显，尤其是主要人物桃子形象，虽然作者也有丰厚的生活底子，有较老到的刻画人物的功力，但仍能让人通过桃子的"成长"明显地看出按照当时规定的概念刻画人物的意图。

二 《染血的土地》——深刻的历史反思

进入新时期以来，冯德英的小说创作又有新的建树。他仍将关注的目光对向过往的历史，不但写出反映新中国成立后农村生活和农民命运的长篇小说《染血的土地》《六月的天空》等，而且也出版了《冯德英中短篇作品选》。新出版的两部长篇实际上是"三花"的继续。在作品中读者可以看到，那些在战争年代曾经以鲜血与生命支持和投身革命事业的幸存者，是怎样在新的时代环境中经历磨难的。作品写到了战争给活着的人们造成的创伤，胜利后做了新社会主人的他们本来应该受到慰藉和尊敬，以医治战争的创伤，然而，他们非但没有得到应有的慰藉，反而在旧的创伤上面又增添了新的更严酷的创伤。冯德英以深厚同情的笔触写了史素青、大俊、"踹三脚"这些不幸的女人。战争使这些温柔贤良的女人失去了丈夫，她们在痛定之后想重新寻找自己的幸福，但是在做了主人的时代，她们竟失去了寻找幸福的权力，受到来自各种势力的阻挠和羞辱。最悲惨的女人是大俊，别人还有一个烈属的牌子，她却得不到这块光荣牌，因为她的丈夫活不见人、死不见尸。她那为革命送上两个儿子的年老多病的公爹杨日顺心灵的创伤更重。他失去了两个儿子，非但得不到政府的关怀和安慰，却反而连军属牌也遭到了怀疑。这位老人怀着巨大的失子之痛和不再给不幸的儿媳造成累赘的心情结束了自己的生命。生活的现实竟是如此的不公。作品还通过新中国成立后的历次政治运动给人们心灵上留下的创伤的描写，反思了历史。如在战争中出生入死、对组织忠诚不二的杨玉冬，却在政治运动中受到了怀疑和审察，而那些投机钻营之徒却青云直上。美好的东西遭亵渎,丑恶的东西被张扬,这一意向在《染血的土地》中有所表现。

冯德英新时期的短篇小说大多仍是对过去生活的回溯。如"寡妇胡同系列"写的是不同出身经历的女人们"过去"和"今天"的故事。她们的遭遇和命运的酸甜苦辣,隐含着沉重的历史感和沧桑感,读来令人扼腕叹息。也有几篇作品是对现实生活中众生相的揭示,如《幸福的不治之症》以一个被误诊为癌症后来又解除危险的人前后所受到的不同待遇,既抨击讽刺了其中张进头的卑鄙、下流、无耻,也讽刺了他周围人们的虚伪。而《诱惑》则讽刺了那些为金钱而丢失了道德和人性的人们。

冯德英的作品始终没有离开山东这块家乡的土地,他即使是身在外地、身在军营,也总是以齐鲁大地上的过去和现在作为他小说的表现对象。尤其是那些在血与火的年代里经磨历劫的胶东父老乡亲,更使他终生不能忘怀。他很少写军事题材的作品,就是他奉命创作的军事题材话剧《女飞行员》,他也要在女飞行员的队伍里,写进一个来自家乡的姑娘杨巧妹。这种浓重的故乡情结成就了冯德英,也使人们看到齐鲁文化对一位作家深入骨髓的浸润和影响。

第五节 峻青、王愿坚笔下的革命历史

一 峻青:革命英雄主义的歌者

峻青(1922—1991),山东海阳人,幼年家境贫寒,只读过几年小学便进工厂里当童工,抗战爆发后参加革命,在地方政府作教育工作和群众工作。1944年后,曾任胶东区委机关报《大众报》记者,武工队小队长等职,1948年随军南下,1953年到上海工作,曾任中国作协上海分会副主席、上海作协书记处书记、《文学报》负责人等职。著有短篇小说集《黎明的河边》(1955年)、《老水牛爷爷》(1955年)、《最后的报告》(1956年)、《胶东纪事》(1959年)、《海燕》(1961年)、《怒涛》(1978年),长篇小说《海啸》(1981年)以及《秋色赋》《沧海赋》《履痕集》《峻青散文选》等散文集。

峻青的小说创作始于40年代,成熟于五六十年代。他的作品大多取材于他的故乡胶东地区革命斗争历史和新中国成立后的农村现实生活,尤

其是歌颂在艰苦卓绝的战争中普通老百姓所发挥的巨大作用。这些小说大都收在《黎明的河边》《老水牛爷爷》《胶东纪事》等集子中。在《黎明的河边》的开篇，峻青就通过被人民群众用生命保护下来的战争幸存者、当年的武工队长姚光中回忆式的讲述，点明了题旨："如果没有小陈一家人，我即使不被敌人打死也早被河水淹死了，哪里还有今天？"在作品所讲述的故事里，战士小陈全家为掩护游击队长过潍河开展工作，献出了除小陈父亲之外的所有生命。《党员登记表》中的黄淑英和她的母亲，为了保护一张"党员登记表"不落入敌人之手，在酷刑拷打面前坚贞不屈，黄淑英甚至为此献出了生命。《老水牛爷爷》中的老水牛爷爷，在战争年代曾经为保住党组织的机密，经受了敌人的残酷折磨，被敲掉牙齿仍不肯低头；在和平建设时期，为了保护即将决口的潍河大堤，毅然跳进水中，用自己的身体堵住缺口，为众人保护大堤赢得了时间，自己壮烈牺牲。《交通站的故事》中"地下交通员"姜老三夫妇，多次舍生忘死掩护同志通过敌占区，为了给革命同志提供方便，他们献出了自己的财物和生命。在发掘人民群众为革命事业成功作出的巨大贡献这个题旨上，峻青作出了突出的贡献。

峻青的小说显然也继承了中国古典小说的写作手法，不但有较强的故事性和情节性，而且比较注意人物的性格刻画和言语行动描写。"老水牛爷爷"这一形象写得有个性，有血肉，将这个人物既认真负责、善良忠厚，又粗放直率、倔强刚强、大义凛然的性格表现得较为生动。尤其是他在被敌人打掉牙齿时，那个"连牙齿带血水一起喷到敌人脸上"的动作描写，更生动地突显了他的硬骨头性格。《交通站的故事》也是篇颇有故事魅力的作品，姜老三和老伴掩护同志通过敌占区的那一个个故事，写得紧张、曲折、引人入胜；此外，对姜老三和他的老伴各不相同性格的刻画，也很生动。如姜老三的克己奉公、大义凛然，老婆婆的机智灵活，随机应变，等等，都能给人留下较深刻的印象。

峻青的小说在美学风范上显然继承了中国文学的优秀传统。他往往将人物安排在紧张、突兀、尖锐、奇险的环境中，让人物在个体利益与群体利益、个人利益与他人利益尖锐对立的情境中经受严酷的考验，以表现一种"惨烈"的美感。如《党员登记表》中黄淑英母女不幸落入敌人之手，"是保护党员登记表还是保护自己的生命安全"的严重抉择摆在她们的面前，非此即彼，没有丝毫通融的余地；《老水牛爷爷》中的"老水牛"在大堤即将决口的紧急时刻，是爱惜自己生病的身体还是保护大堤的安全的选择也摆在他的面前。《黎明的河边》中小陈和他的父亲同样面临着是"顾念亲情"还是"掩护同志"的选择。在这极其严酷的考验面前，峻青小说中的英雄人物往往都毫无例外地作出了牺牲个体保护群体、奉献个人而成全他人的选择。峻青对人物进行这种选择过程的描写是极其感人的。如黄淑英的母亲明知说出"党员登记表"的下落就能保住女儿的生命，但她仍然眼看着女儿死于敌人的刀下，而没有交出那张维系着更多人生命的表格。小陈一家的惨死更加感人至深。凶恶的还乡团匪徒为了劝降小陈，抓来了他的母亲和弟弟，在小陈陷入两难处境时，他的母亲和弟弟都表现出了罕见的勇敢和牺牲精神，朝小陈发出了"朝我这里开枪"的喊声，最终都死在还乡团匪徒的枪口下，死得非常惨烈。惨烈美是峻青革命历史题材小说突出的美学风格，这种惨烈美不但表现在以上列举的小说中，也存在于他的《老水牛爷爷》《最后的报告》《海燕》和早期作品《马石山上》等小说中。

像那个时代的其他革命历史题材作家一样，峻青在他的小说中发掘了一种革命英雄主义精神。革命英雄主义的价值观认为：人的生命只有在血与火的考验中历练才是最有意义的。在革命者看来，个体生命的存在应服从于群体利益的需要，群体的利益高于一切，为群体的利益而牺牲个体的生命才是最高的价值原则。这种美学观念在新中国成立前后的文学观念中已经确立，但峻青在小说中更将其理想化了。这种理想化的革命英雄主义有的时候甚至带有明显的"左"的痕迹，被他赞美歌颂的人物往往套上一个令人高不可攀的光环，如《交通站的故事》中姜老三那种不顾自己，而倾其所有奉献他人的克己奉公精神；《老水牛爷爷》中的"老水牛"那种用自己的身体堵住缺口的殉道式的牺牲，均表现为一种基督徒式的自我牺牲精神。这种夸张的描写在《山鹰》中表现更突出。《山鹰》显然是"大跃进"的产物。主人公徐志刚双目失明后练习走山路，并独自爬正常人都视为畏途的天险的描写，显然有些夸张和失实；而徐志刚那些"社会主义新农村的理想"和"超英赶美"的豪言壮语，就更有"假大空"之嫌了。对这种过于理想化的失实描写，就是在极左思想严重的当时，也是难以让人接受的。

二　王愿坚：发掘革命者的人性美

王愿坚（1929—1991），山东诸城人，1943年以前在家乡读书，1944年参加革命工作，在部队历任宣传员、文工团分队长、报社编辑、新华社记者、文艺干事等职；1952年以后任《解放军文艺》编辑、革命回忆录《星火燎原》编辑、八一电影制片厂编剧、解放军艺术学院文学系主任等职。著有短篇小说集《党费》（人民文学出版社，1958年）、《后代》（作家出版社，1959年）、《亲人》（人民文学出版社，1959年）、《普通劳动者》（人民文学出版社，1959年）等。

王愿坚的小说创作以短篇为主，可分为两类题材：一类是写第二次国内革命战争时期的斗争生活，如收在小说集《党费》中的那些作品；一类是诸如《路标》《足迹》《启示》《标准》等歌颂领袖人物的作品。在当代写革命战争题材的小说家中，王愿坚是较早切入苏维埃时期和红军时期题材领域的作家，虽然他本人并没有这段生活的亲身经历，然而，他却有这类题材的较多积累。在编辑《星火燎原》和帮助老一代革命家撰写回忆录的过程当中，他得以访问红军时期的老根据地，"有机会接触了几位曾经经历过这段斗争生活的老同志，听到了较多的革命斗争故事"[①] 这些听来的故事与他本人15岁参军入伍，参加抗日战争和解放战争的亲身经历结合起来，使他写出了那一篇篇含血带泪、动人心弦的故事。在这些作品中，他主要表现了革命者把革命利益看得比自己生命还要贵重的奉献精神：如《党费》中女共产党员黄新省吃俭用为游击队筹集咸菜，甚至连小女儿手中的一根豆角也要夺回，为掩护党组织和革命同志，宁愿献出自己宝贵的生命；《粮食的故事》中的郝吉标为了把救命的粮食送到坚持斗争的红军手中，在遭遇敌人追击的紧急关头，狠心让自己12岁的儿子把敌人引开；《妈妈》中女共产党员冯琪为了完成上级交给的使命，忍痛卖掉自己的儿子筹集路费，却把烈士的遗孤带在身边；《七根火柴》中那位不知名的红军战士，在伤痛、饥饿和寒冷的威胁下，保存了能为无数同志取暖照明的七根火柴，自己却冻饿而死。这些故事虽然是惨不忍睹的，但也是非常生动感人的。

[①] 王愿坚：《在革命前辈精神光辉的照耀下》，《解放文艺》，1959年第6期。

王愿坚小说的最感人之处在于：他歌颂了革命同志之间可贵的人情美和人性美。这类作品最有代表性的《亲人》，写了这样一个感人至深的故事：一位红军烈士的父亲错将与自己儿子同名的将军曾司令员当成自己的儿子；曾司令员为了安慰失去爱子的孤独老人，将错就错地把老人当成自己的父亲赡养起来，多少年如一日坚持给老人寄信寄生活费。然而那位老人却突然来到他这里看望"儿子"了，他担心真相就要暴露，曾经有过向老人说明真相的想法。然而，当他一见到那位老迈而患有眼疾的老人时，就再也不忍心让老人承受沉重的精神打击，而是继续扮演一个儿子的角色。就是在这种父子情深的角色扮演中，他真正地"入戏"了，从内心觉得自己就是这老人的儿子。小说结尾，当他大声地命令公务员"明天到医院帮我的父亲挂个号，挂眼科！"的时候，"我的父亲"几个字说得竟是那样的自然。这篇小说是王愿坚作品中最有分量，最感人至深的小说，也是写得很有章法、层次分明的小说。作品一步步地将故事展开并推向高潮，每一步都比较合情合理。更可贵的是，作品对曾司令员处理与老人关系时内心世界的细致刻画，他那种高尚的情操和深厚的同情心和人情味，都深刻地感染了读者，给人留下了深长地感慨和激动。

王愿坚歌颂"老一代无产阶级革命家"的作品也有许多感人之处。《足迹》《夜》等是写长征路上周恩来副主席如何无微不至地关怀爱护小战士的故事，正是那些掸积雪、擦眼泪、扣纽扣的细微动作，感动和激励了年轻的战士们勇往直前。此外，像《肩膀》写朱德对小战士父亲般的关爱，《同志》写贺龙在草地断粮时，杀掉自己的坐骑让大家果腹的故事。这些故事表现了领袖人物平易近人、关心他人的很有人情味的一面。写得最好的是《路标》这篇歌颂毛主席的作品。小说写了一个掉队的小红军战士在半夜时分赶到一个营地后，看到一位首长在灯下工作，那位首长将自己的"夜宵"——几十颗胡豆做的野菜汤送给他喝，教给他认"向、北、前、进"四个大字，最后他盖着那首长的毯子睡着了，天亮醒来之后，才知道原来关怀照料他的是敬爱的毛主席。小说写得很有可读性。小战士的天真、纯朴，毛主席的平易近人，在生动的情节和对话中表现得十分自如。

在五六十年代的文坛上，王愿坚的短篇小说是十分引人注目的，许多评论家都评论、赞美过他的作品。这当然首先是因为他选取了在当时很受重视的题材（苏维埃时期和革命领袖人物），另一个原因则是他在短篇小说艺术上获得的成功。他的小说一般具有单纯明朗的主题，常是撷取一个典型的生活片断、场景或细节，饱含激情而又凝练简约地刻画出人物性格的闪光之处。而且往往篇幅短小，剪裁、构思精当，语言简洁流畅，有些作品很注意发掘隐在其中的诗意质地。这与王愿坚较丰厚的艺术积累有一定的关系。他虽然并未受到很高的学历教育，然而，却有较深厚的知识和艺术素养的积累；他那任中学国文教员而又酷爱国画、书法、文学的父亲和伯父对他的严格要求和影响，他家里堆积如山的藏书，都给他提供了后来走上文学道路的良好艺术环境。他也非常注意细节描写的准确和生动感人，如《党费》中黄新从小女儿手中夺回那根咸豆角、《粮食的故事》中郝吉标让儿子朝相反的方向跑并且"要把声音弄大些"等细节，很有生活实感。王愿坚虽未经历过红军时代的生活，但他却有参加解放战争的亲身经历，他也曾亲身体验过一位农村大娘怎样将仅有的两个窝头让给他，却只能嚼花生壳喂自己的孩子的动人情景。他将自己的这段经历与《党费》里的情景结合起来，于是就有了黄新夺豆角的那个感人细节。这都显示了王愿坚善于构思谋篇的功力。王愿坚数量不多的小说写出了属于那个年代短篇小说的魅力，他抓住了在当时非常走红和抢眼的题材构思自己的作品，因而取得了成功。但是，他也因为自己缺乏那段生活的切身经历而显出了捉襟见肘的一面。如有时剪裁不够得当，写领袖题材的那几篇作品有时往往显得单调，有雷同之感。但总的来说，王愿坚小说还是成功的。

第六节 萧平的小说

萧平（1926—），本名宋萧平，山东乳山人，1953年毕业于山东师范学院中文系，后到呼和浩特一中任教，1955年入北京师范大学进修文艺理论和美学，学业结束后回内蒙古师范学院讲授文艺理论课，1971年调烟台师专任教，并兼任教务处副主任、中文系主任，1983年任烟台师范学院院长、文艺理论和美学教授。

在五六十年代走上文坛的山东作家中，萧平是唯一一位始终坚守在教育工作岗位从事业余文学创作的作家，也是身在外地却主要以家乡胶东为创作基地的作家。他从1954年一开始发表作品便起点很高，处女作《海滨的孩子》不但荣获第二次少年儿童文艺创作一等奖，而且被联合国教科文组织选入《亚洲儿童小说选》。在此后的几十年中，萧平在教学工作之余断断续续地创作着，为文坛奉献了数量不多但质量颇高的小说作品。在这几十篇作品中，有一部分是为孩子写作的，故许多时候他被称为儿童文学作家。然而，萧平其实更关注历史和社会生活，关注成人的生存境遇和情感世界，他的《除夕》《一天》《墓场与鲜花》《驼迹》《陵园守护人》《雾雨》等多篇作品，表现的是成人世界的悲欢离合和风云变迁。他的儿童小说为他带来很高的声誉，而他的成人小说却使他经历了许多的曲折，既给他带来了厄运，也给他带来了荣誉和好评。

一 纯净、温馨而忧伤的儿童世界

作为儿童文学作家的萧平和作为关注社会人生、具有强烈责任感和忧患意识的作家萧平，既有因题材内容而造成的某些不同之处，又更多地有艺术风格、美学追求上的一致性。他的儿童小说，"从黄海的沙滩到风雪的阴山，从玉姑山下到圣水宫中，从现实生活到童话王国"①，为孩子们建构了一个奇异、温馨、纯净、又不时带有忧伤色调的文学世界：这里有美丽纯洁的三月雪、安宁恬静的果树园、丰富广阔的田野、充满诱惑力的蔚蓝色大海、世外桃源般宁静美丽而又封闭的山林道观、茫茫大漠中的风雪之夜……；"有小猫、大雁、狼虎、布谷鸟；有两代人的革命情谊，有朦胧飘忽的少男少女间的心心相印，有师生之间久而弥深的情分，有童年朋友长大相逢的喜悦……"②。萧平尽力地避开了那些硬性的灌输和说教，注意引导孩子们的情趣、情操、好奇心和求知欲，将纯洁和高尚、美和爱送给儿童和青少年。在这些作品中，当然有一些洋溢着欢快轻松基调的篇什，如《锁住的星期日》写锁住和他的伙伴捕捉猛禽狠虎的惊险经历，让人在感到惊心动魄的同时又感受到一种欢快、轻松的意味；《海滨的孩子》中的两个儿童在海滩挖蛤的情景，他们无忧无虑而又欢乐快活的生

---

① 宋遂良：《素洁的深情——谈萧平的儿童文学创作》，载《文学评论家》，1988年第3期。
② 同上。

活插曲，也会让成人感染一种愉快和轻松；《两只大雁》中小学生铁锁和小东的猎雁奇遇，特别是他们被当作"特务"捉住审问的情节；《夏夜》里三个少年侦破"定时炸弹"的故事，将责任心、求知欲和童趣结合在一起，不禁令人发出会心的微笑。

但萧平让孩子们看到的不只是轻松欢快的童年，他也将儿童所经历的生活的沉重展示给青少年。因为生活中本来就不只是阳光与鲜花，纯洁和美丽，轻松和愉快，也有阴云与鲜血，阴暗与丑恶，沉重和悲惨；今天的美好是昨天的人们用鲜血和生命换来的，他要把这些告诉今天的青少年。于是在《玉姑山下的故事》中写到了关于玉姑的悲剧传说，写了儿童小风亲身经历的父母惨死在敌人刀下的悲壮故事；在《童年》中写了"我"怎样被逼得母亲惨死、成为无家可归的流浪儿的悲惨遭遇；而《三月雪》中今天的大学生李秀娟，在血与火的斗争中曾经冒着极大的危险传递情报，并亲眼目睹了母亲为革命献身的悲壮一幕。当她和周叔叔在洁白的三月雪下埋葬母亲遗体的时候，一个坚强的儿童形象站立在读者的面前。这些作品中的故事都让人感受到一种沉重、悲凉的意味。尤其令人难忘的是《孩子和小猫》一篇。那个幼小的孩子小光，在沉重生活的重压下似乎也懂得了人世的悲凉和辛酸，他虽然只能在孤独和寂寞中与一只小猫作伴，但他从自己离开妈妈的切身感受中体验到思念妈妈的痛苦，因此在走的时候没有带走那只小猫，他再也不愿让小猫和自己一样离开妈妈了。萧平在这里写出了一个儿童真实的心灵世界，让人感受到震撼人心的悲凉和忧伤。

二 历史与现实的悲剧意味

萧平更多的作品是写成人世界的。在他那些被归入儿童文学类的作品中，有些主要是以成人为表现对象的，也有的虽然选取了儿童视角，但却是写成人的。如《三月雪》《阴山风雪夜》《秋生》和《玉姑山下的故事》等，其实也可归入成人文学类。至于像《除夕》《一天》《墓场与鲜花》《驼迹》《雾雨》《陵园守护人》等近二十篇作品，则是地地道道的成人小说。

萧平是一个忠实于生活和艺术的作家，他继承了齐鲁作家关注社会人生的文学传统，继承了"五四"以来山东知识分子强烈的责任感和忧患意识，不但远距离地忆写革命历史，也近距离地反映现实生活。如《除夕》（1958年）一篇，写一位农业社社长终日为群众奔波操劳，甚至到除夕这天也没能为全家置办年货。作品生动地刻画了一位公而忘私、废寝忘食、勤奋工作的农村干部，同时也真实地反映了当时"一部分农民的穷困和由此产生的干群矛盾"①。然而正是这篇作品引来了一场对萧平的批判，被冠以"污蔑社会主义"的罪名，同时被批判的还有《三月雪》和《一天》，甚至波及他的创作道路。而《一天》这篇小说是描写一位女医生如何兢兢业业、热情周到地为病人服务，她态度的和蔼、医术的娴熟、工作的细致入微和对病人真诚的关心，受到了病人的真诚感激。这样一篇作品居然会受到批判，是因为女大夫身上的人情味太浓厚了的原故。

批判和打击使萧平曾经有过暂时地沉默，却没有改变他关注社会人生、反思和审视生活的勇气。新时期以来，他创作了多篇以极左年代人的遭遇和世态炎凉、人情冷暖为内容的作品，控诉揭露了人性的残忍与丑恶，也写出了人与人之间相濡以沫、患难与共的真情，颂扬了美好的人情与人性。《驼迹》写一位柔弱而有事业心的女画家坎坷的人生，她从江南水乡分配到荒凉艰苦的内蒙，又被以"走白专道路"的罪名下放到更荒凉的穷乡僻壤，她的爱人也冷淡、疏远了她。然而她并没有在人生的绝境中沉沦，而是坚强地生活下去，终于成为一位著名的画家。《墓场与鲜花》中陈坚和朱少琳在"文革"中被出卖、被迫害的遭遇，是对人性丑恶的深刻揭露。作品中"墓场"和"鲜花"所蕴含的象征意义耐人寻味。陈坚被邪恶和残忍推进生活的最底层，然而，他的女友朱少琳却为了爱情和共同的信念来到他身边，把爱和温暖给予了他。生活的"墓场"阴暗悲凉，爱的真情却美好鲜艳。萧平的这类作品大多带有一种伤感和悲凉的色调，当年的岁月不堪回首，更何况那一幕幕人为的悲剧呢？当读到《寂静的黄昏》中年轻的刘军拉响了绑在身上的炸药，与残酷地迫害折磨他父亲的坏蛋同归于尽的时候，人们怎能不感到浸入心脾的浓重悲凉呢？当读到《雾雨》中青年女教师衣春在苦苦地思念中终于等来了儿时的朋友刘新，准备向他倾诉心曲的时候，等来的却是一名在逃的流窜犯，那种物是人非的失望怎能不令人感伤。虽然今天的刘新是因极左年代的生活扭

---

① 萧平：《一篇小说的故事》，见《山东作协五十年》，五洲传播出版社2001年版。

曲所致，衣春最终并没有抛弃刘新，但作品还是将无可名状的遗憾和感伤情调留给了读者。还有那位活在"故乡旧事"中的女性招弟（《招弟》），封建的道德观念和迷信妄语造成了她一生的坎坷和婚姻上的挫折，先前曾经是那样热情、单纯、热爱生活的美丽女孩，竟被折磨得心如死灰。人们从招弟的人生际遇中同样感受到了那种感伤的意味。感伤是一种美，是一种从无奈、遗憾和不能尽如人意中孕育出的人生滋味和情感体验。

萧平是以文艺理论家的身份兼作小说的，深厚的文学和美学理论功底成全了他的小说创作，使他的小说具有较高的艺术品位。尤其是在五六十年代作家的文学素养和理论修养普遍偏低的情况下，他的小说更显示出了一种精品效应。萧平的小说写得很有章法，结构合理，剪裁得当，注意篇章的起承转合；情节的安排、故事的讲述精粹简洁，绝少枝蔓。萧平的小说语言更是经过锤炼的文学语言，精练、简洁而富有表现力，是一种溶入了生动鲜活的群众口语又蕴含了深厚文人气息的语言。无论是以儿童为主人公，还是以农民或知识分子为主人公，他都能够写得既文气高雅，又能显示不同层次人物的性格、身份，就像老一代作家老舍、孙犁等人的小说语言一样，既能够被文化程度较低的工农读者所接受，又能适应知识层次较高的读者的阅读口味。这在五六十年代的山东作家中可以说是出类拔萃的。

萧平对山东文坛的贡献不仅在于他创作了高质量的小说，而且更重要的是他影响了一大批年轻的山东作家。新时期青年作家的领军人物张炜，还有一度有过较大影响的矫健等人，一批当年烟台师专中文系的学生，正是在萧平的教育、影响下走上文坛，成为实力雄厚、成就斐然的小说作家的。萧平是学生们心目中的偶像，而偶像的力量是无穷的。

第十三章　新时代的主人翁的歌唱

第一节　工农作家主宰历史的时代

在 20 世纪五六十年代的小说园地里，与革命战争和革命历史题材小说一样受到重视和提倡的，还有现实生活题材的小说。如果说革命战争和革命历史题材的创作更多的是出自于作者们本人"为英雄、为战友树碑立传"的创作热情和热切愿望的话，那么现实生活题材作品除作者本人的主观因素之外，更多地则是出自于对文艺的要求和提倡。这是从新中国成立初期就极受重视的问题。"文艺工作者应首先负起描写这个伟大时代的任务"，这是写进新中国成立初期山东省文联文件中的词句。随着当时"社会主义革命和社会主义建设"斗争生活的深入，这种要求更强烈和严肃。1958 年，周扬在《文艺报》发表的《文艺战线上的一场大辩论》中写道："为劳动人民服务，是社会主义文学的根本方针。它以无限的热情肯定和歌颂了工人阶级的伟大斗争，它描写了建立在社会主义基础上的人与人之间的新的关系、新的道德和风习，描写了那些逐步摆脱了旧社会影响的新的人物、新的性格以及他们对旧事物旧思想的斗争。"到 60 年代中期出版的《新人新作选》，则是对"现实生活题材优秀作品"成就的一次集中展览。

山东作为一个新中国文学创作重镇，现实生活题材小说的创作是紧紧地跟随着这个时代对文学的号召和要求而进行的，并且显示了十分活跃的状态，出现了大量表现农村、工厂、部队生活和抗美援朝战争的小说作品。杨朔反映抗美援朝斗争的长篇小说《三千里江山》曾轰动一时，郭澄清等人的作品也入选了《新人新作选》。王希坚、王安友、郭澄清、姜树茂、牟崇光、肖端祥、邵勇胜等是描写农村生活题材的中坚力量，矿工出身并且以反映煤矿工人生活为题材的作家李向春在此时也开始崭露头角。60年代初中期,部队作家林雨又脱颖而出,成为极受重视的作家。他们的确在以自己的作品,"表现人民作了自己命运的主人之后如何正确地处理他们自己之间的矛盾,如何摆脱长期旧社会遗留在他们身上的影响,如何正确地解决个人和集体的关系,如何让先进克服落后,并带动落后的人一同前进"。① 关于国家利益、集体主义、生产劳动、英雄精神和共产主义风格,"社会主义时代的新人物,新思想"、"中国人民新的生活面貌和精神面貌",等等,是被极力歌颂和赞扬的东西,而"个人主义"、"人道主义"、"资本主义道路"是被极力反对和批判的东西。从某种意义上讲,这些作品的确反映了那个时代的真实一面,部分地实现了"真实地表现群众的生活和斗争而又为群众所理解和接受,提高群众的思想感情,鼓舞群众建设新生活的信心"② 的目的。

那个时代也是提倡工农兵占领文艺阵地、极为重视培养以工农兵作家为主的"社会主义文艺新人"的时代。山东在培养工农作家队伍方面表现了充分地关注和重视。早在50年代初,王安友从一个文盲成长为一位作家的过程,就是党重视培养工农作家的极好证明,当然这里面有王安友本人文学悟性高、生活底子厚的个人原因,但他的成长也离不开有关方面对他的指导和帮助。50年代初中期,山东省文联更是有组织地关注和帮助作者进行创作。李新民反映农业合作化的长篇小说《第一个春天》,就是山东省文联重点扶持的作品之一,曾经两次由省文联出面组织讨论、研究,李新民也两易其稿,最后由山东人民出版社出版。这部小说虽然带有某些"左"的时代气息,但是,由于作者注意观察和了解生活,了解农民的心理心态,因此较真实地反映了农业合作化时期的农村矛盾,较好地处理了矛盾发生、发展和解决的过程,有浓郁的农村生活气息,有较强的故事因素,有的人物形象也具备了较明显的性格因素等。五六十年代山东省文联曾多次组织作者培训班和讲座,文学刊物也为工农作者的作品花费了不少心血,足见当时对培养工农兵作者的重视程度。

这个努力也的确见出了成效,推动了山东省现实生活题材创作的繁荣

---

① 周扬:《文艺战线上的一场大辩论》,《文艺报》1958年第5期。
② 同上。

局面，出现了一些较有创作力的作家，如郭澄清、牟崇光、姜树茂、肖端祥、邵勇胜、李新民、于良志、梁兴晨等；也出现了一些好的作品，如王安友的《海生渔家》《李二嫂改嫁》，郭澄清的《黑掌柜》《社迷》，牟崇光的《邮鸡蛋》《大路上》，姜树茂的《牲口的风波》《两个女人的命运》，于良志的《衣裳》，梁兴晨的《合家》等。上述作品虽然也处于左的时代氛围中，但较生动地刻画了人物，展示了浓郁的农村生活气息，较真实地反映了当时的社会生活；有些反映两种思想斗争的作品（如《合家》等）不是让人物去说教，而是通过人情感化来转变落后人物的思想，使人读来颇有真实感和亲切感。

新中国成立以来到"文化大革命"期间山东的现实生活题材小说取得了一定的成就，但也深深地打上了时代的烙印。许多小说极力回避对人的个性、个人的命运、情感和内心世界的真实刻画和描写。因为那个时候有很多属于禁区的东西。周扬的《文艺战线上的一场大辩论》中断然写道："社会主义所要求的个性是和集体相协调的个性，而不是和集体相对立的个性"、"文学应当深刻挖掘人的灵魂……右派分子和修正主义不相信在这新时代中，人的思想深处可以没有个人主义，英雄可以临危不惧，内心没有丝毫动摇……"。虽然这是时代对所有作家的严格要求，但同是生活于那个时代的作家，"山药蛋派"作家的作品却不是这样，他们当然也解说"阶级斗争"，批判"资本主义道路"，歌颂英雄主义和共产主义风格，歌颂集体化的优越性，歌唱"新时代的新生活"，但他们作品浓厚的地方民俗色彩、文化色彩，他们对特定历史阶段人物政治色彩和性格真实性的把握，以及情节、故事的真实性，他们对"左"的东西的有意回避，在一定程度上消融了"服务"需要带来的弊病。赵树理等作家表现了他们创作的严谨和崇实精神，他们客观地认识和把握农民"社会主义觉悟"的程度，绝不脱离现实任意去拔高人物的精神境界。如赵树理说"农村自己不产生共产主义思想，这是肯定的。农村人物如果落实点，给他加上共产主义思想，总觉得不合适。什么'光荣是党给我的'这种话，我是不写的。"① 西戎更直率地说："我也力图为'中心'服务过，可是我看见的一些生活现象，虽然报纸上有红色通栏标题宣传，我是根本不信

---

① 见朱晓进：《"山药蛋派"与三晋文化》，湖南教育出版社 1995 年版，第 251 页。

的。因为思想上不通，对这些虚假的生活现象，我不能歌颂，又缺乏勇气去干预它，只好跟不上形势。"① 正因为"山药蛋派"作家的这种严谨和崇实的精神，以及他们对生活深入细致地观察和思考，即使是受到左的时代气氛的干扰和左右，他们的作品还是以人物形象的鲜明生动，农村生活氛围的清新浓郁，特别是浓重的地域风情和民俗色彩，为那个时代的小说园地留下了坚实的成果。

而山东的现实题材小说则缺乏这种严谨和求实精神，作家们为了服从政治的需要，有些时候不得不拿出"编"故事的本领，去编造虚假的生活情节和故事。如有一篇小说便将"毫不利己专门利人"的共产主义风格宣传得过于虚假。作品写一个生产队发扬共产主义风格，不顾自己如何困难和贫穷，拿出人力物力支援兄弟队，并毅然退回了国家支援的饲草，坚决地表示了自力更生解决困难的愿望。作品对"发扬共产主义风格"的情节写得很具体，却对"自力更生解决困难"写得很空泛。这篇作品虽然符合当时的宣传要求，却背离了文学的真实性原则，这是很发人深思的。

第二节 集体化道路的热烈反映

一 王希坚的《迎春曲》和《变工组》

王希坚是一个创作生命旺盛的作家，早在40年代他就创作了长篇小说《地覆天翻记》。新中国成立之后，他的创作热情受到了更大的鼓舞，写下了许多反映现实生活的小说作品：短篇集《前沿阵地》《陈老石入社》，长篇《迎春曲》和中篇《变工组》等。

王希坚1950年发表的中篇《变工组》反映1947年解放区农村组织"变工组"生产形式的情景。作品通过一个村庄发动群众"组织起来"的曲折过程，写出了农民对"走集体化的道路"由怀疑、抵触、犹豫到终于想通的思想转变过程。作品对农民的心理刻画有一定的真实性，对造成农民疑虑心态的某些原因，如干部工作方法简单、粗暴和政策水平低下等

---

① 西戎：《走向广阔的道路》，见朱晓进：《"山药蛋派"与三晋文化》，湖南教育出版社1995年版，第253—254页。

真实情况作了一定程度的描写，同时也对区、乡干部深入农村做耐心细致的说服工作的情景作了生动地描写，基本上反映了当时的历史实情。写于1955年的长篇《迎春曲》反映合作化运动初期农村的生活状况，以及当时的复杂矛盾。复员军人李兴杰回到故乡，了解到混进党内的坏人、党支部书记周立文搞雇工剥削，千方百计破坏合作社，以至于人心涣散、合作社名存实亡的现状，以及区委书记偏听偏信、官僚主义等情景，非常焦急。在群众的支持帮助下，在县委书记的领导支持下，他与周立文等阶级异己分子和官僚主义者进行了坚决地斗争，最后清洗了阶级异己分子，教育了群众，使集体化道路走上正确的方向。虽然作品已经设计了"阶级斗争"的矛盾模式，但基本上符合当时的农村现实。而且，作品对新中国成立初期农村生活氛围的描写，对农民形象的把握，尤其是通俗、流畅、生动、活泼的叙述语言和人物语言的运用，都可见出作家观察生活的细致和艺术功力的深厚。

二 王安友及其《李二嫂改嫁》和《海上渔家》

王安友（1923—1991），山东日照人，出身于一个四代长工之家，1942年参加革命工作，先后任区委组织干事、组织委员、区委书记。1945年开始学文化，很快摘掉文盲帽子，成为《滨海农村》、《大众日报》的通讯员。1950年出版中篇小说《李二嫂改嫁》，1951年调省文联工作。先后担任过《山东文艺》编委、中国作协山东分会副主席等职。著有短篇小说集《十棵苹果树》（1956年）、《渔船上的伙伴》（1960年）、《追肥》等；长篇小说《战斗在沂蒙山区》（1956年）、《海上渔家》（1958年）、《擒鲨记》（1978年）等。

王安友也应属于来自解放区的作家。他从40年代中后期担任通讯员开始练习写作，到1950年写出中篇小说《李二嫂改嫁》。他的农民出身的身份使他有相当丰厚的生活底子，这弥补了他文字水平低的缺陷；而他又是一个极聪慧、有较强艺术感悟力的人，这种极高的悟性和一点就透的聪明，使他很快摆脱了文化层次低给他造成的障碍，创作得到了快速地提高。他的初期小说虽然艺术水平不高，但在当时文学创作相对薄弱的情况下，却能够因其较浓厚的农村生活气息、较生动的故事性和生动活泼的群众语言而引人注目。今天看来，《李二嫂改嫁》艺术水平确实比较低下，只能停留在将故事的来龙去脉、前因后果叙述完整的阶段。但因为小说所反映的寡妇要求婚姻自由的故事所具有的时代价值和反封建意义，理所当然地受到了当时读者的欢迎。虽然作品显得粗糙，但其中蕴含着浓厚的人情味，真实地反映了那个时代农村的人情世态，即使在今天看来也是有可取之处的。但他后来所写的那些反映互助合作、生产劳动的短篇如《追肥》、《渔船上的伙伴》等，则明显地受到"左"的意识形态的影响，无非是进行公私矛盾、先进与落后的政治、政策图解和评判，歌颂上面派来的干部如何正确等，图解的意图太明显了，可读性较差。

但我们应该对长篇小说《海上渔家》另眼看待。这篇出版于1958年的作品，虽难免有"左"的时代的影子，但由于作者对生活的熟悉，对农村的人情世态观察的细致，因而较真实地反映了人们面对农业合作化运动所引起的矛盾斗争和内心波澜，以及生动的人情世态。小说中贫困农户对合作化的拥护，中等户的疑虑，富裕户的抵触等态度、非常符合当时的农村现实。作品既塑造了尹相兰、尹相科等农村基层干部的形象，也成功地塑造了徐顺和石老五等中间人物形象。其成功之处在于作品没有把这两个人物简单化，平面化，而是相当有血有肉。如石老五这个人物的自私、固执，处处算计着自己如何得好处的心理，通过他对寡妇弟媳的"怀柔政策"和是否借船问题上的态度可见一斑；然而他对儿媳尹相兰的爱护和关怀，又可见出他是一位通情达理的公爹。这个人物并没有被作简单化地处理，写得较有分寸。最有血肉的是徐顺这个人物，作品真实地写出了一个中等农户复杂的内心矛盾，写出了他的自私、怯懦，也写出了他农民的质朴和善良。他因为胆小怕事而被坏人张成仙控制，去干破坏渔业生产合作社的勾当；但他善良的本性又使他在干这些坏事时非常矛盾、痛苦、犹豫彷徨、不忍下手。作品生动地刻画了他的这种内心矛盾和痛苦，同时，也刻画了他作为一个中等渔户在走合作化道路时的矛盾和犹疑。作品刻画了他在迫不得已将自己的渔具入社时的难舍难离的心情。对渔具的珍爱，那种不甘心、心疼不已的心理，通过他给渔具拴布条的情节表现得淋漓尽致。这与作者生活底子雄厚、组织故事的能力较强是分不开的。

然而，王安友毕竟是生活在那个极"左"思潮泛滥年代的作家，他的这部小说图解生活、图解政治的弊病是在所难免的。作品中被作为正面人物全力刻画和歌颂的那些形象往往缺乏血肉，其中尤以复员军人陈常荣最为明显。作者试图将他写成一个高大、完美的英雄人物，但因为缺乏生活的依据，人物的所谓坚定、党性、勇敢，等等，却总让人感到生硬、矫揉造作和不近人情。另外，作品为表现"阶级斗争"而设计的张成仙这个人物也很不成功。张成仙对合作化的仇恨、他那些处心积虑地破坏活动，等等，缺乏"所以如此"的交代，因而让人对他的行为莫名其妙。

第三节 农村新生活的颂歌

一 郭澄清及其《社迷传》

郭澄清（1929—1989），山东宁津人，1939年在家乡读书，1944年中学毕业后从事教育工作，历任《宁津日报》总编辑、县委宣传部副部长、县委办公室主任；1971年调省文化局、省作协工作，历任山东文艺创作办公室主任、省作协副主席等职。

郭澄清从1952年开始业余文艺创作，1955年在《河北文艺》发表农村题材小说《郭大强》，这是他与文艺创作结缘的开始。郭澄清既写小说，也写诗歌、报告文学等，但使他一时引人注目的还是他的农村题材小说。短篇小说《社迷》《公社书记》《社迷传》《黑掌柜》等，曾经引起了当时著名文学评论家的注意，曾有人在《文艺报》撰文称郭澄清是一个值得注意的好苗子。他一生写出了多篇中短篇小说和一部长篇小说《大刀记》，结集出版了5本短篇小说集，"文化大革命"后编选出版了中、短篇小说集《麦苗返青》。

郭澄清的小说显然具有很浓的时代气氛，甚至可以说紧跟时代，力图用自己的作品图解时代、阐释时代。他的短篇小说集《麦苗返青》中的作品，大都是反映从农业合作化到人民公社化时期的生活，而且特别有意于给先进人物画像，也就是所谓塑造"社会主义新人形象"，那种时代感是十分明显的。如写于50年代中期的《郭大强》《万灵丹》等，虽构思显得过于简单，人物形象不够丰满，情节性也不太强，但却让人感到实实在在，较真实地反映了合作化初期农村人们的精神面貌。但到了反映大跃进的作品中，如写于1959年前后的《麦苗返青》《红旗飘飘》等，除了写人们开会、讨论、说大话的场面之外，便是写劳动竞赛、助人为乐。至于《麦梢黄了》写一位老社员凭主观臆想而发明"打麦机"，《女将》写一群青年妇女依靠"决心大，干劲足"自己造出了能"抵一架十马力的锅驼机"的"人力风车"等，便是更不可思议的编造了，这些作品的"五风"气息是极其明显的。60年代所写的《社迷传》则是浮夸和编造生活的极致。这篇小说通篇是标语口号式的人物语言，枯燥无味、勉强编出的情节，诸如学毛著、背语录、困难时想起毛主席的教导，动辄引用语录，等等，将一位老农民写得根本不像农民，倒像"客里空"的政客；通篇作品根本不像当时的评论所美化的"充满浓郁的农村生活气息"。

虽然郭澄清有意于紧跟政治和图解政策，但他的创作并非绝无可取之处。我们看到，凡是作者忠实于生活，按照生活的本来面目反映生活，实实在在写农村中的人与事时，往往使作品充满浓郁的农村生活气息，人物也较有血肉。如《黑掌柜》《助手的助手》《马家店》《接班》《赶车大嫂》和《篱墙两边》等，便属于这一类。我们从中可见出他较强的艺术感悟力和注意观察生活，捕捉生活中的情节因素，善于构思谋篇，注意采用精彩的群众化语言的艺术功力。如《黑掌柜》对一个关心他人，周到服务，热爱本职工作的乡村供销员形象的刻画，是比较传神的。而且，小说在艺术构思上也颇下功夫：作品以一封"告状信"开头，引出售货员王秋分其人，以及人们对王秋分其人品行的怀疑，然后一步步展开，通过"我"与他的接触和观察了解，逐渐解开了疙瘩，拂去了尘土，而还其"真金"的本来面目。另外，《篱墙两边》巧妙地将三个人物安排在一个特殊的生活环境中，两道篱墙隔开了三家人，又使这三家人走到了一起，其中的一对孤男寡女在张大婶的帮助下终成眷属。小说写得较有生活气息，而且有真实感，也较好地进行了心理活动的描写，颇有人情味，是郭的作品中较成功的一篇。再如《赶车大嫂》《马家店》《助手的助手》等，比较注意人物的音容笑貌、言语行动的刻画，让读者从这些生动的刻画中感受到人物鲜明的性格和精神面貌。有些作品因为善于捕捉生活中的故事因素和生活气息，即使作品有明显的概念因素，也使小说有一定的可读性。

在郭澄清的创作中，存在着明显的艺术表现技巧与生活真实性的矛盾，这个矛盾在于：如果单从艺术技巧考察，郭澄清的小说能见出熟练地掌握、运用艺术表现手段的功力，有某些引人注意之处；然而就其描写的生活内容来看，又明显带有虚假、夸大之意。这种艺术感染力与生活真实的矛盾，给我们认识那个时代提供了一个证据。郭澄清的作品写得很有生活气息，人物形象伸手可触；而且，他很懂小说技巧的运思，注意发挥技巧、布局谋篇的作用，巧妙地汲取了中国古典小说的某些艺术表现技巧，如悬念的设置，环环相扣的连环套手法等，这就使他的有些小说虽有浓重的说教气，却依然能引人入胜。如《"社迷"续传》《嘟嘟奶奶》等即如此。《"社迷"续传》的构思在当时可以说是颇有创意，如他采用了"故事套故事、故事连故事"的结构方法，巧妙地引出故事，达到自己的目的。更值得注意的是，他采用了颇有现代派意味的表现手法，如在故事进行中插入一段关于故事出处的说明，或者将自己以前的作品提出来加以说明，这便与当代作家们爱用的诸如拆解、解构等手法有相近之处。自然，在紧跟时代和反映主旋律时，不可避免要有公式化概念化的东西。然而，因为作家有丰厚的生活底蕴，也能在作品中客观地反映出真实的东西。如《篱墙两边》便以生动而巧妙的笔触描写了一个富有人情味的故事，写了一对孤男寡女的爱情，情趣理趣就在其中。郭澄清还善于运用生动的群众口语，通过人物的语言和动作，将人物写得颇有血肉，充满浓郁的生活气息。郭澄清的作品还有一个值得提及的地方，即他的小说有浓厚的地方色彩和乡土气息，也就是作者所追求的"乡土味"和"庄户味"。正如任孚先生所说："这种'味'，不是外加的佐料，而是和人物、情节融为一体的，是在场景的描绘、人物性格的刻画、环境的渲染和烘托、情节和细节的描绘中体现出来的。"①

二 牟崇光及其《在大路上》

牟崇光（1930—），山东栖霞人，1950年毕业于莱阳师范（原胶东师范）后师部，自1947年以来，历任小学教师、《山东文艺》编辑、山东电影制片厂编导、栖霞县唐家泊公社党委书记、山东省艺术馆副馆长、作协山东分会副主席、《当代企业家》主编、社长、《东方烟草报》总编辑等职。牟崇光自1949年开始发表作品，涉猎诗歌、散文、小说、报告文学等多种文学体裁，但最能显示他创作成就的还是小说。已结集出版了短

---

① 任孚先：《评郭澄清的短篇小说集〈麦苗返青〉》，见《片羽集》，山东人民出版社1983年版，第268页。

篇小说集《银色的夜晚》（上海文艺出版社1956年）、《邮鸡蛋》（山东人民出版社1956年）、《田园新色》（山东人民出版社1981年）和长篇小说《烽火》（山东人民出版社1975年）等。

牟崇光是五六十年代山东的重要小说作家，他的农村题材小说创作从新中国成立初期就开始了，在1952年山东第一次文艺创作评奖活动中，牟崇光的小说《胜利百号地瓜》便榜上有名。在这个时期，他写了许多反映农村现实生活的短篇小说，也正是这些短篇代表了他的创作成就。他的初期作品以歌颂新生活新风貌为主，如《胜利百号地瓜》通过老农民张大爷对地瓜改良品种的态度变化，反映农民获得土地之后发展生产的愿望和热情，以及农民对政府的信任。另一短篇《邮鸡蛋》较有艺术性，通过婆媳两人在"为公还是为私"这一问题上的矛盾，反映一代新农民的思想境界和人际关系的变化。虽然其中对儿媳妇的"思想境界"的描写难免有拔高之嫌，然而，作品的构思较有值得称道之处：通过婆婆给儿媳"邮鸡蛋"这一有趣味的举动和她对婆媳矛盾及化解过程的讲述，生动地刻画了一位爱社如家的青年妇女形象，也较好地刻画了婆婆的思想变化过程。而《收获的季节》是对"新生活"的热情歌颂。故事从"我"在一个堆满玉米的场院里听到了一位老大娘的偷笑而展开。吃穿不愁的李大婶只愁还没有一个好儿媳，但她后来却发现了儿子正在恋爱的秘密，不由得高兴得偷笑起来。牟崇光后来的作品不再一般性地描绘新生活的风貌，而是描绘先进人物形象，歌颂人民群众公而忘私的劳动热情。《春夜》一方面刻画一位公社书记对工作的认真负责和废寝忘食；一方面又通过这位书记一路查找那个被卡断的电话途中的所见所闻，歌颂了公社社员的劳动热情，可谓一箭双雕。曾经引起过一定反响的《在大路上》，的确有许多值得称道之处。简单的情节所表现的是人的思想境界提高的过程。一位生产队长因为自己领导的生产队在全公社冒了尖，春风得意地走在看电影的路上，本来想借机炫耀自己的他在与同行者的交谈中，渐渐受到了教育和启发，看到了人家的长处和自己的不足，由起初的自得意满变得谦虚起来。作品的构思非常巧妙，将这位队长安排在去看电影的路上，让他与遇到的其他几个人物进行交流，既展示了人物的性格和心理活动，也歌颂了人民公社的"大好形势"。

牟崇光的小说,显然依照着时代主流意识形态的要求,在有意识地解说着什么。然而,他应该算五六十年代山东作家中比较注意小说艺术性的一位,他继承了传统小说艺术中的某些表现手法,如善于设置一个故事线索,如"邮鸡蛋"、"种地瓜"、"收麦子"、"晒粮食"、"赶山会",等等,引出自己的故事;另外,他的小说还注意景物和氛围的描写,能够很好地描写出清新可人的农村生活气息。此外,牟崇光还写过一篇暴露基层干部不良作风的小说《雨天》。作品触及了基层领导干部的官僚主义、主观主义和自以为是的作风,有干预生活的意味。在当时的时代气氛下,他能写出如此暴露生活中阴暗面的东西,显示了作者面对现实的勇气。

三 姜树茂的《捕鱼的人》和《渔岛怒潮》

除王安友之外,从50年代开始创作并以描写渔民生活为主的作家还有姜树茂。姜树茂(1933—1993),山东莱西人,出身贫苦,1949年参加革命队伍,1954年开始小说创作,曾任作协山东分会第一、二届主席团副主席,青岛文联副主席、主席。与王安友一样,姜树茂也是工农出身的作家、粗通文墨即进行文学创作,1954年发表短篇小说《牲口的风波》,从此走上创作道路。著有短篇小说集《园艺姑娘》(少年儿童出版社1956年)、《捕鱼的人》(山东人民出版社1959年),长篇小说《渔岛怒潮》(人民文学出版社初版1965年,1972年、1984年两次再版)、《渔港之春》(人民文学出版社1979年)、《常乐岛》(1991年)等。

姜树茂是从短篇小说开始起步的。他50年代的两部短篇小说集,均贴近地反映新中国成立初期农村(渔村)社会生活,如农业合作化、大跃进,等等,意在表现所谓两种思想、两条道路的斗争,表现中国农民在由个体小农经济向集体化道路转化中的痛苦历程和激烈斗争,表现他们从"为个人"向"为他人"转变的精神历程。这些作品中的许多正面人物形象是农村青少年,作品极力描写他们如何以极大的热情投身于合作化热潮,在现实的考验和锻炼中成长提高,以自己的劳动和智慧、勇敢和忠诚以及大公无私精神为新中国的建设贡献力量。这类作品虽有一定的生活基础,文笔也有一定的生动感人之处,但也明显地表现出一种宣传的意图。作品也刻画了那些具有"助人为乐"共产主义风格的基层干部,如《捕鱼的人》中青山渔业生产合作社的林大增,本来将黄山社的黄子义等人的渔船当作竞争对手，但黄子义等处处忍让，无私地帮助他们，使他们摆脱困境，获得了渔业大丰收，林大增自己也在黄子义等人的教育下思想得到了升华。虽然作品不可避免地带上了"图解"的烙印，但由于作家有较为丰富的生活积累，有驾驭艺术创作的能力，因此，这篇小说写得颇有生活气息，情节、人物性格等的安排也比较合情理。相比之下，《牲口的风波》和《两个女人的命运》就绝少有明显的时代烙印。前者通过"牲口的风波"提出了合作化运动中应严格注意政策，以免挫伤农民走合作化道路的积极性的问题；后者则是姜树茂"短篇集里唯一的一篇以人的命运为契机、以斥恶扬善的道德伦理为主题而不带说教气的作品。"[①] 作品通过小商人出身的农民李贵为了财物同时欺骗了老少两个善良女人的故事，对李贵的自私、贪婪、欺骗行为进行了道德的谴责，对被欺骗、被侮辱的妇女给予了深厚的同情，可读性强而耐人寻味。

对姜树茂来说，最能显示他小说创作成就的是他的长篇小说。《渔岛怒潮》描写了龙王岛渔民怎样在共产党的领导下同仇敌忾、团结一心，与敌人进行坚决斗争并取得胜利的故事。作品主要刻画了海生、铁蛋、春栓、杏花等的少年儿童形象，着重写他们如何在革命者的教育引导下投入革命斗争，以高度的革命热情和阶级警惕性与潜入岛内的敌人斗智斗勇，在血与火的考验中不断成长的过程。虽然写孩子干大人们的事情，但由于作者始终注意了儿童视角和儿童心态，因而颇有可读性和真实感。《渔港之春》反映农业合作化时期的生活，主要表现了渔民们在共产党员纪洪涛等人的领导下，与反动渔霸、暗藏的阶级敌人以及渔民中的落后思想展开艰苦的斗争，终于取得胜利的故事。作品写出了斗争的复杂性、曲折性，颇有引人入胜之处。小说也非常注意刻画各种类型的人物形象，如纪洪涛等正面形象和刁金贵、钱万利等反面形象以及有错误的党员干部形象等。但由于无法摆脱时代气氛的左右，这部作品显然也对生活作了某些修饰性描写，如阶级斗争模式，正反面人物脸谱化等。

新时期以来，姜树茂焕发了青春。80年代初中期，他写出了一批反映农村改革开放现实生活的作品，如《海边老人》《蜜月》《渔家》《两幅画》《市场内外》等中短篇小说，这些作品已经摆脱了图解、服务和唱

[①] 丁尔纲主编：《山东当代作家论》，山东教育出版社1989年版，第411页。

赞歌的路子，开始探索和反思历史，对生活中的现象进行道德的、哲理的思索；而 90 年代出版的长篇《常乐岛》更有了较大的突破。作品不无夸张地展示了一个与改革开放的时代气氛极不协调的常乐岛社会环境：这里仍实行着与承包责任制相违背的"大锅饭"制度，人们仍以玉米饼子能填饱肚子为满足，仍将穿"大补丁的肥短黑便裤"和"洗得发白的列宁服"为艰苦朴素的好样板。更可悲的是，这里的人们仍然崇拜和服从着封建家长，并且笃信鬼神，崇奉"知足常乐"的惰性哲学，仍在拼命地超计划生育……中国封建文化造成的带普遍性的国民心态，几乎全在这里集中了。作品也塑造了几个有代表性的人物形象，如统治这个渔村的党支部书记黄广兴、黄的接班人魏淑贞和"老祖宗的化身"的老寿星等。在他们身上，集中着封建宗法思想和五六十年代的极左、僵化的价值观念，正是这些人物才造成了常乐岛的停滞不前。可以看出，姜树茂的批判意图是十分明显的，作者已经站在改革开放时代意识的制高点上，重新审视过去的历史和现在正在行进的生活脚步；同时，也预示了常乐岛即将冲破僵化的传统，走向改革开放的未来。

四　曲延坤的小说

曲延坤（1933—），山东莱州人，新中国成立初期在基层工作，1956 年调省文联工作，从事文学组织工作和刊物编辑工作，曾任作协山东分会副主席、《作家信息报》（后改为《作家报》）主编等职务。他创作了一些紧跟时代气氛的作品，如《妹妹》写一位响应号召回乡务农的初中毕业生当了农村信贷员，一心为公，其拉存款的手段几乎到了六亲不认的程度；她甚至克扣家人的生活费，千方百计将哥哥孝敬父母的钱存入她的银行。像妹妹这样克己奉公、为了集体利益而牺牲自己和家人利益的现象，在当时的时代气氛下的确是受到鼓励和推崇的。《电话员之歌》虽也有图解政治的意图，但是，作品较生动地刻画了一位精明干练、开朗泼辣、工作积极、一心为公的女电话员形象。作品较好地通过人物的行动、语言来展现人物性格，写得有声有色，形象颇为生动可感。然而曲延坤也并非没有自己对事物和现象的深刻见解，他热爱生活，热爱新社会，深切地感受着积极向上的时代脉搏，对生活中一些不能尽如人意的现象，他也有自己的忧思，这使他写出了《小清河畔的故事》《恋爱能手》这类对个别基层干部的卑鄙行为和肮脏思想表示不满和对"大跃进"稍有微词的作品。《恋爱能手》这篇小说很有讽刺意味地刻画了一位爱上了他的下级的银行代办所主任,如何千方百计施展手腕企图将她弄到手的故事。为了达到目的,他一方面准备与结发妻子离婚,一方面卑鄙地写匿名信企图破坏人家的婚姻,结果给那位女性造成了很大的伤害,而他自己却并没有得逞。小说的讽刺批判意味是明显的,而且曲延坤能够运用心理描写手法,细致地刻画人物卑微的心理活动,这在新中国成立初、中期山东的小说创作中是并不多见的。

第四节 其他题材小说

这个时期的山东现实题材小说,虽然基本上由农村题材作品占领着阵地,但有时也有其他现实题材的作品出现,如林雨的军营生活题材小说,李向春的煤矿工人生活题材小说等。

一 林雨的军营题材小说

林雨(1929—1995),山东莱州人,是在部队成长起来的作家,曾任作协山东分会副主席。主要从事短篇小说创作,作品以军营生活为主,著有《刃尖》《五十大关》《你喜欢谁》等短篇小说集。80年代初组建《胶东文学》并担任主编,为胶东文坛和山东文坛培养了一批文学新人;而林雨本人也"言传身教,影响了一大批靠山面海的文学新人,中国文坛始以群字冠予胶东小说作家们。在此方面,林雨功不可没"。[①]

早在大跃进初期,林雨便已开始了他业余的文学创作活动,《旅伴》可以算他的"处女作"。此后他写了《海上擒敌》《拔敌旗》《上任之前》等反映军营生活的小说,前两篇作品实际生是姊妹篇,写福建前线战士如何与金门岛上的蒋军开展政治攻势并挫败敌人的军事和政治阴谋的故事。作品不在刻画人物,而重在描写紧张、生动的故事情节。特别是《上任之前》这篇小说,歌颂一个干一行爱一行,以自己的言传身教影响教育别人的战士姚凯的先进事迹。作品独出心裁地把即将提干却尚未公布的姚

[①] 《永远的林雨》,《山东作协五十年》,五洲传播出版社2001年版。

凯安排在来八连上任的路上,通过他一路上帮助别人以及受到称赞的经历,表现了他的极强的军事素质和优秀思想品质。作品构思巧妙,语言风趣幽默,有较浓厚的军营生活气息。然而,使林雨真正走红的,是60年代中期那些意在表现政治素质对军人的军事和技术素质起主导作用的作品。这些作品力图证明,只有实现"政治挂帅,思想先行",用毛泽东思想武装军人的头脑,才能克服一切意想不到的困难而突破一个个技术难关,从而成为一个具有高超技术而思想先进的理想军人。一般地说,林雨的这类小说图解的意图都比较明显,如反映政治带兵的小说《政治连长》,作品所宣传的"政治挂帅"、"思想先行"对于军队建设的重要作用,十分应和那个时代的政治气氛,这篇小说也因此而被当时21家报刊转载,一时很有轰动效应。但也有写得比较好的作品,如《刀尖》抓住了干部战士苦练军事本领不是为了保住个人或者小集体的荣誉,而是为了做保卫祖国的"刀尖";《五十大关》意在教育干部战士端正军事训练态度,克服骄傲自满情绪,为祖国守好大门。这些作品尚未有后来如《政治连长》《捕声捉影》之类过于直露的图解意图,也比较有情节性和故事性。

　　70年代中后期林雨从部队转业回到山东,基本不再写军营生活而转向农村现实题材的创作。但是由于当时仍受极"左"思潮的影响,林雨本人也有较高的政治热情,因而,他的一些反映农村生活的作品大多是写"农业学大寨"、批判"资本主义道路"之类的内容。但是《你喜欢谁》却是一篇写得不错的农村现实题材小说,作品围绕着抗旱这一具体事件刻画了主要人物赵茂清的形象和性格,写生产大队长赵茂清怎样为自己生产队的生产和社员们的利益着想,但在本单位利益和国家利益相矛盾的时候,他又能忍痛割舍本队利益而顾全大局。作品从他去水利局要水写起,写他如何与水利局长争吵,如何眼睁睁看着滚滚清水从他们的水渠里流往邻县的田里,却终于没有将一滴水引到自己队里。作品对人物那种风风火火,脾气暴躁,面恶心善的性格表现得比较合情合理,颇有人情味。此外,值得一提的还有具有伤痕文学意味的《家庭悲剧》。这篇小说写教师庄正一如何顶着被误解的压力,在另一位教师韩京涛蒙受冤屈而坐牢,其家人遭受歧视折磨的时候,毅然保护了那一对不幸的母女的故事,是一篇颇有人情味的作品。可惜的是,林雨这类作品写得太少了。

二 李向春的工业题材小说

李向春（1936—）汶上人，菏泽师专文史专业肄业，1961年到朱子埠煤矿当矿工，历任班长、党支部书记、矿宣传部长、政治处副主任、枣庄市文联副主席、市作协主席等职。1959年发表短篇小说《老妈妈》，从此走上文坛，并成为一位多产的长篇小说作家。他的长篇小说有：《煤城怒火》（1975年山东人民出版社）、《煤城激浪》（山东人民出版社，1978年）、《卧龙镇》（山东文艺出版社，1985年）、《天怒人怨》（山东文艺出版社，1988年）、《惊心动魄》（山东文艺出版社，1990年）、《鳏夫与寡妇们》（花山文艺出版社，1989年）、《黑色世界》（明天出版社，1992年）、《山川恨》（青岛出版社，1992年）、《恩怨》（山东文艺出版社，1997年）等，另有一些中短篇小说及散文、报告文学等。

李向春是山东第一个用长篇小说写产业工人生活的作家，也是全国用长篇写矿工生活最多的作家。在六七十年代的山东文坛上，李向春以反映煤矿工人革命斗争生活的小说《煤城怒火》让当时的中国文坛知晓了他的名字。在"文化大革命"的时代氛围中，在小说园地相当沉寂的情况下，李向春的《煤城怒火》与李心田的《闪闪的红星》、金敬迈的《欧阳海之歌》和郭澄清的《大刀记》等，安慰过当时寂寞的读者。这些作品虽也受到极"左"文艺思潮的影响，但在当时的环境下却算得上难得的佳作。《煤城怒火》是旧中国煤矿工人在日本侵略者和买办资本家的压榨、欺凌和残酷迫害下挣扎生存的一部血泪史，也是他们在共产党的领导下奋起反抗的一部革命斗争史。作品写他们怎样在上级党组织的领导下成立地下党组织，建立以矿工为主体的革命武装——煤城支队，与日本侵略者和资本家、地方官僚们展开生死较量，有效地破坏了日本帝国主义"以战养战"的侵略方针，最后终于歼灭了盘踞煤城的日伪武装。作品重点塑造了朱大顺等一大批正直、善良、敢于反抗的煤矿工人形象，也注意刻画他们的感情世界。作品中所反映的生活、刻画的人物还是有一定的真实性的，其中的许多情节、故事也有一定的感染力。然而，作品也受到了"左"的思潮十分明显的影响，打着鲜明的时代烙印，这是很遗憾的。

新时期以来，李向春虽然也写了几部反映革命斗争生活的作品如《山川恨》《卧龙镇》等，但他主要将目光转向了改革开放中的现实生活，写出了多部反映现实的长篇小说。《天怒人怨》写一伙利欲熏心的不法之徒怎样借改革开放之机投机倒把、坑蒙拐骗，为了达到他们的罪恶目的，甚至利用金钱美女腐蚀拉拢公安干部作他们的内线和帮凶，将一方土地搞得乌烟瘴气，惹得天怒人怨的故事；《惊心动魄》则是一部反腐败的作品，既揭露了干部队伍内部的腐败现象（所谓"四大少爷"利用各自老子的职权办公司拼命捞钱），也塑造了坚决地与党内腐败现象作斗争的好干部马海山的形象，写了正义与邪恶的斗争以及正义一方的终于胜利。这些作品均显示了作家关注现实的社会良知和责任感。然而，向春新时期的长篇小说力作，当属《恩怨》。这部作品在较大的时间跨度和较广阔的社会背景上展开故事，塑造人物形象，写了一个县区"半个多世纪的风云际会，人间争斗的腥风血雨，人际之间的恩恩怨怨，人的命运的变幻莫测，历史变迁的曲折复杂。"①，作品还注重了在复杂的社会环境和人际关系中塑造人物形象，展现人物性格。特别是对人物心灵世界的披露和展现，如对史云山、耿建德两个主要人物的刻画，都较之他先前的作品有较大的突破和提高。正是因此，这部作品一出版，便受到了读者和文学评论家们的重视和好评。

第五节　山东籍台港作家的小说

在回顾20世纪50—70年代山东文学流变史的时候，不能不提到台、港作家的小说创作，尤其是台湾的小说创作。据有关资料显示，跟随溃败的蒋家王朝退走台湾的小说作家中，有不少山东籍作家。如女作家郭良蕙，留学生作家马森、丛𰯼滋，军中作家朱西宁和"新世代小说家"张大春、王幼华等，分别是各个时期很活跃的作家。

50年代初，台湾的文化界随着国民党当局"反共复国"的叫嚣，发起了"战斗文学"的口号，这个时期有山东籍作家姜贵的《旋风》和张放的《野火》两部长篇小说。姜贵（1908—1980），诸城人，本姓王，在济南、青岛读完中学，1948年去台，主要以写小说为生。姜贵坚持反共的"政治立场"，50年代写出了《旋风》《重阳》这两部诬蔑共产党、宣

---

① 陈宝云：《李向春的成名作和代表作》，载《作家报》1997年11月6日（总478期）。

扬"反共复国"主题的作品,前者是以太平洋战争期间山东T城的一个小村镇为背景,后者以大革命时期的武汉为背景,一写农村;一写城市,明显地站在溃败的国民党政权的立场上,歪曲事实,污蔑、丑化共产党员和革命政权形象。张放的《野火》以40年代的"沂蒙山区"为背景,亦属歪曲、污蔑中国共产党领导的革命根据地和解放区的作品。但另一些山东籍作家如郭良蕙、马森、丛甦滋、张大春等,则基本上消去了鲜明的政治色彩,他们或描写台湾当代城乡普通人的生活,或反映留学生的人生经历和乡愁乡思,或以"忆旧"的形式反映去台前的大陆生活,或像"新世代小说家"们那样反映当代人的情绪和感受。通过他们的作品,人们可以看到台湾的社会状况、百姓的生存形态以及人的精神层面的东西。

一 郭良蕙及其言情小说

郭良蕙是台岛山东籍作家出道较早的一位,也是曾经颇引人注意的一位。郭良蕙(1926—2013),钜野人,毕业于四川大学外文系,1950年去台,1952年开始文学创作,以言情长篇小说为主,著有《银梦》《感情的债》《黑色的爱》《春尽》《心锁》《四月的旋律》《遥远的路》《团圆》《黄昏来临时》《斜烟》《早熟》《台北的女人》等二十多部长篇小说,是一位勤奋而遭遇坎坷的多产作家。60年代初《心锁》问世后,被认为是"部分文字诲淫,描写多角人物乱伦关系,且色情狂烂"的作品,而受到狂轰滥炸式的批判,不但被查禁作品,而且被注销会籍。但她以坚强的毅力顶住了各种压力,一直笔耕不辍。

郭良蕙的小说多以台湾当代都市生活为背景,描写婚姻爱情故事,尤其是描写青年女性爱的纯情以及为之付出的代价。《春尽》《斜烟》均为纯情的悲剧故事。前者刻画了一位纯情的少女,在姐姐与人私奔后深深地同情并爱上了被冷落的姐夫。她毅然与未婚夫解除婚约,正当她准备将爱奉献给姐夫的时候,姐夫却拒绝了她并与别人结婚。她接受不了这残酷的事实,终于厌世自杀。后者写一对本来婚姻美满的夫妻,因后来丈夫瘫痪而意志消沉,在自卑感的支配下强迫妻子与其离婚。然而,那位纯情女子却仍然坚贞守节,誓不再婚。郭良蕙之所以这样写,是"希望世间真有为爱奉献和牺牲,并无怨无悔的纯情"。当然,这也只不过是一种愿望而已。郭良蕙发现,爱情是一个非常复杂的精神现象,纯情并不能代替婚姻和复杂的人性,感情在现实人生中并不是唯一神圣的东西。因此,《遥远的路》中的女律师罗超男,虽然美貌姣好且事业有成,却终身找不到爱情的港湾。《早熟》中的那位在一个婚姻失败的家庭中长大的女中学生,父母婚姻的痛苦使她心灵受到了打击,苦闷和放纵使她同两个男子进行爱情游戏,结果是怀孕、堕胎、被玩弄。随着年龄的增长和父亲的病故才渐渐地成熟起来,摆脱了过去的生活;使郭良蕙遭受屈辱和批判的《心锁》,通过女主人公在纯洁的感情遭受打击后寂寞苦闷心境的与日骤增,渐渐地放纵了自己,与几个男子偷情,却又不断地受到良心自责的故事,意在揭示"情欲对人格产生的毁坏力量"①。

郭良蕙的小说表现了明显的女性视角,她试图通过对各类女性婚姻、爱情遭遇与胸臆的描写,侧面映照当代台湾都市的社会人生。"对于女性的感情生活,不管是赞美、同情或谴责,都是出于真诚。"②

二 "军中小说家"朱西宁

在五六十年代台湾小说界中,有一批被称为"军中小说家"的作家,他们既在军中任职,又从事小说创作,山东人朱西宁就是其中一位。朱西宁(1927—1998),临朐人,1949年加入国民党军队去台。朱西宁既从事小说创作,也写有文学评论,是军中颇有影响的"三剑客"之一,著有《大火炬的爱》《狼》《铁浆》《破晓时分》《第一号隧道》《奔向太阳》《现在几点钟》《冶金者》《非礼记》《春城无处不飞花》《蛇》《我与将军》等十几部短篇小说集与《画梦记》《旱魃》《猫》《八二三注》《猎狐记》《春风不相识》等长篇小说。

朱西宁有早年流亡于大陆和生活在战后的台湾以及在军中生活的丰富阅历,因此,他的文学视野比较开阔。同时也因为他生长于一个笃信基督教,并将基督教教义与中国民族民间文化传统融合在一起的乡村富裕人家,受到了基督教文化和本土文化的熏陶,因此,除了他那类为配合台湾当局的"反共"叫嚣而写的所谓"军中题材"之外,他那些以故乡旧时的生活为背景的忆旧小说,都比较有可读性。在这些作品中,他描写了中

---

① 刘登翰等主编:《台湾文学史》(下卷),海峡文艺出版社1993年版。
② 同上。

国乡土社会的贫富不均和阶级对立，塑造了各种充满血性的下层人物形象，表达了对下层百姓疾苦的同情和对乡间英雄义士的敬佩之情。如《刽子手》中的陆家儿子在自己的陵地被霸占、母亲奋起反抗被打死的血海深仇面前，毫无畏惧地向"乡董老爷"举刀报仇，并在临刑前大骂统治者的贪赃枉法；《贼》中的鲁大个儿则是为穷苦兄弟两肋插刀的义士形象，当姓沙的地主用酷刑折磨雇工狄三时，鲁大个儿挺身而出，代狄三受尽酷刑的折磨。在朱西宁记忆中故乡的乡土社会中，有许多值得他敬佩、叹息和书写的各种各样的人物。《新坟》中有一位不懂医术却凭着一股血气为人开药方的能爷；《铁浆》中有位不愿承认社会进步，在自己从事的职业即将被淘汰时，为与别人争生意而将滚烫的铁浆浇到自己头上的孟昭有，都较好地揭示了乡土人物在与恶劣的生存环境和不幸的命运抗争时的可敬可悲可叹的一面。长篇小说《旱魃》还通过马戏艺人佟秋香走江湖卖艺而被土匪抢劫成亲的经历，描写了北中国土匪响马和马戏艺人的生活情景。"作品回荡着浓郁的北方民俗风情，对人物愚昧、落后、自私和迷信的性格"进行了较为深刻的揭示，这类作品都是很有可读性的。

朱西宁还写有反映台湾现实生活的小说，对社会转型时期人们的心理心态、父与子的矛盾、金钱利禄的诱惑面前人的心灵的扭曲、芸芸众生的人生百态，等等，进行了一定程度的暴露与剖析，为人们了解当代台湾人的生活及社会实质提供了有用的素材。

三 留学生作家丛苏滋、马森

在台湾文学史中，留学生作家的小说创作也是很值得注意的文学现象，他们在一个特殊的环境里，抒写着异乡人的人生体验和乡愁乡思，有着他们自己的独特表达。台湾留学生文学由几代人组成，山东籍作家丛苏滋、马森和名噪台湾的张系国被认为是70年代留学生文学的代表人物。

女作家丛苏滋（1939—），文登人，1949年随家去台，大学毕业后赴美深造，1961年定居美国，其主要作品都是反映留学生生活的，著有小说集《白色的网》《秋雾》《想飞》《中国人》《兽与鬼》等。丛苏滋的创作明显地受到西方现代主义文学的影响，尤其是存在主义哲学的影响，其小说主要表现了对于"人"自身的思索，开始的作品表现留学生没有着落、没有目标、彷徨孤寂的异乡人心境和遭遇，以及对生活的绝望；等等，如《盲猎》一篇写"我"与几个同伴在很冷很黑的夜晚去森林中打猎，进入森林深处后，彼此都陷入了一种孤立无援的境地，在阴冷的山风和骇人的声音中苦苦地挣扎，寻找着生路。作品显然具有某种荒诞色彩和寓言意味，暗寓着海外学子在纷纭复杂的异国社会环境和文化环境中孤独摸索的处境。此外还有《百老汇上》《在乐园外》《想飞》《癫妇日记》等，也从不同的角度探讨了留学生们的生命与生存问题。这些作品中的人物，有的精神紧张，去进行精神分析医疗；有的失去了求学的信心，去做家庭主妇；有的则经受不住沉重的压力而自杀身亡。如《想飞》中的沈聪在生活的重压下，深感人生的无用，竟然从摩天大楼跳下，以死来追寻生命的意义。丛掖滋的前期作品，体现了一种探索生命的特点。

丛掖滋后来的创作，将审美视角从个人本位转向民族本位。她不再立足于"自我"去反映留学生们的感情失落，而是从"中国人"的立场出发，着力表现留学生们整体民族意识的觉醒。在《中国人》这部小说集中，丛掖滋明确地表达她作为"中国人"的归属感："中国可以没有我们而存在，但是我们不能没有中国而存在"。在《自由人》中，她通过那位具有热情奔放积极乐观性格的女孩，表达了如下的感受："做中国人是一种感受，一种灵犀，一种认同和肯定！……如果你不能爱中国、中国人，爱你自己的同文、同种的同胞，你有什么资格去爱人类、爱宇宙、爱星球？"《野宴》则通过一群自称"夹缝人"的留学生们自豪地表示："中国是一种精神，一种默契，中国就在你我的心里；有中国人的地方就有中国，有说中国话的地方就是中国"等，这类作品表达了鲜明的民族立场和民族意识觉醒。

马森，济南人，1954年毕业于台湾师大，1960年赴法国留学，1983年回台，执教于台湾"国立"艺术学院。马森的创作涉猎戏剧、小说等多种文体，著有长篇小说《生活在瓶中》《夜游》、小说集《孤绝》《海鸥》等。马森的小说往往从中西文化交汇点上落笔，透过台湾留学生在异国他乡的人生遭遇和真实感受，探讨人类社会诸多难以解释的现象，以及人类的生存和发展及人的价值等问题。如《生活在瓶中》写一个旅居法国的穷画家，在一系列事业和婚姻挫折的打击下，对人生的意义和生命存在的意义产生了怀疑，在对人生绝望的情绪困扰下终于毁灭了自己。《夜游》这部作品还通过女主人公汪佩琳的人生经历探讨了"在现实社会诸种因素的压迫下，人类的价值何在？生命何以珍贵？人类怎样生存下去？"等问题。白先勇认为马森的这部小说"在某一层次上可以说是作者对中西文化相生相克的各种关系作了一则知性的探讨与感性的描述"。（《秉烛夜游》）在小说集《孤绝》《海鸥》的许多作品中，马森还极力渲染了现代人普遍存在的一种"孤绝感"，他通过对童年的噩梦、家庭的悲剧、性爱的变幻无常、前途的茫不可知等人生经历和感受的描写，极力表现了现代人心灵孤绝无依的感受。可以看出，由于受西方文艺思潮的影响，马森小说中的存在主义哲学观念较为明显。

四　"新世代小说家"张大春、王幼华

80年代的台湾文坛出现了一批被称为"新世代小说家"的作家，他们是台湾重新崛起的现代派，其中有两位山东籍作家——张大春和王幼华，以他们内蕴深刻且富有探索精神的作品，显示了自己的创作实绩。

张大春（1957—），生于台北，原籍山东，毕业于台湾辅仁大学中文研究所，是有代表性的"新世代小说"重要作家，"也是一位新招迭出，内容与形式不断蜕变的作家"①，著有《鸡翎图》《公寓导游》《四喜忧国》《大说谎家》《病变》等小说集和《刺马》《大云游手》等长篇小说。张大春的突出之处在于他"不仅在创作方法上跳出了写实主义的樊篱，而且通过作品直接表达他对写实主义文学观念的质疑"②。他探索了西方现代主义文学的多种表现手法，如后设小说、黑色幽默、魔幻现实主义、历史传奇和现代侦探等，取得了可观的艺术成就。

《四喜忧国》被认为是运用黑色幽默手法最有代表性的作品。小说写了一位叫朱四喜的疯疯癫癫的退伍老兵，自己地位低下，度日艰难，却有着忧国忧民的情怀，居然模仿政要们的口吻写什么《告全国同胞书》。人物荒诞可笑的行动中却隐含着强烈的讽刺意味和悲剧色彩，让人看到的是卑微的小人物在可悲的境遇中的变态心理和绝望挣扎。《将军碑》《饥饿》

---

① 刘登翰等主编：《台湾文学史》，海峡文艺出版社1993年版。

② 同上。

《最后的先知》等是较好地将拉美魔幻现实主义手法与民族神话结合起来的作品，作品中都描写了具有特异功能的人物。巴库（《饥饿》）那惊人的巨食功能已令人感到惊异，而《将军碑》中的那位能在过去和将来的时空中任情遨游的将军，其特异功能更是神秘莫测。张大春还进行过关于"语言的困难与陷阱"的探讨和思索。《写作时百无聊赖的方法》直接展示一篇小说的构思过程，意在揭示创作时虚构的必然性；《印巴兹共和国事件录》用新闻报道的口吻叙述虚构的事件，以证明伪装真实的虚构内容怎样轻而易举地被人们习惯性地接受。当然，这类小说也有理念色彩过重之嫌。

张大春也进行了历史传奇小说和新侦探小说的尝试。长篇小说《刺马》《大云游手》均以19世纪后期风云变幻的近代中国社会为背景，以一些名不见经传的小人物和本来身无绝技却陷入帮派之争的武功艺人为描写对象，刻画了他们虽以海盗、扒行、贩毒为生却仍然怀有十分执着的生存追求的人生。"作品融合了历史小说和武侠、侦探小说的某些因素于一身"，可以看出作者探索精神的可贵和艺术功底的深厚之处。"探子王"系列《迷彩叛将》《我们的罪恶》以侦探杜子厚为主人公，以一些案件的调查侦破过程为线索，揭示了一个充满欺骗、投机、阴谋、互相倾轧的罪恶世界，是对复杂的社会现实的一种暗示。另外，他还将侦探小说、魔幻现实主义、新闻报道、政治讽喻等多种文体和写作技巧结合起来，写了《大说谎家》这篇探索小说。张大春因为他多方面的探索并取得可贵的成就而被誉为"一位永不疲倦的探索者"。

王幼华（1957—），山东人，籍贯不详。毕业于台湾淡江大学中文系。虽然他不如张大春声名显赫，但也是一位具有鲜明个性的新世代小说家。他著有短篇小说集《恶徒》《狂者的自白》《欲与罪》《热爱》和长篇小说《两镇演谈》《广泽地》《土地与灵魂》等。其小说的突出之处在于重视人的精神层面的挖掘，意在"透视人类心灵的各种折曲"。他的作品多以社会底层人物为主人公，如失恋者、空虚孤独者、困顿寂寞者、精神萎缩者、失望绝望者、妄想症者、怀疑论者，等等，写出了这些"引车卖浆者流"怎样在社会的底层挣扎生存，尤其是刻画了他们被异化、被扭曲的灵魂。正是通过对人物心灵特别是病态心理描写，折射出台湾的社会现实和文化现象，为人们提供了认识台湾社会与文化的一面镜子。

当然，由于政治和社会背景的原因，台湾山东籍作家的创作不可能与山东本土的创作相一致，但却让读者看到了这个时期文学丰富多彩的另一面，而且是有价值的一面。

第十四章 当代前期话剧

第一节 概述

1949年10月1日中华人民共和国宣告成立，在这之前全国文代大会于7月2日在北京召开，提出了"为人民服务的文艺"作为发展社会主义文艺事业的总方针。中华全国戏剧工作者协会7月24日成立，田汉任主席。中国的话剧领域同其他文学领域一样，进入了一个新的发展时期，解放区和国统区的两支话剧队伍会合到一起，形成了一个较强的阵容。1953年1月，山东话剧团成立，济南、青岛、烟台等地市也先后成立了专业话剧演出团体。1949年到1966年"文化大革命"之前，是山东当代话剧创作的第一个高峰期。这时期的话剧内容基本上都是反映现实生活的，写新人、新事物、新生活，轰轰烈烈的社会主义建设的动人景象，各条战线涌现出来的公而忘私、勤勤恳恳工作的先进人物，给剧作家提供了取之不尽的素材。反映农村发展变化的题材占了很大的比重。张耕夫的《卖马计》是个带喜剧色彩的讽刺弄虚作假者的剧作。栾云桂的《好榜样》、张晶的《白杨树下》《明月千里》以诗人的笔触给我们描绘了一幅解放初农村蒸蒸日上的景象。当然，新旧思想的斗争一直伴随其中。山东籍的著名剧作家胡可的《战斗中成长》《槐树庄》则是在全国引起很大反响的两部作品。《战斗中成长》和《槐树庄》就话剧艺术而言，达到了一个相当高的水平，其主要人物郭大娘以栩栩如生的形象，丰富的内涵成为当时人们十分关注的形象。尤其是郭大娘"既具有民族性格的优秀传统，又闪耀着时代革命精神的光辉"。蓝澄的《丰收之后》是反映农村丰收之后，如何对待国家、集体、个人三者之间的关系问题的。反映城市居民积极参加社会主义建设题材的和工人阶级当家做主的剧作，有王命夫的

《敢想敢做的人》《三八红旗手》，高思国的独幕剧《柜台》。《柜台》所反映的是60年代商业战线上两种思想的斗争，一部分青年人认为站柜台"低人一等"，没有前途。剧中通过青年周金山——利群收音机商店的售货员、李慧萍——理发店的理发员的实际行动回答了这个问题。周金山、李慧萍美好心灵的展示，在观众中特别是青年中产生了积极的影响。这种题材的话剧在当时的教育作用还是相当大的。王命夫的喜剧《皆大欢喜》则从人们的思想改造入手，讴歌了一批在服务行业勤勤恳恳工作的先进模范人物。同时，对多年形成的鄙视服务行业的旧思想进行了批判。

这阶段，由于党的工作方针上的严重失误，1957年反右斗争扩大化，大批知识分子，包括许多有成就的剧作家被错划为右派。紧随其后的"大跃进""人民公社化"运动，产生的"共产风""浮夸风"，都对戏剧界产生了严重的影响，文艺界相应地出现了"全民办文艺""写中心、唱中心、演中心"阶段，创作剧本也搞"跃进"；山东省曾组织剧本"百日会战"，写出新剧本五百多个，其质量就可想而知了。这种现象在1959年之后有所改变。1959年，第二届全国人大召开，周总理在《政府工作报告》中提出"百花齐放，百家争鸣"的方针，使话剧工作者解放了思想，鼓起了干劲，创作出一批较好的话剧作品。但从1960年之后，文艺界的政治斗争一直没间断，而且极"左"思潮愈演愈烈，直到"文化大革命"。政治上极"左"思潮对剧作家的影响，使其产生了认识上的失误，这也直接体现在这时期的剧本中，像《敢想敢做的人》就透出"人有多大胆，地有多大产"的极"左"思潮；《槐树庄》应当说是一部优秀的剧作，在当时也确实受到了观众的欢迎，但是今天来看，剧中对，"反右派斗争"、"人民公社运动"的认识，显然存在时代的局限。还有《丰收之后》在当时也是引起关注的剧作，"但是《丰收之后》所宣传的基本精神和具体政策仍充满着'共产风'的影响和'左'的政策的禁锢。这就不仅使戏剧的基本冲突站不住脚，也极大地损坏了剧中主要人物赵五婶的形象。"[①] 但我们不能因此抹杀这些作品艺术上的成绩。总的来说，虽然这个时期话剧的创作受到了许多干扰，但是还是取得了较大的成绩。在题材上和艺术风格上趋于多样化，塑造典型人物，反映社会主义时期的新生

---

① 葛一虹主编：《中国话剧通史》第九卷，华艺出版社1997年版，第443页。

活，为新时期话剧的繁荣奠定了一个好的基础。

第二节　胡可和他的《战斗里成长》

胡可，山东益都县人，1921年出生。曾在济南第一中学读初中。这期间在党所领导的进步思潮的影响下，读了许多进步书籍。1937年到北平考高中，恰逢"七七事变"全面抗战爆发，北平沦陷，胡可弃学从戎，参加了北平西郊党所领导的抗日游击队。同年年底，他随这支游击队到达晋察冀边区，正式加入八路军。开始，他在"抗敌剧社"当宣传员，演戏、搞宣传、写壁报、写标语，需要做什么他就做什么。1940年因宣传需要他开始学写剧本。从此，他就一直战斗在文艺领域中。他的话剧基本是"文化大革命"以前创作的，大约有四十部之多。之后胡可转到领导岗位，担任过解放军艺术学院院长等职务，把主要精力放在话剧理论的研究和话剧评论上了。

胡可是在革命队伍中成长起来的军人剧作家，他熟悉部队生活，和朝夕相处的战士有着深厚的感情，所以他的作品与军队生活息息相关。他早期的剧作主要是为适应解放区宣传鼓动和教育工作的需要，紧密配合革命斗争形式，对现实生活作快节奏的反映，作品有《拂晓以前》《枪》《清明节》《我是革命战士》《张锁儿归队》《喜相逢》等。《喜相逢》比较有代表性，这是个独幕剧，剧中战士刘喜俘虏了一个敌兵，搜了五千块钱，他知道这样做不对，所以很不安。恰恰这个俘虏兵分到了他们班，而且班长又把教育这个新兵的任务交给了刘喜……最后，刘喜在教育别人的同时也教育了自己，坦白了错误，得到了谅解，新兵也受到了深刻的教育。这个剧人物少，剧情也十分简单，但作者并不是平铺直叙，而是采用了前后连串、环环相扣的结构，并运用了独白、旁白的手法表现角色的内心活动。语言通俗生动，很受人民群众的欢迎，对于配合解放区教育战士正确对待俘虏起到了较好的作用。这时期的作品大都是急就章，又局限于真人真事，在艺术上还不够成熟。

《战斗里成长》是胡可的代表作，此剧是胡可根据他和胡朋等集体创作的《生铁炼成钢》改写。《战斗里成长》以鲜明的时代感，深刻的思想性，主要人物的典型性，一公演就引起了很大的反响，并被译成多种文字，在许多国家上演。《战斗里成长》是胡可创作道路上的一个里程碑，"也是我国当代话剧三大奠基作之一"。1948年，正是解放全中国的前夕，部队需要扩充，大批的农民子弟加入到部队中，如何把保家保田为个人报仇的思想提高到为普天下人民的翻身解放而战斗，是当时部队教育的一个严峻的问题。《战斗里成长》这个剧本初期写作的目的就是：为了"把行动能上能下带有散漫性和斗争目的狭隘的农民，组成一支行动和意志统一的革命军队"。① 剧本写了石头一家三代的遭遇和石头父子二人的成长道路。石头的爷爷赵老忠被地主杨耀祖逼死，石头的父亲赵铁柱一怒之下一把火烧了地主的房子，被迫离妻别子流落他乡，经过了许多磨难参加了八路军，战火中锻炼成为一名指挥员。石头跟着母亲为了生存吃尽了苦头，最后无路可走，在乡亲们的帮助下，小小年纪逃离家乡，寻找到了八路军，成了一名八路军的战士。父子二人分离十几年，现在同在一个营却相见不相识，直到他们部队奉命解放了石头逃难的村庄，一家三口才在分别十三年后团圆。父子二人还要继续战斗，他们还要分开。但是分离是暂时的，而且他们的分离意味着更多人的团圆。这个剧本给人很多的启示。剧中赵铁钢、石头父子所走过的路，正是许许多多八路军已经走和正在走的路，这是一条农民从自发的反抗成长为自觉的革命战士的道路。被压迫的人们只有组织起来，在中国共产党的领导下，走武装夺取政权的道路，才能解放全中国被压迫的人民，最后解放自己。"尽管这个剧有的地方显得松散，也有思想大于形象的迹象，但它获得感人的成功实为新中国成立初期的戏剧创作奠定了良好开端。"② 这时期的话剧还有《英雄的阵地》、《战线南移》《现场会》等。

胡可后期创作的话剧《槐树庄》是他的话剧创作史上不容忽略的一页。剧本以作者本人1944年写作的《戎冠秀》为原型，展现了老解放区农村从1949—1958年十年间的历史变迁。剧本选择了土地改革、合作社、人民公社三个历史阶段为背景，气势宏大，具有史诗式的结构。作者在宏阔的时代背景上，塑造了郭大娘这个经历丰富又有个性的典型人物和许多

---

① 侯金镜等《老战友畅谈〈战斗里成长〉》，见《胡可研究专集》。解放军文艺出版社1984年版。

② 张炯、樊峻、邓绍基主编：《中华文学通史》，第9卷，1997年版，第607页。

鲜明的人物形象。这个话剧后来拍成了电影,在全国放映后引起了轰动。这固然有剧本的政治意义的因素,但也不可否认,从话剧艺术上来看,《槐树庄》仍不失为上乘之作。虽然《槐树庄》所涉及的那个历史阶段,由于党的方针政策的失误,许多问题在今天都需要重新认识,但"在当时那种狂热的潮流下,作家、艺术家保持头脑的清醒是很不容易的,这是时代的局限。"① 因此《槐树庄》难免打着时代的烙印,"意念化的痕迹明显,但其中塑造的子弟兵的母亲郭大娘的形象仍有血有肉,比较成功,在那个时代有相当的典型意义。她既一定程度地反映了新中国成立初农村复杂的阶级斗争情况,当然也反映了当时对现实认识的左倾错误。"② 我们现在应该客观地实事求是地对待这时期的作品,不能将其艺术成就一笔抹杀,他毕竟是那段永远存在的历史的反映。

　　胡可是一个典型的现实主义作家,他的作品有很强的时代感,是和中国革命的发展同步的。他剧中的主人公,都是当时很有代表性的人物,他善于把剧中人物放在激烈的戏剧冲突中去表现——不管是内在心灵的还是外部的,这往往使他的人物一出场,便带有时代的色调和浓郁的生活气息。《战斗里成长》的石头,出生在贫苦农民之家,祖父被逼死,父亲被逼逃亡,从小就在心里埋下了仇恨的种子。参加八路军后,他一心报一家之仇。在部队这个革命的大熔炉里,石头懂得了"不把敌人彻底消灭了,咱们还是安生不了。打仗是大家伙的事,这么些同志帮咱们报仇,咱们也得帮大家报仇!这会儿江南的老百姓还都没解放呢……四海的仇也靠给我了!……"从报自己的一家之仇,到以解放全中国为己任,这正是石头和许许多多八路军战士的成长历程,也是我军的战斗力所在。《槐树庄》里的郭大娘是一位在我国农村变革的历史进程中与时代同步前进的农村基层干部的典型形象。郭大娘经历了新旧两个社会,她在旧社会的苦难遭遇,使她对新社会无比热爱,对共产党无比忠诚。她勤劳朴实、正直善良、坚强勇敢,在她身上体现了我国劳动人民世代相传的美德。胡可将郭大娘放置在亲情、人情,与阶级立场、革命原则的矛盾中刻画她的性格品貌,让她一次次地在矛盾斗争中得到升华。剧中安排了三次大的戏剧冲

---

① 葛一虹:《中国话剧通史》。
② 张炯、樊峻、邓绍基主编:《中华文学通史》,第9卷,第607页。

突：其一是土改中与地主的儿子崔治国的斗争，郭大娘做过崔志国的奶妈，小孩子时的崔志国对奶妈非常依恋，并对父亲赶走奶妈很难过，因此郭大娘对这个干儿子还是有感情的。长大后的崔志国，虽然参加了革命工作，却站在地主阶级的立场上，企图阻止贫民团进行土改，和贫民团形成对立。郭大娘并没有被崔治国营造的亲热气氛所迷惑，而是站在贫雇农的立场上对其进行了坚决的毫不留情的斗争。其二是在失子之痛面前所表现出的坚强、深明大义以及胸怀的博大。郭大娘只有一个相依为命的儿子，为了保卫胜利果实，她支持儿子参加解放军，不幸的是儿子牺牲在朝鲜战场上。这对她既是一个致命的打击，又是一次严峻的考验。郭大娘没有因悲痛而消极，而是把悲痛埋在心里，以坚强的性格接受了这一事实，并以更大的热情投入到社会主义建设中。其三是在政治风潮中表现出的勇敢无畏和政治的坚定性。虽在今天看来闹社风潮的渲染打上了时代的烙印，有其局限性，但却是当时社会的真实，是作家无法回避的历史。作者从刻画人物性格的动机出发而选取在当时看来有代表性的事件，是在情理之中的。郭大娘身上体现的民族性格美德与时代精神的光辉，正是从这些戏剧冲突中被发掘出来的。她为他人的痛苦而忧虑，为他人的幸福而欢乐，体现了一个党员的崇高的精神境界和博大的胸怀。胡可对郭大娘的塑造是成功的，她是劳动妇女的优秀代表。她在人们心目中是丰满的、活生生的、有血有肉的。现在的人再看这个剧本，可以不理解那个时代，却能够接受郭大娘这个形象。胡可剧中的人物个性特征突出。如《战线南移》场面大，人物也多，人物的描写不因多而削弱，反而为作者提供了表现才能的舞台，性格各异的人物在作者笔下被描绘得栩栩如生：表面上诙谐宽松，骨子里却"寸土不让"、稳扎稳打的炮兵团长王仲宽，工作上认真负责但又有些呆板的副师长耿忠信，机警聪明过人又不乏幽默的优秀侦察员苗逢春，好学习好钻研不断提出新见地的营长周金虎，等等，主要人物就描写了十几个，个性不同、人格各异的人物，活脱脱地出现在我们面前。

　　胡可话剧结构的传奇色彩，是他话剧的又一特色。《战斗里成长》就是一个极富传奇性和戏剧性的故事。剧中安排了几个巧合，为一家三口的团聚埋下伏笔。巧合之一，石头母子在石头的父亲出逃后不得不流落他乡，却被仇人之子碰见并被认出，石头为保命小小年纪出逃并参加了八路军；巧合之二，石头受伤无法归队临时来到了父亲赵刚营中；巧合之三，赵刚营又接到解放石头母子住的村庄的任务。剧情的发展以"巧"为契机，步步紧扣，将戏剧引向了最后的结局——十三年后父子相认、夫妻相认、一家人团聚。这是个既在意料之中又具有传奇性的结局。这种富有戏剧性与传奇色彩的经过人生折磨又重获幸福的亲人团聚的故事，是最受大家欢迎的。以抗美援朝的一次战役为题材的话剧《战线南移》则将其传奇性表现在情节的"惊"、"险"上。以侦察员苗逢春为主组成的敌后潜伏小组，为了完成观测任务而深入到敌后的心脏部位，在敌人眼皮子底下潜伏的危险性和艰难性一下子抓住了观众的心。开始我军在他们的指挥、校正下，大炮顺利摧毁敌方的要害部门，只剩下机枪暗火力点时，敌人发现了他们。观众刚刚为他们执行任务的顺利而高兴的心情一下子凝固了，敌人包围了他们，这时一点解救的办法都用不上，气氛紧张到了极点。在这严峻的关头，大无畏的战士决定和敌人同归于尽，要求向他们的潜伏点开炮。紧接着报话机里传来了喊毛主席万岁的声音，指挥所的空气凝固了，这暗示着潜伏点的三个同志已经牺牲了。可是战斗结束后苗逢春、路宝明却奇迹般地出现了。剧本就这样一次次地将人物引入危险奇绝的境地，又一次次地化险为夷。观众的情绪也在一次次地大惊大险中上下起伏，体验着由大忧大喜构成的审美喜悦。传奇性结构使整个话剧增强了戏剧性效果。剧本所承载的歌颂我志愿军攻无不克、战无不胜的革命英雄主义精神的主题，也得到了较为深刻的表现。

语言在话剧中有举足轻重的地位，这是由话剧的形式所决定的。话剧中人物的个性、性格、剧情的发展、矛盾的冲突都是通过语言来表达的。胡可善于从活生生的生活中采集生动、鲜活、富于生活气息和个性特征的群众语言和口语。如《战斗里成长》中，赵老忠是个淳朴本分的老农民，地主杨有德霸占了他的地，断了一家人的活路，他告状又输了，临死前他悲愤地喊道："姓杨的！咱们两家没完没了！阳间告不下你，到阴间地府我也要告你！"这是只有赵老忠这种老实本分的农民才能说出的性格化语言。同是农民的儿子却和他不同，他不相信命运、他要抗争。父亲死后，他一把火烧了杨家大院。当妻子为他担心时，他却说："天下大着呢！……下煤窑，抗长活，再不行当兵！要是掀不倒他杨家大旗我就不回来！"不同的人物语言表达出人物的不同性格、身份与文化底蕴。《战线南移》中侦察员苗逢春与营长周金虎的一段对话也突出地体现了苗逢春

的独特的个性。三人潜伏小组中只有路宝明是炮兵观测员,周金虎担心路宝明万一出现问题会影响潜伏小组任务的完成:

  苗逢春 他要坚持不下来,还有我这个备份的观测员儿呢!
  周金虎 备份的观测员?使用望远镜矫正目标儿,这套炮兵专门技术你会么?
  苗逢春 可能性,比不上他。(指路宝明)可一般的说,也能凑合着来。这一个礼拜,小路儿专门为我开了个速成的训练班儿,天天训练我。
  周金虎 (满意的)小路当了老师,你倒当了学生!
  苗逢春 敲锣卖糖,各有一行
  周金虎 我来考考你这备份的观测员!
  苗逢春 (大咧咧的)考吧!
到考完了,
  周金虎 好,及格!
  苗逢春 (飘飘然)什么都在学,不学没个会!

这段对话,把苗逢春聪明机灵又好学,尤其是他大大咧咧的性格活脱脱地表现了出来。表面上看什么都不在乎,实际上却是精明细致。这种语言是只属于苗逢春的,具有不可置换的特点。胡可话剧语言的生动形象,除了他对生活的深透观察和积累,还得益于"他有丰富的演剧经验,因此剧作的舞台性强,易于演出,广为流传……"他剧中的语言似乎不是他用笔写出来的,而是剧中人物自然而然地说出来的,剧中人物的每一句话都取决于他们的性格。这些,无疑能够有力地展开戏剧的情节,推动剧情的发展。

第三节 王命夫和《皆大欢喜》

王命夫(1924—1969),1958年自愿到青岛话剧团安家落户,直到1969年去世。王命夫是一个有较高专业水平的话剧作家,在他来青岛之前曾经在中央戏剧学院创作室、文化部艺术剧创作室、中国戏剧家协会创作委员会从事专业创作。他的成名之作是1958年创作的大型话剧《敢想敢干的人》。此剧公演后,在全国引起了强烈的反响,青岛话剧团在全国十几个省市巡回演出上千场,主人公张英杰成了大家学习的楷模。王命夫和青岛话剧团也大大地出了名。但此剧却较深地体现了那个时代的"左"的烙印,迎合了那种"人有多大胆,地有多大产"的"左"的思潮。剧本顺应了大跃进时代精神的要求,突出表现了张英杰是如何同保守势力作斗争,如何同官僚主义作斗争,如何"几天几夜不睡觉"最终研制成功"电动对缝机";似乎告诉人们,只要有精神,有好的愿望就一定能达到目的,而科学在这儿是可有可无的。他同时期的另一本剧作《三八红旗手》和《敢想敢做的人》是一脉相承的。就艺术而言,《敢》剧确实有许多可取之处。它突出了戏剧冲突,剧情紧张,主要人物个性突出。总之,《敢》剧出现的偏颇,是时代的局限性造成的,而剧中包含的那种积极进取的精神,是符合当时的时代气氛的。

　　体现王命夫话剧最高成就的是他1963年创作的大型话剧《皆大欢喜》。这是一部喜剧,此剧从对轻视服务行业,把人分为三六九等的旧观念的批判入手,写了一个女理发员的遭遇。主要的情节是24岁的女青年刘玉惠要去当理发员,遭到了丈夫、婆婆、舅舅的坚决反对。婆婆认为"我们赵家门儿祖上没干过缺德事,这辈人里不能出剃头的",认为儿媳干理发员,全家人都跟着丢人。丈夫赵学义是个团员,但思想和母亲一样的陈旧,没法接受妻子为别人理发,虽经团组织批评教育写了检查,但思想上并没转过弯来,为阻止妻子当理发员,和母亲一道设置了种种障碍。首先,母亲不给看孩子,以此缠住玉惠。邻居街道委员周二婶挺身相帮,替玉惠带孩子解了难。一计不成,母亲又使出一计,不让玉惠吃她做的饭。结果,正直热情的周二婶让玉惠到她家中吃饭。接着是孩子看病花了钱,赵学义却不拿钱,最后干脆以离婚相逼,一环扣一环,情节非常紧凑,紧紧抓住了观众的心,使观众在评判剧中人物对错的同时,受到了教育。

　　作者把此剧放在社会的大环境中来展示,玉惠碰到的问题,并不是一个家庭的问题,而是个社会问题。旧的观念对服务行业的歧视,在解放初期是很严重的,尤其是北方地区。剧本中几个人物的转变,玉惠的决心,是在各个方面的共同努力下形成的,没有突兀感,给人以水到渠成的感觉。周二婶的无私相帮，特别是为照看好玉惠的孩子，她宁肯让自己的孩子受委屈，并多次苦口婆心地劝玉惠的婆婆。老干部王部长为了帮助素不相识的玉惠提高技术，不惜让玉惠用自己的头发练功夫，结果分头变成了小平头，使玉惠深受感动，更坚定了干好理发员的决心。王部长让女儿去做在母亲眼里同样低贱的售货员，这对母亲、舅舅、丈夫这些人心灵的震颤作用是相当大的。最后，正如剧名所示——皆大欢喜，母亲、丈夫、舅舅改变了旧观念，支持玉惠干好理发员。

　　王命夫一直对喜剧"情有独钟"在他十几年的创作生涯中，就有独幕剧《无头苍蝇》《住洋房子受洋罪》和大型话剧《皆大欢喜》三部喜剧问世。而他其他大部分话剧作品中也程度不同地带有喜剧色彩。但是最能体现王命夫的喜剧创作才华的是《皆大欢喜》。此剧一开场，舅舅就呼哧呼哧地跑上场，嘴里不断地叫着"坏了，坏了"，就跟要天塌地陷似的，把母亲急的一个劲地问，又急又难以启口的舅舅半天才讲明白，原来母亲的儿媳妇玉惠要当理发员。这本来并不是多大的事，但他们那种如临大敌的慌张劲让人发笑，并产生了喜剧性悬念，使观众一开始就进入剧中。第三场，利用了巧合、夸张、误会的喜剧手法，演绎了一场跟踪追击的闹剧。舅舅到公园打太极拳巧遇玉惠；舅舅多疑，便找来母亲和玉惠的丈夫学义，跟踪玉惠。恰巧，玉惠碰上了头发修剪得很好的陈宏志，学理发学的"走火入魔"的玉惠便紧跟其后观察发型，这情景又都被跟踪玉惠的三个人看见。几个巧合连在一起，又用夸张的手法，一个跟踪一个表现了出来，引出了一场误会。还有，舅舅和母亲偷听玉惠两口说话，恰巧被二婶泼了一盆水，弄得尴尬之至。舅舅这个人物虽然不是主要角色，但却是一个很好的喜剧人物，所有的喜剧场面都离不了他。直到最后一场，大家都觉悟了，他还因为干废品收购怕见熟人，热天也带个大口罩、墨镜，一副滑稽相。当看到玉惠、小莉、周二叔虽然干的"卑贱"的活，却当上了模范，参加了代表大会，得到了社会的关注、家人的尊重时，他也"蠢蠢欲动"，打听代表里有没有废品收购员，看来他的人生目标也确定了。虽然剧中对话有政治说教和扣大帽子的弊病，但却符合那个时代现实状况。该剧生活气息浓厚，语言幽默，故事情节紧凑，思想内涵较深，让人在欢笑中转变思想观念。

第四节 蓝澄和《丰收之后》

蓝澄（1922—），山东黄县人，1940年参加革命工作。1942年开始业余创作，早期的话剧作品有：三幕话剧《郭大夫》（《文学战线》1950年），独幕剧《跟谁走》《刘桂兰捉奸》（《文学战线》），大型话剧《是谁在进攻》（与陈禺等合作）《不平坦的道路》等。这些剧作的内容和新中国成立之后的政治运动有着密切的联系，因此有较强的政治色彩。《刘桂兰捉奸》是反映东北解放初期反奸除霸斗争的；《跟谁走》《是谁在进攻》则是反映"三反""五反"运动中，不法奸商拉拢腐蚀干部，破坏经济建设的罪恶。虽然题材的局限性限制了作者艺术上的发挥，但剧作浓郁的生活气息，戏剧性的情节，还是比较具有可观性的。

1958年，蓝澄从作协天津分会调到山东，任中国戏剧家协会山东分会副主席。1963年创作了《丰收之后》。《丰收之后》是蓝澄话剧的代表作，此剧描写了1962年靠山庄大队小麦丰收之后发生的一系列事情：面对丰收，全队上下喜气洋洋，但是在如何对待余粮的问题上发生了矛盾。生产大队长赵大川和副大队长王宝山从本位主义出发，又受副业组长王学礼（暗藏的阶级敌人）、王老四（投机倒把分子）的煽动蛊惑——用余粮换骡马，不想把余粮卖给国家。大队党支部书记赵五婶和大部分的贫下中农认为，丰收了不能忘记国家。两种不同的意见形成了尖锐的矛盾，产生了戏剧冲突。一开幕，丰收之后的收割和缺牲口的问题就提了出来。山区收麦子除了骡马驮就得人挑，丰收加大了劳动量，因为队里牲口少，年轻人们的肩膀都压肿了，大队长赵大川看着心疼，他一心想着要给队上买几匹骡马，减轻人们的劳动量。王学礼看出了赵大川的心事，提出用余粮换牲口，并提出让王老四办此事，他们好狼狈为奸从中渔利。耿直的赵大川没有识破他的诡计，又急于得到牲口，便瞒着赵五婶派王老四去操办此事。赵五婶知道后，批评赵大川在这个问题上失去了共产党员的立场，赵大川却认为自己是一心一意为了全大队的利益，两人发生了争吵。冲突的高潮是赵五婶扣下偷运粮食换牲口的车，恼羞成怒的赵大川甚至要动手打赵五婶，王学礼、王老四趁机挑动一些落后的不明真相的群众起哄闹事。支部委员徐大叔、老雇农王爷爷、小梅等坚决支持赵五婶，形成了两个阵营。最后，赵五婶依靠贫下中农，查出了王学礼偷钱偷粮的罪行，识破了王学礼的诡计，教育了赵大川和王宝山，使他们认识到自己的错误，全村上下统一了意见——余粮卖给国家。剧情紧凑，环环相扣。

剧中人物赵大川的形象塑造得真实可信，他是那一时期有代表性的农村干部。一方面，身为大队长的他懂党的政策，有原则性，对王学礼提出的虚报产量以便少交公粮的事，他坚决抵制，决不"弄虚作假"；王学礼提出把粮食拿到集上去卖高价，他也不同意。"粮食拉上集去卖？这怎么能行！违反政策的事咱可不能干。"另一方面，他心眼直，有勇无谋，本位主义思想严重，被王学礼、王老四利用，为他们谋取私利提供了方便。另外，他对妻子赵五婶的态度也体现了他性格的复杂性。他佩服妻子，爱妻子，可是又经常要大丈夫的脾气，尤其在众人面前，所以当赵五婶扣住偷运粮食的车时，他甚至要动手打赵五婶。可当他明白自己错了时，他又能够诚恳地承认错误。这是一个让人又敬又恨的形象，但确是真实丰满的。相比之下，赵五婶的形象、小梅的形象人为拔高的迹象就很明显，她们从来都是正确的，而且左右逢源，从不失败。

《丰收之后》1963年参加了华东戏剧观摩汇演，荣获文化部"优秀剧本奖"。公演后，在观众中产生了较大的影响，产生了一定的轰动效应。其原因，一是艺术上的成就；二是顺应了当时的时代思潮。我们现在来看剧本，剧中"左"倾思潮的影响显然带着那个时代的烙印，如个人的花生到集市上去卖被视为搞投机；主要的正面人物的高大完美。但是，作品毕竟是那个时代的反映，作者认识上的局限性是不可避免的，因此，不能因为作品内容上的失误，而全面否定这部作品。其实剧中关于正确处理国家利益、集体利益、个人利益三者之间的关系，仍然具有现实意义。

第五节 张耕夫和《卖马计》，张晶和《明月千里》

张耕夫的《卖马计》发表在1962年《剧本》上，此剧以喜剧的艺术笔法，鞭挞了当时社会上的浮夸说假话的不正之风。剧中成功地塑造了几个典型的人物：生产队长李德光，一心为了自己的生产队，生产队的一匹大黄马由于没训练出来，买来五个月还不能干活，他就设计谋卖给其他村，然后再买一匹新马。引人深思的是他是在理直气壮地骗人，因为他是在为集体说假话，所以他不觉得有愧。这是社会上的不正之风体现在干部身上的艺术形象。和李德光形成对立的是正直、诚实的王成，他不能容忍李德光的欺骗行为，宁可把困难留给自己。为了阻止这场骗局的发生，他愿意用自己千辛万苦训练好的枣红马与李武的大黄马交换，显示了王成的美好心灵。剧中的赵连玉也是一个很有代表性的人物，他明明不懂却装懂，虚荣爱面子，正好中了李德光的圈套。此剧虽短，却围绕买卖马设了好几处悬念，跌宕起伏，引人入胜。第一个悬念，李德光、李武和赵连玉经过几个回合的"智斗"，大黄马归了赵连玉。但是怎么牵走，大黄马会不会踢伤他？第二个悬念，王成坚决不同意采取这种欺骗手法卖掉大黄马，并力劝老同学赵连玉不要买；自以为是并因赵武的话先入为主的赵连玉不相信王成，可当他牵马时，黄马显露本性险些踢伤他，方知受骗，要求退钱，产生争执；悬念之三，惊马被驯马能手韩长乐制服，并说出大黄马是一匹"宝龙驹"，训练得方必成气候。听此言买卖双方都想要此马，又产生争执；悬念之四，韩长乐明白事情原委后，又否定自己的说法，使得赵连玉顺利得到大黄马。但是韩长乐的话哪次是真的呢？剧本就这样一个悬念接着一个悬念，形成了一个个的戏剧冲突，把剧情推向高潮。结局是一匹好马被"一心为集体"的本位主义的队长给卖了出去，满足了观众损人者必害己的传统审美期待。

《明月千里》和《白杨树下》是张晶的两个独幕剧。张晶，滕州市人（1939— ），18岁开始发表作品。1962年，他编写的独幕话剧《明月千里》发表在1962年第七期《剧本》上，1963年又在当年的《剧本》上发表了同样是农村题材的独幕剧《白杨树下》。这两个剧本以其富于生活气息和文笔优美在戏剧界引起了关注和好评，并在20多个省（市）的院团先后上演。之后他被借调到省话剧团工作，开始了专业创作的生涯。1981年，他到枣庄市戏剧创作研究室任主任，国家一级编剧。至今已有20余部剧作，除了戏剧之外，他还有诗歌、散文、小说数篇。广泛的涉猎，使他的话剧"体现了剧诗话的艺术风格"。他的成名作是《明月千里》《白杨树下》。这两部话剧也代表了他第一个阶段的成就。另外还有《在牛棚里》《我们吃了太多的盐》《本市轶闻》《黑风道人出山记》《我们是否认识》《午饭有鱼无鱼》《是兵是卒一起拱》等。1990年12月，《张晶剧作选》出版，这是我省戏剧界的第一部个人专集，选编的七部作品，是张晶各个时期的主要作品，其中四部是话剧。1998年，张晶从事戏剧创作40年，又出版了张晶剧作研究专集《春水方生》，其中收集了多年来专家、学者对张晶作品的主要评述文章和张晶本人的戏剧理论文章。有评论家指出，张晶作品的突出特点是"紧跟时代，及时地反映出时代的精神面貌，突出道德评判，体现强烈的社会主义道义感和真善美道德的热烈追求。"①

《明月千里》《白杨树下》都是以颂扬60年代农村新风貌为题材。新中国成立后，整个中国都在起着翻天覆地的变化，特别是人们的精神面貌和道德观念发生了很大的改变。但是，旧的思想体现出的自私自利还很顽固。剧中突出体现了先进和落后两种思想的斗争。这两个话剧，人物少，剧情也不复杂，所表现的都是农村常见的人和事，但人物却很有典型性。《明月千里》中的田秀，是一个年轻的女生产队长，她心胸开阔，眼光远大，"138口人都在那心里，就像这星星挂在天上一样"。为了帮助落后的十斤嫂，田秀月夜帮她摊煎饼，十斤嫂被感化了，决心改过自新，积极参加队里的生产劳动。田秀是当时许多年轻人的代表，他们沐浴着新中国的蒸蒸日上的春风，朝气蓬勃，任劳任怨，愿意为家乡的建设贡献自己的全部力量。《白杨树下》的苗大娘则是另一种人物典型，她历经磨难却坚强乐观；她为中国革命献出了丈夫和唯一的儿子，却从不以功臣自居，把集体的事当作自己的事。为了村里早日通电，她献出了儿子栽下的一棵白杨树，这是牺牲了十八年的儿子的象征，是儿子留给她的寄托，她献给了集体，义无反顾。她是许多老一辈的代表，他们把一切都献给了国家集体，并把自己融到了集体之中，荣辱与共。这两个话剧都采用了象征的手法。作者把田秀和剧中那头只有奉献而无索取的"牛"连在一起。田秀有一段赞赏"牛"的精神的话，"无声无息默默干活，风里、雨里、泥里、水里，不论拉车、耕地、打场、推磨，什么活都干，什么苦都吃，什么难都不怕，一直向前，不知疲劳。"其实这正是她对自己的要求，她的这种"牛"精神感动了十斤嫂。英姿挺拔的白杨树贯穿《白杨树下》始终，它是苗大娘的儿子亲手栽下的，它的伟岸挺拔、坚强不屈象征了烈士的品格。苗大娘把它献

---

① 于学剑：《张晶剧作选·评析》，见《春水方生》，山东省枣庄市新闻出版局1998年版。

给村里，体现了苗大娘的高风亮节。剧本的另一个突出的特点，是语言优美，这与作者诗歌散文创作的功底是分不开的。《明月千里》剧中，对月亮的赞美所透出的诗情画意，令读者陶醉，仿佛自己也进入了那月色下的村庄，面对皓月当空，浮想联翩。《白杨树下》则直接把诗歌写入其中，通过优美的诗句，诉说了苗大娘一家的革命史，表现了苗大娘儿子的英勇与悲壮。

同时，作者对于落后分子也有入木三分的描写。十斤嫂无法和老仓叔沟通，他认为用公家的牛只要不被别人发现就可以了。常有才则是那种处处想占便宜，认为钱就是一切的人，会计错给他五元钱，他坦然接受并认为决没有退还的道理。作者对这些人物非常熟悉，并通过这些人物的矛盾冲突，展示了新中国的农民积极向上、向往美好未来的情操。

《我们吃了太多的盐》《本市轶闻》代表了张晶话剧创作第二个高峰的成就。经过了风风雨雨的二十几年，他的笔法显得更加成熟老练。话剧的内容仍是对社会现实的反映，却体现了他的锐利的目光对社会对人生的感悟。作品中对人物入木三分的刻画，无不对读者起到警钟的作用。系列剧《本市轶闻》中的《黑风道人出山记》用辛辣的笔法鞭挞了那文学创作者的败类；《我们是否认识》则以振聋发聩的语言刻画出一个当今的"领导者"的"相貌"和内涵；《午饭有鱼无鱼》则善意地夸张讽刺了现代独生子女的"弱智"；《是兵是卒一起拱》颂扬了一个老革命在退休这个人生的新问题上迈出了正确的步伐。《我们吃了太多的盐》是一部反映蔬菜公司干部制度改革的话剧，可以说是抓住了改革的要害。蔬菜公司令人不满的现状，与现任的几位领导人不思进取是分不开的，他们在其位不谋其政，这和李抗、于进这些年轻的改革者形成了鲜明的对比。于进看到了群众吃菜难的现状，便主动搞调查研究，积极寻找解决的办法，在很短的时间里便形成了一套切实可行的改革管理方案。作者通过蔬菜公司的干部竞聘，展示了蔬菜公司存在的问题，让我们认识到改革的必要性和迫切性。此剧的成功之处还在于艺术形式上的创新，这些创新体现了张晶的戏剧理论观——总得给人一点新的感知。剧作对"易卜生式"的传统剧体恪守和运用的冲突律、因果律、情节整一性、统一性等"法则"进行了大胆的改造、调整，使之超脱于集中、严谨、整饬的纯净戏剧形态，在艺术探索上取得了成绩。① 剧中采用了穿插倒叙的结构方式，借鉴了电影的蒙太奇手法，对于表现主题思想，烘托剧场气氛，起到了很好的作用。该剧作体现了作者对改革事业的关注。

第六节 李心田的话剧

李心田，1929年出生，江苏省睢宁县人，中国作家协会会员，山东作家协会理事。他的作品涉猎小说、电影、话剧、散文、报告文学诸多领域，其中以小说和电影的成就最高。他的话剧作品基本都是在六七十年代和八十年代初创作的。1966年以前的作品有独幕剧《姑嫂和》《寻猪》《月上柳梢头》《两个饲养员》《小鹰》等。《小鹰》（山东文艺出版社1957年出单行本）是一部反映抗日战争时期八路军中两个小战士在战斗中成长的剧作，剧中塑造的小战士孙大兴，机智勇敢，动作灵活，在同鬼子的一场战斗中，他凭着胆识灵活从鬼子的手中夺了一支枪，并且和被包围的部队取得了联系。不幸的是在回途中受伤被俘，他把敌人带入了我军的包围圈，战斗取得了胜利，孙大兴却死在敌人的枪口下。此剧剧情简单，情节单一，但人物鲜活，而且具有典型性。之后被作者改写成长篇小说，并被拍成电影，改名为《两个小八路》。和话剧相比，电影做了很大的改动，增添了许多内容，而且从艺术水平上也有很大的提高。

他后期的话剧产生较大影响的是《风卷残云》和《随身携带的鉴定》。《风卷残云》（1977年解放军文艺出版社出版）写了"四人帮"倒台前，发生在一个农村的尖锐的斗争情况。作者讴歌了凤凰台大队在党支部书记王玉祥和县武装部政委韩永杰的领导下，坚决抵制"四人帮"爪牙的破坏，根治凤爪河，为实现农业机械化打下基础。他以辛辣的笔法，痛斥"四人帮"的爪牙们的卑鄙龌龊的丑态；通过戏剧冲突，塑造了基层党员干部的鲜明形象。韩永杰大智大勇，百折不挠，为了改变凤凰台的贫穷面貌，他牺牲了自己的女儿，甚至不惜自己的生命。王玉祥正直朴实，一心一意带领农民走富裕之路，对于来自"上面"的指示决不盲从。此剧在全军第四届文艺汇演中受到好评，获汇演的创作、演出奖。

---

① 王震东：《在创新的路上执着地追求》，载《戏剧丛刊》1986年4期。

《随身携带的鉴定》从关系到祖国千秋大业的青年教育问题入手，反映了被"文化大革命"毒害和荒废的青年人的危险境地，以及父母对子女教育的重要性。剧本以贺兆明不安心工作，装病休病假，发展到被小偷牵着鼻子走向犯罪为主线。围绕这条主线，写了其父副司令员贺秉诚对儿子虽能严厉管教但却关心不够；其母孟敏却对儿子溺爱、袒护，使得贺兆明的许多错误做法得逞。作者着重写了贺兆明的内心的矛盾和斗争。一方面，贺兆明属于被耽误的一代，十年"文化大革命"使他没能学到什么知识，不能像他的哥哥那样搞科研工作；另一方面，家庭的优裕生活和父亲副司令员的地位带来的优越感，使得他不甘心像妹妹一样作一个普通的劳动者。父亲说他"到钢厂怕火烤，上化工厂你怕中毒，到机床厂你三天两头装病在家躺着。两年里你换了三个地方，……"没有理想和寄托的他留着长发，穿着喇叭裤，整个一个嬉皮士。但是他的内心是痛苦的。他渴望成功，却不肯脚踏实地的学习工作；渴望幸福，却不肯为此而付出。工人们就他的行为提出了抗议，女友夏纨也提出要终止恋爱关系；父亲的严厉批评，哥哥的诚恳帮助，这一些都对他产生了触动，使他下了改正缺点的决心。虽然由于缺乏鉴别能力，被坏人利用铸成大错，但其悔恨的态度将使他的人生发生转变，像父亲所希望的："错误能够使人清醒起来，我希望你带着这份鉴定，用它当一面镜子，随时照照自己。"贺兆明这个人物真实鲜明，具有很大的代表性，因此该剧具有相当的教育、诫示意义。

粉碎"四人帮"之后，话剧舞台上出现了一批描写老一代革命家的剧作，这些剧作大都历史的实事求是的反映了老革命家的丰功伟绩，受到了观众的欢迎。李心田的《大将风度》正是这时期的一篇杰作。这之前描写陈毅形象的剧本已有《陈毅出山》《东进、东进》《朋友》《陈毅市长》，因此，出新意避免雷同是剧作的根本要求。李心田的《大将风度》从一个新的角度塑造了陈毅这个老一代革命家的形象。剧作描写的是1946年山东野战军司令员陈毅的一段经历，表现了陈毅作为政治家的胆略和气魄。抗战胜利后，国共第二次合作之际，国民党新六路军司令郝鹏举率部起义，虽然这是他为保存实力的权宜之计，但对我军仍是十分有益的。因为当时从部队的装备和人员的数量上我军是劣势，陈毅为了稳定郝鹏举部的军心，两次冒生命危险到郝鹏举部做工作。作者既表现了陈毅的凛然正气，过人的胆识，幽默的谈吐；又突出描写了起义的对立派和国民党特务勾结，企图谋害陈毅的一次次阴谋，情节紧张，悬念迭起。而正是在党的政策的教育下和陈毅人格力量的感召下，郝鹏举部毅然起义，这在"政治上充分体现了我们党的政策，使我们党赢得很高的威信；在军事上，它消除我们一面的威胁，能让我们腾出主要力量打击蒋介石的主力。"陈毅的高大的形象的塑造，还体现于许多小事上。他对文彦和白荔这对恋人的体谅和关心；他和驻地街长田寿山的密切关系；对起义军的循循善诱，入木三分的洞察力……都显示出他的伟大人格的凝聚力和感召力。

第三编

当代近期（新时期）山东文学（1977—2000）

第十五章　新时期的情思

十年动乱结束，诗坛开始了百花盛开的春天。学派与流派获得了新的竞争空间，从而解放了诗歌的艺术生产力。这种竞争，在一些省份表现为"争霸"；而在山东则表现为"争芳"。前者的追求以"实验"为主旨，后者的定位以"表现"为中心。

所以，不是新时期的探索，而是新时期的情思，成为理解山东诗坛发展趋势的关键一环。就诗人情思发展的逻辑而论，新时期之初，人们心头当然离不开"文化大革命"体验的影子，正是"文化大革命"体验导致了诗人艺术精神的自我超越，以及诗歌美学天地的自我完善。就其根本来说，毕竟是现代化的大局规范了这个时代的诗人感悟！

第一节　从合唱到独白

所谓"合唱"是说带有"齐步走"韵味的艺术氛围，而"独白"则个性化，重在个人感悟。历经"文化大革命"，山东诗坛经历了美学观念上的大迁移，这种迁移直接表现为诗体的变化，而观念和诗体的变化也就造成了诗艺的转型。所以从合唱到独白，是因为诗人艺术精神倾向于深刻性，亦即大音希声，更加强调个人化的审美判断。无声胜有声的表现方法，胜过擂鼓与呐喊，这作为一种审美判断，构成新时期山东诗坛习尚的重要特点。

诗美的这种变化可以刘昌庆的诗作《梅兰芳》为例。刘昌庆（1943—），山东荣成人，他著有诗集《五色花》《太阳的记忆》《仰望星辰》等，《梅兰芳》这首诗似乎可以代表他的"文化大革命"体验："西皮流水流成了你／飘逸的胡须／你不再男扮女装了／一如惨烈的夕阳／在辉煌的波浪中/远离舞台而去//从此,令唐明皇欢心的眼神沉默了/在凤冠与花穗间流转的/二黄慢板沉默了闭月羞花沉鱼落雁/四大名旦沉默了一时所有的历史活化石/都沉默了//正如少女不与流氓谈论/高尚的爱情一样/艺术美神也不能走进/强盗的耳朵/因此,你蓄须明志/拒绝了为膏药旗演出//巨大的沉默/决不仅仅是一种正气/更是在愤怒的裂变中/无言审判着一个帝国/中国,从你的沉默中/听到滚滚惊雷//唱腔,醉倒了一部/《世界戏剧史》/可最抒情最震撼人心的音节/竟是没有声响的/那些日子"。这真是伟大的沉默!有时候,不说也是一种说,犹如有时候,说亦即一种沉默。

当经过"文革"体验后,沉默的诗歌表现手法变成时尚,例如,像"朦胧诗"、"第三代诗"都有不知所云的作品,而山东诗坛则采取了诗体探索的方式,以独白来道出难言之隐亦即采取无声胜有声的抒情之道,这是新的艺术尝试。独白的功能要求含蓄的抒情结构,于是在新时期的山东诗坛上,确实产生了大音希声的诗体,这些诗体的作用,在于取代以往众口一词的政治抒情诗,其中主要有散文诗、讽刺诗、山水诗等,而在诗歌艺术上,则以山水诗的成就为最高。这说明山东诗坛在新时期的重要特色之一,是偏重思想的深刻性追求,而不以形式的新颖度为最高时尚。所以"朦胧诗"、"第三代诗"等相当活跃的诗学潮流,并非山东诗坛的主流;而在诗体的丰富中,亦即在艺术的探索中探寻表达个人感悟的新路子,却是屡见不鲜。

一 散文诗:孔林和耿林莽

在新诗文体中,散文诗具有最鲜明的创造性。由于旧体诗没有散文诗的传统,这种诗体也就最便于创新。散文的形式要求散文诗必须有诗的内容,否则它就雷同于散文,于是散文诗的内容重于形式。散文诗因为内容重于形式,诗人必须通过舍弃形式美来凸显情思的"透明度",而以质取胜。所以散文诗最忌直说,以语言的委婉含蓄、意象的深沉内蕴为最高境界。就此而论散文诗近于"悄悄话",所以孔林、耿林莽等诗人,不约而同地在新时期选择了散文诗这种含凝厚重的诗体。

孔林(1928—),山东荣成人,他15岁参加革命,1946年入党,1951年开始诗歌创作,曾经担任《海鸥》和《黄河诗报》的主编,著有诗集《一束芙蓉花》《报春集》(合著)《百灵》《山水恋歌》,散文诗集

《潮音集》（合著）《晨露野花》《爱的旅程》《孔林散文诗选》等。散文诗的写作，构成诗人历史反思的重要方式。事实上，散文诗成为他很特别的从事沉思的形式。诗作《寻找影子的人》就是如此："夜里，你站在灯前，影子印在窗上。//请当心，有人会将影子拍摄下来，说你属于黑类。//白天，你站在阳光下，影子印在地上。//请当心，有人会将影子描下来，说你是社会的阴影。//假若没有灯光，假若没有太阳，寻找影子的人也是黑色的。"诗评家吴开晋认为："《寻找影子的人》应该说是动乱岁月带给诗人心灵的惊悸，是那场民族大灾难给诗人心头留下的伤痕⋯⋯诗人以独特的体验写出动乱年代极左路线对人的伤害，但是，这种'寻找影子的人'现实生活中并未绝迹，他仍然窥伺着善良的人们，诗人在此敲起了警钟。"[①] 他这种对于"文化大革命"的反思，在新时期同样有其现实意义。

耿林莽（1926—），江苏如皋人，30年代末发表处女作，新中国成立前夕在徐州参加革命，后来去青岛，多年从事编辑工作，著作有《醒来的鱼》《耿林莽散文诗选》《耿林莽散文诗新作选》《五月丁香》《耿林莽随笔》等。他的散文诗灵动而精细，意象的运用十分富于张力，属于新时期文化环境中对于时代精神的传神之作，代表了山东散文诗的最高成就。请看这首寄兴深远的作品《蟋蟀与萤》：

> 蟋蟀是寂寞的虫子，他摩擦翅膀，摩出了一种声音。
> 谁在谛听？
> "西窗又吹暗雨"。一位诗人说。
> 是暗雨吗，还是暗语？
> 音乐的幽灵，比雨声更苦。
> 一只萤闻声而至，提着小小的灯笼，寻找隐蔽的洞穴。
> 苔藓，井台；落叶，瓦罐。
> 萤的灯飘落在你的翅膀上了。
> 一滴冷泪，殉葬于最后的秋声。

[①] 吴开晋：《当代新诗论》，山东友谊出版社1999年版，第273页。

我们知道，在寂寞的背后，其实是哀伤；而在哀伤的背后，则是历史伤痕的烙印。在无声处，其实不乏光明的寻觅者。所以诗人的沉默是有意义的，悲凉的历史必定会留下艺术的印痕。《醒来的鱼》告诉我们，凝冻的历史也会有解冻的一天。当人们觉醒之后，自由就属于自己：

> 半坡的鱼，还能游吗？
> 历史的大波消逝。黄土高原的风，拍硬了冻土。
> 赤身裸体的先民，是怎样网起一尾一尾鱼的呢？
> 你是幸运儿。原始艺术家刻你在一只陶罐的外壁。
> 陶罐中贮满了水，却没有一滴供你去游。
> 凝固七千年，尾巴也不曾动一动呵。
> 七千年的梦，其实也短，陶罐上醒来，还是那条黄河。
> "我可以自在地游一游了吗？"
> 鱼说。它终于醒了。

"没有一滴供你去游"这是专制的悲剧；这悲剧应该结束了，诗人在暗示我们。

二 讽刺诗：姜建国、张维芳、陈显荣

同政治抒情诗一样，讽刺诗也充满了现实关注；同政治抒情诗不一样，讽刺诗主张自下而上，表现出民间本位。所以讽刺诗只能出现在"文化大革命"结束以后，作为一种同丑恶现象进行斗争的艺术手段，而受到广泛的欢迎。讽刺诗的特色，在于它与喜剧有着天然的联系。它对于诗艺的要求，主要在于旁敲侧击，强调讽刺的技巧性，亦即讲究意在言外、弦外之音。诸如指桑骂槐一类的民间语言技巧，对于讽刺诗来说十分重要，因为这是"指鹿为马"而且"一刀见血"型的诗体，亦即同杂文一类"匕首、投枪"型文体相似的艺术结构。

在新时期的山东诗坛，姜建国、张维芳、陈显荣都在这方面有十分执着的艺术追求。姜建国（1934—），山东文登人，50年代开始发表处女作，著有诗集《透明的走廊》《姜建国诗选》《十二行抒情诗》《姜建国抒情诗选》《姜建国漫画诗选》等。他的抒情风格以质朴为主，擅长利用

民间艺术的审美资源，正好将讽刺诗创作作为自己追求的重要主题。诗人往往一针见血，并且注重以民谣为基本表现手法，强调讽刺的民间性。例如他在《猪八戒选美》中说："八戒报名选美，/众人笑得五官错位。/老猪连哼三声，爆响一串惊雷——/美男子非我莫属，/论长相当之无愧！/脸黑不怕日晒，/腰粗不怕风吹，/嘴长吃遍天南海北，/耳大远听千山万水……/何况我后门行贿，/八戒在此，谁敢打擂夺魁？"诗人用一种"武老二"式的民间说唱口气，辛辣地讽刺那些基层常见的不良习气：不讲是非，横行霸道，吃吃喝喝，请客送礼，诗中看似玩笑，却反映了非常严肃的社会问题。

张维芳（1934—），山东东阿人，1952年参加工作，于50年代发表作品，著有诗集《带露的春韵》《蒺藜花》《花与刺》《情系乡土》《故乡的相思草》《玫瑰花与星星草》等，也是一位富有创意的讽刺诗人。有一首《机密泄在枕头上》，是这样写的：

> 昨晚研究事一桩，
> 今早新闻满城扬，
> 人事升迁事重大，
> 某君惊闻着了慌！
>
> 急忙派出一班人，
> 顺藤摸瓜四处访，
> 查清是谁泄的密，
> 一切后果他承当！
>
> 各路兵马齐汇报——
> 机密泄在枕头上，
> 某君一听傻了眼，
> 心中暗骂孩他娘：
>
> "夜半几句私房话，
> 再三嘱咐莫外讲，

> 谁知你天生个老婆嘴,
> 头发长来舌也长!"
>
> 众说莫怪嫂夫人,
> 盼君自堵透风墙!

诗人苗得雨读后,为之鼓掌叫绝:"这首讽刺诗,是用自我讽刺法,在揭露别人中揭露自己。骂别人越狠,越是骂了自己。不是吗?'谁知你天生个老婆嘴,/头发长来舌也长',这是'孩他娘'吗?你自己没有个'舌头长','孩他娘'怎有个舌头长?"①此说真的挠到了痒处。张维芳还有一首《小镇上,开茶馆的"阿庆嫂"》,虽非讽刺诗,却表达了自己对于讽刺艺术的喜爱。诗中说:"这里不是沙家浜/也没有春来茶馆/这个茶馆的女主人是来福媳妇/可人们偏叫她'阿庆嫂'//因为她曾用一番巧妙的周旋/赶走了那个发了疯想占便宜的'刁小三'/因为她曾用一阵冰雹语/砸懵了那个'红了眼'要吃'大户'的'胡司令'/人们便喊她'阿庆嫂'了/到'阿庆嫂'这里来喝茶的人很多/人走了/茶,仍是热的//小镇上的人们都说/'阿庆嫂'是一束带刺的玫瑰/说她的茶是用'怪味豆'泡香的/有人喝了打心眼里往外甜简直要手舞足蹈/有人喝了却很辣辣出一身大汗/甚至要泻肚子//不管怎么说/不管怎么说"。以诗论诗,把艺术观点化为故事,也是创造。但是最值得注意的,还是讽刺诗艺术的民间本位。

陈显荣(1938—)山东昌邑人,泰安林校毕业,曾经在剧团、文化馆、艺术馆工作,他在50年代开始创作漫画,60年代开始创作诗歌,70年代开始创作讽刺诗。1981年《辣椒歌》获得全国中青年诗人优秀新诗奖,著有诗集《多彩的风》《辣椒歌》《笑影远去》《陈显荣讽刺诗选》等。陈显荣的讽刺诗明快晓畅,尖锐有力,有如《三打祝家庄》:"一打祝家庄,上阵是公章","二打祝家庄,暗地派老乡","三打祝家庄,糖弹出炮膛"。最后"九泉惊宋江"的战果,自在意料之中。这首诗编进"两袖篇",诗人对官场风气的抨击,也是不言而喻。倘若"两袖清风"

---

① 苗得雨:《文谈诗话新编》,春风文艺出版社1992年版,第490页。

"祝家庄"何以失陷?

讽刺诗属于诗中的杂文,《辣椒歌》则以辛辣见长,在1976—1982年《中国新文艺大系》的《诗集·导言》中说:"由于思想解放运动,也由于为清除'四化'路上的障碍物,反官僚主义、反特殊化的诗篇,也适时而出。这些诗也一反过去各种框框条条,而切中时弊。……陈显荣的《辣椒歌》,对政策未落实前的农村中一些社干部的官僚主义、'大官'的瞎指挥、乃至某些拖拉机手的歪风邪气进行了抨击,立此存照,不应让它卷土重来。"[①] 是的,"辣椒歌"相当于诗化的杂文。诗歌本是农耕社会的第一文体,体现了华夏民族重视情感的传统;而杂文则是现代化进程中新文化的代表性文体。鲁迅成为代表性作家的关键之一,是提倡科学和民主都需要讲理,而杂文就是现代社会的"门票"。到了新时期,只讲情而不讲理,就很难解决贪官污吏、奸商恶霸的问题。"辣椒歌"让群众说出自己的需要,给文化一个创造的空间,以火药般的思想激活前进的生产力,有助于推动时代精神的成长。陈显荣是一位擅长独立思考的诗人,"辣椒歌"也因此而动人,女诗人舒婷曾经对陈显荣道,"辣椒哥:山和山不会重逢,而人和人总会相见的。让我们在铅字中互相点头致意。"[②] 诗人们虽说各有自己的惯用文体,"辣椒歌"无疑受到广泛的欢迎。

三 山水诗:孔孚和孙国章

山水诗是一种以自然美为直接美感对象的诗体,其境界偏于静谧、清新、空灵。孔孚山水诗以"减法"写诗,把山水诗作为艺术追求的载体,直接牵引了新时期山东诗坛的艺术习尚。尤其在20世纪80年代后期,孔孚属于最有艺术影响力的山东诗人。

孔孚(1925—1997),本名孔令桓,山东曲阜人,儿时不幸被铡刀砍去右手,历尽坎坷完成学业,1950年初用"孔孚"的笔名开始创作,1979年进山东师范大学,从事诗歌研究工作,著有诗集《山水清音》《山水灵音》《孔孚山水/峨眉卷等》《孔孚山水诗选》《孔孚集》等,有诗论集《远龙之扪》。诗人性情倔强,老而弥辣,擅长以诗歌艺术寄托个人的

[①] 《陈显荣讽刺诗选》,百花文艺出版社1992年版,第306页。

[②] 同上。

悲剧体验。当诗人发现自己患了不治之症，仍坚持写诗多年，希望以不朽的艺术生命换取对寿命的期待，所以诗人自视甚高，同时他的山水诗果然可以自成一家。

诗人的自我期许要从其诗歌观念中寻找答案：他在对中国现代文学的研究中，格外推崇梁宗岱和冯文炳，因为他们对孔孚山水诗有重要的启示。首先，是梁宗岱在《诗与真·诗与真二集》中介绍过象征主义的诗歌表现手法，他曾经这样说："譬如，一片自然风景映进我们眼帘的时候，我们猛然感到它和我们当时或喜，或忧，或哀伤，或恬适的心情相仿佛，相逼肖，相会合。我们不摹拟我们底心情而把那片自然风景作传达心情的符号，或者，较准确一点，把我们的心情印上那片风景去，这就是象征。"①这个思路让诗人看到宇宙是一个象征的"林子"，山水诗可以用有形表现无形、用有限表现无限，即发现了用"减法"写诗的抒情技巧。其次，是冯文炳在《谈新诗》中强调过新诗的创作手法，他曾经如是说："我尝想，旧诗的内容是散文的，其诗的价值正因为它是散文的。新诗的内容则要是诗的，若同旧诗一样是散文的内容，徒徒用白话来写，名之曰新诗，反不成其为诗。"②这个观点不但强化了诗人写山水诗的信心，而且使他发现山水诗大有可为，决心为山水诗"接线"，并且认为有可能超越王维等前辈山水诗人。诗人的艺术探索，也确是成果斐然。

孔孚山水诗达到了"情性所至，妙不自寻"的境界。这境界在审美知觉上的表现，是远观、圆览、活参。远而圆，圆而活，造就了孔孚山水诗的清风灵气。清即不浊，风骨清奇是不入俗流，格调清新是不同凡响，孔孚性近山水，故诗风也清；灵即不滞，诗思灵动乃能远翔，笔下空灵遂见深意，求灵而不滞于物，以心眼观物的灵视就兼有远、圆、活的审美特色。孔孚求隐于淡，是对轻灵诗风的理论阐发，大要不离南宗山水画"贵远、贵简、贵虚"之论。大体上是让"说不出来"的性情，见诸"不说出来"的文字，诗人的文风，也就宛如《答客问》这首诗里所说，"'请教泉有多少？'／'你去问济南人的眼睛吧！'／／'愿闻济南人的性格。'／'你去问泉水吧！'"抒情主人公的自白道出自己的诗法。在艺术

---

① 梁宗岱：《诗与真·诗与真二集》，人民文学出版社1984年版，第66页。
② 冯文炳：《谈新诗》，人民文学出版社1984年版，第5页。

表现上，孔孚以小见大，计白当黑，看重灵视，强调象征，于是诗人的想象与情思，就超越了对自然山水的客观描写，在远、圆、活的轨道上，创造诗的象征性意境，进而表现人的性情。

远观可以《千佛山巅我捡到一个贝壳》为例，这首诗说：

1

山顶上我捡到一个贝壳
把它放近耳边

眼前现出那条鱼
在流光中一闪

2

佛是个孩子
问他徒然

他哪里知道
老闭着眼

3

舜也年轻
只知道象鞭

想问问太阳
奈何早已下山

4

暮云忽地扑来
山陡然一旋

跨上鲸背
游向荒古水天

诗意寄托对生命的期盼与追寻，抒情主人公拾贝、问佛、访舜、骑鲸，终于"游向远古水天"，诗思越走越远，愈翻愈奇。山变成鱼，云变成水，诗就活了。看山水要远观，万千游客不会化游兴为诗兴，便在于他们挤得太前、立得太近，只有远观才能拉开审美距离，化观感为美感，把平实的景物化为玄虚的情思。孔孚是用灵视来远观的，他把贝壳"放近耳边"，是视之以耳，用想象力来代替眼力洞察一切。视之以耳不是特异功能，是用幻想的心眼打开远观的视野——诗中的海涛、生物进化、大自然的律动，实非眼力所能看见。灵视一来，诗人就不再是凡夫俗子，他的诗心有可能印证天地之心，所以抒情主人公有权力小看舜与佛，深入原始的"远古水天"，体认远古的混沌……千佛山有鱼化石、佛雕、舜耕传说和鲸背之形，妙在远观之后众有皆无，出现了独创的象外之象。同样是运用象征写山水诗，《夏日青岛印象》和《天街设宴》都很精彩，感性的生活情趣自然溢出，又寄兴深远。

圆览可以《飞雪中远眺华不注》为例，抒情主人公道："它是孤独的/在铅色的穹庐之下//几十亿年/仍是一个骨朵//雪落着/看！它在使劲儿开"。远观佳处在于圆览，所谓"横看成岭侧成峰"，兜起圈子来，群山静态的造型，就变成了动态的舞蹈。同理，华山可以变成在雪中渐渐绽开的莲花。"远眺"者因其不在"此山中"，反而得见"真面目"，"横"看与"侧"观均有所偏颇，难免迷离于"远近高低"的取舍。圆览本来是读诗时候回环复沓的情调体验，在"远眺"山景时变成对情调直观的统觉。以客体象征主体，那种见莲花开的妙境，正是诗的如意境界。诗人的圆览，变华山为花骨朵，就表现出大自然的生命力，这种意象，还寄托诗人对艺术生命的自我期许。又如《夜扬州》："夜很深了，/我还在走。//只有半弯春月，/向我飞眼。//后是祖慈，/前有明珠。"三人行，刘祖慈、忆明珠的名字，都能引起相关的联想。他们志同道合，走的是诗之道。明珠与祖慈呼应"半弯春月"，就产生了圆览的韵味：千载扬州月，是一悟；月盈而亏象征了孔孚损而又损的诗法，又是一悟；而会心于春月，则是悟中之悟——月色的涌现，是对明日的启示：月光轻灵，半弯而未圆满，却可以圆于诗。圆览以"走"为前提，呈现了抒情主人公的能动性。

活参可以《过藏龙涧》为例："云在山谷里卷曲，/风痛苦地翻腾。/岩松声声吟啸，/游丝荡一条青虫。/我就知道你没有死，/耳边传来雷声隆隆……"诗人以山水为魂,以天地为心,活参就给山水以生命。这首诗旨在为冤魂申辩,抒情主人公用了"藏龙"之术,"龙"是谁?是"他"?是"我"?是历代文人?是山水诗?我们只知道它藏在深谷,在痛苦地哭诉,让风云为之变色!龙无形,便能活参,偶现鳞爪,也不过挑逗兴会。"藏龙洞"中,"水不在深,有龙则灵"。山水不"藏龙",就难以入诗;诗人活参山水,靠的是悟性。山水诗的审美知觉,是诗化了的山水风景,其灵魂在于诗意。所以,"藏龙"术是抒情主人公自我性情向山水的移注。远、圆、活,都以人的性情为出发点,而以诗的意境为归宿。

孙国章(1943—),出生于大连,济南《当代小说》月刊主编,著有诗集《颤音》《诗神与爱神》《无鱼之河》等,他的诗艺受到孔孚较大影响。如《明湖之夏》:

  白鹭听雨
  水蜘蛛散步

  一湖山色
  半城珍珠

诗句如简笔画,晓畅精细,境界同孔孚似乎相近。

孙基林指出:"如果说,孙国章的诗与孔孚先生的山水诗有相似之处,那多半是在诗歌体式和外在形态上,两位诗人都用减法,格局小,形式简约。……他与孔孚先生最大的不同,应该说是孔孚先生执意于观照山水,写的是山水诗,可孙国章却已走出了山水,着意于表现人的存在中的生命感悟、情感状态或灵魂的某种姿势、高度等。"[①]李掖平也认为:"《无鱼之河》又是一条寂寞孤独之河。在现实的土地上,一个理想主义者多的是痛苦,短的是欢愉,孤独是他的伴侣。"[②]诚然是水至清则无鱼,孙国章用减法来面对人生,性灵就成为孤绝的山水。《雪中观望夫石》便如此:

---

① 孙基林:《内在的眼睛》,中国文联出版社1999年版,第88页。
② 李掖平:《新时期文学综论》,中国文联出版社1999年版,第183页。

1

都变成石头了，
还在眺望远方的亲人。

枯瘦的身上，
有永远愈合不了的伤痕。

痛苦，无声地站着，
生出满头白发。

2

一群穿滑雪衫的姑娘，
远远地看他。

耸耸肩
弹着吉他走了

这是一片风景，更是一种人生情境。叫人心痛的悲剧，演出在风雪中。

如果说"望夫石"是诗人孔孚的象征，谁曰不宜？

第二节 凝重与深沉

现代化的历史进程，改变了传统守成型的农耕文化心态，诗人感悟时代的沧桑变化，就产生了关于时间的体验。人生境界的世代差异，都市文明的"速餐"习俗，都提示诗歌一定要认真寻找自己的位置，才能以其凝重与深沉的艺术质地，来对抗时间的淘洗。

种种艺术探索，都由此开始。

一 诗艺的深入探寻

应对多变的诗坛，寻找自己的位置，需要探寻诗艺的规律。在山东，诗人大都强调意在言外。这种认为诗人"说是不说，不说倒是一种说法"的观点（孔孚有一次在会议发言中提到），意味着诗人们追求含蓄的抒情情调，并且在这个基调上成就了凝重与深沉的艺术风格。因此诗体探索的背后，其实质是诗意的深化。事实上，诗人们在寻找最适合自己的诗体的同时，也在打磨其艺术个性，探索诗歌的艺术规律。

以含蓄的手法，抒写奔放的情怀，是诗人孔祥雨的意象之舞。孔祥雨（1940—），山东曲阜人，山东作家协会创作室副主任，1965年参加全国青年文学创作积极分子大会，曾经受到周总理的亲切接见。已经发表诗歌1400首以上，著有诗集《透明的恋歌》。他在《心灵之舞》中告诉我们，晶莹的意象实际上是来自想象的舞蹈：

> 把思绪抽成旋律
> 伴着我的心灵起舞
> 它一旋一舞 一舞一花
> 冲出胸围 舞成自己的宇宙
>
> 邀美神作舞伴
> ——借她的圣洁
> 约爱神握手
> ——借她的情眸
> 与诗神倾诉
> ——借她的梦幻
> 三神一体 与女神共舞
> 舞成一簇生命的红烛
>
> 挣脱桎梏
> 甩落重负
> 灵魂张开翅膀
> 挥动感情的彩绸
> 一生倘有一次
> 让心灵舒展最美的舞姿

生命即可融进——
花之舞　月之舞　水之舞
火之舞　岁月之舞

诗人拥有这样的激情，便给自己带来创造的强大动力。

以极端化的方式，来开拓审美空间，是诗人韦锦的抒情之旅。韦锦（1962—），本名王家琛，山东齐河人，在胜利油田一中工作，著有诗集《冬至时分》。这是一位擅长探索的青年诗人，他的诗作《苍婴》开头就说："刚一诞生，他就老了，在年轻母亲的手上，目空一切地微笑。莫名的悲哀使母亲青春苍白如纸花。"在诗人笔下，这种世代间的游戏曾经令唐晓渡感到困惑："所谓'刚一诞生，他就老了'不仅意味着历史和现实的阙失，而且意味着生命发育成长的阙失。后者更令人感到震惊和恐怖。对'苍婴'来说，问题不在于他从未上过路，而在于他从未想到过上路；不在于他没有选择的能力，而在于他甚至没有选择的欲望，更不必说经历那种浩大激越的'土里血里天上都是鼓声'的内心仪式了。"① 就是这巨大的反差，给读者带来广阔的想象空间。《表达》说：

要下就下个倾盆大雨
电闪雷鸣。随后
万里晴空　用烈日晒你
直到你求我
便秋雨绵绵
如诉如泣
如诉如泣
绵绵无绝期

这种抒情方式，给《表达》造成了深刻的印象。同时，这样采取一种与众不同的表达方式，其前提也就建立在诗人对于情感运用的谙熟上。

用长诗、短诗以及组诗来建构自我抒情的艺术体系，是军中女诗人康

---

① 唐晓渡：《唐晓渡诗学论集》，中国社会科学出版社2001年版，第270页。

桥的生命之歌。康桥（1964—），祖籍山西，长在山东，1983年毕业于济南军区军医学校，1995年毕业于解放军艺术学院文学系，1996年在鲁迅文学院学习，现为济南军区创作室专业作家，著有诗集《寸草心》《火中舞者》（合著）《血缘之源》《飞翔、向着太阳》等。《血缘之源》这本诗集，以长诗《殇问》，组诗《血缘之源》和《向你出发》，以及同题系列诗作《幻梦》等诗，架构了一个生命体验的抒情体系。孙基林认为："当诗人开始将一种理念和信仰转移为世俗的感动时，她似乎为一种博大、崇高、无私的母爱所慑服、感动了，就如被那个源于俄罗斯的美丽传说所感动一样。当与母亲相依为命的青年哥萨克，捧着母亲的心作为礼品去献给心爱的姑娘时，母亲的心依然跳动着，对不断被石头绊倒的孩子发出颤微微的声音：'孩子，你跌痛了吗？'这种忘我的爱恐怕只有母亲才能具有的。在诗人的幻象中，天堂的雪花为母亲的心飘落，变成花朵，让那颗心化为玉兔，并成为康桥诗中基本的意象，也使爱情升华至母爱的高度，成为她一再歌咏的范型和爱的哲学中的始点及核心，并由此将博大的爱心拓荡至关爱一切生命的高迈境界。"① 追赶玉兔的足迹，也就是追寻爱情的轨道，应该是抒情主人公审美之旅的基本路线。在《血缘之源》中，诗人问我们："有谁能正视燃烧的太阳／从太阳的光芒里找回太阳的语言"？在《向你出发》里，怀胎的日月牵引出思想的轨道。《尾声》道：

  注定你在一个路口等我
  从跋涉中醒来
  我想起一片片落叶
  和落叶覆盖下的语言

  我如约而来
  从小到老
  我都在你的身边

诗人用自己的爱心，完成了一部诗的艺术殿堂。她说："爱情手中跌

---

① 孙基林：《内在的眼睛》，中国文联出版社1999年版，第128页。

落的心/白兔/你的名字叫幸福",那是至性至情的追求,诗歌中美感的统一性,似乎就建立在抒情主人公的统一性上。正是这样的艺术心态,让诗人像母亲那样照顾自己的诗章,然后诗集就在爱心中"成长"起来。这样的写作方式,最投入,也最动情。

二 论桑恒昌

在探索诗艺方面,桑恒昌的诗艺追求很值得重视。他的怀亲诗艺术,便以深沉凝重见长。桑恒昌(1941—),山东武城人,60年代在军中开始诗歌创作,70年代退役后,先后担任《山东文学》诗歌编辑和《黄河诗报》主编,并且是中国诗歌学会的副秘书长,他著有诗集《出岫集》(合著)《光,是五颜六色的》《低垂的太阳》《桑恒昌抒情诗选》《桑恒昌怀亲诗》《爱之痛》《灵魂的酒与辉煌的泪》等。桑恒昌是一位很有影响的山东诗人,不仅在省外,而且在海外,他的诗作都有相当的号召力。《黄河诗报》本以创立黄河诗派为号召,而且桑恒昌多年来致力于创立黄河诗派,他苦心探索诗歌艺术,在创作风格上多次变法,逐步在怀亲诗的基础上,形成了自己的诗学。诗学是诗风的继续,亦即是艺术观念的提升与自觉化。由于不断寻找自己的诗艺道路,桑恒昌在90年代登上了诗艺的巅峰——说到意象表现手法的娴熟,眼下山东诗坛上已经罕有比肩者。

诗人选择诗学,是创造诗艺的必要条件。诗学体现了艺术的自觉,所以尽管桑恒昌是一位诗人,而非诗评家;但是他确实拥有自己的诗学——其实每位真正的诗人,都是一个潜在的诗评家。就写诗而言,大体上艺术技法始于感悟而归结为诗学,故诗人桑恒昌所信奉的,应该属于本色的诗学。所以在《致父母》这首诗里诗人道:"父亲和母亲,/用心上的肉捏成了我。/我又用心上的肉,/捏了一大堆诗句。"诗人能以血肉为诗,故在争炫斗奇、好胜逞强的诗坛时尚面前,可以坚持自己本色的诗学,其诗作别有一种迷人的情怀。因为那本色,首先就来自于诗人刻骨铭心的生命体验。也就是说,诗人主要是通过自己的身世,来感悟自己的角色,锤炼自己的诗句。因为是从体验出发,由记忆入手,自怀亲诗起步,以表现亲情为出发点,桑恒昌就逐渐在诗坛上找到了自己的位置。因此诗人王耀东以《有东有西 唯我独有》为题,来品评桑恒昌的诗歌创作。王耀东认为:"诗不在滥,而在精,在于抓住一点粘粘的撕也撕不开,拉也拉不动的诗意。即抓住那种不是轻易剥离的东西,你把它放到阳光下,抽出那一层最让世人感到惊奇的、寓意很深的诗意,才算完成了诗人的任务。"①实际上,诗人的亲情本来就是这样的藕断丝连、牵肠挂肚。通过亲情思念的距离感,就可以理解现代社会的时间感——一种关于"世代"的情感。

  亲情是本色的,又是深刻的。诗人时时重温这种情感,一遍遍重塑过去的记忆,就有了诗。他生活的回想,便与审美的想象默默重合了;他的人生角色,便与抒情主人公默默重合了。然后桑恒昌把自己刻骨的爱心,化为感人的诗意。本色的诗思,是出自桑恒昌久久回味的情怀,它虽然是朴素的,却给诗人带来强有力的支撑。因为这种情怀,乃是来自桑恒昌最为熟悉的心境——诗人过早失去了母爱,他曾经应征从戎在青藏高原的冷月边关上。那时正是浩劫连十年的动荡岁月,不仅人间世情大反常态,诗人的心灵与肉体也惨遭重创。感悟难遣,他遂将一片寂寞的心境托付给诗,托付给思亲的情怀。可见那本色的诗学,便来自于诗人的身世之感。这种身世之感就像大地,从来不事喧哗,却以其固有的情怀孕育着所有的感悟,成为诗中意象深深的生命之根。于是《夜半时分》的抒情主人公说,梦中他接到了36年前故去的母亲的电话,然后"手握话筒,/倏忽四季,/白发飘落成雪,/太阳也成了流泪的蜡烛。//妻子哭喊着捶我,/才发现,/脚下生出/地球一样粗的根。"思亲的情怀如酒,愈久愈醇。母子情分最近,而生死距离最远,这本就是无法弥补的遗憾;同时就怀亲诗而论,抒情主人公的种种怀念之情,又必定以距离感为其前提——因为孤独是一种情境,需要自己一个人去面对;而寂寞是一种心境,需要诗人用独白来加以表现。譬如《月吟》道:"忍不得也要忍,/那没有尽期的孤独。/耐不了也要耐,/那没有边际的寂寞。//为那些痴情的/多情的/薄情的/无情的天下人,/圆了一个又一个中秋。"在这里,亲情转化为美感,而审美的距离带来了诗意——那天边的明月恰在心头,所以这意象也就是有"根"的。联想起如今诗坛上,确有无"根"的意象大批泛滥,仿佛堆积如山的劣质工艺品,无论说凤阳还是唱当阳,总是有其形而无其神。倘若少了真情的润泽,诗艺便成为一种"工艺"。是以选择自有其不得不然的一面,那便是创造的契机。痴于情,必定痴于诗。孙基林指出桑恒昌

---

  ① 王耀东:《有东有西 唯我独有——桑恒昌的诗》,载1999年5月12日菲律宾《商报》。

是一位"兢兢业业，呕心沥血"的诗痴，而且"他常说的两句话是：一、'诗是要命的'，他以为好诗都是用心血煮出来的；二、'作一个诗人并不要紧，要紧的是作一个诗作的人'。他自己即是一个'诗作的人'，人说他整个就是一首耐咀嚼的诗，越品越有滋味。他不仅把诗写在纸上、书里，也写在广场、舞台上，他走到哪里，哪里就会变成一个诗场，谁进去都会有几分诗意。"① 桑恒昌对诗的追求，便同与亲情的眷恋结合在一起。例如他写《夕阳，跪下了》这首诗，就是借长河落日来表现自己思母之情。诗中说：

> 左一脚沧海，
> 右一掌桑田，
> 我向母亲跪行而来。
> 血泡累累的膝盖，
> 血泡累累的心，
> 连连叩问：
> 何时再睡进母亲的怀抱？

诗人以太阳俯冲的姿势，来象征儿子投向母亲的目光。抒情主人公那"血泡累累"的样子，遂成为一种执着于生命的姿势，亦是一种执着于艺术的姿势。同时，这也是一种创作心态的自我表白啊！桑恒昌早年丧母，生平坎坷，因此在他的思念之情里，便包含了无人呵护的身世之感。于是思念之情被桑恒昌提炼为意象的晶体，让诗作处处渗透其丰富而深刻的生命体验。这不但触发了巨大的创作激情，而且让诗人发现了诗艺的情趣所在。唯其专一而且执着，桑恒昌的诗艺也就不断长进。本色的诗学虽说是以专见长，其奥妙却在于因悟而修。当然并不是一悟便了，而是必须有所参考，有所参照，有所师法，才能从体验出发，走向圆通的境界。可见诗人的灵感纵然如电光火石，倏起倏灭，他笔下的意象却并非天外飞来，而是有"根"的。他想象的"根"，就是自己的生命体验。倘若诗人由此而感悟人生，"博采而有所通，力索而有所入"（钱钟书语），也就形成了诗

---

① 孙基林：《时代的诗意栖居者——齐鲁诗人小记》，载 1999 年 II 期《诗刊》。

意的风骨。若要比喻此种境界，似以余光中四字诗题"白玉苦瓜"的意象最为贴切。

对桑恒昌影响最大的，当推诗人洛夫。因为洛夫惯于以其超越性的诗法来表现自己的漂泊感，这与桑恒昌的诗思颇有相似处。洛夫首次读桑恒昌的诗作，便觉"诗中横亘着一根嶙峋的骨头，让人有的嚼的"；桑恒昌从洛夫诗中则受到许多启发。洛夫与桑恒昌可说是心心相印，前者通过诗歌这精神家园来弥补不得还乡之苦，后者则借助诗意的倾诉来表现怀亲之痛。双方在有关生死离别的抒情表意中颇多相似契合处，于对方表现技巧中的匠心，也就易于了解。对于桑恒昌，这显然不同于生硬的模仿，而是立足于个人的生命体验，诗人致力于融合审美视界，才完成了诗思的"意向性建构"。桑恒昌在90年代以来诗思大进，同他开拓审美视野大有关系。洛夫是一位"远取譬"的高手，擅长用"感性之舞"来表现"知性之悟"，其意象经营有人所难及的长处。例如洛夫的诗法，经常重构诸如内与外、低与高、重与轻、黑与白等主体性宇宙秩序；而桑恒昌也有类似的施展——袁忠岳指出："'追寻'是贯穿桑恒昌相当一部分诗的红线。……'掩埋'与'发现'是从属于'追寻'的相关意象原型，一正一反。'掩埋'是对意志的阻遏与强化，'发现'则是生命的复苏与昂扬，相反又相成，共同表现感情的忠贞、信念的执着。"[①] 事实上，桑恒昌从"思母"的意象，生发出缩小距离的意向，便形成一个追寻的意象系列（像诗中关于落日与蒙谷的神话）；诗人又从"上坟"的意象，生发出与思母相关的意向，便形成一个掩埋与发现的意象系列（像诗中关于阳光与煤的联想）。可喜的是，桑恒昌由借鉴出发，走向了更加广阔的艺术世界。就意象的精美而言，诗人桑恒昌的诗在山东可以说得上数一数二，甚至是无出其右。

"小我"的经验，有助于诗人体贴"大我"的情怀。桑恒昌也就从怀亲诗的诗法进一步有所发挥，形成了自己的诗学。这种诗学从体验出发，又以感悟见长，是其特有的、亦即本色的诗学。袁忠岳认为："桑恒昌的诗很少客观直描，他的视角不是向外，而是向内，直视自己脏腑，精密地记录下心的每一次搏动，肺的每一次起伏。从这一点，可以说桑恒昌是主

---

① 袁忠岳：《诗学心程》，山东文艺出版社1999年版，第417页。

观诗人,他写的是感觉诗、体验诗。但他又不同于王国维说的那种'阅世愈浅,则性情愈真'的主观诗人;他是于阅历丰富、谙于世故中见性情之真的。故也和纯以自我为中心的纯感觉诗、体验诗不同,他心的跳动、肺的呼吸都感应着时代的风雨雷电,共鸣着民族的喜怒哀乐,既是自律,也是他律。"① 这种本色的诗学,已经不局限于桑恒昌的怀亲诗体。但是它依旧与诗人心理经验密切相关,并且经常采取一种"客观化"叙事策略,将抒情诗的意象加以小说戏剧化。然后诗人便在角色的刻画上,借助过去的生活积累来进行虚拟的舞台情境体验,从而完成了诗歌意义上的"本色演出"。请看这首《纵然》:"纵然被死神/搓成灰烬/纵然旋舞而起/成星际间的粉尘/只要你轻轻的一声呼唤/聚起来/还是那颗心//左心房出/右心房进的/是你/左心房歇/右心房困的/是你/在心尖子上/跳来跳去的/还是你"。这首诗是多义的,它可以是怀亲诗,也可以是美丽的爱情诗,还不妨读成诗友的酬答,或者解释为诗人同诗缘订三生的约会……然而,它是写在国庆节的前夜!每个人都可以作多方面的理解,但这首诗依旧带着桑恒昌式的痴情,打下了诗人本色的印记!同样,诗人以亲情面对河山,《飞越黄土高原》这首诗也就打有怀亲诗的印记:

　　双目,从万米高空,
　　猝
　　然
　　坠
　　落
　　爆裂成许许多多的碎片。
　　每个瞳仁,
　　每次俯瞰,
　　都被那颜色塞得满满。
　　连同长长短短的神经,
　　还有粗粗细细的血管。

---

① 袁忠岳:《诗学心程》,山东文艺出版社1999年版,第417页。

>夏日里父亲脊背一样
>
>赤裸的黄土高原；
>
>冬月里母亲手背一样
>
>皴裂的黄土高原；
>
>数不尽的先人躯和先人魂，
>
>堆积而成的黄土高原；
>
>不忍多看一眼，又忍不住
>
>多看几眼的黄土高原啊！

构思时，正逢诗人访问德国回来，乘飞机途中经过黄土高原，那诗情，由于同亲情相映相衬，遂格外感人。全身心投入的创作状态，乃是灵感最容易光顾的时光。是否有把握自我意识，掌握创作心态的能力，最能考验诗人是否成熟，是否走上了自身探索之途的巅峰。

青年诗人马启代（1966—），曾受桑恒昌较大影响。他是山东东平人，著有诗集《太阳泪》（合集）《杂色黄昏》《苦渡黄昏》等，并写有《桑恒昌论》，对桑恒昌下过细致的钻研功夫。例如《南方山水印象》这首诗："山/是水做的/一攥/每个指缝里/都蹦出几声泉的呐喊//水/是云做的/随便一个山头/扑下去/就有几条江河发源//站在这/山站起来是水/水站起来是天的地方/曝光吧/带回冰着雪着的北方/盛夏一回。"诗中文思与修辞，似乎带有桑恒昌的印记；但是马启代的抒情方式要更从容，也更豁达一些。

其实马启代也有自己的抒情套路。对此，孙基林曾经说过："诗人的全部艺术的生长基础便是诗人的现世生存之野。……年轻的诗人执意开启着自己的诗的王国，他似乎要越过一片开阔地，在理性与感性、文化与生命间寻找一个极限、一种契合，将此二者浑然于一体。"[①] 诗人确实擅长抓住最深的印象，与生活感悟结合起来，化观感为体验的象征，从中渗透个人体验，于是形成了自己的艺术特色。如《房子（二）》说：

>改变原有的姿势

[①] 孙基林：《内在的眼睛》，中国文联出版社1999年版，第133页、第137—138页。

>让这些石头们叠在一起
>你不得不惊奇
>它们就组成了你的归宿
>它们能组成很多东西
>只要稍稍变换一下位置
>这世界便不得不发生变化
>如今他们彼此携手
>相互尊重已好多年
>如此你感到石头的存在
>享受自己的角色已经重要

举重若轻，平淡中有深刻的思绪，是为马启代诗风的"本色"。当然这种"本色"中，既有桑恒昌的影响，也有马启代的苦心经营，乃是一种个人感悟与师法他人的结果，也是诗人美学经验与苦心创造的结晶。

第三节 举起探索的旗帜

告别"文化大革命"时期僵化保守的文化环境，探索自然会成为诗坛的习尚。当然，这是一条老中青共同参与的道路，而青年则必定会成为先行者。

青年，举起创新的旗帜，因为这是历史的使命。

一 告别僵化保守语境的青年前卫诗人

所谓前卫诗人，是指那些在艺术上带有先锋派倾向的作家。他们热衷探索，积极实验，成为诗坛发展的动力，并且改变了以往的文化时尚。

孤独的歌手：王黎明（1963—），笔名棠棣，山东兖州人，他在乡间长大，却以煤矿诗人的角色，从1981年开始踏上创作道路，并且自1982年开始发表作品。他的作品散见于《诗刊》《星星》《山东文学》等，出版诗集《男子汉的五月》《孤独的歌手》《向人致敬》。乡情是温暖的，而煤是能源，于是诗人说："读我的诗最好在冬天"，因为"生命是孤独的，面对物质世界的围困，精神的渴望，无疑是人类情感、求索和生存的纯粹表现。为一种声音、用什么证实它在有生命之前就存在着；为一种沉默，用什么说明它在人类尚未到达的地方生活着。"① 沉思中的断片，就构成诗意的"燃烧"。李掖平曾经就《民间艺人》解说王黎明诗歌构思的冥想特质："诗行间这些闪念般迅疾转换、连翩而来的意象，似乎全然来自于主观情绪的碰撞和广泛地任意联想。它们按照形式逻辑是离散的无关联的，作者也没有着意呈露其内在组合的桥梁，却传达出浓郁的整体情感特征——灵魂跋涉的疲惫感，遗世的孤独感以及尘世追求的虚空感等等。"② 这就带来艺术个性的建构性要素。

对于诗人自己，孤独，是自语的时间；寒冷，带来对交流的企盼，所以《冬眠》这首诗告诉我们："火苗燃烧着火苗／一种物质具有了生命／／像一个人把血液／遗传给另一个人。"似乎诗歌对于冥思苦想型的诗人，就有着这样的功用。袁忠岳说："诗人是在追求诗意的过程中不经意地完成了他的精神言说，用弥漫于诗中的阳光般的温情抗拒着来自现实的寒冷。"③ 对于王黎明，乡土作为家园，象征了永久的温馨，然而《回故乡的路》伤感地说："童年的梦被上升的炊烟／带到远离现实的高度／我像一只归雁迷失途中。"都市生存的体验，引领王黎明踏上了一条现代诗的远行之路，尽管乡思如火，燃烧在心田！

执着的"爱人"：李晓梅（1963—），女，祖籍山东昌邑，生于江苏南京，她从1982年开始，在《诗刊》《人民文学》等刊物发表诗歌作品，1987年参加诗刊社第7届全国青春诗会，曾经获得1991年全国羊年处女诗集出版大赛一等奖，现任日照市作家协会副主席，著有《李晓梅诗选》等多部诗集。诗人生性喜欢清静，本来就耽于幻想；她后来一场大病历经7年，为了用诗歌来报答许许多多爱她的人，写出了不少好诗，仅《诗刊》就发表过几十首。抒情主人公对着书桌，在写《一棵树很久不绿了》，诗中说："在那再也抬不起头来的深夜／光洁的额抵着古老的木桌／梦中悲欢离合　醒来弹铗而歌／可是应木纹的谶语？／人类早已从树上下来了／有人说唯有诗人像在树上一样／攀援在语言中，但树总要倒／生死回合

---

① 王黎明：《孤独的歌手》，中国和平出版社1989年版，第2页。
② 李掖平：《新时期文学综论》，中国文联出版社1999年版，第164页。
③ 袁忠岳：《化融于诗境的言说》，载1997年3月号《诗刊》。

如年轮回旋/我在树下做诗？还是做人？"那情怀是深刻的，也是缠绵的。

原来爱，就是这位诗人的抒情主题。她说："我一生中最美好的青春年华，几乎是在医院里度过的。"因此"我的大部分诗作都是献给这些我敬爱的人的，是他们使我留连生活。"爱的体验，也就成了李晓梅诗歌创作灵感的源泉："有许多人不相信人能超越情爱，所以也就难以理解我的诗。在写《我的山》时，我写的的确是山，而不是人。我是在面对大山呼喊，希望有一个人同大山一样。我是在渴望出现一个超自然状态的山神一般的爱人。"① 我们可以想象在病中渴望奇迹的诗人，会如何企盼爱的伟大力量；当这种力量化作艺术感染力，那又是多么的动人。

"家住青州"的杨如雪（1965—），本名杨平，祖籍河北，现在山东青州某文化部门工作，工作以写诗为主，著有诗集《家住青州》。她是一位带有浪漫色彩的女诗人，想象力丰富而且奇幻，例如《依然做梦》说：

  我依然做梦

  无尽无期的爱之梦幻

  感觉与触觉的琴弦

  理念的最粗而低沉的琴弦

  依依地弹奏

  造成一种美好的天籁

  时光流逝了

  时光流逝了而今朝今夕存在着

在河北时，她的诗作《爱的尼西亚信经》曾经被陈超编进《中国探索诗鉴赏辞典》，陈超认为"《信经》的贡献在于，它既不否定，也不肯定，而是一种涉过二元对立结构后的整体性包容。对真正的诗歌而言，我们很难剥离解析出它是乐观的还是悲观的。它应该像山一样存在着，是那么自信自足，那么轻松沉重。"② 这样一种辩证的文思，导致诗人在探索的道路上保持自制，她知道自己什么时候应该开拓，什么时候应该整合。

---

① 袁忠岳：《李晓梅诗选·序》，安徽文艺出版社1995年版。
② 陈超：《中国探索诗鉴赏辞典》，河北人民出版社1989年版，第364页。

袁忠岳也发现,杨如雪到山东后,逐渐转向了新乡土诗。"生活变动,离开乡土,流落城市",该是其主要原因。① 有趣的是,当诗人在乡土诗领域从事创造时,"梦的琴弦"依旧保持了不同的音调,表现着不同的情调。

心灵的观望者:吴兵(1960—),山东潍坊人,1982年开始诗歌创作,在《诗刊》《星星》等几十家报刊发表作品500多首,著有诗集《蓝眼睛》。李掖平指出:"吴兵的诗创作,一开始便是遵循着现代艺术的'内心的观照方式'的。即首先楔入内心,通过内心的映照来辐射外部的世界,以情感化了的经验和情绪化了的意念,传达出自己对社会对历史对人生的独特思考和体味,显示出自己的精神个性和情感个性。"② 其实在这时,吴兵的艺术个性尚处于发展阶段,他很快就走上一个新的台阶。《未竟之旅》代表了诗人的自我期许:

> 悠悠的雪
> 覆盖了迢迢行程
> 踏青的脚
> 虽远未迈出门槛
> 蠕动的感情
> 却在炽热的目光中
> 拱满了芽
>
> 世界
> 既然早已预约了我
> 我就不会像石头
> 被人举起,才有
> 一击的火花

不存定见,不计得失,诗人以"好诗主义"为宗旨,以完善自我感

---

① 袁忠岳:《诗学心程》,山东文艺出版社1999年版,第388—389页。
② 李掖平:《新时期文学综论》,中国文联出版社1999年版,第188页。

觉、发展自我意识为追求，就为自己未来的诗歌艺术保留了更大的发展空间。

二 从梁小斌到胡鹏

在青年诗人中，梁小斌和胡鹏曾经引起更加广泛的注目。

论及山东新时期的诗坛先行者，应该说梁小斌是最早声名鹊起的青年诗人。梁小斌（1954—），山东荣成人，中学毕业后曾经插队落户，又在安徽合肥当过工人，1979年开始发表诗作，1980年参加诗刊社的"青春诗会"，从此走上诗坛。他是浪漫的，早熟而多思，精细而敏锐，擅长把"文化大革命"中的悲剧体验，表现为流畅的意象语言，从而让孩子的童心与成人的忧患交杂在诗里，令诗中处处充满了象征的意味。唯其如此，他会成为"朦胧诗"群体中重要的一员。他的《我曾经向蓝色的天空开枪》《中国，我的钥匙丢了》《雪白的墙》等三首诗，作为对文化氛围的传神写照，曾经在诗坛上引起了广泛的注意。

诗人擅长运用象征手法和意象技巧，来描述历史的事件。例如《我曾经向蓝色的天空开枪》："中国的天空，/你的创伤都是美丽的。/我的心胸如此沉痛，/我曾经向蓝色的天空开枪。"那蓝色的天空，竟然流露出"玫瑰色的创伤"，如此辉煌而且明朗，正好反衬诗人忏悔的心情。抒情主人公那种"沉痛"的阴暗感受，被表达得令人心酸。

因为反思，他要寻找"十多年前"失去的"钥匙"，他要回到家里"打开抽屉，翻一翻我儿童时代的画片，/还看一看那夹在书页里的/翠绿的三叶草，"他想回家，回到那个天真而纯洁的时代，该多好！可是他只能"打开书橱，/取出一本《海涅歌谣》"——往事不可追。在《中国，我的钥匙丢了》这首诗里，梁小斌说："那是十多年前，/我沿着红色大街疯狂地奔跑，/我跑到了郊外的荒野上欢叫，/后来，我的钥匙丢了。//心灵，苦难的心灵/不愿再流浪了/我想回家……"抒情主人公一心追求自己的归宿；但是没有钥匙，就不可能回家。他问："天，又开始下雨，/我的钥匙啊，/你躺在哪里？/我想风雨腐蚀了你……不，我不那样认为，/我要顽强地寻找，/希望能把你重新找到。//太阳啊，你看见了我的钥匙了吗？"钥匙，决定能否开门。外面的风雨，构成心灵的压力，也是抒情的动力；而期待的一切，都在家里。这是意味深长的……"这首诗发深沉于简隽，寄至味于天真，是同类题材中格高境奇的佳品。"①

反思，意味着寻找安谧的家园；而"粗暴的字"远离视野后，1980年诗人在《雪白的墙》中，便为不见了当年的精神暴力而庆幸。他在这首诗里说："妈妈，／我看见了雪白的墙。／／早晨，／我上街去买蜡笔，／看见一位工人／费了很大的力气／在为长长的围墙粉刷。／／他回头向我微笑，／他叫我／去告诉所有的小朋友，／以后不要在这墙上乱画。／／妈妈，／我看见了雪白的墙。／这上面曾经那么肮脏，／写有很多粗暴的字。／妈妈，你也哭过，／就为那些辱骂的缘故，／爸爸不在了，／永远地不在了。／／比我喝的牛奶还要洁白，／还要洁白的墙，／一直闪现在我的梦中／它还站在地平线上，／在白天里闪烁着迷人的光芒，／我爱洁白的墙。／／永远地不会在这墙上乱画，／不会的，／像妈妈一样温和的晴空啊，／你听到了吗？／／妈妈，我看见了雪白的墙。"《雪白的墙》象征了家的存在，隐喻着生活又恢复了秩序。

从80年代后期，到90年代前期，胡鹏是一位有较大影响的前卫诗人。胡鹏（1960—），山东乳山人，1982年山东师范大学毕业，1987年进鲁迅文学院学习，现任职于明天出版社，著有诗集《沙漠里的守望者》《五十九首诗》《短歌及其它》。在1990年前后，胡鹏是一位被寄托了很大希望的青年诗人，由于他后来忙于工作而中止写作，十分令人惋惜。

诗人注重对语言的实验，例如诗集《沙漠里的守望者》，结局似乎是一片大宁静，灿烂之极归于平淡的清新宁静，孤独的超越者经历了幻美之旅，终于可以一语天然万古常新。《五十九首诗》是第二本诗集，标志着风格的初步形成。犹如《四月麦地里的夜歌》所说，抒情主人公"坐在四月的麦地里"，侧耳"倾听小麦自我表达的声音"，而"种子的命运"，也同时成就了他的诗章。诗人的生命力是健旺的，因此"夜歌"灿烂如金色的麦浪。"没有人走在路上"，"村子里传来最后的关门声"，但是应该生长的依然生长，应该成熟的依然成熟。"斗酒诗百篇"的豪情，使诗人的梦境与醉乡相邻，他在《一切在水中美丽》这首诗里说，"手会安息脚会安息／一切在水中美丽"。诗人认为，想象力不仅是一种外在的直观能力，而是能够洞烛内蕴的，能目击意志的沸腾和激情的澎湃，兀然而醉

---

① 陈超：《中国探索诗鉴赏辞典》，第287页。

的灵感促使"一切在水中美丽",并如蝴蝶一样破茧而出。故《佚题一》则道:"让我想象一下/一只从茧壳里飘飞而出的蝶"。胡鹏的诗思宛若《回忆和守望》中"静静的河流",对于诗人,回忆和守望也正是生命之河的源泉与归宿。回忆犹如剥茧抽丝,令层层缠绕于自身的记忆舒展开来,守望则使记忆飞动起来。抒情主人公说,不仅"记忆带来一堆无法构成关系的词",而且"我必须在不可以工作的地方工作/不绝如缕的翅膀飞升成一条空中之路/带我到所至之处"。《我站在我血管的出口》就是这么说的。《逃亡》告诉我们,"它的运动和静止/充满不可知的宿命/在旅途中相逢了诗",原来诗意只能"在退让中前进/在消失中显现/在放弃中得到"。于是他要面对《道路问题》,"我们向前进","在梦想中/测准道路与目的的距离"。如果一支歌意味着一个未来,那么当"道路与目的分离"时,抒情主人公也会感到"当道路把我们送出去/我们无道路可走"的焦灼。百感交集熔铸了现代人的感性之思,这思绪仿佛上紧了的发条,使钟摆不安地摆动于回忆和守望之间,然后可能性渐渐昭显,把希望与真情寄托在梦想中。《太阳那边的世界》告诉我们:

> 记忆跟随我穿过长长的走廊
> 所有陈旧的词
> 像初春三月一样新颖
> 阳光拭去玻璃窗厚厚的积尘
> 屋顶的椽子冒出芽苞
> 开始讲话

既然黑夜只是"背景",那么房屋也是茧子,天一亮"记忆"便蝴蝶一样飞出去,而"芽苞"是新鲜的。《在路口》的抒情主人公沉思:"每一条路本身/都包含着它的死亡/如同我的两腿包含超越一样"。《一首歌的行为方式》讲:"我已经不知道怎样去唱一首歌"。因为人有如《冬夜如此》里的"木凳",是有年轮、有日月的,享受过"夏天"的"绿荫"后,我们必须承受"冬夜如此"的结论:"我们无所谓结局/路何时也不孤独"。尽管人们视木器、纸张为死物,可是"树林"还是在我们中间。所以《我们的城市》说:"只要我们心情好/老家的风景/就会从眼睛里走出来"。《坏学生》的"作业本"可以留下"老师的劣迹",可见大家都会留下什么,群体留下历史与传统,而"独自走来的"人,也必然留下独往独来的足迹。是的,一切都在路边上,一切都在流传中。《十分平常的事情》告诉我们,房子是性情的茧子,无论在"楼上"还是在"楼下",只要你不往外"看",就会受到视野的局限,"光明与黑暗就此死了"。《不明之物的遗失》,恰恰意味诗意的存在:"在独处中,人的无形存在/应该经得起寂寞焚烧/被他自己所感动/然后是自豪的火焰/是音乐的主题和上升的道路/一个节令使不幸的人离开他自己/在同大街和人群的接触中/走出去更远"。是的,诗人只有"走出去更远",在"自豪的火焰"中得到"音乐的主题和上升的道路",才能实现诗意的完成。犹如《诗》中所说,"比方没有森林树同样存在/比方风不刮雨照样落下"。诗人通过语言,找到了追求的道路。于是《鸟的意志》道出了诗人的信念:"我站在谷底/更加崇拜一朵游云/从我咽喉之河汲取闪电的瞬息/我的无言歌预示四月将临"。

超越的意象就这样化为诗人的创作道路。

第四节　开拓与整合的文化精神

20世纪90年代以来的山东诗坛,表现出一种新气象:创新的精神得到肯定,校园的追求充满活力,诗学的境界得以提高。早在80年代,现代诗在山东已经被普遍认可。进入90年代后,它更是发展成为一种时尚。写诗,就是写现代诗,对于诗人,这几乎已经是不言而喻。但是过犹不及,由于追求前卫成了一种时尚,在齐鲁诗坛上也出现了一些生涩之作。倒是一些中年诗人,如赵镇琬等诗人,比较好地处理了艺术开拓与文化整合的关系,在诗艺的探索中斩关夺隘,取得了令人瞩目的成绩。就此而论,山东诗坛不是老年人"扯"青年人的后腿,也不是青年人"造"老年人的"反",而是老中青三代人一同举步,与时俱进,形成五色斑斓的艺术景观。大体上,由于老诗人更加注重传统,青年诗人更加强调创新,而中年诗人则往往左顾右盼,在经验和新意之间进行判断取舍,兼顾开拓与整合,遂能在艺术与文化的关系上别具慧眼,取得较大成就。

一 论赵镇琬

赵镇琬（1938—），山东莱阳人，1951年考入莒县师范，当时曾经从语文老师孟乐天学习写诗，老来化童心为诗意，著有诗集《雕虫集》《魂旅》《魂曲》等，其成就相当喜人。《雕虫集》是赵镇琬诗歌创作的起点。人们常说雕虫小技，似乎"雕虫"不如"雕龙"。其实尺有所短，寸有所长，在诗人笔下，无论龙还是虫，只要活灵活现，便不可以小看它。由于赵镇琬来自乡间，教过小学，教过中学，又多年从事群众文化工作，而且因为在文化馆以绘画见长，后来到少儿出版社工作当了美术编辑，终于在明天出版社的社长岗位上取得了骄人的成就，可见他的阅历和感受是非常丰富的。

写诗，在赵镇琬是80年代以后的事情。在编《幼儿园》时，突然由于儿歌萌发了写作冲动。诗人阅世既久，人间世态烂熟于心，在一丘一壑、一草一虫里，都可以包容过人的见识。种种悲伤哀乐浓缩在一个焦点上，这一点也就特别令人回味。当一生悠悠的积累化入诗行，就如同陈年老酒，比一川滔滔还要醉人。在赵镇琬的诗里，仿佛包容了极成熟的智慧，他似乎把大千世界都投进了"百草园"。一种对于生命的理解和对于人生的关切，使赵镇琬笔下的虫儿身上，闪烁着人性的光影，像穿过浓雾的阳光，随风颤抖，照亮了虫的天地。所以虫的世界并不比人的天地更狭小。虫要活下去也要有一技之长：有的会飞，有的能爬，或吐丝，或隐形，有声有色，并不亚于人类的生存竞争。例如贴皮虫那要命的爱，以"绵绵情意"为杀手的掩护，在"拥抱"与"亲吻"时，为树木带来了死亡……至于金龟子的贪、螳螂的恋、纹白蝶伪善的美、萤火虫悲壮的死，也无不引人深思。抒情主人公的所爱、所憎、所同情、所鞭挞，都默默注入诗篇——人的世界就这样投影在虫的天地，其中凝聚了诗人多年的见闻。教书人的情怀，也就自然注入其间。

由虫及人，是赵镇琬的《魂旅》，童心、画意、诗情，凝结为抒情主人公对生命的礼赞。袁忠岳认为："这些生命形态看似从纯自然的角度写的，其实隐含着积极的社会内容，是一种与社会进步相一致，抗击压制与黑暗、光明向上的精神力量的具象化。诗人为了突现生命的这一伟力，有意把这些形象置于一种阴冷、幽暗、险恶的境地，经受种种严酷的考验；

同时用凄苦、冷峻的笔调，把这一魇梦般虚幻而又真实的境地，渲染得淋漓尽致。也许你会觉得画面色调暗淡了些，肃冷了些，其实诗人之意正是借此反衬出生命之亮色。"这些评论，很符合赵镇琬的艺术个性。

袁忠岳还指出："把这类诗的创作与咏虫诗相比，主题或有相承之处，表现手法却很不一样。咏虫诗大多是由虫引起对人类生活联想的，是即物生情。而这些诗所表现的生命的悲壮美与沉重的历史感，却是诗人从现实生活中体认感悟吸取来的，只是抽去了具体的人生故事与历史内容，是先有了情，这是创作的第一步。据此，你不能说这些诗脱离现实，我们可以从诗中隐约地感受到或联想到十年动乱留下的创伤和记忆，以及阻碍时代前进的种种阻力与束缚，迎着它们，社会呼啸而前。然后，诗火再把由现实产生的情思、抽象了的体验，凝聚为种种有声有色的形象，或为树，或为钟，或为瀑布，或为夕阳，或为漠上旅，或为笼中囚，由情生物，这是创作的第二步。从这一步看，诗人的表现又是超现实的，既不拘于具体生活内容，也不受现成的吟咏对象所限，手法是比较自由的，或真或幻，或虚或实，隐喻、夸张、荒诞、变形，怎么得心应手就怎么写。"①例如《海难，袭击血港》，他是这样写妻子心肌梗死：

> 挣扎的倔魂
> 从覆没的生命巨轮中
> 爬出　举起
> 那杯一生风雨浓缩的
> 苦涩　和那未曾
> 启瓶的蜜液
> 点燃　最后
> 一支泪烛

诗人把前半生的历史风雨，化为自己的艺术感悟。他只是留下事件的感受，而用想象来装点情绪的轮廓。于是一种宛若钟声悠扬的诗歌语言旋律，就构成特别的抒情风格。一方面，记忆成为表现的动力，犹如在诗集

---

① 袁忠岳：《诗学心程》，第374—376页。

《魂曲》中,《夜影》的抒情主人公说:"完好/保存的/记忆 是一种/感情重负 飞来的/难释债务 已经/让 银行/不期 透/支";而另一方面,这种表现要求一咏三叹式的结构,要求一种感叹的句式,故《相依的日子》则道:"相依/的日子 是/家中 一壶/热浸的 香苦/苦的/浓/茶"。回忆,意味着品味岁月。《梦中的树》思念那被大跃进砍伐的"老树",说它的不幸是"小/高炉/的火舌 拖着/长长的炽网 赫然/将你/劫/持",随树而去的,也还有实事求是的社会风气。于是诗意如酒,《老烧》说是:

> 64度的纯情　沉入
> 渊底　酣然
> 睡去　醒来
> 便是一潭
> 炽热痴醉
> 的诗
> 血

这种追求的开拓性,实在令人感叹!同时,诗人作为幼儿教育的专家,他深知传统文化的价值。在他的艺术观念中,其实包容了对于文化传统的理解。倘若把赵镇琬的诗歌同他的画结合起来看,也同他在教育界和出版业的追求结合起来看,才能真正理解这位诗人的用心良苦。

二　论晨声

在探索中开辟诗歌艺术天地的例子,还有中年诗人晨声笔下的"少水之境"。

晨声(1943—),本名姚昆炳,海南琼海人,著有诗集《火之诗》《燃烧的潮》《外面的世界》(合集)《滚烫的创伤》《刀耕火种集》等。诗人幼年因为家贫失学,少小离家流浪,而饥寒交迫的人生道路,就是他最初的文学之路,所以他能自学成才,如今商人与诗人一身二任,于1984年来山东经商,同时痴迷于艺术,故诗人后来被聘为《黄河诗报》特邀编审、山东师范大学特邀研究员。对于诗人,无序的灰色经济正是污染的商海，只有穿过历史的波澜，才能走上井然有序的林荫大道。商人与诗人的角色于是相反相成，诗人的艺术感悟与商人的深渊体验也就若合符契，使真实与梦幻若即若离，然后困境化为心境，而且浓缩为四首长诗《海潮》《海报》《大林莽》和《大沙漠》。

吴开晋指出："如果说晨声的《海潮》和《海报》，是从生活体验到人生经验的升华，《大林莽》是人生道路上灵魂的迷失与追寻的话，那么，他的新作《大沙漠》则是他对人生价值的探索与在诗艺上向生命诗学的拓进。"① 对诗人来说，《海潮》和《海报》里的大海是咸水之境（纵然多水，却解不得渴，正好象征被污染的商海），《大林莽》里的大林莽为枯水之境（水内化为生命的叶脉与年轮，组成命运的迷宫，正好象征繁复多变的世界），而《大沙漠》里的大沙漠则是少水之境（水是生命之源）。诗人的长诗《大沙漠》说："翘首那曾经海过、枯过、沙过而走进净漠的世界"，于是，水浓缩为最后的血。当沧海茫茫化为瀚海千里，此际海已枯石已烂，诗人短暂的生命就不得不面对永恒的挑战。一种传统的豪侠精神自然涌现在诗中，他说：

> 没有路
> 都是路
> 路　在　何　方
>
> 沙是一群不穿衣服的顽童
> 风是一条不着水色的长河
> 一泻千里　千里之外
> 仍然是无羁无束的淘气
> 真想也卸尽衣饰
> 与你做一次痛快的旅行
> 但我不能　沙漠　我疤痕累累
> 每个坦诚都是一记血饮的内伤

---

① 晨声：《刀耕火种集》，远方出版社1997年版，第203页。

诗人身处无路之地，心悬少水之境，超越就成了唯一的选择。抒情主人公在想象中溯源而上，回到感性，回到童年，以其原始的本能来对抗这粗野的世界。唯其如此，写意才是最大的写实，大写意才能勾勒出最真实的历史本相。

对应"被爱遗弃的灵魂"，大海也化作沙漠。波涛何在？只留下"无边无涯的浪迹/仍然用海的造像/怀念那一条已经远去的鱼……"这真是一种荒凉的心情。在晨声的系列长诗《海潮》《海报》和《大林莽》中，确实要由《大沙漠》来实现史诗性的系统建构。诗人是在建构人生之路，所以抒情主人公自命为"不必祈雨"的"苦行僧"——少水之境既是人生情境，又写悲壮心境，还属于诗意盎然的语境。在一条经由大海（《海潮》和《海报》）——大林莽——大沙漠的自我超越之路上，抒情主人公由海岛登上了高原（纵然少水而又荒凉，毕竟是精神的高原）。由此可见，晨声这组长诗具有博大的境界。

由于水与沙的对峙，被诗人内化为"让眼泪和眼睛游离/让血性和伤口游离/嘴巴说不上话的时候/用不着血和泪的解注"。然后，文化环境就塑造出相应的艺术个性，舞台情境就转化为角色的心境，并且表现为抒情主人公的内心独白："既然旱来/就得渴去//不是所有的眼睛都有泪/不是所有的伤口都滴血/风沙煮不圆落日/大漠扯不直孤烟"。诗人寓悟性于直观，在心灵观照中把感觉诗意化，使我们学会以审美的态度凝视命运。于是我们随他进行灵魂的探险，从事精神上的洗礼，便对生活有更深一层的感悟。晨声诗里的意象语言，就此展现出一条自我实现的人生之路。诗人的诗风刚劲，同他的性格开朗有关，乃是在漂泊中在磨难中完成的自我超越！源于传统人格的艺术豪情，同现代人特有的审美体验结合起来，让晨声有了一种学兼古今、艺通中外的变化品格。

第五节　校园的追求

校园的追求，从来都具有两个传统：青春的，以及学院的。一方面，青春期的学子，本能地强调要表现新诗的现代美，因为诗人要以成长的旋律，来谱写未来的企盼；另一方面，文学院的训练，又造成学术性的眼光，诗人要以艺术的探索，来开始自己文学创作的道路。于是校园的追求，往往会成为诗歌时尚的风向标。告别校园时，诗人也成长起来。

一 校园诗歌

校园诗歌对于山东诗坛，具有一种源头的属性。青年往往在校园里，就形成了对于诗歌的爱好。校园诗歌的艺术习尚，又很可能在几年后转化成诗坛风尚。孙基林曾指出："校园诗歌是第三代诗歌产生的基础和直接背景。在1982年至1984年的几年间，一方面，热态生活诗在校园诗歌中较为流行，并活跃于诗坛的表面；另一方面，一部分甘于寂寞的校园诗人，不随俗流，只是默默地执着于诗的实验，于是产生了一种冷态抒情诗，它虽不被刊物所青睐，但却具有顽强的生命活力。热态生活诗包括'新生活颂诗'和'新生活宣叙诗'。年轻的校园诗人们较早感受了改革开放新时代的召唤，并开始从先前刻意的模仿中挣脱出来，由关注自我转向关注周围的生活，由内心走向了身外的世界。他们用饱蘸着新情感的恬淡笔触，热情地描画着现实生活的图景；一些带有时代特征的日常生活镜头，纷纷跃入了他们的诗行。但缺点是，他们过于拘泥于平面地描摹和渲染热火朝天的场面，很少探触丰富复杂的人的内心世界。后来，为克服这种过于泥实的缺陷，一些诗人常常避开那轰轰烈烈的场景或内心事件，并以朴质的令人亲切的叙白流泻出来，写得随便自由，好似音乐的宣叙调，读来格外亲切。"[①] 显然，这种来自校园的艺术探索很有时代意义。

山东大学的"云帆"诗社，就曾经在诗坛上留下自己的印记。它起初是中文系学生们的诗歌社团，后来扩展为全校性组织。"云帆"诗社的成员们注重独创，探索口语化写作，形成一条不同于朦胧诗的艺术道路。例如山东大学校友、擅长冷态抒情诗的韩东（1962—），便是从"大学生诗群"出发，而后于1984年在南京成立了"他们文学社"，并且在1985年推出诗刊《他们》，这群人乃是"第三代诗人"中的重要群体。韩东毕业于山东大学哲学系，作为"云帆"诗社的成员，1981年他就在诗社中探索有别于朦胧诗的新的诗路，离校后又有了更大的变化。《有关大雁塔》这首诗颇有代表性："有关大雁塔/我们又能知道些什么/有很多人从

---

① 孙基林：《从朦胧诗到"第三代"：新时期诗潮的两次裂变》，见《当代文学50年》，山东文艺出版社1999年版，第427—428页。

远方赶来/为了爬上去/做一次英雄/也有的人还来做第二次/或者更多/那些不得意的人们/那些发福的人们/统统爬上去/做一做英雄/然后下来/走进这条大街/转眼不见了/也有有种的往下跳/在台阶上开一朵红花/那就真的成了英雄/当代英雄//有关大雁塔/我们又能知道些什么/我们爬上去/看看周围的风景/然后再下来"。如果对照杨炼笔下的《大雁塔》:"我像一个人那样站立着/粗壮的肩膀,昂起的头颅/面对无边无际的黄金色的土地/我被固定在这里/山峰似的一动不动/墓碑似的一动不动/记录下民族的痛苦和生命",就可以比出这种抒情方式的独特性。当然,它属于山东诗人中少见的艺术品格。论其渊源,还要说到校园诗歌:"进入新时期,在新潮诗的涌动与发展的艺术轨迹中,山大校园诗歌也同样烙印下了足可闪光的历史履痕。八十年代初期,那的确是一个诗的不可多见的热狂而又辉煌的年代,此时正值朦胧诗崛起后的鼎盛期,每个校园或许都会簇拥着大批朦胧诗的模仿者,我们这个校园也不能例外。……可贵的是,大家没有一味地陶醉在模仿中,而是从中最早觉悟到一个道理,就是只有走出一条自己的路径,才能真正为诗提供新的声音和意味,也才能真正踏上创造之途。由此,这个校园开始聚集了较早受人注目的'先觉者'一族,而知名的'云帆'诗社,也在日后成为'第三代诗歌'重要的发源地。"[1] 校园诗社在培养青年诗人方面,显然有其不可替代的作用。

大学办作家班,对于山东诗坛的发展也有很大的帮助。

山东大学中文系作家班还培养了谭延桐、雪松等一批青年诗人。谭延桐(1962—),山东淄博人,毕业于山东大学中文系,先后在《作家报》《当代小说》编辑部工作,著有诗集《空巷》《涸辙之芒》《夏天的剖面图》,以及散文集《笔尖上的河》,其诗观偏重超越性。吴开晋认为谭延桐的诗深沉而幽渺:"他写自己,又超越自己,他写现实,又超越现实,在神秘的思索中透出对人生、对社会的关注和忧思。"[2] 这评价是准确的,例如《观众席上的我》第一节:"我不像我。我像那块被车轮碾来碾去的/石头。碾来碾去的命运/是水的命运,叫你蒸发就蒸发/叫你结冰就结冰,助人为乐"。这是一种小职员工作中无奈的心情,他不能调度场景,也不

---

[1] 孙基林:《内在的眼睛》,第160页。
[2] 吴开晋:《当代新诗论》,第400页。

能决定情节的发展。但是，一个认识了自己的生命主体，便不会无所作为。诗人说，人是有主动性的，诗中心情就像卡车"在艰难的行进中，人们一边抵挡着越来越凶恶的风雨，一边梳理着自己的心绪。有的就此倒下了，化为别人嘴边的一句闲话；有的继续行进着，寻找着自己的平衡和快慰。负荷是越来越重了，数不清的心愿、希望、渴盼、幻想、呼唤、意志等一股脑儿压了下来，压得信心的轮胎都快要干瘪了。加上天气的阴郁，道路的泥泞，热情的车轮简直就要停转了。结果，一声自救的吆喝，一回自拔的鞭打，又使心灵的引擎轰隆隆地响了起来……"① 就此而论，诗人确实在超越现状的诗思中，找到了上进的力量。

《夏天的剖面图》表明，这种力量伴随着忧患意识，而上进本身，又意味着超越现状：

  干涸的河床像一柄利剑
  插在湖泊的心脏上，湖泊死了
  奔湖泊而去的人，和夏天一样绝望
  他的身体像一块木炭，任时光焚着
  不知道要焚到什么时候，不知道
  能不能照亮天堂

读者称："《夏天的剖面图》具有自明的空间，独特的美学意义和超越性，是中国当代诗歌最完美、最优秀的文本之一。"② 这评语，并非空穴来风。

雪松（1963—），原名赵雪松，山东阳信人，毕业于山东大学中文系，现供职于滨州电视台，1983年开始发表作品，在《星星》《诗歌报》《青年文学》等刊物发表诗歌数百首，著有诗集《伤》（合著）《雪松诗选》《蔚蓝色风声的遗址》。张清华认为："雪松拥有无可比拟的灵敏——在他的精确之上再加一个灵敏，就使得他成为了一个最令人愿意认同的诗人。他是一个唯美主义者和感伤主义者，也是一个深陷于精神深渊的存在

---

① 谭延桐：《笔尖上的河》，载《诗刊》1999年11期，第8—9页。
② 孙基林：《时代的诗意栖居者》，载《诗刊》1999年11期。

勘探者。他的表述是最精微、最从容、最老练、最具美感和最富弹性的。"① 雪松的诗含蕴丰富，寄托深远，有多重象征寓意。例如《春天》这首诗：

  一只鸟飞临苹果树：春天由此打开，
  但它孤单，像一个盲目的闯入者忐忑不安。

  等到第二只鸟被吸引过来，
  产生谈话，随着升高的太阳渐趋激烈，
  像暗恋的人公开了秘密的爱情。

  第三只鸟之后许多鸟来到同一棵苹果树上，
  它们在叫声里一起用力，
  像满树盛开的苹果花

  ——一下子爆发出灿烂而饱满的合奏。

"春天"的意象，是非常感人的，它象征了文化境遇的转变。从开拓，到认同，仿佛季节的转变，犹如节日的庆典，形成迷人的情调。"雪松显然与不少跨越两种文化境遇的青年诗人一样，在其人生价值的选择中充满了情感与理性的重重矛盾。一方面是对乡土文化的出于血缘纽带的深厚体验和依恋，一方面是对现代理想人生价值的强烈趋同与追求，这种矛盾的选择早已使他们变成了'灵魂里无家的人'，在两种价值的互为背逆、互为依存和互为比照中，他们强烈的精神痛苦注定是无法解脱的。不过从另一方面说，也正是这样的内心冲突造就了他们，使他们的诗歌主题与美学精神获得深厚的依托。"② 在这个意义上，校园与家园的对比，应该是校园诗歌取得精神张力的一大缘由。

---

 ① 张清华：《内心的迷津》，山东文艺出版社2002年版，第228页。
 ② 张清华：《一个灵魂里无家的人能走多远》，见雪松、长征诗集《伤》，香港天马图书有限公司1993年版。

二 他们来自南方

外来的,和异域的,在很大程度上都属于可引进的文化资源。因此,校园对于诗人意味着一种文化渊源。同时,异乡对于旅人也意味着一种文化渊源。所谓行万里路如同读万卷书,经过一次远行后,诗人笔下的异乡风情,毕竟会留下动人的回忆。在诗人,形成了文化渊源的背后,应该是艺术的整合,由于整合产生了更加繁复的诗坛风貌。

在当代诗坛,这也是影响山东文化风尚的一个相当重要的原因。山东属于华东,在上海经济迅速崛起的时代,诗坛也多少受到海派诗歌艺术习尚的牵引。例如诗人韩珺,由于参加海军驻扎上海,其间在《上海文学》编辑部帮助工作,而受到海派诗风影响;又如复旦大学毕业的戴小栋、张凌波,就因为在海派青年诗人陈东东等熏陶之下,而具有一种南方特有的诗歌艺术情调。

韩珺(1963—),本名韩泽军,山东即墨人,中学时期开始创作。他于1982年服役于东海舰队,在《上海文学》《解放军文艺》等刊物发表作品300多首,服役期间曾经因为文学创作成绩突出而立功受奖,1985年在《上海文学》编辑部帮助工作,借调见习编辑,得到许多诗人指点,并且同上海一些大学的文学社团进行交流,诗艺大进。诗人1986年复员后到地方基层工作,90年代一度搁笔经商,后来他又开始了中断数年的诗歌创作,先后著有诗集《痛苦的慢板》(合著)《告别雨季》《如歌的行板》《回眸》《雪中飞翔的鸟》等。诗人文思淡远,朴素而又深情,其创作表现出人格的骨气和探索的勇气。如《夜行》说:

> 西北风
> 割着冷瘦的夜
> 月亮没有升起在肩头
> 只有风
> 敲打我的背
>
> 思念在夜色中起舞
> 头颅划破天空

>   我在翻阅原野这部大典
>
>   夜已深
>   风吹响每一条道路　召唤
>   寻找光明的人

那凄冷的情调，令人动容。瘦硬的格调，坚定的品格，多半是来自心灵的写照。

戴小栋（1963—），曾用名戴栋，出生于济南，1982年以山东文科状元的成绩考入复旦大学。他在复旦校园浸润于江南的旖旎与温软，深深地爱上了诗歌，并且写作至今不辍。毕业后戴栋回到省直机关工作，先后发表诗歌数百首。他的诗追求语感和质地，喜欢追求一定的哲学厚度。如《内心流动的崂山》，乃是近年来诗人经历过重病考验后的生命感悟："历史总是在这样一些时刻画卷般通体展开／飞觞醉月的时光和那些情人们／随猎猎而舞的旗盘旋飘升迅疾而逝／我们究竟是谁，救赎之路何在／剑峰千仞，天水茫茫，张廉夫亲植的汉柏不语／凌霄攀缘其体执着而上全然不顾／二千个春秋已沿苍崖碧树间飞流直下／绝尘而去。聊斋女子／伴绛雪飘红款款走来转瞬又消逝了踪影／那些清苦的山峰，你们是正商略着黄昏的愁雨吗"。江南的情怀，学院的风度，内在的感触，在观看与沉思的灵境交织，产生了人生的厚重、以及运思的空灵……

桑恒昌曾经这样介绍戴小栋的处境与为人："他年轻而儒雅，聪敏而旷达，是个很适合做朋友的人，也是经常让朋友思念的人。他有着令人羡慕的工作和家庭。他的身后是动力，他的脚下是机遇。他的前面是一大片大有作为的广阔天地。也许近乎圆满了，命运就要转折，我突然得知他罹患重病的消息。……手术后，到上海去做一种检查，才得以初春雨夜独自漫步在母校的校园里。他怀着错落的心情，回望花季，叩问人生。个中感怀，岂是用感慨二字能概括了的？"[①]《夜行复旦》，说的就是戴小栋自己此刻的情怀：

[①] 桑恒昌：《夜行复旦》，载《齐鲁晚报》2000年6月13日。

回忆时到处都写满提示的眼睛
她们美目顾盼如湿漉漉的花朵
绽放在江南初春的雨夜
这时,有风透过眼前飘动的雨伞,从
芭蕉叶后面从断断续续的记忆虚线后面
徐徐吹来
那些被岁月磨洗冲淡的故事重又集结在
伞下淅淅沥沥的呢喃中

许多年以后再走回往事
往事无语。逝去的爱情如蜜腊波桥下的流水
还值得记忆值得追忆吗
既定的场景却辨识着混沌多年的心绪流向
无论你生活在此处在彼处
你都走不出淅淅沥沥的南国雨声
江南三月花吐娇心叶抽嫩芽的惊喜
伴那些婀娜的倩影甜蜜的泪水
已幻化成永恒的心之底色

夜行复旦,就是让火焰在水中上升
在渐渐烛亮的身体和精神辉光里
用心逼近一段真实的日子

  诗人在生命体验中,接近了诗意的真谛。在生与死的交界,是真切的自我感觉和自我意识,一切回忆,都印证着身世之感,而后成为生存的写照。江南的春色,青春的体验,都因为处在生活的边缘(校园的夜景可以作为象征),而道出了生命的真相。

  张凌波(1964—),山东临朐人,是戴小栋的学弟,毕业于复旦大学,回到山东在金融界工作,他于80年代初开始诗歌创作,曾经在《山东文学》《绿风诗刊》《黄河诗报》《台湾诗学季刊》发表诗歌数百首。他的审美情趣,与戴小栋的诗风亦复相似。诗人表现出自觉的现实感和历史感,擅长含蓄的表现手法,孕深情于平淡之中,其诗艺颇具发展的潜质(这是台湾诗人辛郁在信中的评语)。

张凌波的诗,还表现出强烈的"季节"意识。在《枯水季节》,诗人说:"我谨守着,枯水季节/井台上破碎的瓦罐",那是对未来的期待;在《冬雨》里,抒情主人公认为:"这是回家的路/让温顺的羊群自由地走过/沿着漫长的冬季/找到从前失去的领地";他在向往回到秋天,那个收获的季节。《时光收割的麦田》说:

> 往事,那被时光收割的麦田
> 囤积过一仓仓金黄的快意
> 回望却是一垄垄整齐的刀伤
> 那里曾反复栖居着我梦想的翅膀

感伤的回忆,象征的意象,家园的顾盼,似乎是这些诗人共同的情调。

试看其作品《攀回四季》,犹如戴小栋,在回忆中展开轻盈的文思:"说是一年,实际上我只活过一个夏天/我来到世上花朵已经枯萎了/好像还是在冬天/冬天整个世界被冰雪覆盖/窗上也开了冰花/(这是你们后来告诉我的)/但我没有同雪姑娘轻歌曼舞/也没有写诗/寒冷赠给我一件他亲手缝制的衣衫/四肢麻木,记忆也由此丧失//秋天来过吗?/那随着树叶飘落的就是秋天吗?/我没有遇见果实/(听说秋天有红的和金黄的果实)//我活过的,就只一个夏季了/我认真体验过,深切感受过/那个夏天/炎热扼住我的脖子/城市活像个大烟斗//为了喘气我大汗淋漓地呼吸烟雾/苍蝇和蚊子都理直气壮/国际维和部队昼夜轰炸/血吸干了我骨瘦如柴/有时乌云兽铺天盖地/手持闪电的利剑/发出吓人的吼声/做着梦魇般的鬼脸/我退缩成街角的一滩烂泥/这是我的一生,其实只有一个夏季//我站在四季的边缘/但我竖起了木梯/我想攀回四季/攀回四季的大地/用我的手掌抚摸情欲茂盛的河谷/抚摸枫叶甚至金黄色的粮食/甚至正在发芽的种籽/然后,在积雪的山岩/点燃一树红梅,绽放我的诗篇"。这种"季节"意识,清晰地打下了时代前行轨迹的烙印,含蕴深刻,叙事曲折。抒情主人公更穿插以浪漫的情思,伴以谣曲风的节奏,把成长的体验表现得真挚动人，的确能给人留下深刻的印象。犹如"北人南相"，南人的温宛化进北地文思，让情怀的表现更加贴切细腻。

张凌波的诗思，是以"成长的烦恼"为核心。长大成人的关键，不在于身材的高度，而在精神的气度；不在于社会的视野，而在于人生的事业。在年龄增长的同时，由于面对社会的发展，经济的起飞，文化的转型，"成长的烦恼"也就复杂多变，可以化入"季节"意识之中，表现为生命的短促感、挑战的急迫感，乃至环境的迁徙感。是的，我们的城市变得陌生了，常常让我们不知所措。《纯真年代》遂发出感叹：

> 哪怕你不是名花
> 哪怕你生在深山幽谷
> 但你灿烂地开，灿烂地败
> 哪怕少人喝彩，无人崇拜
>
> 在不再感动的年代
> 谁还在简单的情节里徘徊
> 谁在时间的河流上寻找梦回的船帆
> 谁在等待
>
> 谁把口红抹上高跟鞋
> 装饰这高高的华丽台阶
> 谁嚼着爱情的口香糖
> 给廉价的玫瑰贴上标签
>
> 在失去抽象的年代
> 你们因什么喝彩

是的，当实用感性风行文化市场，如何保持人格的尊严？"纯真年代"的价值就这样凸显出来。"成长的烦恼"为岁月留下印记，诗人因为思考所以存在。这样看张凌波那些充满浪漫情调的小诗，就能意会到他的向往，他的追求。

第六节 诗学的境界

在中国当代诗坛上，山东诗坛在创作上尚未领先，但是在诗学研究和艺术批评上，已经形成了国内的一大亮点。尤其是山东大学的高兰、吴开晋、耿建华、孙基林等诗学专家，和山东师范大学的冯中一、吕家乡、袁忠岳、张清华等诗学专家，已经构成了山东诗歌批评的两大重镇。自90年代以来，由于《黄河诗报》的桑恒昌、晨声从中联系，以及后来《济南时报》的赵林云组织诗学沙龙，近十几年来两校的互动已经形成一种良性的批评风气。同时由于上述学者，已经在全国范围有了较大学术影响力；于是山东诗学大省的文化风貌，也已经初步形成。

所谓前行代诗学，是指高兰、冯中一等诗坛前辈的理论成就，"文化大革命"结束后他们执掌现代诗学的教学第一线；而所谓中生代诗学，则指耿建华、孙基林、张清华等昔日弟子，如今已在校园诗学教育中成为主力。他们的批评，直接影响了诗坛的风气；他们的教育，不断培养了诗坛的人才。诗坛两代人的贡献，确实值得认真总结。

一 前行代诗学

高兰、冯中一，是前行代诗学的代表人物，他们在山东大学和山东师范大学的诗教，对山东诗坛影响深远。高兰先生影响下的山东大学，曾经形成朗诵诗艺术的重镇；在高兰先生逝世后，冯中一曾经执山东诗坛牛耳。冯中一先生则在现代诗的审美研究中，投入较大心力；在冯中一去世后，山东师范大学在山水诗研究方面的成绩，也是可圈可点。

冯中一（1923—1994），河北沧州人，他幼年丧母，半工半读苦学成材，一生孤傲自强、刻苦奋进，多年从事教育工作，后任山东作家协会主席。他的诗学著作颇丰，有《诗歌漫谈》《学诗散记》《诗歌艺术论析》《诗歌艺术教程》（合著）、《新诗创作美学》（主编）等。他在山东师范大学执教多年，曾经为新诗研究的美学化做过多年尝试，对山东诗坛的发展，发挥了颇大的凝聚力乃至影响力。如同吕家乡所说，冯中一先生在进入新时期后，"他的诗歌观念、知识结构、思维方式以至文字风格都在悄悄地演变:除了一如既往地重视诗的社会效果,他又开始重视诗与生命体验的关系;行文中除了善于融入古代诗话中的警句隽语之外,又往往有意无意地运用一些新潮术语。这种演变背后是多么刻苦的钻研和多么切实的自我突破!"① 冯中一这样致力于自我超越的学术努力,对于山东诗坛新时期的发展态势,起到了有力的推动作用。《诗歌艺术论析》出版于1983年,以诗人论、作品论等评论文章为主,它提示我们,冯中一正在同自己的研究生一道,全面关注着山东诗坛,先生的诗教,注重理论,强调实践,要求学生广泛涉猎古今中外诗学著作,"对各种体式、风格的诗文评,如谨严的专论、恳挚的赏析、疏淡的漫话、简洁的评点等,都要取其优长,渐渐消化吸收,充实自己的文理章法、笔情墨趣。另外,还当注意我国古典诗话、词话的写法以及中外诗人关于自己创作甘苦的恳谈。"② 在他的调教下,几位学生都具有比较广泛的理论视野,不仅认真攻读现代诗学著作,而且在文艺美学上也下足了功夫。于是,在1990年出版的《诗歌艺术教程》、1991年出版的《新诗创作美学》就由师生联手,表现出开拓现代诗学体系的宏伟思路。从美学角度发展现代诗歌艺术体系,成为山东诗学发展的重要倾向之一,这方面冯中一先生起到的带头作用值得重视。

吴开晋(1934—),笔名吴辛,山东沾化人。他1949年考入华北大学文艺部,不久入伍入朝作战,1955年进东北人民大学中文系,毕业后留校任教。他于1978年调入山东大学中文系,20多年来对山东诗坛产生了较大影响。因为教授的学者身份,他是以诗歌理论为专业;因为个人的诗人气质,他又以诗歌创作为爱好;于是他以右手做诗评,以左手做诗歌,用笔名写诗,用本名写诗学著作,而诗歌已经构成一种生命形式,一条在激情与想象中展开的人生道路。吴开晋的诗学,是创作论与诗人论并重,兼顾诗史和诗评,具有宏观的视野,又不乏微观的评析。他先后主编过《新时期诗潮论》《当代诗歌名篇赏析》《中国当代文坛群星》等论著,并且著有《现代诗歌名篇选读》《现代诗歌艺术与欣赏》《李瑛诗论》(合集)《当代新诗论》等诗学著作,以及诗集《月牙泉》《倾听春

---

① 吕家乡(笔名孟嘉):《一朵喇叭花》,中国戏剧出版社2000年版,第170页。
② 冯中一:《诗歌艺术论析》,山东人民出版社1983年版,第218页。

天》等。读其诗,感觉他总是从个人的真情出发去面对社会的真相;而诗歌美学的真理,也就在真情与真相之间。注重以意象感悟人生,把生命的真实转换为诗的真实,从而统一现实美特征与艺术美规律,于是他的诗作总是那么充满激情,朴实亲切,融情于理,韵味盎然。《月牙泉》这首诗说:

你是一弯闪着波光的月牙
你是一弯飘着梦幻的月牙
尽管沙山一步步逼向你
但仍然那样明媚、清澈

在千古风沙、满天月色、一湾清泉之间,可以容纳无穷的联想。天文与地理的对映、历史与现实的呼应、自然与人文的交错,汩汩滔滔,淡写轻描,总不离沧桑之感。这正是以真相为骨、以真理为神、以真情为韵的真诗境界,既是历史的泼墨,又是生命的写意!吴开晋认为:"研究和讲授诗歌的诗评家,如果没有一点创作实践体会,是很难把握诗之灵魂及其精奥之处的。"① 诗的"灵魂"在于真,诗的"精奥"在于远,二者合一,即为诗艺的大境界。这种见解使吴开晋努力透过真情,来展开对于意象的感悟,从而把握历史的真相和真理,实现对于诗美的创造。在艺术追求上,他说:"作为诗人,更多地还是应表现自己对于大千世界的瞬间感悟。诗,应是诗人灵魂的折光。落到纸面上,应是'真善美'的统一,是自己和读者都喜欢的精神产品。"② 对于他,诗意构成了一种生活方式,令意象与人生并肩而行,写诗、教诗、评诗,都成为精神生活的最高形式,充满了生命的活力。对于新古典主义的爱好,更成为诗人追求的重点所在。

袁忠岳(1936—),浙江定海人,1954 年考入山东师范学院。1980年开始研究诗歌艺术,1983 年任职于山东师范大学,著有《缪斯之恋》和《诗学心程》。他经历过"只因诗文下笔端,罚上沂蒙二十年"的艰辛

---

① 吴开晋:《月牙泉·后记》,百花文艺出版社 1994 年版。
② 吴开晋:《倾听春天·篇末赘语》,中国文联出版公司 1998 年版。

经历,在那个无情的时代,沂蒙山人质朴的情意,就成为精神上的安慰和寄托。在真诚的情感世界中,社会美和艺术美本是相通的,所以他的忧患意识,遂转换为对诗学理论的苦心研究。他以诗学研究的理性精神,沟通了社会美和艺术美,以便改变昔日诗人悲剧性的文化环境,创造真诚优美的情感世界。在与诗人的对话中,袁忠岳开始了情感世界的理性建构过程。自80年代以来,他一直迷恋着对诗美天地的重建工作。以有情取代无情,以文明取代粗野。以学术取代无知,以审美取代蛮干,就体现了他的艺术使命感。于是,宏观视野、严谨学风、理论营构、整合追求等要素构成诗学系统的重要特色。其一,透过现实感和历史感,来表达自己的人文关怀,成就了袁忠岳的宏观视野。在诗歌评论中,他擅长看大局说大势,并且始终强调理性精神在诗坛的影响与价值。犹如《反理性诗歌的出路》所说:"归来者的歌是接着1956年的调子唱的,虽然期间中断了20年,增添了不少新内容,但其美学追求是前后一致的,即可以归结为两个字:求真。……正是面对这一历史现实,过去受到批判的自我价值、人性力量重又焕发出理性光彩。这就是朦胧诗的出现。在他们叛离众好的反传统美学观后面的是肯定自我的社会价值观。朦胧诗从审美上说,只是一个流派的名称;但作为一种张扬理性的社会精神,它又可作为时代的一个标志。"① 其二,他的严谨学风,导致了诗歌批评的分寸感。由于多年来不同的文学观念的长期对峙,把学派和流派加以绝对化,已经变成一种诗坛积习,结果一些人立论的基点,往往不是学理的是非,而是派别的得失。袁忠岳把派别立场绝对化当作理论误区来加以反对,以理性精神和科学态度来面对一切,有利于在新时期推动诗学研究走向成熟。其三,他由此而展开了自己的理论营构。缘于个人的坎坷经历,他擅长品评悲剧性诗人的艺术境界,所以对孔孚充满沧桑感的山水诗,也有深切的会心。这种会心基于双方身世感的对话,又通过孔孚艺术个性的演进线索,开始了对山水诗的历史追寻和理论研究。以论著《中国山水诗论稿》为代表,山东师范大学的山水诗研究成为一大特色,与山东大学的朗诵诗研究遥遥相对相映生辉。在这方面,袁忠岳颇多建树。其四,在山水诗研究中,他那古今合一、中外对照的研究方式,还体现出治学理念中的整合追求。大体

---

① 袁忠岳:《诗学心程》,第47页。

是从80年代后期开始,袁忠岳便对诗歌美学开始了系统性、整合性的理论研究,其特点是企图打通意象、意境、语境、情境等创作要素,建构一个贯通性的诗歌美学体系。于是,他以精当的探索,翔实的批评,细腻的文理,真诚的姿态,大方的气度,为诗学研究树立了一个良好的范例。

吕家乡(1933—)江苏沛县人,1952年毕业于山东大学中文系,一生历经坎坷,后来到山东师范大学任教,著有《诗潮·诗人·诗艺》等诗学著作。

吕家乡在现代诗史上下了很深的功夫,其思路主要是追源溯流,分枝理脉,把"诗潮"的渊源流向和"诗史"的分期评价结合起来,抓住新诗发展的重要关节,展开诗人论研究,所以他的诗人论最见特色。其研究方法则注重宏观与微观的结合,从历史背景出发,讨论其艺术贡献,总结其审美经验。吕家乡治学认真,而为人为文以真为贵,多年来保持了坚挺的风骨。在山东师范大学中文系,他先后为本科生和研究生讲过中国现代文学史、中国新诗研究、社会心理学等,发表论文近百篇,体现出"板凳要坐十年冷,文章不写一句空"的治学风格。他认为自己属于"建国式":"这一代人是矛盾的统一体。历史给他们的命名是新中国的第一代建设者,但在50年中真正搞建设的时间不过一半。他们总在向崇高的目标攀登和追赶,却又'不赶趟'。年轻时追赶老一辈革命家,有些'心不从意';这些年追赶现代化潮流,又有些'力不从心'。他们按照最完美的标准塑造自己,他们愿把一切奉献给神圣的信仰和壮丽的视野,但当他们回首往事时,首先想到的不是成就和荣誉,而是不足和教训。他们有许多失误,但没做过亏心事,因此并不负疚。"[①] 这种鲜明的自我意识,表现为相应的批评文风,造成了吕家乡诗歌评论中特有的人格魅力。

在《诗潮·诗人·诗艺》中有两篇文章相当引人注目,其一是《试谈民族文学传统在五四时期的现代化转换》;其二是《中国文学现代化、民族化的踪迹》。两篇文章都可以找到不足,但是其学风可嘉:前者以史实反对传统的"断裂论",不趋时也不媚俗,尤其是对近现代知识分子在中西文化观念上的转变问题,论述精当而翔实;后者讨论"民族化"和"现代化"之争,则通过对新文学历史的分析,具体讨论不同时期这两个

---

① 吕家乡:《一朵喇叭花》,第241页。

口号的得与失。上述两篇文章的写作均在 80 年代，作者能不受新奇论说的诱惑，不受传统论点的局限，实事求是，创新务实，展现了一种难能可贵的学术品格。

二 中生代诗学

中生代诗学，在 90 年代表现为耿建华、孙基林、张清华等新时期诗论家一道，成为山东诗坛的中流砥柱。由于前行代诗学的广泛影响，诗论在山东，常常具有推动诗坛的精神能量。是的，山东要成为诗歌大省，首先要成为诗论大省。在这里，诗学批评的长足发展，为山东诗歌艺术的不断进取打下了牢固的基础。由于耿建华、孙基林、张清华等中年诗学专家，正处在一个学术发展的迅速拉升期，其治学境界表现出极大的发展潜力。

耿建华（1948—），山东寿光人，出生于济南，"文化大革命"结束后考入山东大学中文系，从著名朗诵诗人高兰先生学诗，毕业后留校。他曾经是山东大学"云帆"诗社的社长，著有诗集《青春鸟》和《白马》，在山东诗坛拥有广泛的影响力。他又是硕士研究生导师，现任山东大学文学院副院长。治学颇多成就，尤其是精于诗歌艺术鉴赏，著有《中国现代朦胧诗赏析》《台湾现代诗歌赏析》《诺贝尔文学奖获得者诗歌赏析》《唐宋诗词精译》（诗卷）等，另有合著《新时期诗潮论》《毛泽东诗词纵横论》等。作为高兰门下弟子，他可谓得了真传，有冠名《耿建华朗诵诗选》的朗诵音带行世。

耿建华的诗名，常为文名所掩。其实他的诗颇有可观，《无情剑》就常得到诗友赞赏：

　　明如秋水
　　亮如闪电
　　每一次抒情
　　都有淋漓的血花盛开

　　干将的狂啸
　　莫邪的明眸

> 常让人想起如风的白马
> 和洒落桃花雨的湖
>
> 无情的剑啊
> 常被多情的泪洗亮
> 剑气照空天自碧
> 持剑的人啊
> 不知在哪里
>
> 西门吹雪
> 东窗赏梅
> 无剑时也饮两杯女儿红
> 诵几句无韵诗
> 剑光无形
> 梨花满地

一般人多能从诗中看到古龙的影子,其实文思来自洛夫,来自对台湾诗艺的会心,也表达了对儒侠人生境界的向往。耿建华对台湾诗歌颇有研究,他在诗学上,于文化诗学和意象诗学最有心得。在文化诗学方面,他对照海峡两岸诗潮,强调中西贯通,并且勇于探索诗艺发展的"钟摆"规律。尤其是在意象诗学方面,他有专著《诗歌意象艺术》。吴开晋指出:"耿建华的《诗歌意象艺术》,是他从事诗歌教学和研究近20年的成果。……这部结构完整,理论自成体系的诗学著作,却是语言生动并不费解的教科书,做到了深入浅出。他把意象的定义概括为'诗的意象是诗人情志的具象载体'是很准确的。同时,把意象作为诗歌的基本审美单元也是科学的。这就既有别于旧有的忽视意象的传统诗学,又有别于先锋诗人完全否定意象的诗学见解。更重要的是,本书不仅从内外结构、分类、意象力、节奏、欣赏与阅读诸方面论述了意象的独特性,而且特别提出了创造诗歌的'东方大意象'的艺术见解,认为'大意象指体现时代精神、代表民族精神力度的意象',这是很有见地的。创造东方大意象,会使诗人摆脱那种狭小的生活天地和艺术见解，有利于诗歌的繁荣。"① 其实，"诗歌意象力"的提出，同样是卓尔不凡的："诗歌意象力是指诗歌意象中所包含的力的指向和强度。诗歌意象都有具象性，它不仅仅作用于人的视觉、听觉，引起人们的种种感觉联想，它还通过其呈现的不同的力的模式，给人以不同的美感。"② 这种发现，离不开诗人的感悟，也离不开赏析的经验，更属于诗歌教学中理论的升华，值得认真总结。

孙基林（1958—），江苏丰县人，山东大学中文系毕业，上大学期间曾习诗，并参与创办"云帆"诗社的活动，1983年毕业于山东大学中文系并留校任教，现任山东大学文学院副教授、中国现当代文学研究所所长。孙基林在教学之余，主要从事现代诗歌和诗学研究，发表论文《诗的意象的美学性格及审美形态》《文化的消解：第三代诗的意义》《中国第三代诗歌后现代倾向的观察》《第三代诗学的思想形态》等近百篇，出版了专著《新时期诗潮论》（合著）《漂泊的生命：朱湘》《内在的眼睛》等6部。孙基林的诗学研究，确实多有可圈可点处。例如他在"第三代"诗人研究方面，对于相关问题论述系统、全面、深入、准确，颇具前瞻性，因而得到诗歌界同仁的广泛赞赏。

同时，对于诗歌意象问题，他也表现出浓烈的兴趣。例如探索意象的生成："从理性方面看，表象是意识和无意识的中介；从感性方面看，想象力是表象和审美的中介，这种感性和理性矛盾统一的心理辩证活动，呈现出一定的演绎系列：由于外部知觉或内部无意识心理能量的刺激，复活了无意识世界以往知觉积淀的表象集团，在艺术想象力的推动下，表象沿着情感逻辑有规律地流动，同时，无意识也同时向有意识转化。在复杂而强烈的想象氛围中，情感和表象虽有某种暂时的结合，但却潜伏着巨大的离异因素。大概随着情感的渐趋清晰、固定，经过一瞬间灵感的闪光，突然有一个或几个表象和情感交相默契，于是，情感便找到了审美的对等物而与之形成'审美意象'。"③ 由于他在诗学中着力于审美心理学和艺术社会学，所以在文学批评中可以左右逢源，得心应手。他曾经被评为"全

---

① 吴开晋：《为新世纪文学大厦筑土》，见耿建华《诗歌意象艺术》，中国文联出版社1999年版，第7页。
② 耿建华：《诗歌意象艺术》，第68页。
③ 孙基林：《内在的眼睛》，中国文联出版社1999年版，第216页。

国当代十大杰出青年诗评家"之一,和在山东大学进修过的河北学者陈超、山东师范大学教授张清华,并称"现代诗评三剑客"。

张清华(1963—),山东博兴人,文学硕士,现为山东师范大学文学院教授,长期从事中国现当代文学的教学、研究与评论,在《中国社会科学》《文学评论》《文艺研究》等刊物发表论文 200 多篇,著有《中国当代先锋文学思潮论》《境遇与策略:20 世纪中国文学的文化逻辑》《内心的迷津》等。这是一位注重宏观研究视野的诗评家,或者说,他是把诗歌研究放在文学史框架下进行审视的。在当代文学研究方面,他下了很多功夫,发掘出不少鲜为人知的史料,有一些推动学科发展的学术成果,在此基础之上他揭示了先锋诗歌存在的历史必然性,以及其相应的审美属性。

袁忠岳指出:"从诗歌立场看,清华无疑应该属于'新潮一族',他对诗歌的基本评价尺度是'现代性',所关注的焦点是新诗潮和当代诗歌的变革路向,所倡导的诗学与美学倾向是同强烈的社会责任感和执着的人文关怀相联系的。他每每为当代诗歌在重重困境中突破前行表现出热切的肯定,对其内部的矛盾悖论则怀着深深的焦虑,不时地对之进行关注和分析。特别是他对以往被遮蔽的诗歌史问题的澄清和修正的工作,更是浸透着他的责任感、诗人般的激情和独到的见识。他的对食指和海子等诗人的论述,则闪现了他灵透、丰沛、视野独具和更贴近诗歌本体的批评个性。可以说,在学院派的诗歌研究中,清华属于那种与当代诗歌的现实实践联系比较密切的、富有'及物性'的一派;在比较前卫的批评家中,他又可以数得上比较注重学理、朴实可靠的艺派。这种结合应该是清华从事研究与批评的整体特点和成功之所在。"① 这种判断是比较中肯的,是宏观视野构成了他诗评的有力保障。

这支诗评队伍,将接替前行代诗评家,成为山东诗坛迈向未来的重要支撑力量。

---

① 袁忠岳:《内心的迷津·序》,见张清华《内心的迷津》。

第十六章 新时期散文的缤纷景观

第一节 概述：多元艺术思维与文体开放

20世纪最后20年的山东散文，呈现了一个开放和精彩纷呈的文学格局。这一格局不仅包括了具有鲜明特点的现驻本土的作家创作，还有身处海外、乡土情深的本省籍作家遥向参与的艺术建构。

从本省主要作家队伍来说，社会主义历史新时期的到来，首先在精神层面上带来了作家主体意识的回归与独立。在创作中，他们更注重独立个性的体现和现代精神要素的摄取。自由率性的姿态和多姿多彩的艺术构成形式，使这一领域展现了空前的宽广度、个人化和深刻的内在性。散文写作群体空前壮大。创作题材、主题、形式与风格上都得到了大的拓展。世纪之末，山东散文走向了开放、丰富与多样。

歌咏祖国山水，抒写人文风情，乡土情思的散文仍为许多作家所关注。新中国成立以来，游记体散文的兴盛是散文繁荣发展的一个标志。本时期这方面的代表作品有田仲济的《栈桥之夜》，峻青的《雄关赋》《沧海赋》，毕玉堂的《鲜艳的维吾尔》，徐北文的《诗情画意大明湖》，卢得志的《黄河入海时》，李存葆的《大河遗梦》，章永顺《敦煌的色彩》等和马瑞芳、郭保林、许评的部分游记散文。在这些风格各异，特色鲜明的作品里，作者少有对自然景物的纯客观描写，而是以活跃的主体情感灌注，去创造种种或优美清新或瑰丽雄奇，含寓了充沛个性的审美情思的散文境界和艺术形象。乡土风情散文方面也产生了许多色调深醇、蕴纳丰厚的作品。具代表性的有飞雪的《马鸣黄河口》《枣乡行》，汪稼明的《湖上风情二题》，任远的《黑陶之乡的小河》，高阵的《沂水拖蓝》，山曼的《龙门秋千》《叫天子》，陈原的《祖父是一粒粮食》，刘长岭的《微山湖上》，刘锡诚的《午院榴花》，张海迪的《西边的太阳落山了》等散文，以及郭保林、王鼎钧、马瑞芳等人表现民族、乡土生活和民情习俗的作品。这些有着浓郁地方色彩、齐鲁风情的散文，有着一份纯粹而恒久的艺术魅力；而现代审视的眼光和审美思维的变异，无疑扩展了它们的审美空间。

  在快速发展的多元的时代生活里，散文作为社会生活和生命本身的记录，释放心灵的空间，表现的题材和主题不断丰富。作家们涉笔于当代生活的多个角落，抒情叙事，纪人记史，更注重于开拓视域，重视内心世界的发掘。除了将要重点论述的作家如马瑞芳、王鼎钧等人外，还有其他如王光明的《钻石，你寻找谁》，张歧的《海之梦》，苗得雨的《识字班大姐们》，徐北文的《戒烟》，邢景文的《老山除夕夜》，李一鸣的《野地漫步听黄昏》，刘烨园的《何时？何地？何事？》，陈玉霞的《三十八岁的神奇》，张炜的《融入野地》，李蔚红的《我是你的母亲》《双重的日子》，卢兰琪的《狗亦沉浮》，刘玉民的《第三名成员》《穿越生死线》，丁建元的《凡眼瞩望星空》，杜焕常的《长勺山断想》，李登建的《黑蝴蝶》，季羡林的《三个小女孩》，侯林的《近之惑》，耿林莽的《东方情怀》，王开岭的《向"现场直播"致敬》等一大批作者的作品，体现了丰富多彩的散文样式。

  这一时期散文艺术发展的总体特点是，人们从过去单一、凝固的创作思维模式中解脱出来，由相当一段时间内盛行的单向的、直线型的模式，转向了彻底放开的、多元的艺术思维形态。这主要表现在，第一，叙述方式的变化。以往散文里一般采用第一人称的"我"展开叙述的方式，现在出现了多样的视角转换。有时消失或模糊了人称式，而是作品直接展开叙述，有时则用第二人称"你"或第三人称"他"来进行叙述。再是积极结合象征、隐喻、通感等现代技巧，使叙述更加丰富多变。这种非单一式的叙述方式的变化，给作家造成了更大的主观介入和表现的空间。第二，创作方法上，"意识流动"的手法被经常地运用于散文，扩大了散文的表现空间。伴随着"意识流动"，时空切换，场景重叠，情绪穿插，节序交错等，构成了散文的跃动状态和更深入、真实的心理表现。第三，散文结构的开放。这主要体现在除了习见的以事件、游踪、人物等为散文的结构线索外，还出现了以"情绪"、"意象"等内在心理线索来建构散文的文体方式，随之而来的还有话语方式的更多的随意性和可选择性，从而表现为散文文体的进一步开放。

第二节　马瑞芳的散文

一　亲情生活掇拾·为文化人画像·"野狐"禅

马瑞芳（1942—），山东青州人，回族。她1965年毕业于山东大学中文系，现任山东大学教授，山东省作家协会副主席。马瑞芳是著名的聊斋研究专家，同时又是一位成就斐然的作家。她的文学创作涉及小说、散文、电视剧本等多个方面，其中散文写作，当以80年代初发表的名篇《煎饼花儿》《祖父》为标志。随着这两篇散文分别多次获得国内、省内的优秀文学奖项，并且作者继续佳作迭出，一段时期内，"人们对她的注意力乃至马瑞芳本人的创作流向都集中于散文方面：人们欣喜地发现并热切关注着一位回族女性作者在当代散文领域独辟蹊径，勃然奋发；……"① 此后十几年时间里，马瑞芳相继发表了200余篇散文随笔。她先后结集出版了散文集《学海见闻录》（中国文联出版公司，1988）、《野狐禅》（山东文艺出版社，1995）和《假如我很有钱》（中国社会出版社，1996），另外还有1982年山东人民出版社出版的《香炉礁》（与张歧等人合集）和一部分报告文学作品。

马瑞芳散文的创作题材颇为广泛，然而概览之下，会发觉其大都与她本人的生活及社会发展进程有着密切的联系。依据其不同的情感内容，大体可以分出这样几类：一、家庭生活、家庭人物及天伦亲情的记叙与忆念；二、文化人的素描像；三、古今世态人心的思考与调侃；四、山水游记。

马瑞芳最有特色的是她前两类散文。第一是对自己的家庭生活和包括在身边生活过的人物叙写。40年代疾风骤雨的社会背景中祖父的生活轨迹；50年代山东青州家乡的童年生活，亲人邻里；又数十年后自己的师友和家庭，丈夫和儿女、婆母，小动物。如《煎饼花儿》《祖父》《等》《美国女博士和中国老太太》《多绰号的大猫猫》等。这类作品的题材看

---

① 赵慧：《当代回族女作家马瑞芳创作简论》，载《民族文学研究》1993年第3期。

去并不突出，作者的成功主要得力于叙述场景、事件和把握人物特征的功力，以及那深切的人间情怀。《煎饼花儿》一文，用鲁中人家的日常食物——煎饼，串连、展现了作者从刚入校门的髫稚童年到成年工作后几个时期的家庭生活情景，并由此流露了周围的社会景况。看那描写早年生活的片断：

> 鸟儿啁啾，天光方曙，哥哥姐姐就围在厨房门口，像檐间叽叽喳喳的小雀，嗷嗷待哺：
> "娘摊新煎饼罗！"
> "我要个黄斓的！"
> "我要个软和的！"
> 我不伸手。煎饼，摊得再好吧，能比得上对门油饼铺的酥油饼好？假如我坚持"绝食"，没准儿娘掏两百块钱（旧人民币）给我买一片很窄很窄的油饼。……娘连买青菜的钱也没有了，我只好去吃高粱煎饼。菜呢？自腌青萝卜。……
> 对煎饼，我倒是也有好的回忆。当母亲的煎饼囤露了底时，她就把那些七大八小、零零碎碎的煎饼花儿，用油盐葱花炒得松软可口，大家吃起来，风卷残云，流星赶月，"脱一瞬兮他顾，旋回首兮精光"，那副形象，实在登不得大雅之堂。
> 哥哥姐姐却对煎饼深恶而痛绝。……推磨的角色是他们。头晕目眩倒也罢了，还常因此上学迟到……

生活固然艰难，然而毕竟已是"解放区明朗的天"，"解放前，回回多是肩挑贸易，朝谋夕食，读书人如凤毛麟角。"而今靠着人民助学金，兄妹不分男女大小齐读书，心气有如那"瓦蓝瓦蓝的天"。由家庭生活的侧面，折射出社会变化及人们命运的转折，正是此文的写作特点。无论是中间部分写那稍后经济困难时期作者对煎饼花儿的向往，延及当时中国时局和大学生活情景，还是后面进入新时期兄妹面对已"香甜如饴"的煎饼时的调笑，都从这生活的一角勾勒了当时知识分子的心路痕迹和时代的光影，都无不连带着社会人生岁月的升沉起伏。纪人散文《祖父》，则生动地描述了既是封建家长、又是回族名医的祖父的生平行止。作者用先抑后扬、时而活泼时而庄重铿锵的笔法，开头写活了祖父在家里如何重男轻女的形象，继而一路叙去，以力排众议治病救人、当面拒绝为汉奸看病，以及讲求医德终生不懈等突出人物特征的细节，写祖父怎样在艰苦泥泞的人生道路上，"钟爱为人类造福的中医事业"；在弱肉强食的旧世界，"笃爱自己孤立无援的回回民族"；在风雨如晦的年月里，"热爱古老文明的祖国"，多方面地表现了祖父对社会、祖国"大爱"不悔的人生节操，同时也展现了社会历史风云的变幻。《等》是追思亡母之作。一个"等"字，深涵着那没有尽头的眷眷母爱，抒写了天下儿女的痛愧与伤离。在叙写家庭琐事的篇章里，作者着重于记述温暖，散播关爱。一餐饭，一只猫，显现了繁杂忙迫生活中的温馨与欢悦，自然亲切中谐趣横生，表现了一种达观乐天、处处自娱娱人的生活态度。

她的第二类散文是有关学人、文化人的文字素描，或曰"名士风采录"，以题材独特，视角新颖，殊得读者青睐。这批散文绝大多数辑于《学海见闻录》一书，具体内容涉及三个方面。其一，通过描写一些著名学者生活中的逸闻趣事，言行风范，彰显我国老一代知识分子所拥有的笃信正义、追求科学、献身祖国的赤诚精神，和他们个人的独特丰采与人格魅力。"一个孤独、寂寥的老人"又是"一位多么辛劳的学者！冰天雪地，从北京到曲阜，为'散文学会'撑腰打气……三五天内，又给学会做报告，又给我这私附门墙者'讲课'；数百里奔波到泉城，还没喘过一口气来，就给中文系师生做学术报告……"这写的是"带了缺了一只眼睛的熊猫徽章"的老作家吴组湘（《偶遇吴组湘教授》）。一位一级教授，在 70 年代穿着"千纳百补的线袜"，并不是她刻意喜爱，只因为她竟不知早已流行于世的"尼龙袜子""为何物"（《女学究轶闻》）。此文写的是 20 年代即成名的著名作家、学者冯沅君。后面接着写了冯沅君 30 年代与夫婿陆侃如双双留学法国获博士学位；夫妇二人将大好年华奉献于祖国，历经磨难仍矢志如初，唯愿身化光明烛。（《惟愿身化光明烛》）还有大学校长伉俪用国外讲学得来的钱买书赠予学校，却要因为家中的家用电器落伍而请小保姆"多多包涵"。（《大学校长和农村小保姆》）"超凡出众的数学天才不会挑芸豆，满腹锦绣的历史学家是柴米油盐的低能儿，治学最严谨的老学者在最普通的日常事物中表现粗疏。"（《大智若愚的新例证》）这些学者之中常有的逸事，一般却为外界所寡闻。作者以独到的摄取视点，将正史和野史杂汇交融，为人们洞开了一处了解名学者内心和艰苦事业的窗口。

另外两个方面是一些海外学人和文艺名人的剪影。前者属于马瑞芳在当代率先涉足的领域。她笔下出现的是一些她所教的留学生和外国访问学者。作者以友善、坦率的笔触去探究、表现他们的性情特点。《面对外国青年的眼睛》《"我们心中都有一个孙悟空"》《貌合神离》《给英国青年含克图》《假如我很有钱》《莫流泪，蓝眼睛姑娘》等，勾画了一个个性情迥异、生气盎然的外国青年形象。后者则属意于文艺界友朋，像《前卫二李的道听途说》《无意间瞥见了"活包公"》《涛声，不息的涛声》《"编辑老爷"的故事》等，无论是艺人还是作家，前辈还是同辈，作者大多与他们有着心灵的契合，闲闲写来流泻着自然的情感交流，因而文字亦是耐人品读，时有深厚的情谊溢出文外。

她的记游文字又主要有两种，一种绘写的是山东大地的美景风物，如《梁山奇景》《胶东三记》《海滨待日记》《青州国宝》《曹植墓随想》《蒲松龄故居漫笔》《留仙寻踪》等；一种是表现了祖国新疆、西宁等地的风光，和那儿各族人民，特别是穆斯林民族的习俗民情。如《草原的眸光》《西宁清真寺》《塔尔寺拾趣》《哈吉廊下打秋风》《热闹的麦西来甫之夜》等。作者游踪所至，将身心融入山水风情、古代人文的永恒生命之中，对故土山水，对边疆等地的民风民俗，自有一股豪情与眷恋流注笔端。娱情怡性，生发理趣。时而带出对社会生活现象的品评和历史的感慨，记叙中透出一种特有的明快与细腻。

作者在进入90年代后为几家报纸写专栏，这就是收入《野狐禅》中的一些随笔。她说，"所谓随笔大概就是一种意到笔随的东西。柯灵先生认为是'天机活泼，文质浑成'。其实散文和随笔并没有太严格的区别。顾名思义，随笔应该更随便一点。更洒脱一点，更放达一点，更活泼一点。……这几年写文章并不怎么琢磨能否微言大意，能否载入史册……'我手写我心'，'我手写我情'，'我手写我感'，能对人生有某些穿透力，对生活有某些洞察性，用小文章追求真善美，鞭挞假丑恶，让更多读者喜闻乐见，就是件开心事。"（《野狐禅·后记》）这集子里的文字正是这般杂而随意的，谈母亲、感冒、遗憾、观球、购物，交往、朋友、吃喝，对伟人和名人的感想，学术会上的触动，等等，都写得朴直自然，直指生命的真与美，假与丑。其中一部分为"趣话聊斋"的篇什，多从聊斋中的角色寻题立意，如《绛妃是谁?》《笑矣乎我婴宁》《恒娘的夺宠术》《非做鬼不可》《阎罗障眼》等，将蒲翁的人物塑造结合作者对人情世态的体验，或考证辩驳，或分析引申，每每深入浅出、直中要害。也有的于诙谐幽默中别见新意，确实给人"野狐!"谈禅似的新鲜意味。

二 明朗灵动、洒脱幽默的写作风格

马瑞芳在大学里长期教授中国古代文学，后兼及文学创作。扎实的古典文学修养，使她能把握并化解优秀传统文学的精髓和人文精神于自己的散文创作中。而她个人的气质、学识，可能还包括审美标准，则使她的作品通常没有一些女作家、尤其是散文家作品常见的闺秀气。她的散文既有浓郁的生活气息与传神的人物，又将历史知识、诗词掌故、逸闻趣事集融为一体，抒情叙事，开阔而不滥生枝蔓，文字风格兼有机智明朗与生动诙谐。

马瑞芳散文的一个首要特点是始终有"我"在其中。这个"我"还不完全等同于郁达夫所说的现代散文中每篇皆有个作者的"自我"存在，而是不仅"自我"在其中，是散文中一个完全显在的、活跃的"我"。作者在创作中采取主观介入式叙述方法，以第一人称的"我"展开叙述，本是传统散文的常见叙述方式。而在马瑞芳这里，许多散文里直接摆进了一个机敏泼辣、生动活泼的"我"，体现了作者强烈的本体主导意识。看她的作品里，在师长面前，朋友之间，这个"我"常有"唐突犯上"和"嘴尖舌快"之举。质疑名教授，"公然班门弄斧";拜望前辈交往友朋，则常"嘻嘻哈哈""唯恐今日无趣事"，在彼此调侃中透露温馨。家人面前，其"我"则更是鲜活。母亲、婆母面前以顽劣"不着调""甩手掌柜"得宠爱，为人妻"常常蚂蚁钻厨，粮食生虫，毛衣打洞"，为人母，更喜与儿女为朋辈。正如有论者所说的："马瑞芳作品描写了众多人物，而其中最生动的一个人物，就是'我'。"她"笔下描写的主体人物是教授、学者，长辈，朋友，而这列于次位的'我'则总是以其诱人的风采活跃其中，有时竟有夺主抢戏之嫌。然而正是这个诙谐调侃，洒脱泼辣而又憨态可掬的'我',以其勃发之灵气,催化主题,丰润内容……"①。

马瑞芳散文的另一成功之处,是善于抓住特征写人物。一著名学者曾这样说她的散文,"散文有抒情的,有叙事的。马瑞芳同志的散文中,可几乎每篇全是既有抒情,也有叙事,并且更夹有议论、描写。但读起来不仅不使人感到不和谐,且非常生动活泼……她对写的人物,常常取其一两点,加以突出,就生动地呈现出来了"②。散文中描写人物,重要之点在于抓写其"神韵",或者说是写出其独有的特征。且看马瑞芳写其祖父:

> 1935年祖父从济南行医归来,年老退隐,闭门养花、写字、课子。他颇令伯父和父亲发怵,以至每遇难症去请教严父,都惴惴不安。自己的问题刚刚提出,老人的询问便连珠炮般地打来:"此病,定何名?在何经?在表在里?属虚属实?是阴是阳?系寒系热?治法应以何经方验方为主?如何辨证?"

> 40年代初,伯父和父亲已是有名的医生了。有一天,祖父对他们说了这样一番话:"我劝汝二人转行。老大,你干脆是把木刀!根本不懂辨证施治;老五,脑子倒还灵活,却飞扬浮躁、浅尝辄止。汝等做什么营生不能够养家糊口?何必一定要当医生?伤天害理!"

上面具有人物特征的语言,便把身为名医、严父的祖父,其严正甚至是严苛、执拗的性格侧面烘托了出来。她写人物,更经常地是抓住其不引人注目的,或者说是一般人不予以关注的某种特点,由此丰满人物、凸现人物。像写学富五车的名学者们在日常生活中的诸般天真幼稚、孤陋寡闻,等等,均被她敏感地提取出来,写人之际稍加点染,便丰富了人物的神韵,更加显出了人物的平易、可亲和可敬。

马瑞芳的散文艺术更为学者性的一面,是其中比较丰富的知识容量和辞采飞扬、畅达幽默的语言。她的散文不仅穿插了不少古典诗词、典故资料、历史故事、人文逸事等,还因为所写人物多有名学者或作家艺术家,其中的交往洽谈行止风范,也往往包含了一定的人生、社会和文

---

① 赵慧:《简论马瑞芳的创作特色》。
② 田仲济:《学海见闻录·序》。

化知识内容。她的散文语言在生活化的同时,既有知识性又有趣味性,并处处流溢着她特有的幽默感:机智、狡黠和俏皮。她对世俗生活的热爱,她的尊长之情、亲情、友情都在她的诙谐语调下得到了充分的抒发。如她写家养的猫,将猫的善察人意又颇有个性写得入木三分,"猫不仅游刃男女主人间左右逢源,还能在瞬息间对客人判清'敌我'。对温和的'猫姐姐'们,猫迎候而摆尾,女孩们遂以为猫捉蜻蜓为乐……对那些总想捉弄猫的男孩,猫从不假以好颜面,或'嘶嘶'地恫吓,或'迁都以避锋芒'。……英国博士白亚仁和美国博士蔡九迪都曾受到猫有派头的欢迎。九迪见猫对她摆出一副纡尊降贵之态,戏曰:咪咪有泱泱大猫之风。"她写"文化革命"中著名文人、山东大学校长成仿吾被开会受批判,仍不失其认真和耿直的本色,"小将……按他低头认罪,他昂首挺胸。小将怒发冲冠,读诗词以壮声威:'独有英雄驱虎豹,更无豪杰怕熊罴!'被扭作'喷气式'的成老,奋力抬头,高声断喝:'那个字不念能,那个字念罴!'"这种正气叙写中,又是一种幽默与讽刺浮现于其间,闹剧场面中有着悲剧意蕴。写自己或亲近的家人时,则往往拿一些小缺陷加以夸张地自嘲,在释然宽怀中拥抱生活。类似以上种种,她的幽默、俏皮多是于字里行间渗透出来的。有的从文章的题目也能透露一二,如《最佳顾客购物铭》《都是副的》《男女有别的学术'商讨'》等。有的是加入了一些适当的"噱头",增添了情趣。无论写人叙事,绘声绘色中,情采毕现。

　　1995年,红学家、评论家李希凡在马瑞芳的散文集《假如我很有钱》的"序"中这样写道:"对马瑞芳的散文创作,十年前我曾有过这样的评论:'文笔流畅,感情激越,色调清新明朗,用语遣词华丽、俏皮、幽默、泼辣,是她的长处;而蕴藉平实不足,又是她的短处。'现在我却不能不把这'短处'的说法收回了。马瑞芳的'艺术掌握'的范围十分宽广,古典小说研究、散文、小说以至随笔,杂文的创作,几乎没有她不涉足的领域,而且个性特点突出。"古人说,"风格即人",往往一个人的个性、性情,确实决定了其文风。马瑞芳散文所呈现的有别于其他抒情散文的美学风格,其特征即不在于温柔和婉而是明朗洒脱;不是那么温文尔雅,而是尖锐并幽默。

第三节 郭保林的散文

一 自然之子的丰沛情思

在新时期的散文创作中,郭保林(1946—)的散文成就十分惹人注目。他70年代走上写作道路。在90年代先后出版了《五彩树》(中原农民出版社,1990)、《青春的橄榄树》(人民文学出版社,1991)、《有一抹蓝色属于我》(作家出版社,1991)、《绿色的童话》(河北少年儿童出版社,1991)、《一半是蓝,一半是绿》(海燕出版社,1994)等多部散文集。还有长篇报告文学《高原雪魂——孔繁森》(山东文艺出版社,1995)、《塔克拉玛干:红黄黑》(山东文艺出版社1996)等。他的一些散文作品被收入《八十年代散文选》《中国新时期抒情大观》《散文选刊》《中国当代散文精品选》等数十种散文选本中。他的韵致丰美、激情洋溢,深深扎根于乡土和大自然的散文,受到了很多读者的喜爱。

郭保林,山东冠县人,1965年入山东师范学院读书,大学时代开始发表短诗和散文。1972年后在聊城文化局等处从事创作,1984年后在山东文艺出版社任文学编辑。为中国作协会员,中国散文学会理事。这个鲁西平原的儿子,对乡土怀有深挚浓郁的感情,这份感情,逐渐成长为一种哲理思悟:"人们朝故乡走去,便也是朝自己的过去走去,朝自己立足的根本走去,朝赤子般纯洁无瑕的初始状态走去。乡土之思,则是一种追寻……"(《五彩树·后记》)踏着追寻的脚步,人类的乡土——大自然,也便成为他诗心的皈依之所。"我喜欢大自然,喜欢山、林、湖、海,喜欢一切自然的美。……我常常跑到那大山里去阅读大自然的古老书卷。我不会忘记那片莽莽林海,那原始的美,野性的美。"(《绿色的童话·后记》)。90年代初,他还曾几度行程数千公里,深入内蒙古大草原、北国边陲、西藏等地进行采访和体验,饱览鄂尔多斯高原、锡林郭勒大草原、巴彦淖尔沙漠草原和额尔古纳河以及西藏高原等各地风光。郭保林痴情地爱着散文,愿将自己的诗心"化为小鸟",筑巢在散文的枝头;"化为一线流水",匍匐在散文的田野;"化为一缕雾岚",缱绻于散文的青山……他的人生和生活之旅成为他的创作源泉。于是有了抒写少男少女甜蜜与忧伤的青春恋歌（《青春的橄榄树》），这可以看作是作者走进抒情世界的青春序曲，也是他对于充满了悸动、不安、温馨和伤感的青春心理的回顾与告别。也有了他的以"乡情"、"大山"、"森林"、"海洋"和"草原"为主要题材的数量更多、更为丰硕的一批散文，这些作品，从多个角度和层面，以不同的色调描述了作家关于大地山川、森林海洋、莽莽草原，以及养育他成长的平原乡土的斑斓篇章。

乡情，永远是作家心中汩汩流淌的河流。无论何时何地，他说"乡情像一条坚韧而又绵长的丝线，无论走到那里，他总是伴着我一同前行。山，隔不断；水，剪不断；一头系着故乡，一头系在我心中。在城市住久了，思念故乡的心越发殷殷的了，这一叠重重的乡情该怎样寄托呢？"（《我寄情思与明月》）故乡的景色，故乡的生活，便如一幅幅生鲜活色的立体画面，由他的心头，倾泻于笔下：那片沙滩上翠绿的白杨林，秋季到来金叶飞舞，萦绕着他儿时甜美的梦想；故乡的早晨有"夹着蚕豆花香味的清亮亮的晨风"，有扣响田野的清脆曼远的牛铃；黄昏温馨的小院是一汪透明的湖泊，斜照的夕辉间染着青紫色的薄暮，一缕缕乳白色的炊烟飘飘袅袅；雨后的原野"润碧湿黄"，云气氤氲里，走来下田姑娘的翩翩身影；故乡平原的秋色有如明亮的雨丝，顷刻间能够湿润人干涸的心……这些画面渐渐由清新、柔亮走向深厚和雄浑，从鲁西平原，到黄河故道、东平湖水、沂蒙山村。朴实粗犷而又瑰丽神奇的蒙山，也是作者的齐鲁故土。从平原到高山，那襟怀领略又是一番景象。写蒙山景象的就有《蒙山海》《山韵二题》《云蒙峰印象》《龟蒙顶素描》《蒙山草青青》等多篇。作者不仅在"那峰的峥嵘，岩的峻赠，崮的雄浑，谷的幽邃；……郁郁林莽，湍湍飞瀑，漠漠雾岚"中心驰神往（《寻寻觅觅沂蒙魂》），也描绘了那"秋一样醇厚"的山村风情，"饭后，女人们照例洗刷锅碗，喂猪喂羊，或者缝补衣物。男人们则三三两两蹲在屋头墙角，点着一只只老叶子烟，长长的烟管，红红的烟火，扯起来……"（《那遥远的小山村》）评论家鲍昌称他的这些乡情之作"泥土芳香扑鼻而来，而其铺陈画卷，着色浓烈，确有宋代范宽画风。……有趣的是，郭保林文笔虽称秾丽，其思想感情则笃厚淳朴。……绵绵之意，拳拳之心，始终萦绕于故乡之'红的高粱，黄的玉米，灰的豆秸，紫的荞麦，金的稻谷，白的棉田.'……乡情未泯,'土味'犹存。"① 这乡情的更深沉之处,还在于这些画卷的"魂",除了作者对田野山峦乡舍的描摹感喟外,同时包含着故乡人的生存状态及其对生活的向往,从而构成了他这些乡土散文的现实感与时代气息。"其文状物抒情,均从今日之改革现实着眼。……作者将金色童年之记忆、困难时期之困窘、'文化大革命'十年之动乱,与80年代改革开放之新景象掺糅对比,熔于一炉,'悲辛处荡气回肠,欢欣处振人肺腑'"②。像《八月,成熟的故乡》一文,在丰硕、甜美的秋收气氛中,既浮漾着作者于这金色季节里的种种思绪、感慨,对以往古老乡俗的回忆,更抒写了乡邻们摆脱昔日穷困压抑阴影的欢悦。农民个体所有的收割机的轰鸣声,给人们带来了外面世界的变化;旷怨了半生的一对新人的喜庆婚礼,更奏响了八月之夜的和谐乐曲。几个乡村生活片段,映现了时代给人们生活和精神带来的变化。其他如《故乡的早晨》《故乡的黄昏》《洁白的情思》《梨花梦》《三月,雨纷纷》《散落的音符》《小桥·流水·人家》等多篇作品中,皆有农村人生的真实反映。

在其他描写森林河川、海洋和草原的作品中,作者更注重在欣赏自然的同时感悟自然、感悟生命。他写林区的河,"……从大山的罅隙中流来,像一条巨蟒,蜿蜒在万山丛中。……再往上走,河水变得急了,滔滔涌涌,飞泻而下。……那种野性的美,雄性的美,简直就像大写意的丹青手,以朴实简练和粗犷豪放的手法,绘制的一幅浩浩巨幅。你看,画面上的大河,高山,险峰,古树,莽林,还有那一轮古老的太阳,多么壮丽,仿佛鼓舞着你去远征,去追溯流源!"(《野性的河》)他由自然感悟生命的壮美,和人类探索未知的使命;他也曾在大自然里感受到纯净、空廓、无欲无垢的生命境界:越来越陡,时断时灭的山径,冬日无力地阳光从林隙间洒落,是那样的消瘦和清冷,"在这寂静的山林间行走,觉得自己也在缩小,小得像一粒尘沙,又像刚降生到人间的婴儿,孤单而赤裸,空荡荡的触角掏空了你千愁万绪的心,人也变得空荡荡的,只剩下一个婴儿般纯洁的躯壳了。"(《森林,一部天书》)作者认为尽情地拥抱、浸润于自然才能恢复人最单纯、最真挚的本性。

---

① 鲍昌:《五彩树·序》,中原农民出版社1990年版。
② 同上。

无论是面对深幽繁茂的森林腹地，还是浩瀚无际的大漠草原，这种对于自然的热爱与崇拜，充分地表现在他的作品中。他的笔墨最为浓酣淋漓、所表现的灵感捕捉和色调层次最为敏锐丰富、繁昳而又细腻的片段，也是一些风光景致的描写。下面引录他的散文《走进草原》和《草原夜牧》中的两段文字：

> 地平线辽远深邃，深邃和辽远里有着岗峦弧状的廓线，交错、重叠、渗透，犹如海浪瞬间的造型，旋律永恒的雕塑。那色彩淡青、灰褐、墨绿、青苍，迤迤逦逦，绵绵延延，把天与地的接痕涂抹得缥缈迤逦微茫。天高地阔……
>
> 月亮越升越高……草原在月亮的怀抱里有点激动，有点战战兢兢，但又小心翼翼……惟恐失去月光的爱抚。空气透明、新鲜、温暖，饱蘸着浓馥的花香、草香和湿润润的夜的气息……天空也变得深邃、明丽、纯净。迷离的月色，远处包帐里的灯火，近处草丛中的流萤，明明灭灭，闪闪烁烁，诱人产生许多联想：古老的传说，美丽的故事、怪诞的传奇，也一齐涌上来，让人甜蜜，让人惶恐。几只夜鸟倏然划过夜空，鸣叫着飞向远处……一只野兔受惊，扑地窜出草窝，在月光下一跃一跃地逃遁而去。虫声依然唧唧，小河依然汨汨，像情人絮语，倾吐着无尽的浪漫。

前一段是远景描写，应和着作者"这就是草原？这就是草原吗？！"的惊叹，辽阔雄浑苍茫而又瑰丽的景象，有着油画般的视觉效果。后面一段则调动了通感描写手段，将读者带入了一个静谧柔美、皎洁生动如梦幻般的世界。著名评论家冯牧就此评论郭保林的这种描写能力，认为他"时常有着一种体察入微、极其敏感的视觉和听觉，一种似乎发自心灵的感应能力。……使我们进入了一个优美动人的自然世界和生气盎然的生活氛围，而不只是在我们面前展现了一幅美丽的画卷。"作者是"在大地的深层中挖掘自己的艺术矿藏"。[①]

---

① 冯牧：《一半是蓝，一半是绿·序》，海燕出版社1994年版。

二　浓烈色彩与昂扬激情的交融

人类亲近自然、融入自然是为了寻找自己，认知自己。郭宝林的许多散文对生活与自然还表现了更深入的思考和探索。他在与自然相交融中凝铸深刻的诗性形象，在戈壁荒原，大漠深处，"打捞历史的残章"。这些作品的镜头对准茫茫草原、大沙漠、飓风、落日、深漠荒野中人与兽的残骨，古战场锈蚀的箭镞等，展现壮阔、荒远、雄强又苍茫的自然环境与物象，以激昂勃郁的主体意识、炽热喷涌的情感与之相碰撞、相激扬，使其具有更丰富饱满的感性、哲理色彩和悠长丰厚的历史感，因而显得更加雄劲和厚重。

他的散文那种豪迈激昂、雄直劲丽的创作风格也在这时得到清晰的显现。看他的《我在草原上追赶落日》一篇，其中物我交融、混沌雄伟壮丽的丰瞻意象，的确令人心魄俱动。"车轮追逐日轮。日轮在远处山梁上喘息。""夕阳沉重如山。金色的光芒砸在我身上，我的肩膀上印满了落日的齿痕。"太阳在这儿仿佛是庞大无朋的有生命的实体。它在缓慢坠落的过程中，"拼命地扩张自己，强烈地表现自己"。令天空厮杀，云际色变，又天地合一，难分难解：

> 随着巨大日轮缓缓滚动，天空的色彩也益发浓郁，红、黄、紫，成团，成块，成卷，成片，这些色彩的集团军，忽然不宣而战，刹那间，鼓角齐鸣，旌旗翻滚，万马奔腾，雄雄烈烈。红色集团军，犹如一代天骄的铁骑，汹涌地，所向披靡地向黄色营地扑来，冲杀，呐喊，嘶叫，纠缠在一起；……紫色军也……跃马扬戈，从云隙间杀将出来，犹如异军突起，和红、黄色团扭结在一起；顿时，刀枪剑戟，铿锵声，撞击声，哀叫声，叹息声……响成一片。……这些色彩都浸润着野性的荒蛮和雄性的剽悍，莫不是，大草原把它的秉性情感……也赋予了天上的光和色吗？

在其中，作者还进一步将那夕阳辉映晕染的颜色，描摹得更有层次也更绮丽："那红可分为粉红、枣红、桃红、苹果红；那黄可分为橙黄、桔黄、赭黄、柠檬黄；那紫又可分为茄紫、茜紫、绛紫、葡萄紫……"半个天空都洒满了它们的斑斑点点,有的像血,有的像凋零的败鳞残甲。于其间,作者似乎看到了历史上人间厮杀的返照。在太阳接近地平线时,天地间悬起一帘肃穆。"太阳蹒跚的脚步,像一个饱经沧桑,大智大勇,大慈大悲的老人,一步步走向圆寂……"这巨大光辉的生命是宇宙的主宰,它亘古不变的升沉昭示着历史的沧桑,喻示生灵的沉浮,天地间永恒的法则与神秘。作者绘写那沉落太阳后的天空须臾变得"惊人的铁青""骇人的诡蓝""吓人的青黛",景致描写同时又是变幻的意象。"……我们犹如夸父,但也重复夸父的悲剧。夸父与日逐走,虽九死而不悔,那是追逐光明和希望,追逐生命的原体。"夸父追日的古老主题在作者笔下实现了现代转换。作者以强悍的自我主体与无涯际的宇宙大生命心汇神交,从中升腾出阔大的宇宙生命意识和历史空间意识,创造了辉耀神奇的艺术境界。

还有像《海上,一个孤独者的行吟》中,从海滩与大海的沉浮叠换中,悟出它们的辩证存在,"滩是凝固的海,海是跃动的滩"。而"不要以为沙滩没有生命,实际上沙粒是'死'的生命,生命是'活'的沙粒。"不是吗?那呼吸绵长数千年,"每一道涌,每一道浪,都记刻着历史的变迁"的大海的沙粒,不都是潜藏着生命的音符?这种纵深的生存探询和历史意识,不同程度地出现在他的多篇作品中。"他时时都在追求一种苍茫浩渺的历史感。豪迈、激越、高昂乃至于悲壮的感情,流溢在他许多作品中的字里行间,成为他作品的主调。"[①] 他曾在草原深处,狼山脚下,寻觅秦汉长城的遗迹,寻找"羌笛与更鼓互动"浊酒浇无边乡愁,和"醉卧沙场的悲怆"(《在秦汉长城之巅,历史对我如是说……》),也曾在"厮厮杀杀2000年,洪洪荒荒1000里"的大青山,"抚摸着大山皱纹叠叠的脸靥、皲裂粗糙的肌肤,心里涨起一片惘然、凄然。"他从一对以锤打山石子为生的蒙古族爷孙身上,看到了曾经郁茂青翠的大青山更加暗淡的未来,似乎也看到了自然将要对人类的报复。"一阵山风呼啸着从我身边掠过,弥漫着荒古气息。……我的梦撞碎在山石上,睁眼一看,满山遍野鲜血淋漓——那是太阳的血。……山籁瑟瑟,乱石拂拂。"(《大青山寻梦》)。《草原之死》《戈壁有我》等也是感慨、伤悼草原的今非昔比和岁月侵蚀,激荡起一种苍凉情怀。

---

① 冯牧:《一半是蓝,一半是绿·序》。

郭保林的散文创作，意欲实践一种"整体式""集合式"和"系列式"的"大散文"写作。他的写作题材和作品，也的确是系列性的，对一个题材，给予多侧面，多视觉的抒写。他常常以重彩浓墨洒染出一幅幅具有阳刚气的画幅。在奔放的抒情和多角度的叙述中，追求一种辽阔深远的美感，创造诗性的意境与节奏。他行文注重气势，往往一倾而下。抒情有时如狂飙突起，淋漓磅礴；有时一唱三叹，回肠荡气。有时也不免忽略了细节修饰和行文的密度。

第四节　海外散文名家王鼎钧

一　乡土散文的新开拓

王鼎钧（1927—），出生于山东临沂一个传统的书香之家。他自幼酷爱中国古典文学。14岁开始写诗，15岁试评古典名著《聊斋》，16岁开始在报刊发表文学作品。抗日战争初期，他为了求学，从山东流亡到陕西。40年代后期到台湾。1950年起服务于台湾广播公司。后任职幼狮文化公司期刊部，担任过《中国时报·人间副刊》主编。1975年退休后旅居美国。王鼎钧于60年代出版和发表了一批文艺评论集、杂文集和小说、广播剧等。自他70年代出版了"人生三书"——《开放的人生》（尔雅出版社，1975）、《人生试金石》（自印，1975）、《我们现代人》（自印，1976）和《情人眼》（大林书店，1970）、《碎琉璃》（九歌出版社，1978）等散文集后，遂引起文坛注目和强烈的反响。他后来出版的散文集还有《海水天涯中国人》（尔雅1984）、《山里山外》（洪范书店，1984）、《别是一番滋味》（皇冠出版社，1984）、《看不透的城市》（尔雅，1984）、《左心房旋涡》（尔雅，1988）、《千手捕蝶》（尔雅，1999）、《活到老，真好》（尔雅，1999）等。台湾有选家介绍："王氏早年投身军旅，抗战流亡生涯为其日后写作提供极为丰富的素材。……以散文著称于世。以隽永的文字、寓言的方式、短小的篇章谱出'人生三书'……深得青年学生的喜爱。……多年来旅居美国，成为海外华人的良心，所著《海水天涯中国人》《看不透的城市》为海外中国人的流浪意识留下见证。今年来，创作视角又有转变，所叙早年大陆生活不限一人一事，却有国家历史之感，极为动人。"① 另有评论者说其风格"在艺术技巧上不断创造，推陈出新，在内涵境界上日益提升，由个人的经历扩及社会的脉动，为蜕变的时代作见证，让我们听到民族的呼吸与喘息，其中所显见的襟怀，真挚的情，厚重的义，联想起杜甫的史诗。"② 大陆评论家则认为"人们熟知作为散文改革家的余光中的名字，而另一位也许艺术成就更大、境界更为深沉博大的旅美华文散文家王鼎钧，则是为大陆读者所知不多和相当陌生的了。"③

王鼎钧的《碎琉璃》和《情人眼》两本散文集，一向被文坛认为是代表了乡土散文的新风貌。这主要表现在以下三个方面：一、兼容并蓄的开创性文体。二、表现的是大中国的乡土，而非某一种狭隘的地域观念。三、以寓言点化的技巧开创了乡土散文的新局。④ 王鼎钧在80年代回顾自己的创作时说过："大家初来台湾的时候思乡说愁甚为盛行，十几年后（指70年代初——引者），乡愁有渐成禁忌之势，我这个后知后觉还拿它大做文章"。"我写乡愁比人家晚，如果乡愁是酒，在别人杯中早已一饮而尽，在我瓮中尚是陈年窖藏。"⑤ 正是因为有了长期的积累准备，他的乡土散文一经面世，便显示了相当高的水准。从内容来看，王鼎钧的乡土散文，其中既有山东家乡的故事传说，也有对转型期台湾农村景况的描写。从具体篇幅来看，目前所知道的以山东故乡题材的为多。如《梦里的咖啡路》《瞳孔里的古城》《迷眼流金》《红头绳》《一方阳光》《哭屋》《失楼台》《青纱帐》《疯爷爷》《人，不能真正逃出故乡》等。我们在这一节的论述，也主要以上述作品为例。

王鼎钧常以文体的出位，来扩大散文的艺术能量。像上述作品，便主要属于一种"小说化了的散文"。王鼎钧认为以小说的眼光经营散文，可以增加散文的厚度和可读性，关于散文和小说的区别，王鼎钧的意见是："诗，散文，小说，剧本，是那棵叫做文学的大树上的四枝，是文学大家

---

① 杨文雄：《风雨阴晴——王鼎钧散文精选·风雨集序：常青树》，尔雅出版社2000年版。
② 沈谦《风雨阴晴——王鼎钧散文选·序·读王心得，〈王鼎钧的散文风格〉》。
③ 楼肇明：《王鼎钧散文选·谈王鼎钧的散文（代序）》浙江文艺出版社1999年版。
④ 刘登翰等：《台湾文学史》，第四编，第十一章，海峡文艺出版社1993年版，第459、460页。
⑤ 王鼎钧：《单身汉温度·自序》，尔雅出版社1988年版。

族中的四房,并非像动物和矿物截然可分。——为了便于观摩学习,必需夸张四者相异之点,寻求它们各别的特色。这以后,层楼更上,作家当然有不落窠臼的自由,兼采众体的自由。"(《文学种籽》)所以他的"作品大部分具有小说的叙述、散文的描写、诗质的意象和歧义,……从容游刃于各文类之间。"[①] 他将小说中的人物、情节和结构引进叙事散文中,有的赋予传奇色彩和寓言性。像《红头绳》写的是战乱年代少年男女偶然相爱的凄婉的故事;《哭屋》写一个旧日士子没落的悲痛,象征了整个旧时代的沉没。《失楼台》写了故乡家园堡楼的坍塌。《一方阳光》写的是最深挚的母爱。它们是作家乡土散文中的代表作品,是作家"用异乡的眼,故乡的心"赎所表达的乡思之情,具有战乱时代特有的乡土气息。王鼎钧生存在一个"下坠的时代"(《山里山外·序》),他的若干作品中都流露由盛而衰的哀伤。但他能以人间温情去疗治伤口,不流于滥情,并且指出救赎的可能。他在一些散文中,描写的一个中心是人物。批评家楼肇明认为,王鼎钧在这方面的贡献在于,"他紧紧抓住人的两大系统:生物层次和社会层次的交汇渗透,人作为灵与肉,精神与欲望的双重矛盾统一体,两者之间是互为依存,互为制约的。他从中剥离、并有声有色地描绘了美与丑、悲与喜错综复杂的图画。"[②] 如在《哭屋》和《青纱帐》两篇中,都能看到这一写作意图在不同侧面的阐释和延伸。前者里,因考进士屡试不中而葬送了一生幸福以至于性命的二爷爷,还有他那整个旧家族,因争那虚名的风光,却带来了无尽的痛苦和哀伤。后者虽然写的是抗日战争年代的故事,但它的核心,仍是令人迷惘的欲望的善恶双重性。作家在时代的皱褶中,忠实于人性本身的复杂状态去审视民族文化心理。外表看似写实,实则包含象征。曲折的故事中涵有着沉甸甸的乡土和人性内核。

二 东西融汇的艺术技巧

王鼎钧开放的文体还表现在结构与句式的自由变换、开合自如上,是古典与现代的熔冶熟灸。遒劲睿智圆熟的语句,绝无晦涩和生硬。他善于

[①] 郑明俐:《风雨阴晴·序·读王心得·出入于魔幻与写实之间》。
[②] 楼肇明:《王鼎钧散文选·谈王鼎钧的散文(代序)》。

锤炼文字,语言纯净,诗质浓郁:

> 我并没有失去我的故乡。当年离家时,我把那块根生土长的地方藏在瞳孔里。走到天涯,带到天涯。只要一寸土,只要找到一寸干净土,我就可以把故乡摆在上面,仔细看,看每一道折皱,每一个孔窍,看上面的锈痕和光泽。
>
> (《瞳孔里的古城》)

他的散文句子多是平实精约、简洁优美的,也时常引入现代意识流手法,或创造跳跃的意象,如——"落日彩霞就是免费的醇酒和合法的迷幻药。晚上的太阳达到它最圆熟的境界,给满天满地你我满身披上神奇。它轻轻躺在宽大平坦的眠床上,微微颤动。如果眠床再铺一层厚厚的云絮,它就在云里絮里化成琥珀色的流汁……"(《迷眼流金》)他的散文往往在严谨的写实和充满灵动巧妙隐喻的魔幻笔法之间,以丰盈的意象结合隐喻、象征,建立起知性、感性和理性交融的寓言世界。王鼎钧对此这样说:"我把心中之情'代'进外在的事件里,求内心的净化和宁静。叙他人之事,抒一己之情,叙事是表,抒情是里,叙事是过程,抒情是遗响。"(《情人眼·自序》)他的散文里多有传奇性的故事或情节,其间便或含蕴或直接生成了指涉承载作者意旨的丰沛意象。《红头绳》里,那口铸于明朝的大古钟,在日本飞机的轰炸声中适时地倒进人们为它挖好的深坑里,但当时站在古钟旁的小学校长乖巧的女儿,也在那混乱的一瞬间消失得无影无踪。而人们当初深埋这古钟的初衷,是为了避免这巨大的金属落入敌手被冶炼成残杀我同胞的子弹。战争的残酷性,在这扑朔迷离的情节中令人哀婉得透不过气来。《哭屋》中,偌大的古老宅院里不时飘荡着久已死去的二爷的凄怆悠长的哭声,这鬼魂的哭,实际是那个古旧时代的挽歌。作者运用此类虚实相生、大胆想象的手法,抒发自己绵长的乡土之情,也拓展了散文象征的辐射面。《一方阳光》里母慈子偎的写实情景令多少读者感动,后面有一段是母亲的梦:

> 母亲说,她在梦中抱着我,站在一片昏天黑地里,不能行动,因为她的双足埋在几寸厚的碎玻璃碴儿里……四野空空旷旷,一望无边

都是碎玻璃，好像一个玻璃做成的世界完全毁坏了……而母亲是赤足的……我躺在母亲怀里，睡得很熟……母亲独立苍茫，汗流满面，觉得我的身体愈来愈重……她又发觉我光着身体，没有穿一寸布。她的心立即先被玻璃刺穿了。……就在完全绝望的时候，母亲身旁突然出现一小块明亮干净的土地……正好可以安置一个婴儿。谢天谢地，母亲用尽最后的力气，把我轻轻放下。……谁知我着地以后，地面忽然倾斜……我快速地滑下……转眼间变成一个小黑点。在难以测度的危急中，母亲大叫，醒来……事后记起我在滑行中突然长大，还遥遥向她挥手。

这碎玻璃的世界是可爱故乡、传统农业社会的象征，也是中国古老文化的象征，曾经完美而易碎的世界终于毁损。再难以找到一个平坦安全之地。母亲怀里的儿子终于滑落，然而他又在这无奈的滑行中长大。台湾文学史论者说："这象征着无数优秀民族的儿女在苦难与忧患中坚韧地成长。"①

寓言性的作品如《失楼台》。它是"外祖父的祖父在后院天井中间建造的楼堡，黑色的砖，青色的石板，一层一层堆起来，高出一切屋脊，露出四面锯齿形的避弹墙，像带了皇冠一般高贵。"所有的小偷、强盗从这儿经过时，都不敢停留。但"等到我以外甥的身份走进这个没落的家庭"时，楼堡的砖已风化，砖间石灰脱落，梁柱被虫蛀坏，时时有倒塌之虞。村人怕它倒塌时伤了人，又怕它成为日机轰炸的目标，力劝主人将其拆除。但主人一是不舍，二是没钱。日子拖下去，人们的担心越发重了。但突然一天，"没有地震，没有风雨，但是这座高楼塌了。"文中写道"不！它是在夜深人静的时候悄悄的蹲下来，坐在地下，半坐半卧，得到彻底的休息，它既没有打碎屋顶的一片瓦，甚至没有弄脏院子。它只是非常果断而又自爱地改变了自己的姿势，不妨碍任何人。"这篇看似简单的作品的寓意深邃复杂，老旧濒倾的高楼是腐朽陈旧权威的象征，此文寄托了作者对台湾风雨飘摇的国民党统治权力的看法，并从中曲晦地表达了他不希望任何武力解决的意愿。

---

① 刘登翰等：《台湾文学史》，第四编，第十一章，第461页。

作者就这样巧妙地运用寓言点化的技巧,以虚实相间、怪诞奇特的想象,苍凉与奇幻的意境,创造了他的散文丰富的空间。

有评者认为王鼎钧的散文风格发展,是"由早期的干净利落,条理清晰,到中年的有情有趣,亲切有味,乃至晚期的意象丰盈,魅力感染……。"① 王鼎钧是一位熟谙中国文化传统又富有现代意识的作家,他的文风有着鲜明的中国气派和民族特色。他的"人生三书"结构严密,格调雅正,语言亲和大方又富有书卷气,是闪现着哲理与思辨色彩的小品文字,作者以新鲜生动、活泼自然的口语为文章基础,穿插许多汉民族的文化典故、成语、谚语和逸闻趣事等,塑造一个个短小隽永、新奇有味的哲理形象画面。他的散文征服了广大的读者,也在一定程度上革新了现代散文传统。

第五节　其他散文作家作品

许评(1926—2012)原名许平。山东鄄城人。他1946年开始在冀鲁豫边区文联主办的杂志《新地》和《平原文艺》上发表诗歌、小说和散文。1947年发表的报告文学作品《新梁山英雄传》被改编成曲艺唱词出版发行。50年代后他长期从事新闻和出版工作,业余进行创作。出版的散文集有《梁山泊风情》《梁山古道》《齐鲁青未了》《东岳游记》《明湖赋》《国色天香赋》(山东友谊书社,1988)、《荷艳集》《秋丛集》(明天出版社,1989)等,其中《国色天香赋》曾获山东省首届"泰山文艺奖"。他的散文以游记为最多,其最好的部分也是有关风物游记的篇章。他笔下所摄取的风景名胜,少数是有关桂林、九寨沟、黄山和德国等地的风景,多数取自于山东各地,如曹州牡丹,梁山风情,济南的湖与泉,及泰岳蓬莱等名山海域,及其有关的风物人事,皆有涉猎。因此他的作品有着浓郁的地方色彩。他观察风情景物有独到的深细之处,对其沿革由来亦记叙得颇为周至翔实,时而插入有关的历史典故、民间传说、文学故事、人文逸事等,使其作品令人读来怡情悦性,兴味盎然,富于知识性和审美性。这些多见于一些山水景物的描写。还有那些描写牡丹的散文,"姚黄

---

① 沈谦:《王鼎钧的散文风格》,见《风雨阴晴——王鼎钧散文精选》。

魏紫夸异色",《绿牡丹》《紫牡丹》《洛水朝霞》《玉妃金荷》《香玉》《二乔》等,几乎篇篇都很美。作者对菊花有细致的鉴赏,丰富的想象,入画般的描写,像这《灵芸夜光》中的文字:"这种牡丹的植株比较高大,显得特别高雅大方,枝条细长柔软,微风吹来似少女摆动飘飘的舞姿。叶片也长得疏朗,肥长而皱卷,正面深绿色,背面淡绿色,即使在无花期也非常漂亮美观。……花朵开得特别大,平头重瓣,初开浅绿色,盛开玉白色,雌蕊瓣化,大朵白花中间有一浅绿色的'青心',晶莹透亮,烁烁发光。"作者语言质朴明朗,自然畅晓中不乏清丽,在对自然美景、历史风物的热爱和兴趣中表现出生活的朝气,和对美好事物的敏锐体味,也显现出一种独特的历史情怀。其余如《明湖三美蔬》《好青好绿古寺春》《鹊华秋色》《汶鱼紫锦鳞》等,都是笔致优美、意味醇厚的篇章。

许平还有一部分叙事写人的篇幅,记叙自然生动,带有时代生活的气息,显示了他散文风貌的另一侧面。

王光明(1946—),山东乐陵人。1970年大学毕业后从事文学编辑工作。曾任《山东文学》杂志编辑,《当代企业家》报告文学月刊社副主编。90年代后做专业作家,任山东作协文学讲习所所长,山东省作家协会理事。王光明主要从事散文和报告文学的写作,作品多次获得全国及省级奖项。他与人合作的报告文学《古老的东方有一条龙》《大王魂》《沂蒙九章》等,均产生了比较大的社会反响。他的散文代表作《钻石,你在寻找谁》和《紫石街漫笔》,分获两届《散文》优秀奖。他的散文以文笔遒劲优美、叙事生动见称。他行文善于布局,层次清晰,语句整饬而有诗意,繁简主次十分得当,显示了一种深沉坚致的风格特征。纪实散文《钻石,你在寻找谁》以质朴而富有情感的笔调,描写、讴歌了一位普通的山区姑娘的高尚情操。文中叙写姑娘向国家献宝的过程,作者没有枯燥的道德说教,而是以入情入理的生动描述,具体心理的揭示和行为背景的铺垫,真实生动地刻画了姑娘纯真、高洁的形象。作者在作品开头的深沉抒情,和行文当中的诗意赞美,恰当地深化了主旨,升华了境界,将一个平凡人物的不平凡心灵,表现得熠熠生辉;体现了作者的创作特色。

任远(1928—),原名任振荣,笔名袁之,山东章丘人。他长期从事编辑和新闻工作,编辑之余喜爱写作,出版散文集有《故乡情》《山水情》等,散文作品多次获得国家与省级奖。他的散文多是描写乡情与山水之作。在这些文章中,作者栩栩如生地描绘故乡的独特风情,并在状物拾旧中追觅人生踪迹,同时寄情于山水景致。格调自然质朴,注重抒情性。《黑陶之乡的小河》是其乡情散文的代表作。另有叙事记人散文《寻访诗人断魂处》《永远的歉疚》等。

刘烨园(1954—),山东滕县人,任职于《山东文学》编辑部。1978年开始发表作品,先后在《人民文学》《十月》《上海文学》《萌芽》《人民日报》《文艺报》等报纸杂志上发表散文和小说等。散文作品多次在国内获奖。他的散文集有《忆简》《途中的根》《栈——冬的断片》。刘烨园是近年来在国内文坛崭露头角的"新生代"散文家。他的散文《自己的夜晚》《红林问语》《何时?何地?何事?》《旧站台》《不止一年四季》《在阿布兰阿德庄园听讲解》等为广大读者所喜爱。他的散文善于在叙述中大胆吸收其他门类的特长,辅之以象征、隐喻、通感、意象组合等表现手法,使叙述丰富多变。作品往往从深层次上表达人与人、人与世界之间的疏离,和对于生存的惆怅和焦灼。抒情表现上试图追求一种心理和历史的深度,艺术个性大胆新颖。

山曼(1935—),原名单丕艮,山东龙口人,曾任《烟台师范学院学报》主编。60年代开始发表文学作品。他也是一位善于描写乡土风情的散文作者。他写胶东故乡每逢清明、端午时节的荡秋千,写家乡的鸟儿"叫天子",皆绘声绘色,氛围鲜活,使人有如身临其境之感。行文感情真挚,格调流畅清新,表现出一种对事物、人情的敏锐的观察力,一种细腻、灵动、生气勃勃的感性。他的部分散文,是不可多得的乡土散文佳作。

张炜(1956—),山东栖霞人,中国著名作家,现任山东作家协会主席。1972年开始写作,主要发表作品有小说、散文等。作品多次在国内获奖,被译成法、德、英等文字介绍到国外。他的散文主要有《融入野地》《激情的延伸》《羞涩与温柔》《绿色遥思》《张炜散文随笔选》等。他的散文主要表现出一种文学家思想的激情和探索的理性。他的文风深沉浓郁,质实坚韧,辞采优美,语句中有着丰富的比类与意象。代表作品如《融入野地》等,属于思想随笔,是作者内在心灵与创作之路的自我探索。行文由强烈的抒情力量所引导,常由外在物象延至心灵世界,笔致朴素劲健,内敛而恣肆。在层层深入的内在开掘中,诗情哲理,次第叠出。

语句匀称凝练，具有自然独特的节奏与音韵之美。

李蔚红（1958—），笔名红子，山东平度人，在出版社从事编辑工作，在《人民日报》《山东文学》《美文》等报刊上发表过诗歌和散文。她的散文写作多是来自女性的母性情怀和身体感觉，细致而严肃地描写生命的关联与交融，委婉地抒写这种独特的心灵体验过程；情感真挚，构思周密，语言亲切蕴藉。

耿林莽（1926—），江苏如皋人，诗人，散文作家。他长期在山东生活、工作，担任过《散文诗世界》副主编，《中国散文诗新萃》主编，是中国散文诗学会的副主席，著有《耿林莽散文诗选》《五月丁香》等。作品多次在国内获奖。他是著名的散文诗作家，他的散文小品也有着精微浓郁的诗的意境。创作中多为触物起兴，语言沉郁优美。幽穆清远的抒情，跳跃流动的意象，多意指向的象征，酿就了卓发隽逸的境界，虽篇幅短小，却萦回无尽。

第十七章　报告文学的繁荣

第一节　报告文学的兴起及特征

报告文学的兴盛是新时期最重要的文学现象之一。20世纪，报告文学作为一种新型文学样式，缺乏悠久的传统，基础也很薄弱。在一个长时期内，它与通讯、纪实特写等混合在一起，没有相应的理论和完整的体系。从事写作者也比较零落。在新时期文坛，经过题材领域的突破和文体改革，加之社会转型时期迅速变化和更加复杂的生活，日益扩大的社会认知需求和信息需求等，都为报告文学的振兴与发展提供了良好的契机。它及时接近时代，发挥自己追踪历史和现实脚步、扫描广阔生活的独特功能，很快呈现了蓬勃发展的局势。评论家雷达指出，报告文学在新时期以来，"它已成为最活跃、最多变、最高产、最富弹性的广涵力、最具群众性的文学样式。……每年发表在各报刊和书籍中的报告文学，大约有六千部（篇）之多，几乎没有什么文学样式可以与之比肩……要说它的艺术张力，就更令人惊叹，它很像个艺术领域里的拓荒者，生机勃勃，举凡宇宙、生态、政治、经济、文化、历史、伦理……无不涉猎，目光深入到了现实和生存的各个方面。如一面巨大的、森罗万象的镜子。它是时代性、显示感最强的，与时代共呼吸，同律动的文学。"[①]

在社会改革的浪潮中，山东报告文学的创作也出现了空前的繁荣。80年代以来，山东报告文学作品的数量之多、质量的优秀都是前所未有的，一部分优异作品在全国产生了大的反响。如《古老的东方有一条龙》《废墟里站起的年轻人》《在这片国土上》《中国农民大趋势》《大王魂》《沂

[①] 雷达：《报告性·理性·文学性》，载《文学评论家》1992年4期。

蒙九章》等。一些诗人、小说作家和散文作家如马瑞芳、王兆山、郭保林等，都加入到报告文学创作的队伍里来。他们当中，经常并活跃地从事报告文学创作的有李延国、李存葆、王光明、丛正里、苗得雨、牟崇光、郭保林等人。

这一时期山东报告文学创作的主要特征，体现为这样几点。

第一、以表现改革生活为主导，多从宏观全景角度进行描写，从时代视点的高度，表达对民族、历史和社会的忧患。或者是对一处地域的历史、现实、社会和文化传统、人事变迁等作为整体的对象进行表现。如上面所提到的作品及其他作品，便多用这种全景式写法。这样既扩大了观察视野，容纳了更密集的内容，又加强了思辨性，反映了更广阔的社会生活内容。

第二、题材丰富多样。除了山东作家一般最热衷于表现的农村题材和战争题材外，还有一些报告文学作家，把笔锋探入文化、艺术、卫生、工业、部队、边防和城市边缘生活、家庭生活等领域。他们或是描写了一批有成就的文人学者、教育卫生工作者、科学家、工人等，将他们作为人生的代表性人物介绍给读者；或是反映不太为人注意的社会一角的生活，及其所表现的社会性问题，以期引起人们和社会的关注。前一个方面如马瑞芳的《断头，能够再植吗？》，李延国的《废墟上站起来的年轻人》和《在这片国土上》，王兆山的《一篇小杂文与一位大教授的命运演绎》，李荃的《中华之门》，周洪成的《横空出世》等。后一个方面如贾鲁生的《花环与锁链》《丐帮漂流记》和《阴间·阳间》，郭慎娟的《知识的罪与罚》等。总之，山东报告文学的题材还是比较广阔的，反映与揭示生活，也有相当的深度。

第三、文学性色彩。报告文学作为一种边缘文体，它的最主要的本质特征固然在于它的"报告"性。但它又同时是文学，创作上也有文学特质方面的要求，就必然要适当地运用文学的表现手法，形象而生动地反映生活；不仅帮助作者去认识历史、认识社会和人生，也满足读者审美上的需求。这也是报告文学区别于新闻报导的重要标志之一。山东报告文学的创作，便有着较鲜明的文学性，这大约也与一些作者同时又是纯文学作家有关。这种文学性的主要体现是，一、注意人物的塑造。报告文学离不开描写人物。山东一些优秀的作品，都描写了给人深刻印象的人物，这与作家的成功刻画分不开。这主要表现为注重以外部行为的描写，来揭示人物的思想感情和精神风貌。仅以《沂蒙九章》和《一篇小杂文和一个大教授的命运演绎》中的两个人物描写为例，前者中写一位为革命贡献了一生的百岁老人。在战争年代早已过去后，每当有工作人员去看望她，已经极衰迈的老人马上仍以战争年代的习惯，响亮地盼咐出一整套热情接待来人的程序，令人立即感受到了老人可敬的心灵和她当年的风貌。后者写一名教授在面对一位因"文化大革命"中曾加害于他而前来道歉的学生时，不仅淡而处之，还随即给予了恳切的指点和勉励。一位正直的学者风范，浮现于字里行间。类似这样的描写，都使人物在作品中站了起来。二、语言的运用。这里成功作品中的语言既是朴素、切实的，又是生动而形象的。特别是一些诗性语言的适当运用，不仅增强了审美性，有时还有力地突出了作品中的哲理色彩。

第二节 李延国、李存葆、王光明等人的报告文学

在报告文学创作的阵营中，李延国、李存葆、王光明是取得了较大的成就、也是最令人瞩目的作家。

李延国（1943—），出生于山东牟平的一个农民家庭。他青年时代参军，而后由一名军人成长为一名闻名遐迩的作家。他一直专注于报告文学的写作，先后发表了100多万字的作品。其作品有《废墟里站起的年轻人》《在这片国土上》《中国农民大趋势——胶东风情录》《穆铁柱出山记》《虎年通缉令》《中国的亿万富翁》《亚洲王之剑》等。其中，前面的三篇相继获得全国优秀报告文学奖。它们也充分显示了作者的创作风范。

紧扣时代的脉搏，以宏厚奋发的气势、昂扬的激情，去发掘并表现人们在艰苦繁难的环境中奋力拼搏的精神和征服困难的过程，描写和揭示在文明与愚昧、改革与守旧的矛盾纠葛中必然的文明发展趋向，赞颂勇敢奋进、百折不挠的中华风骨和民族精神，是李延国报告文学的主要特色。《废墟上站起来的年轻人》反映和颂扬了改革开放之初青年一代的崛起。突然的一场大火，将一家化工厂烧得人员伤亡，厂房坍塌，机器毁坏，几同废墟。困境中一位年轻人周大江挑起领导重担，几年奋斗，使这个工厂

死而复生。作品中,李延国生动地再现了周大江不畏艰辛的奋斗精神和逐渐显露出来的领导才能。同时带着遗憾指出,作为一个资历浅显的年轻人,他只有在"废墟"上才能站起来。作者在列举了现实生活中到处皆是的"老化"现象后,满怀激情地发问:"我们能不能不用'火'的办法,让那些血气方刚的黄河儿女尽早站到时代的前列,为中华民族的兴旺发达,去自立于世界民族之林?!"直接切近中国社会当时面临的人才优化问题,进一步深化和彰显了作品的主旨。报导引滦入津大型工程的《在这片国土上》,则是一曲对中华英雄群体的赞歌。李延国在作品的题头诗意地写下"我曾踏遍人生的领土,最后我才知道,在这个世界上,只有人民的事业,才会青春长久;谁的生命与她结合,白发就上不了他的头。……"他通过一个个具体、动人的场景的叙述和描写,真实地报导了大批工程部队官兵,包括他们的亲人,在这个浩大工程中所付出的形形色色的艰辛与牺牲。同时在作者的笔下,他们也是有着自己的生活要求,现实情欲,自己的思想苦闷和历史背负的一大群普通人。作者给世人看到的,正是在任何艰苦与磨难中也不会退缩的民族风骨,是为了祖国、民族振兴大业勇于付出、无私奉献的英雄精神和民族气概。作品揭示了这些平凡的人将自己与崇高的事业绾系在一起时所生成、显露出的那种非凡的、高洁的心灵境界。

《中国农民大趋势》与上两篇不同,不再是对一个人物或一个大事件的集中写作,而是从整体入手、高视点地对时代进行宏观把握,具体来说是对一个地方、一块地域的历史、现实、传统、经济与文化的变迁给予纪实性描写和报导。作者以充沛的激情,沉郁隽永的文笔,向世界展现了胶东半岛——"中国农村那一幅幅色彩斑斓的风情画,一帧帧处于变革中的中国农民的肖像"。这里面有当地昔日历史的回述,更多的是通过一个个具体、生动的事件和场景,通过那些充满了渴望、悸动、犹疑和矛盾、挣扎和憧憬的心灵的窥探与揭示,描述了农民们在这场社会大变革里,表现在生活中的种种心态、观念如商品生产观念、消费观念、金钱观念、信息观念、劳动观念、审美观念和性观念等各个方面的变化。作品以全景式的结构,深刻地展现了当代农村的现实状况和发展趋向。其中,作者将自己对人物和生活事件的思辨与报告出色地结合在一起,使其于平朴浑厚中不乏敏锐与深切的思想锋芒,使人们对于80年代后在中国农村迅猛掀起的经济改革大潮，以及它对广大农民的生活、心理引发的种种震荡和改变，有了切实的认识和了解，给人们带来了来自时代和生活深层的振动与启示。

李存葆（1946—），山东五莲人。他1964年参军入伍，1970年调离连队从事专业创作。80年代初进入解放军艺术学院文学系深造。后为济南军区政治部创作室主任。李存葆与李延国同是新时期以来重要的、有代表性的军旅作家。从事创作以来，他在小说与报告文学领域均有杰出的表现。他反映军人前线生活的小说《高山下的花环》发表后，曾产生了重大的社会反响。他的报告文学有个人创作的《将门虎子》《金银梦》等。其更重要的作品，是与王光明两人合作发表的报告文学《大王魂》和《沂蒙九章》。王光明此前与贾鲁生合作发表了报告文学《古老的东方有一条龙》，作品深入地描写了80年代初在渤海三角洲上，人们为建设和深度开发胜利油田的艰苦创业情景；以大量的感人事例，讴歌了人们誓让"巨龙"腾飞的顽强精神。《大王魂》和《沂蒙九章》则分别是山东人民在特定的历史行程中的精神写照与生活足音。山东曾远近闻名的"讨饭"县——广饶县里的大王镇，80年代后期成为鲁北第一个收入超过亿万的乡镇。作者三进大王，"清晰地感到，大王赭黄色的土地犹如一部卷帙浩繁的大书，有着读不尽的深奥。"于是，他们"行行复行行，……贪婪地读着它现代史、当代史的每章每页……在历史与现实的断层上去寻找过去、今天与未来的铆焊点……"《大王魂》中，作者所展现与提炼的，正是曾历经磨难的大王镇人民，在改革的年代如何找回并紧紧依靠他们的"腾飞之魂"，从而实现了历史的跨越。

《沂蒙九章》刊发于1991年《人民文学》第11期。编者在刊头写道："这是刊物创刊42年来，首次几乎倾尽篇幅刊载的一部作品。时代需要黄钟大吕。这颤栗发烫的文字，是血的潮动与真实的结晶。"《沂蒙九章》是一只革命老区人民时代精神的宏博庄严的进行曲。作品共分九章，以历史为经，以现实为纬，以亢扬激越的旋律，奏响了800里沂蒙山区"那残酷的洗礼，庄严的涅槃，伟大的觉醒，神奇的再生……"。作者回顾沧桑，以"白云也难比拟的圣洁"描写、讴歌了老区人民在战争年代所做出的惊天地、泣鬼神的奉献与牺牲，描述了后来那"曾经疯狂地噬咬过她们心灵"的"贫穷的恶魔"，历史"烙在她们心灵上的创伤"。

作品进而一步步写出了沂蒙人进入改革的年代,是如何向着他们当今"最凶残而又顽固的敌人"——贫穷宣战。作者以深沉错综的笔触,在对沂蒙人排除重重困难、改天换地的新时代步伐的描写中,一方面时时插入种种有关的历史、人事变迁沿革的记叙,一方面直接面对改革中的矛盾冲突,对之进行开掘和表现,如其中的"一封检举信及两只左脚鞋""'蒜薹事件'发生之后""'掀酒桌'掀出纪委书记"等章节里的内容,从而使作品有历史的厚重,也有着相当的社会性深度,形成历史与现实的交响。作品还表现了与激越的思想力量并在的文学光彩。在章回式的叙述结构中,氤氲着作家对当代生活、对现代文明与传统精神的联结的情愫与思考;回环往复的叙写探掘中,再是深情的情感抒发,和以群体出现的富有魅力的人格描写。在作品后段,作者如此写道:

> 沂蒙山,年青而神奇的山!我们看到,你正在从历史的仓库里剔除秕糠,让真理的种子撒在心灵的田野;你正在缩小蒙昧的阴影,让智慧的太阳在大山里闪光;你正在冲破封闭的堤防,让奔腾的沂河去际会世纪的大波;你正在斩断贫穷的羁绊,让那七十二崮高高昂起雄性的头颅!
>
> ……我们手中苍白无力的笔,写不出你的风骨,你的气魄,描不出你的脊梁,你的砥柱!我们只是深深感到,没有你的艰难与凝重,人生将显得何等轻飘,没有你的险峻与崎岖,人世间将少了多少豪壮的登攀……

沂蒙人民的高尚情操、民族精神和沂蒙大地的伟大变化,在这里被以诗意的形象作了高度凝练的表现与总结。时代的洪钟,在这儿訇然作响,其内在的凝重的冲击力,久久地感染着读者。

第三节 其他报告文学作品

综观新时期以来山东报告文学的创作,还有反映以下几方面内容及特色的作品。

在积极反映社会人生的报告文学创作中,一部分作家选取含有当下社会问题的题材,进行揭示与表现。如贾鲁生的一些作品,便反映了由种种思想禁锢或是习惯势力所造成的人生不幸和引人思索的社会现象。如他的《阳光下的阴影》和《花环与锁链》(与张西庭合作),前文描写了一个普通知识分子女性的不幸命运。这个在人生道路上经受过许多坎坷的两个孩子的母亲,丈夫因病去世,她本应更坚强地面对生活。但她却在一些"领导"人物的种种冷漠面前失去了生活的信心,终于走上不归路。如果说这个人物的悲剧来自于那些自私又握有实权的人的冷酷,那么《花环与锁链》中的女主人公,则是因为内心传统意识的作祟而不能毅然舍弃花环而打开捆绑自己的锁链。作者真实地指出,无论在人们的身外还是内心,生活中"阳光下的阴影"依然存在,并有着不容忽视的危害性。他的《未能走出"磨房"的厂长》(与丁钢合作),写了一个以改革面目"上台"的厂长,终因意识和观念陈旧又"下台"的经历。联系到这一问题在现实生活中的相对普遍性,说明了作者对这方面题材比较深入的思考和开掘。贾鲁生还有一篇《丐帮漂流记》,记录了这一特殊人群的生活与心态,反映了作者对社会边缘人生的强烈关注。此外郭慎娟的报告文学《知识的罪与罚》,以一个工人坚持试验改革遭受无理压制和种种挫折的曲折经历,生动地反映了社会习惯势力对新生力量的蔑视与压制。文中的主人公就因为他是一个年青工人,不是一些人们心目中的"知识分子",他的很有价值的技术试验,便一再地被人否决、压制,甚至因这工人的倔强坚持而到了家庭离散、被追逐拘留的境地。作者在文中质问:"问题是,什么叫知识分子?知识的概念首先不应该是少数有文凭、有职称的人垄断的财产,其次,它应该落实在贡献上。……为什么,明明是一个'才',在成绩昭然之后,声誉斐然之前,总要被设置重重障碍,使其备受刁难呢?"作家面对复杂的社会生活,举起批判的思想武器,向一切丑恶的思想、习惯势力、行为进行剖析和进击,促进人们对社会与人生的思考,使文学对现实生活的参与更加直接。

许晨的《人生大舞台——样板戏启示录》,写的是"文化大革命"期间特有的政治文化现象及其相关的人和事。王兆山的《一篇小杂文与一个大教授的命运演绎》,也是对"文化大革命"那个特殊年代里人和文的命运的追踪与反思。这两篇作品均是将报告文学的触角深入到社会历史、政治生活,及其与人的命运相联结的更深隐的地方所在,从中寻找历史的踪迹，反映社会的变迁，显示了正直的文化人支撑社会人文精神的可贵心灵。作者说："舞台表现人生，人生也是舞台。生活中的每一个人都会在其中扮演一个角色……"（《人生大舞台》）在真实历史情境的表现中，赋予作品比较浓厚的文学色彩，是这两位作者的创作特色。看其中的一段人物描写：

  在前排就座的有文化部门的……社会各界的知名人士和善于抢镜头的摄影记者。他们同样受到了感染，神情兴奋，掌起掌落……但细心人会发现，其间有一位鬓发染霜，满脸皱纹，却精神矍铄的八旬老人似乎没被周围的情绪所影响。他端坐在那里，嘴唇紧闭，眼睛一眨不眨地望着舞台……从外表看，他好像置身局外，出奇的平静，只有当台上的追光偶尔划过面前，人们才看到他眼角上挂着一滴晶晶亮亮的泪珠。

  他，就是阿甲老人。

（《人生大舞台》）

用词贴切，感情饱满，用人物身边的氛围及与其表情的对比描写，清晰地烘托出人物的外貌及内心，使人物给读者留下了深刻的印象。

  寻访山东20世纪的革命历史轨迹，彰显老一代人反侵略争解放的英勇斗争的精神和事迹，为时代和历史作见证，也是一部分作家积极关注的题材。王亮的《半岛烈火》，左太传、曲任的《山中猎手》，丛正里的《虎啸泉城》等，是这其中的代表作品。前两篇记述了1935年至1938年胶东地区的共产党员和群众对敌斗争的动人事迹。作者写的都是自己的亲身经历。前者真切地描述了"大战底湾头、天福山起义、奇袭界石集、三勇士突围、攻克牟平……"等一系列战争实景；后者记述了插入敌后的武工队惊心动魄的斗争，表现了胶东军民反抗日本帝国主义侵略的可歌可泣的壮烈画面。《虎啸泉城》以丰富的史料，浑厚凝重的笔致，全面再现了济南战役中两军殊死搏杀的历史场面。这一些真实的历史描写，为我们的民族塑造了形象，使人们进一步认识自己的历史，热爱祖国的土地。

  人们讴歌革命历史上的英豪，也饱蘸激情的笔墨来歌颂当今时代的英雄。郭保林的报告文学《高原雪魂——孔繁森》，以大量生动感人的事例,真切、全面地再现了人民公仆孔繁森光辉的一生,热情歌颂了他对西藏高原、对人民和社会主义事业,博大无私的爱和崇高的精神境界。作者在叙写孔繁森高尚情操和光辉事迹的同时,饱满酣畅地抒发了自己真挚、炽热的情感,使这部作品有着鲜明浓郁的艺术特色和深入人心的动人魅力。

全面反映城市和农村改革大潮、表现人民大众精神风貌的报告文学作品,还有牟崇光的《站起来的农民》、周洪成的《横空出世》、李荃的《中华之门》、高胜历的《东部热土》等。

第十八章 社会大变革时期的山东小说

第一节 新时期山东小说的演变历程

一 迟到的觉醒（1976—1984）

1976年10月，随着粉碎"四人帮"的欢庆锣鼓，中国人民走出了"文化大革命"的阴影，从此开始了真正的解放。1978年，随着《伤痕》《班主任》和《神圣的使命》一批"伤痕文学"的出现，中国文学也迎来自己的春天。然而，1978年的山东文坛却并没有走出"文化大革命"的阴影，占据山东文学刊物的主要版面的，仍然是"两个凡是"和"农业学大寨，工业学大庆"之类的作品。直到1979年9月，《上海文学》发表了左建明的《阴影》，山东文坛从"左"的阴影下开始摆脱的迹象可以说以此为标志。《阴影》虽晚于刘心武的《班主任》和刘新华的《伤痕》，但这篇小说因为其触及的问题之尖锐和深刻而受到重视。中国社科院写于1984年的《新时期文学六年》中，作为重要伤痕小说提到了左建明的这篇作品。《阴影》中所描写的大队干部开着介绍信领着孩子出去要饭的可悲事实，对"文化大革命"造成的田园荒芜、民不聊生的悲惨境遇作了令人发指的刻画，对"文化大革命"的控诉和揭露可见一斑。当然左建明在这篇作品中所表达的意蕴还不止是这些，作品中那高耸入云的教堂所给予人们的压抑，是令人深思的。也就是从这一年开始，山东的代表性文学刊物《山东文学》也开始转向了伤痕、反思文学的方向，跟上了全国文学的步伐。尤凤伟的小说《白莲莲》《告密者》《红丹丹》等陆续发表，将山东"伤痕"文学推向高潮。尤凤伟的这些小说均触到了相当深刻的"文化大革命"悲剧。《白莲莲》写出了"文化大革命"极左思潮怎样将一个纯洁的小姑娘"培养"成到处作"假大空"报告的"红人";《告密者》将一个被"文化大革命"极"左"思潮极度扭曲了灵魂的人的阴暗心理和扭曲心态描写得更为深刻:"文化大革命"结束了,我们的主人公仍到处搜集别人的"罪行"以便向上级告密,这种"迫害狂"心态是那个极不正常年代的特殊产物。此外,刘玉堂的《哈军工与西军电》《颤抖的手》,王润滋的《叛徒》和毕四海的《第一声妈妈》等,也是具有"伤痕"意味的较好作品。

接下来老作家王希坚发表了一批有反思意味的小说,如《李有才之死》和具有自叙传色彩的《牛棚诗人》《牛棚棋手》《忧天》等。他的作品故事性强,在幽默的叙述中写出了一个不正常年代的人生遭遇,往往能发人深思。如《牛棚诗人》中正直善良的老诗人H因为在反右斗争中说了真话而被打成右派,教训使他从此变得乖巧起来;《牛棚棋手》中的吕岩面对苦难的折磨,不再痛不欲生,而是以戏谑、调侃的方式对待那些整人的人们。王希坚写得最好的小说是《李有才之死》。作品将赵树理小说中的人物搬来,让他在1957年至"文化大革命"这段曲折的历史时期中生活,那么李有才直率刚正的性格和爱编快板的习好便导致了他一生的不幸。李有才不断地被利用、被歪曲、被批斗,皆由他的性格和爱好引起,作品借此刻画了那些势利小人、跳梁小丑的卑鄙嘴脸,想象奇特而幽默风趣。就在这幽默风趣之中,蕴含着作家对严酷现实的深刻思考。另外,段剑秋的中篇小说《莲花传》通过一个小镇上相关人物的升沉起伏以及他们的命运遭际,表现一段历史时期的风云变幻(从合作化到"文化大革命"后期),揭露了极左路线对人的无情摧残以及人鬼颠倒的可悲现实,颇有沧桑感。

中国文学由于受时代气氛的长期左右,反映在创作上便出现这样的情况:同一个历史现象或历史事实,因为写于不同的年代,不同的气氛下,便有截然相反的两种描写,从而得出两种截然不同的结论。如同是写五六十年代的"农业合作化"、"大跃进"、"人民公社","十七年"作家笔下便是一派大好局面,人人欢欣鼓舞,个个干劲十足,一片歌舞升平,极力地表现人们如何拥护"大跃进",如何发扬共产主义风格;然而到了新时期,便成了人们如何抵制极"左"路线,如何强烈地控诉和深刻揭露极"左"路线了。只要将郭澄清等人的作品和新时期作家的同类题材作品作一比较便显而易见了。

从"左"的阴影中挣脱出来的山东文学仍然深深打着齐鲁文化传统的烙印。他们不再"紧跟"和"图解"了，但他们仍然关注着社会现实。他们揭露社会积弊。抨击不良社会风气，反映社会变革对人的心灵的冲击，其中有许多能够触及当时人心的东西。尤凤伟的《清水衙门》《关系户》《静静的疗养地》和《冒名者》以及鲁南的《拜年》等，触及了"文化大革命"遗留下的社会积弊。诸如《清水衙门》里触及的那些牵扯到渎职、特权、贪污、腐败、草菅人命等官场问题；《拜年》通过"拜年"这一民间风俗揭露了"认权不认人"，"官大辈就大"的人情世态。王润滋的《内当家》则针对着曾经流行一时的歌颂中日友好之类的现象有感而发，作品通过农妇李秋兰在接待昔日仇人、今天的统战对象时既不失东道主的热情，又没有对富翁奴颜婢膝的态度，表现了新中国主人翁的自尊和自爱。他的另一篇作品《卖蟹》，通过一个小姑娘卖蟹不贪图赚钱，不"看人下菜"的故事，歌颂了小姑娘善良、正直和疾恶如仇的美好心灵，有着较浓的道德意识；矫健的《老霜的苦闷》《老茂的心病》《老人仓》等，是对"十七年"道路的反思。当然作品不单单触及"道路"的对与错，而主要是表现人心的变化。当年曾经那样拥护集体化道路的老霜们，在新时期重新认识历史的时候怎么也想不通自己究竟哪儿错了，仍然抱着原来的东西不放，千方百计地抵制和对抗。这种固守"过去"的心态，打上了山东传统文化和革命根据地文化的烙印。

可以这么认为，山东进入新时期文学的真正起始应从1981年前后开始。这时期虽然大部分作品仍是关注着社会政治，但也有人在写着人生、人性、人情的东西，有了对美和真的追求。如张炜的初期作品着意于描写大自然的美好与宁静，描写农村少男少女的欢乐、友爱、热情、向上的性格，讴歌他们在纯净大自然中的劳动和生活，他将这些年青人写得天真烂漫，活泼可爱，纯洁美好。张炜说："我厌恶嘈杂、肮脏、黑暗，就抒写宁静、美好、光明；我仇恨龌龊、阴险、卑劣，就赞颂纯洁、善良、崇高。"[①] 这种对纯美的追求，一直保留在他创作中期的作品中。此外，王良瑛的《冬雁》、魏树海的《清水店主》、韩钟亮的《散香》也表现了较浓的人情、人生的意味。

---

① 张炜：《〈芦青河告诉我〉后记》，山东文艺出版社1984年版。

二 在现代主义思潮中探索

1985年前后，中国文坛上掀起了一股意在学习西方的现代主义思潮，这股思潮来势凶猛，使作家人人都无法回避。尽管山东文坛受传统的影响较深，也不可能不受到这股强大的潮流的波及。山东的主要青年作家如张炜、李贯通、矫健、尤凤伟、左建明、尹世林、王润滋等都参与了对现代主义思潮的响应。张炜写了在当代文坛上堪称长篇小说创作高峰的《古船》以及一些短篇，王润滋写了《小说三题·跟小儿子去》《残桥》，李贯通写有《夜的影》《堤之惑》等，左建明写有《冬猎二章》，矫健写有《小说八题》《河魂》《天良》，尤凤伟写有《秋的旅程》《诺言》《旷野》，尹世林写有《鬼谷》《怪鸟》等。这些作品分别借鉴了西方现代主义文学的不同表现手法，如魔幻现实主义、荒诞派、意识流、黑色幽默等。但可以看出，山东作家的借鉴是谨慎的，而且注意同中国民族民间艺术传统中的神怪传说和"聊斋"神韵结合起来。如《天良》中的"狐狸闹妖"和《诺言》中多次出现的鬼魂作怪等情节，王润滋《残桥》中德兴与祖先的亡灵相见，《跟小儿子去》中那位将死的老妇夜夜与已死的小儿子见面的描写等，还有左建明《冬猎二章·兔王》中那只神秘的精灵般的豁耳朵兔王的故事，与其说是借鉴了拉美的魔幻现实主义，还不如说更符合中国民族民间神灵鬼怪传说的神韵。

但是，山东作家们也有一些属于探索性的作品，如矫健的《眼睛》、王兆军的《不老佬》、尹世林的《怪鸟》等所表达的荒诞意味却有所不同。《眼睛》中患眼疾的老教授自从换上了别人的眼睛之后，不由自主地做出了许多荒唐的举动并因此搞得十分苦恼的故事，显然是荒诞不经的；《不老佬》那位生理上永远也长不大而心理上却与其年龄相符的怪人就更加荒诞，其外形的童稚与心态上的复杂、世故形成了鲜明的反差；《怪鸟》的与之不同之处在于，它并不是以手法上的荒诞令人称奇，而是以故事的整体荒诞令人深思。作品讲述了某公园一只名贵珍禽丢失的传闻给"四女河"边小村带来的骚动，以至演出了一个个互相猜忌和人人自危的活剧，隐喻了人与人之间的紧张关系和人心的险恶；李贯通的《堤之惑》和《夜的影》对"文化大革命"时期人们的生存困境和精神煎熬的表现，通过其中的一些带有荒诞、幻觉和恐怖意味的情节描写，如突兀出现的枣树和地上爬行的蛇、雨夜大堤上出现的神秘老人的声音，等等，在一定程度上加强了作品所要表达的意蕴。

总而言之，在中国现代主义思潮中进行过一些实践探索的山东作家，的确使山东文学创作有了新鲜感，对单调而表情达意狭窄的传统表现手法进行了一定程度的反叛。这种探索启发了作家们的心智，使他们在今后的创作中摆脱传统观念和传统写实手法的束缚，给文学带来了活力。其中有些作品还是深得文学界赞扬的。如尤凤伟的《秋的旅程》在被香港作家西西女士收入小说选集时，评论说"《秋的旅程》简直是一个谜"；张炜的长篇《古船》被文学界认为是最成功的借鉴了拉美文学魔幻现实主义表现手法的典范，而作品丰富的内涵和厚重的信息量也是同时期其他作品所无可比拟的。

三　老、中、青作家"同台竞技"的文坛格局

新时期的山东文坛不仅呈现出文学观念的创新演变和艺术手法的多姿多彩，而且在小说创作的其他领域也呈现出多样化的局面。虽然说不上形成什么主义、流派，但却不再是五六十年代那种一种主义、一个派别、一种腔调的单一格局。新时期的山东，不但涌现了张炜等一大批被誉为"鲁军"的年轻作家，而且五六十年代已经成名的中、老作家如刘知侠、冯德英、李心田、王希坚、李向春等也焕发青春，创作出了显示着观念更新的新作；不但有乡土、地域小说家，也有都市题材小说家；不但有"纯文学"小说家，也有通俗小说家。题材方面，不但现实、现代生活题材和革命战争题材小说比上一个时期丰富，而且历史题材小说的创作也比上一个时期活跃，而家族史题材小说则是上一个时期不多见的；也出现了一些有较高质量的作品和有一定成就的小说作家，而且还有原先从事散文或诗歌创作的作家、诗人们的加盟。山东的小说创作之丰富，从事小说创作的作家之多，令人叹为观止。按山东的行政区域考察，虽然各地存在着不平衡的情况，但各地都有在本省乃至全国有一定地位的小说作家。据初步统计，山东从事小说创作的作家有百人以上。除张炜、莫言、王润滋、左建明、尤凤伟、李贯通、矫健、李存葆、刘玉堂、毕四海、马瑞芳等成就斐然、在全国文坛上影响深远的作家之外，比较有影响或知名度较高的还有刘玉民、赵德发、苗长水、尹世林、刘学江、宗良煜、王延辉、钟海城、陈占敏、陈炳熙、孙鸳祥、李亦、殷允岭、芳洲、张宏森、王春波、

尹铁铮、卢万成、马海春、侯贺林、王良瑛、许志强、穆陶、有令峻,女作家于艾香、张海迪、陈玉霞、郑建华、严民、阿真、江灏、张一翔,儿童小说作家卢振中、林红宾、王欣、张力慧、刘海栖,更不用说刘知侠、冯德英、李心田、邱勋、萧平、姜树茂、李向春这些跨代作家,以及张承志、梁晓声、王兆军、李杭育、邓刚、余华、孙甘露、张辛欣等山东籍外地作家了。而青岛和烟台、济南三地更是小说作家集中的地区,仅就青岛于1990年编选出版的《青岛短篇小说选》来看,入选的青岛作家就有46人之多,可见山东小说繁荣之一斑。

新时期是山东小说创作的鼎盛期,从来没有这么多人从事小说创作,题材样式也从来没有像现在这样多姿多彩。张炜等"领头雁"的作品这里先不说,因为他们是属于全国乃至世界性的作家,仅就山东"本土"作家来说,已经令人目不暇接了。与李贯通一样以微山湖一带的渔农生活为写作素材的殷允岭,既著有《大船浜》《苇鸟》等长篇小说,也有《湖人琐事》等短篇小说集;威海作家孙鸶祥写过不少市井题材和知青题材的小说,他最成功的作品是反映旧时代市民生活的中短篇小说集《野厨》;另一位威海作家王春波是以写"神奇鬼怪"故事显示特色的作家,他写了《神滩》《神吹》和长篇《鬼生》等以"神"、"鬼"命名的作品,其中充溢的森森鬼气虽免不了编造痕迹,却也给人以新鲜感;烟台作家卢万成也创作了不少现实题材和旧中国市民生活题材的作品,他的中篇《芝罘旧夕阳》可以说是一部脍炙人口的小说,此外他还写有《女人的河》《男人的海》等反映现代生活的长篇小说;烟台作家陈占敏的小说一出手便引起了人们的注意,而他的长篇小说《沉钟》《淘金岁月》更显示出了他驾驭素材、反映生活的艺术功力;主要以影视剧作蜚声中国文坛的青年作家张宏森,却也是以具有现代派意味的长篇小说《阳光与蛇》《狂鸟》起步的,他的主旋律长篇小说《车间主任》《大法官》与同名电视剧一样引起了强烈反响;鲁南作家侯贺林眼光关注着乡土人物身上所表现出的文化负累,他的系列小说《女子世界》和《男子世界》中的那些男人和女人的故事,让读者看到了传统文化是怎样规范和束缚了民间百姓心理心态,以至演出了那么多可敬可叹的人间悲喜剧;同是鲁南作家,不事张扬的钟海城不但写有反映现实题材的中短篇小说,而且也以其长篇《三美神》《新西游记》受到读者和评论界的好评;潍坊作家芳洲(郑海翔)

的小说《热的冬》《晕眩》等,反映了转型期人文知识分子面对商品经济大潮冲击那种失落、迷茫、彷徨、幻灭的情绪,这是山东小说中为数不多的表现现代知识分子人文关怀的作品之一。从新时期初期到 90 年代,山东的小说作家层出不穷,且硕果累累。

四 新时期小说创作的特点

有论者说"山东是中国非官方的、正统的、传统文化的精神圣地"①,的确如此。山东文学受齐鲁文化的影响是相当深刻的,从"十七"年文学到新时期文学,均可看出这种影响的迹象。"十七"年文学基本上是"听将令"的文学,此时所体现的区域文化的道德观念基本与当时中国的社会主义道德观念相一致,尤其是与"大公无私""助人为乐"等道德提倡相一致。而新时期山东作家与齐鲁文化的密切关系仍表现得相当突出,如关注社会人生、强烈的道德意识、"民本思想"、家园守望意识,以及稳健、踏实、一步一个脚印等。当然,也存在着诸如循规蹈矩,思想偏于保守等弱点。总之,新时期山东作家继承并发扬了"五四"以来山东作家积极入世的文化精神和"民本思想",主要将目光关注着广大的农村乡间,以此为切入点表达着对整个国家民族的关注。但是,从许多作家的作品中可以看出,他们既同情农民的苦难,又憎恨着他们身上浓重的传统精神负累;既眷恋齐鲁文化的人文精神的进步性,又厌弃其体现于农民意识中的保守性。在他们的作品中,存在着赞美与批判两种意向。另外,守望本土文化家园,捍卫道德理想,更显示了齐鲁文化的深刻影响。抗拒虚无和绝望,抗拒道德意志缺失和灵魂的缺席,拯救信仰和尊严,以强烈的道德理性精神和人文理想切入人生、切入生活、切入社会,或发掘人格世界的动人力量,或批判人性的丑恶,揭露社会的弊病,或为民请命,或呼唤价值和理想,这是山东作家值得肯定的优长之处,是山东人民应为此而感到自豪之处。

第二节 王润滋的小说创作

在守望本土家园、捍卫道德理想的作家中,王润滋是代表人物之一,

---

① 魏健、贾振勇:《齐鲁文化与山东作家》,湖南教育出版社 1996 年版。

他的作品中所表现出的，主要是对传统道德强烈的维护之情，为了维护传统的美德，他甚至没有像其他作家那样既有赞美也有批判。

王润滋（1946—2002），山东文登人，毕业于文登师范学校，做过小学教师、县委报导组报导员，曾任烟台市文联主席、山东省作协副主席、《山东文学》主编等职。1977年开始发表小说，《党小组长》是最早的短篇，此后接连发表了多篇小说作品，著有小说集《卖蟹》（山东文艺出版社1985年），此外还有未结集的中篇《鲁班的子孙》《残桥》和短篇《小说三题》《沙河梦》《雷声召唤着雨》等。

一　初期创作的道德主题

在坚守本土文化家园的新时期作家中，王润滋是最坚决地维护传统的道德理想的一位，除带有伤痕意味的作品"从昨天到今天"系列（《命运》《相见欢》《灰烬下面是火种》）和《叛徒》之外，他的全部创作几乎均与"道德"有关。《叛徒》是对"文化大革命"期间"愚忠"观念造成的人与人之间美好感情遗失的反思。主人公白兰因所谓"革命坚定性"对别人造成的伤害，甚至使自己的亲人都感到寒心。后来白兰终于醒悟过来了，开始了对"忠"、"奸"观念表示怀疑和反叛，但她对人们造成的伤害是无可挽回的。《相见欢》《灰烬下面是火种》《命运》分别写了"我"中学时代三位同窗不同的命运遭际，刻画了三位主人公对失去的爱情、友谊、理想、前途的留恋、惋惜和惆怅，在主人公们已经冷漠、务实的人生态度里，隐含着对"文化大革命"的控诉和对人生无常的感叹。然而，即使是在这些作品中，也能感受到那种道德意识的存在。《命运》的主人公董文形象就负有较明显的道德批判意味。"文化大革命"使董文升大学的美好理想化为泡影，派性斗争又把他送进监狱，出狱后的董文完全失去生活的信念，想葬身大海寻求解脱，但是他这种举动却遭到了他的农民父亲的严厉批判。董文父亲用"农民的真理"教育他向老一辈人的生活方式和人生哲理认同这一意蕴，曾在王润滋后来的作品多次出现。至于像《党小组长》《孟春》《亮哥与芳妹》之类，无不表达了对传统美德的歌颂和赞美。被王润滋所赞美的美德，是忍辱负重、忠厚老实、善良正直、无私奉献等传统道德意识。为肯定这种美德，王润滋甚至让儿童（小姑娘桐花、少年李林）负担起宽厚忍让、代人受过的责任（《桐花开》）。王润滋执意要"开发人的精神陈质的矿藏"①，因此，他的孟春、亮哥、芳妹和党小组长等人物身上，更多地负载着传统的道德意识。

王润滋备受称赞的《卖蟹》《内当家》也是对具有中华民族传统美德的人物的歌颂。卖蟹小姑娘是一个重义轻利、惩恶扬善、具有侠义心肠的人物，她宁愿低价卖给那些恪守道德的好人，甚至无偿赠送给贫穷的老人，也不卖给财大气粗、心灵丑恶的坏人，表明了她鲜明的道德立场；李秋兰更是一个具有理想的道德品格的人物形象，这位农村妇女不但性格刚强、精明能干，而且深明大义、襟怀宽广，在她以不亢不卑的态度接待她昔日的东家、仇人、今日的爱国华侨刘金贵这个具体事件中，表现了一个深受传统文化影响的新时代农村妇女的胸怀和个性。

二 社会大变革时期的道德呼唤

当80年代改革开放的浪潮使中国的许多作家失去了往日的矜持，纷纷反映改革新气象的时候，王润滋却没有去跟这一风潮，在经过一年多的沉默之后，他写出了《鲁班的子孙》这篇曾引起较大反响和争议的中篇小说，再一次表现了面对历史大变动的观察和思考。在《鲁班的子孙》中，他以老少两代木匠在金钱利欲与人情、道德面前的矛盾，表达了他对改革开放带来的世风日下、道德下滑的负面东西的思考。这篇作品反映了80年代初期农村的经济改革所引起的世道人心的变化。小木匠黄秀川接受了个人致富的理论，为了尽快发家致富，不顾乡亲情面，坚持收费，不愿将不会木工的人照顾进他的木器厂；而他的父亲黄老亮则认为宁可放弃个人致富的可能性，也要维护邻里乡亲相帮相助的古朴情谊。虽然王润滋无法否定小木匠个人致富愿望的合理性，但他更多的忧虑在于：如何妥善处理历史的进步要求与维护传统美德的关系，因此，他的感情更倾向于对邻里乡亲有强烈的同情之心的老木匠一边，他希望人们"在为贫穷和愚昧挖掘坟墓的时候，不要将真、善、美也同穴埋藏"②。此后发表的《小说三题、三个渔人》也很表达了这种道德忧虑，很能代表山东民众的文化心态：被贫穷折磨怕了的打鱼人老李哥，在腰包丰实之后却陷入了对世

---

① 王润滋：《愿生活美好——创作断想》，载《人民文学》1981年第4期。
② 王润滋：《从〈鲁班的子孙〉谈起》，载《山东文学》1984年第11期。

道人心变坏的苦恼之中。他看到：原先与他患难与共的朋友，一个个地在背叛他；他致富之后娶来的妻子也与他离心离德。他将导致自己痛苦的种种原因归咎于金钱的毒害，便以大把大把地往海里扔钱排解心中的苦闷。王润滋的这种道德批判和反思旗帜鲜明，直言不讳，表达了他捍卫传统道德理想的强烈愿望，也代表了山东作家深受齐鲁文化影响的文化性格。

王润滋对道德意识的坚守与呼唤是多方面的。在《雷声呼召唤着雨》《残桥》等作品中，他还站在对土地有着深厚感情的传统农民的立场上，对那些企图离开土地、摆脱当农民命运的年青人的行为进行了强烈的道德谴责。《雷声召唤着雨》中的主人公、一心想通过上大学以摆脱当农民命运的董昭，在落榜之后产生轻生的念头，他那位毫无怨言地把汗水洒在贫瘠的土地上的女友和安守贫穷的瘸五爷，在关键时刻用他们知足常乐的人生哲理教育挽救了他，使他在家乡的土地上找到了人生的前途；《残桥》中80年代的高中毕业生德兴已不同于董昭，他显然受到现代城市文明的吸引和商品大潮的诱惑，不顾家人的劝阻走进了喧闹的城市。但是进城后的德兴到处碰壁，受尽侮辱和白眼，尝尽了城市的世态炎凉，在深感走投无路之后，他终于重新回到家乡当了农民。这篇作品可以说隐含了王润滋鲜明的道德批判意识：他一方面通过德兴在城市的遭遇，谴责了被金钱和利禄异化了的人的自私和冷漠，谴责唯利是图的商人们的阴险和奸滑；一方面也责备了德兴企图离开土地的"野心"。作品不仅通过德兴的亲人批判德兴对土地的背叛，而且还通过德兴本人进行这种批判。德兴之所以回到农村，是因为他自己深感无法与城市的文明沟通和融合。他一方面做着与他所反感的人们同流合污的事情；一方面在内心对自己背叛祖宗、背叛道德的行为进行谴责。作品以细致的笔触描写了德兴高烧时与阴间的祖先会面并遭到祖先强烈谴责的梦境，既深刻地反映了人物的自我谴责心理，也表达了王润滋的道德谴责意向。

三 可贵的艺术实践

王润滋的小说基本上继承了中国文学的艺术传统和表现手法，但也能在此基础上对域外小说艺术手法有所借鉴和拓展。他《卖蟹》集里的小说人物，如孟春、水亮、卖蟹小姑娘、桐花、李林等，形象鲜明生动，性格单一而清晰，他们分别是某一美德的代表。如孟春的忍辱负重，卖蟹小姑娘的重义轻利，桐花的吃屈让人等，这显然是如福斯特所说的那种"扁平人物"①。李秋兰形象较之上述形象有所拓展，如在接待刘金贵问题上，她既能爱憎分明又能深明事理，不亢不卑，这就比孟春们形象丰富一些。到《鲁班的子孙》和《残桥》中的人物，便显示出了形象的复杂丰富性。尤其是德兴这个形象，其内蕴要复杂丰富得多，基本上是福斯特所说的那种"圆形人物"：德兴一面对"城里人"的自私和冷漠以及商人的奸滑产生极大的反感，一面又使自己适应他们并与他们同流合污；一面为自己"农民本质"的失落而苦恼和自责，一面又为了在城市扎根而继续着这种失落；一面对家乡、土地、亲人恋恋不舍，一面又为脱离土地想尽千方百计。王润滋刻画了一个背负着沉重的传统道德负担却又在改革大潮中精神骚动的农村青年形象，实际上这是王润滋对当代文学人物画廊的一个贡献。

在80年代中期那场"现代主义思潮"中，王润滋也进行了借鉴西方现代主义表现手法的实践，如他在一些作品中引入了魔幻现实主义、荒诞派手法，等等，但他却不是机械地搬用，而是与中国文学艺术传统中的某些表现手法结合起来，将其赋予新神韵，如《三个渔人》中的老李哥们被狂风恶浪吹到一个仙境般的神秘小岛，见到了一位神仙般飘然来去的白发老人，就很具中国文学神韵；再如《跟小儿子去》中那位行将辞世的母亲日日夜夜与死去的小儿子见面的描写，与其说是借鉴了拉美的魔幻现实主义手法，还不如说是运用了聊斋艺术手法。而《残桥》则有所不同，融进了多种表现手法，如打破时空顺序，让现实与过去、城市与乡村交叠出现，显然借鉴了西方的时空交错手法；再如将超现实的"人物"——会说话的小狗以及荒诞的梦境写进小说，虽然有时显得比较生硬（如小狗虎子），但总起来说，还是非常有助于表达作品意蕴的。

王润滋的小说虽然数量不多，但有些作品却往往引起人们的广泛关注和争议。之所以如此，是因为他的小说中蕴含着许多值得关注、值得深思的东西，而这些均与齐鲁文化传统对他的深刻影响有关。王润滋是最能代表山东作家与文化传统关系的作家之一，他的英年早逝对齐鲁文坛是一个很大的损失。

---

① 福斯特：《小说面面观》，花城出版社1984年版。

第三节 矫健的小说创作

矫健（1954—），山东乳山人，生于上海，1969年回故乡插队作知青，1973年开始小说创作，1980年毕业于烟台师专中文系，90年代以前在烟台作专业作家，在90年代下海经商的热潮中受到冲击，沉浮于商海数年后又重新开始创作，出版有小说集《第七棵柳树》（上海文艺出版社1986年）、长篇小说《河魂》（北京十月文艺出版社1987年）、《天良》（四川文艺出版社1987年），复出后发表有中篇小说《红印花》（《时代文学》1996）等。短篇小说《老霜的苦闷》、中篇小说《老人仓》分别获全国优秀中短篇小说奖。

一 社会转型期农民心态的审察

矫健是在上海的弄堂和学校里长大的青年，但他的创作却与他故乡胶东这块土地有不解之缘。因为正是故乡的土地给了他创作的源泉，使他走上创作道路。虽然他也有少数作品写了上海，写了城市青年，但使他成为引起全国关注的作家的那些作品如《老霜的心事》《老人仓》《河魂》《天良》等，却是与胶东大地上的父老乡亲紧密相关的。

矫健的创作可分为两个阶段，第一个阶段是以80年代初期的"老"字小说（《农民老子》《老茂发财记》《老茂的心病》《老霜的心事》《老人仓》）为代表，属于当时"改革文学"之类的作品，这些小说充分地显示了矫健对农村和农民的关注和对社会转型期人的心态的思考。《老霜的苦闷》相当真实地反映了社会转型期部分农村干部、积极分子那种困惑不解、对改革难以接受的心情。老霜在无法接受眼前的改革现实时，只能到他昔日的辉煌中去寻找安慰；而他那位在农闲之余爱倒腾小买卖的老哥老茂，因为被"割资本主义尾巴"运动吓怕，也被老霜的严密监视吓怕，在开放搞活的年代也不敢再重操旧业了（《老茂的心病》）。但是，上述作品依然应该算是"问题小说"之类，而《老人仓》则代表了他对生活现象的进一步挖掘，它直接触及了农村改革中令人忧虑的一些问题，即改革口号被那些手握权利的乡村当权者利用，变本加厉地榨取农民血汗，使底层百姓陷入更困苦悲惨的境地，而他们自己则成为当代的新型剥削者的可悲现象。当然，矫健并不想触动改革中的敏感问题，他让作品的主人公——县委书记郑江东通过自己的所见所闻所听所感发现这种危险，并进行了深刻地反思，其用意是良苦的。作品也触及到了农村干部素质问题，"在时代更替中反省历史、蝉蜕旧我、在思想上重新站在时代前列的老干部郑江东形象"与蜕化变质为新时代地主恶霸的公社党委书记汪得伍的形象形成鲜明对比，借此向读者揭示了在社会大变革时期基层干部的两极。这篇作品在当时也确实能够起到一种警醒的作用。

二 反思历史与人性

矫健最引人注意的是那些充满了历史、人性反思的作品，如长篇小说《河魂》《天良》等。正是从这类作品中，可以显示出矫健独特的艺术视角和艺术感悟，即对于历史大变革时期农民命运的思考，并通过此进行人性和历史、文化的思考。

发表于1985年的《河魂》以农村经济体制改革为背景，以位于胶东半岛腹地的柳泊村三代支书的命运及其相互关系为主线，反映了改革浪潮冲击下的农村骚动和新旧交替时代的矛盾斗争，对中国农民三十几年的历史命运进行了深刻地反思，展示了冲破几千年传统观念的藩篱，建立农村生活新秩序的历史必然性、合理性和艰难历程。作品中三位支书代表着三个不同历史时期的政治背景和文化背景。第一代支书二爷属于背负着传统观念和革命文化重负的一代人，他的"治世之道"是传统的宗法思想观念、家长统治与当时的政策和政治号令的结合，这种对"下"的独断专行和对"上"的愚昧忠诚，造成了柳泊村年复一年的贫穷。这是五六十年代农村基层干部的典型代表。第二代支书牛旺是在中国历史上最荒谬年代上任的，他身上没有二爷那种沉重的传统文化的精神负累，却深深地打上了极"左"年代的烙印。这位靠背诵和讲用毛主席著作起家的支书，用狂放的热情、勇武蛮干和盲目自信来治理他的"臣民"，结果造成了比二爷统治时期更惨重的悲剧。在改革大潮的无情冲击下，牛旺和二爷都感到了难以承受的苦恼。二爷面对改革大潮虽然困惑怀疑，却能够接受县委书记的劝说，去观察和了解眼前的现实，有改变自己的愿望；但牛旺则始终不愿接受改革的现实，始终不承认他那些所谓的"理想"的荒谬，也不肯接受新生活的召唤。牛旺是一个可叹可悲的被历史抛弃的人物，这个形象在改革初期有一定的代表性。作品还写了农村年轻的一代面对社会转型的精神骚动,如河女对城市生活的向往和对现代文明的追求,虽有些盲目,却显示了有文化的年轻一代的蓬勃朝气。此外,在《听山》中矫健还刻画了登高爷这个发人深思的形象,这位给别人推了一辈子磨的孤苦伶仃的老人,却无法接受以机器来代替人工磨面的事实,带着失去自己劳动价值的痛苦离开了人世。登高爷这个形象显然带有象征意义。从这些作品发掘的意蕴可以看出,矫健有着极敏锐的观察力,他较早地写出"传统"给中国农民造成的沉重的精神负累,刻画了面对改革大潮人们心态的复杂和沉重,他的作品带着深厚的历史感和现实感。

矫健的作品始终与现实相贴近,他从现实生活中发掘了历史、人性的深厚意蕴。长篇小说《天良》是他这一发掘和思索的成果。《天良》讲了一个沉重的悲剧故事:幼年失怙的天良在屈辱和压抑中长大,为了参军,他被乡村恶势力逼迫放弃心爱的姑娘而与寡嫂结婚;立功后的天良本来带着招工指标复员回乡,但这个指标却被权势者们的亲属顶替。在做人的权利被剥夺、合理要求被窒息、人格的尊严被亵渎的时候,富有血性却又有些愚昧盲目的天良铤而走险,向参与迫害、剥夺他的仇人举枪复仇,最终只能自己以肉体的毁灭走完不幸的人生道路。这个沉重的悲剧故事里蕴含着深刻的人性和历史意味。天良的悲剧故事之所以发生,与他生活的那个"文化大革命"时代和"大青山社会"的社会环境有不可分割的联系。矫健说:"我相信一个人的历史可能是人类历史的缩影。我在塑造天良这个人物时就抱着这些想法。他生活在现代,他的遭遇具有时代特征,但我希望透过他的遭遇,窥视到中国农民真实的历史的某些本质方面。"① 进而领悟人与环境、人与历史的密切关系,领悟"整个人类的处境"。

在经历了商海的升沉起伏酸甜苦辣之后,矫健重新回到了文学营垒,开始了他的"投资系列小说"的创作。这些小说是他数年商海沉浮人生经历的感悟与体验,也是他创作的一次升华。他试图通过他的小说,"尽可能全面地将几大投资市场描绘出来,从而反映改革时期中国金融、经济

---

① 矫健:《〈天良〉后记》,四川文艺出版社1987年版。

领域的巨变","从投资这个角度,写激情人生,写新人形象,写时代变化"① 已经在《时代文学》上发表的《红印花》即是其中之一。《红印花》以集邮爱好者林鹤为主人公。林鹤在邮票市场如鱼得水,非常成功,当他与美丽纯洁的女孩雪子相爱之后,精神追求渐渐发生了变化,为了给雪子治病,他甚至放弃了自己的集邮生意和珍爱如生命的"红印花"邮票。作品描写了一个美好的爱情故事,也写了为许多人所不熟悉的"炒邮"故事、历史恩怨,其中浸润着一种"在美与丑、清与浊、善与恶中升华出来的美的情绪。"②

此外,矫健在1985年前后的"现代主义思潮"中,也曾有过艺术表现手法等方面的尝试,其中也有些属于成功之作。如《眼睛》运用了荒诞派手法,写一位患眼疾的老教授在换上了一只年轻人的眼睛之后,生理和心理都发生了极大的变化,搞得他非常困惑和苦恼,以此来表达人的一种被异化的现象;《小说八题》中的那些短篇,更是从表现手法和精神意蕴上进行了全面的探索,都是颇有新意的。

第四节 毕四海的小说创作

在山东新时期作家中,毕四海是以全面而深刻地审视传统文化特别是农民文化而显示特色的作家,从80年代中期到几乎整个90年代,毕四海主要的创作都在向农民文化的深层探寻,从而闻到了农民文化的腐朽气息。

毕四海(1949—),山东章丘人,1981年毕业于枣庄师专中文系,1986年毕业于鲁迅文学院。曾任枣庄市文联创作室主任,现任《山东文学》主编。1979年开始发表小说作品,著有《毕四海中短篇小说选》(上、下)、《毕四海小说自选集》(上、下),长篇小说《东方商人》(初名《风流少东》)、《皮狐子路》、《财富与人性》,散文集《一天云锦》等。

---

① 矫健:《写激情人生——写在〈红印花〉付梓之后》,载《作家报》1997年4月3日(总第447期)。

② 同上。

一 审视农民文化的蜕变历程

在山东作家中，毕四海是以对农民文化的关注和批判而显示了自己特色的作家。他的创作始于70年代末，从带有"伤痕"意味的处女作《第一声"妈妈"》到1984年年底，他已经发表了40几个短篇和3部中篇，《白云上的红樱桃》和《石乡》等曾经受到当时文学界的重视，被转载、收入各类选集或获奖，成为小有名气的作家。可以看出，毕四海从他的创作初期就已经关注齐鲁文化滋养下的农民生存状态和文化心态了。但这个时候的毕四海对农民文化的审视，主要是从肯定和认可的角度来表现的，对农民心理心态中安贫乐道、乐天知命、温顺谦恭等文化意识津津乐道。1985年前后，毕四海开始感到自己文学道路的狭窄。经过短暂的审察、学习和调整之后，他终于找到自己"小说的终生主题——我们民族的心理的文化的蜕变历程"[①]。自1986年长篇小说《东方商人》（初名《风流少东》）出版到90年代中期，他的创作几乎都与这个"终生主题"有关。在这些作品中，他站在较高的历史意识和哲学观念上审视他脚下的那块土地，犀利的笔伸向了以封建文化为主题的农民文化的深层，解剖着、批判着农民文化已经腐朽的内核，眼前正在变革的事实也使他看到了农民文化向现代文化蜕变的某些希望。

毕四海这些阐发"终生主题"的作品，大多以位于古齐国中心地带的"孟家庄"或"四季山农村"为背景，以亚圣家族一个分支的后人为描写对象，在这块受到开放、灵活、大气磅礴的齐文化滋养的土地上，审视背负着沉重的儒家文化传统的中国农民在当今时代的生存状态和文化心态，具有特殊的文化意味。在《惊蛰》《白棺》《梧桐》等短篇中，他写了不同生存意识指导下的不同"活法"。荣子为了改变自己的流浪汉命运，放弃了自己所爱的女人而入赘于一个有钱的寡妇人家，沦为栖身于别人屋檐下的乞丐和长工，他这种活法只能算是卑屈的苟活（《惊蛰》），《白棺》中以"扛棺"为职业的虫子活得比荣子有血性，他宁愿无偿地为穷人服务，也决不为镇长的金钱利诱和权势威吓所动，表现了蔑视权贵、同情弱者、慷慨仗义的古风。然而虫子的这种美德—与"扛棺"这种迷

[①] 李发模：《蜕变中的毕四海》，见《毕四海中短篇小说选》山东文艺出版社1990年版。

信落后的风俗联系起来，便带着某些传统文化糟粕的意味。还有《梧桐》中那对早已反目成仇、分道扬镳的老夫妇，几十年来却一直在儿女面前扮演着恩爱夫妻的角色，这种建立在封建婚姻观念上的沉重活法实在令人感叹。毕四海在这里显然是在表达他或直率或委婉的批判。

但是，通过芸芸众生不同的生存方式和生存意识，对古老的中国文化进行哲学参悟的力作是中篇小说《黑槐》。作品描写了走着不同的人生道路、具有各自人生信条的"结义四兄弟"：将共产主义信仰和传统的"忠孝节义"结合在一起的孟庆林，恪守儒家道德规范不敢越雷池一步的中医"白果先生"，以"活在山顶上的时候要当小草，活在山涧里的时候要当大树"为信条、始终保持心理平衡和轻松的高凤林，行善积德、安贫乐道的牧羊人老山。通过他们各自代表的儒、道、释人生哲学，思索了在同一块文化土壤上的生存哲学对于中国农民的生存方式和文化心态的影响，揭示了这种由儒道释哲学构成的中国文化传统的超稳定性意味。

毕四海既看到了古老的传统文化的超稳定形态，也看到了它在历史风雨的剥蚀和时代潮流的冲击中衰朽、蜕变的必然趋势。这种"衰朽"和"蜕变"是以中国民众逐渐觉醒的对"务农为本"生存方式的反叛开始的。长篇小说《东方商人》《皮狐子路》和中篇小说《尼砚》等，映现了从清末到 20 世纪 80 年代一百多年来中国社会由农业文明向现代工业文明、由农民文化向现代文化缓慢蜕变的坎坷历程。《东方商人》通过中国近代最大的丝绸商行"瑞蚨祥"的发家史，表现了近代中国人对于传统经济形态和生存哲学的反叛；《皮狐子路》以 20 世纪中国历史上最动乱年代为背景，写了贫苦农民为了生存而冒着坐牢危险偷偷进行贩运活动的辛酸经历；《尼砚》的背景则反映了 20 世纪 80 年代当代农民在商品经济大潮冲击下对古老的生存哲学的反叛及其这种反叛的成功。农民企业家孟白和他的乡亲努力寻找致富之路，不但追求衣食丰美，也要追求现代化的精神生活的实践活动，使读者看到了中国文化由传统的农民文化向现代文化转变的光明前景。

毕四海在他的作品中不但揭示了这种蜕变的必然趋势和光明前景，而且也揭示了这种蜕变的痛苦和艰难历程。最有代表性的是《东方商人》中的孟洛川这个人物。他能顶住祖父、母亲不断施加的"求取功名重振家声"的压力，顶住来自官府和皇权的压制和经济的勒索，顶住来自同行的明争暗斗，但是他的骨子里却始终背着"亚圣家族"荣誉的包袱，不忘被从孟府赶出的耻辱，千方百计地争取着重新进入孟府孟林的资格；他也像大多数中国商人一样，并不看重于做一个资财雄厚的商业大亨，而是广置田产，大造阴宅，企图重圆中国人心目中门第高贵的地主梦。这就可见农民文化对中国人影响的根深蒂固。毕四海对中国人在由农民文化向现代文化过渡时沉重负担和复杂心态的揭示，具有相当的深刻性。

二 探讨"人"本身的复杂性

大约从 90 年代初期开始，毕四海似乎渐渐淡化了他的"终生主题"，而转向对诸多社会现实问题和人本身的关注。他不再单一从文化角度而主要是从关注现实的角度构思他的小说，他这个时期的小说可以说是多而杂，涉及了官场、家族、商场竞争、权力较量，也进行了关于人本身复杂性的探索。中篇《都市里的家族》仍有文化意味，在那个外表上很华丽、很现代的别墅里，上演着的却是很传统的故事：那位傍上了大款的现代知识女性虽然成了款爷的正式妻子，并进入了那个四世同堂的家庭，却并没有被这个家族真正认可；款爷的原配并没有离开这个家庭，实际上仍是这个家庭的"老大"。那位法律上的妻子只能屈居"老二"的位置，但是她却默认了这种地位，这便是一个很值得思索的文化现象，使人们看到在金钱和享受面前人性的软弱一面。另一中篇《选举》涉及了官场的权力之争，通过一个县级领导班子的换届揭示了许多官场内幕，让人看到了中国政治民主进程中的许多问题。值得注意的还有《一个人的结构》这篇探索性质的作品，这篇小说不但手法上有探索之意，而且还试图对人性的复杂性进行某种探索。作品刻画了在一个人身上同时存在的人格的多重性：既有追求自由的一面，也有自我规范自我约束的一面；既想"立牌坊"（做官求"功名"），又要"当婊子"（追求性爱）。这许多的"他"在互相斗争，互相牵制。小说的这种探索还是有一定意义的。

探索人本身和人性深层秘密的力作是长篇小说《财富与人性》（2000年出版）。作品通过某省人民银行常务副行长、金融学博士毕天成、省黄金公司总经理孟广太等人，在省委某副书记的支持下，与国外非法金融组织内外勾结、走私黄金、非法洗钱，致使国内资产大量流失，以及公检法机关与他们进行生死较量的情节故事描写，反映了改革开放时代经济犯罪与反经济犯罪的尖锐斗争，揭示了财富与权力之间惊心动魄的黑幕交易，深刻地挖掘了在财富的诱惑面前人性的脆弱和贪婪，触目惊心地展示了我们这个时代的某些本质方面。在财富的诱惑面前，人竟是那样的不堪一击，一位留学欧美的金融博士，已经身居高位，却仍是那么贪婪，把自己的人格押在为财富和享乐而作的冒险行动上。如果说孟广太的贪婪、堕落有他出身、经历的原因，一个在封闭保守、目光短浅的乡村环境中成长起来的官僚，一旦有了权力并得到来自上面的支持，便会不择手段地去攫取、掠夺财富，不管孟广太有着多么现代的物质生活，也无法掩饰那种贪婪的聚集财富的封建地主心态。而毕天成却是一位受到现代教育、又有留学西方经历的高学历的金融博士，理应有更高的眼界，更高尚的人格追求，然而，他却很快便陷入了权力、金钱和美色的陷阱之中不能自拔。他不但参与黄金走私、将国有银行资金转到自己手中，而且还利用职权和从国家、人民手中非法得来的财富为自己在国内外构筑多处豪宅，作为与情妇挥霍享受的窝巢。那温文尔雅、高智商、高学历的外衣包裹着的，竟是一个贪婪自私、欺世盗名的伪君子灵魂：他在公众场合扮演着一个公而忘私、严于律己、忠于职守的领导干部形象，在家庭中扮演着一个体贴温顺的好丈夫角色，然而正是在这些假面的掩护下却干着卑鄙无耻祸国殃民的罪恶勾当，而这一切却都是为了将价值不菲的财富据为己有！通过毕天成这个形象，通过孟广太的变质、堕落的历史，还有那隐在他们背后的大大小小的各色人等以及他们的生活，毕四海演绎了上流社会形形色色悲喜剧和物质社会光怪陆离的众生相，生动而深刻地探触了人性深层的复杂性，思索了人性的某些本质。这也是毕四海进一步有所探索的小说，立意深刻，人物形象塑造有深度、有立体感。

三 其他作家作品的文化意味

尹世林（1950—），山东临邑人，德州市文联副主席。1978年开始专业创作，出版有小说集《野水》、《长夜洞箫》等。

尹世林是以他鲁北家乡的文化水土和乡民心态作为审视的目标的。从较早的《芦花滩》《小河上的灯影》《水边的作坊》到稍晚近的《荒火》《祖宗树》《白鸡》，均可以看出这一主导倾向。较早期小说着重描写、渲染一种乡村文化氛围，颇有鲁迅《故乡》《风波》的某些韵味。如那田园诗般安宁、平静的农家生活描写,那河边土场上的简陋戏台和以维持风化为己任的戏场管理人,那接待着南来北往三教九流的乡村茶馆,还有那把令主人引以自豪的宜兴泥壶,以及村人对不守古训的青年人的非难、对移风易俗工作队的抵触、对油田开发区文明生活的敬而远之态度,等等,都生动地展示了一种封闭、保守、落后的文化氛围。这种氛围描写直到1987的《荒火》中仍保留着。80年代的农村却仍满足于那种日出而作、日入而息的古朴生活方式,年青的朱全子仍沉浸在"黄马褂传人"的自豪里。尹世林显然对乡民们的这种生存状态和文化心态深感悲哀,因此在此后的《祖宗树》(系列小说)里,对这种压在乡民身上的沉重文化负累作了集中地审视和批判。作品中那个有几百年历史的"尹氏大家族"背负着沉重的传统走到了现代社会,他们已经拥有了四个村庄的人众和几十台拖拉机的现代生产工具,但他们的心态却仍然停留在过去。尹世林着重表现的便是这种留恋过去却看不到人种退化危机的保守、愚昧心态,并无情地揭示了人种退化现象。在《断枝》中,尹世林写了一位站在房顶上骂街的四娘,那颇有韵律感的骂詈声里隐含着令人感慨不已的野蛮和愚昧;而《蛙鼓》中的年青美貌的嫂子,却被葬送在愚昧的治病偏方里;《魔症》中的九伯,"看羊像人,就打","看人像羊,也打",一个十足的虐待狂;《戏文》中爱演戏的踩蛋叔,终日陷在虚幻的"戏文"里不能自拔,是一个精神病患者;《钟巢》里那个脸上永远凝固着笑的孩子、《鬼灯》中四肢萎缩、只剩下大脑袋的鬼四儿,不但存在着精神的畸形,而且存在着身体的畸形。可以看出,在尹世林笔下,"尹氏大家族"其实是古老传统的象征,他正是要通过这个家族的落后、保守、愚昧和退化现象,试图对几千年文化传统中那些已经成为民族负累和阻力的东西进行批判和否定。

宗良煜(1957—),泰安人,做过水手。1989年毕业于武汉大学作家班。1982年开始发表文学作品,著有《与魔鬼同航》《蓝色的行走》《赤道》等7部长篇小说以及短篇小说集《蓝色的心》、文化散文《一个民族的精神家园》等。

宗良煜是以描写水手生活而显示其特色的作家。在他的作品中,读者看到了一个充满了异域情调和力量及美的世界:世界各地的人情风物,迷人的海上月夜,惊心动魄的海上风暴,在与大海的伟力搏击中实现着各自人生价值的不同国籍的船员，还有受到各自文化影响的海员对人情、人性的不同理解，等等。但宗良煜所最倾心的，是那种永远保持着中华民族的操守和信仰，时刻不忘祖国的中国水手。短篇《蓝色的心》和长篇《赤道》都表达了这种情愫。《赤道》中的水手"我"被突发的疾病留在南美，虽然他受到了当地人和朋友的热情帮助，尤其是一位美丽女郎的深深爱恋，然而这并没有动摇他的思乡之情，终于历尽曲折回到了祖国。宗良煜写了一颗永不变色的赤子之心，无论命运把他抛在哪里，无论异国他乡的生活如何优越、人情如何美好，他们那颗忠诚的心，总是向着贫穷而温馨的祖国。宗良煜所称道的，是那些永远不忘自己的生命之根的心灵，这也是人类共通的东西。

第五节　马瑞芳的小说创作

教授作家马瑞芳是以写大学校园生活、审视现代新儒林的人生百态而闻名全国的作家。《蓝眼睛，黑眼睛》《天眼》《感受四季》三部长篇小说都与她极为熟悉的大学校园和教授学者有关，所以被文学界称为"新儒林小说家"。

一　当代大学校园生活的缤纷图画

马瑞芳的小说真实生动地描写了当代大学生活的方方面面。她的长篇处女作《蓝眼睛，黑眼睛》侧重于描写80年代的大学校园生活，通过几个性鲜明、血肉丰满、呼之欲出的大学生如中文系学生丛雪、毕天嵩、外国留学生马尔克等形象，写出了中外文化交汇时代大学生们的生活、爱情和理想、追求，特别是蓝眼睛与黑眼睛们的心理交流和感情碰撞，在这种交流与碰撞中表现了他（她）们的性格和文化心理差异。但是，马瑞芳的小说刻画的重点还是放在那些为人师表者身上，通过对他们的生活境遇、人生追求、性格命运的扫描和透视，显示了她穿透当代知识分子心灵的犀利目光，也表达了她对教育事业的生存与发展的深切关注。

在马瑞芳笔下的当代儒林中，存在着两种品格情操截然不同的儒者形象，她怀着敬佩和感同身受之心刻画了那些人格高尚、造诣深厚、兢兢业业教书育人的大学教师。在三部小说里，可以开出一个长长的真正儒者的名单：大学校长鲁省三、中文系主任刘树人、教师米丽（《蓝眼睛，黑眼睛》）、教授南琦、章鹤年、苏倩如、董明莉、木青（《天眼》）、校党委书记铁磊、历史系主任葛苑葭，学部委员、大学校长邹南翔等（《感受四季》）。马瑞芳用她深刻生动的笔触深情地刻画着他们，于是读者看到了80年代的讲师米丽一家四口居于斗室，以致夫妇俩只好将床当办公桌使用，却仍在踏踏实实、任劳任怨地教书育人；而学识渊博、工作敬业的中文系主任刘树人，一副眼镜用了三十多年，大衣早已磨光毛皮，更可悲的是，他竟要到别人家借松花蛋招待远道而来的同学，古稀之年的老母竟至每天要到食堂去拣菜叶，一位大学教授经济拮据、穷困潦倒以至于此！看到了女物理学家邹南翔工作的兢兢业业和心力交瘁，看到了学者型党委书记铁磊励精图治、大刀阔斧而又艰辛备尝地改革，看到了历史学家葛苑葭为学科建设尝尽的酸甜苦辣，看到了女化学家木青对事业的忘我痴迷，以致因而导致"后院起火"，"第三者插足"，也看到了为教育事业鞠躬尽瘁的校长鲁省三怎样面带微笑，永远地倒在了他的工作岗位上。他们是具有崇高献身精神的品格高尚的人们。马瑞芳也刻画了真正儒者品质情操的另一面，即他们在名利、荣辱面前淡然处之的人生态度。中文系教授南琦对职称、待遇、名利淡泊处之，只是一心一意地做学问，做她自己喜爱的事情，表现了一种荣辱两忘、波澜不惊的自由和洒脱；副教授章鹤年在名利面前不争不抢，虽受了不公正的待遇也毫不在意，仍平心静气在练他的"彭祖功"，那种宁静致远的"世外"心态也令人赞叹；董明莉在治学、交友、处理生活中各种关系面前顺应自然，处变不惊，即使是死也要保持一份平静安然的处世态度。这是些真正清高纯粹的人。马瑞芳写活了这些有不同性格气质和命运的真正儒者，在读者的心目中树起了令人敬仰的现代儒者形象。

马瑞芳对上述真正清高自守的知识分子怀有深厚的敬重和同情，她禁不住要表现"他们的生活、愿望、追求、蹉跌"，尤其要"替那些挣80多块住2室1厅的老讲师、副教授们做有力的呼吁"[①]这也是她"关注人生，关注社会的重大问题，做'时代的秘书'"的创作主张的一个实践。

---

① 马瑞芳：《〈天眼〉后记》，北京出版社，北京十月文艺出版社1998年版。

二 拷问儒林败类的灵魂

马瑞芳对社会人生、对当代儒林人生百态的深切关注，还表现在她以犀利的笔锋对当今儒林败类的刻画上。她无情地剥下了他们伪装的外衣，撕下了他们温文尔雅的假面，将他们推上了灵魂的审判台去拷问、鞭挞。她笔下这类人物各色各样，有卑鄙无耻地剽窃他人成果者，有为了个人的名利而出卖同事和朋友者，有写匿名信恐吓、污蔑他人者，也有靠权势和色相钻入儒林的投机者，更有跟踪、盯梢他人者和专事传播别人隐私的长舌妇！这种儒林败类形象刻画的极致，是《天眼》中的史可亮、梅丽夫妇。梅丽利用卑鄙的手段夺取了好友的丈夫，为了帮助丈夫得到名利地位，她竟然干出写匿名信威胁恐吓的勾当。而她的丈夫史可亮更是一个披着学者外衣的学界败类。他在"文化大革命"时出卖同事以求荣，在八九十年代物欲横流的情势下更变本加厉，睁着"嫉妒的绿眼"打击陷害别人。马瑞芳对这个人物的灵魂拷问真可谓入木三分。这个见利忘义的小人白天干着出卖同事、陷害别人，为自己捞取名利的勾当，晚上却在睡梦中暴露了他隐秘的内心世界。这个踌躇满志的卑鄙小人，原来内心也有无法言说的痛苦：他为了得到更多的好处背叛了前妻，却也失去了儿女。当他在偶然的机会亲眼目睹了从国外归来的前妻和儿女的富有时，那种"打碎了牙往肚子里吞"的失落和嫉妒竟使他难以自持，以至于每天晚上都有要在梦境中体验做父亲的威严。史可亮"梦中训子"情节可谓神来之笔，穿透了这个卑鄙小人痛苦而失落的灵魂。

马瑞芳犀利地刻画和揭露了这些儒林败类，生动而形象地反映了当今这个人欲横流的时代知识分子的人格分化，揭露了嫉妒心、红眼病、窝里斗等令人痛心的打着深刻时代印记的社会现象。而这种社会世相出现在知识分子中，就更加发人深思。马瑞芳为此而忧虑、而汗颜，因此，她不惜冒笔力太过和苛薄的危险，对他们极尽讽刺、揭露之能事，榨出了他们学者外衣下的"小"来。

三 不断拓展的艺术空间

由于长期的古典文学教学研究积累和作为一位教授的学识学养，再加上本人的天资天分，马瑞芳一开始涉猎小说就出手不凡，三部小说呈现出不断深化和拓展的趋势。她善于刻画人物形象，表现人物性格气质和音容笑貌，故而她笔下的人物形象鲜明生动、呼之欲出。她尤其善于刻画揭示人物的心灵世界，笔力直穿人物心灵的最隐秘处。为了达到这一效果，她运用了古今中外多种艺术表现手法，如荒诞派手法，让一只开了"天眼"波斯猫充当一个角色，从它的"视角"观察当代大学校园中各色人等的内心世界（《天眼》）；马瑞芳还巧妙地运用了诸如梦境、幻觉等表现手法，于是便有了《蓝眼睛，黑眼睛》中系总支副书记王云贵的那场酣畅淋漓的"升官梦"和《天眼》中史可亮"梦中训子"的神来之笔。这些独到的艺术表现，更深刻地触到了人物的心灵深处，给读者以强烈的感染力。

显示了马瑞芳小说艺术更加成熟和老辣的是她的第三部长篇小说《感受四季》。这部作品结构上比前两部小说更加匀称，摆脱了《蓝眼睛，黑眼睛》的散文化结构，整个作品是一个有机的整体：章节与章节之间，情节与情节之间，乃至人物与人物之间，都构成了有机的联系，似乎缺一不可；笔墨上"更为流畅、优美、明丽和老到，艺术观察更为细致、艺术表现手法更为多样，更富于创新"①；另外，在人物内心世界刻画和情节描写上比前两部更为细腻，如历史学家葛苑霞到铁磊家辞行的那段描写，将两个有情人的感情交流和心灵碰撞写得极其优美。再如中文系讲师穆瑶为评职称一事到各位教授家拜访的情节、末流画家刘枫株举办画展的情节、解放"十大特务"大会的场面，尤其是铁磊那篇就职演说，都属于令人回味无穷的精彩之笔。

总之，马瑞芳的小说用自己的历史观、价值观和认识、把握世界的方式，创造了一个属于自己的艺术世界。可以说，她是当今文坛上少有的以强烈的社会责任感和忧国忧民忧教之心，为振兴高等教育呼喊、为知识分子请命、为儒林小丑画像的女性作家。她为当代文学的人物画廊提供了千姿百态的儒林人物，这是她对当代文学的一个贡献。

第六节 李存葆和其他作家的创作

一 李存葆：直面现代军营生活的作家

李存葆（1946—），山东五莲人。1964年参军入伍，历任战士、班

---

① 《我们的事业永远年轻——马瑞芳〈感受四季〉研讨会发言摘要》。

长、排长、新闻干事。1970年调济南军区从事专业创作,1986年毕业于解放军艺术学院文学系,既写小说,也写诗歌、报告文学、电影剧本等。发表有中篇小说《高山下的花环》《山中,那十九座坟茔》,报告文学《将门虎子》《沂蒙九章》(与王光明合作),散文《伏虎堂主人》《辰生绘事琐记》《青泉出山未染尘》等。

  李存葆是以部队作家的身份而被列入山东作家的行列的,他为数不多但却曾有反响的小说均属军事题材。中篇小说《高山下的花环》和《山中,那十九座坟茔》就是一度引起轰动的作品。这两部作品都涉及了重大题材,直面社会现实、直面人生,触及了社会和军队内部的许多值得思考的问题,也塑造许多令人难忘的人物形象。《花环》以对越自卫反击战为背景,写了70年代的军人在面对生与死的考验时所表现出的各种心态和行为,他们的精神面貌,以及他们各自的生存境遇。梁三喜、靳开来等无疑是作者所全力歌颂的对象,这些来自农村的贫家子弟纯朴、宽厚、善良、勇敢无畏、身先士卒。虽然他们家境极为贫穷,职位低下,但却有着"位卑未敢忘忧国"的忠诚。连长梁三喜为照顾家庭欠下了许多账单,但他在给妻子留下的遗书中还要求"切切不可向组织提出半点额外要求"。排长靳开来不但作战勇敢,而且忘我无私。他冒着生命危险闯雷区为战士们寻找水源而牺牲了,却没能挣得一块可安慰亲属的军功章。高干子弟赵蒙生也是值得注意的形象。他虽然有高干子弟的骄、娇二气,有来部队"镀金"的不良动机,但他在战争的血与火的陶冶中,灵魂得到了净化,终于像一个真正的军人一样在战场上冲锋陷阵。

  当然,李存葆还在作品中触及了社会的某些阴暗面和军内的不正之风。一方面,是梁三喜、靳开来们怀揣着"欠账单"牺牲在保卫祖国的战场上;一方面却有高干夫人吴爽为了儿子的利益使用了她所能利用的特权,将电话打到军长的前线指挥所里为儿子办调动。这种强烈的反差的确引人深思。

  李存葆另一篇军事题材作品《山中,那十九座坟茔》直接写了荒谬年代的军人悲剧。为了完成政治野心家们的所谓"政治任务",某师的千余名官兵在"龙山工程"施工中历尽磨难,十九位官兵的尸骨埋葬在工地上,造成了无可挽回的悲剧。但是,作者并非只将造成悲剧的根源记在林彪及其追随者账上,他还从牺牲者个人那里找到了原因。他们的勇敢、忠诚、纯朴和愚昧、孔武以及某些私心杂念，使野心家们找到了可利用的依据。他们相信只要用"毛泽东思想武装了头脑"，树立了"一不怕苦，二不怕死"的思想，就能化险为夷，无往不胜，他们甚至将戴安全帽都看作"资产阶级活命哲学"；他们有的人出于保护自己或出人头地的不纯动机批判揭发别人，丧失了起码的同情心。指导员殷旭升、副班长王世忠、班长彭树奎和战士孙大壮们最后都被埋在了"龙山"工地上，他们的悲剧其实也有他们自己的原因，这原因里既有文化的因素，也有人性的因素。

李存葆之所以写出《花环》和《坟茔》这样充满忧患意识的作品，是他"文以载道"、"志在兼济"创作思想的成果。他的作品不单给人以故事情节的引人入胜效果，而且也启迪着人们的思索。

二 刘玉民与他的《骚动之秋》

关注社会人生，探究和思索农民的性格和命运的作家中，还有刘玉民。刘玉民（1951—），山东荣成人，1970年入伍，1971年开始发表作品，1983年从事专业文学创作，现为济南市文联主席。已出版长篇小说《骚动之秋》《羊角号》《八仙东游记》3部，报告文学《东方奇人传》等3部，另有中短篇小说和影视剧作等。

在山东，刘玉民是唯一一位荣获中国文坛最高奖项——"茅盾文学奖"的作家。他之所以获如此殊荣，是因为他的长篇小说《骚动之秋》成功地塑造了农民企业家岳鹏程这个人物形象。作品将主人公岳鹏程的命运与农村、与农民紧紧地联系在一起，似乎是一个无法摆脱的宿命，岳鹏程无论怎样奋斗，也不能使自己脱离农村，脱离农民。他本来是一个干部子弟，却被父亲安排回家乡照顾爷爷奶奶；成人以后的多次机会中，他本来都有可能成为一名脱产干部，一个城市人，然而，却都在关键时刻被拉回农村。之所以如此，是深植于乡土的宗族斗争和极"左"思潮的迫害使然。在一切努力均成泡影之后，岳鹏程终于屈从于命运的安排，死心塌地当一个农民。然而，正是他骨子里继承英雄父亲和农民祖父、祖母的性格使他不安于做一个面朝黄土背朝天的传统农民，这是岳鹏程成为一位农民企业家的性格因素。另外，他也恰逢改革开放的时代，时势造英雄，因此，他才能在带领村人走致富之路的这条大道上如鱼得水。但是，在严酷的"生存竞争"中，他却败在了自己的儿子手下，成了一个仰天长叹的末路英雄。刘玉民塑造岳鹏程形象的成功之处就在于，他不是单纯就改革写改革，而是将人物放到现实和历史文化的背景上刻画人物，反映生活。作品让读者看到：岳鹏程之所以最终成为一个失败的悲剧英雄，是因为他背负了太沉重的历史文化负担，农村给了他施展才能的广阔天地，但农民文化的深厚影响也给他留下了许多局限。他性格上的残忍、狠毒、刚愎自用加上封建式的独断专行和小农心态的狭隘、目光短浅，导致了他在与具有较新观念意识的儿子的较量中必然失败的结局。岳鹏程这个农民企业家形象较早地出现在改革文学的人物画廊中，是有一定的现实意义的。

刘玉民还创作有其他作品，如出自神话题材的《八仙东游记》，以一棵生自远古的老白果树为主人公、象征性地表现中华民族经磨历劫而又生生不息的生命力的长篇小说《羊角号》、报告文学《东方奇人传》等。

三 张宏森及其《车间主任》《大法官》

张宏森（1964—），山东淄博人，毕业于淄博师专中文系，现为山东影视制作中心副主任。

张宏森的创作是从长篇小说起步的。80年代中后期，张宏森已经出版了《阳光与蛇》《狂鸟》两部长篇小说。在作品中，他尝试着以现代主义艺术精神和表现手法，表达80年代大学生在中西方文化交汇、现代文化与传统文化碰撞、理想与现实冲突中的苦闷、思考与焦灼。很显然，作为一位受到现代主义文学思潮影响的年轻作家，张宏森主要借鉴了象征、荒诞、隐喻等艺术表现手法，去表现现代学子们的情感意绪，虽难免有初出茅庐者的稚嫩之处，却见出了他的进取精神和锐不可挡的气势。

随着年龄和阅历的增长，张宏森走出了苦闷、焦灼的大学时期，开始将目光贴近社会、贴近现实，以电视剧这种艺术形式反映更广泛的社会人生，成为90年代最有影响、最有成就、最受欢迎的电视剧作家之一。然而，在电视剧创作之余，他仍不忘怀引导他走上文学道路的小说创作，长篇小说《车间主任》《大法官》亦是他这个阶段的优秀成果。小说《车间主任》是与电视剧《车间主任》同名的作品，反映了社会大变革时期中国工业企业体制转轨过程中的遭遇，十分真切地写出了"北方重型机械厂"和"北重人"在改革时代所面临的困境、挑战和新机遇，以及他们对机遇选择和把握时的痛苦和焦虑,形象地揭示了改革的必然性和艰难历程。作品着重刻画了一大群性格各异、境遇不同的普通工人,写出了他们各自的精神状态和不同命运,唱出了一曲感人肺腑的人情、人性、人的心灵之歌。2000年,张宏森又创作了反映司法工作者工作、生活和人生道路的《大法官》。作品通过司法工作者在执法过程中所遇到的人为干扰和艰难险阻,通过他们各自的人生遭遇,反映了司法领域和社会生活中许多令人忧虑和值得思考的问题,塑造了杨铁如、陈默雷、林子涵等正直无私、宁折不弯、百折不挠的理想的当代法官形象,他们不畏权势、不计得失、义无反顾秉公执法,坚决捍卫法律尊严的精神和品质,可歌可泣,感人至深,充满人格的魅力。作品还触及了当今社会许多弊病和错综复杂的问题,尤其是官场和司法领域的腐败现象。市委书记孙志、县长王玉和、检察院长张业铭等以权谋私、践踏法律尊严的堕落的领导者形象,非常发人深思;从中可见出张宏森观察、理解我们这个时代社会生活的深刻之处。

《车间主任》和《大法官》分别获全国"五个一工程"奖。

四 赵德发及其农村题材小说

赵德发(1955—),山东莒南人,当过农民、教师、干部,1990年毕业于山东大学作家班,现任日照市文联副主席、作协主席。著有长篇小说《缱绻与决绝》《君子梦》和《赵德发自选集》3卷。

赵德发主要是以沂蒙农村题材而引人注目的作家,他于1984年开始发表小说,作品涉猎广泛,从沂蒙山的过去写到现在,从乡村的沂蒙人写到进城的沂蒙人,从普通平民写到政府官员,从农民到教师,三教九流,无所不包。作品触及到沂蒙山普通百姓的日常生活,反映了他们的生存情态和心理状态。赵德发比较好的作品是1993年发表的《通腿儿》,作品写了一个战争年代普通的农家故事。两位失去丈夫的不幸女人由互相仇视的仇人,成为在一个床上通腿睡、终生相濡以沫的亲人的故事,蕴含着沉重的苦涩。作品写出了普通百姓温馨的人情味。中篇小说《小镇群儒》《圣人行当》是描写乡村教师生活的作品,他使读者看到了生活在最基层的民办教师是如何在亦农亦教的双重身份中走着他们的人生道路的。他们既要完成教学任务,还必须得侍弄好庄稼;既要应付各种类型的考查,又要应付复杂的利益争斗，这使他们手忙脚乱、心力交瘁，苦不堪言却无处诉说。赵德发的这类作品给人以普通人生活的沉重感，有"新写实"的意味。

赵德发还著有长篇小说《缱绻与决绝》和《君子梦》。前者表现农民与土地的关系，通过封大脚这个农民形象，生动地反映了农民对土地深深依赖的感情。这种心态使他们在新的社会转型时期无法跟上时代的步伐，土地以及依附土地而形成的文化心理成了中国农民走向现代化的沉重精神负累。《君子梦》试图表现农民与文化的关系，他让人们看到传统文化、革命文化和外来文化怎样被农民用他们的观念意识去领会、理解，并运用到处理实际问题中去，既能在必要的时候成为支撑一个民族生存韧性和血性的精神支柱，又可能在适宜的环境中成为强大的破坏力量。两部作品都有较为丰厚的生活底蕴和鲜明的人物形象，有发人深省的意蕴发掘。但后者与前者相比，虽然人物形象生动，却有意图表达明显之嫌。

五 其他作家作品

王兆军（1945—），山东临沂人，毕业于复旦大学中文系，1979年开始文学创作，著有长篇小说《拂晓前的葬礼》《盲流世家》，中篇小说《不老佬》《带轮盘的打彩者》《改造》，短篇小说《在水煎包子铺里》《她从画中走来》《蝌蚪与龙》，报告文学《原野在呼唤》等。

王兆军的小说多是农村题材，早期作品如《在水煎饱子铺里》《她从画中走来》等，多表现政治背景下农民的性格及命运，尤其是沉重的历史重负对农民性格和文化心理的影响。王兆军最有分量的小说是中篇《拂晓前的葬礼》和长篇《盲流世家》。前者塑造了一个曾经在农村政治舞台上叱咤风云却最终被历史淘汰的人物形象——田稼祥，"他以农民的伟大，完成了他的进取，又以农民的渺小，完成了他的衰颓。"长篇《盲流世家》依然以农民为主人公，避祸逃亡东北的沂蒙汉子梁悟成、陈景山曲折多难的人生故事和三代"盲流世家"的悲剧命运，所隐含的沉重的历史和文化意味，给读者以深刻的启迪。

此外，王兆军还写有密切关注社会现实和农民命运的报告文学和散文作品，都与其小说一样，表现出强烈的社会责任感。

刘学江（1947—），胶州人，1965年参加甘肃建设兵团，1971年调回青岛,现在青岛市文联任专业作家。在大西北做了七年农垦战士的特殊经历,为他提供了创作契机,他成功的作品大都与他的这段经历有关。长篇小说《戈壁春风》,中短篇小说《沙噬》《情结》《看喜》《洞殛》等,均为以带有西北方言味的语言表现大西北知青生活的作品。作品的切入角度是一段不堪回首的生活,平凡而苦难的人生,表现的却是鲜明的人性和人情,尤其是真、善、美和假、恶、丑的较量和斗争。鲜明的人物性格,浓郁的西北风情,粗犷沉雄的美学风格,构成了刘学江小说的艺术质地。

此外,刘学江还创作有表现青岛现实和历史生活的长篇小说《海客情仇》等多部作品。

第十九章 张　　炜

第一节　张炜创作概述

张炜（1956—），山东栖霞人，1956年生于龙口，1976年高中毕业后回原籍农村参加劳动，1978年考入烟台师专中文系，1980年到山东省档案局工作，同年发表小说处女作，1984年调山东省文联从事专业创作，现任山东省作协副主席。

新时期以来的山东文坛，张炜与莫言可以说是双峰并峙的两位最有成就、最有全国影响的山东作家。张炜的童年时代既是曲折坎坷的又是非常幸运的。正是生活的曲折使他过早地离开父母身边，来到龙口乡间，在这里度过了他的童年和少年时代。虽然家庭的遭际使他自幼便感到压抑和痛苦，然而也正是这种遭遇成全了他，使他得以在贫穷的乡野、质朴的乡民和美丽纯净的大自然怀抱中、在外祖父的书屋中接受着知识的教育和大自然的陶冶。这为他成就为一位具有悲天悯人的人道主义情怀和理想主义精神的作家打下了十分坚实的基础。张炜从70年代末开始发表作品至今，已经出版、发表了数百万字的小说、散文和随笔，出版有短篇小说集《芦青河告诉我》《他的琴》，中短篇小说集《浪漫的秋夜》《童眸》《秋天的愤怒》《一潭清水》《张炜短篇小说选》，长篇小说《古船》《九月寓言》《怀念与追忆》《我的田园》《柏慧》《家族》《外省书》，散文集《融入野地》，长诗《皈依之路》等，被认为"是当代文坛中最富有活力和创造力的作家之一"[1]。他的作品不但享誉中国当代文坛，而且引起了世界文坛的瞩目，许多作品被译成各种外国文字介绍给全世界的读者。

---

[1] 颜敏：《审美浪漫主义和道德理想主义》，华夏出版社2000年版，第99页。

张炜的早期作品是对美的自然、美的人性人情和旺盛生命力的真情礼赞，是一曲曲轻柔飘逸的田园诗歌。这位年轻的作家把从纯净美丽的大自然和纯朴的乡民那里接受的陶冶，反映在他这个时期的小说中。小说集《芦清河告诉我》和《浪漫的秋夜》中的作品，描述了一个美丽、空灵、纯净的世界：芦青河欢快地哗哗流淌，大海的涛声昼夜不息，山楂林、酸枣丛葱茏茂密，林子里鸟语花香、蘑菇遍地，田野里玉米、地瓜、大豆、花生籽粒饱满、生机盎然；在这美丽宁静的大自然中生活的人们，是那样的俊美、纯朴、善良、健康、向上、精力充沛，他们在大自然的怀抱中辛勤地劳作，欢快地嬉戏，友好地互相帮助，尽情地享受着大自然的恩赐，自然的美与人的美达到了水乳交融的境地。于是，在生机盎然的野地里有割草的二兰子情不自禁地喊出的"大刀来——，小刀来——"的青春声响（《声音》）；在灯火明亮的场院里有胖手姑娘和二老盘老汉儿童般轻松愉快的玩耍嬉戏（《夜莺》）；在青年人聚集的欢快场所，有少女小能甩喀嗒板的可爱动作（《天蓝色的木屐》）；在辽阔静谧的野枣林里有看野枣的大贞子"年轻的人们来相会"的妙曼歌声（《看野枣》）……写这些作品时的张炜，不注重描绘繁复详尽的情节，不刻意构思曲折动人、惊心动魄的故事，只是轻轻地、淡淡地传达着一种情愫和气质、一种空灵隽永淡雅飘逸的神韵。

随着创作的不断深化和年龄的增长，张炜不再满足于自己早期作品的轻灵和透明，他认为那只是自己童年心目中的芦青河，而现在他已经"加入了成人的行列"，"和河边的成人们交往，也用成人的眼光看河水和小桥了"（《浪漫的秋夜·后记》），因此，他不再只写"永远在欢笑，永远在幸福"的生活，也要表现生活的车子前进时沉重的负荷和痛苦的呻吟。于是，就有了《秋天的思索》《秋天的愤怒》和《古船》等浑朴厚重的作品。

这种表现生活沉重感的意向，在稍早一些的《护秋之夜》《葡萄园》《一潭清水》和《黄沙》等作品中就出现了。在《葡萄园》童话王国般的世界里，就出现了正义和邪恶的尖锐对立。《护秋之夜》中那些善良单纯的人们，也开始退去单纯和天真，面对复杂的现实生活"长大"了。《黄沙》中那位背着锅饼、一步步从千里之外的家乡走到省城告状的老人愤怒无助的控诉，都令人感到张炜"成人的芦青河"已不再那么纯净、欢乐和透明了。《一潭清水》更明确地表达了张炜对社会转型时期道德沦落现象的忧虑。瓜农老六哥在个人承包前后对孤儿小林法截然相反的态度，暴露了人性在金钱利欲面前的自私和冷酷。面对利欲造成人的灵魂被污染、被腐蚀、人与人之间关系日渐冷漠的社会现象，张炜呼唤人的心灵之美和道德之美，希望人与人之间的关系能像瓜田中那一潭清水一样纯洁清亮。《秋天的思索》《秋天的愤怒》则直接触及了现实的社会矛盾，揭示了存在于现实生活中的人生苦难，而这种苦难来自于另一种人本性的贪婪和残酷。王三江、肖万昌这类掌握着生杀大权的强势人物，巧妙地接过改革的口号，将农村的经济命脉把持在自己手中，使无职无权的百姓变成他的雇工或长工，肆无忌惮地欺压、奴役、榨取百姓的血汗。铁头叔（《秋天的思索》）、老寡妇母女、老獾头父女、袁光姐弟（《秋天的愤怒》）这些底层百姓，在王三江和肖万昌们的奴役和欺凌下痛苦地挣扎，乃至被逼迫致死；而老得、李芒等乡村觉醒者和弱势群体的代表者，则出于善良的本性和道义，对大多数人遭受苦难和奴役的原因进行着审察和思索，对王三江、肖万昌们进行着顽强地斗争和反抗。尽管他们反抗的声音是那样的微弱，但他们的勇气和斗争的坚韧，却体现了人的自由意志和尊严。张炜写作这两篇作品的意图，不仅要"展现农村中一些人物与另一些人物之间矛盾的深刻性，以及这种矛盾的历史渊源"，还要"传递出一种隐隐的声音"，这既是老寡妇母女和袁光姐弟的血泪控诉，也是李芒们那种做不成"自由人"的"人性底层的焦虑和愤懑"[①]。作品的字里行间透露出的对恶势力的愤怒，对底层人民的苦难和艰危的深厚同情，都让人感受到一种窒息般的沉重。

　　张炜是一位创作严谨的作家，他的小说起点很高。《芦青河告诉我》等早期作品就以清丽、隽永和诗意盎然而引人注目，此后的作品愈来愈重视结构、语言、表现方法，进行成功地实践和探索。他惜墨如金，严谨地锤炼语言文字，布局谋篇，因此，他的小说虽不能说部部炉火纯青，却大多具有精品效应。

[①] 《张炜创作笔记》，载《作家报》1988年11月22日。

第二节　苦难、人性、人本质的思索

但是，最能代表张炜以"成人眼光"看人生的作品还是《古船》。它无疑是80年代中国长篇小说创作的一个高峰。小说以芦青河边的一个小镇——洼狸镇的兴衰际遇为中心线索，概括了我国农村从1947年土地改革到80年代改革开放40年间的社会生活，全景式地描述了中国农村社会的历史变化和几代农民的苦难历程。张炜以悲天悯人的人道主义情怀，"潜入历史和民族文化的深处检视人性，寻思社会，从而将一个地区的叙事框架上升为对普遍的民族命运的探索。"[1]

张炜通过洼狸镇人几十年来的争争斗斗和互相残杀所造成的人生悲剧和苦难的描述，通过人与人之间凶狠、残忍和复仇心理及其恶果的展现，写出了生活的车子在"泥泞的路上"前进时辐条的颤动和车轮的呻吟。在这里，张炜站在人道主义和理想主义的角度审察生活和历史，在高度凝缩、高度概括的历史和现实的描写中，表达了他对人的生存境遇和人生苦难的深切关注和同情，尤其是他对何以造成人类相互仇杀和压迫这一现象的苦苦思索和追问。在这种思索和追问中，他看到了几千年的封建专治统治和封建的文化传统造成的精神负累，更看到了人性的扭曲和沉沦、人性恶的爆发所带来的种种恶果。40年代地主还乡团的残酷屠杀和农民的复仇行动，50年代的阶级斗争和"文化大革命"中的残酷派性斗争，80年代隋见素要夺回粉丝大厂的复仇行动，尤其是流氓无产者赵多多几十年不变的凶狠、残忍、贪婪和偏狭，既来自于文化传统的原因，更来自于人的品质和德性的原因。在这种寻找中，张炜已经超越了空间和时间的局限，探寻到了人类某些共同和根本的东西。

当然，张炜是立足于中国本土和齐鲁大地这块具体的地理和文化区域构思他的人物和故事的，他的人物形象深深地打着中华民族的文化烙印。张炜塑造了四爷爷赵炳这个人物形象，他的统治术、驭人术以至对女人的占有术，都深深地打着封建文化的烙印；他毒辣、阴险、残酷的本性，都隐藏在温情脉脉的家族、亲情、邻里乡谊的面纱之下，以致使他治下的臣

---

[1]　颜敏：《审美浪漫主义与道德理想主义》，华夏出版社2000年版，第113页。

民不能不乖乖地匍匐于他的淫威之下。张炜也塑造了隋抱朴这个理想的人物形象，他虽有阶级出身的原罪感而造成的软弱、犹豫等弱点，但他又是一个有着率真、浑朴、善良的天性和悲天悯人情怀的人。他多年来一直关注着人们所遭受的苦难，苦苦思索着造成这苦难的根源，寻找着解除这苦难的途径。在一定的层次上，隋抱朴就是张炜的代言人，隋抱朴苦苦思索的那个根本原因——道德和人性的原因，正是作家本人的声音："人要好好寻思人。人在别处动脑筋……可是他自己怎么才能摆脱苦难？他的凶狠、残忍、惨绝人寰，都是哪个地方、哪个部位出了毛病？"隋抱朴一直在思索，也一直在忏悔，这种思索和忏悔直指人类的本质和本性。《古船》能经受住时间的检验，"在当代小说史上确立起无可争议的经典地位"①，不仅是因为它深厚的历史和文化内涵、巨大的生活容量和思想力量、精湛的艺术技巧和将中外艺术手法的完美融合，而且还因为它所蕴含的深刻的人性和人类意识。

　　这种关于人的本性和本质与人生苦难关系的思索，在相当长的阶段内一直是张炜所要表达的主题。在《古船》之后的《柏慧》《家族》《外省书》等小说中，大都蕴含着这一主题。《家族》叙写了在长达一个世纪的时光中，两个家族（曲府和宁氏家族）为了正义和理想，为了他们认为的神圣事业不断地经受磨难和牺牲。虽然他们有过困惑和痛苦，但从未悔倦，始终前仆后继，葆住了一份心灵和精神的质朴和纯粹。与之相反的是那些内心复杂粗鄙以至心灵丑恶和丧失良知的人们，他们所谓的"理想"、"信念"里混进了许多杂质，因而，许多历史磨难出现的原因也与这些人有相当密切的关系。《柏慧》《家族》中那些心地高洁的人们所经受的苦难、屈辱，便是来自于另一类人性和良知的泯灭，来自于人性之恶的泛滥。

　　2000年《收获》杂志第五期全文刊载了张炜的长篇新著《外省书》，这是又一部引起普遍关注的作品。这部十几万字的长篇连接了历史和现实、城市和乡村、东方和西方，在相当广阔的历史、文化、政治背景上写出了人与历史、社会、经济、政治、文化的复杂关系，以及人在此种环境中的心态和处境，从而进一步思索了人本身。

---

① 颜敏：《审美浪漫主义与道德理想主义》，华夏出版社2000年版，第113页。

作品的结构是富有创造性的，以人物行状划分章节，几乎是每个人物都串起了一段历史、一种环境。如"鲈鱼"的经历主要连接着革命战争年代，肖紫薇、元吉良主要与"文化大革命"那段历史和环境连接起来，史东宾、马莎和"狒狒"师香则连接着人欲横流的现代社会的现实，只不过史东宾们连接着现代城市而"狒狒"连接着乡村而已；通过史铭又把东西方社会的文化环境连接起来，而史珂则是这诸多历史和环境的直接或间接见证、经受者。这些处于不同环境、有着不同人生遭际的人物，表现了不同的品格质地：少女师辉和"狒狒"师香单纯、善良，像未被开凿的璞玉；肖紫薇、胡春旖质朴、高洁、正直，但是在强大的压力面前有时又表现出软弱和无奈；一生桃色新闻不断的鲈鱼本性善良，"勇敢，有那么一股抛头颅洒热血的劲儿，可又乱搞"。但是尽管他们有些身上还存在着某些人性的弱点，但是，比起卑鄙、自私、贪婪、狂妄自大、心地险恶的史东宾、马莎、金壮一（电鳗）、"小胡子"们来，却是质朴纯粹的人。在现实生活中，正是史东宾、小胡子们将无限膨胀的私欲和肆意扩张的人性之恶强加在质朴纯粹的人们身上，使他们遭受着痛苦和磨难。肖紫薇、"狒狒"和师辉们遭受的磨难和痛苦正是来自于这些品质恶劣粗鄙的人们。而这种人在各种历史和社会环境中都大有人在的。

作品深切地表达了对现代物质文明所带来的人的异化现象的忧虑，字里行间也隐含着对人类发展前景的忧虑。史珂与鲈鱼、与史铭关于高科技、现代物质文明与人性、人本质、人类前景的讨论，史珂从语言学角度对中国当下语言变异现象的思索，都发人深省地向人们预示了这些问题。在史珂看来，史东宾、马莎、史铭们生活方式和语言的变化，也是他们人的本质品性变得不再纯粹的表现。高科技（电脑电视）为人类提供了某些方便，却又"让人类走入了普遍的沮丧"；物质文明为人类提供了优越的生活条件，但却并没有提升人类的精神文明程度。出于对人类前景的忧虑，史珂认为"现代人最伟大的事业就是与自然万物的和谐相处"，因此，为了保住心灵的质朴和纯粹，保住自己心灵的圣地不会被污染，他毅然离开了代表着现代文明的大都会，来到了"外省"海滨的一隅，在偏远、闭塞、原始的乡下，在大自然的怀抱里，在与说着质朴方言的纯朴乡民的交往之中生活、思索、写作。

"外省"是张炜心目中质朴、纯粹、理想之地的一个象征，而史珂更是一位追求质朴纯粹理想的代表。在《外省书》中,张炜又一次表达了他一以贯之的对精神圣地的维护,对理想主义的坚守。

第三节 坚守心灵圣地的痴情人

在张炜的小说里存在着两个世界:现实世界和童话、寓言世界。但无论哪个世界,都可以看到他对人类生存家园和精神家园的关注,对人类理想生活的憧憬。在《秋天的愤怒》《秋天的思索》《古船》以及《外省书》中,他对现实的关注,对苦难和造成苦难原因的关注,已经隐含着他对人类生存家园和精神家园的忧虑;在《冬景》《三想》《橡树的微笑》《九月寓言》和《童眸》《我的田园》中,他进一步通过类似童话和寓言的方式,表达了自己人与自然、人与人之间和谐相处的理想。他不愿人类像《冬景》中那样无休止地相互仇杀,也不愿人类像《三想》和《橡树的微笑》中那样贪婪地掠夺和破坏自然,凶残地残杀小动物;他警告人类,无休止地掠夺和杀戮将会给人类自己带来灭顶之灾;他希望人类能够珍惜自己的生存环境,珍惜人类的生存家园和精神家园。

对大自然的礼赞、对理想的精神家园和生存家园的向往,一直是存于张炜心灵深处的情结。从早期到近期,我们都可以找到这种意向。在张炜的心目中,理想的生存家园和精神家园在乡野和大自然中,在那些质朴、善良、纯洁的人们之中。实际上,他从创作的初期到今天,一直都在歌颂着乡野和自然,一直都在努力地从大自然的怀抱中寻找并坚守自己的精神家园和理想栖息地。他认为"只有在真正的野地里,人可以漠视平凡,发现舞蹈的仙鹤"[①],只有在野地里人才能忘掉世俗,在劳动中实现与大自然的交流和沟通,野地是他一直在询问的"一个知识分子的精神本源"[②]的源头。长篇小说《我的田园》中那位身居城市的知识分子,执意辞掉了很不错的工作,回到他故乡的田园承包一片果园,在那里过着与大自然和质朴纯真的人们共同劳动的田园生活。作品中那个主人公其实也是张炜的精神化身。张炜的这种寻找,与现代西方人"寻找家园"的精神

---

① 张炜:《融入野地》,见《忧愤的归途》,华艺出版社1995年版,第20、29页。
② 同上。

是相通的。他90年代的长篇小说《九月寓言》不但体现了他艺术的更加成熟，而且有更高更深的哲学蕴含。他在里面深情地吟唱人与土地、人与自然、人与历史、人类的源初记忆，表达了对人类返璞归真理想的向往和回归意向。他以朴素的抒情之笔描写那个小村人生活的原始和贫困、他们在赖牙们的压迫欺凌下生存的艰难，也写了在这样的生存环境中人们劳动的愉快和爱的欢乐。他写出了人类生存的原初状态，写出了人类的生活实景和生存本质。在真正的劳动者面前，"苦难"虽然威胁着他们的生存，但却不能使他们退却，生存的韧性和不屈的意志使他们具有应付一切苦难的能力。于是，在只有靠地瓜干活命的年代里，圣徒般的金祥跋山涉水历尽艰辛背来了鏊子，小村人也对鏊子表现了神明般的敬畏。"鏊子"以及金祥的"寻找鏊子"实际上是小村人生存意志和生存方式的一种象征。但是，张炜不无忧虑地写到，这种原始和古朴的生存状态和生活方式正在逐渐地被现代工业文明所冲击、所侵袭。小村的地下发现了煤矿，煤矿开采的隆隆炮声打破了小村原始的宁静和质朴，那小村中原野的精灵般纯洁质朴的少男少女渐渐被拉进采矿队，昔日的欢乐和单纯不复存在，人们最终只能在矿物开采的废墟上凭吊百年小村的消失，对人类生存的家园被现代工业文明毁灭作哲学的浩叹。

张炜对于人的精神品质的思考，对于道德理想的维护，对于人道主义理想和精神家园的坚守，对于物欲的抗拒，在当今文坛上独树一帜，他被人们称为"最后的浪漫理想主义者"。

第二十章 莫言

第一节 莫言创作概述

莫言（1956—），山东高密人，原名管谟业，小学五年级辍学后，务农十年。1976年参军，历任战士、政治教员、宣传干事等，1981年开始创作，1986年毕业于解放军艺术学院文学系，现转业到最高人民检察院工作。

莫言是一位多产作家，至2000年止，已出版结集的作品计有长篇小说《红高粱家族》《天堂蒜苔之歌》《食草家族》《丰乳肥臀》《十三步》《酒国》；中短篇小说集《透明的红萝卜》《爆炸》《欢乐十三章》《白棉花》《怀抱鲜花的女人》《苍蝇·门牙》《初恋·神嫖》《老枪·宝刀》和《长安大街上的骑驴美人》等。

莫言走上文学道路似乎是他人生的偶然，他只有五年的小学文化基础，哥哥进修中文专业的课本讲义是他文学素养的初期"积累"，他的童年和少年时代是在饥饿、灾荒、种地、放牛、割草、做临时工的劳作中度过的。但他又是一个天分很高的人，在入伍不久便从一个战士成为政治教员、宣传干事这一事实，便是对他才华天赋的回应。1981年，他创作了处女作《春夜雨霏霏》，迈出了他步入文学的神圣殿堂的第一步。作品写一位军人的新婚妻子在春雨霏霏的雨夜对守卫海岛的丈夫内心独白式地诉说，流溢着"昔我往矣，杨柳依依；今我来思，雨雪霏霏"的意境。此后，他又发表了《售棉大道》《民间音乐》《黑沙滩》等小说。《售棉大道》写几位农村青年在棉花大丰收之后去县城的棉花加工厂排队卖棉时的情景。在日夜排队等候的难熬时光里，他们由怨怼、争吵到相互谅解和帮助、并且产生爱的感情的故事，非常生动感人，已经显示了莫言的写实才能。但《民间音乐》又有所不同，作品虽然也有很强的写实效果，但却已经融入了写意的成分。美貌温柔的女店主与流浪的民间盲乐师之间虚虚实实的神秘关系，以及女店主与盲乐师最后的失踪，令人感到扑朔迷离，意境淡远，这意味着莫言的创作开始向"陌生化"转向了。

自《透明的红萝卜》开始，莫言进入了他创作的新阶段，一个主题多义，以抒写感觉、感受、意境为主的写意阶段。在这个阶段的作品中，他主要以儿童视角观察、感受生活，融进了通感、超感、幻觉等非写实手法，写出了一个儿童想象、感受中的世界。但这个感受中的世界又与现实生活有着极为密切的联系。《枯河》直接以儿童为主人公，写男孩小虎因从树上掉下砸伤了支书的女儿，被支书和父母家人毒打致死的故事。莫言从小虎遭毒打后偷偷走出家门，在夜晚空旷的田野上悲愤地回顾被打的经过写起，运用时空交错手法，写出了一个儿童因偶然过失而遭受的非人折磨，暴露了人性的冷酷和残忍。

莫言最受关注并得到好评的是中篇小说《透明的红萝卜》。这篇小说写了一个在恶劣的环境中生活的孩子向往美好生活的美丽梦境。小黑孩生活的现实是痛苦而沉重的：他被后娘所折磨，衣不蔽体、食不果腹，被派到水库工地劳动又受独眼小铁匠欺侮。现实的逆境使小黑孩只有在幻想中得到慰藉。于是，他在漆黑的夜晚看到了明媚的阳光，碧绿的菜地，看到了那个"晶莹透明、玲珑剔透，透明的、金色的外壳里包孕着活泼的银色液体"、"线条流畅优美"、"放射着金色光芒"的红萝卜……小黑孩想象和幻觉中的这个红萝卜是莫言营造的一个意象，他与小黑孩的现实处境形成的强烈反差，震撼着读者的心灵。莫言写了小黑孩"抓热铁"等一些看起来似乎超常的现象，实际上是写出了一个在恶劣环境中生活着的孩子在无可奈何中激发出的超常反应和想象。这正是莫言通过作品所要呈示给人们的那些值得思索的有意味的东西。

《透明的红萝卜》是莫言创作走上新阶段的优秀成果，到长篇小说《红高粱家族》中的章节以中篇形式发表，莫言已经是中国文坛上一位独树一帜、实力强盛的作家。由《红高粱》《高粱酒》《高粱殡》《狗道》《狗皮》等中篇小说构成的长篇《红高粱家族》，以"天马行空"般的笔触，挥洒自如地写出了发生在"高密东北乡"浩瀚的高粱地里先辈们的抗日故事。出现在莫言笔下的"高密东北乡"，是块"地球上最美丽最丑陋、最超脱最世俗、最圣洁最龌龊、最英雄好汉最王八蛋、最能喝酒最能爱"的矛盾重重的土地,这里响马遍地,好汉云集。余占鳌、戴凤莲、二奶奶、罗汉大爷是莫言倾力塑造的英雄人物形象,他们敢爱敢恨,敢杀敢打,狂放不羁,既杀人越货又精忠报国,在"高密东北乡"浩瀚的高粱地里演出了一幕幕可歌可泣、英勇悲壮的人生活剧。作品熔传统手法和现代派手法为一炉,将战场厮杀的悲壮场面、充满激情的爱情故事、独特的民族气质表现得淋漓尽致。《红高粱家族》的出现,给人以耳目一新的感觉,评论界有人甚至激动地"意识到一个天才的作家诞生了"①。

《红高粱》之后,莫言又相继发表了《红蝗》《欢乐》和长篇《食草家族》《十三步》《丰乳肥臀》《酒国》等作品,但《红蝗》《欢乐》等却引起了"无节制"、"审丑"之类的批评。许多人产生了一种无法承受"那种内心体验的骚动和畸形的美感"的感觉,对"一个生命要承受那么多的欲望"而感到不可思议。但莫言本人却将《欢乐》看成是自己最好的作品之一。在这篇作品中他写了一位为摆脱当农民的命运而经历了五次高考的落榜生回到农村,不堪承受繁重的劳动、权势的欺压和众人的讥讽,最后只能以死来表达他的绝望之情。莫言谈到过自己创作这篇作品的起因:"一方面有感于高考制度对农村青年所产生的巨大压力;另一方面完成了《红高粱》以后,自己很想在语言风格上、文体上做些改变","看起来是写了一个中学生,实际上写了当代社会的一个剖面。通过中学生自杀事件,透视当代农村生活"②。这是莫言真正了解的农村和农民子孙的生活和精神状态,局外人是很难真正看透在那"犹如进入藤蔓勾连,上牵下挂的原始森林"般的叙述中隐含的个中三昧的。莫言说"《欢乐》是一部心绪如麻、感情沉痛的小说,我知道很少有人能够读完它。每部作品都有自己的命运,《欢乐》的命运是悲惨的。"③

莫言似乎不太在意人们的评价,他只管按照自己的意愿创作。他的作品中爱恨、美丑杂陈,"恋乡""怨乡"同步,既讲述充满民间民俗意味的故事,又进行各种艺术形式的探索尝试。他稍晚近的小说已经不再像《红蝗》《欢乐》那样淋漓尽致地倾泄"内心体验的骚动和畸形的美感"

---

① 季红真:《祭祀精神的图腾》,见《众神的肖像》,人民文学出版社1996年版,第117页。
② 熊晓芬、艾涓:《莫言答客问》,载《文学世界》1993年第3期。
③ 《〈走向诺贝尔·莫言〉》,文化艺术出版社2000年版,第3页。

了，而多以朴实、幽默、轻松的语调讲述那些发生在民间的奇人怪事、传奇故事，许多作品具有寓言和民间故事的特点。如《长安大道上的骑驴美人》写了现代人侯七们的一次奇遇：在现代社会的大街上竟行走着神秘的骑驴美人和古代骑士，以至因侯七们好奇地追踪而造成交通阻塞。《一匹倒挂在杏树上的狼》讲了一个似乎是狼"复仇"的传奇故事，但在小学生许宝家发现的那匹狼是否就是章古巴大叔讲的那匹狼？则让人感到扑朔迷离。这种似是而非或许正是莫言要达到的艺术效果？《白杨林里的战斗》中两支严重对立的小学生正进行械斗时，忽然出现的黑衣大侠以及"我"被黑衣人激发的侠义行为，也颇具传奇色彩。在《司令的女人》中，那个被吴巴杀害的鬼魂的出现昭示了真凶，为受冤屈的"司令"洗清了罪名。这种"冤鬼复仇"故事的怪异性及其民间故事性质是很明显的。这类作品在莫言创作中占有比较重要的分量。

莫言的创作历程大体上是这样的：他是从创作《民间音乐》《售棉大路》《春夜雨霏霏》等普通村民的人情故事起步，继而以《透明的红萝卜》《大风》《枯河》《白狗秋千架》等色彩绚丽、情调忧伤、带有朴野的乡土气息的童年梦境追忆的作品引起注意，又以《红高粱家族》等具有自由意志和理想精神的民间英雄形象而赢得很高的声誉，而《红蝗》等却又使他受到批评。但莫言却一直沿着自己认定的路坚定地走下去，形成了自己独特的艺术品格和美学风格。

第二节　乡土社会的代言人

在山东籍作家中，莫言可以说是最与众不同的一位。有人认为莫言的"与众不同"是因为他对齐鲁文化传统具有一种叛逆精神。然而，当我们研究莫言整个创作的时候，却发现他仍然是齐鲁大地的子孙，他并没有摆脱齐鲁文化对他的影响。齐鲁作家关注民生民瘼的"民本思想"，同样扎根于莫言的灵魂深处，他几乎所有作品都与他故乡的民众有关，字里行间蕴含着对农民父老苦难的深厚同情与关爱，对乡间丑恶现象与邪恶势力的仇视与愤怒，对乡民人性弱点的批判之情。他也毫不隐讳他的"农民阶级代言人"立场。在回答人们对他的"农民意识"的批评时，他说："有人说我是农民阶级的代言人,我觉得应该有一批为民请命的人。"①

正是这种鲜明的乡土社会代言人立场,使他在震惊全国的"蒜薹事件"发生后马上放下手头的东西,写出了《天堂蒜薹之歌》这部被他称为"急就章"的长篇。而"蒜薹事件"只是激发他的创作灵感的一个契机,对农民处境的深切同情,对农村生活的深切了解,对官僚主义的切齿痛恨,则是使他写出这部小说的根本原因。他只是借了一个偶然的"事件",表现的却是存在于乡土社会的一些比较典型的东西。高羊、高马、金菊、四叔、四婶这些老实本分的农民,在特权、官僚主义、草菅人命、以权谋私这类权势者的统治下,生存是如此艰难,想老老实实当个庄稼人也是那样不易。从作品的叙述中人们可以看到,正是在官僚主义无视农民利益、投机商人趁机作祟严重侵害农民利益的情势下,那些无知的农民才被裹挟着加入冲击县政府的行列中去的。他们是盲目的,但他们也是无辜的。莫言既为他们的无知和盲目而感到惋惜,更对他们可悲的处境深表同情。作品中还写到了金菊与高马的爱情悲剧,揭露了"换亲"这种民间非法的婚姻形式的残酷和无奈,以及造成这种婚姻形式的现实原因和传统文化原因,有很多值得思考的东西。民间的疾苦,一直是莫言关注的对象。受到"无节制"、"审丑"之类批评的《欢乐》,也是试图通过中学生齐文栋因巨大的精神压力和内心痛苦而自杀的事件,写乡间的贫穷和乡民的苦难。

莫言小说的很大部分是以童年视角写成的。这些童年视角写成的故事既蕴含着某种沉重,也表现出调侃、幽默和轻松。幽默轻松是形式,而"沉重"则是作品的内核。正如有的论者所说:在那些"童趣和天真"的背后,隐藏着莫言对人生、对政治等社会重大问题的看法。②像白杨林里以"支书派"和"赵大婶派"相互仇恨的小学生的打斗,并未因为黑衣大侠的出现而真正轻松起来。而《牛》这篇作品的大部分讲述却并不怎么轻松,因为养牛和死牛的故事里蕴含着乡民生存的沉重。但故事的结尾处却用了极其轻松调侃的语调,那段关于抢救中毒者的"文革"八股式叙述所蕴含的讽刺意味,的确能让人发出会心的微笑。在《蝗虫奇谈》

---

① 莫言:《我的农民意识观》,载《文学评论家》1989 年第 2 期。
② 周春玲:《变化中的莫言》,载《当代作家评论》2000 年第 5 期。

这篇作品中，莫言在描述了爷爷发现蝗虫出土的奇观之后，则直接发表了他由蝗虫肆虐而引发的对"人类面对灾异的束手无策"和"腐败政治"的思考。

莫言在回顾自己的创作时说："我个人认为，统领这些作品的思想的核心，是我对童年生活的追忆，是一曲本质忧悒的、埋葬童年的挽歌，我用这些作品，为我的童年，修建了一座灰色的坟。"① 的确，他以童年视角写作的许多小说是忧郁的、灰色的、痛苦的。他写了难耐的饥饿，写了因饥饿贫穷造成的人性的冷漠和残忍，也写了世道的欺凌和不公，以及腐朽落后的传统造成的种种悲剧和罪恶。《粮食》《五个饽饽》《飞艇》使人们看到了饥饿是怎样折磨着村民的肉体和灵魂，"生存"对乡土社会的农家到底意味着什么；《翱翔》和《天堂蒜苔之歌》中"换亲"的故事，写出了封建的道德观念和现实困境对人性的摧残和折磨，而这些将柔弱女性的自由和生命当作封建伦理牺牲品的封建家长，竟得到了政府官员的支持，这就十分耐人寻味；《飞鸟》写了"文革"唤起的人性恶怎样影响了纯洁的儿童，使他们也以"批斗地主婆"的残酷游戏去折磨不幸者；而《弃婴》不仅讲述了一个弃婴无处安置、抱回弃婴的好心人陷入困境的故事，而且也借日本作家的《雪孩儿》《陆奥偶人》思索了一个具有世界意义的问题："弃婴"现象不止是中国的，也是世界性的，应该引起全人类的人道主义关注。莫言写这篇作品时心情是沉重的，他尤其对至今仍不时在故乡大地上发生的弃婴现象痛苦万分，在作品的结尾他深深地感叹："……谁有妙方，能结扎掉深深植根于故乡人大脑中的十头老牛也拉不转的思想呢？"

莫言说：他之所以"身不由己"地充当了农民群众的代言人，是因为他"本身就是农民"，对父老乡亲的深厚同情和关爱，以及对造成农民群众不幸根源的清醒认识，使他心中积郁日久的激情遏止不住地爆发出来。他的作品一直没有离开"高密东北乡"这块既真实又虚拟的土地，即使是少量描写军人生活的作品如《战友重逢》等，虽然以军人为主人公，但却让他们或魂归（如钱英豪）、或复员（如郭金库）、或探亲（如

---

① 莫言：《旧"创作谈"批判与新"创作谈"》，《怀抱鲜花的女人》，中国社会科学出版社1993年版，第343页。

赵金）故里，让他们在"高密东北乡"这块故乡的土地上重逢相聚，回顾往昔壮志未酬身先死的不幸，慨叹今日生存的困境。这种对自己血脉的认同是发自内心的。他在贫穷的乡间度过了青少年时代，他说"我是一个在饥饿和孤独中成长的人，我见过了太多的苦难与不公平，我心中充满了对人类的同情和对不公平社会的愤怒，所以我只能写出这样的小说……"①正是这种"乡土社会代言人"立场使他与齐鲁大地联系在一起，与儒家文化中的"民本思想"联系在一起，也使他与"五四"以来的山东作家"关注民间、关注民生民瘼"的文学传统血脉相连。

莫言的根深深地扎在"高密东北乡"这块苦难而神奇的土地上，他既十分关心乡土社会的现实生活，关心父老乡亲生存现状和精神痛苦，也从朴野的乡间、从祖先的血脉、从古老的民族传统中寻找着精神的家园。立足于现代生活，他感受到了一种人性的"种的退化"现象。《红高粱家族》其实是有感于这种"种的退化"而写的，在小说中他创造了"纯种红高粱"和"杂种红高粱"两个相对立的意象，他从《红高粱家族》中"爷爷"、"奶奶"等祖先身上，看到了那种敢爱敢恨、敢杀敢打、"既英雄好汉又乌龟王八蛋"的、具有叛逆精神和自由抗争血性的生命形象，那种生长于民间的原始的、野性的生命形态，那种自由潇洒的意志和精神，他为此而倾心赞叹和崇拜不已。"高密东北乡"、"无边无际的通红高粱地"、火一般的、健壮的、钻石般籽粒饱满的、生机勃勃的纯种红高粱便是那些充满血性的红高粱般的祖宗形象的象征；而那些"秸矮、茎粗、叶子密集、通体沾满白色粉霜、穗子像狗尾巴一样长的杂种红高粱"，也正是作品结尾那个"带着机智的上流社会传染给我的虚情假意，带着被肮脏的都市生活臭虫水浸泡得每个毛孔都散发着扑鼻恶臭的肉体"的叙事主人公"我"，以及"我"所代表的那一类人的象征。莫言说："《红高粱》则是我修建的另一座坟墓的一块基石。……我希望这株红高粱能成为我父老乡亲们伟大灵魂的象征。"②

在莫言的整个创作中，虽然有《红高粱家族》那样礼赞和祭奠祖宗

---

① 莫言：《饥饿和孤独是我创作的财富》，见《苍蝇·门牙》，上海文艺出版社2000年版。
② 莫言：《十年一觉高粱梦》，见《怀抱鲜花的女人》，中国社会科学出版社1993年版，第343页。

精魂的作品,但更多的却是批判乡土社会中落后愚昧的一面和抨击人性丑恶的作品。上文所列那些批判性作品还是比较温和的,《枯河》既倾诉了权势者的凶残,也写出了父母兄弟在权势面前的畏惧和保全自己的自私和冷酷;而《罪过》对人性的揭露和抨击更尖刻。儿童大福子看到父母在弟弟小福子淹死事件上的偏心,这就更促使他增加了对父母的仇恨以及对弟弟之死的快意和冷漠。这是对残忍、嫉妒、仇恨等这些"人性的毒疮"的批判。这篇小说对"丑陋的骆驼"、"身体的毒疮"、"母亲骷髅般狰狞面目"等丑的东西,进行了《红蝗》般苛薄地刻画。为了表达这种批判和憎恶之情,他在《红蝗》《欢乐》等小说中拿出了敢于"往上帝的金杯里撒尿"和"亵渎所有的神灵"的勇气,发泄式地、淋漓尽致地描写那些丑和恶的东西。

莫言这种表达方式受到了文学界的批评,其实这是对莫言的一种误读。莫言的"审"丑并不是"欣赏",而是一种真正的"审判"。对此,莫言有他自己的说法:"我是一个出身底层的人,所以我的作品中充满了世俗的观点,谁如果想从我的作品中读出高雅和优美,他多半会失望。"(《饥饿和孤独是我创作的财富》)他还调侃式地说:"我的'第三世界'是在我种高粱、吃高粱的基础上,是在我的祖父祖母父亲母亲喝过高粱酒后讲的高粱话的基础上,加上了我的高粱想象力胡乱捣鼓出来的。"(《旧"创作谈"批判与新"创作谈"》)莫言无论是赞美还是揭露,无论是审美还是审丑,他所持的"乡土社会代言人立场"都是真诚的。

第三节 继承与借鉴——莫言的艺术追求

莫言的整个创作已经向人们说明,他其实仍是齐鲁大地的子孙,但是,从他作品的艺术气质和表现方式来看,他又的确与众不同。我们认为,这不同其实并不完全表现在他对外来文化和文学艺术手法的吸收和借鉴上,相反,却表现在他比其他山东作家更多地接受了规模宏大,形式华美,富有想象力,能言善辩而富幽默感、浪漫、大胆、开放、具有"泱泱乎大风"风范的"齐文化"的影响上。莫言恰恰在这一点上既与其他山东作家有所区别,更在全国文坛独树一帜。在当今的中国文坛上,受到西方现代主义文学影响的作家很多,比莫言走得更远的也大有人在,但是，能像莫言这样得天独厚地受到齐文化影响的却绝无仅有。生长在曾经出现过中华民族文化史上最辉煌、最活跃的"百家争鸣"时代、诞生过管仲、晏婴、"三邹子"、淳于髡、田骈以及短篇小说圣手蒲松龄等先贤才士的古齐国土地上的莫言，显然接受了来自遥远的历史深处的"泱泱乎大国之风"的齐文化的遗传基因，齐鲁大地远古的文化气质对他潜移默化的影响是无可置疑的。

也许是莫言自己并没有意识到这一点，他只是承认他接受过外国作家的影响。在美国斯坦福大学演讲时他说："我是一个受外国作家影响并且敢于坦率承认自己受了外国作家影响的中国作家。……我并不刻意地去摹仿外国作家的叙事方式和他们讲述的故事，而是深入地研究他们作品的内涵，去理解他们观察生活的方式，以及他们对人生、对世界的看法。"(《饥饿和孤独是我创作的财富》) 在美国加州大学的演讲中他又明确表示，是福克纳影响了他："读了福克纳之后，我感到如梦初醒，原来小说可以这样地胡说八道，原来农村里发生的那些鸡毛蒜皮的小事也可以堂而皇之地写成小说。他的约克纳帕塔法县尤其让我明白了，一个作家，不但可以虚构人物，虚构故事，而且可以虚构地理。"① 正是因为受了福克纳的启示，莫言"就像打开了一道记忆的闸门，童年的生活全被激活了"，这使他敢于把发生在世界各地的事情，改头换面地拿到他的"高密东北乡"，于是便有了无边无际、浩如血海的纯种红高粱，有了既能喝酒又能爱、既杀人越货又精忠报国、既英雄好汉又乌龟王八蛋的"爷爷奶奶"们的故事，他也让高楼大厦和许多现代化的娱乐设施在《丰乳肥臀》中的"高密东北乡"耸立起来。而且，福克纳们的艺术表现手法也被他借鉴和吸纳过来了，感觉、通感、幻觉、意识流、魔幻等手法在他的小说中屡屡出现，于是便有了《透明的红萝卜》《枯河》《球状闪电》《金发婴儿》《爆炸》这些新颖奇特、令人惊喜不已的小说，也有了《欢乐》《红蝗》等让人感到难以接受的作品。《枯河》几乎通篇都在写儿童主人公那种痛苦、愤怒、悲凉的感受和意绪，以及他的种种错觉和幻觉，如被砸伤的小姑娘流出"蓝色的血"、父亲"绿色的眼泪"、大皮鞋踢到自己身上的"扑扑"声响、从树上落下时飞翔的感觉；《透明的红萝卜》中的小黑

---

① 莫言：《福克纳大叔，你好吗?》，见《老枪·宝刀》，上海文艺出版社2000年版。

孩则被人看成一个小精灵般的童话人物：他看到的阳光是蓝色的，他能听到头发落地时的声响，他能够用手抓烧红的铁块，热铁烧着他的皮肉吱吱作响却没有疼痛的感觉，他居然看到了一个现实中不可能存在的金色透明的红萝卜……等等；这种对色彩、声音的特异感觉，在《红高粱家族》中更是比比皆是；而在《欢乐》中，主人公那像一团团乱麻般密集、浓重、沉痛的感情和思绪，那无可遏止、似乎失去节制的表达，更是令读者叹为观止，产生无法承受之感。

　　无可置疑，福克纳等外国作家的影响是存在的，但这其实只是一种外因。福克纳们启发了他的灵感，唤醒了沉睡在他血脉深处的"齐学"神韵的遗传，"金色透明的红萝卜"和"如火似血的红高粱"般色彩绚丽、富有浪漫精神的意象，那频频出现的通感、感觉、幻觉、意象的描写和不可遏止的情感宣泄，实际上正是"夸诈不情"、想象丰富奇特的齐文化气质的馈赠。他也极善写具有聊斋意味的神奇怪异故事，显示了"天马行空"般的想象力和表现力，被阿城称为讲鬼怪故事的"当今中国一绝"。对这种"夸诈不情"的想象力和虚构能力，莫言有一段戏谑式夫子自道："一个文学家的天才和灵气，集中地表现在他的想象能力上，浮想联翩，类似精神错乱，把风马牛不相及的若干事物联系在一起，熔为一炉，烩成一锅，揉成一团……"（《旧"创作谈"批判和新"创作谈"》）这也正是"三邹子"、淳于髡们赋予他的神韵和气质，也是对如现代学者冯友兰所说"……盖齐地滨海，其人较多新异见闻，故齐人长于荒诞之谈"以及"齐谐"式的艺术气质的继承。

　　正是这种对齐鲁文化底蕴和艺术气质的继承和对福克纳、马尔克斯们的借鉴的完美结合成就了莫言，"使他有资格进入中国当代伟大作家的行列"。[1]

---

[1] 季红真：《祭祀精神的图腾》，见《众神的肖像》，人民文学出版社1996年版，第119—120页。

第二十一章 新历史机遇下的山东小说

第一节 90年代的创作转向

在经过了20世纪70年代末、80年代初的文学复苏和80年代中期的现代主义思潮的热闹场面之后,中国文学进入了一个新的时代。随着改革开放、社会转型的更加深入,90年代的文学也发生了很大的变化。曾经如此轰动一时的伤痕文学、反思文学、改革文学,尤其是现代主义文学思潮,都逐渐地被冷落了。中国文学跌入了低谷,就连令人眼花缭乱的红极一时的现代主义思潮,除少数人仍在坚持之外,即使是当年的那些"始作俑者"也表现了力不从心的尴尬。一场轰轰烈烈的现代主义运动就这样很快地低落下来。在80年代的文学背景上,尤其是现代主义思潮泛滥时期,山东作家曾试图跟上文学潮流的步伐。但在排斥本民族文学传统、以吸纳西方现代主义文学艺术传统为宗旨进行的形式探索、创新中,对一贯以谨慎、稳健著称的山东作家而言,却不怎么得心应手。因而,在经过一段时间的实践之后,人们深感这种搬用和借鉴毕竟不能代替自己的创造,也不能真正与本民族的文学传统融会贯通。因此,山东作家早就盼望着这一思潮的结束,早就希望着回归了。80年代末,李贯通曾经说到这种难堪,并表示决不再搞什么"花拳绣腿",而是要踏踏实实地走自己的路。他们已深深地认识到,繁荣中国文学,并不能只依靠搬用借鉴西方,进行所谓"形式的创新",而是要以厚重的作品献给文坛。这其实是山东作家共同的心声,是他们潜意识深处齐鲁文化情结促使的结果。

90年代文学进入低谷以来,为了促使文学走出低谷,山东文坛表现了非常积极的姿态。90年代中期,山东的两家有全国影响的文学报刊——《时代文学》和《作家报》就开始行动了。《作家报》在1995年年初开辟了"人文精神与文学"专栏,进行了长达数月的讨论。同年,两家报刊又联合发起了"现实主义重构论"的大讨论。他们回顾了"新时期文学的发生和发展,就其主导倾向而言,实际上是现实主义的一次回归和深化"的历史进程①,倡导文学"拓宽现实主义文学道路",以"现实精神+现代理性精神+现代叙述话语"重构现实主义。这两次角度不同的讨论,对于推动和促进山东乃至全国文学走出低谷起到了积极的作用。

进入90年代以来,在创作观念上,山东作家(主要代表人物)也都发生了不同程度的转向。与80年代相比,90年代作家的创作正在趋向于"个人化",他们不再像80年代作家那样面对许多共同的课题,诸如社会问题、内心积郁、思想解放、人性自我解放等。而到了90年代,共同话题已经在不知不觉之间被冷落、淡化了,人们大多转向了个人行为方式的思考。山东作家也普遍感受到了这种写作心态的变化。左建明说:"80年代的文学,无论个人多么有特点,但你无法不面对共同的课题,90年代就大不相同,此时共同问题已经淡化"(引自与笔者的谈话),"小说从社会转入了个体,原来的小说关注的是社会群体,现代小说更着重关注个体的生命,首先是生命状态、生存本身。"②

左建明反省了自己过去的创作,认识到:"忧愤只能构成文学的极其宝贵的底色,却并不是文学的全部。你必须克制、冷静,像一个手术大夫。唯其如此,你才能细致地整体地把握生活,把握人,把握那些活生生的灵魂,你能听到那些灵魂在痛苦时发出的呻吟……你能体会到那些灵魂的忧郁,这忧郁因了对世界的迷茫,也因了对自身的空虚;你能看见邪恶,这邪恶源于社会,也源于个人;你为一个灵魂的不幸悲哀,也为它的麻木而愤怒;自然,你还能感受到许多魂灵的美好善良,这善美有时出于真诚,有时出于被迫……你捕捉到某一个魂灵的情感因子,你就会找到他的来龙去脉。"③ 左建明的这一认识和感受的确代表了多数山东作家的心声,他自己90年代以来创作的小说如长篇《欢乐时光》、中篇《雪天童

---

① 李广鼎:《拓宽现实主义文学道路》,载《时代文学》1995年第5期。
② 左建明:《雨夜轻柔》,明天出版社1997年版,第303页。
③ 同上书,第276—277页。

话》等，便是排除功利目的而重视表达个人感受和个人生命体验的艺术实践的结晶。

早已厌倦了追风逐潮的李贯通更加注重在对"现在"的关注中表现属于自己的文化思考和审美理想。他认为"好的作品应该是大寓言式的，意象丛生的"，他90年代的《天下文章》《天缺一角》和《乐园》等都体现了他的新追求，意在表达那种"天人合一的理想，自然与人的和谐"。

尤凤伟则将视野转向民间，转向"真正义意上的小说"的创作，他的《石门夜话》《石门呓语》《金龟》《生命通道》《生存》《五月乡战》等中篇，成功地将他的创作从"社会代言人"角色转向了"小说家"角色。这些作品不但内容厚重，发人深思，而且在艺术上、在作品内涵的发掘上都以崭新的面貌出现。尤凤伟不但在小说的意味上有所创意，而且在对生活的理解上也有自己独特的东西。如他的几篇"二战题材"小说，已经不同于中国当代文学中传统的"二战"作品，他决心写出真正的"二战"小说。我们只要看一看这些小说中关于战争与人性、战争与人的生存的描写，便可见出这种新追求的成功。山东文坛最有研究价值的实际上是尤凤伟的近期小说。

张炜等作家虽然一直坚守着自己的文学家园和精神圣地，没有上述作家那样明显的转向，实际上也在进行更深入地拓展。90年代山东也出现了许多文学新人，如李亦、张继、庄旭清、凌可新等，他们甚至引起了全国文坛的注意。这些作家早在80年代就已发表作品，90年代逐渐开始走向成熟，有的（如李亦、张继）写出了相当厚重的作品。山东文坛一直在稳健地前进、发展着，并保持着鲁军的特色。

第二节 尤凤伟的小说

尤凤伟（1942—），山东牟平人，1962年入伍当测绘兵，1975年毕业于山东工学院，现为青岛市专业作家。70年代中后期开始文学创作，著有短篇小说集《月亮知道我的心》《爱情从这里开始》、中短篇小说集《战争往事》《尤凤伟中短篇小说选》《尤凤伟文集》（四卷本）和长篇小说《石门夜话》等。

一　早期创作——社会代言人角色

尤凤伟也是"出道"较早的作家之一。他是在部队当了几年战士之后又进入大学校门的。一位理工科毕业的大学生，却成了成就斐然的小说家，这种出人意料的结局其实也有它的原因。尤凤伟在一篇创作谈中曾经谈到了自己走上文学之路的契机：他在军营当测绘兵时，有一次与另一位战友执行任务被困在大乳山的山顶，陷入生死未卜的困境，当时他面对死神，除了恐惧之外，唯一想到的却是文学。正是冥冥中的这种召唤使他与文学结下不解之缘。

尤凤伟的创作是从 70 年代中后期开始的，1980 年就出版了第一本小说集《月亮知道我的心》，1983 年又出版了第二本小说集《爱情从这里开始》。两个集子中除《同志》《延河水》属于革命历史题材之外，均属关注社会现实的作品，其中既有《红丹丹》《告密者》之类的"伤痕文学"，也有《清水衙门》《冒名者》《关系户》之类的"问题小说"。初期的尤凤伟是以愤世嫉俗、为民请命的匡时救世者形象登上文坛的，他在作品中控诉"文革"扭曲、残害人性的罪恶，揭露种种不良的社会风气和当权者以权谋私的腐败之风，也深为世风日下、人心不古的社会现实而忧心如焚，"医生""法官""社会代言人"是初期尤凤伟所自愿承担的角色。

然而随着文学创作的不断深入，尤凤伟渐渐地从"问题"中摆脱出来，向"人"的本身靠拢。1985 年的《山地》可以说是这种突破的开始。虽然作品的时代背景仍十分明确（"文革"期间），但是老农民五爷冒险偷偷开垦荒地最终化为泡影的故事，却摆脱了社会、政治批判的模式。造成五爷悲剧的原因并不来自于极左势力的直接干涉，而是来自于一个偶然发现他行踪的无赖，这就使这篇小说变得耐人寻味，也更有可读性了。此后的《秋的旅程》表达了更为多义的主旨。作品通过招儿爹不断出现的幻觉和梦境，刻画了这位因为儿子不光彩的死（据说在战场上当逃兵）而承受着巨大压力的父亲那种无处排遣的恐惧、绝望和失子之痛，从而揭示战争给农民造成的巨大创伤，展示生活的复杂和人的境遇的残酷，歌颂深厚的亲子之情和爱国情感……尤其是通过招儿爹对儿子生前美好形象和恶势力欺压凌辱招儿父子的大量回忆，寄托了作家对人的残酷处境和悲惨遭遇的人道主义同情。中篇《诺言》和《旷野》依然是对"人"的境遇的人道主义表达。土改工作队队长易远方在如何对待16岁的地主子女李朵问题上所体现的人道主义精神和在激烈的生死冲突中对李朵的背叛，构成了小说故事的基本框架。在过火的斗争中，易远方以他的政策性和人道主义精神保护了纯洁的少女李朵，但他却并没有信守对李朵的诺言，消灭了李朵父亲带领的还乡团匪徒，也使李朵死于非命。作品对易远方那种人性和原则冲突的复杂内心矛盾刻画得非常深刻。《旷野》这篇小说比《诺言》更进一步地深入了文化层次，他把故事发生的环境设置在60年代的军营，把具有特殊规定性的军人放在普通人的位置上，让一个美好的爱情在现代军营中被围剿、被扼杀，发人深省地映现了封建主义文化的根深蒂固。"旷野"在作品里被赋予了象征意义，那块空旷荒凉的旷野正是落后、愚昧、保守的封建文化的象征，作品中那些为争取爱情婚姻自由而斗争的人们终未能跨越那片封建文化的旷野而到达希望的山顶。

二 创作"真正意义上的小说"

尤凤伟是一个不断地超越自己、深化着对文学本身的认识的作家，进入90年代之后，他进一步省悟到："医生""法官""代言人"角色对一位作家来说是多么的勉为其难，"生活并没因有那么多'深刻'的小说的干预而改变步履"，作家只能知难而退，回归文学的"本土"（尤凤伟《石门夜话·后记》）。正是在这种"回归"中，尤凤伟找到了真正的艺术感觉。当他放松了身心，"听命于心灵和情感的牵引"，执意地要写一个"不俗的故事"的时候，他真的向他所追求的"真正意义上的小说"靠拢了。他这一追求的成果便是《金龟》《泱泱水》《生命通道》《五月乡战》《生存》和长篇《石门夜话》等不俗的小说的出现。从这些作品中，读者不但能领略"语言和故事本身的魅力"，而且还能体悟隐在不俗的故事中的深刻意味，窥见作家本人的创作意蕴。

《金龟》《泱泱水》的确只是在讲故事，读者从中已经找不出过去小说那种所谓的"深刻答案"，只看到一个很好看的故事。《金龟》的主人公只有两个——无业游民宋驹子和小媳妇玉珠。故事情节从玉珠雇用宋驹子而宋驹子偷卖玉珠放生的乌龟，到宋驹子引着土匪搞得玉珠家破人亡，又与玉珠落难匪窟、一起逃跑。两个不相干的人，却因为意想不到的命运而连在一起，发生了恩恩怨怨的故事。这故事是人性的善良和卑琐丑恶的充分表演，人的善良愿望招来了被暗算从而家破人亡的悲惨结局。《泱泱水》是一篇因为其内涵的丰厚多义而令人很难归纳的小说，如尤凤伟自己所说，其中"写的是一个家族的自壮与消亡，写的是男人与女人、老人和孩子，写的是性欲苟合生育及爱情，写的是一方年代不清方位不明的天地、村落、田野、河流、墓地、泱泱大水以及漂浮于上的红漆棺木……"（《关于〈泱泱水〉》）寡妇七姐、戏子曲路、族长三爷、少年春望是故事的主角，他们之间相互联系又各自有自己的故事。但是，这一切又与族长三爷为改变赵氏家族人种低劣的命运所作的努力相关联，正是他的"变种"计划引来了曲路，继而引来了导致整个家族毁灭的泱泱大水。三爷的努力无可挽回地走向了自己的反面。虽然尤凤伟也许并未有意去表现历史的寓言，但他这个好看的故事却让人产生了"历史寓言"的感悟。

尤凤伟不俗的小说表现了对历史与人性的发掘和向民间生活、民间意识的靠拢。他在多篇小说中涉及了历史生活中"匪"这个特殊的人群，通过他们发掘了深刻的历史与人性的内容。《金龟》已经写到了土匪对芦姓财主的抢劫和血腥杀戮，写到了具有匪性的宋驹子，从这里表现了匪性的残忍和恶劣。长篇《石门夜话》则直接以匪类人物为主人公。他之所以写这些"与社会网络处于对抗状态""行为方式与当时的社会规则、道德法则"相背离的特殊人群，是试图通过这些人表现人性的复杂和人的生存方式的复杂性。在作品中，他通过土匪头子二爷、七爷等人物，既写了匪所具有的破坏性、掠夺性和人性恶的一面，也写了他们人性中极为复杂的一面。"二爷"带领匪众占山为王、杀人越货，是一个杀人不眨眼的魔鬼，但他人性中美好的一面并未完全泯灭，他也有对爱情的向往，有对自己所心爱的女人温柔体贴、柔情似水的一面。正是他以自己的耐心和柔情感化了与他有不共戴天之仇的玉珠。另一个杀人魔王七爷也表现了人性复杂性的一面。七爷远离女色，甚至仇视女人。然而这位七爷却终于在伶牙俐齿的美貌女人玉珠面前崩塌了他的防线，听命于玉珠的牵引，放走了二爷夫妇。

在《石门夜话》等作品中还隐含着另外的话语，即尤凤伟关于"匪"这一特殊人群及其生存方式的思考。他通过二爷对自己走上"黑道"原因的回顾，探讨了"匪"的成因和他们存在的某些合理性。由于偶然的变故（与家人失散），二爷由一位官宦人家的少爷而落入社会底层，又由于长大后在两次认亲时受到生身父母的歧视和拒绝，使他产生了对社会、对富人、对不可知命运的憎恨和反抗心理，从而投入黑道。他这种"不得已"的确并不源自于他的本性，而是由于命运和丑恶人性的捉弄。在他为自己辩护的那套"强盗逻辑"中，既有强词夺理、善恶不分的荒谬性一面，也有值得同情的一面。

如果说《泱泱水》《石门夜话》等属于时代背景不明晰的小说的话，那么《生命通道》《五月乡战》和《生存》却是时代背景明晰的抗战题材作品。关于"抗战题材"，尤凤伟有他自己的思考。他认为战争的实际情况非常复杂，并不只是"阶级分析那一个脸谱化模式"所能概括的，"战争将一切都推向极致，无论是人性还是兽性、是美还是丑、是善还是恶。只有在生死攸关的时刻，人才能真正认识自己和他人，才能真正体悟出生命的意义与价值"。他认为对于中国当代作家来说，"创作真正意义上的战争文学已有可能"，也责无旁贷。他身体力行，的确令读者领略到了战争的另一种滋味，诸如生存与死亡、人性与兽性、英雄主义与亲情人伦、命运的偶然与悖论……等等。

《五月乡战》的老乡绅高凤山和他儿子的故事所表现的，是完全民间化的"英雄风采"和亲情人伦。作品以几个情节表现民间英雄高凤山的高风亮节和英雄气概；在儿子被土匪绑架的紧急关头，他为了组建抗日队伍倾尽所有而放弃了对儿子的营救，在日本鬼子的捉弄与侮辱面前大义凛然无所畏惧，在与日军的山谷血战中浴血奋战直到战死等；作品也写了因为高金豹在哥哥的婚宴上醉酒滋事而导致的父子反目，写了高金豹与红豆的爱情，以及他借兵攻打父亲的匪气和在战场上英勇杀敌的豪气等，尤凤伟让读者看到了一个充满了人情味和英雄气概的战争年代的乡野故事。《生命通道》则表现了战争导致的另一种人生意味。主人公苏原医生处境的严酷和无奈、生命历程的荒谬和悖论，构成了他作为一个个体独有的生命历史。如果不是回家给父亲奔丧，如果不是恰逢日军找父亲治疗怪疾，他本不会与鬼子遭遇。然而正是这些"偶然"改变了他的命运，他和妻子被强拉去为鬼子疗疾，又因为保护妻子而被迫留在日军。他这种行为虽然违背了惯常的道德法则，却符合了爱情追求和死亡恐惧等人性的法则。

而且事实上的苏原并没有变节,他仍在做着反侵略战士的工作:和高田军医一起实施"生命通道"计划,被发展为安在敌军内部的特工,送出许多有价值的情报,将他所在的北野部队引进抗日队伍的包围圈,并在生命的最后一刻将子弹射向敌人。他的真实存在本来应该是一位抗日英雄,然而,他却以"汉奸"的身份被载入历史,走进了荒谬命运给他设下的陷阱。这就是个体的苏原医生的生命史,也许正是无数个苏原式的生命史构成了一部活生生的人类历史。

在尤凤伟的"二战题材"小说中,《生存》是最能体现他"厚重而博大"追求的作品,那个荒谬沉重的故事触及了关于生存、人性、文化心态等人类生活的诸多方面。主人公赵武和小村人生存境遇的严酷和荒谬是从担负收押、处置战俘的任务开始的。由于战俘的存在,他们既面临着村庄安危的潜在威胁,也面临着迫在眉睫的饥饿威胁。在村里的孩子们因饥饿长睡不醒并不断死人的情势下,他们却必须要弄粮食养活该死的战俘。摆在村长赵武和石沟村人面前的是"生存还是死亡"的严峻问题。人性的善与恶在这里曝光:赵武为完成使命和解决村人的生存问题奔波操劳心力交瘁,富裕的赵五爷等却冷眼旁观见死不救;为了生存他们不得不利用战俘去作抢粮冒险,为了活命鬼子小山收起了"武士道"的虚伪跪地求饶……一个"杀俘"的指令竟然难坏了小村百姓,其中蕴含的中国百姓善良、忠厚、慈悲心肠以及生死观念等人性和文化意味让读者大开眼界。作品中赵武和村人的境遇容易使人联想到卡夫卡《城堡》中土地测量员的处境。土地测量员被一个"使命"派往城堡却不能进入城堡;小村人不想接受战俘却无法摆脱战俘,他们在"使命"面前的进退两难和生存尴尬,令人看到了人类的处境和感受的是多么相似。

尤凤伟以他不懈的努力实现着他"真正意义上的小说"的追求,为山东当代小说和中国当代小说增添了色彩。

第三节 左建明的小说

左建明(1948—),山东茌平人。少年时代在重庆读书,1964 年转学回原籍读高中,1968 年参加工作,1970 年参军入伍,先后做通信兵、组织干事等工作,1979 年转业回聊城地区文化局创作组,现为山东省作协副主席。左建明于70年代开始文学创作，1979年在《上海文学》发表短篇小说《阴影》，引起较大反响。出版、发表有小说集《雪地》《左建明中短篇小说集》、长篇小说《欢乐时光》、中篇小说《雪天童话》、散文集《温柔雨夜》等。

一　从社会人生中提炼诗情与哲理

在山东新时期作家中，左建明显示了自己独特的艺术个性。他性格内向，爱思索，喜爱哲学，也喜欢诗歌散文等抒情文体。这种内秀气质渗透到他的小说创作中，便显示出了一种独特的"左建明味"。

从左建明的早中期创作来看，他是一位善于从对社会人生的关注中提炼诗情和哲理的作家，而这种"情"与"理"往往体现为一种人性和人道主义的审视，一种关于生存意志、生命体验的发掘。

左建明也是从伤痕反思小说起步的。第一篇作品《阴影》耐人寻味地写了共产党员、残废军人马春堂在教堂的阴影下带领孩子们讨饭的情景。那教堂的巨大阴影是一种象征，人性被扭曲，人的生存权利被剥夺的悲惨现实，都与这巨大的阴影休戚相关。此后收在小说集《雪地》和《左建明中短篇小说选》中的那些作品，大多将目光集中到他的家乡——鲁西黄河故道的那块文化水土上，从那些质朴、善良而又背负着沉重精神负累的父老乡亲身上，发现了我们民族生存的韧性、坚强的意志和人情道德美。《沉重的黄沙》将他的人物放到治理黄河故道这一具体的生存环境中，让他们的生存意志、道德力量在这里经受考验。我们看到，主人公们一旦面对着他们将要与之较量的自然时，便以顾全大局的牺牲精神和顽强的生存意志投入进去。《走出黄沙》中高中毕业生梁冬，在排除心目中的"黄沙"、逐渐地与脚下的黄土地认同、与摆在自己面前的命运认同的心灵转变中，显示了他的勇气和坚强的意志。《榆王》《老人魂》《故道》等更有意地去表现这种令人可敬可叹的精神品貌。《榆王》截取了一个历史的断片——"大跃进"造成的大饥荒，在这场难以逃脱的劫难中，正是那棵神秘的老榆树养活了饥饿待毙的人们，使他们能够活着去河南逃荒。老榆树本身那被剥光树皮仍生生不息的生命活力，以及人们靠它的贡献而活命的故事，是左建明心目中民族生命力和生存意志的一种象征。我们认为，堪与老榆树的生存意志和生命韧性相媲美的，是较少为人注意的

《老人魂》中那位老妇。那位"没有丈夫，没有儿子，甚至连一个近亲也没有"的孤寡老人，并没有被不幸的命运和孤独的人生所吓倒，她对那座已经破败的院落精心而坚持不懈地维护，她不愿拖累集体而坚强地挺着老迈的身躯劳动、生活的心劲，都体现了一种坚不可摧的生存意志和生命韧性，读后令人感慨不已！这种生存的韧性与《故道》中所表现的那神奇的自然力结合起来，便是我们民族世世代代生存不息的底蕴所在！在神秘而强劲的故道黄风和神奇的小黄龙的传说面前，那个精灵般的男孩和他的母亲，放弃了离开故道去东北的打算，留在了这块多灾多难而又神奇的土地上，走自己的人生之路。左建明显然是深为这种生存意志和生命韧性感动和叹息不已的。

当然，左建明并不是只发现民族生命力的正面因素，他也较深刻地写出了深藏于民族意识中那些负面的东西。《白杨村事变》中杨元基这个形象所负载的意蕴发人深思。这位村党支部书记治理村民的指导思想不是党性原则，而是封建的宗法观念。他集党务、政务、财权和法律于一身，始终如一地以封建家长的姿态施展他的权威，甚至在他即将辞世时要立自己的儿子作为他的接班人。具有现代观念的女共产党员金万梅试图对此进行反抗，但在强大的封建传统面前，她的反抗也只能是一场悲剧。左建明深刻地写出了封建传统思想文化的深厚积淀，揭示了我们的民族由传统向现代蜕变的艰难曲折。

在左建明的小说中，我们还感受到他的人物那种长于思索的气质。他很注意刻画人物的心理心态，描写人物的意识流动，这种特点在《阴影》中已有表现，在此后的小说中更有逐渐强化的趋势。《沉重的黄沙》中缪志杰那些烈士暮年壮心不已的思索；《走出黄沙》中的梁冬对于自身命运的痛苦咀嚼；《湖与海》中军人杨若洋对报效祖国和尽丈夫和父亲责任的两难处境的感叹，蕴藉着英雄的豪情和普通人诗意的柔情；《孤独的女人》也细腻地刻画了梁怡梅"孤独"之感的由来。我们从这个不幸的女人对自己被抛弃在社会底层、不得已与一个土生土长的农民结婚的那种始终心有不甘的痛苦中，从她在改变生活和婚姻状况的努力时所遭受的挫折中，感受到了主人公无法言表的孤独心灵。连《榆王》的小主人公罗舟儿，也在以他儿童的天真对世事人生表达他的困惑和思索。而《清谈馆》里的那些"哲人"们更是在哲理和人生的牛角尖里探讨得热火朝天，但是他们的清谈终也无法脱离生存现实的需要。

二 历史与人性的诗性表达

从左建明的早中期小说中，我们已经感受到了一种诗意的素质和生命体验的意味。进入90年代以来，左建明不再关注那些有关政治和社会的共同话题，而是将"关注个体的生存，表达个人的感受"看作是文学追求的目标。其实他这种转向也是他性格气质的必然。因为只有这种"个人性"的东西才能更好地与他抒情的、长于思索的艺术气质结合得更好。人们从他90年代以来发表的中篇小说《雪天童话》和长篇小说《欢乐时光》等作品中，便可领略这种新的变化。

《雪天童话》和《欢乐时光》抛开了社会政治的思索，而注重于表达个人的感受和生命体验。前者的主人公杜宇虽然被赋予"省委机关干部"的身份，然而，作品却并没有叙写这种职业身份以及人物为此而奋斗的经历，而是表现他关于人生、生命、命运、情感的感悟和体验，写他卑微的出身、父亲的早逝和母亲的恋情，写他婚姻的不如意和仕途的不顺利，尤其是写他与另一位命运相近的女性邱洁的感情交流与交往。作品没有引人入胜的故事和太过细腻的情节描写，几乎通篇都是由主人公的感受和情绪的流泻组成。作品并不在意于以故事取悦读者，而是以主人公对命运的感怀和生命、情感的感悟引起读者的共鸣。

长篇《欢乐时光》是一部很难用以往的判断方式作出简单结论的作品。蕴含在里面的那种诗意的质地，抒情的氛围，情绪化的倾诉，与一段实际上相当沉重的历史结合起来，与生活在里面的那些性格、命运各异的人物结合起来，与叙述者的童年视角结合起来，构成了作品独特的艺术韵味和审美情趣。作品触及到了从抗日战争到60年代初这段具体的历史生活，但是，我们却感受不到历史的沉重。它通过一种诗意的表述，已经把沉重的历史化成诗意的温馨和美的回忆，化成一条在个人心灵深处叮咚流淌的"清澈亮丽之河"。作品的叙事主人公田水子童年到少年时代的经历和感受，是贯穿全篇的主线。当然，作者不可能回避历史进程中的政治、社会因素，然而，这一切都很好地融在人物个人化的生命进程中去，融入到叙事主人公童年视角中去。历史的本来面目在一个孩子的眼中淡化了苦难和艰辛，化成了童稚的欢乐和惆怅。比如令人不堪回首的"大跃进"，在一个孩子的眼中却是那样的热闹、有趣和好玩；接踵而来的大饥荒，在少年田水子的记忆中，似乎总被"发现鼠洞藏食"之类的"喜悦"所冲淡。历史的沉重和曲折就是这样被一个孩子幼稚的心灵感悟所消解。

虽然左建明不在意于"塑造"人物形象和讲述故事，然而爷爷的豪爽勇武、大爷爷的善良虔诚、父亲的沉默寡言、母亲的刚强固执、三婶的美丽温柔、三叔的粗暴和自尊、外祖母的慈爱、田水子的多愁善感和自尊要强……等等，还是在读者的心目中留下了难以忘却的印象。尤其是三婶三叔的恩怨故事，更充满了浓郁的人情味和沉重的悲剧意味。美丽善良、温柔可人而又多才多艺的三婶，其命运却是那样的不幸；结婚三天便与参军入伍的丈夫分离，在寂寞漫长的等待中，等来的却是因伤致残心理变态的丈夫，从此在丈夫的折磨中痛苦度日，虽然有恨却不忍离开伤残的丈夫。三叔也是刻画得相当感人的形象，他本来是一个心地善良的青年，严重的伤残扭曲了他的心灵，使他将自己的痛苦残酷地发泄在妻子身上。当他得知妻子与小学教师的关系之后，竟以结束自己的生命以成全妻子。暴烈的三叔也是一个善良、不幸的人。左建明所展示的人物命运中，虽然含有政治的、社会的和历史的因素，但又主要是人物个人的因素，诸如个性、个人禀赋、教养、文化心理种种因素所造成的个人命运。

叙事主人公田水子自己的成长过程和心灵历程，当然是小说描写的重点。但是，对这种成长和心灵历程的表现却融在整部作品的叙述之中，融在他自己和别人的故事之中。对于田水子来说，从田柳渡到流花溪、从他小学到中学时代的生活，这些他亲身体验和感受的东西，自然对他个人的成长有着直接的关系。但是，由他所亲历亲见的"别人的人生故事"对他的人生也起了至关重要的作用，尤其是对他心灵的成长起了至关重要的作用。这正是这部作品的成功之处。童年叙事视角不但成功地表现了历史生活，也令人信服地刻画了人物、尤其是叙事主人公。

左建明认为："记忆本质上是对生命的眷恋，唯有它才能战胜时间，从而使人获得富足与不朽的感觉"，"记忆构建成个人的精神家园，这家园有的荒芜颓残，有的美轮美奂。"[①] 左建明正是以自己的童年记忆构建了《欢乐时光》，"将血泪与死亡淡化成一片苍茫的底色"，将一段沉重的

---

① 左建明：《记忆的世界——〈欢乐时光〉创作谈》，载《作家报》1998年10月29日。

历史化成了"一条清澈亮丽之河",读者在体验历史的苦难和沉重的同时,也体悟到了一种深长的诗意。

三 其他作家的诗意小说

陈炳熙(1934—),山东潍坊人,1958年毕业于华东师范大学中文系,1959年开始发表文学作品,已出版《流动演员》《雍和宫的雪》《市场街的夜》等中短篇小说集,《古典短篇小说艺术新探》《动物图谱与画法研究》等论著,现为潍坊师专教授。

陈炳熙也是一位以写知识分子见长的教授作家。与马瑞芳专注于大学校园中的知识分子不同,陈炳熙写各种类型、新旧时代的知识分子,其中既有大学教授、中小学教师,也有画家、音乐家、文物收藏家。他将人物摆到现实生活的境遇中,刻画他们作为一个文人的性格品貌。如他们不以出身贵贱收学生,不重金钱重友情,重操守,以及重信义、重感情而轻门第、轻财利等。通过这些人物形象,陈炳熙所称扬的是中国古老的文化土壤所滋养的那种值得称扬的文人操守和品格。他也刻画了另一种文人,如《再睹风采》中的张鹭和《智者千虑》中的"影评家"之类自私、卑鄙、虚伪、做作、见风使舵、投机钻营的儒林败类。对于这些儒林丑类形象的刻画,陈炳熙采用了如《儒林外史》婉而多讽的艺术手法,让人在会心地微笑中领悟作者的苦心。

陈炳熙的小说多为短制,他不太注重讲述曲折复杂的故事,也不太注重对社会人生作高度知性和理性的认识和解析,而是在平淡的言谈行止的描摹中,在对山光水色、光风霁月、人情世故的抒写中,表达一种感受、情趣、意境和品位。如《残址》以回忆的方式写少年德亮与小戏子筱月仙的交往,将少男少女青梅竹马的友谊与恋情写得韵味悠长;《缘悭一面》写"我"与女护士"她"两次不期而遇地相聚。两位素不相识的男女在漆黑的夜晚共同守夜,那种看不清对方的相貌,只能通过声音来感受、判断和猜测对方的情境描写,充满了神秘感和诗意,笔触的细腻、精致耐人咀嚼。另外,作为一位业余画家,陈炳熙的作品中往往含有中国山水画的艺术质地。如《烟树依依》《江上月夜》《月光小屋》《夕阳依旧》等,就有那种"画中有诗,诗中有画"的意境。这正是陈炳熙艺术上的独到之处。

王延辉（1957—），博山人，回族。出版中短篇小说集《别停，别把音乐停下来》《中国神话》，儿童小说《半生心事》《哭泣的琵琶》等。现在山东省文联创作研究室工作。

　　王延辉已经出版、发表的小说大多与他十几年的芭蕾舞演员生涯有关，主人公多以回族青年为主。他的作品中总是回响着一个独特的旋律，即那种真诚的、善和美的心灵得不到理解的惆怅和哀伤，一种悲怆的美。这种审美情趣早在80年代的《骚动的灵魂》《第四个故事》《别停，别把音乐停下来》《旋转的星星》等作品中已见端倪，在90年代的中篇《中国神话》中更得到了充分的表现。《骚动的灵魂》中小个子舞蹈演员在为他深受外面花花世界诱惑的妻子能否重新回到他身边而惆怅，《别停，别把音乐停下来》中的那位对丈夫忠心耿耿、充满了真诚和柔情的女演员，在丈夫离她而去之时，也只能用一颗柔弱的心去感受失却依傍的悲凉。王延辉写那种真诚得不到理解的悲凉，实际上也在鞭挞着另一种丑恶的灵魂，正是人性的丑恶、扭曲才使美好的东西遭受着亵渎。王延辉的作品中总是出现两种相互对立的意象，即纯真、善良、美好的心灵与丑恶、卑鄙、污浊的心灵的对立，而且往往是美好遭劫，丑恶得逞。这种真、善、美被亵渎的悲怆意味在《中国神话》中达到了极致。年轻的编导周偶呕心沥血创作了组舞《中国神话》，却被所谓权威们出于嫉妒之心压住而不得上演。尽管周偶不得不低下清高的头颅到处求助，所得到的却只是失望。王延辉让读者读到了他所要表达的那种无可名状的绝望和悲怆意味，这也正是他发自心灵深处的那种惆怅和悲怆，这与他敏感细腻、多愁善感的艺术气质，甚至与他所出身的那个悲怆多难的民族都有深刻的联系。

第四节　李贯通的小说

　　李贯通（1949—），山东鱼台人，1967年高中毕业，先后当过农民、民办教师、供电局临时工。1977年考入聊城师范学院中文系，1980年开始文学创作，1988年调入山东省作协创作室，从事专业创作。出版有小说集《正是梁上燕归时》《洞天》《李贯通小说选》《渔渡》《天下文章》《天缺一角》等。

一　前期创作的文化审视

李贯通是被评论界认为艺术风格最接近于孙犁的小说家。他出身于乡村的书香门第，祖父是清末的秀才，父亲是医道高明的中医先生，这种家庭环境的熏陶，为李贯通走上创作之路打下了很好的基础。他在刚刚恢复高考的年代进入大学的校门，虽然在求学期间表现出了良好的理论素养，但他最终还是选择了作家这条人生之路。

李贯通的小说从创作初期就表现出了与王润滋、矫健等作家的不同。王润滋等人新时期初期的创作表现出了对政治、社会的热切关注，而李贯通一开始就以浓厚的"文化味"吸引读者。他将目光关注在"微山湖"这块受过圣人教化的土地上，在那里发现了许多滋润着传统文化美德同时也沉淀着传统文化糟粕的乡土故事。当然，初期的李贯通是以歌颂、赞美传统美德为其宗旨的。他在《我家的珍珠兰》《古箫》《青石桥，飘过绿色的云》等作品中，赞美过如珍珠兰一般高洁质朴、默默奉献、而又宁折不弯的品格，赞美过忠厚正直、温良谦恭、以德报怨的德行，也赞美过忍辱负重、贞洁自守、无怨无悔地对待负心人的"妇德"。但李贯通很快就意识到自己创作的偏颇之处，逐渐地减弱了对传统东西的赞美，而加重了对民族文化传统中糟粕的批判和对民族心理的自省。他发现，这块"圣人"教化过的土地上，其实是美丑并存、良莠杂陈的。因此，从《父亲的唱词》开始，他就一方面歌颂着这里民风的淳朴，歌颂着百姓性格的诚实、豪爽、义气；另一方面也揭露和批判他们的狭隘、保守、麻木、目光短浅和墨守成规。《洞天》这篇获得很高声誉的作品，将批判的矛头直接指向了那些被几千年陈腐的文化传统和生存方式所造就的庸碌苟活的人们，尤其是对那几位为得到"熬鱼"方子而使出各种招数的人物绘声绘色的刻画，生动地揭露了他的家乡人自私、狭隘、卑劣、愚顽、懒惰的一面。

在批判和审视故乡土地上人的文化心态的同时，李贯通也对他们的生存方式、生存价值和人性弱点进行了深刻的文化审视。《沉溺夕阳》写了一个终生生活在黑暗中的人。那位在历史的曲折年代被出身和聪明直露所累的文化站长，灰暗的人生使他从来就没有像一个男子汉一样地挺起过腰杆。在得知即将被癌症夺去生命时，他才为自己一生的窝囊感到不平，想要堂堂正正地做一回人。但他企图通过报复来显示自己人的价值的做法，却又暴露了他心理中阴暗的一面。《邪坑》也是这种关于人的生存境遇和生命价值思考的作品。在饥饿肆虐的年代，邪坑村的村民被推到了生存的绝境，他们依靠烈士的后代、少女娥香搞到活命粮，但他们在保命之后却又那样无情地鄙视和侮辱着娥香。一个并不复杂的故事里隐含着对国民弱点的批判。而这一倾向，早在80年代发表的《老河》中就露出端倪。作品对主人公郭云猛被偶然的命运戏弄而失去了人的尊严和价值的不幸境遇的描写，耐人寻味。在《夜的影》这篇受现代主义思潮影响的作品中，也在表现人生苦难的同时刻画了人性的某些弱点。总之，李贯通触及了由于人性的残忍和卑劣所制造的人生悲剧，对那些被侮辱被损害者寄予了深厚的同情。在《绝药》《无药》中，他也对乡土中出现的压抑、阉割人性的残忍现象以及封闭的乡土上顽固拒绝现代文明的乡民表达了深深的感慨与忧虑。作品中生活在这种环境中的年轻人那种"被阉割"的恐惧和试图逃离的心态，表达的正是现代人对于乡土上存在的人性残忍和传统陋习的逃离和反叛意识，发人深思。

二　"天人合一"理想的追求

也许正是在国民弱点的批判和人性恶的审视中，李贯通也思考着建立"真正的人生理想"问题。90年代以来，李贯通的小说中着重表达了这一思考。他认为：小说写作的文化视角，应该表现在"对生命与自然、生命与自我、生命与社会历史等现代本体哲学的思考"，他所要追求的是一种"天人合一"的理想境界，他很重视《乐园》这篇作品的原因也在于此。作品中在郊区的荒地上建立了简陋家园的作家一家，如鱼得水地与神秘的老妇交往，与鸡、鸭、猫、狗、红花蛇和黄鼠狼和睦相处，享受着劳动的愉快和收获的乐趣，在与大自然精灵们的沟通交流中，体验生命在返回自然的本性时那种心灵的宁静与生活的和谐。我们似乎读懂了李贯通。他告诉人们，只有在大自然的怀抱里，人才真正能体验到那种天人合一的境界。在自然的怀抱中，人只要不侵犯自然，就不必对大自然中的生灵设防；自然中的一切本来是能够与人类和睦相处的；只要人尊重自然，就会从自然那里获得帮助和恩惠。然而李贯通深知这种"天人合一"的理想的实现，在当今这个欲望横流的时代也只是一个美好的愿望而已。他不无忧虑地发出这样的感叹:"大大小小的城市正大口大口地吞噬着乡野,绿色越来越少,孕育生命的土地日甚一日地为混凝土取代。红尘滚滚,乡下人正逃离着。其实,藏在城市中的我,已在逃离之中了!骄傲的城市人也许看到了乡下人在逃离,却不知明日自己也将沦为逃离者……"① 在小说的结局中,老城改造的推土机已经隆隆地开到作家与大自然的精灵沟通的这块"乐园",那昔日的宁静、和谐与生机盎然已成明日黄花,只留下神秘老妇的歌词在回荡:牛羊无家有处找,世人有家无处藏……人类不但在失却精神家园,也在渐渐地失却生存的家园。

表达李贯通强烈人文关怀的作品还有《天下文章》和《天缺一角》等。《天下文章》触及了当今这个社会大变革时代知识分子和文化的尴尬处境:主人公沈作者的遭遇使人们看到了在物欲横流的时代大潮面前文化及文化人的生存环境和价值变迁。这个时代的一切似乎都在错位,人们的欲望之大变得让沈作者无法理解了:一切都成了商品,人们都在为金钱奔波,为了达到目的不惜放弃做人的尊严。字画竟然标价出售,文字不通的人竟试图出高价买别人的手稿以欺世盗名。昔日被视为神圣的东西,如今变得一钱不值。处在这样环境中的沈作者一直想坚守文化人的清高和生命自由的阵地,但严酷的现实却总是在逼良为娼,亵渎他心灵中的那块圣地,他被强拉去做猪饲料广告,最后昏倒在演播室里。

长篇小说《天缺一角》通过一个县文化馆的文化人与一块石碑的故事,表现在物欲横流的商品经济时代文化人对精神家园可贵的坚守。在一切都成了商品的时代,社会上各色人等都打起了县文化馆保存的国宝级文物——汉画像石的主意。文物专家于明诚为了保住像石,历尽惊险,将金钱、人情乃至身家性命都置之度外。为了保护像石,他既得罪了本单位的不少同事,也得罪了上级领导。但于明诚丝毫不为所动,为了这块像石的安危,他几度有性命之忧,几度死里逃生,最后,紧紧地靠着像石"化去"。于明诚是这个时代真正懂得文化的价值、真正坚守文化人心灵中一方净土的知识分子,像石和于明诚达到了"天人合一"的境界。

《天缺一角》也显示了李贯通艺术上的更加成熟。小说写得自然天成,无矫揉造作之感。"汉画像石"既是结构整个故事的线索,也是全篇

---

① 李贯通:《我的城市》,见《落叶斑驳》,明天出版社1998年版。

的一个象征——文化和人文精神的象征。作品中形形色色人物的性格、命运，以及他们之间的恩恩怨怨，都通过这块石头联系起来。主人公于明诚的精神和生命也与这块石头紧密地连在一起，生死与共。李贯通曾这样谈自己的写作体会："我从没有被自己的小说感动过，被自己感动的唯有我的心境——写作中，我的心境是自由的，宁静的，不论写挣扎还是写死亡，写红尘还是写清风。"（《倾听艺术的呻吟》）《天缺一角》的确是他心境自由、宁静的产物，基本达到了他所理想的"和谐、圆润、整洁"的艺术境界。

《天下文章》和《天缺一角》触及了当今时代一个极其现实的问题，寄托了李贯通对物欲时代某些现象的深刻思考，表现了作者深沉的人文关怀。他通过作品让人们不无忧虑地看到：在商品经济的冲击中，在人心被金钱利禄异化了的现象面前，神圣的文化已经失去了它的灵光，文化人的价值也正在失落下去，这是一个颠倒的世界。在这样的现实面前，保持着高洁人格操守的文化人，也只能做一个像沈作者一样在欲海中挣扎、自卫的"奋力自救者"，或者像于明诚那样与像石共同化去，再也"无才补天"了，这就是当今文化人的处境。

李贯通具有执着的乡土情结，他的小说始终以他的故乡——微山湖畔村镇的人与事、今与昔、故乡的风土人情为写作的源泉。他说："我是湖边长大的孩子。那里的水性、泥味、人情滋育了我。神州之内，处处芳草，而我的根扎在微山湖畔，我的'生活'就在微山湖畔……我毕业返乡，无意贬抑别处别人别样的生活，我只是坚信故乡是我的生命之母、生存之依，是我心灵的家园、精神的停泊地。"[①] 李贯通坚守在微山湖畔的这一方水土，讲着这里的"本土故事"走出了乡土，走出了山东，走向了全国。

第五节　刘玉堂的小说

刘玉堂（1948—），山东沂源人，1966年高中毕业，1968年参军，1971年开始文学创作，1988年调省作协创作室从事专业创作。已出版小

---

① 李贯通：《到水乡去看土》，见《落叶斑驳》，明天出版社1998年版，第290页。

说集《钓鱼台纪事》《滑坡》《温柔之乡》《人走形势》《你无法真实》《福地》《自家人》《最后一个生产队》《山里山外》《刘玉堂幽默小说精选》和长篇小说《乡村温柔》、随笔《玉堂闲话》等。

一　情系乡土

刘玉堂是以军营题材作品起步,而以沂蒙山乡土题材作品享誉山东和全国的。因为他的乡土小说意蕴和风格的独特,他被评论界誉为"新乡土小说家"的代表人物。

刘玉堂是地地道道的沂蒙山农家子弟,他在家乡读完高中,"文化大革命"斩断了他的大学梦,他从家乡参了军,又转业回到沂蒙山。他在军营中开始他的创作之路,在家乡的土地上找到了属于他的那块温柔、温馨、温情的艺术土壤。"钓鱼台"及其周围村(或镇)上活跃在历史和现实生活中的各色人物以及人情风物,构成了他的小说丰富多彩、温馨感人的艺术世界。通过"钓鱼台"这个"地域的、人物的、精神的、情感的,也是话语的"世界,刘玉堂艺术地沟通了沂蒙山的过去与现在、山里与山外、历史与文化的许多方面。虽然以沂蒙山区生活为写作题材的不止刘玉堂一人,但他却以自己独特的艺术个性,写出了独具特色的沂蒙神韵。

刘玉堂认为:"作家观察历史应该冷静、客观,因为历史本来就是浑沌的。我想把农民写得善良、本真。"(录自刘玉堂与笔者的谈话)于是我们看到,他笔下的沂蒙百姓一个个都是那样吃苦耐劳、纯朴善良、乐观幽默,即使少数如刘乃厚那样有点狡黠和糊涂的人物,也不失其纯朴和善良的本性。出现在刘玉堂笔下的沂蒙山百姓显示了与其他文学作品中的乡民极其不同的特点:他们虽然物质生活极度贫乏却极关心"国家大事",并对"公家人"有一种不容置疑的热爱和崇拜,见到"公家人"动辄就询问"现在形势是怎么个形势?"之类的话题;在历次政治运动中,他们总是那样的相信并紧跟"上级"的指令,甚至为此付出代价而在所不惜。如上级发出成立合作社的号召,钓鱼台的群众马上兴奋到极点,坚信共产主义的到来已经是很容易的事情,刘乃厚等甚至在为将来喝不惯牛奶的事发愁了(《温暖的冬天》);王秀云和她带领的青年突击队对"五天跑步进入共产主义"的号召坚决执行,明明有许多的困惑也不敢表示疑问(《秋天的错误》)。然而,当改革大潮奔涌而来的时候,这些一贯紧跟"上级"

的乡亲却接受不了"解散生产队"的现实,竭尽全力维护他们心目中神圣的"集体"。因此在人们为农业承包责任制欢呼的时候,刘玉华们却要固执地留在"最后一个生产队"里(《最后一个生产队》)。正如作品中人物所说的那样,他们惯于"饿着肚子为饿肚子的原因辩护,扎起脖子啰啰集体化的道路地久天长"。正是在这种生动本真的描写中,刘玉堂写出了沂蒙山这块既受传统文化熏陶又深受革命文化影响的土地上人民群众特殊的文化心态,写出了沂蒙人的独特个性。

二 温柔就是力量

刘玉堂的"钓鱼台系列"和长篇《乡村温柔》,概括了从合作化到改革开放这段深深地打着政治烙印的历史生活,然而刘玉堂对历史的审视,却有意地淡化了政治,淡化了历史生活中无可回避的悲剧色彩,而将温馨的人情人性突出出来。因而他的小说往往有一种蕴含着淡淡的苦涩味道的欢乐与温馨氛围,表现为审美的厚重、诙谐和轻松,也正如论者们所说,他是"将残酷、痛苦化为温柔和欢乐"。如《温暖的冬天》写钓鱼台群众怎样以盲目的乐观和热情迎接合作化运动,作品并不在意于农业社成立的过程描写,而是表现人们那种热烈、乐观、和谐的气氛;《秋天的错误》直接写"大跃进"年代的一个小插曲,在人们为"五天跑步进入共产主义"而盲目蛮干的热烈氛围描写中,表现的是那个年代钓鱼台人的乐观向上情绪以及人与人之间互相关心体贴安慰的温情。其中关于大队长王秀云与遭受政治处分的杨秘书恋爱关系的描写,更能体现沂蒙山人的精神品格。王秀云所表现出的那种对落难之人深厚的同情与关爱,对他人无私的付出与心甘情愿的牺牲精神,在刘玉堂作品中许多人物那里经常出现。如《温暖的冬天》中党支部书记刘日庆对参加过伪军的青年韩富裕父亲般的关心,对刘玉贞无私的支持和帮助:为了让刘玉贞当劳模,在她的"先进事迹"汇报中将自己写成"阻力";刘玉贞为抚养弟弟成人放弃了自己缔结理想婚姻的机会,最后与一位地道的农村子弟结婚;再者,乡亲们对外来的肖英、李玉芹、张立萍等真挚地关怀和热情地帮助,尤其是他们对落难之人(如被打成右派的杨财贸、杨秘书等)真诚的关心和安慰,正是刘玉堂笔下"钓鱼台精神风貌"的具体体现。尽管历史有它的规律,尤其是政治运动有它的规范,然而,在纯朴的沂蒙乡民那里,政治和历史事件被他们作了淡化处理。他们虽然遵守国家的法度，响应党的号召，但他们待人接物却有属于自己从老祖宗那里继承的道德观念，同情和安抚落难之人在他们看来是天经地义的事情。刘玉堂以他对乡土的深入体察和领悟，写出了纯属沂蒙民间的性格品貌、生存观念和处世原则。他说道："沂蒙山是块多情的土地，特别能滋长温暖、温柔、温馨这些东西。"（《温柔就是力量》）这正是他自己艺术视野中的沂蒙山人。

刘玉堂为当代文学提供了一个多姿多彩、真切生动的"钓鱼台"人物画廊，写出了他这些沂蒙乡亲怎样背着沉重的老区传统和古老的文化传统的双重包袱，跨过了漫长的历史向今天走来，向现代走来。他们纯朴善良、勤劳勇敢，他们坚韧不拔、奉献牺牲，他们更有为他人着想的古道热肠。正是这些美好的品德天性，使沉重的苦难化为温馨和温柔。刘玉堂也写了他们性情中的盲从、麻木、保守、幼稚等弱点，但即使是这些弱点也让人感到一种温馨的情愫和魅力。1998年年初，他出版了长篇小说《乡村温柔》，刻画了牟葛彰、小筥、刘复员这些"钓鱼台"人和鲁同志、郝俊萍、韩香草等"外地人"形象。他通过土生土长的沂蒙人牟葛彰与五个女人的爱情故事，通过牟葛彰从一个农民成长为一个拥有丰厚资产的农民企业家的经历，对自己苦心经营十几年的"钓鱼台"系列作了一个完满的总结，他也以牟葛彰们成长和成功的历史告诉读者："钓鱼台"人在经历了许多的曲折之后，已经跟上了时代前进的步伐。

三 语言与叙事

刘玉堂是一个很注重语言和叙事的作家，他说他的小说多"注重生活，而不注重事件；注重氛围，而不注重故事；注重细节，而不注重线索……注重语言，而不注重结构"。（《温柔就是力量》）的确如此，刘玉堂已经形成了属于自己的话语系统，那种带着原汁原味的生活和质朴自然的人物形象刻画，那种散发着浓郁的乡土气息和人情味的温馨氛围描写，那种具有民间意味的、富有幽默感和深刻表达力的叙述风格。

刘玉堂有很强的语感能力，善于捕捉沂蒙乡土中那些生动鲜活、朴实而富有表现力的语言进行精心提炼。某些看似平常的语言现象，被他拿来用到适宜的语境中，便会变得格外有味。刘玉堂的语言非常生活化，特别擅长对人物心态和情态的描写，尤其是人物"对话"更显得生动活泼和富有智慧，人物的音容笑貌乃至性情心态，都能从"对话"中显示出来。刘玉堂的叙述语言总是带有一种幽默感，这种"幽默"是真正中国式的幽默，他让作品中的人物或者一本正经地讲着那些实际上不着边际的谎话，或者极忠厚老实地讲着傻话，在严肃认真与荒谬滑稽相抵牾的矛盾中让人领略"忍俊不禁"这种艺术效果。这种幽默艺术风格是只有深入观察和认真生活的人才能达到的境界。

刘玉堂叙述话语最突出之点是他鲜明的"民间写作立场"。有论者说：刘玉堂"真正称得上用民间立场写作的作家，"他的乡土小说始终真正用农民的语言、农民的感情来真实地反映农民的生活这一方面基于刘玉堂对农村和农民的真正了解和理解，基于他忠实于生活、与父老乡亲同呼吸共命运的情感，也基于他放下知识分子的架子，直面乡村现实的勇气。

刘玉堂以自己的话语方式向读者展示了他的故乡的人民生活和人情世态，为新时期文学提供了一个独特的乡土小说叙述风格，他被誉为中国"新乡土小说的代表作家"，是当之无愧的。

第六节 苗长水的小说

苗长水（1953—），山东沂南人，在济南长大。他1970年入伍，任炮手、炮班长、报道员、创作员等，1986年毕业于解放军艺术学院文学系，在济南军区创作室任专业作家。著有小说集《染坊之子》《犁越芳冢》，长篇小说《等待》《我们稍息立正》等。

苗长水生长在一个文化家庭，他虽然在城市长大，但他有对沂蒙农村生活和风土人情了如指掌的父亲母亲，他本人也时常有机会回到他的沂蒙故乡，因此，他虽写有军事题材和现代都市生活的作品（如中篇《战后纪事》《季节桥》《漏网之鱼》和长篇《我们稍息立正》《等待》等），但却对沂蒙风情情有独钟，体现了他的艺术个性并给他带来高度赞誉的，也是如《冬天和夏天的区别》《犁越芳冢》《染坊之子》《南北之梦》这些沂蒙题材的作品。他以质朴自然的笔触描写着他所熟悉的那一方土地，"执意地追寻和探触着普通民众的天性里那些烙印着东方色彩的真善美的东西，尤其是致力于展示这种真善美的东西在生存逆境与生活厄运重压下的生命韧度和恒久不灭的魅力"①。他的作品蕴含着一种难得的清纯之美。

苗长水的沂蒙题材小说侧重于探向"过去"的时空，那块曾经是"革命老区"的土地。正是在这种特殊的历史背景中，沂蒙百姓天性里真善美的东西才放出熠熠光华。在《冬天与夏天的区别》中，他写了普通共产党员、农民李山和他的妻子怎样精心护理在他家养病的革命女干部何青，怎样用玉米糊糊喂养自己的婴儿，却将奶水让给了干部的孩子。在别人孩子饱食的满足里，他们感到了灵魂的坦然。《犁越芳冢》更是对沂蒙百姓美德的集中展现。他让读者从富农老鲍家身上看到了见义勇为和质朴自然。这个极普通的劳动妇女，两次在村里的姐妹将要遭受敌人玷污时挺身而出，以勇敢无畏的牺牲精神保护了乡亲，虽然为此付出惨痛的代价却平静淡然；从乡亲们接待历史罪人刘成的故事中，他让读者看到了沂蒙山人对于恩怨仇恨的大度和宽容。当当年疯狂报复过父老乡亲的还乡团成员刘成怀着赎罪的心情重返故里，准备接受乡亲的审判和报复时，得到的却是父老乡亲真诚的接待和宽容谅解。作品写了许多感人的场面，尤其是月德的儿子举刀要为父亲报仇，而月德嫂子厉声喝住儿子并强迫儿子给刘成道歉的情节，愈加感人地写出了沂蒙山人那种宽厚博大的胸怀。

苗长水小说给人留下难忘印象和美的感受的，还有他对沂蒙百姓在苦难和灾祸面前临辱不惊、顽强坚韧的生命意志和生存韧性的描写。《犁越芳冢》中刘成的妻子素盈，在极端化的土改中受尽了折磨和侮辱，从一个富家主妇和受人尊敬的干部家属沦为一个社会底层的贫妇。然而，她平静地面对着命运的摆布，养大了自己的儿女，走完了她的人生之路。集中展现沂蒙人顽强的生命力和生存意志的最感人作品是《染坊之子》。作品将主人公赵林和润儿置于战火、灾荒、劫难等生存逆境中，在土匪的洗劫、蝗灾的袭击、瘟疫的肆虐等生存绝境中，赵林一家以顽强不屈的意志和勇气活了下来：赵林的母亲靠讨饭熬过了土匪洗劫后的饥荒，并治好了润儿心灵和肉体的创伤；少年赵林在全家染上瘟疫的绝境中发现了压治的良药，使一家人起死回生。最值得称道的是少女润儿，她不幸被土匪强暴并怀了孕，在巨大的心灵创伤面前，润儿表现出少有的平静和坚强，将仇

---

① 韩瑞亭：《一派清音出沂蒙》，载《文学评论家》1989年第4期。

恨化成生存的意志和重整染坊的勇气和智慧,在创造性的劳动中让生命放射出灼目的光华。

90年代以来,苗长水基本不再写沂蒙题材,他不想老重复自己,而想写写"自然与人"。长篇《等待》《我们稍息立正》等已初见端倪。

第二十二章　多样化的题材样式考察

第一节　异彩纷呈的儿童文学创作

新时期山东文学繁荣的又一个表证，是对十七年文学题材领域单一、主题单一等局面的打破或拓展，儿童文学创作队伍的壮大和题材领域的拓展，是十七年儿童文学无可企及的。山东的儿童文学创作起始于五六十年代，有邱勋、李心田、土欣等少数作家在为孩子写作，而新时期则涌现了如卢振中、林红宾、刘海栖以及年轻的张力慧等一批儿童文学作家，与上述老作家一起，组成了一个较为强大的儿童文学创作队伍，并且以他们出色的作品，引起全国儿童文学界的关注。

儿童文学作品可分两种类型，一种属于写给孩子看的书，这类作品不一定以孩子为主人公，但却体现了以孩子为读者的主旨，如写小动物、写童话，这些充满了童趣的作品使孩子既获得了欣赏的愉快，也得到了心智和精神的教益。另一类则以孩子为主人公，当然这类作品同样能引起孩子的阅读兴趣并从中获得一定的教益。卢振中和林红宾的作品有共同之处，即他们的作品大都以小动物为主人公，通过充满童话色彩的作品引导儿童到大自然中去，与大山、小溪、花草树木、鸟兽鱼虫作伴，去体验人与自然界中万事万物相互依存、相依为命的感情，从而启发儿童爱惜自然界的生灵，保护大自然，关注人类的共同家园的文明意识。

刘海栖（1954—），山东海阳人，生于武汉，曾在军队服役，现为明天出版社总编辑。他80年代中期开始儿童文学创作，已出版长篇儿童小说《这群嘎子哥》《男孩游戏》《明天会怎样》《银色旋转》、长篇童话《灰颜色白影子》《笔、肚皮、一个故事》等作品多部。刘海栖的儿童小说均从现实生活中选取素材，跳动着鲜明的时代脉搏。《这群嘎子哥》从业余体校以及孩子们居住的桂柳巷拓展开来，让他们活跃在较为广阔的天地里，通过钟小剑、曹阳阳、地球（黄贵祥）、吴玲玲等少年儿童性格、品质的刻画，以及他们之间互相交往及与成人交往的描写，生动真实地反映了改革开放初期时代背景上孩子们的情趣、理想和追求，以及他们的苦恼和欢乐。《银色旋转》更直接将孩子放在商品经济大潮冲击的时代背景下，通过卓小锋、范程、郑克捷等业余少年乒乓球运动员，在小球与金钱形成的银色旋涡中对各自人生道路的选择和寻找，相当深刻地反映了商品经济冲击下的现代社会少年儿童的生活。刘海栖将纯真的少年放置在金钱至上的社会环境里经受考验，让他们进行是非的取舍和人生的选择，非常发人深思。《男孩游戏》和《明天会怎样》的时代背景则安排在"文革"期间。前者只是通过简略的叙述做"文革"背景交代，写一群生活在狭窄杂乱街巷里的初中学生，在失去正常读书环境之后的生活情景。无所事事而又精力充沛的男孩们只能以尽情地游戏玩耍消磨时光。作者让人们看到失去正常教育的孩子们在恶劣环境的放纵下，是怎样地受到了心灵的污染，人的基本素质指数降低到何等的程度。而《明天会怎样》中的初中学生，则被直接放置在"文革""闹革命"的环境里，他们像一群木偶被强行灌输着极端的思想、去做极端的事情。在直接地参与和耳闻目睹中，许多孩子污染了灵魂，扭曲了心态；而那些心地纯洁的孩子则承受着精神的压抑，有许多疑惑、许多苦恼无法解开。

刘海栖的儿童小说较准确地把握住了儿童的年龄特征和儿童的性格、心态，对儿童生活有深刻地感受和细致地观察，因而他的小说故事性强，真实生动，童趣盎然，具有深刻的启示和教化意义。他的童话更充满丰富的想象力和幽默感，两部童话作品均让小动物和人相处一室，互相交往，小老鼠吱吱、波斯猫米特和儿童老寒、嘟嘟等友好相处（《灰颜色白影子》）；黑猫煤球、老鼠葫芦、豁子、鸽子得儿等与孩子蛋蛋等互通感情，共同谋事。说着人的语言、有着人的思想感情的动物们与孩子和成人们一起，演绎着非常幽默风趣而又耐人寻味的故事。这就是刘海栖为孩子写的书，只有童心盎然的人才能写出童心盎然、充满艺术魅力的作品。

卢振中（1942—），山东陵县人，现为东营市文化局创作员。1981年开始发表儿童文学作品，初期作品多表现儿童的生活，通过他们之间的交往启悟儿童的善良友爱之心。卢振中更多的作品是以人与自然、人与小动物的关系为表现对象,收入小说集《八脑线的蟋蟀》中的 11 篇作品颇能代表卢振中儿童小说的基本倾向。在这些小说中,他写了人与动物的互相依恋和互相帮助(如《母狗雪妞》);写了动物世界的生活习性和弱肉强食的生存法则,这些描写颇具人情味、人性化和趣味性。如《鸟巢》写大尾莺辛辛苦苦筑巢育儿,却被懒惰的杜鹃鸟利用来养育自己的孩子,而大尾莺夫妇竟精心地养育着"别人"的孩子;《山祭》讲述了野生动物盘羊的故事。副头羊火狐与头羊黑旋风领导权更替的故事中有耐人寻味的寓意。虽然作品写得十分拟人化,但却符合了动物界的生存法则。《狐情》中母狐紫雾在小狐遭遇捕获时拼死解救的举动,让人类也为动物的护犊之情深受感动;而《狐阵》中狐夫妇救小狐的执着,以及强大的狐阵解救同类的情节,也让人类感到了弱小不可欺的威力。卢振中还写了人对动物的残忍所换来的报复。《八脑线的蟋蟀》中的小学生羊角因被金钱诱惑而迷于捉蟋蟀,最后导致精神失常的悲剧,给读者留下的震撼是经久不忘的。卢振中以他的深刻题旨和浓厚的趣味引导着孩子们,将他们引向文明、高尚和对人类共同家园的关注之情。

林红宾(1949—),山东栖霞人,1972 年开始文学创作,已出版小说集《最后一只山鹰》《童俑》《鬼谷》等,其中许多作品属于儿童小说,大多数是涉及动物、植物和大自然的。邱勋认为他这类小说多"从人与自然天地万物相互依存的角度展开故事,让孩子们知道,人类戕害大自然和万千生物的结局也是在戕害人类自己,从而呼唤科学和文明,呼唤人类的良知"。如《悔猎》写一猎獾人因贪财心理的驱使而进行灭绝式的猎取,结果被卡在石缝里受到惩罚时,才悔悟到自己不该那么心黑手狠。"人类是动物大家庭中的一员,不应对软弱可欺的小动物大开杀戒",这就是林红宾通过这个故事要使孩子们懂得的道理。像这一类主旨的作品,在林红宾的儿童小说中还有许多。林红宾还试图通过他的故事启迪孩子的同情心和人道主义情感。如《孩子和鸟》中的孩子小果为了得到买书钱而上树掏鸟,在小鸟的哀鸣和反抗中联想到自己被继父打骂欺凌的不幸,终于放弃了捉鸟换钱的想法。《猎獾》中小冬一家为了保护庄稼而打死一只母獾,遂动了恻隐之心收养了母獾的两只幼崽,养大后放归大自然。作品表达了人类推己及人的善良和同情之心,对儿童的素质培养是很有教益的。林红宾还表达了引导孩子增长环保意识的意向。《溪怨》中的孩子小安对门前小溪美好过去的回忆，以及对眼前被污染情景的痛惜，发人深思。林红宾的儿童小说能够写得既童趣盎然又具有启迪性。当然他还刻画了一些农村孩子的美好形象，写出了他们纯朴、善良的赤子之心，但是他最有代表性的应属写大自然和小动物的那些作品。

年轻的张力慧多写生活在当今时代的中小学生的生活，活泼，充满了现代观念和现代感。

山东的儿童文学创作已经形成了自己的风格和个性，当然其中必然打着一定的齐鲁文化传统的印记。如看重对儿童的教育、引导等，但也可以看出作家们在时代的伟大变迁中观念的一定更新与转变。在讨论跨世纪儿童文学的前景时，论者们提出了面对中国的独生子女这一特殊的儿童群体，面对他们在电视、电子游戏、电脑网络等现代信息环境中长大的这一现实，儿童文学作家如何通过自己的创作与他们沟通的问题，如何让自己的作品引导这些孩子更加健康地成长的问题。这就给儿童文学作家们出了一个不太好解决而又必须解决的难题。

第二节 重点作家及其作品

一 邱勋：与祖国一起成长的儿童

邱勋（1933—），山东昌乐人，中国作协儿童委员会委员，山东省作协顾问，1953年开始发表散文、诗歌，1955年起从事儿童小说创作，已出版《一本书》《大刚和小兰》《飞吧，小燕子》《微山湖上》《街娃》《两道杠的臂章》《明天》等中篇小说，小说集《妈妈不在家的时候》《大车辘辘转》《邱勋儿童短篇小说选》《邱勋作品集》，长篇小说《烽火三少年》（又名《山高水长》）《雪国梦》，散文集《闲说蝈蝈》，电影文学剧本《大刀记》（据郭澄清同名长篇小说改编）《梅家姐妹》等。

邱勋的儿童文学创作起于五六十年代。从思想内容上说，当时的作品自然是依从了当时时代精神的要求，重视对儿童的政治素质和道德品质的教育培养。如中篇小说《微山湖上》写三个小学生在一位一心为公的老爷爷的带领下，为养好生产队的牛历尽艰辛的故事。三位少年在艰苦的劳动中，在困难和危险的考验中，在与其他生产队的人们的共同生活中，得到了身心的锻炼，培养了热爱劳动、团结友爱、勇敢坚强和为他人着想的优良品质。虽然小说在旨趣上有某些大人化倾向，然而因为作家善于描写儿童心理，了解儿童的生活情趣，因此小说写得生活气息浓厚，且童趣盎然。

邱勋的儿童小说虽然重视对儿童的教化作用，却努力地摒除单纯的说教，通过那些充满童趣和生活气息的生动故事揭示其中的哲理性，以此来净化儿童的灵魂。尤其是新时期的作品，在表现童心的同时，也重视表现人性、人情、人与人之间的友爱和善良这些具有普遍意义的东西。《换儿姐》写一位农村少女的善良与友爱。少年儿童"我"曾经编排儿歌嘲笑换儿姐，但是当"我"碰上了困难，是换儿姐友好地帮助了"我"，使"我"幸免于老师的惩罚，这对于小学生"我"来说是受到了一次善良与友爱的教育和感召。《雀儿妈妈和它的孩子》则表达了一个人性的主题，那位少年用尽心智捉到了麻雀，却并没有使他尽兴地得到快乐，因为雀儿妈妈以死保护自己的孩子并使它获得自由的举动，使"我"受到了一次深刻的人性触动。这篇小说不但表达了一个人性教育的主题，而且表达了一个爱护动物、保护生态平衡的问题。《大春和小春》写孩子之间的友爱在大人们的参与下变得复杂的故事。大春和小春本来是很要好的朋友，他们在一个班里读书，在同一座楼上对门居住，结下了纯洁的友谊。然而两家的家长因为他们之间的小矛盾，竟强硬地要拆散孩子的友谊，是孩子们坚持不懈的努力终于化解了大人们之间的恩怨。这篇作品给大人们上了生动的一课。孩子是纯洁的，大人们千万不要将人世的恩怨带到孩子纯洁的心灵世界中去。《三色圆珠笔》中的故事更发人深思。作品通过一支圆珠笔的丢失与找回的故事，表现了一个如何尊重曾经有过污点的孩子的主题。徐小冬因为有过偷人东西的前科，以致使同学和老师都将齐娟娟三色圆珠笔的丢失归罪于他，这给他以很大的伤害。为了洗刷自己，他只好拼命地攒钱偿还一支三色圆珠笔。当后来齐娟娟在自己床上找到那支圆珠笔时，才知道伤害了徐小冬；班主任老师因此而深刻地反省着自己，这就是如何保护一个曾经有污点的心灵不受伤害，如何尊重一个孩子人格的问题。

《鸡丧》写了"文革"期间伤害人的心灵、亵渎人的尊严的严峻现实对儿童的伤害。"我"养的几只小鸡给小女儿带来了欢乐，也给成年人带来了安慰。然而，养鸡却被冠以"资本主义"倾向的帽子而强令停止。

小女孩和妈妈虽然千方百计地保护小鸡，但小鸡最终还是悲惨地死去。这一事件给女儿幼小的心灵留下了难以去除的阴影，给全家带来了极大的压抑。作品具有浓厚的伤痕意味。几只小动物的生死关联着人间的善恶争斗，小说写得颇有凄凉之感。尤其是让一个儿童直接审视大人的世界，更增加了几分冷酷。长篇小说《雪国梦》亦是如此。作品涉及的是60年代"左"的氛围下一个小村庄的变迁史以及因此而造成的村民们的人生苦难。这篇作品也是通过一个儿童的眼睛看"大人们的世界"：在"大跃进"年代，梨花泉村因为泉水甜美而被个别利欲熏心的人所利用，要在这个小村搞什么"麻风医院"，村民们被迫迁往东北黑河，经历了两年的苦难折磨，最后终于返回了故乡。苦难、人性、人情和复杂的人事关系等，是这篇作品所要表现的主旨。让一个孩子亲眼目睹了人间的残酷，亲身经历了人情的冷暖，认识了好与坏，善与恶，体验了苦难和艰辛。作品塑造了小姑娘喜鹊和大泉、二泉、小能等少年和儿童形象，写出了儿童纯洁的心灵所经受的创伤；也塑造了大人们的形象，其中最有血肉的是八姑和满行爷爷、三拐古老汉等，他们个性鲜明，给人留下深刻印象。

二　李心田：塑造逆境中成长的儿童形象

李心田（1929—），江苏睢宁人，1950年参加中国人民解放军，历任文化教员、干事、创作员、创作室主任等职，已发表、出版儿童题材小说《闪闪的红星》《两个小八路》《跳动的火焰》《船队按时到达》《第六演播室》《蓝军发起冲击》《崎岖的山路》《屋顶上的蓝星》和中短篇小说选《夜间扫街的孩子》等作品多种；反映改革开放现实生活的长篇小说《梦中的桥》《十幅自画像》《寻梦三千年》《银后》；话剧和电影剧本《再战孟良崮》《风卷残云》《随身携带的鉴定》《月上柳梢头》《杏花巷》《卫星测不到的地方》《义士血》《神秘的帆影》等多种。

李心田从1957年开始发表作品，第一篇小说《我的两个孩子》便是儿童题材，此后一直到80年代后期，均坚持为孩子写作。第一个短篇，有他自己童年经历的影子，隐秘的丧母之痛是他挥之不去的童年记忆，发表时张天翼亲笔写编者按认为：它打开了人物的内心世界，写出了人物之间的微妙关系，让读者"看到他们灵魂深处极其隐秘的东西"。此后这种童年记忆便成了他儿童文学作品的一个挥之不去的情结，构成了他往往写逆境中的孩子,写孩子的抗争和自强不息精神的独特视角。由于他在部队从事教学工作,他的学生许多都有不寻常的童年经历,这也为他的儿童小说创作积累了丰富的素材。在《两个小八路》《闪闪的红星》《跳动的火焰》《船队按时到达》等作品中,他将他的小主人公们放到战争年代血与火的洗礼中,放到复杂激烈的阶级斗争和民族斗争的考验中,写他们经历的苦难,更写他们的成长过程。其中影响最大、在读者和观众中留下难忘印象的是"文革"期间创作并改编成电影的中篇《闪闪的红星》。他之所以倾注真情和心血刻画这些少年英雄的故事,正如他自己所说:"童年啊,我和我同辈人的童年啊,那都是些什么样的辛酸岁月,又都充满着多少挣扎与苦斗呀!为了不忘记这一切,并要把它告诉给当今的青少年。"(《〈夜间扫街的孩子〉代跋》)我们的确看到,他的小说总是把儿童们"从家庭中过早地引向战争或阶级斗争中、社会政治动乱或失去父母、寄人篱下的困境中",让他们"在独立生活的过程中"、"更重要的是借助种种斗争的冲击,借助复杂的民族的与阶级的以及作为个体的人际关系,使之认识社会,认识人生,树立对真、善、美的追求,培养对假、恶、丑的憎恶"。[①] 李心田80年代以来的作品,如《十幅自画像》《崎岖的山路》和收在《夜间扫街的孩子》中的许多作品,也多写处于"社会政治动乱或失去父母之爱"中的孩子的遭遇,尤其是写了他们所经受的心灵创伤,以及他们在苦难和不幸中挣扎和与命运抗争的情景,让读者感受到山一般的沉重。《十幅自画像》中邱春燕用十幅画像来表现自己从六岁到十六岁所亲身经历的"文革"劫难,一个幼小的心灵所受的创伤正从这些画像中表达出来。《夜间扫街的孩子》和《崎岖的山路》中的两位少年是另一种经历,他们失去了父爱或母爱,但是残缺不全的人生和遭受歧视、白眼、折磨的逆境,却磨砺了他们的性格和意志,使他们成长为一个坚毅、勇敢、自立自强的人。那位在全省成人运动会上跑了第一名的十四岁少年小勇,他惊人的成绩里蕴含着的却是多么辛酸的遭遇和多么坚强的意志!

  李心田还写了另一类儿童文学作品,即"毛毛雨系列"七篇小说(又叫王芳系列)。在这个系列中,他写了王芳这样心地纯洁、美好、大公无私、乐于助人的少年形象,也写了钱小明这样有许多缺点、心灵受到

[①] 丁尔纲:《论李心田的儿童文学》,载《文学评论家》1988年第4期。

一定程度污染的少年形象，但是，他让读者清楚地看到造成这种污染的原因：儿童的那些弱点缺点，并不是与生俱来的，而是在大人的影响教育指使下形成的。钱小明的妈妈"严阿姨"是李心田谴责的对象，正是她在极力地用她自私、狭小、丑恶的灵魂污染着自己的孩子。李心田在用他的人物形象警示告诫着人们，提出了一个教育下一代的道德主题。

从80年代后期开始，李心田转入对社会现实问题的关注，基本上不写儿童文学了。他曾说："我认为创作要反映当代中国人的思想行为，关注现实，关心中国人的命运，敢于对社会问题进行思考。"（摘自与笔者的对话）他这个阶段的作品有三部长篇：写执政党与农民关系的《梦中的桥》，写执政党与知识分子的关系、表现知识分子对国事的参与的《寻梦三千年》和表现物欲时代世俗生活的《银后》，此外还有中短篇小说集《潜移》。他的这些作品触及了许多值得思考的社会问题，抨击、揭露了许多社会弊病，也触及了商品经济时代人的心态和很深的灵魂问题，表现了一位有强烈社会责任感的老作家对民族、国家的前途和人类命运的深切关注。

三　王欣：重视儿童素质培养的小说

王欣（1935—），山东诸城人，毕业于山东大学中文系，现在济南市文联创作室工作。已出版、发表《王欣儿童短篇小说选》《马多宁复仇记》《包泉胡泉和牛泉》《九班宣言》等长、中、短篇儿童小说和描写大学生生活的长篇小说《画苑风雨情》，并主编和编写儿童小说集《兔子精灵与兔爷爷》《山东儿童短剧选》《济南79小名士》《济南历史文化百题》《世纪绝版》等历史文化书籍多种。其儿童小说自50年代起就经常被其他报刊转载和选用，新时期的有些作品曾被改编为电视剧等。

王欣从50年代中期开始发表儿童文学作品，其作品意在对儿童进行爱护公物、热爱科学和树立集体主义精神的教育。此后发表的《大虎子》《谁来挑的水》《第七生产队》等，更有意识地启迪儿童树立公而忘私、热爱劳动等优秀品质，用他自己的话说是"写让人感到有希望的好孩子"。这个时期的作品难免打上时代的印记，但是，许多作品（如《大虎子》等）故事生动、有趣味性、有较浓厚的生活气息。

王欣的儿童文学创作其实是从新时期真正开始的。从1983年起他陆续出版发表了 10 多部（篇）中、长篇小说和一些短篇儿童小说。在这些作品中，他摆脱了过去单纯的"好孩子"模式，将笔触探向儿童的心灵世界，这与邱勋、李心田等作家有所不同。邱勋着意于引导少年儿童对世事人生的认识和了解，在复杂的社会世相中锻炼成长；李心田着意于表现在逆境、在血与火的考验中成长的儿童，告诉读者一个人的意志品质是怎样从少年儿童时期就开始磨砺培养的；而王欣探向儿童的心理世界，则将他们放置在日常生活环境中，在正常的人际关系中去培养他们的道德品质和人的基本素质。长篇《包泉胡泉和牛泉》写了一群小学生在参加"爱科学"展览活动中发生的故事，围绕装制半导体收音机过程中的矛盾和争执展开情节，刻画了包泉、牛泉、胡泉三个性格、品质不同的孩子。牛泉诚实、正直、刻苦钻研、有上进心，胡泉老实、勤奋却是非不明，而包泉虽然聪明能干，却是个爱吹牛、撒谎、弄虚作假、嫉妒人的孩子。作品在这种不同品质所带来的不同结果的对比中，让孩子们认识自己的缺点，培养高尚的道德品质。作品对于孩子的欢乐和忧愁以及种种矛盾刻画得非常生动真实，且能贴近孩子的生活，童心盎然。中篇《金色羽毛裙子》写了某小学的几个女生为了一件奖品（金色羽毛裙子）的归属问题引出的矛盾，通过这个故事反映了"平均主义"思想对孩子的心灵污染，当然也涉及品质教育问题。初中一年级某班三个女同学编演的舞蹈《机智的小白雁》得了奖，然而，当奖品由负责编舞并主演的李茜获得后，爱虚荣的沈小玲妒意大发，觉得自己也有功劳，金色羽毛裙自己也应该得到。为了使漂亮的金色羽毛裙归为己有，她不但讽刺、挖苦李茜，而且想出了种种办法挑拨离间，打击李茜。在沈小玲制造的种种矛盾面前，正直善良的李茜无所适从，既不敢再穿金色羽毛裙子，也不敢再接受"小专家"的推荐。那件漂亮的裙子最后被撕开变成了拖把，矛盾才得以解决。王欣在这篇作品中既反映了少年儿童的品质教育问题，也涉及了另一个值得思索的问题，即社会上的不良风气对少年儿童的污染问题，有问题小说意味。王欣较有深意的作品还有《马多宁复仇记》，这部中篇小说写高中生马多宁在一次偶然的车祸中腿骨骨折，不能参加自己喜爱的足球运动，少年的幼稚和单纯使他将仇恨转向使他受伤的司机，一心要找那个司机复仇。但是，在终于找到了那位司机之后才发现，司机师傅不但家境贫穷，而且自己也出了车祸，成了植物人躺在医院里。司机的遭遇和温柔善良的司机女儿小娟一番替父还债的诉说，不但使马多宁打消了复仇的想法，而且对司机一家产生了同情之心。这部作品里蕴含着鲜明的人道主义和人情味。马多宁被撞伤后的复仇心理，虽然有一定的扭曲，但对于一个十几岁的少年来说也是可以理解的；作品中的老医生，与马多宁同时遭车祸的"长眉老头"，都从不同的角度教育、感化着马多宁。而马多宁在亲眼目睹司机父女的不幸时所唤起的同情怜悯之心，都是非常真实感人的。善良正直矫正了扭曲的心灵，同情和爱心化解了仇恨心。以此来感染教育少年儿童，正是王欣此部作品所要达到的目的。

王欣也写了一些旨在教育引导儿童爱护公物、热爱劳动、关心集体、诚实勇敢的短篇小说（如《大虎子》《枫叶飘飘》《钓鱼》等）；王欣也刻画了一些既天真活泼可爱、又调皮捣蛋的顽皮孩子形象，他们的生活充满了童趣（如《小摄影家》《包导演的悲喜剧》等）。相比之下，王欣笔下的儿童生活比较轻松愉快，童趣盎然，不似邱勋、李心田等作家笔下的儿童生活给人以沉重之感。

第三节　女性作者的写作空间

新时期山东文学开拓发展的又一个重要表现，是女性小说作家队伍的壮大。"五四"以来的山东文坛，如果不将山东籍外省作家计算在内的话，山东的女性作家可以说是寥若晨星，而新时期则有一大批女性作者走进了文学创作的行列。就小说创作领域来说，我们就可以开列一个可观的女性作家名单。其中有从六七十年代就开始小说创作的张一翔（张恩娜），有散文、小说都深受赞誉的教授作家马瑞芳，有以顽强的生命意志抗拒病魔、在文学领域颇有成就的张海迪，有新时期初期走上创作道路的于艾香、严民、郑建华、陈玉霞、王洪荣、江灏、于雷娃等人，还有更年轻的一批女性作者，如孙美玉、宋秋雁、鞠慧等。她们以女性特有的视角，有的甚至以较为鲜明的女性立场，抒写着对社会、人生、生活、心灵的认识和感受。出现在她们笔下的，是一个与男性作家的作品既有某些共同性，又有明确的女性独特性的人生、生命和情感、心灵世界。虽然她们没有明确地表现女性意识的意图，但在她们的作品中，因为性格气质所造成的观察生活的切入视角及感受不同，还是表现出了一定的性别意识，表现出与男性作家有所区别的特点。

新时期山东较有成就的女作家，主要有以下几位：

一 于艾香：探寻人类心灵的奥秘

于艾香（1961—），山东文登人，1982年毕业于聊城师范学院中文系，做过大学教师，现为《当代小说》杂志副主编。于艾香从1984年开始发表小说，著有长篇小说《情感纪事》《有爱即有忧》《女人的情感方式》《女书记》，小说集《秘密发现》《于艾香中短篇小说选》等，是山东女性作家中较有实力且视角、风格独特的一位。

于艾香是一位不重视充当"代言人"角色的作家，她的小说不追求表现深刻的社会意义，却对探访人的心灵充满兴趣。她喜欢将笔触探向人的心灵深处，从那些隐秘的心理现象中，去发现生命现象的复杂性。她在人的心灵世界里纵横驰骋，如鱼得水，犀利的解剖刀将人物内心世界的隐秘暴露在光天化日之下。

于艾香的《写给母亲的信》《那萦绕心头的字》等初期小说，主要表现出身贫寒的年轻知识女性为维护尊严而拼搏奋斗的人生和心路历程，字里行间可见出鲜明的平民意识和性别意识，其中已经显示出了她善于探究心灵世界的特点。

于艾香的小说多以男女知识分子为主人公，并且多以探讨病态的心理世界为主。出现在她笔下的男人和女人，尤其是女性，几乎都有或轻或重的心理疾病。她（他）们有的耽于幻想，渴望从情感创痛中体验人生（如《张望》中的何晓黎）；有的躲藏在大树下、墙角里，偷偷地窥视"理想中的爱人"（如《狂欢》中的方容节）；有的自作多情，陷入可笑的单相思（如《情感纪事》主人公方佳旭）；有的疑人偷斧，将自己的幻想强加于人（如《堡垒》中那位研究室主任）；有的无中生有，出于不可告人的目的而丧心病狂地迫害别人（如《灰色思维》的栾处长）；有的则如《有爱即有忧》中高伊君那样急切地渴望虐待，极力地要从受虐的痛苦中得到满足……五花八门，不一而足，形形色色人物的"行状"足以与心理医生案头的病理档案相媲美。

于艾香展示她的那些"心理档案"，并非想做心理医生，而是试图搞明白隐在这些病态现象后面的深层秘密。《女人的情感方式》中的律师肖珊,在商彬、孙家义两位追求者中选择了商彬。她很在意与商彬的感情,处处迁就、礼让商彬,也很注意与孙家义保持距离。然而,她却一直下意识地保存着孙的情书和礼物,甚至珍藏起被孙妻扔掉的熊猫台笔,当听到孙家义出事故的消息之后,竟突然精神失常。种种迹象表明,肖珊原来真正爱的是孙家义!一个人的感情竟至于隐藏得如此之深,以至于连自己都能"欺骗",不能不令人深感人的精神世界之复杂。《曾经以为》中未婚女子乔珊为一位丈夫有外遇的女性打抱不平,以至于不惜触犯刑律将那男子杀死。那么她为何要这样做呢?作品结尾"发现乔珊珍藏着那男子扔掉的拖鞋"的细节,揭示了这个当事人似乎意识不到的秘密:她爱那女人的丈夫!《水果刀》中方立新的故事亦是此类。方立新为了报答妻子的救命之恩,下决心断绝与情人左莉的关系。他时刻都在提醒自己不要做忘恩负义的小人,其自律的决心可谓大矣。然而,他却念念不忘放在情人那里的一把水果刀,他被这把小刀困扰得坐卧不宁,总想去讨回那把小刀。对水果刀的思念暴露了方立新内心的秘密:他并没有忘记与左莉的恋情!于艾香在这里一方面探到了人的潜意识深处那些连本人也难以觉察并承认的心灵隐秘;另一方面也揭示了理智与情感、道德与欲望在人身上表现的深刻矛盾,人想用道德和理智约束自己,然而潜在的欲望却是那样执着地破坏着人的理智和道德。

　　于艾香之所以致力于表现这些病态的心理现象,是因为她坚定地认为:"人是有病的,人是生活在不同程度的病态中的",各种心理的病态实际上揭示了人灵魂的秘密,而"人生由于有了这些不可告人的叫人猜测不透不尽的事儿,使它显得神秘奥妙而又色彩斑斓"。(《我爱人群》)她剖析、探索着这些心灵的隐秘,也探寻着造成种种心灵疾患的深刻根源。她通过笔下那些病态人们的反常行为揭示出:人的精神疾患是与文化传统、社会环境、童年生活等因素分不开的。正是被冷淡、被歧视的童年生活造成了方容节、何晓黎们内向、怯懦的性格,使她们丰富的内心情感只有沉醉于想象里和躲藏在墙角里才能得以释放;正是由于沉重文化传统的压抑,才使得爱上了江虹的姜局长(《今夕何夕》)那么怕暴露内心的秘密,并且冷酷无情地以牺牲江虹来保护自己;同样是畏于社会舆论的压力,《堡垒》中那位研究室主任才始终不承认自己对异性的爱,而产生别人爱上自己的错觉。于艾香说:"是什么使人不能敞敞亮亮地诉说自己?

是社会，是文化，是别人，是自己"，是这种内在外在的因素扭曲、压抑了人性，造成了人的心理的畸形。于艾香已经触到了人类的某些根底。

于艾香的小说表现出比较鲜明的女性写作立场。她的小说不但多以女性为作品主人公，而且有着较明显的女性主义倾向。暴露在她犀利目光下的那些男人和女人的心灵隐秘，总让人感受到"性别"差异的不可忽视。她深厚的同情显然是向着那些处在各种心灵创痛中的女性，因为无论她们表现得多么坚强，也无法与强大的男性中心社会相抗衡。《情感纪事》中方佳旭的人生历程和精神历程颇有代表性，这是对一个柔弱的女性在男性中心阴影下挣扎、反抗并以失败告终的斗争历程的生动写照。方佳旭先是出于道德感而与自己的情欲对抗，想尽千方百计以摆脱女友丈夫的纠缠，继而出于被遗弃的恐惧使出控制丈夫的种种招数，但她这一切努力非但没能达到控制丈夫的效果，反而加速了被遗弃命运的到来，她最后只能将变态的感情寄托于一棵老树，将其想象为自己单相思中的情人，最后竟为那位并不存在的"情人"付出生命。方佳旭就是这样从一个心理比较健全的女性成为一个准精神病患者。方佳旭的遭遇给人们留下了许多深思，无论表现得如何要强，女人仍然是弱者，有的时候，可能仍是男性中心社会祭坛上的祭品。因此，于艾香在《七八个星天外》等作品中，触及了一个维护女性权利的问题。那位被丈夫的婚外恋苦苦折磨的杜小晔的母亲，也曾想尽种种手腕监视、阻挠丈夫的婚外恋甚至也如方佳旭一样采取强硬的态度和措施对待丈夫，并且对丈夫发表了如下"宣言"："我活着，就是要向你和类似你这样的人宣布，女人也是人，不是尤物，不是可以随便践踏的！"但是，她的一切努力只是为自己换来了更深的痛苦。于艾香对方佳旭、杜小晔母亲等女性的某些强悍行为并非没有微词，但她的同情还是在女性一边。她对杜小晔母亲等不幸女性强悍行为的描写中，也令读者看到了强悍女性的另一面，即在"强者风范"的背后，掩盖的是一个十分虚弱的灵魂！这正是男性中心社会中女性的真实形象。所以，作品通过杜小晔发出了这样的呼吁："愿天下所有的男人、女人，所有的舆论、法律都来维护、捍卫妻子的权利吧！"

出于对女性感同身受的同情，于艾香在探索男性隐秘心灵的时候，多少带有揭露、谴责的意味。出现在她作品中的女性多属潜在的精神病患者，而男性虽有少数形象表现出心理的病态，但多数是心理基本健全者，他们所表现的嫉妒狂和迫害狂心态和阴暗险恶心理,有的是在类似病态的状态下做出的,如研究室主任(《堡垒》)处心积虑破坏一位女孩的婚姻,栾处长(《灰色思维》)莫名其妙地怀疑上司迫害自己而阴险地将其置于死地,尤其是《秘密发现》中那位因为观察到另一位男子脸上忧郁的神情,竟然对自己妻子的贞节产生怀疑,疯狂地打骂折磨妻子以验证自己的疑心的秦可力,如果他们的行为多少还有点病态心理作怪的话,那么章士剑(《狂欢》)、王大鸣(《张望》)的见异思迁和不负责任,姜局长(《今夕何夕》)的嫁祸于人和置人于死地,则是在十分清醒的状态下作出的。于艾香还在《山的飘》中刻画了一个更加清醒聪明的男性,这位早想与粗俗的工人妻子离异的丈夫,为了避免得"当代陈世美"恶名,精心地策划和诱导着妻子投入其他男子的怀抱,从而既保住了自己的名声,又巧妙地达到了离异的目的。于艾香并不限于站在女性立场上对男性进行指责,她还没有如此狭隘。她的作品在描述男性的某些不负责行为时,也表现了对他们难言之隐的理解和谅解。她之所以如此,还是意在揭示他们之所以如此的根源——那个从历史的深处传来的大男子主义思想。

于艾香是一个人类生命现象、精神现象的研究者和探索者,这使她即使在全国文坛上也独树一帜。她的探索也有一个发展演变历程。相当长一段时间,她的兴趣是解剖病态、畸形的心灵,但晚近作品《女人的情感方式》则有所变化,对主人公肖珊的心理描写应属于"潜意识"探索之类;近作《女书记》则塑造了一个将爱心广施于人的女党委书记形象,虽然其故事性和情节性稍逊于前,但仍以作者所擅长的心理剖析式描写,展示、分析了主人公林淑贤博大、善良、光明磊落的心灵及其形成的内因与外因,令人信服地告诉人们:人类的心灵应该是健康、纯洁、博大和充满爱心的,病态的心灵只属于特殊的少数人。于艾香以她视角独特的小说,为山东乃至全国的文学画廊增添了色彩。

二 张海迪:塑造与不幸命运奋力搏击者的形象

张海迪(1955—),山东文登人,通过自学获得哲学硕士学位,现为山东省作协专业作家,先后出版翻译小说《海边诊所》《丽贝卡在新学校》《小米勒旅行记》《莫多克——一头大象的真实故事》,创作并出版长篇小说《轮椅上的梦》,散文集《鸿雁快快飞》《生命的追问》《向天空敞开的窗口》等。

在中国,"张海迪"是一个家喻户晓的响亮名字,被誉为"中国的保尔·柯察金"。这位自幼年起就下肢截瘫的作家,不屈服于命运的摆布,以顽强不屈的意志战胜病魔的侵害,立志"用自己的双手去开辟一条通往未来的道路"。病魔剥夺了她上学读书的权利,她以顽强的毅力,克服常人想象不到的挫折和困难刻苦自学,不但取得了硕士学位,而且创作、翻译了许多高质量的文学作品,成为一位名副其实、当之无愧的作家,一位有益于社会的贤达人物。张海迪是一个充分认识了生命意义和人生价值,让生命放射出熠熠光华的强者。

《轮椅上的梦》是张海迪创作的第一部长篇小说,主人公方丹是一个从5岁起就下肢瘫痪的不幸女孩,她卧病床榻,不能上学读书,也看不到外面缤纷的世界。作品将方丹放置在城市的居民楼和贫瘠的农村两个环境中,以展现人物的成长过程。在城市生活时期,她经历了父母被关押的惊恐和与妹妹相依为命的孤独。但是她却幸运地得到了维娜、维嘉、谭静、黎江、燕宁等小伙伴纯洁无私的关爱、帮助和鼓励,他们有的为使她得到一本好书而遭毒打、关押,有的历尽千辛万苦为她寻找治病的灵芝。小伙伴们这种纯洁无私的爱鼓舞着她,使她鼓起了生活的勇气,使她品尝到了生活的欢乐和读书的愉快;当命运将她推到贫穷落后的农村时,纯朴的农民和农家孩子真诚的欢迎、关切和信任感动了她,农村贫穷落后缺医少药的现实唤起了她的责任感和使命感。她认真负责地承担起了教书育人的重任,并刻苦自学医疗知识为农民医治疾病,终于成为一个深受农民爱戴的有益于社会的人。人们从方丹这里,看到了一个不甘于命运摆布,对生活充满信心和渴望,并充分认识了人生意义和生命价值,以顽强的意志与不幸命运奋力搏击的强者形象。

主人公方丹的命运是张海迪本人命运的真实再现。方丹与病魔、与命运搏斗的历史和心路历程,其实也是作家本人的自况。她说:"朋友们也许会从方丹身上看到我的影子,看到我的痛苦和快乐,理想和追求。如果说,方丹有优点也有缺点的话,那么,我正是这样一个人。"(《〈轮椅上的梦〉前面的话》)

作品也塑造了众多血肉丰满、颇具个性的城市青少年和农村孩子形象,如被"文革"极左扭曲了灵魂的女孩燕宁及其不幸的结局,极富同情心和侠义精神的少年黎江，以及顽皮而善良的三梆子、聪明稳重的牛牛、善良好学的聋哑儿小金来等农村孩子的形象，都刻画得颇为生动，给读者留下了深刻的印象。作品语言朴实简洁，富有表现力，许多段落充满诗意，足见张海迪文字功力的深厚。

三　其他作家及作品

陈玉霞（1953—），回族，毕业于山东大学微生物系，后就读中国科技情报研究所研究生班，现为临沂市文化局局长。1979年开始发表作品，其主要作品有中短篇小说集《爱之彷徨》，长篇小说《心约》《心祭》《心斋》等。

陈玉霞的小说多以女性为主人公，着重表现现代女性在生活、爱情、事业问题上的苦恼和艰辛，表现她们在传统道德观念以及男权阴影下挣扎、奋战的人生历程。她的初期作品描写女性爱情生活的欢乐与痛苦。中篇《爱之彷徨》中的四位知识女性的爱情故事，也是痴情的女性真挚的爱情被践踏、被亵渎的故事。作品明显地将深厚的同情向着无辜而又真诚的女性，而将揭露和谴责给予了那些不负责任、随意践踏美好感情的男性。从一开始，陈玉霞的女性立场就是比较鲜明的。接下来的《心祭》《心斋》，让它的女主人公们在事业、家庭、婚姻、爱情等现实境遇中历经磨难，将柔弱的女性在强大的男性中心社会中事业、爱情的挫折与艰辛作了旗帜鲜明的表现。园艺师何丹娃（《心祭》）事业的挫折，是与社会的弊端和男性的背叛休戚相关的。在何丹娃最需要得到市长蓝柯帮助的时刻，那位与何丹娃两情相悦的男子却为了自己的名誉地位疏远了她。《心斋》中的几位事业型知识女性也是在被冷落、被背叛、被出卖的处境中挣扎奋战，她们既面临着事业上的挫折，也面临着爱情婚姻的危机。作品的倾向十分明显，女性的纯洁无辜与男性的自私冷酷形成了鲜明的对比。陈玉霞也刻画了那些在传统道德观念中挣扎的女性。如《心约》中的高科技情报研究生萧天慧为了兑现对婆婆的承诺而维持着一个死亡的婚姻。虽然陈玉霞明确意识到"女人的致命弱点是善良和软弱"，但她仍以赞赏的笔触表现萧天慧对家庭、对婆母、对他人的奉献精神，其价值取向是十分明确的。

郑建华（1954—），山东青岛人，《青岛文学》编辑，著有长篇小说

《欲望别墅》《无色花季》《情人的森林》《痴吻》《月有圆缺》《家园》和中短篇小说集《滴水樱桃》《阅读初恋》等。郑建华的小说多取材于现代都市女性的情爱生活，陈玉霞小说中的道德价值取向在她作品的人物那里受到了一定的蔑视。郑建华的某些作品具有一定的人性深度，如《阅读初恋》写"文革"年代里一对青年男女的爱情，这个在严厉禁止有爱情发生的年代里偷偷进行的爱情和王小地冒险保护这个爱情的故事里，人性的魅力也被表现得淋漓尽致。但郑建华作品更多地表现现代都市女性的"现代意识"，在蒋小韵（《透明》）、子颖（《红玫引》）、也彤（《城市的出卖》）、王小淳（《王小淳的光辉》）们那里，"传统道德观念"已经不再成为她们的沉重负担，她们对爱情、性爱、婚姻、家庭有自己的现代性理解和实践。她们有的移情别恋，有的甘愿当情妇，有的为达到个人目的去做第三者，破坏别人的婚姻。郑建华显然并不否定她们行为和观念中的某种合理性，但她却对有些人泛滥的欲望和不择手段的做法有所保留。因此，她更赞赏《欲望别墅》中章思涵那样有鲜明个性和独立人格、爱情和事业上成功的卓越女性；赞赏王小淳（《王小淳的光辉》）以坚贞和顽强成功地维护了自己的人格尊严的女性。

严民（1949—），山东济南人，济南市文联专业作家，已出版、发表《严民中短篇小说选》《玫瑰色的梦》等中短篇小说集，长篇小说《洗礼》《一个死囚的忏悔》，散文随笔《老照片》等。与多数女性作家一样，严民的小说也多以女性为主人公，写革命历史和现实生活中女性的生活和命运，反映主旋律，并不注重表现女性意识。如《啊，紫罗兰》《叶落知秋》写改革大潮中的女性改革家，反映了她们事业的艰难和矛盾，以及处理各种人际关系时的苦恼和欢欣；《洗礼》反映抗日战争时期沦陷区济南几位女学生的遭遇，写她们在侵略者及其帮凶们的压迫、欺凌、侮辱、歧视中的精神磨难，以及她们为反抗日伪的奴化教育而进行的斗争，表现了她们对自己人生道路的不同选择。严民也有描写人情世态和小儿女的情谊的作品，如《小辫儿》将童年的"我"与杂货店老板的儿子"小辫儿"之间两小无猜的友谊写得非常美好，这种美好感情在爷爷奶奶的门第观念和杂货店老板的俗气和贪婪中变得更加珍贵。然而，随着"小辫儿"变成了地地道道的"小老板"，先前纯洁美好的友谊已不复存在。那种感伤的、抒情的色调给人留下了难忘的印象。此外如《编辑轶事》《世态炎凉》《红灯、黄灯、阳光》等着意于刻画人情世态，写人与人之间的复杂矛盾和感情纠葛，反映了人们的世俗生活和市井风情，也颇有可读性。

张恩娜（1939—2002），山东平阴人，笔名张一翔，主要作品有长篇小说《端午》《只要你过得比我好》，中篇小说集《少年四季》，儿童小说集《香港来的阿宝》《杏儿》等。这位中年女作家大多以农村劳动妇女为描写对象，出现在张一翔笔下的端午（《端午》）、秧歌（《关于县长的传闻》）等女性，是从战争年代到新中国成立后漫长历史时期中的沂蒙山区劳动妇女，她们善良、坚强、朴实、忍耐，在民主革命大潮中她们实现了政治意识的觉醒，投入了革命斗争中去。但是她们却并没有卸下传统伦理道德的沉重枷锁，仍然屈从于男性意识的威慑之下，谦卑、忍让、克制、等待，并没想到为平等地位抗争。对此，初期的张一翔是作为作家的美德来肯定的。这里也显示了一位深受传统文化影响的中年作家与年轻一代的不同。新时期以来张一翔受到时代思潮的影响，观念发生了较大的转变，这个时期她刻画了不再逆来顺受、委曲求全的农村女性形象。《暮霭沉沉》中的石莲终于敢于反抗强加给她、并限制她人格自由的所谓"好媳妇"名分；《晚霞》中的槿姑娘也敢于向人们明示，她要按照自己的意志来支配自己的行动了。

山东较有成绩的女性小说作家还有王洪荣、江灏等。江灏著有小说集《我是谁？》，王洪荣著有长篇小说《女大学生》和中短篇小说集《伤心的海滩》《无色的虹》等。

第四节　历史小说与通俗文学

在多元化文学格局中，有一部分山东作家也涉猎到了历史题材领域，出现了不少好作品，虽然总起来看与其他题材领域相比还比较薄弱，但其成就也是不可忽视的。穆陶、尹铁铮、刘凤海、曲春礼等作家，以及从事革命战争文学通俗小说创作的隋发升，都是值得提起的名字。

一　穆陶：重温民族的悲患与风流

穆陶（1942—），山东安丘人，大学学历，先习医，后从文，现在潍坊文联工作。1958年开始发表《淳于意考辨》《论盘中诗的时代问题》等文史研究论文,新时期转入历史题材小说的创作,成为一位执着地在历史题材领域挖掘探索的小说作家。到目前为止,他已经出版了《红颜怨》(1988年)《孽海情》(1991年)《林则徐》(1995年)《日出》(1998年)四部长篇小说。

  穆陶的历史小说主要取材于明、清两个历史朝代的社会生活和一些颇有影响的历史人物,并将笔下人物的性格、命运与重大的历史事件联系起来,在深广的社会和历史背景上塑造血肉丰满的人物形象,同时也在对人物性格命运的展示中再现纷纭复杂的历史风云。成名作《红颜怨》以明末李自成灭明、清兵入关的那段历史为背景,以江南名姬陈圆圆的不幸遭遇和悲剧命运为主线,形象地描绘了明清鼎革之际动荡不安、云谲波诡的社会风貌,刻画了上至帝王将相、下及医丐妓卜等各类不同社会地位的人物形象。作家显然是以极其同情的笔触状写陈圆圆作为一位地位极其低下的女性的悲苦命运的。陈圆圆十三岁父母双亡,为葬母而不幸沦落烟花。她周旋于王公贵族、士子富豪之间,十七岁与江北才子冒襄定情,从此立志守节,拒绝接客。她被当时的权贵所威逼,被田国丈所抢夺,逼迫就范不成,又被当作礼物送进皇宫,仅与崇祯皇帝见了一面便被看作"不祥之物"送回田府。田国丈为笼络拥有重兵的吴三桂,又把圆圆拱手相送。而曾经与吴三桂有一面之识的陈圆圆感激爱慕吴三桂,把他视为英雄和忠君爱国之士。在被李自成手下将领刘宗敏到处搜寻、东躲西藏的情势下,陈圆圆日夜思念和盼望着吴三桂能力挽狂澜,夫妻团聚。但是,却等来了吴三桂降清的消息。她失望至极,欲以死保卫自己的贞节和高洁。作品对陈圆圆被追逐、被争夺、被歧视、被侮辱、被抛弃的不幸遭遇和悲剧命运的刻画,同时也是对朝廷大臣、文人士子以及地痞无赖所各自代表的社会阶层和社会世相的深刻揭露。陈圆圆作为一名被人歧视的妓女,却表现了超出那些道貌岸然、身居高位者的精神与品质。她重情重义、爱情专一、高洁自守的品德,感时忧世的情怀,非虚伪的才子冒襄和变节降清的吴三桂可比。

  《孽海情》的时代背景紧接《红颜怨》之后,吴三桂引清兵入关,李自成起义失败,吴三桂做了清朝的藩王。故事以吴三桂从反清到败亡这段历史为背景,以做了吴三桂妾的陈圆圆的经历为线索,叙写了一个个动人心弦的爱情故事，反映了那个时代的社会动态和不同阶层人物的命运。作品仍以刻画那些美丽多情而又心志高远的女性形象为主，其中既有陈圆圆、卞玉京、寇白门、顾媚等艳名远播的秦淮名姬，有杨娥、躲娘等武功超人的侠女，有绿蝶、紫虚等隐居世外的女道士，也有诸如连儿、琼花、柔柔、香娘等宫娥婢女。作品写了她们身世的不幸、爱情的曲折、情操的高洁和命运的蹇滞，借这些柔弱而高尚的女性反衬了某些须眉男子的无耻和卑鄙。

《林则徐》和《日出》也是以鸦片战争为总题的姊妹篇。两部作品以爱国主义的激情，描写了中国近代史上最令国人关注的历史事件——鸦片战争，塑造了逆流而上、力主禁烟、为挽救民族危亡奔走呼号的封疆大吏林则徐和英勇抗击侵略者的平民百姓臧纤青、聂烟等英雄形象，展现了鸦片战争前后色彩缤纷的历史画卷，歌颂了为拯救祖国而奔走呼号的志士仁人，也揭露和抨击了那些置民族利益于不顾、贪婪地掠夺搜刮财富、醉生梦死的封建官僚、昏聩无能的封建帝王和野心勃勃的侵略者形象。

《林则徐》生动地反映了十九世纪三四十年代君主昏聩、吏治腐败、民不聊生、朝野上下吸食鸦片、造成了经济更加贫穷和肌体更加羸弱的社会现实。林则徐面对中华民族即将由昏睡入死灭的危机，忧心如焚，以"知其不可为而为之"的勇气、以"苟利国家生死以，岂以祸福趋避之"的献身精神上书朝廷，力主禁烟，以毫不妥协的态度和强有力的措施做了虎门销烟和战胜英军的轰轰烈烈的大事，写下了中国近代史上慷慨悲壮一页。作品以生动的笔触刻画了林则徐这个闪耀着理想主义光辉的士大夫的人格魅力，也写出了他作为一个生活在末世的清醒者和民族英雄的悲剧命运。作品也相当深刻地揭示了林则徐之所以走上被弹劾、被流放的人生悲剧的诸多原因，特别是君王昏聩、政界腐败的原因：穆章阿、琦善等朝廷大臣为阻止禁烟而设计陷害林则徐；海关总督豫坤收受贿赂，包庇不法商人；负责缉毒的官员韩肇庆串通鸦片贩子走私渔利；宿州刺史竟抓来无辜的乞丐当吸毒者欺骗朝廷，邀功请赏；而昏庸无能的道光皇帝则听信谗言，出尔反尔，将林则徐革职流放。这既是林则徐的人生悲剧，同时也是当时环境下整个民族的悲剧。穆陶正是在塑造林则徐英雄形象，歌颂林则徐忧国忧民的爱国主义情怀，揭示林则徐悲剧命运的过程中，揭示了许多发人深省的东西，表明了作家本人与林则徐相通的立场、理想与情怀。

《落日》紧接其后,以鸦片战争的一次决定性战役为背景,以抗英志士、举人臧纡青寻求报国之路的坎坷经历及其与侠女聂烟曲折的爱情故事为主线,生动地描绘了清末复杂严峻的社会现实:第一方面是臧纡青等普通民众和有识之士同仇敌忾、誓死抗击英国侵略者;第二方面却是抗英统帅奕经、巡抚刘韵珂、知州张应云们的卑怯自私、钩心斗角、不思进取甚至贪赃枉法;第三方面又有虞得昌之类卖国求荣的汉奸走狗助纣为虐,而导致了一场虽兵力数倍于侵略军却遭受惨败的战争结局,使中国从此陷入半封建半殖民地的灾难深渊。作品塑造了形态各异的人物形象,而臧纡青、聂烟、朱贵等志士仁人则是作品极力塑造和歌颂的英雄人物。臧纡青在国难当头之时立志投军,报效国家,然而却遭到了奕经等大权在握者的冷遇,他只能怀着报国无门的悲哀四处奔波,组织义勇军以抗击侵略者;渔家女聂烟为报国仇家仇只身入虎穴,立志刺杀侵略者头目郭士立;绿营副将朱贵坚守阵地,拼死战斗,两个儿子和全军将士都英勇牺牲,而参赞大臣文蔚为了保全自己拒不增援,对朱贵父子和数千将士的牺牲无动于衷;扬威将军奕经临阵脱逃,置万千将士于不顾,置国家利益于不顾。值得一提的还有杨熙这个人物,这是一个性格比较复杂多面的人物,他既有善于察言观色、贪婪好色的一面,也表现出了具有正义感和责任心的一面。如他对不幸的女子鲜荔枝真诚的爱怜以及在危难之时表现的无所畏惧的勇气,便生动地显示了他的这种复杂多面性。还有几个着墨不多的次要人物形象,如沦落烟花的良家女鲜荔枝的刚烈性格,妓女殷云为爱而刺杀郭士立时无所畏惧的勇气,以及她们最后香消玉殒的命运,都给读者留下了深刻印象。

穆陶有深厚的中国古典文学素养,有文史研究的雄厚基础,有自己关于历史小说创作的见解,在这一点上,穆陶显示出了他作为一位山东作家关注历史和社会人生的历史意识和文化意识。在历史小说领域开始走向展示宫闱秘事、政治秘闻以满足大众低俗的审美情趣之时,穆陶却"执着于自己的审美理想,穿越历史的帷幕,以诗性眼光到岁月的沉积岩中去发掘深厚的文化蕴含,重温民族的悲患与风流。"① 穆陶在写作《红颜怨》

---

① 刘复生:《悲风萧瑟见精神——评长篇历史小说〈林则徐〉》,载《太原日报》1995年12月5日。

《孽海情》时就说过："所叙虽多涉'情'事，然其意不在'艳情'"，"借离合之事，写兴亡之感"。《林则徐》《落日》则更加鲜明地表达了他的历史意识和创作意图。他痛感在利禄享乐中征逐的当代人对历史的遗忘，要用自己的笔去发掘历史的遗痕，以提醒人们反思历史，以鉴后人。这是一个有责任感的作家对历史使命和社会责任的积极回应。

从艺术上考察，穆陶的创作一开始便显示了驾驭语言、刻画人物、构筑故事情节和寄托感情意蕴的功力。他的历史小说语言典雅，笔触细腻，构思精当，较好地刻画出了人物的不同性格个性，尤其致力于人物复杂的内心世界的挖掘和描绘，有时甚至淡淡几笔，寥寥数语，即能绘景传神。因此，他的历史小说被理所当然地归入了"现代历史小说"的范畴，受到了评论界的称许。

二 其他作家的创作

另一位致力于历史题材小说创作的作家是曲春礼。曲春礼（1937—），山东龙口人，毕业于山东大学中文系，原任济宁市外事办公室主任兼市旅游局局长，现退休。曲春礼是一位专门以历史人物为主人公的传记小说家，已经出版了《孔子传》《孟子传》《孔尚任传》三部长篇传记小说，获得了国内外有关人士的认可和好评，《孔子传》和《孟子传》已经被译成英文出版。他的传记小说在基本上以史料为依据的前提下，将史实与艺术、传说与虚构结合起来，本着七分史实、三分虚构的原则，将早已被烟尘埋没的历史和历史人物一生的经历和行状，他们的人生追求和性格品貌，形象地再现于今天的读者面前。对于孔子和孟子这样被历代尊为圣人的历史人物，曲春礼较好地处理了"圣人"与"凡人"的关系，写出了有血有肉的活生生的伟大历史先贤。这些人物传记小说，具有"广阔的地域性，丰富的知识性，深刻的哲理性和浓厚的趣味性以及故事性"。然而，如果从艺术作品的角度严格地考察曲春礼的作品，会感到许多不尽如人意之处。如情节性、故事性较弱，人物形象的性格化、生动性不够，缺乏引人入胜的艺术魅力等。究其原因，还是与处理史料和艺术虚构的关系有关，即与作品的体裁样式有关。如果说《红颜怨》《落日》等主要是借历史人物以创作小说的话，那么《孔子传》等则是以"为历史人物立传"为创作动机，于是"人物传记"和"历史小说"相比,《孔子传》等则更接近于"人物传记"了。

　　另外,在历史小说创作方面,还有鲁北作家尹铁铮、刘凤海等。尹铁铮(1956—),山东武城人。著有小说集《鼋庙轶事》、长篇历史小说《雪涛全传》等。《鼋庙轶事》里的篇章多以他的鲁北家乡的人与事为写作素材,描绘了带着神秘色彩的风俗民情与文化氛围和青年男女亦苦亦甜的爱情故事,较好地揭示出鲁北乡土社会中传统观念与现代意识的冲突。后来他转向了历史小说的创作,长篇小说《雪涛全传》生动地再现了唐代才女雪涛的性格和命运,以及唐代广阔复杂的社会生活。值得提起的还有刘凤海的《东方朔全传》,这部作品也较生动地将滑稽大师东方朔的性格和形象再现于读者面前。此外,还有隋发升的《飞虎传》《卧虎传》《龙女传》和《飞虎英雄传》等,这些小说以通俗的形式反映了革命战争年代的斗争生活,而这位历经坎坷的作者对文学痴心不改的执着精神更难能可贵。

第二十三章 新时期的话剧

第一节 概述

二十世纪七十年代末，中国进入了一个新的历史发展时期，荒芜了十年的话剧舞台迅速复苏，奇迹般地发展繁荣起来。人们在舞台上宣泄着十年来文化禁锢的愤懑，刚开始，来不及推出新的剧目，长期遭禁锢的"十七年"的优秀剧目被陆续搬上舞台。到1978年，全省举办新创作戏剧汇演，就有一批新创作的话剧参加了演出，获一等奖的话剧有：《决战》（翟建平、茅茸、李德顺、苏更夫编剧）、《四月恨》（陈刚编剧）、《大院的早晨》（高思国编剧）。1978年12月，党的十一届三中全会胜利召开，拨乱反正，不仅为我国的政治经济指引了正确的方向，而且也为文艺创作开辟了广阔的道路。1979年10月，第四次文代会召开，邓小平同志的《祝词》重新解释和确立了我们党的文艺方针和政策，重申了"百花齐放，百家争鸣"的方针，特别是用"文艺为人民服务，为社会主义服务"的口号代替过去的"文艺为政治服务"非常有利于文艺事业的发展，为话剧的发展开拓了广阔的道路。这时期的话剧有《沉浮》（翟剑萍、茅茸、刘庆元）、《无辜的人》（黄小振）、《火热的心》（黄小振）、《碧海风潮》（代路）、《猎狼》（王信敏）等。这应该算作话剧复苏以来的初期阶段，这时期的话剧内容大多是反映这十年中"四人帮"及其爪牙们的罪恶，人民与"四人帮"的斗争的。《沉浮》描写了一位正直爱国的科学家东方骥骅，新中国成立之初在周总理的帮助下，冲破美国当局的阻挠返回祖国，为我国海洋科学的发展做出了重大贡献。然而，在"文化大革命"中他遭到了"四人帮"的摧残迫害。《碧海风潮》是以海洋科研所为背景，描写了海洋物理学家项海峰一心搞科研，遭到"四人帮"

的走狗姚慕卿和宋振邦的迫害。项海峰在原党委书记和广大群众的支持帮助下，和他们做了坚决的斗争。"四人帮"倒台不久，项老的科研项目也研究成功。此剧以项老到北京参加科学大会结束，预示着我国科学的春天来临了。《无辜的人》写的是"文革"期间"反击右倾翻案风"时，一位老法院院长，女婿被诬告绳之以法，明知女婿无辜却无能为力。此剧在批判"四人帮"践踏法制的同时，强烈呼唤着法制的健全。《大院的早晨》则是写家属委员会主任刘秀英，帮助跟不上时代步伐的落后工人杨玉芳，使其"为早日实现四化添砖加瓦"。这时期的话剧基本上局限在对"文革"十年的回顾和反思上，还不够成熟，有一些东西还没厘清，思想上欠深刻；人物的描写具有真实性，但缺乏对人物的进一步的分析。这是革命的现实主义创作方法的恢复和发展时期。强调话剧作品从生活实际出发，重申真实是艺术的生命。

　　进入80年代，"文化大革命"中的错误路线、在文化领域中的错误思潮、设置的许多禁区被逐步认识，话剧工作者以新的姿态和热情创作出一批话剧作品。这时期的话剧以革命的现实主义为基础，努力反映新时期的人民生活，有强烈的时代精神和浓厚的生活气息、刻画了新时期各种类型的人物。高思国的《风向杜鹃吹来》写了劳动模范郝英的委屈，反映了劳模难当这一社会现象。翟剑萍、茅茸、刘庆元的《命运》写了三姐妹在不同时期的不同命运，代路的《哥仨和媳妇们》反映的是农村的计划生育工作情况。这时还有一些反应待业青年状况的话剧出现。待业青年是80年代的一个特殊的现象，他们是由上山下乡后回城的知青和城市的高中生毕业组成。然而，国家没有能为及时安排所有人工作。针对这一社会现象，一批话剧反映了待业青年敢于同旧的传统观念挑战，积极奋进自谋生路的情景。他们有的卖馄饨，有的在街道党组织的领导下，集体到风景区卖大碗茶，为国家分忧。这些话剧贴近现实生活具有较强的教育意义。进入90年代，话剧创作的现实主义趋向有了进一步的发展，题材更加广阔，人物形象的塑造在真实的基础上，把对人的心灵的深层揭示作为审美追求的重点，突出其个性化，在艺术形式上进行了不断地创新和探索。

一　反映改革题材的话剧：刘桂成及其《榆钱树下》

　　进入新时期以来，改革的大旗席卷着中国大地，改革的精神渗透到各个领域，描写各个领域中反映社会改革进程的改革题材的话剧，是这一时期话剧创作的潮流。较有影响的话剧有：《飞吧！海燕》《眷恋》《绿茵下》《四十不惑》《榆钱树下》《未消失的余波》《吕家大院》《女儿城》等。"这批剧作从社会变革的角度来关照生活，审视历史，表现人生，进行社会历史的、文化心理的、人生哲理的不同层次的反思，不同程度地反映了社会改革的复杂性、深刻性和艰巨性，同时，显示出历史前进的必然趋势"① 话剧形式上的一个大的改革是出现了"无场次"话剧，刘萍的《未消失的余波》、殷习华的《绿色基因》、代路的《回声》等都采取了这种形式。

新时期反映农村经济改革的剧作中，聊城剧作家刘桂成的《榆钱树下》受到了关注和好评。刘桂成（1946—），山东阳谷县人，1968 年入伍，在部队时就开始了文艺创作，最早是写小说，他的短篇小说《仓库主任》发表在《解放军文艺》上。以后又写诗歌，创作歌词。1974 年，他创作出了话剧《前站》，这是他的第一部话剧，此剧被二炮文工团排演，剧本刊登在沈阳的《电视与戏剧》上。1981 年转业到聊城地区文化局工作，从此和文艺创作结下了不解之缘。继《前站》之后，刘桂成又创作了话剧《爱情变奏曲》（《戏剧丛刊》1986 年，1986 年获山东省"青年益友"奖）、《多彩的霞光》（载《东岳剧作》1988 年获山东剧协第三届剧本创作奖）、无场次学校剧《多梦的季节》（载《戏剧丛刊》1988 年山东省首届儿童电视戏剧大奖赛荣获六项奖）、《榆钱树下》（载《山东新时期十年优秀剧作选》1988 年获华东"田汉戏剧奖"并获山东"泰山文艺奖"）等作品。

刘桂城话剧的代表作是《榆钱树下》。此剧不但写了经济改革对农民生活的改变，而且也展示了在改革过程中自私、狭隘的农民意识是一股强大的阻力，这也正是剧中主人公大发、二发一家悲剧的原因所在。《榆钱树下》的主角是两兄弟大发和二发。他们的父亲早逝，母亲瘫痪，家中一贫如洗。经济体制改革的春风给他们带来了机遇，大发、二发凭着祖传的编织技术发了财。有了钱的大发、二发思想也跟着起了变化，兄弟间的手足之情渐渐淡化。早年有一次，兄弟俩饿了一天得到一个肉包子，"你

---

① 王殿基：《试论齐鲁戏剧创作态势》，载《戏剧丛刊》1989 年第 5 期。

让给我，我让给你，谁也舍不得吃，贴肉揣回家给娘吃"，这种兄弟深情已成为过去。随着钱越挣越多，他们的心也越变越黑，特别是二发，"只要能挣钱，咱他妈六亲不认"。为了来钱快，他不顾兄弟情义独自卖掉祖传技术，引发了大发与他的一场恶斗，造成失手打死大发的悲剧。此剧"是建立在对农民文化心理深刻把握基础上的，通过处于新的现实选择点上的农民文化心理的刻画比较深刻地展现出传统观念与现实生活的撞击"①。大发和二发身上都体现着这种撞击。大发挣钱后，想的是盖房，过富裕的日子，并不想有大的发展。二发是一个不安于现状的人，他追逐着时代的脚步，他利用祖传的技术办工厂，与港商签订合同，他要大干一场。然而自私和狭隘的农民文化心理局限了他。他有了钱就忘恩负义，甩掉青梅竹马的女朋友，连患难与共的亲哥哥也容不下，没结婚就分了家，光想自己出去挣大钱。为了来钱快，他私下卖掉祖传秘方，导致悲剧的发生。作者抓住了在经济改革中人的变化这个关键问题，通过对剧中人物的心态描写，反映出改革初期阶段农村的现状，具有鲜明的时代生活气息。此剧以深刻的内涵，引起人们对人生的反思。

这时期反映农村改革的剧作还有《吕家大院》（张洪春《戏剧丛刊》1988年第4期）。《吕家大院》表现的是鲁北平原一个偏僻村庄的一户人家。这是一个四世同堂的大家庭，一家之主是爷爷——一个典型的旧式农民，他勤劳节俭却吝啬顽固，他为了这个家吃尽了苦头，费尽心机维持着这个危机四伏的家。守旧的他拒绝接受新生事物。他为儿女安排了一切，武断的他却同时带给了他们痛苦，大嫂和二嫂的不幸婚姻就说明了这一点。表面上的和睦家族隐含着许多人的痛苦。然而，时代的潮流不可避免地冲击着这个大院的每一个人，年轻的第三代首先站了出来，他们不愿意沿袭老一辈的路子，他们要跟上时代的步伐走自己的路。文华不辞而别，在城里办起了服装店。凤霞不仅勇敢地开创自己的新生活，并且支持大嫂桂兰离婚，寻找自己真正的幸福，还帮助懦弱的哥哥文宝办养鸡场。这一切都与这个沉闷的家庭形成了极大的不和谐，而他们的思想和行动也冲击和教育着第二代人，这个四世同堂的解体也就是必然的结果。从这个平平

---

① 郭学信、郭银慧：《传统观念与现实生活的撞击》，见《榆钱树下》，河南人民出版社，第422页。

常常的家庭故事中，我们看到了在改革的大潮中，不同时代人们的心态变化和内心冲突。人们从这个大院的兴衰中悟出许多道理，社会的前进是历史的必然，农村的改革是谁也阻挡不了的。

较早反映农村改革的，还有阎丰乐的六场话剧《平原春秋》。此剧真实地反映了鲁西北平原一个生产队改革的过程，从吃大锅饭到包产包工，其间经历的艰难的斗争告诉我们改革使农村发生了翻天覆地的变化，但改革的步履是坎坷和艰难的。

反映改革带来的婚姻观念转变的话剧，大都以喜剧的形式出现。葛树伟的《这里搭起了彩桥》写的是煤矿矿区有百分之九十五的男工人，婚姻问题成了一个大问题。婚姻介绍所应运而生，为工人牵线搭桥，成就了美好的姻缘。赵京洲、成希伟的《母女俩的客人》也是写煤矿工人婚姻的。随着社会的发展，煤矿工人素质和地位也在提高。此剧写了母亲为女儿找了一个对象，是老朋友的儿子，门当户对的干部子弟。而女儿自己交了一个男朋友，是一个优秀的煤矿工人。其实，母亲找的和女儿交的是同一个人，只因为男孩改了名字才没对上，而男孩改名的原因是不愿意让别人知道父亲的地位。他要走自己的路，靠自己的能力实现自己的人生价值。剧中张扬的是青年人的积极进取、蔑视世俗的精神风貌，给人以清新向上的感觉。剧中几处利用了巧合的手法，达到了喜剧的效果。刘桂城的《爱情变奏曲》以造纸厂的改革为背景，描写了姜伟、沙渚英、诗人、陶倩、海云、石洋等青年的不同的爱情观。爱情历来是作者所关注的题材。此剧的成功之处在于作者在描写爱情中展示了时代的变革和时代的精神。新任厂长姜伟是剧中的中心人物，主要矛盾都是从他这儿引发来的。姜伟与父亲——市委组织部部长姜若岩的矛盾贯穿始终。姜若岩是个利欲熏心的人，他所做的一切都是以获利为前提。提拔干部，工作的安排，包括爱情，为了得到提拔他可以牺牲自己的爱情，甚至儿女的婚姻也成为了他的政治砝码。姜伟"是个开拓型的人才，他重知识，懂经营……"为了工厂的发展，他大胆地改革一切不合理的制度，特别是人事制度。他把原厂长——他的姐夫从技术科下放到车间，因为他不懂技术；他把怕负责任的人事科长就地免职；对懂技术，肯钻研，但受压制的沙渚英，他排除一切干扰，包括来自他父亲的干扰，把她调入技术科。他是一个时代的弄潮儿，他要在改革的时代里实现自己的宏图大志。在对待爱情上，他要

"找一个气质、性格、志趣相投的妻子作为终身伴侣",他要冲破世俗的藩篱,年龄、地位、家庭……只有爱才是婚姻的灵魂。他对沙渚英说:"我不否认,也许有那么一天,如果你不能使我留在你身边,或者我不能使你和我生活在一起,那么我们就没有必要违心地继续扭结,我们就愉快地分手!相爱何须非偕老,友情未必到白头,哪怕一天的结合,我们保持一天的真诚……"他对爱情的阐释,是时代的心声,他是一个通体透明的人,真诚、坦率、有事业心,和"拿着别人的痛苦来塑造自己"的父亲形成鲜明的对比。剧末两人的冲突达到了高潮。为了阻止姜伟和沙渚英的爱情和工厂改革的进程,姜若岩置一个工厂的整体利益于不顾,利用行政手段派姜伟去进修,让我们看到改革的艰难和真诚爱情的不易。然而,正是姜若岩的倒行逆施拆除了沙渚英心中的堡垒,勇敢地接受了姜伟的爱情。作者要告诉我们的是改革是历史的必然,冲破世俗的藩篱的爱情,任何阻止的行动都是徒劳的,历史前进的车轮是谁也阻挡不了的。

二 80年代反映军人生活的剧作:殷习华和《绿色基因》

80年代,出现了一批反映军人生活的剧作,这些剧作大部分以中越自卫反击战为背景,展示了青年人的人生观。《早晨》(于景、习华作《戏剧丛刊》1988、6)描写了城市待业青年成方顺,在家待业几年,好不容易被招工,却被别人走后门顶替,既愤怒又心灰意冷的成方顺听了招兵军官的一番慷慨激昂的话,报名参军。这时的成方顺还只是把部队当作暂时的栖身之处,并没有献身国防的思想。一道军令,他所在的部队要奔赴老山前线参战。打仗就会有牺牲,这是个残酷的事实,没有战争经历的人,恐惧和慌张是在所难免的。然而军令如山,军人只有服从的道理。可是,有人竟然走后门不去参战,这一次成方顺真的被激怒了,他破罐破摔装起病来,是女军医和其他战友的行动感动了他,使他幡然醒悟,在战场上立了功。此剧告诉我们,虽然我们的社会还有许多不合理的地方,也有一些自私卑鄙的人,但那毕竟是少数,正直的人,愿意为祖国和社会作贡献的人才是社会的主流。这个剧有很明显的现实意义。剧中的人物塑造也是很成功的。成方顺从一个待业青年成长为一个在战场上立了功的英雄,其成长过程是真实可信的。剧中详细阐述了他的心理活动过程,使人物更加真实丰满。但剧中的韩妈塑造得似乎欠真实。儿子柱子牺牲在战场上,她最关心的是儿子是否入党,是否死得值。那种坚强缺少根据,有悖常人的心态。

《绿色基因》(殷习华编剧)写的是朝鲜战场上三个幸存的战友和他们的子女的故事。乔光、龙兰、唐玉良在战争结束后因其不同的背景和经历继续着自己的人生。乔光留在部队并当上了军长。女儿乔男在军区文工团搞创作;龙兰因为爷爷是地主被迫离开部队,又因其右派丈夫——一个优秀的外科大夫而受尽磨难,当兵生涯留给她的是受伤至瞎的双眼,几十年来她承受着心灵和身体的双重磨难,却无怨无悔。儿子龙华长大了,她又把脆弱的儿子送到部队,她对儿子说:"当兵去吧,在军营里,你会成为一个男子汉的!"唐玉良因其在当年的战斗中一时的懦弱,造成不可饶恕的过失,致使龙兰的眼睛受伤,他带着心灵上无法愈合的创伤回到农村的家中。悔恨和自责像一块大石头压得他三十年抬不起头来,他欠部队的"债",他要让儿子去还。中越开战,他义无反顾地送儿子唐成参军。作者把三个战友的三个儿女安排在一起,通过他们之间的碰撞和父辈的碰撞展示着时代的风云。

乔男、龙华、唐成来到了同一个部队。不同的生活环境、不同的经历造就了他们不同的性格和追求。乔男,任性高傲但直爽聪明;龙华,胆小脆弱却善良真诚,军队这个大熔炉使他的人格得到了升华,他变得坚强执着;唐成身上则体现了复杂的人性,他参军是被迫的,是替父还"债"的,但进入部队却使这个山沟里的年轻人发现了另一片天,他的人生观发生了很大的变化。本来满足于在城里当个临时工,两年三年争取转正,然后娶个青梅竹马的赤脚医生过一辈子。现在他要改变自己的地位,他要当一名将军,他要过另一种生活。他对乔男说,他不能像他父亲那样"已经走出那块天地了,偏要默默无闻又再走回去!你们有的我也应该有,你们能享受的,我也应该享受!"他要上战场,因为"只有在战场上才能打破我们按资排辈的惯例!今天你是连长,明天就有可能是团长!"他的追求无可非议,但动机和手段却是自私的。为了脱离小山沟,抛弃了青梅竹马的潘草,他追求乔男,其中有爱的成分,但也掺杂着许多其他的因素。这是个丰满的有血有肉的人物,当他真正地懂得了一个军人的价值时,他战胜了父亲带给他的卑下的心态,勇敢地走上了战场。他对父亲和大家说:"我不是为了您,也不是为了我,而是为了不辱没军人,战士,这个神圣的称号!"他用自己的行动证明了自己是一个真正的军人。

此剧在艺术手法上进行了探索和创新,"作者冲破了旧的话剧的框架的束缚,突破了场次分明的模式,将历史和现实交融起来,把对现实的展示和历史的反思结合起来……"① 一拉开幕,我们看到的就是战场上受伤的唐成和围在他周围的亲人们,生者和死者,战场上的人和不在战场的亲人,继续着人生、军人的探索讨论,由此引出了三个家庭两代人的故事。

三 新时期对话剧的创新和探索:葛树伟和《年轻的迷惘》

进入新时期以来,对话剧的创新和探索一直伴随着话剧的发展。早期的探索和创新,主要体现在话剧的观念和形式格局上,像张晶的《我们吃了太多的盐》是一部现代生活即景剧,取材于改革中的蔬菜公司。此剧的内容反映了改革中的一个过程——竞选公司经理,而剧作本身也进行了创新,台上台下没有绝对的分开。而是有和有分。当候选人的票数成为同票时,市委副书记提议观众参加举手表决,使观众和演员融为一体,调动了观众的参与意识。80年代中期全国对话剧的探索"进入了以深刻的思想内容和与之相适应的表现形式相结合的新阶段"。"探索的重心也从对新的表现形式的探索转向人性和人的自身生存方式与状态的探索"。②话剧的探索和创新是十分必要的,在进入改革开放的新时期后,人们的思想发生了很大的变化,其审美需求也发生了变化,话剧的创新和探索是话剧生命的需要。我省对话剧的探索较迟,较有成就的剧作是邹星枢的《小庙》和葛树伟的《年轻的迷惘》。进入90年代后许多剧作也都体现了创新和探索精神。

葛树伟是一个有作为的话剧作家,可惜英年早逝。《这里搭起了彩桥》(《戏剧丛刊》1981、6)是他早期的作品,是反映煤矿工人婚姻生活的。1985年发表在《剧本》增刊上的《风流的一代》是一部较早地反映中外合资经营问题的话剧,剧作真实地描写了改革中出现的各种各样的事件和人物,表现了改革的艰难和必然。《年轻的迷惘》是他后期的剧作,是他的代表作。此剧描写了香格里拉大酒店的改革及改革者们的命运和遭

---

① 任孚先:《思考·探索·创新》,载《戏剧丛刊》1987年第4期。
② 张炯·邓绍基等:《中华文学通史》第九卷,华艺出版社1997年版,第657页。

遇。剧中运用了电影的纪实性和蒙太奇等艺术手法,让剧中人物"奔走出入于戏剧与电影、现实与艺术之间,独具匠心地将作为艺术的电影介入香格里拉大酒店的改革现实之中,直接触摸时代的脉搏。剧作借电影倒叙过去,用戏剧场面展现现实……洒脱自然地勾勒和刻画各种人物和角色的各个侧面"。[①] 剧中主人公肖敏是一个锐意改革的酒店经理,他有智慧,有魄力,锐意进取;但他又不是完美的,所以他的被中伤、撤职、下放,也就成为可能,唯此才能体现改革的艰巨性,他作为强者的体现,是他很快从深深的迷惘中超越出来,在改革的舞台上继续着人生的追求。

四 少儿剧的繁荣:陈永娟和她的《小白龟》《宝贝儿》

我省少儿剧的繁荣是在 90 年代。80 年代这方面的剧作还较少,代路的《飞吧!海燕》《回声》,刘桂城的《多梦的季节》,都是较早的少儿剧本。进入 90 年代少儿剧本才多起来:《小小男子汉》(许克诚、冯兴震)、《我们不是木偶》(郭银慧、袁淑珍、李晶)、《净土一方》(张相林)、《李大伟和他的子女们》(张力慧),还有陈永娟的《小白龟》《宝贝儿》等。

《小白龟》(陈永娟等《戏剧丛刊》1996 年 2 期)是一部儿童神话剧,剧本为孩子们展现了一个神奇、幻化的童话世界。作者颂扬了主人公——玄武的化身小白龟的无私无畏,为了造福人类宁可牺牲自己的崇高精神。也昭示了一个真理,贪婪是毁灭自己的开始,飞鼠精正是利用了有些人的贪心来达到自己的目的。剧中一系列的生动情节和场面,对于教育少年儿童正直、善良、勇敢起到了很好的作用。《小白龟》的童话形式受到了少年儿童的欢迎。

《宝贝儿》(陈永娟《戏剧丛刊》1999 年)也是一部深受少年儿童欢迎的剧作。此剧让孩子们从学校走到社会上来表现他们。以丁放为首的一群小学生意外地得到一只小狗,为遛小狗,他们误闯盲人梁爷爷的小院,结果小院被弄得一片狼藉,葡萄架撞塌了,鸟笼撞翻了,画眉鸟也飞了,两个珍贵的鸟食罐也不见了,丁放被父亲责打,感到冤枉的他离家出走了,父子的矛盾激化了。受到家长惩罚的孩子们误认为是梁爷爷告的状,

---

① 王超:《戏剧·电影·探索》,载《戏剧丛刊》1988 年第 2 期。

要采取报复行动。剧情开展到这里时令观众的心悬了起来。当孩子们意外地听到梁爷爷和杨老师的对话,知道错怪了梁爷爷。了解到梁爷爷的爱心和宽容大度,也知道了眼睛瞎了的他女儿不在身边,一人十分孤单,孩子们决心帮助梁爷爷。他们要把小狗贝贝训成导盲犬,使它成为梁爷爷生活中的好帮手。该剧剧情环环相扣,情趣盎然,矛盾迭起又峰回路转,让观众在情绪的跌宕起伏中享受美感。剧作在三代人碰撞和摩擦中,展示了爱心和责任心这一主题。著名老话剧作者胡可在看过之后说:"这是个思想性、艺术性俱佳的一出戏……这个戏独特的艺术构思是来自生活的,是从人物出发的,视野比较开阔,表现了大的主题,那就是呼唤爱心、呼唤集体主义。"①

剧本成功地塑造了丁放、爸爸丁峰、梁爷爷这三个主要人物。丁放是一个顽皮聪明敢作敢当的小小男子汉,点子多的他是个孩子头,遛狗闯祸是他带的头;报复梁爷爷是他出的点子;把小狗训成导盲犬也是他的主意……他善恶分明,知错就改,他对梁爷爷由怨恨到敬重,最后又成了他的知己和朋友。是梁爷爷点燃了丁放和他的小伙伴们的爱心,他们似乎一下子长大了,有了责任感,大雨天给爸爸妈妈送伞就是他们转变的行动。爸爸丁峰是一个出色的警察,却不是一个合格的爸爸,他对儿子事事怀疑,不信任使父子产生了隔阂。结果因为怀疑儿子拿了鸟食罐,冤枉了丁放,矛盾激化,丁放离家出走。他对儿子的深深的爱和恨铁不成钢矛盾的心态在剧中得到了很好的表现。当儿子下雨天给他送伞,雨停了他仍然打着,并大声喊:"这是我儿子送来的,我儿子懂事了,我儿子懂事了!"兴奋劲足以感动在场的每一位观众。梁爷爷是一个经历丰富,意志坚强,富有爱心的老人。他过去是战场上的英雄,现在人老了,眼又瞎了,仍然关注着少年儿童的成长,几十年中一直担任小学校外辅导员,并把女儿寄来的养老钱捐给小学做奖学金。他的所作所为赢得了丁放和小伙伴的敬佩,为他们的友谊奠定了基础。梁爷爷是老一辈关心少年儿童的代表,当他的小院被丁放一伙弄得一塌糊涂时,他以宽大的胸怀谅解了他们,认为只是一次调皮的行动,不能因此否定他们的纯真向上的本质。在他的积极开导循循善诱中,在自身经受的挫折中,孩子们成长了。梁爷爷在施爱的

---

① 胡可:《济南儿艺〈宝贝儿〉》,载《戏剧丛刊》1999年第3期。

同时，也得到了孩子们的关爱。

此剧的语言童稚化是剧作演出时受到欢迎的重要因素。作者以儿童的眼光看事，看人。有一段丁放和爸爸的对话："现在你小，爸养活你，下了班像兔子似的往家里蹿，像驴子似地往家驮；将来就得你养活我了。""你不是有工资、有退休金，干吗花我的钱？""那，精神上呢？万一我老的哼哼不动了，万一又得了腻腻歪歪治不好的病……""听说可以安乐死。""什么？""就是给你打上一针，你就舒舒服服睡死过去了。"这段认为父亲不爱自己的对话，气坏了父亲，却是丁放儿童心态的真实反映。当丁放理解了父亲的苦心、爱心之后，看见犯胃病的爸爸的痛苦，哽咽着说："爸，我不让你安乐死，我要让你快快乐乐地活着……"这些话只有小孩子才能说出来，童真、童趣贯穿了全剧始终。

此剧以真实细腻的对儿童心理的描写，幽默的语言，喜剧的品格和特色得到了一致的好评，被评为"五个一"工程奖。

五　其他作家作品

赵京洲，1948年出生，山东淄博人，农民作家。他最早的话剧作品是《母女俩的客人》（《戏剧丛刊》1984、2），1986年调入淄博市艺术创作研究所，开始专业创作，1986年写出了话剧《这里需要架桥》（《戏剧丛刊》1986、9）。此剧以水库水上涨，淹没了连接村东村西的石板桥，架桥成了村中急迫的大事入手，展示了由此事引出的一系列矛盾，以及与此事相关的人的心态行为。此剧贴近生活，人物真实，语言生动幽默，情节紧凑，显示了作者的生活底蕴。《一品大百姓》（《戏剧丛刊》1996、2）与成希伟合写。此剧写了30年代末，大学者陶行知从国外考察回国，看到连年的战争、政府的腐败无能，使得"山河更加破碎"，孩子们流落街头……拒绝蒋介石的重用，自己授自己一顶"一品大百姓"的官衔，决心办一所学校，让穷人的孩子也学到知识得到教育，使之成为"日后对祖国有用的人才"。终于，在重庆郊区，陶行知克服重重困难建起了一所育才学校。作者通过剧中人物李月，讲述了陶行知办学过程中经历的几件事情，来体现陶行知的高风亮节。如第二场中，陶行知为办学来到乡下，恰好遇到了土匪来抢人为妻，当他知道土匪是生活所迫误入匪道，虽然走上邪道但良心尚存时，便不顾危险坦言相劝，使其参加了马祥将军的部队，让我们看到了一个教育家的责任心。第三场中，陶行知因在农民朋友家喝酒罚自己反省，显示了一个伟大的教育家的严于律己的高尚品格。第四场中，一个商人愿意为学校捐一千元，对于贫困得连吃饭都成问题的学校来说可谓"雪中送炭"，条件是为一个曾救过她儿子性命的年轻人求得一张毕业文凭。这张文凭可以使年轻人得到一份赖以生存的工作，而这个年轻人恰恰是陶行知的儿子。陶行知坚决拒绝道："面对日本帝国主义的侵略，我们需要构筑一座无敌的人格长城。敌人的飞机大炮灭不了中国，可怕的是我们弄虚作假，自己欺骗自己。长此以往，我们的民族就会成为一个虚无的民族，我们的国家就会成为一个脆弱的砂器。更可怕的这是在毁灭我们的后代。为了几个铜板，为了一份工作，我们就在他们面前树立了一个虚伪的榜样，对他们进行欺骗性的诱导，青年失去了道德，民族失去了灵魂，而我们自己，则成了千古的罪人！"铿锵之言感人肺腑。作者在我们面前讲述的都是一件件的"小事"。正是通过这些"小事"，展示了陶行知的人格魅力。靠着这一点，没权没势的他身边聚集了一批教育的精英，共同进行着这一伟大的事业。通过这些"小事"，一个伟大的教育家的光辉形象树立在了我们面前。此剧平铺直叙，娓娓道来，然而却感人至深。剧本牵扯了几个历史上的重要人物，作者写得得心应手，可见作者对这段历史作了详尽的了解。正因为有了坚实的生活基础，剧作所以能产生深切感人的力量。

《追彩云的日子》（《戏剧丛刊》1996、2），作者戴嵘是济南军区前卫话剧团的一名女编剧。她的作品"以女性特有的绵细思维构造人物和故事，笔法细腻传神，运思回环有致，而在她叙述的缠绵情致背后，却潜藏着对世事人心的深刻洞察和对生命流程的醒悟和叩问。"[①]《追彩云的日子》在山东省剧协第六次剧本评奖中，被评为一等奖。该剧叙述了彩云山机务站的一个女兵连的工作生活情况，通过展现她们战胜困难为部队建设无私奉献的精神和事迹，颂扬了女兵的美好心灵。彩云山机务站在小山沟里，只有一个女兵连队驻扎在这里。地点偏僻带来了生活上的诸多不便和艰苦，结了婚的连长和指导员只能夫妻两地分居。指导员吃奶的孩子也只能由父亲来带，指导员的转业成了不得不考虑的问题。而恰在这时连长

---

① 刘桂城：《弘扬主旋律讴歌新时代》，载《戏剧丛刊》1996 年第 3 期。

有了身孕，丈夫和婆婆希望她转业，并且已帮她争取到了指标。而连长、指导员只能一人转业，形成了尖锐的矛盾。这是剧情展开的一条情节线。剧中同时还有一条线是上级给女兵连一个保送军校的名额，连里决定把这个名额给班长李玉敏。李玉敏是烈士的妹妹，工作出色，为人正直善良，曾几次谦让上学的名额，而她如果今年不能上学，便面临复员。可是新兵吕军生却通过父亲的关系，做通上级的工作要占有这个名额。而吕军生又恰恰是李玉敏的哥哥用生命救的，这里的巧合增强了戏剧性。作者把主要人物放在矛盾冲突中来表现，并着重描写了她们内心的矛盾斗争。结局是通过一场暴雨中的抢修电缆，锻炼了部队。虽然连长在抢修电缆中受伤，却增强了连队的凝聚力。吕军生被李玉敏的高尚的品格感动，决心上军校毕业后再回彩云山。这一切都展示了现代军人的美好情操和追求，具有深刻的现实意义。

第二节 青岛话剧作家群

一 概述

青岛是一个有着话剧传统的城市，在这个美丽的沿海城市中，已涌现出一批有才华的剧作家，献给观众一大批优秀的话剧作品。1958年，王命夫的《敢想敢做的人》在全国一炮打响，青岛话剧团到北京等十三个省市演出近千场，并被拍成了电影。之后，高思国的《柜台》、栾云桂的《好榜样》两部优秀的独幕剧都得了全国的奖项。1963年王命夫又写出喜剧《皆大欢喜》，这些剧本对青岛话剧的发展起到了较大的推动作用。十一届三中全会以后，青岛的话剧在经过了一段时间的沉寂以后，爆发出更大的活力。1978年，钱明、吉军创作的反映文艺工作者与"四人帮"作斗争的大型话剧《舞台》上演。1980年，青岛话剧创作无论在数量和质量上都有很大的提高，作家队伍也不断地扩大，涌现出一批青年作家。如代路、黄小振、钱涂等是这一时期有代表性的作家。尤其是代路，以数量多，题材面广，成为我省最受欢迎的话剧作家之一。我们将有专节对其话剧艺术进行论述。这时期较有影响的剧作有：代路的《哥仨和媳妇们》《飞吧，海燕》、高思国的《风向杜鹃吹来》、黄小镇的《四十不惑》、钱涂的《今天宣布爱情》、高思国、张志华的《长辈》等。

话剧创作之所以在青岛得以繁荣发展,其原因是多方面的。第一,青岛这个城市有着较深的文化底蕴,究其历史渊源,二三十年代中国许多著名文人学者云集青岛是个很重要的因素。当年,山东大学设在青岛,吸引了全国各地的许多学者。老舍、闻一多、萧军、萧红、吴伯箫、王统照、孟超等,都曾在青岛教书、写作、从事进步文化的宣传工作,他们把文化知识带到了青岛,形成了较活跃的文化氛围。正因为这样,青岛较早地接受了话剧这种形式。左翼剧联1932年就在青岛建立《海鸥剧社》青岛小组,并上演了一些话剧,这是非常有益的文化熏陶。第二,青岛的话剧演出团体形成了一个覆盖面,不光有专业的话剧团,而且群众文化宫、群众艺术馆等群众文化部门也有演出队伍。演出就需要剧本,这就促进了编剧队伍的发展。文化部门为了配合需要,多次举办戏剧创作研讨会,文艺会演,评奖活动,提高了编剧和演出队伍的水平。第三,在这同时,形成了一大批观众队伍,这是话剧赖以生存的土壤和发展的基础,这种现状形成了一种良性循环的局面。大量的话剧演出不但教育了观众,而且提高了观众的艺术品位。剧作者必须创作出更高水平的话剧作品,才能满足观众的需要。

青岛话剧作品的共同特点是关注现实生活,这与青岛的话剧作者是分不开的。除了青岛话剧团的王命夫、代路等专业作家之外,其他的大多是业余搞创作,像高思国一直是业余时间搞创作,黄小振、钱涂、张志华等开始时是业余创作,到了90年代前后才分别开始专职创作。这些作家有着较深厚的生活基础,能够敏锐地感悟生活,创作出的作品具有强烈的时代气息和生活气息。

二 业余话剧作家高思国

高思国(1939—)是个业余话剧作家,60年代初,他是和他的独幕话剧《柜台》一起浮现于话剧领域的。1959年他创作了处女作《夜战》。从那以后,他一直在话剧领域中笔耕不辍,至今,已有近20部话剧作品问世。其中《柜台》荣获1963年中央文化部"优秀话剧创作奖",《大院的早晨》获1979年山东省剧本创作一等奖,与钱涂合作的《风向杜鹃吹来》获1981年全国总工会举办的"全国职工独幕话剧评奖"剧本奖,《不宁静的夜》获山东省戏剧评奖剧本创作奖。高思国不仅积极从事话剧创作，而且多年来他还是一个热心的话剧活动组织者和辅导者。他开始在青岛市工人文化宫文艺科工作，分管创作。1973 年担任青岛市工人文化宫全市职工戏剧、曲艺创作组指导教师工作，职工创作组先后吸收新老成员 50 余名，培养了一大批年轻作者，黄小振、钱涂、张志华、朱积敏等都是从这里走出来，进入专业的创作队伍，为此他被全国总工会誉为"业余作者的知心朋友"。他的话剧作品也基本上是这个时期创作的。1987 年他调入青岛市总工会文体部，主要精力用于群众文体工作的组织指导上，并就此撰写了一些论文，没有再创作新的话剧作品。

高思国的话剧都是取材于现实生活，是对现实生活的有感而发。《柜台》所反映的是 60 年代商业战线上两种思想的斗争。一部分青年人认为站柜台"低人一等"，没有前途，剧中通过青年周金山——利群收音机商店的售货员、李慧萍——理发店的理发员的实际行动回答了这个问题。周金山、李慧萍美好心灵的展示，在观众中特别是青年中产生了积极的影响。1978 年，高思国创作了话剧《大院的早晨》，这是高思国进入新时期后的第三部作品。此剧以独幕剧的形式，截取生活中的一个画面：一个普通的住宅院。工人杨玉芳不去上班，却在家"泡病号"干加工活，拿着工资挣小钱，家属委员会主任刘秀英热情关心她，并以自己的积极行动感动了她，使她回厂上了班。作者要告诉人们的是，面对百废待兴的祖国，每个人应该怎样做！祖国的繁荣昌盛、"四个现代化"是等不来的，要靠每个人的积极工作。1981 年，高思国、钱涂合作写了《风向杜鹃吹来》，此剧是有感于社会上的一股不正之风。剧本的主角是一位女劳模郝英，她兢兢业业，吃苦耐劳，一心想为社会多作贡献，然而却遭到了一些人的嫉妒和诽谤。剧中对造谣污蔑的歪风恶习进行了鞭笞，并对劳模的处境表示了同情。剧中还刻画了郝英贤惠的婆婆和正直的小姑子的形象。正是在她们的支持帮助下，郝英顶住了歪风，继续着自己的步伐。1982 年的《长辈》反映的是老年人和青年人的"代沟"问题。1983 年发表在《群众艺术》上的《不宁静的夜》写的是落实知识分子政策的问题。该剧饱含着作者的满腔激情，对于厂长金峰利用职权迫害知识分子的所作所为表示了极大的义愤。祖国正处在急需发展的时期，人才是最宝贵的财富，而在金峰这类干部思想中，知识分子仍处在被改造、被歧视的地位，仍然需要夹着尾巴做人，陈工程师就是因为在一次会议上指出了金峰发言中的错误，被金峰认为"有点学问就不知天高地厚,尾巴翘到天上去……"因而,百般的压制,连工业局长已经批示了让陈工程师去北京开测试国外引进仪器的工作会,他都可以趁局长不在家而不让参加。"你不是有能耐吗,我让你凉快去。"其恶劣的行径震撼着人们的心灵。1987年的《爱的呼唤》则是通过一个女中学生"自杀"事件,呼唤人间的爱。

构思巧妙,布局紧凑,是高思国剧作的一个重要的特色。高思国的剧作大部分是独幕剧,独幕剧因其篇幅的限制,不可能娓娓道来,因此只有在布局结构上下功夫。他的剧作"内容高度密集,善于把诸多纷纭复杂的人事纠葛,集中在一个场景中,展现在短暂的时间内。而情节的安排、戏剧冲突的设置,又是那么巧妙而自然合理"①。他的话剧《柜台》所要阐述的是青年人的理想问题。站柜台能不能实现理想,剧作仅仅展示了从快下班到晚上睡觉前几个小时发生的事情,就让观众明确并接受了任何工作岗位都能做出成绩,实现自己的理想这一主题思想。剧作利用巧合的手法,把剧中的几个人物都集中到土产店售货员杨桂香家中。杨桂香的表姐李惠萍是一个优秀的理发员,她第二天要结婚,晚上来到姑妈家请姑妈第二天去喝喜酒,她的未婚夫周金山为顾客杨桂香的父亲修好收音机便亲自送上门,但他并不知道这层亲戚关系。而更巧的是来之前他两次遇见杨桂香,一次是在土产店,周金山买东西,本来就不喜欢站柜台的杨桂香又急于下班去看电影,服务态度十分不好,彼此都留下了印象。接着二人又在公共汽车站等车相遇,应该说有两面之交了。杨桂香的父亲正急于听收音机,十分赞赏周金山的服务态度,并以此来教育自己不愿站柜台的女儿。当彼此都凑齐了,才完全弄清了彼此的关系,表姐、表姐夫的行动使杨桂香受到了很大的教育。这时,收音机里传出了正在转播的周金山在市群英会上的报告……该剧告诉人们小小柜台上可以做出不平凡的业绩。独幕剧《不宁静的夜》诉说了一个迫害知识分子的事件。剧情围绕陈工程师被剥夺参加北京会议的资格展开,而陈工程师——剧中的主要人物并没出场,所有的情节都在局长家里通过工业局长夫妇、他们的女儿李玲——一个正义的记者,厂长——李玲的姨夫之间的冲突展开。厂长嫉贤妒能利用职权压制陈工程师,形成矛盾;忍无可忍的陈工程师写人民来信到报社;厂长不思

---

① 王照青:《坚守与探索》,载《戏剧丛刊》1987年第3期。

悔改，加深了矛盾；报社派李玲到工厂调查，证实了厂长的卑劣行径；李玲当年因父母受迫害曾在姨夫家住了五年，因此对姨夫有很深的感情。痛苦的李玲对妈妈说："一个人当他发现他所尊敬和崇拜的亲人，原来是一个可憎的面孔，这是一种多么不能忍受的精神折磨。"矛盾引发到两个交情很深的家庭。正义和亲情撞击着李玲家的三口人，也牵动着观众的心。作者巧妙地安排了剧中人物的关系，使剧情紧凑，矛盾更尖锐突出。

高思国剧中的人物形象鲜明，栩栩如生。《柜台》中的周金山、李惠萍正是60年代先进青年的代表人物，他们身上充满了活力，他们的理想就是为祖国的繁荣昌盛，努力做好本职工作。剧作成功地刻画了这类平凡又富有朝气的时代青年形象。《风向杜鹃吹来》在人物的描写上则更为突出。劳模郝英一心为公，却被人嫉妒中伤，心情十分苦闷。人们心中的劳模都应该是苦行僧，不仅要吃苦在前，而且要朴素，甚至不苟言笑，否则就不符合劳模的身份。在世俗规范的压力下爱美的郝英只有把对美的追求都寄托在杜鹃花身上……通过细节描写，一个真实的劳模塑造出来了。剧中小姑子郑平也是一个很典型的形象，她性格泼辣，为人正直，说话直爽，都是时代的典型人物。通过他们，让我们感受到了时代前进的脉搏。《不平静的夜》中的记者李玲正直有才气，疾恶如仇。两年的记者生涯已经使她在市里小有名气，可她发现正是有情有恩于自己的姨夫对陈工程师的迫害，造成了这个优秀工程师的悲惨遭遇时，痛苦万分。她在写调查报告时，"一边写，一边哭，""提起笔来又放下，放下又拾起来，整整折腾了一天。"通过她心灵的冲撞，一个情感丰富又坚持正义的形象立在了我们面前。

三　黄小振和他的《四十不惑》

黄小振（1947—1996）是一个典型的现实主义剧作家。他的作品的最大特点就是关注社会、直面人生，具有强烈的社会使命感。早期的剧作，如1979年的《无辜的人》是对当时社会轰动一时的"反击右倾翻案风"下人生遭际的反映；1980年的《火热的心》揭示一个领导把一个劳模发生的事故，硬让一个后进工人来承担，反映、抨击了一种偏颇、僵化、虚伪的风气和观念。1984年创作的《欧阳兄弟》人物少，剧情简单，却反映了青年人的婚姻观的变化。剧中的哥哥，作者用夸张的手法塑造了一个只会夸夸其谈却离不开"被窝"的懒汉，剧尾姑娘对他敬而远之的态度引起了他的思索，也给观众留下了思索的空间。《绿荫下》（《群众艺术》1982 年 7 期）是黄小振前期的话剧作品中较好的一部，此剧写的是在公园中一片绿荫下所发生的故事，写了十年动乱中被摧残的青年人，在社会主义建设的新时期应该怎样做。

1987 年，黄小振创作了七场话剧《四十不惑》，此剧标志着他的话剧创作水平的一次突破和飞跃。《四十不惑》是写改革开放年代里的一群不惑之年的男男女女，是群体形象，但有主次之分。剧本主要写了厂长贺凯的人生价值观念的困惑和转变，并以贺凯的改变为主线，把这些人连在了一起。剧中首先提出了一个衡量人的标准问题。一个干部，兢兢业业，任劳任怨，不沾不贪，对工人体贴关心，对朋友有情有义，这绝对是被当时的人认可的好干部，但是却被撤了职。为什么？因为他没把工厂管理好，使工厂连年亏损，作为厂长他是绝对不合格的，因此罢免他厂长是正确的。但是，多年来形成的"好人"和"好干部"混淆不清，不是坏人，不做违法的事情就不能撤职，最多换个地方继续当官的观念在人们心中的根深蒂固，使得贺凯想不通，他周围的亲朋好友想不通，连他工厂的工人也给他喊冤。然而，剧中的贺凯是一个寄托着作者的希望和理想的人物，痛定思痛后的贺凯终于走出了历史的窠臼，勇敢地跟上时代变革的步伐。

《四十不惑》艺术上的特点，主要体现在人物心理的剖视上。贺凯被罢免厂长后，受到了很大的震撼，开始反思自己，构成贺凯内心冲突的，是在改革开放的今天，怎样才算个好干部？被时代抛弃的原因何在？下一步到底应该怎样走？贺凯的困惑其实是许多人的困惑。同是四十岁左右的张大雷结婚以来一直是"干活、吃饭、喂鸟，几十年一个样。对她对家庭绝没二心，绝对没变！"可是近年来他与妻子却相对无言，在饱尝了同床异梦的痛苦之后，只好分手。贺凯的中学同学方磊达则是表现在观念上的守旧，这种守旧与社会的前进格格不入。他是一个书法家，商人有偿地向他索字，他十分反感。他妻子死了三年了，他仍然走不出来。他爱自己的女学生，但却怕别人的议论，因为是自己的学生，而且年龄相差太大。他们都是四十岁的年龄，孔夫子说："四十而不惑"，但在改革大潮下的今天，社会飞速发展，如果不跟着社会的变化而改变自己，"不惑"肯定是不可能的。作者紧紧抓住这个具有强烈现实意义的问题，展开了作品人物的描写，贺凯在明白了失败的原因"就是因为没变"之后，决定积极迎战人生，跟上时代的步伐。他选择了利用海边的场地建游乐场的经营项目，跨出了人生重要的一步。而继任厂长的贺凯的同学白默则是一个与时代同步的人，她接任厂长后，进行了大刀阔斧的改革，任人唯贤，按经济规律办事，短期内改变了工厂的经营状况。作者利用对比的手法，写了贺凯的"人情味"：为工作中吊儿郎当的朋友照常升级；厂中科室庞大，人浮于事，造成工厂连续三年亏损的局面。而白默力主科学管理，顶住各方压力精简科室，人尽其能，严格制度，半年时间就转亏为盈。通过这些，阐述了国有工厂改革的必要性和迫切性。而通过贺凯等人的转变，说明在这个突飞猛进的改革时代，因循守旧，不思进取就必然被社会淘汰，这对观众也有一定的警示作用。

两年之后，黄小振又推出了《5·30大案始末》。"'文革'中的痛苦积淀，也许他总觉得不吐不快，他把这些年来情感的积压和历史的思考融入了艺术的构思，把人们带进了那个啼笑皆非的年代"①。剧本以一群被管制的知识分子为背景，以追查一起毛主席的塑像被毁坏的事件为主线，把十年动乱中知识分子被扭曲的心态淋漓尽致地表现了出来。作者一方面以同情的笔墨写了他们的不幸；另一方面又毫不留情地揭示了他们的懦弱和一部分人的卑鄙无耻。

黄小振的作品有较深的力度，他的作品总能对人的心灵产生震动，这得力于剧本的主题和创作视角的选择。《欧阳兄弟》中作者用夸张的手法表现了哥哥的懒惰，其意在表达在改革大潮中人们的道德观和婚姻观的转变。《绿荫下》的主题是在十年动乱中被耽误和摧残的年轻人，面对时代变革的人生选择。作者选择了公园中绿树下这一富于诗意的场地，从"一棵树长大了还可给人遮遮阴凉，可你呢？"的视角阐述了人生价值观这一重大课题。

四　钱涂和《西街108号》

钱涂（1947—），青岛市艺术研究所一级编剧。他早期的作品有《今天宣布爱情》，获文化部颁发的创作二等奖；和高思国合写的《风向杜鹃吹来》获全国职工独幕话剧征文优秀创作奖；还有《白云歌》《月光下的

---

① 高思国：《坚实的足迹执着的追求》，载《戏剧丛刊》1989年第3期。

夜来香》等。《姑娘罗曼史》写于1989年,这正是改革如火如荼的时候。改革的精神深入到社会的各个阶层,人们对因循守旧的现状不甘心不满足,纷纷拿起改革的武器,改革现状。剧本的主人公是一群年轻人,作者通过爱情和改革这两条线展示了青年人的不同的道德观和爱情观。剧作较成功地描写了改革中的投机分子,告诫人们警惕利用改革实现个人野心的人。其实这种投机分子也并没有什么高超的伎俩,无非是写匿名信诬告别人有经济问题、作风问题,然而却每每奏效,这就不能不引人深思。《槐香清淡淡》(《戏剧新作》1989、1 青岛市文化局)是一部反腐败题材的四幕话剧。剧作在一个家庭中展开。父亲汪累是一个大钢铁公司的党委书记,为了使炼钢质量合格,他提出钢铁公司在全省范围内招考五名工程技术人员,这在当时是一个大胆创新的举措,必将有利于钢铁事业。然而这一好的设想却在运作当中走了形,这一切是他的妻子——钢铁公司的林厂长操作的。她利用职权取消了其他人参加考试的机会,使自己的女婿和儿子的女朋友得以考上。得知真相后,汪累宁可失去妻子和家庭也要坚持正义,纠正错误,在他身上体现了党的干部的党性原则和反对腐败的坚强的决心和意志。小女儿、大女儿、还有受益的女婿、儿子的女朋友都和父亲站在一起,而妻子则以自己已患癌症为理由坚持错误,只有儿子站在她一边。尖锐的矛盾,感情的冲突,形成了一定的戏剧性。剧作表现了作者对腐败的严重性有着清醒的认识。不足之处是语言的说教味较浓。

《悠悠四季歌》创作于1992年。它以一个偏僻的小车站为背景,主旨是塑造先进模范人物——站长王善卿。这是一个容易走向模式化的主题,因此要写好,让观众接受是有一定的难度,而作者却写出了新意。他不光是用故事和情节来塑造王善卿,而是充分展示了他的内心和情感。他爱妻子,爱自己的儿女,希望家庭富裕起来,可是他不得不一次次地将女儿转为职工的指标让给别人;工作中危险的活派给儿子来做;家中住的房子漏雨却无钱盖房,这也改变不了他"碗外的一口不吃"的信条,甚至属于他当劳模的奖金,这属于"碗内"的也分给了大家。因为"活是大家干的,钱我能一个人独吞吗?"他感觉对不起妻子儿女,没有给他们带来安定富裕的生活,然而他认为他只能这样做,虽然他也知道肯定有人骂他傻。他真诚的表白,朴实的语言,忘我的工作态度,最终得到了上上下下的同事的尊敬和佩服,也得到了家人的理解。在一些人为了钱可以出卖党性、人格的环境中,他的行动无疑对人们心灵起到了震撼和净化的作用。此剧结构新颖,让观众进入剧中和剧中人一起体验感悟生活中的酸甜苦辣,拉近了观众和剧中人的距离,增加了可信度。剧作的结尾留给了观众想象的空间。

《西街108号》发表于《戏剧丛刊》1995年3期。这是一部以改革时代为背景,描写以一栋栋楼房组成的新型院落的现代城市生活。这里居住着不同职业各种类型的人。剧中的主人公是街道主任李大妈,这是个普普通通、平平凡凡的街道干部,但她的热心肠,一心一意为大家着想,却不是每个人都能做到的。承包售货亭子,她要了个地角最差货物最不挣钱的;宁哥儿和漂亮姐因亭子被拆之事到她家耍赖她不记仇,还想尽办法为他们解决问题,甚至想把自己的好房子换到一楼,腾出一间当门头房,为此小女儿和她翻了脸。正是她的无私、热心把大家团结到一起,邻里之间互相帮助和睦相处,营造了一个温暖舒适的生存环境。作者还重点塑造了李大妈的两个女儿。大女儿李小兰在一个日方独资企业中工作,待遇较高;妹妹李小芳非常羡慕,几次要求姐姐向日方的小野先生推荐自己,都被姐姐推辞。因为小兰在与小野的接触中,感觉小野不是个正派人物,不希望妹妹陷进去。然而妹妹误会了姐姐,自己找到小野提出要求。小野在得不到姐姐的前提下,接受了妹妹。剧中姐妹俩代表了两种观念和人格,姐姐是把人的尊严看得至高无上,妹妹是只要有钱什么都可以不要。改革开放后,中国向世界敞开了大门,中国人现在经济上不如发达的资本主义国家,但人格是平等的,任何时候都不能以人格做代价。剧中的其他人物也很有个性,特别是符合人物身份的语言,使整个剧本充满了生活气息。但剧中李小芳不是李大妈的亲生女儿和李小芳的观念做法没有直接的联系,这样处理反而把人物的关系搞复杂了。

钱涂的剧作都是以当代生活为题材,关注普通人的情感生活。进入90年代,他的剧作风格有所变化,更注重剧中人物的真实和质朴。《悠悠四季歌》中的张桂花,丈夫王善卿一心扑在工作上,侍奉家中的老人、孩子,耕种责任田全都压在她身上,她认了;可对于丈夫一次次地将女儿农转非的名额让给别人非常不满。但这一次,她明知丈夫在使小心眼却自己把表格给了隋师傅;她希望丈夫能多关爱自己和这个家,但当她病了,丈夫终于可以时时守在她身边时,她却体会出丈夫牵挂小站工作的魂不守舍，让他回站工作；作者通过人物性格的复杂性的一面，更真实地塑造了一个正直善良的农村妇女形象。《西街 108 号》中的老北京，本性还算正直，却不时地露出狡诈和世俗；宁哥儿的蛮横和直爽；小上海的善良和精明……剧作通过他们之间的矛盾纠葛，揭示出人心向善的本性，使观众从中获得审美愉悦。

五　张志华和《定盘星》

张志华（1954—）是从工人文化宫职工创作组走上话剧创作道路的。他早期的作品是和高思国合写的《长辈》（1982 年《群众艺术》），反映了两代人的"代沟"问题。该剧荣获了山东省戏剧月汇演剧本创作奖。1986 年他创作的话剧《UFO》笔法新颖，具有象征意蕴。1988 年到 1990 年他在青岛大学作家班学习，毕业后，到了青岛话剧院成了一位专业作家。

他的代表作是三幕话剧《定盘星》（《戏剧丛刊》1997 年 1 期）。此剧表现和歌颂了活跃在乡镇基层的法律工作者。珠山县观山乡的法官面对的是乡村的农民群体，他们朴实、本分、讲义气，但由于贫穷闭塞，文化水平较低，几乎就没有法律知识，干事情凭良心凭感觉。老实却贫穷的田窝窝找不上媳妇，不得已借钱买了个媳妇，他并不认为触犯了法律；豪爽耿直同样缺少法律知识的村委会主任宋疙瘩听说法官放走了田窝窝的媳妇，出面为田窝窝打抱不平；他还为了观山乡的穷乡亲与桃花村争地，围攻法庭；开朗风趣的李秧歌因小时候父亲没尽到责任，和母亲逃荒要饭吃尽了苦头，便拒不认父不承担赡养义务……法官们为了解决他们由于不懂法造成的局面无怨无悔地工作着。庭长李华为了观山乡的乡亲们离开县城，把儿子交给爷爷奶奶，一心扑在工作上，整日的奔波劳累，还要忍受不懂法的乡亲的误解甚至人身攻击。法官刘东山的老伴患胃癌住院，他忙于工作没有时间陪床，由于突发事件临终都没能见上老伴一面。还有新分来的大学生江南和岳杨面临艰苦环境的考验无怨无悔。作者真实地反映出基层法官的现状。他们的宗旨就是保护乡亲们，教育他们懂法守法并制止他们犯法，哪怕他们由于不理解而对自身造成威胁。法官们的高尚情操在这些平凡工作中得到了充分的体现。此剧具有浓厚的乡土气息，带有浓郁的地域民俗的胶州大秧歌，把剧情推上欢乐的高峰。突出人物个性的乡土语言，表现了作者对剧中人物的深入了解。农村中的法盲现象的确是一个普遍存在的问题，此剧有着很强的现实意义。

第三节　邹星枢

邹星枢，1946年出生在济南，16岁上山下乡，1984年调到淄博市戏剧创作室做专业作家。他在农村和砖瓦厂整整待了20个年头，这可能是他最重要的生活经历。他早期的作品主要有五场话剧《画眉又叫了》。(1984年《群众艺术》)此剧以公园为场地，描述一群离退休老人的晚年生活。老国的超脱与执着，方爷方奶的恩爱，于奶的疑心，郭奶的懦弱……透着他们的喜怒哀乐，让我们看到了老年人对美好的晚年生活的渴望和追求。剧中还批评了不尊重甚至虐待老人的一部分青年人，也涉及两辈人沟通的问题，给人以很多的启示。结局以芒种和郭奶喜结良缘，老国坦然面对死亡，被压后多年不叫的画眉又叫了等情景，展示了美好的生活前景。剧本具有喜剧色彩，语言幽默，人物真实，具有一定的现实意义。《合欢》(与项东、承杰合写，1985年《剧本》增刊2) 写的是进入了80年代的1984年，发生在一个工厂的故事。此剧以工厂副厂长肖娜的人事调动为切入点，以工厂的改革为背景，写了人和人之间的信任和尊重是感情的基础。而更深一层的含义则是通过副局长司远的自私与卑鄙心态的暴露，对那些利用手中的权力破坏改革，损害人民利益的官僚进行了批判。剧中以合欢树为寄寓，抒发了人们对人格的思考与感慨。塑造了一个自立自强的工程师肖娜。剧中的对话寓意深刻，利用悬念增强了戏剧效果。作者这时期的作品，基本采用现实主义的创作方法，以现实生活为题材，关注社会问题，注重人物内心世界的描写。

进入90年代，邹星枢的话剧艺术有一个大的提高，他的作品是他对许多问题的思考和探索，作品注重对人物灵魂深处的开掘，善于运用象征和隐喻的笔法，有较丰厚的内涵。《这里曾经有座小庙》(《剧本》1993年7月)，获首届"鸭绿江杯"剧本全国征文二等奖，是这一时期有代表性的剧作。作者说："我认定虚伪不仅仅是个道德问题，更会使整个人类付出惨重的代价。"于是通过《这里曾经有座小庙》中的龙母，揭示出"舍得骨头舍得肉舍不得脸上这张皮"给人类带来的巨大悲剧。《这里曾经有座小庙》是一个带有悲剧色彩的人性和爱的故事,故事在过去和现在两个时空中穿梭进行。过去的主人公小姑娘是童养媳,在公婆和傻丈夫的欺凌中生活着,是那优美的唢呐声支持她走过 20 年的历程。而吹唢呐的小和尚则因为小姑娘的存在排解了生活中的寂寞。终于,相依为命的他们相爱了,而且生下了儿子。这是一段隐蔽的私情,但却被傻子的弟弟发现,埋下了伏笔。现在的主人公龙母是一个被人尊敬的退下来的村支部书记,儿子龙子当兵复员后在村中当村长,温馨安逸的生活却不能改变她忐忑不安的心境,原来龙母就是过去的小姑娘,龙子正是和尚的儿子。本来这是一段可以埋没的历史,然而,却由于龙子与堂妹秋子的相爱成了隐患。秋子在 14 岁上听父亲说了龙子的身世,因此对龙子的爱从没被约束,随着年龄的增长愈演愈烈。她在龙子当兵的十年中替龙子尽孝,想得到大娘的认可和接纳,然而,大娘却无法迈出这一步。更苦的是龙子,他爱秋子不但要受相思之苦,还要受自责之苦,因为他不知自己的身世。剧作"着力描画了龙母与龙子两代人各自的情感历程及其相互碰撞,呈现出母子二人难以挣脱的情感重负极其扭曲的人格"[①]。

  剧中的龙母是一个复杂人性的体现,有着被扭曲的人格。一方面,她执着地追求幸福与爱,她与和尚的私情正是这种真诚相爱的表现,这是对封建传统的伦理道德的反叛;另一方面,面对秋子对爱的苦苦追求,她却只是漠然视之。几十年来,她背负着对因她而死的和尚的内疚、怀恋,却又认为那是一段不光彩的绝对不能曝光的过去。她一手安排了秋子和龙子的婚姻,将他们生生地拆散;面对知情的秋子出嫁前的苦苦哀求,她也在挣扎,"你……这是逼你大娘这条老命呀!""你……想毁了你哥!"她宁可虚伪地痛苦地活着,却不愿把事情说开,直到在和尚的坟前,她才对秋子说了真心话:"孩子!你走的那天俺不是不想留下你,大娘的心也是肉长的。本想挑明了——只要成全孩子啥也不要了,大娘都快入土的人了还顾忌啥?……可前思后想想又难了!孩子,你大娘没几天待头了,豁出骨头豁出肉没啥,可你哥还早呢,俺还得顾俺儿脸上的这张皮!"究其根

---

① 田川流:《重扼下的艰难超越》,载《戏剧丛刊》1996 年第 4 期。

底，她无法挣脱世俗的偏见，自己就认为她和和尚的私情是一件丑事，这种观念正是她的局限和悲剧所在。最后，她与寄托着幽思的小庙，和埋在小庙旁终生思恋的和尚一同消失了。这是人物发展的必然结局。剧本中体现了两代人的不同的观念。在事情说开之后，龙子认为"那原没啥丑的"，兰子指责龙母说："为了顾惜这层皮毁了多少人——你自己、和尚、你儿子、秋子……还有我。整整两代人呀，这值吗？"

剧中的龙子是新生力量的代表。在部队待了十年的龙子，是个有理想有志气的青年人，转业后他愿意留在家乡"带着全村的乡亲们翻身致富"，他的情感的内涵在于他内心精神世界的冲突、挣扎和人格的超越。他与秋子从哥妹情转为恋情，这与秋子因知内情而放纵自己的感情是分不开的。他在爱火中煎熬，而他又不知自己和秋子没有血缘关系，感情的压抑和自责使他陷入深深的痛苦之中不能自拔。然而，他毕竟生活在和母亲不同的时代，对于传统的封建的旧的观念容易超脱，在兰子的帮助下，终于从感情的旋涡中走了出来。他面对炸庙的阻力不动摇，为改变家乡穷困的面貌迈出了坚定的步伐。秋子和兰子都是敢于为自己的幸福抗争的青年人，秋子深深地爱着龙子哥，为了能得到这份爱，她极力感化龙子的母亲——她的大娘龙母。她的聪慧、善良、勤劳深得大娘的喜爱，但这不足以使大娘为成全他们的幸福而把自己的私情曝光。秋子的局限是把自己的幸福寄托在大娘的恩赐上。大娘为了守住秘密，拆散并安排了秋子和龙子的婚礼，造成了婚姻悲剧。经过了痛苦无奈的拼搏，秋子终于把这天大的秘密告诉了龙子哥，剧终暗示秋子和龙子哥会走到一起的。兰子是一个理智善良的姑娘，因为长得像秋子而成了龙子心目中秋子的替身。她没有向命运低头，不管是帮助龙子从精神的枷锁中超越出来，还是在知道了龙子的身世毅然替秋子去海南，她都是表现出一种积极面对人生的态度。

小庙是一个带有象征意义的实体。它贯穿全剧始终，它目睹了小姑娘小和尚到小媳妇大和尚从相识、相知到相恋的过程，大和尚死后就葬在庙旁。龙母和小庙有着很深的渊源，小庙走了，龙母也走了。"小庙显然具有多种的隐喻，体现了中国传统文化的丰富内涵。它既有积极的、顺应人性需要的一面，又有消极的、违背人性发展的一面。它既代表了森严的法度和规范，又潜隐着温情与良知。它作为一种象征，是逝去时代的象征，也是过去时代人格的象征，因而它是以往特定文化的象征。它曾经给予村民们心灵抚慰,是人们的精神寄托,而它最终成为时代前进的阻障。炸庙开矿,意味着人们在经历了艰难跋涉之后,终于挣脱了压在身上的精神重扼,获得自由、这正是人性或人格的超越,文化的超越。"①

《酒韵》(刊于《剧本》,获1998年省剧协舞台剧本一等奖)是邹星枢《小庙》之后的又一篇力作。《酒韵》人物不多,篇幅不长,却诉说了从40年代始五十多年的变迁。作者以酒店为场地,让所有的事情都与酒店发生联系,通过店主之口让我们感悟着社会的变迁。此剧也是采用了现在、过去两个时空穿插进行,和《庙》不同的是过去的事情采用了由店主回忆来展开。酒在剧中是个重要的道具,主人公酒人的性格特征、文化心理、命运遭遇都同酒紧密地联系在一起,酒文化在剧中体现着作者的寓意。"品酒如品茶,必先驱除杂念,淡泊心境,持以平和之心,方可悟觉各种真味。""酒与水同理。水,能载舟,亦能覆舟;酒可乱性,亦可养性。"酒人是作者精心塑造的人物,他的浪漫人生、豁达不羁的性格是作者所赞赏的。酒人的头上罩着一圈神秘的光环,从18岁上以酒救命,他就和酒结下了不解之缘,因喝酒得罪重庆的接收大员,从有房有地的准地主一夜之间财物全无,却因此在紧随其后的土改中因祸得福成了"依靠的对象",并因此当了老师。1957年的"大鸣大放"时期,酒人因醉酒摔断腿,避免了评论时弊,和"右派"的帽子擦肩而过,酒成了酒人的保护伞。虽然他的经历中有宿命论的荒唐,但也透着人生的哲理,"祸兮福所倚,福兮祸所伏"。《酒韵》有着较深的文化底蕴,作品中对酒、石头的大段大段的精彩论述,饱含人生的感悟。通篇来看,此剧语言优美,文化品位较高,但就话剧而言戏剧性就差一些了。

《绿帽子》是一部有争议的剧作。此剧由霍桑的《红字》改编,把一本世界名著改编成话剧,表现了作者的胆略和自信,这是作者"准备写几部从不同角度审视和批判人或人类的系列作品"中的第一部。邹星枢说:"我感悟到人类更应该在乎的不是规则而应该是天性,于是写了《绿帽子》。"作者在基本尊重原著的基础上,对剧情作了一定的改动,剧本体现了原著的女主人公对爱情和自由的追求,否定了清教徒殖民地区残酷野蛮的法律,并且作者还达到了"通过海丝特·白兰这个女人来批判男

---

① 田川流:《重扼下的艰难超越》,载《戏剧丛刊》1996年第4期。

人——所有的男人"的目的。张齐虹导演认为：《绿帽子》是在小说基础上尊重原作的改编，悲剧性很强，主题凝练，语言洗练，其震撼力源于小说，浓于小说。（杨玉泰《淄博声屏报》）此剧争议的焦点是剧名由《红字》改为《绿帽子》。作者邹星枢说，《绿帽子》是一部严肃高雅的纯艺术作品，名字不是随便取的，经过了深思熟虑，不可替代，绿色在剧中已被赋予了生命意味的内涵。

邹星枢的作品语言优美富含哲理。《画眉又叫了》中，老国有一段话："'霜叶红于二月花'是一种人生的哲理，我们都老了，但老了有什么可怕？我们要学那枫叶，它主动地为新绿让出位置之前，并不悲伤，并不萎蔫，而是蕴足了全身的力气，作一次最后的总爆发，染红寒林，染红秋天……"说出了一个饱经沧桑的老人的心声。《合欢》中，肖娜在经过了人生的一次痛苦的感情的磨砺之后，感慨道："合欢，多好的名字，多美的树！黄绿粉红相间的花，小巧对生的叶儿，白天张开，夜晚合上，多少次的分分合合，总有一条叶茎维系着……生活要是这样该多好呀！"《酒韵》中，酒人有一段对石头的议论："你仔细看，他似龙非龙似兽非兽，张着血盆大口仰吠天穹，怒睁双目虎视眈眈，说它是腾云驾雾的麒麟又像是呼啸山林的雄狮。可是你往后看，它却没有屁股，少了尾巴。虽然艺术贵天然去雕饰，太像反而媚俗，但总觉得它缺点儿什么少点什么，让人留有遗憾。可你要再往深层处想想，又恰恰正因为这点反让人有琢磨不透的味道。也许它好就好在这里。可不管怎么着，我总有一种凭我的人生阅历、人品见识都不及的感觉……我参不透它。"作者是在说石头，却好像又在参悟人生，大千世界本来就不是那么一目了然清清晰晰，人的认识也不可能一步到位，其实作者自己就说："我有许多模糊不清的问题，如对自由自在自然的追求，便写了《酒人》。"

邹星枢是一个"寻找型"的剧作家，他是在探索并一步步的自我超越中前进的，他的作品没有在矛盾冲突上下多大功夫，却可以感觉到他有较高的艺术追求。他的作品追求一种诗意，注重对人类灵魂深处的挖掘，较多采用象征手法，像小庙、绿帽子、合欢树、画眉鸟等都具有象征意义，从而增强了剧作的表现力。他的话剧多涉猎主人公的情感生活，以细腻的笔触摸着他们的丰富的内心世界，折射出时代的风云变幻。邹星枢是一个在话剧领域中执意追求的强者，《绿帽子》是他"计划写几部从不同角度审视和批判人和人类的系列作品"中的第一部。相信邹星枢的话剧作品会源源不断地奉献给广大读者和观众。

第四节 代路

代路，1940年生于济南，小时候的理想是当一名音乐家，"然而，家境窘迫的现实使我从音乐家的梦中惊醒"。当了一段时间的老师后，他经不住艺术的诱惑，考入济南话剧团，本来想当一名大导演，因工作需要未能如愿。1973年他参加了长篇小说《连心锁》的改编，开始了话剧的创作生涯，从此和话剧结下了不解之缘。近三十年来，他创作了近二十部话剧，他的成名作是1981年创作的《哥仨和媳妇们》。此剧公演后，受到了欢迎，不仅在山东演，还被国家计生委邀请进北京演出，光青岛话剧团就演出了420余场，并且北京人艺等七家剧院同时在北京上演，此剧受重视受欢迎的程度可见一斑。《哥仨和媳妇们》使代路出了名，也奠定了他的现实主义创作风格。之后，他又向校园剧这个有一定难度的领地进发，1983年创作出以高中生活为题材的四幕话剧《飞吧！海燕》，1987年又推出同种题材的无场次话剧《回声》，在中学生中引起了强烈的反响。尤其是演出中台上台下相呼应的戏剧效应，更适应中学生的审美品位。1989年他又以纺织女工为题材写出了多场次话剧《女儿城》。1991年，反映码头工人生活的五场话剧《海边有个男儿国》问世。这两部话剧像一对孪生姐弟一样，反映了青岛这个沿海城市中产业工人最集中的两块阵地，他同样成功了。之后，1994年他又为适应话剧改革的需要，推出了小剧场话剧《我曾经爱过你》，作了成功的尝试，上演六十余场，并且展示了新的风格。代路的话剧全部取材于现实生活，用他那支笔写出了当代人的喜怒哀乐，忠实地反映了我国改革开放以来，社会的变化，人们思想的变化。他和青岛这个城市有着不解之缘，他的话剧基本都是青岛话剧团首场演出，他的作品大部分都是取材于青岛这个海滨城市。

《哥仨和媳妇们》的主题是描写农村计划生育工作的。80年代初，计划生育是一项相当重要的工作，特别是在农村，多年来"不孝有三，无后为大；多子多福，养儿防老"的思想一直占统治地位。所以，计划生育工作阻力相当大。这是一个有一定难度的题材，弄不好就成了宣传政策的说教片。《哥仨和媳妇们》中，老大家两个女孩，老二家一个女孩子，大媳妇、老二一心想要儿子，隐瞒怀孕事实，在生产大队长老大、老三和在公社计划生育办公室工作的三媳妇等人的帮助下，他们终于明白了计划生育是千秋大业，于是高高兴兴地做了手术。此剧真实反映了当时计划生育的现状，对计划生育工作起到了很好的促进作用。

代路的校园剧和儿童剧是他话剧创作的一道亮丽的风景线。《飞吧！海燕》是他的第一部校园剧。为了能进入到孩子们的世界中，代路深入到一所又一所中学，和老师们交谈、探讨，并结交了许多中学生朋友，这使他对他的剧中人物有了真正的深入的了解，所以剧作适合中学生的审美情趣。《飞吧！海燕》公演后，受到了中学生的热烈欢迎，当年，仅青岛、济南两地就演出一百二十余场，在话剧不景气的情况下是很难得的。《飞吧！海燕》展示的是一群高三学生毕业前三个月的学习生活状况。这是中学生的一个严峻时期，主人公面临的是人生道路的选择，是对理想前途的思考和追求。剧本没有对观众进行政治说教，而是通过剧中人物的点点滴滴的生活琐事让观众一起思考。周毅是一个品学兼优的好学生，他的理想是考中国医科大学，攻克癌症难关。当然，为了实现理想，他还要克服许多困难，其中最大的困难是家庭生活的窘迫，妈妈一人的退休金无法供他上大学，他在思考，"一个学生，不依赖父母，不靠走后门拉关系，能不能实现自己的理想？"曾老师的启示，使他和他的同学明白了：发扬海燕的奋斗、拼搏、勇往直前的精神，理想是一定能实现的。为了实现理想，他糊纸盒、卖冰糕，自尊自强的周毅给观众一种积极向上的力量。剧中的另一个学生王大光是一个很有代表性，塑造得很成功的形象。王大光的父亲王贵山望子成龙，王大光却"烦八门"，除了体育他都烦。为了学习的事，他挨了父亲不少的打，却依旧不改。他生性顽皮，却善良纯真，通过他周围发生的一件件的事情，他终于感悟了他要像周毅那样努力向上。换球衣的幼稚可笑，送鸡蛋的真诚可爱，在他身上都表现得天衣无缝。还有和他爸爸对话的顽劣，一个个性鲜明的中学生呈现在我们面前。他的姐姐王小卉和他截然相反，她性格温顺，老实本分，学习认真，爸爸把所有的希望都寄托在她身上。那种过分的关爱和照顾成了她心头的很重的负担，她怕自己考不上大学伤了父亲的心，而过分的心理压力恰恰影响了她的学习成绩。这是家长的悲哀，也是学生的悲哀。当她以半分之差第一志愿落选,而被职业大学录取时,她含着泪对爸爸说:"爸爸,我给你考上了!"看到这里,不能不引起人们的思索。剧中田宝玉、田宝娟也是很有代表性的人物。他们有个当经理的爸爸,一个当人事科长的妈妈,可谓是"有钱有势",但这却恰恰是他们的悲哀所在。宝玉在父母的庇护下,无所顾忌,不好好学习,抄作业,考试作弊。因为他的母亲已经为他安排好了工作,只等着毕业。田宝娟是一个觉悟了的迷路羔羊,学生时代她没能好好地学习,凭着妈妈的关系进了人人羡慕的研究所工作。然而,她却不能胜任工作,带着孩子的她又开始了业余学习,力不从心使她苦不堪言。作者把他们放到了社会这个大环境中来表现,加大了此剧的内涵和审美力度。此剧的真实性,人物的鲜活性,赢得了中学生的欢迎,并被长春电影制片厂拍摄为电影。此剧不仅对孩子有益,对家长也是有思考价值的。

1987年代路又创作了另一部校园剧《回声》。《回声》主要描写的是高一学生的校园生活。学生一进入高中,几乎就成了学习的奴隶,他们没有了玩的自由。故事围绕着学生的郊游展开,高一(五)班的班干部罗大成准备组织同学星期天到崂山郊游,遭到了班主任刘春华和校领导的反对,他们认为这是耽误时间,当然也有安全的因素。学生和老师不能理解和沟通是产生对立的基础。剧中塑造的刘春华老师是对教育工作兢兢业业,为了她的学生付出了很多,但是却不能得到学生的理解,还产生了一些误会,只有在她和学生加强了沟通和了解以后,才成为学生们认可的好老师。剧中还较真实地描写了家长、老师对学生早恋的那种敏感心态,并告诉读者对于这类事情只能"疏",不能"堵"。尤其不能把同学之间的友谊硬往早恋上想,否则将起到推波助澜的作用。剧中体现了学生要全面发展的教育思想。

《陈小虎》是代路1992年创作的五场音乐儿童剧。此剧一改过去的较严谨的文风,采取了拟人的手法,主人公除了陈小虎、梁晶晶、奶奶、爸爸之外,还有四个重要的"人物",懒猫咪咪、机器猫、红书包、蓝书包。剧情围绕着四年级的学生陈小虎展开,这个既聪明又懒惰的陈小虎为了不动脑子还能考出好成绩,在懒猫咪咪的怂恿下,竟然骗取了机器猫的"万能电子表",结果不用脑的陈小虎变成了傻瓜。在事实的教育下,觉醒了的陈小虎通过勤奋用脑,又恢复了自己的聪明才智。这个剧内涵很深，也有很强的针对性。现在像陈小虎这样的贪玩的懒学生为数不少，看过此剧后，相信他们应该得到脑子越用越聪明的启示，而勤奋和懒惰的选择也就不言而喻了。

王其德在《我所认识的剧作家》一文中，是这样来评论代路的这三部校园儿童剧的："如果说《海燕》注重写实，那时代路初写孩子戏，还比较拘谨、老实；《回声》就增加了浪漫色彩，放得开，充满灵性；到《陈小虎》则童心大发，用起了'魔幻主义'手法，融人、物、兽于一台，写来得心应手，妙趣横生。"《陈小虎》参加了文化部举办的全国儿童戏剧评比，获得剧目一等奖。之后，代路又推出一部校园剧《我爱我班》，话剧的主旨是颂扬初三（二）班的集体主义精神的。

无论从小观众的欢迎程度，还是从这些话剧获得的奖项之多来看，代路的校园儿童剧都是非常成功的。这首先得益于他了解他的话剧所面对的观众。剧中没有板着面孔教育人的场面，剧中所表现的只是一件件事情发生发展的过程，无论对一个正确观念的颂扬，还是对一种错误观念的批判，都是通过剧中人的感悟得出的。这种感悟可以和台下的小观众形成共鸣，从而达到审美功能和教育功能。

《女儿城》是代路的第一部反映工厂生活的话剧，讲述的是80年代开始改革的纺织厂，剧情围绕着劳动模范方兰花的工作和爱情展开。兰花是一个本分的挡车工，她勤奋好学、兢兢业业，创造了几十万米无疵布的业绩，被评上了劳动模范。这对她来说并不是刻意追求的，然而，劳模的桂冠带来了荣誉，也带来了悲哀，因为她的初恋情人潘建国有海外关系，他们的恋情是绝对不能继续的。她被动地接受了王厂长为她介绍的政治上可靠的丈夫范继红。范继红是个政治上的投机分子，他只是把兰花当作他向上爬的工具，从来就没有真正地爱过兰花。兰花在这没有爱情的婚姻中开始觉醒，她认清了范继红的卑鄙嘴脸也厌恶了被当作政治工具使用的"劳动模范"的"头衔"，她要像正常人一样地生活，渴望得到真正的爱情。虽然剧终没有写她迈出这一步，但她毕竟开始了对这一步的追求，而且敢于反抗不实事求是的粉饰宣传。"一个好好的人干啥非戴个假脸过日子呢？"剧中围绕着主要情节，展示了纺织工人不同的人生观和价值观。退居二线的王厂长，勤勤恳恳一辈子，至今还在尽职尽责地工作着。然而，无论是思想意识还是技术水平，她都显然落后了，可怕的是极"左"

思潮在她的脑海中还占据着一席之地,这将使她不仅不能跟上改革的步伐,还将形成阻力。剧本中这一点谈得不够,感觉这个人物缺乏深度。潘建国是一个较重要的角色,一方面多年来他不能忘记兰花,一直独身;另一方面,从海外关系的阴影中站起来当上车间主任的他,踌躇满志,制定了车间的改革方案。虽然,改革方案的实施还有待于时间,但是"谁也无法让地球倒转",潘建国是一个寄托着人们希望的人物。另外,泼辣直爽的大慧,不安分的沙沙,想入非非又不失真诚的小宝通都写得真实可信。正是通过他们让我们看到了 80 年代纺织工人的精神风貌。

  剧中的马蹄表有着很深的寓意,通过它,表现了纺织工人的使命感和责任感。幕一拉开,一只马蹄表就出现在天幕上,4 点 30 分,发烧的兰花紧张有序地准备上班。因为和丈夫范继红吵嘴,她没能吃饭,但照旧匆匆去上班;同一时间,大慧也在麻利地收拾着,准备好的午饭没了,也阻止不了上班的脚步。剧尾,准备上夜班的纺织工们交谈着,调侃着。生活的压力,对现状的不满,他们的牢骚话不断,自嘲是那"无人知道的小草"。然而,马蹄表响了,接班的时间到了。

  "大慧:到点了,又该上班了。

  方兰花:牢骚发完了?

  大慧:没完。

  方兰花:咱这些人真是,整天发不完的牢骚,可这马蹄表一响……

  方兰花、大慧:(同时)还得撅着腚干呀!"

  这段话有画龙点睛之功,很好地表现了纺织工人的胸怀和情操。马蹄表贯穿全剧始终,起到了很好的剧场效果。

  《海边有个男儿国》是代路在《女儿国》四年后又奉献给产业工人的一部力作。此剧以码头装卸工为描述对象,颂扬了一个真正的共产党员马玉龙,他以自己对人生理想的完美的追求,与工人同甘共苦,抵抗一切腐败之风。作者把他放在工人这个群体之中,一起喜怒哀乐。他的正直、无私、对理想的执着追求,形成了他的人格魅力,直接影响着他周围的每一个人。王新国,千方百计调离装卸工的岗位,最后,却为了工作献出了生命,而且无怨无悔。弥留之际,他说道:"我多想放声大喊一声,我是码头装卸工呀!"这震撼人心的心声产生于一个共产党员的榜样力量。在危险关头,他首先想到的是要保护马玉龙,理由是"伙计们好不容易才摊上你这么个好队长"。游戏人生的陈五一，在严厉和真诚的马玉龙面前逐渐被感化。姜薇，JL工程指挥部工作人员，开始瞧不起装卸工，到后来真心爱上装卸工，离不开马玉龙的循循善诱和自身的人格魅力。剧中马玉龙有一段话说得语重心长："我不想逞什么英雄，也不想装什么好汉，我是觉得，咱既然加入了党，就得处处维护党的荣誉，巴望这个党好。每次我走在大街上，听见群众议论党内的腐败现象，咒骂那些贪赃枉法的干部，我的心里真不是个滋味。因为他们也挂着党员的招牌呀。我个屁大的干部，人微言轻，顶不了大用。但是，我起码可以用我的行为去影响队里这百八十个伙计们。"

此剧涉及人们最关注的腐败问题，作者既没有大肆渲染，也没有回避或轻描淡写，而是把发生在码头工人身旁的腐败现象，真实地再现，和马玉龙的作为形成对比，使人们明白人生的价值和生活的真正含义。不但教育了剧中人，也教育了观众。

之后，代路的小剧场话剧《我曾经爱过你》又给我们耳目一新的感觉。此剧以深化改革为背景，着重描写了人的内心世界，戏剧冲突体现在随着改革开放的进行，带来了贫富差别的悬殊中。当年同在一个纺织厂工作过的三人，齐建功是当年的佼佼者，上了大学并成了这个城市的名作家，只能过着清淡的生活；劳模牟小英已下岗半年，生活已经很困难；而熊国庆一个四年前因旷工被工厂开除的人，竟然摇身一变成为大款，大把大把地甩钱。作品真实地反映了改革过程中出现的弊端，这种现象冲击着每一个人也考验着每一个人，并引起人们对人生观价值观的思考。剧中，齐建功这个人物写得很有深度。当他看到当年的"跟屁虫"竟然大把大把花钱时，心理很不平衡。他要保全作家的尊严，也想显示一下一个高智商的艺术家在商海中的能量，当然也有钱的诱惑，从而让熊建国钻了空子，把他拖进了泥潭。

此剧体现了代路剧作风格的转变，之前的剧作明显的带有一定的粉饰色彩，一般来说结局完美，善恶、对错或者目标前途都是明确的清晰的。而《我曾经爱过你》则带着作者的困惑，对于改革中带来的阴暗面真实的暴露，并不给你一个确切的答案，或者说作者也不知道这个解决问题的答案，只是将生活现象作真实地呈现。

代路在话剧领域取得的成就是有目共睹的，不论是质量还是数量都是同辈人中的佼佼者，有人称之为"代路现象"，"即青岛剧作家代路创作的话剧接二连三冲击着很不景气，或称之为走向衰落，或称之为走出低谷的戏剧里，观众为之一振，专家为之击掌，领导为之颔首，营造出山东戏剧的一方繁荣，对当代中国戏剧的断裂危机作出了不可低估的贡献。"①"代路现象"的形成是代路在话剧领域中三十年来孜孜追求的结果，正如他在《代路剧作选》的自序里写的："我今生对话剧事业的眷恋，使我别无选择。为了我爱恋的事业，宁愿去闯那地狱之门。"代路的剧作都是来自现实生活，他总是把人民群众关心的题材，社会的需要，当作自己义不容辞的责任。《哥仁和媳妇们》写了计划生育这个百年大计的问题，但不是写政策，而是社会现象和生活真实的艺术反映。这也是它的生命力和魅力所在。为了能准确地反映现实，"半年之中我走访了青岛周围的十个县和几十个大队，和基层计划生育干部谈心，与各种不同类型的农民拉家常，体会他们的苦恼，探索他们的内心世界。"②《飞吧，海燕》《陈小虎》等一系列校园儿童剧，则是代路献给孩子们的一份厚礼。多年来，为孩子们写的话剧凤毛麟角，话剧这块领地对孩子们荒废着，代路义不容辞地进入了校园儿童剧这块领地，而且一发不可收拾。他站在孩子的角度思考问题，在理解他们的基础上，自然地引导孩子们应该怎样去做，他的剧作受到了孩子们的热烈欢迎。《飞吧，海燕》"从青岛演到北京，又从北京演到上海、杭州、大连……一鼓作气演了230余场"，并被长春电影制片厂改编成电影。《回声》还被译成日文，获"田汉戏剧奖"二等奖，《陈小虎》则获文化部全国儿童戏剧比赛剧目一等奖。青岛是一个纺织业发达的海滨城市，这就形成了两支强大的产业工人队伍，一个是纺织女工，一个是码头工人，这是青岛的支柱产业，这些工人占了青岛人口的很大比例。工人世家出身的代路对他们有着深厚的感情，为了写出他们所喜爱的话剧他深入到码头和纺织厂，和他们一起生活，甚至和码头工人一起扛大包，直接的生活体验和心与心的碰撞产生了创作的灵感和火花。这就是剧作中所体现的浓郁的生活气息的原因所在，也是受欢迎的直接原因。

代路的作品以颂扬正气、讴歌理想为主旨，读他的作品给人以向上的力

---

① 钱涂：《对代路创作的散点透视》，载《刘鲁艺谭》8、9期。
② 代路：《观众、生活、选材》，载《戏剧丛刊》，1986年第2期。

量。70年代末、80年代初的伤痕文学发泄了人们在"文化大革命"中的积怨，但社会要发展，人们要向前走，这就需要具有指导作用的榜样的力量。像代路剧中的马玉龙、周毅、方兰花等都是生活的强者，通过他们让人们看到了生活的真正的含义，也感受到作者探索人生意义、追寻人生价值的创作意图。

第五节　从《命运》到《眷恋》：翟剑萍的话剧创作

翟剑萍，山东省蓬莱崮寺店村人，1929年出生，1946年参军，在部队期间是战士剧团的演员，1949年春调到文工团，开始了专业的文艺工作，之后调到省话剧团。翟剑萍的名气是由话剧《不平静的海滨》带来的。1972年正是"文化大革命"期间，"四人帮"的文化专制使得中国人民的文化生活极其贫乏，"八个样板戏"充斥舞台的局面让人们感到了厌烦，《不平静的海滨》可说是应运而生。该剧一上演，就引起了热烈的反响，很快就在全国一百多个剧团上演。就思想水平和艺术水平而言，此剧只能说带给了观众一种清新的感觉。但是，翟剑萍却因此有了名气，这多少有点偶然性。其实任何的偶然性中都含有某种必然性，这就是得自于作者多年来对话剧的热爱和追求。正因为如此，翟剑萍没有被"名声"弄晕，也没有被随后该剧被定成"反党反社会主义的大毒草"而压垮，他还是继续着他的话剧追求。1978年，他写出了《决战》（合作人：茅茸、李德顺、苏耕夫）；1980年又出了《沉浮》（合作人：茅茸、刘庆元）；1983年写出了《苏丹与皇帝》（合作人：茅茸、刘庆元）；1985年写出了《命运》（合作人：茅茸、刘庆元）；《布衣孔子》（合作人：茅茸、刘庆元）；1987年又改编王忆惠的小说《眷恋》（合作人：王厚强）。从50年代开始踏入话剧创作领地，翟剑萍取得了可喜的成果。

能体现翟剑萍话剧风格和成就的是《命运》和《眷恋》。《命运》有着强烈的时代感，通过对剧中人物在生活中的矛盾冲突，揭示了左倾路线的危害。剧作的成功之处，是塑造了个性鲜明的人物：市委书记罗毅山和他的三个女儿两个女婿，在经历了"文化大革命"之后，又面临着改革开放之际，他们怎样把握着自己的命运？剧本从此入手，表现上具有较强的艺术感染力。

罗毅山是个有着丰富内涵的人物，他是个老革命，对革命忠心耿耿，但是却错误地把罗虔——他的大女婿打成了右派。恢复工作后，他本该乘着改革的东风大干一场，但他却处处都看不惯；虽然他是极左思潮的受害者，但他的思想又处处和极左思潮相吻合。这表现在他一方面大胆起用以前的大女婿罗虔——一个事业心极强、开拓型的知识分子，任用他为建港工程的指挥长；另一方面，又以保守、僵化的思想处处刁难、指责罗虔的做法，他和三个女儿的关系也被他的刻板、守旧搞得很紧张。这是一个不完美但却真实的形象。

罗毅山的三个女儿罗菲、罗虹、罗兰是具有典型意义的形象。作者展示了她们在婚姻爱情问题上的不同命运和遭遇，也展示了进入新时期她们思想上精神上的转变。大姐罗菲是一个悲剧人物。本来，罗菲有一个让人羡慕的家庭，父亲是一个市委书记，丈夫是一个有学识有能力的知识分子。性格的脆弱，使她经不起风浪。丈夫被打成右派，她和丈夫离异；"文化大革命"中由于她的伪证，父亲被打成叛徒，最终她却失去了一切——家庭、爱情、亲情。在这里作者展示了罗菲由于性格的脆弱导致她的众叛亲离的悲惨结局。但是，当历史翻过那一页，进入了新的时期，罗菲终于焕发了青春，在银臼滩建港中作出了卓越的贡献。在弥留之际她留下的信中说："对于死，我并不遗憾，因为我已经用劳动的汗水洗涤了自己那不光彩的污垢。"二姐罗虹没有爱情的婚姻，直接的原因也是"文化大革命"造成的。然而，婚姻的维持则是与罗虹的性格分不开的。罗兰是三个姐妹中最幸运的，她目睹了两个姐姐的不幸，决心冲破任何阻力追求自己的爱情和幸福。这固然有她性格中勇敢坚强的因素，但没有十一届三中全会以来的政治局面也是不能想象的。所以，她们的命运与社会时代紧密相连。剧中的另一个主要人物刘虔的经历更是说明了这一点。1958年刘虔因为尊重科学、反对"燕子嘴建港规划"被打成右派下放到银臼滩劳动改造了二十年，三中全会后才得到平反。他说："没有三中全会谁也救不了我"，"我们是在经受着时代的痛苦。"不过，罗毅山和刘虔对待罗菲态度上的冷酷，不太符合人物的性格特征。虽然罗菲伤害了他们，但是罗菲本身也是受害者，特别是在知道了罗菲得了不治之症之后，仍拖着病痛的身体在建设银臼滩中作出了突出的贡献，却态度依旧，更是不近人情。而其后得知罗菲已死态度的变化也太突兀。

《眷恋》是根据王忆惠的同名小说改编的。翟剑萍首先是被小说感动了，才决定改编的，他在《笔耕断想》中说："《眷恋》是部较好的小说，并不是因为写了石油和石油工人。写石油的作品多矣，为什么选中它，把它搬上舞台呢？可贵的是那小说写了一个氛围（荒原与寂寥），写出了较生动的活人、真人"。既然是活人、真人，那就不是神，就得食人间烟火，就有七情六欲，就有缺点。《眷恋》最大的成功就是写了这么一群人，并且"《眷》剧的创作则从外部世界转向了人的内心世界，向人的本体掘进，从而摆脱了神本主义，大步迈向人本主义。"（王富聪、王震东《以人为本的艺术探索》《戏剧丛刊》1987年）《眷恋》中的主人公是80年代的油田钻井队的青年工人，他们面对的是茫茫的原野，贫瘠的土地，寂寞和荒凉包围着他们。在这样艰苦的环境中，他们"给国家给社会贡献的是血液，是能源，是像黄河一样流不断的人民币、美元"。艰难乏味的生活常常让他们牢骚满腹，喝酒、打扑克是他们主要的业余生活。可是一站到井架旁，工作起来就任劳任怨。当井喷发生时，他们一个个义无反顾地冲上去，置生死于度外。这是一个被爱情遗弃的角落，但当爱情来临时，他们是认真的负责的。常胜就认为自己"还没有具备被姑娘们十分信任的条件"，而拒绝了晓羽的爱。他们没有任何的豪言壮语，他们认为他们所做的包括井喷时的奋不顾身都是石油工人应该做的。平淡的心态，更加衬托出高尚的情操，使之达到极致的是韩贵——这个普通的石油工人，长年夫妻两地分居，使他不得不调离井队。在为他开的欢送会上，他诚恳地为大家背诵起了毛泽东的《为人民服务》，那熟练流利的声音震撼了观众的心，也说明了韩贵为油井苦干大半辈子仍恋恋不舍，为人民服务是他的最高理想，而井队则是他实现理想的阵地。正因为这样，叶明宁可和不理解自己的妻子离婚，也不放弃石油这个阵地。

第二十四章　电视剧的兴盛

第一节　初创与初创期的辉煌

一　电视剧的初创

中国电视诞生于 1958 年，第一部电视剧是当年 6 月 15 日北京电视台推出的《一口菜饼子》。当时的电视剧为政治宣传服务的色彩很浓，《一口菜饼子》是忆苦思甜题材的，目的是为了教育人们不忘本。那时电视剧还是采取直播的手段，也就是表演、播出和观赏同步进行。从全国来看，1958 年到 1978 年我国的电视剧处于幼稚时期。1966 年以前，全国共播出约 200 部电视剧。"文化大革命"的十年中，电视剧几乎是空白，只有几部内容和艺术都极差、政治色彩极浓的电视剧。我国电视剧真正开始发展是从 1978 年三中全会以后，政治上、思想上的解放，使得文学艺术的生命力大大增强，同其他文艺门类一样，剧作家不断创作和改编出新的电视剧。数量上突飞猛进，思想内容和艺术手法上也在不断提高。这期间，1981 年创刊的浙江的《大众电视》，1982 年主办了大众电视繁荣电视剧奖"金鹰奖"；《电视文艺》《中国广播电视》和《电视周报》联合主办了全国优秀电视剧评奖，1982 年命名为"飞天奖"。"金鹰奖"和"飞天奖"代表了我国电视剧的最高成就。随着电视机的普及，电视剧还形成了对电影和话剧的很大的冲击，时至今日，电视剧已成为受众面最广的艺术形式。

山东电视剧的起步是在 1978 年，这一年山东电视台拍摄了《人民的委托》（编剧邵力），这是山东的第一部电视剧。《人民的委托》剧情很简单，讲了一个邮递员对工作认真负责，使死信复活的过程。其实，《人民的委托》只是舞台剧的移植，还不是真正意义上的电视剧。之后的三年，也就是到 1981 年，山东电视台陆续拍摄了十几部电视剧，如《考嫂子》《在旋涡中》《智者之恋》《美丽的姑娘》《家乡红叶》等。其中《家乡红叶》（孙春亭、李德顺改编）荣获了首届全国优秀电视剧三等奖，这是山东第一部获奖电视剧。《家乡红叶》讲了一个复员军人建设家乡的故事。赵东升当兵四年后复员回到了经常思念，但仍很贫穷的家乡。刚回来，未婚妻就传信与他"吹了"，原因就是赵东升没提干回到了穷家乡。回来后他看到了因为贫穷引发的不该发生的种种事情，引起了他的深思和改变家乡面貌的决心。乡亲们也对他寄予了无限的期望，一致推举他为生产队长。就在这时候县武装部来信调他到县里工作，无疑，对个人而言，到县里工作可以安逸体面地生活一辈子。但是，面对乡亲们的信任和期望，加之对家乡的深爱，他无法一走了之。最后，他选择了很多人都不理解的留乡之路，让我们看到了一个共产党员的胸怀、责任、勇气和斗志。在克服了重重困难之后，他和乡亲们一起取得了初步的成功；同时，也赢得了本村"打着灯笼也难找的好闺女"明辉的一颗心。剧情简单，人物也不复杂，但让人感到真实亲切，在描写来福婶、明辉和东升的关系上有一定的喜剧色彩。这时的电视剧都是以现实生活为基础，反映进入新时期以来各条战线的欣欣向荣的景象，塑造了一批新形象，奠定了山东电视剧纯朴、真实的艺术风格。

从 1980 年第一次获奖到 1985 年，是山东电视剧历史上的辉煌时期。这期间的 1983 年、1984 年、1985 年，连续三年有三部电视连续剧——《武松》《高山下的花环》和《今夜有暴风雪》夺得"飞天奖"和"金鹰奖"一等奖，号称"三连冠"。这三部电视剧以不同的风格连续夺魁，显示了山东电视台的实力和魄力。其实，1981 年拍摄电视连续剧《武松》时，山东电视台的条件还是相当差的，搞电视剧的只有六七个人，设备简陋，也没有拍电视连续剧的经验。但是，编创人员认为，《水浒》是古典名著，是我国的文化瑰宝，他们决心把它搬上电视屏幕。事实证明，根据《水浒》改编的《武松》是非常成功的，它不仅为山东争得了荣誉，而且"鲜明的民族风格、精彩的故事情节和生动的人物形象，使之成为中国电视连续剧的第一部成功之作"[①]。《高山下的花环》由于之后的电影的成

[①] 彭耀春：《中国电视连续聚会眸》，载《艺术百家》1996 年第 4 期。

功,使其影响减弱,但它是一部精彩之作也是毫无疑义的。四集电视连续剧《今夜有暴风雪》,是展现知青这一重大题材的成功之作。"《暴风雪》一剧从积极的方面表现了十年动乱时期,四十万知识青年在北大荒所创立的丰功伟绩,再现了他们的生活战斗风貌,塑造了一批不同命运、性格迥异的知青群像。从他们身上,可以看到极'左'路线给我们国家和民族带来的灾难,给一代青年带来的痛苦"①。除了"三连冠"之外,这期间由于剧本少,地方电视台大都还没成立,所以电视剧并不多,主要有反映现实生活的《最后一个军礼》《他从香港来》《老兵》等。还有青岛电视台任豪等根据陈屿的长篇小说改编的《夜幕下的哈尔滨》,1984年获得"金鹰奖""飞天奖"三等奖。另外,《武松》改编的成功,使得山东电视台再接再厉,又改编了《顾大嫂》《鲁智深》《林冲》《李逵》等,也获得了成功。1985年之后,济南电视台、淄博电视台、潍坊电视台等地市级电视台相继成立,并开始了电视剧的制作。

二 三连冠的辉煌

《武松》这部作品,在我省电视剧中占有很重要的位置。《武松》是根据中国古典名著《水浒》改编的,编剧王汉平、赵长海。该剧1981年拍摄了三集,1982年又拍摄了五集。《武松》在我国古典文学名著改编的电视剧中属开先河之作。《武松》的成功改编,引出了四十集的《水浒》。这部剧作是山东电视台用了五年的时间,先拍摄单个人物,然后用人物志的形式连贯起来。剧中塑造了六十八位梁山英雄,囊括了一百零八将中的主要人物。

《武松》通过八集相对独立的故事,在跌宕起伏、引人入胜的故事情节中塑造了一个嗜酒、任性、单纯,但却见义勇为、疾恶如仇的青年人——武松,经过自身的坎坷经历,终于认清了统治者的真面目,走上了"誓与官府为敌"、"杀富济贫"的道路,成长为一个农民英雄。《武松》电视剧的拍摄有几个突出的特点:其一,坚持了"尊重原著而不拘泥于原著"②的原则,在保留原著精华的基础上,兼顾电视剧的特点,做了大

---

① 《一次艰难而又可喜的探索》,载《电视文艺》1984年第4期。
② 赵长海、王汉平:《忠于原著古为今用》编导创作手札。

胆的增删。如:"醉打蒋门神"一集就有一些调整,强化和取舍了原著中的一些情节;其二,采用了较完美的武打设计,使武松的英雄形象得到了强化,开了中国武术走向电视屏幕的先河。中国武术有其悠久的历史,在世界有着较高的地位,怎样将其搬上屏幕并使观众得到美的享受,《武松》作了有益的也是成功的尝试;其三,在《景阳冈打虎》这一集中用了真虎,从而逼真地体现了武松打虎的英雄气魄。这在我国电视剧中也是没有先例的。正是这些特点,使《武松》有较高的艺术品位和审美价值。《武松》播出后引起了强烈的反响,收视率很高,武松成了人们这段时间议论的主要话题。人们在感受着古典文学熏陶的同时,还享受着中国武术带给人们的感官的愉悦和刺激。

《高山下的花环》这部电视剧,由山东电视台的李德顺、于景等根据李存葆的同名小说改编,1983年中央电视台和山东电视台播映后,观众都被剧中所体现的英雄主义气概所震慑。这是一曲爱国主义的悲壮颂歌,是新时期表现军事题材的佳作。剧本紧紧围绕"位卑未敢忘忧国"这一爱国主义的主题展开。这是一支很平常的部队,连长梁三喜,一个来自沂蒙山区的农民的儿子,他质朴淳厚,对全连官兵都像亲兄弟一般。然而,一场对越自卫反击战,打破了这个连队全体官兵平静的生活,每个人都面临着一场严峻的考验。除了连长梁三喜自动放弃休假,指导员费尽心机没能当成逃兵,小北京在生死关头主动来到连队,其他人都义无反顾地参加了这场战争。战争显示了他们的高贵的人格——为了他人牺牲个人的幸福。梁三喜本来已经被批准休假,但军人的责任心和报效祖国的英雄本色使他放弃了休假,带领全连参加了这场血与火的战争。他明白战争意味着什么,做出了为国捐躯的准备,给妻子留下了一封情深意长的信和一张震慑人心的账单!梁三喜在精神上是富有的,他有宽阔的胸怀和博大的爱,他爱祖国,爱人民,爱母亲,爱妻儿,爱连队的每一个战友,他是为救指导员而牺牲的。可是,他在经济上又是如此的贫穷,穷得让人心痛。他的人格正是在这一富一穷中得到了升华。"牢骚大王"靳开来,为让战士们吃上甘蔗而献出了生命。正是这捆甘蔗提高了部队的战斗力,保证了战斗的胜利。他也在平凡中显示出伟大。"小北京"这个将门后代,机智聪颖,英勇善战,却因为两颗臭弹牺牲了生命,天大的悲剧!他的死不能不引起人们的深思。战争也净化了人们的灵魂。赵蒙生这个追求享乐的干部子弟，为曲线调动来到连队，由于雷军长的正气凛然，没能逃避这场战争。战斗中的赵蒙生目睹了战友们舍生取义的爱国主义精神，梁三喜为救自己而牺牲的壮举，尤其是战后看了梁三喜牺牲后留下的账单和梁家祖孙三代千里迢迢来还账的情景，心灵为之震撼，灵魂得到净化，思想上得到了真正的升华。

剧中着重体现了英雄们的"情"，但剧作没有把他们神化，他们也同普通人一样有着七情六欲。梁三喜留给妻子的信中，饱含着对家的眷恋，对妻子的难以割舍的爱恋。他告诉妻子，如果他为国捐躯，一定要"坚强地生活下去"，"一旦遇到合适的同志，即从改嫁"。他把没舍得穿的一双鞋和一件军大衣留给妻子，他让妻子"那双皮鞋，你把它卖掉，买件好点的衣服穿吧。这是我第一次也是最后一次为你买衣服；那件大衣，就作为我送给你未来丈夫的礼物！"那情那义足以震撼每个人的心灵。靳开来，平日里说怪话，发牢骚，表面上粗粗拉拉，内里却是正直憨厚。在激战前，他怀恋家人，对温暖的家庭生活的依恋和向往，展现了他性格的另一面。剧中对"情"的描写，丝毫没有损伤英雄的高大形象，反而让人们对他们那种为了祖国为了别人而牺牲自我的英雄主义精神更加崇敬。

"欠账单"是《高山下的花环》的一个重要环节，通过它展示了梁三喜、梁大娘和玉秀心灵中最唯美的情怀和高尚品格。梁三喜把信誉看得至高无上，人死账不能死。在他意识到可能牺牲战场上的时候，他写下了这张欠账单，他不认为自己为国献出生命便有权向祖国索取什么；梁大娘这个革命老区的母亲，为革命已经献出了两个儿子，现在第三个儿子又血洒战场，她坚强地承受了这一切，无怨无悔，倾其所有包括抚恤金来到连队为儿子还清账单上的账，这博大的母爱震撼着、洗涤着所有的人。在这张血染的欠账单面前，每个人的灵魂都在接受着一次洗礼，看电视的观众几乎都留下了热泪，受到了一场强烈的爱国主义和英雄主义的教育。

《今夜有暴风雪》根据梁晓声同名小说改编，编剧李德顺、孙周。此剧是一部描写"文革"时期知识青年兵团生活的四集电视连续剧。气势宏大，思想内涵丰富，多视角多角度地表现了特定的历史时期知青的生活和思想。1984年播出后，得到了专家和观众的一致赞赏，被评为第五届全国电视剧"飞天奖"一等奖，中国《大众电视》"金鹰奖"。这是山东电视剧继1982年《武松》，1983年《高山下花环》后第三次获得此等殊荣,被誉为"三连冠"。

知识青年上山下乡运动,是"文化大革命"中的一项极"左"路线的产物。在这一政策下,四十万知识青年奔赴北大荒,他们大多都怀着虔诚的信念和崇高的理想,远离家乡,来到人烟荒芜的北大荒,把青春和汗水撒在了这片土地上。在这里他们有欢乐,有痛苦,也有让人难以忍受的磨难。然而,十年之后,四十万知青却一卷而去,这是一场历史悲剧,足以引起人们的深思。《今夜有暴风雪》就是以知青大返城为契机,以发生在北大荒某兵团三团团部一个晚上的事件为情节主线而展开……时间是1979年年初春的一个夜晚,三团连以上的干部们都聚集在团部会议室,一个决定全团800名知青命运的秘密会议正在紧张地进行着。会上,以团政委孙国泰、工程连连长曹铁强为一方,同顽固推行极"左"路线的团长马崇汗阻办返城手续进行了坚决的斗争。会场外,闻讯赶来的八百名知青对阻办返城手续表示了极大的愤怒。作者以这场斗争为基点,"以人物所在的现在时空与过去时空的交叉推进方式作为叙述结构",① 将笔端伸向知青们整整十年的生活领域,塑造了一群不同命运、性格迥异的知青群像。通过他们,我们可以看到极"左"路线给我们国家和民族带来的灾难,给这些青年带来的痛苦。

裴晓芸是剧中特别"关照"的人物,编剧孙周说"我满怀深情地描写了这一人物。她坚韧、自洁,她含蓄而又崇高,她默默地承受了历史的重负,没有失望,而是以极强的信念迎接未来。"② 春节前夕,别人都高高兴兴地回家探亲,她却被孤单单地留在荒原上。这个出身不好,被人歧视的姑娘,陪伴她的只有一条小狗。空旷无人的雪地上,裴晓芸和小狗纵情地奔跑着,笑着闹着,被压抑的她这时表现的是她真正的自我,虽然她受了很多的委屈,但她仍然热爱美好的生活,热爱北大荒这片土地;施工任务完成了,她被毫无意义地留在山上独自看守工棚,她却认真地说:"这是指导员对我的信任。"一直被人歧视的她,那种渴望关爱、渴望友情、渴望信任的心态在这里被展示得淋漓尽致。表现裴晓芸性格的高潮是洗澡。独自留守工棚的她,发现了弃置在雪地里的大油桶,顿生洗澡的念

---

① 孙周:《电视连续剧〈今夜有暴风雪〉创作谈》编导创作手札。
② 同上。

头:"整整七个年头没洗个热水澡了……"这里,剧中用了许多镜头来表现这个过程,发现大桶想到洗澡的喜悦,用雪擦桶的急切,看着大桶中的雪化成水又被加热,她终于浸泡在铁桶中,"热水浸润着全身的每一个细胞,她快活得想喊想唱……她把头枕在桶沿上,脸像绽开的花朵,无声地笑着、笑着……眼睛里却溢满了泪水。"她哭了,痛痛快快地哭了,哭声中包含了七年来的酸甜苦辣,抒发了压抑的心态,却也揭示出处在逆境中的她对美的追求。编剧孙周说:"我为裴晓芸设立了一条平稳、柔韧、含蓄的节奏曲线。藏而不漏、层层剥笋地展示人物的命运,把人物的语言尽可能地减少,而更多的则是细致地刻画十年浩劫中的这颗被压抑、扭曲了的心灵,以及她渴求幸福、平等,被人理解的心理状态。"① 这是个被塑造的成功人物,她的经历、命运和她坚韧不拔对美好的追求无不对人们的心灵产生震撼。人物性格的多面性是此剧的一大特点。曹铁强是剧中最具男子汉气质的人物,是生活中的强者。他质朴、刚毅,对北大荒有火一样的感情。然而,当他听到裴晓芸的喃喃自语:"七年了,七年没洗过一次热水澡……"时,他默默地端来一盆盆的雪,装进裴晓芸准备洗澡的大桶里,将水烧热,并无语地走出帐篷,表现了他细腻、柔情的一面。剧中的深受极"左"路线影响、思想偏激的郑亚茹,做过许多坏事和好事最后长眠在北大荒的刘迈克,大学毕业后留在北大荒的匡复春等,他们都有着鲜明的个性,给观众留下深刻的印象。《今夜有暴风雪》"准确地表达了小说'歌颂一场荒谬的运动中的一批值得赞扬和讴歌的知青',并表现极左思潮泛滥时期'人的价值'的迷失与追寻的主题"②。并以自己独特的艺术魅力使之在中国电视文学史上占有一定的地位。

第二节 沉寂后的复苏

一 单本剧的兴盛

就全国而言,电视剧的起步是从单本剧开始的。单本剧的繁荣时期是在电视剧制作的初期,产生较大影响的有:《新闻启示录》(1984)、

---

① 孙周:《电视连续剧〈今夜有暴风雪〉创作谈》编导创作手札。
② 盘剑:《走向泛文学》,载《文学评论》2002年第6期。

《巴桑和他的姐妹们》（1985）、《桑波克拉底誓言》（1986）、《秋白之死》（1987）等等，每年都有多部作品获奖。这些作品"以其对现实生活的敏锐反映，对生活的深刻开掘和艺术风格的多样化探索，步入短篇电视剧绚丽璀璨的繁荣时期"①。到80年代后期电视剧越拍越长，单本剧就萧条下来。而山东电视剧起步是以长篇连续剧而兴盛，单本剧是在80年代末、90年代初兴盛起来的。1988年，单本剧《白色的山岗》获得了第九届全国电视剧"飞天奖"二等奖，《塔铺》获三等奖，结束了山东电视台在全国三年榜上无名的历史。之后，单本剧《一个叫姚金兰的人》获第十届电视剧"飞天奖"三等奖，中国《大众电视》"金鹰奖"；《夫妻井》《盛族》分别获第十一届全国电视剧"飞天奖"二等奖、三等奖，形成了山东电视剧单本剧良好的发展势头。

《白色的山岗》（编剧尤凤伟）是一个看似荒诞却意蕴深长的故事。一个死人竟然像幽灵一样支配着一个村庄，并决定他生前妻子的行动和命运。然而，看过之后，却引起了人们的沉思。"实际上，这个死者与生者之间的故事，是一个意味深长的象征，它象征着过去对现在、传统对新生的纠缠、拒斥和压迫"②。《一个叫姚金兰的人》向我们展示了一个街道办事处的调节委员姚金兰的故事。价值就在于编导者从卓越的艺术功底中努力开掘了姚金兰的悲喜剧意味。1990年的2集电视剧《夫妻井》（编剧王忆惠）叙述的是，远离油田基地的一对青年夫妻守侯管理着孤单单的两口油井，油井周围荒凉、僻静，生活用品要天不亮去油田基地采购，最近的小学离油井十二里路，孩子上学成了大问题，生活是沉重的。但他们守的这两口井出的油的价值是一天"能买一辆小轿车"。他们日复一日地在这里守了八年，无怨无悔。该剧展示了80年代石油工人的崇高美德和灵魂，是一部蕴含革命理想的现实主义剧作。一个企业，从流动资金只有一元零五分的街道小厂，十年时间，发展到有2000多职工，年产值两个亿的大公司。这正是电视剧《盛族》告诉我们的。剧中塑造了刘慕容——一个真正干事业的人，也是一个被纷纷议论的焦点人物，他不包装自己，

---

① 彭耀春：《中国短篇电视剧的足迹》，载《南京社会科学：文史哲版》1996年第6期。第68—74页。

② 谭好哲：《有意味的荒诞》，载《影视文学》1989年第2期。

愤怒了他就大吼，高兴时他就大唱，但他重友情、重信誉，有智慧、有才干，他凭着自己的坚韧不拔、奋发上进的民族精神救活了一个企业，是人们心中的真正的男子汉。

　　这些单本剧取材于普通老百姓的故事，反映的是他们平凡琐碎的日常生活，通过细节的描写，反映出他们平凡中的伟大。《一个叫姚金兰的人》中的姚金兰是一个居委会的调解委员，她把这一职位看得很重。她忠于职守，工作起来废寝忘食。逢有夫妻离婚她费尽心机把他们"说合"起来，对虐待母亲的夫妻她软硬兼施把他们制服。她以传统的道德观念评判对错，用她认为可以奏效的一切方法来解决问题，不免闹出许多笑话，但笑后又让人感到她的诚心，不免生出几分悲哀，她的悲哀在于她费尽心机办好的事情，其实并未从根本上得到解决。她的好心经常被误解，她的儿子就认为她"总想干预别人的生活"，这是两代人观念的差异，她的观念跟不上社会的发展，被社会冷淡也是必然。剧本通过她对一代人的思维观念进行了历史的透视，折射出这一人物的丰富的内涵。《夫妻井》中母亲病倒，父亲送她去医院，却不让六岁的儿子跟着，让他留在荒原上看油井。接到报话机的小满熟练地回话"二零七，二零七，我是黄河，我是黄河……叔叔，井上没事……"从孩子的早熟老练，折射出生活的艰难和沉重。这期间的单本剧还有《大梦醒来迟》，一部真实的悲剧，迫使人们去思考，去探索人生的真谛；《海岸线上的使命》，反映了武警边防部队的战斗风貌；《枣木杠子的家事》，反映新时期农民在走上富裕老路以后如何处理人和人的关系这一新的社会问题；少数民族题材的电视剧《愤怒的白鬃马》；另外还有《大交叉》《青春无季》《沂蒙山人》《大海呼唤》等。中长篇电视剧有《重返沂蒙山》，这是一部"具有悲剧色彩"的社会问题剧，真实而深刻地揭示了老区甚至中国农村的贫穷落后。当年，纯朴、善良的沂蒙山人为革命作出了无私的奉献，可是，当我们的国家已经富裕起来的今天，他们依然在贫困线上挣扎，让人心痛，也引起了人们的深思。《抉择》反映解放战争中国民党起义将领的命运抉择。《泰山挑夫》描述的是80年代泰山修建索道的故事，塑造了高大峰等具有民族精神的"硬汉子"性格，也表现出挑夫们面对新生活的不断更新和前进。

二 《孔子》

1991 年，山东电视台和济南电视台又将十六集电视连续剧《孔子》（编剧：张辉力、张营等）搬上屏幕，获得第十二届全国电视剧"飞天奖"。这是继"三连冠"之后山东电视连续剧的又一次辉煌。孔子是中国儒学的创始人，中国传统文化的集大成者。将这样一位古人搬上屏幕是有很大难度的。编剧在有关专家的直接指导下，以其严谨的态度，历时三年半，五易其稿，终于将孔子展现在屏幕上。剧中充分表现了春秋时期孔子及主要弟子的经历活动。《孔子》在中央电视台播出后，引起了很大的反响，被认为"是一部历史品位很高，文化格调很纯的首创之作。""这部片子反映孔子的一生，为我们弘扬整个文化遗产提供了很好的教材，具有很强的国内意义和国际意义。"①

电视剧的成功首先是孔子这个人物塑造的成功，这是非常不容易做到的。孔子是一个大家既熟悉又陌生的人，电视剧不仅仅把大家所知道的那个有大智慧、大学问、克己复礼、"三人行必有吾师"的孔子再现出来，而且，随着孔子从 15 岁到 73 岁的生活岁月和坎坷经历，也把孔子思想、儒家思想里很多核心的东西及其形成的原因展示了出来。电视剧中的孔子是一个"人"而不是"神"，他的伟大来自平凡、来自苦难人生中超越自我的力量。他刻苦努力，自强不息，终身奋斗。剧作表现了孔子对"礼"、"仁""中庸之道"的执着的追求和明知不可为而为之的进取精神。第五集孔子与老子对话的一场戏，是观众尤为赞赏的一幕。两位历史上的伟大思想家，一个道家的创始人，一个儒家的创始人，在黄河边上相对而坐，他们彼此敬慕彼此理解，用优美精练的语言，平和的语气，向我们阐释着儒家、道家的思想内涵。"我们从这场戏中看到了孔子的可敬和老子的可爱。这一个可敬的积极入世和一个可爱的顺其自然的形象，是我们传统文化中两杆飘扬的大旗，两根重要的精神支柱，形成了我国思想文化史上的儒道互补、天人合一的博大传统"。②

此剧营造了很浓的文化氛围。剧中充分展示了春秋时期鲁、齐、卫、

---

① 《一部博大精深的历史文化巨片》，载《影视文学》1992 年第 1 期。
② 宋遂良：《孔子向我们慢慢走来》，载《影视文学》1991 年第 4 期。

陈、宋等国的风貌和礼仪民俗，服装道具、舞蹈音乐也都较真实地再现了那个时代的风格。朴拙的织布机、古代的器皿和祭器、古朴的石塑，特别是音乐"韶乐"的出现，孔子和南子的一曲琴箫合鸣，让人感到似乎回到那古人的世界中去。剧中的语言优美，富有诗意。那深邃的儒家文化通过诗意的语言进入到人们的心田，陶冶着人们的心灵。

第三节　电视剧的稳步发展与繁荣

一　电视剧进入成熟期

进入90年代，电视剧呈现出稳步发展的态势，无论从数量上还是从质量上都有了明显的提高，地市级制作的电视剧也不断有作品获奖。这期间的作品大多来自蓬勃发展的现实生活，关注社会发展的热点问题，满腔热情地讴歌主旋律。在艺术上从追求故事性，追求情节的曲折跌宕，进而着力于对人物的刻画，挖掘人物丰富的内涵和鲜明的个性。这些作品对于山东电视剧现实主义创作精神的发展，艺术水平的提高，发挥着重大作用。

90年代初，淄博电视台脱颖而出。《梁子》《车站》《中国窖》（编剧张宏森、导演孙波）三部电视连续剧蝉联全国第十一、第十二、第十三届优秀电视剧"飞天奖"，奠定了淄博电视台作为地市一级电视台在全国电视剧创作中的地位。公安题材的四集电视连续剧《梁子》反映了公安战士的献身精神。剧本的成功之处是把梁子这个英雄人物还原为"人"，既然"食人间烟火"，就要承受人生的困境和挫折，梁子的遭遇正是说明了这一点。他为失主追捕小偷，却被小偷诬陷为"流氓"，可恨的是失主不肯出面证明他的清白，他的正直、坦荡、忠于职守换来的却是领导的批评、未婚妻的误解；他抓住一个偷车铃皮的小孩，家长不但不肯配合教育，还将其大骂一通；男大当婚，他却因为连一间小屋都没有，不能娶妻成家。但是，这一切并不能压倒他，他仍然在不懈地努力着，直到他在捉拿罪犯"老刀"时，为掩护阿敏而献出年轻的生命。剧本呈现给我们的是一个活生生的有着七情六欲的英雄，让我们感到很亲切，仿佛就生活在我们中间。《车站》叙述了一个偏僻的小站中铁路工人的枯燥乏味的生活和敬业的精神。小车站中来了一个搞社会调查的女大学生，通过她的一双眼睛让我们看到了铁路工人的情怀。特别是老站长，他严厉、脾气暴烈，喜欢骂人，他的弟子们对他又敬又怕。因为他有一颗慈父般的爱心，偏僻的小车站被他搞得秩序井然。他的敬业——是把事业和生命放在一个天平上，为了修铁路他丢了一条腿，他的好友李铁的父亲李老大长眠在这里，他也把自己的一切都给了铁路。剧本中，那些平凡的人物被塑造得栩栩如生，陶冶着感动着观众。《中国窑》告诉了我们在一个陶瓷之乡，李有源一家三代在改革大潮中，彼此间价值观念激烈冲撞的故事。

这期间，省影视剧制作中心、各地市电视台不断有佳作推出。

以先进模范人物事迹为题材的电视剧有：《故道》描写模范共产党员、先进民办教师戴修亭三十年如一日，献身教育事业的事迹。还有《净魂》。历史剧：6集电视连续剧《濠里人》是潍坊电视台引以为自豪的作品，此剧以清代末年发生在山东高密的著名的抗击德国在山东修筑铁路的事件为情节线索，表现了人民自发反抗外族侵略的事迹，是一曲撼天动地的爱国主义正气歌。《孙子》是继《水浒》《孔子》之后，我省电视剧又一部古典历史题材大制作，"此剧将中国军事科学理论的奠基人、《孙子兵法》的作者孙武的家事、兵事、史事精彩地编织在一起。通过孙子少年从戎，精读兵书，避乱离齐，潜研兵法，献书吴王，斩美拜将，建功立业，悲怆归隐等事件，描述了孙子从普通兵甲成为一代兵圣的曲折故事。"① 反映农村生活的电视剧：《枣木杠子家事》诉说的是农民家庭中父子兄弟之间富裕之后的关系问题。《刻在墓碑上的遗嘱》说了一个残废退伍军人雷天明当选靠山囤党支部书记，带领乡亲们脱贫致富的故事，歌颂了改革开放后农村落后面貌发生的可喜变化。《长河入海》描写了农民企业家刘金生，在改革大潮中，大力发展乡镇企业和第三产业，实现了由传统农业向现代企业的伟大转变，并通过对主人刘金生的成长过程的描述，多层面地展现了山东农村改革开放的巨大成就。《鲁氏兄弟》以1978年三中全会召开以来农村二十年的变化为背景，描述了鲁氏兄弟们的奋斗历程，展示了农村经济改革过程中的矛盾、波澜，成为中国农村几十年来社会变迁与观念流变的缩影。《母亲》是一部以亘古不变撼人心魄的伟大母爱为情链的长篇电视连续剧。反映城市平民生活的电视剧：《杀人街的故

---

① 鲁英诗：《大型电视连续剧孙子开拍》，载《影视文摘》1996年第18期。

事》展示了一群在改革大潮中下海弄潮的人的千姿百态，他们从不同的地方不同的岗位，来到了这个经营海鲜的"杀人街"，编剧"从改革的现实生活中吸取情节和语言，注重人物刻画，颇具时代氛围和生活气息地展示出形形色色的人物在相互交织碰撞中，演出的一幕幕色彩斑斓的人生戏剧"①。此剧获1992年度"飞天奖"提名。1996年，二十二集的电视剧《呼儿嗨哟》又呈现在观众面前。这部电视剧贴近现实生活，写出了当代青年人的追求和无奈，具有较浓厚的感情色彩。公安题材的电视剧则有：《梁子》《山魂》《西部警察》《民警程广泉》，还有以中国监狱警察为主角，描写了他们依靠法律、道德、情感的力量管教着、感召着那些人生道路上的迷途者的《西出阳关》。军旅题材的长篇电视剧《兵谣》写了农民儿子古义宝的军营成长史，是一部充满生命气息的写实主义正剧，它拓宽了转型期军旅题材电视剧的创作道路。儿童剧《我的同桌老玉米》描写了城市孩子杨洋和农村孩子田生因同位的缘故，产生的冲突和摩擦，并在冲突和摩擦中得到互相的了解和信任，结下了纯真友情。此剧进入了孩子的心灵世界，充满清纯的童趣。这期间还有呼唤真诚、道德、爱心回归的《回归爱的世界》，此剧获得"飞天"三等奖；《太阳依然升起》表现残疾人不畏艰难，勇于投身改革大潮，为社会做出贡献；古装武侠片《白眉大侠》《甘十九妹》以跌宕起伏的情节吸引了众多的电视观众；具有喜剧色彩的《爱情帮你办》描述的是四个心地善良的小人物，自愿当上了爱情帮办，然而却由于种种局限闹出了不少令人啼笑皆非的故事；都市言情片《燃情四季》写了服装模特儿的情感生活；中篇电视剧《海上圣火》是一部以风暴潮和强台风袭击中国沿海为大背景，以一个文艺小分队被突来的风浪封阻在采油平台与工人们几天相处为主要故事情节，表现海上石油工人与风暴潮勇敢搏斗的英雄主义和奉献精神的电视剧。

  这些作品尽管有长有短，有各自的艺术形式和风格，所取得的思想和艺术成就也有高有低，但无不关注现实生活，关注着现实社会中出现的种种新问题，新矛盾，大部分的作品讴歌了普通的劳动群体，塑造出一大批各个领域中有鲜明艺术个性的人物。通过他们折射出社会的发展变化。

---

① 鲁石：《漫漫追寻路，灿蚕灯火红》，载《影视文摘》1996年第18期。

二 单本剧的繁荣

1997年又是山东电视台的一个丰收年。首先，有四部单本剧在第十七届"飞天奖"的评选中获两个二等奖、两个三等奖。他们是：济南电视台主创的《济南夜话》、济宁电视台主创的《民警程光泉》、泰安电视台主创的《金兰》、威海电视台主创的《咱们的老百姓》。这四部获奖电视剧都是由市地电视台拍摄，说明我省市地电视台电视剧制作水平的普遍提高。另外，四部单本剧同时获奖，这在山东电视剧创作史上还是第一次，因此这也是山东单本剧的繁荣时期。这四部电视剧都是叙述的普通老百姓的平平凡凡的小事情，他们关注现实生活，源于生活，高于生活；诉说了人间的真情，感人至深；讴歌了主旋律，确实是精品之作。

《济南夜话》（编剧张宏森）是由一件真实的小事"兑换两角钱的残币"引发的，这件事引起了国内外大范围的关注和国内对价值的重新探讨。编剧张宏森本着现实主义创作原则和精品意识，编写了这部电视剧。剧本"结构了一个只有三个人的小储蓄所，通过主人公严红一夜回忆的主线连起了一连串社会现象，把一个职业范畴的先进事迹引发为道德范畴的思索"①。

《民警程广泉》（编剧赵冬苓）是一部写实电视剧。程广泉是济宁市一名普通民警，是公安系统的一级英模、全国优秀民警，更是人们心目中的英雄。电视剧通过程广泉帮教的失足青年强子被判死刑，其妹华子想自暴自弃；为让华子走正路帮她找工作；帮王大娘找回被偷的被子；并教育偷被子的民工宋志强如何做人。这些发生在他患病前后两天生活中的几件小事，再现了程广泉公而忘私、全心全意为人民服务的崇高境界。

《金兰》（编剧江婴）写的是一个街道居委会的锅、碗、瓢、盆交响曲，总指挥就是居委会主任金兰。一个小小的居委会主任，在没有资金的情况下，竟然要盖一栋商业大厦，目的是把善于做小买卖的市场街人团结起来，利用集体的力量做大买卖。剧本一开始，就把一个有气魄、有抱负、想为老百姓办实事的金兰立在了我们面前。她成功了！她的成功是真情的回报，这种真情贯穿于剧本的自始至终：申请贷款的"不择手段"；

---

① 赵远智：《"飞天"翩翩落齐鲁》，载《影视文学》1998年第3期。

给瞎眼的婆婆念自己编的新华社消息;得知丈夫得了绝症的痛苦和生离死别之情;抵押房产的果断和之后的无奈……正是这些细节的描写,成功地展示了金兰的内心世界和深层性格,在观众心目中产生了共鸣。

《咱们的老百姓》这部电视剧,从头至尾都被一种无私的母爱所震撼。剧本描写了胶东陈家村的两位母亲,在战争年代收养了两个八路军的孩子,含辛茹苦,甚至用自己孩子的生命、自己的生命作代价将孩子抚养长大。有一天,部队派人将孩子带走了,同时带来了"母亲"对孩子的年年的思念。这种无私的奉献,博大慈爱的情怀,撞击着我们每个人的心。特别是当今社会道德、理想、亲情日渐淡漠,其现实意义也就不言而喻了。

1998年,山东影视制作之中心推出了单本剧《一滴阳光》《小白热线》《纺织女工》,这些单本剧贴近现实,思想深刻,从不同的角度反映了老百姓的生活。特别是《纺织女工》,以独特的场景和手法表现了我国当代工人在改革巨变与生活转折中的复杂情感。《一滴阳光》旨在呼唤生活的真诚和善良。

三 《警方110》

《警方110》(编剧:杨剑鸣 殷习华 宋斌)是1998年电视连续剧中写得很有分量的一部。110这一报警电话现在几乎是老幼皆知,只要遇到危险和难题,人们首先想到的是110。然而,110干警为此却付出了很多很多。《警方110》真实地再现了110干警们所做的一件件平平凡凡却动人心魄的故事。剧作者正是通过这些故事完成了110干警人物群像的塑造。刘汉是110中队的中队长,他总是身先士卒,从不畏惧艰难和危险。家中父亲因工致残瘫痪在床上,他不能在床前尽孝,老父亲昏倒,他不能将其送往医院抢救;妻子下岗两年多没有工作,他甘愿清贫,义正词严地拒绝女老板金钱的贿赂、色情的诱惑;在他眼里老百姓的事都是大事,自己家里的事总是小事。风趣幽默的"大个子"李悦心中却有许多的苦衷,个子矮小的他很自卑,可他以工作为重从不表露自己的苦恼。他经常被女朋友埋怨,原因却是李悦为执行任务一次次地失约和迟到。这一次的约会他又迟到了,而且再也听不到女朋友的指责了:为了追捕通缉犯,他中弹倒下了;为了社会的安定、人民的安危,他献出了年轻的生命。厂区着火,煤气泄漏，庞亮抱起煤气罐冲向厂区外的空地，置生死于度外。药剂师发错了药、小女孩白雪的母亲要自杀、水管坏了、钥匙掉到下水道等，这种求救的电话一个接一个，他们总是有求必应。然而，他们得到的并不都是感谢和理解，还有误解和嘲讽。面对不理解，他们也有烦恼和无奈。但是，当他们接到求助电话时，他们又冲上前去，没有分内分外，他们美好的心灵正是在这中间得到了升华，观众则感到了人间真情的所在。《警方110》的成功还体现在结构的设定上，剧中引入了北京来的女记者林凡，从记者的角度来表述110干警们的所作所为，使观众感到更客观更可信，而且在表述上也更为自然和深入。

第四节 赵冬苓

赵冬苓的名字是近些年才进入电视观众视野的。1992年，她创作了第一部电视剧《大地缘》，打响了不同凡响的第一炮，《大地缘》获得了中宣部"五个一工程奖"和省委宣传部"精品工程特别奖"。赵冬苓的文学创作生涯开始于1972年，她"以写小说步入文坛后，陆续创作了《凯旋门》《悠悠情结》《牵来黄河的人》《街狗》《空间》《小院》《酸甜苦辣》等五十多万字风格各异的小说"。[①] 十几年的小说创作让她具备了深厚的文学功底。1987年她调入山东影视中心，开始是在《影视文学》当编辑，后来才从事编剧工作，但她感到编剧才是她的最好的位置。《大地缘》之后，她的作品一部接一部，部部都出彩。《回归爱的世界》写了一个被父母遗弃的小女孩，被女记者收留并得到了社会众人的爱。此剧的主旨是呼唤真诚、道德、爱心的回归。此剧获1994年电视剧"飞天奖"三等奖。之后的《军嫂》《孔繁森》分别获1995年和1996年中宣部精神文明建设"五个一工程"奖；《小小飞虎队》是一部儿童电视剧，获1996年大众电视"金鹰奖"；以全国优秀民警程广泉的事迹编写的电视剧《民警程广泉》，以独特的视角——通过一件件平凡的小事再现了程广泉的高尚品德，获1997年中宣部精神文明建设"五个一工程"奖、"飞天奖"二等奖。赵冬苓的作品以写"正剧"和"弘扬主旋律"见长，她的每部

[①] 程鹏：《心血与情感的付出》，载《影视文学》1995年第4期。

电视剧都和时代的脉搏紧紧相连,通过她的笔,一个个平凡而又伟大的人——孔繁森、程广泉、韩素云……走进了人们的心田。赵冬苓最有影响的作品是《大地缘》《军嫂》《孔繁森》。

《大地缘》写的是60年代初至80年代末的一群农业科学家的故事,这些农业科学家自愿到农业第一线,为了让贫瘠的盐碱土地上长出粮食,让农民吃饱饭,放弃了城市中优裕的生活,家庭的团圆,呕心沥血,把自己的一切——青春、爱情、前程、甚至生命,都无私地奉献给了这块土地。60年代初到80年代末,这是中国历史上风云变幻的时代,在此背景下,作品塑造了三代农业科学家的艰苦创业、奉献精神和奋斗历程。

曾守朴是一个坚毅执着的科学家,有着极强的责任心和奉献精神。60年代初当科学院组织科学实验基点去农村时,他毅然"放下手头的科研项目",带着他的两个学生和另外的一个女学生到山东禹陵建了一个基点组。这里是一片盐碱地,大灾荒年颗粒无收。面对无法生活外出逃荒的百姓,他发誓:不治好这片盐碱地,决不活着走出这片土地。从中体现出60年代知识分子为国为民的责任心。从此就踏上了一条艰苦的创业之路,一走就是三十年,直到生病住院。周元应、任子明、丁初云是第二代科学家。他们是有理想有追求的一代。他们放弃了温暖的家,和北京科学院优越的研究条件,带着理想和抱负到了农村。他们在曾守朴老师的带领下,从实际出发,为了农民的利益,背离了自己的专业,从学种庄稼开始做起,短时间内就取得了成就,让盐碱地长出了粮食,老百姓吃上了馍。共同的事业,共同的奋斗,共同经历的甜酸苦辣,使他们之间有着很深的友谊。第三代科学家是丁初云的儿子田生和项昆等。田生出生在基点组并在那儿长大,他对他生长的这块土地有很深的感情。母亲去世后,他不得不回到北京,但是他不能忘怀这块土地,他继承了母亲的事业,1985年华南农学院毕业,毅然返回北京到了母亲工作过的科学研究院,又来到实验站投身到农业科学中。项昆虽然在剧本中笔墨不多,但却个性鲜明,给人留下很深的印象。他是留美博士,对科研有着执着的事业心,为搞科研他不怕吃苦,他和田生主动要求到偏远的西大洼实验站就是例子,他注重的是独立的研究和人格。

作者没有局限在描写他们的统一上,也写了他们的矛盾,从而体现了三代人观念的不同。围绕着建实验站的方向、资金运用的问题,曾守朴和以周元明为代表的第二代有两次大的矛盾：第一次，当基点组形成了一定的规模建立了实验站，他们的研究课题也列入国家科委计划，并拨给他们三十万科研经费，在如何花费这笔经费上他们产生了分歧。周元应认为有了经费应该添置一些实验设备，建一个模拟实验室，而曾守朴则把钱投在了实验区的建设上。第二次，曾守朴年纪大了，周元应接替他当了实验站的站长，他决心把实验站建成第一流的科研基地，让这儿也能培养出第一流的科学家。他计划添置一大批现代化的实验设备，遭到了曾守朴的坚决反对，他认为科研应当和当地的生产任务结合起来。而第三代的项昆在科研上的观念与他们都不同，他认为，随着高科技的发展，大部分工作应该在实验室完成。作品没有评判他们的对错，而是通过他们的观念的不同反映其时代特征。

作者没有把他笔下的人物写得高大完美，他们是普通的真实的人，他们也有七情六欲。周元应因为长年在基层，科研无法企及高的领域，同时荒疏了外语，因而没评上高级职称，他的委屈和愤懑，有些嫉妒从国外回来的博士生项昆；曾守朴欣赏田生在科研上的刻苦精神，想收他为研究生，然而，不论从科研手段和做人上，田生认同的是和他同时代的项昆。虽然他和曾守朴有很深的感情，但感情和观念是两码事，他拒绝了曾守朴。曾守朴在被田生拒绝后感到痛苦、伤感和失落，以至于想回北京安度晚年。他们的伟大在于，他们坦诚地对待自己的命运，承担起自己的责任。虽然他们有过徘徊，有过彷徨，但是之后他们仍然坚定不移地恪守着他们的追求。

孔繁森捐躯雪域高原西藏之后，在西藏和他的故乡山东引起了震动，赵冬苓的六集电视连续剧《孔繁森》及时地再现了领导干部的楷模、人民心中的英雄——一个至善、至美、至真的普通人——孔繁森。剧本以孔繁森在西藏的一年半时间为背景，通过地震救灾、收养孤儿、留藏、妻女探亲等一系列具体的事情，阐述了英雄孔繁森的高尚情怀和作为民之子和人之子无法兼顾时的痛苦的心路历程。故事引人入胜，动人心弦。如：作为市长的孔繁森在地震现场遇到了孤儿曲印和贡桑，他不能释怀无法不收养他们；电话中母亲一声"三儿"的呼唤，引出了孔繁森撕心裂肺的呼应"妈"，并双腿跪在了地上，真切地表现出作为儿子不能在老母面前尽孝的痛苦心情，感情真挚，催人泪下；当他援藏期满，自治区的领导希望他能留藏,到阿里担任地委书记时,剧中真实地表现了他的矛盾心理,自古忠孝难全,当他最终决定留在西藏时,那种急切回家的心态分明表现出对家中亲人的内疚和深深的思恋;妻子女儿来西藏探亲,妻子得了重病,孔繁森却没有分身之术既救灾民又照顾妻子,他选择了领导救灾,剧本写出了他的痛苦和无奈。剧中还通过女儿玲玲对父亲从不理解到理解,从生气到敬重的过程表现了孔繁森的人格魅力。女儿到了拉萨却见不着日思夜想的父亲,父亲正忙着救灾,"爸爸他到底图什么",女儿不理解。其实这个问题在孔繁森牺牲后,许多人也都在想,都无法进入他的境界。剧中通过相知相爱的妻子之口说了出来,"你不懂吗?开始我也不懂,和你爸爸结婚几十年,我懂了。你爸爸天生就是那样的人,一个好人,他总想把他认为该做的事做好,他不能看到跟前有一个人在吃苦,他觉得对天底下的每一个人都有责任,这就是你爸爸。"朴实的语言,毫无做作,却具有强大的说服力。当玲玲还在认为爸爸为她找辅导老师的事用心不够而生气时,却看到爸爸的翻译为他找来了西藏最好的各科的老师;当母亲病危时,自治区的领导亲自过问并全力以赴地救治;透过这些事,玲玲感到懂了自己的爸爸,她对妈妈说:"不是在爸爸身上,而是在周围人对他的爱上。妈妈,一个人要做过多少好事,才能换来大家这样的爱啊。"作者选择了女儿的眼光看父亲这个视角来展示孔繁森的情怀和境界是非常成功的,女儿理解父亲的过程,同时也是观众理解孔繁森的过程。作者正是通过一些具体的事情,以小见大地写出了孔繁森的情操和境界。

《军嫂》出自一件真人真事。军人的妻子韩素云为了丈夫在部队上安心服役,承担起了家中里里外外所有的事。可是,这是一个什么样的家呀!老婆婆死了,欠下一千多元钱;公公婆婆身体都不好,公公中风住院还是借的钱;女儿才四五岁,能给她帮点忙的只有十八九岁的小妹。作者没有把主人公描写成逆来顺受的好人,主要写了她的爽朗乐观、吃苦耐劳、善良大度和精明能干。为了还账她和小妹到农户家收豆子送粮站、拉苹果到集上卖,地里的庄稼还要收,一个人分几下子忙,但她总是乐呵呵的,从不愁眉苦脸。婆婆重男轻女,看孙子不看孙女,她据理力争但并不计较,自己带着孩子照样为这个家忙里忙外。为了丈夫能安心,她封封信中都是只报喜不报忧。终于她积劳成疾病倒了。剧作通过具体的事例揭示了韩素云的美好心灵,同时也通过救助病倒的韩素云写出了人间的温情所在。

赵冬苓的作品最善于以情感人，细微之处见真情，精彩的细节描写处处可见。《大地缘》中，实验田里，四位科学家发现小苗时的喜悦，苗被碱死时的失望和痛苦，把观众的心揪了起来，不由自主地进入到他们的境界，同喜同悲；曾守朴、周元应饿昏在田间时农民的痛心和真诚；丰收了，农民端着新小麦做的馒头送到基点组，让他们的恩人先尝尝，朴实的农民知恩图报的场面感人之深；常年在基层荒疏了业务因而在评职称等问题上的无奈……精彩的细节渲染动人心弦，具有鲜明的时代特征，也真实地反映了那个时代，紧紧抓住了观众的心。《孔繁森》中，当孤儿贡桑唱起"世上只有妈妈好"时，孔繁森悄悄地离开，给山东家中的亲人打电话，让我们感到了他对老母亲、妻子、儿女的思恋和牵挂；贡桑、曲印是孔繁森收养的两个孤儿，孔繁森和他们的情谊贯穿剧本始终，通过他们让我们看到作为英雄的那种博大的爱和无私的给予，作为普通人的那种人情味和对亲情的渴望。孔繁森为他们洗澡，为他们从里到外都换上新衣，不厌其烦地教他们用筷子，送他们上学，并在百忙之中关心着他们的学习。他不仅是在形式上收养了他们，而且从心中把他们当作了自己的孩子。当他们不适应阿里的气候和语言，学习下降时，他十分焦急，想办法为他们转了学。曲印和贡桑对孔繁森这个"拨拉"十分的依恋和关心。"拨拉"为送救灾物资疲惫不堪地返回家中，曲印和贡桑忙着为他捶腰；"拨拉"病了发烧，他们为他喂水。这种情谊是双方的，正像剧中平措对玲玲说的："玲玲，难道你不明白吗？这两个孩子没有你爸爸，他们不会活下来，没有这两个孩子，你爸爸在西藏的生活又会少多少温暖啊。"正是这些细节的描写增强了孔繁森的人格魅力。

赵冬苓的成功，来自她严肃的创作态度，每一部电视剧她都是全身心地投入。她对她剧中的主人公达到了心心相印的程度。她写《大地缘》是因为她爱上了那些人和事。当她接受了《孔繁森》的编剧任务后，她就踏上了西藏这片土地，实地采访孔繁森的事迹，高原反应使她头痛欲裂，但被采访者泪流满面的倾诉仍深深地感动了她，她是在被感动中一次次地走近孔繁森，最终理解了他的信念和追求，被他的人格魅力所折服，然后把这种感觉通过她的剧本传达给观众。赵冬苓曾坦诚地说："每一次创作的过程，都是一次心血和情感的付出，我和我的主人公同呼吸共命运，为他们的磨难而叹息，为他们遭受的不公而扼腕长叹。电视剧拍成了，质量高低自有观众评说，但我可以毫不夸张地说，每一部剧我都是用自己的心灵和真情写的，面对生活，我付出了自己的真诚和热情。"① 这正是她的作品受欢迎的原因吧。

第五节 张宏森

张宏森，1964年出生于山东淄博，1983年毕业于淄博师专中文系，现任山东电影电视剧制作中心总监。张宏森是搞诗歌起步的，之后又研究文艺理论，并写了数量不少的小说，到1987年才进入编写电视剧的行列。他的这种经历体现在他的剧本中，就让我们感到了诗人形象思维的敏捷和理论研究所形成的严谨。十几年来，张宏森创作了十五部电视剧，这些作品以较高的艺术水平获得了好评：《梁子》获第十一届"飞天奖"三等奖，《车站》获第十二届"飞天奖"三等奖，《中国窖》获第十三届"飞天奖"提名奖，《西部警察》获中宣部"五个一工程"奖、第十六届"飞天奖"二等奖，《济南夜话》获第十七届"飞天奖"二等奖，《车间主任》获第十七届"飞天奖"最佳编剧奖和1997年度"金鹰奖"最佳长篇电视剧奖、最佳编剧奖。而《西部警察》《车间主任》以对当代劳动群体的深切关注，用现实主义的创作手法，独特的艺术风格，性格鲜活的人物群体，在我国的电视剧史上留下了辉煌的一笔。张宏森的电视剧创作可以分为三个阶段。第一阶段是探索阶段，在这个阶段，张宏森的创作体现着不同的风格，题材也涉猎了不同的领域，他在做着不同的尝试。第二个阶段其主要作品是《西部警察》和《车间主任》。他说：这两部作品可能有更多的情感性皈依。对于工人的儿子的张宏森来说，《车间主任》可能倾注了更多的感情。第三阶段的作品是：力图用科学理性来为人民寻找和表述的《大法官》，体现着张宏森对电视剧创作的诗性的追求。

《无雪的冬天》是张宏森的第一部电视剧本，1987年由淄博电视台录制。剧本代表了张宏森最早的创作风格，运用象征和荒诞这种现代派的手法来表现其作品的思想内涵。这部作品描述了北方大学一群大学生的生活

---

① 程鹏：《心血与情感的付出》，载《影视文学》1995年第5期。

和追求。作品在当时就引起了争议,有的认为"是电视剧艺术开始走向文化深层建构的一个起点,"① 有的则认为"人物的心理逻辑和行为逻辑不清晰,有模糊、混乱感"② 等等。但是,"《无雪的冬天》坚持从文化意识和生命意识的高度去探索人生和改革的意义,是非常可贵的。一部有追求有生气的作品比一部规整圆熟的作品有价值,一部有争议的作品比一部无反响的作品要可贵的多"③。这部作品的价值也正是体现在这里。但由于题材和手法的缘故,局限了收视率。之后,他的剧作的题材大多表现现代普通人的感情、磨难。张宏森"特别崇尚英雄主义",他的作品的主角都是"苦难人生"和"奋斗人生"的体现。像电视连续剧《梁子》中的梁子,他是个英雄,同时又是个普通的警察,他有着普通人的挫折遭遇和烦恼,但英雄的本色使他付出了更多;《车站》则从工人们日复一日的"一、二、三、四、五、六、七"的报数声中,展示了小站上的工人们单调乏味、艰难困苦的生活,映衬出他们的重大责任和任劳任怨。这些作品既表现了积极向上的主题,又不回避现实中人生的苦涩、艰辛、残酷和无奈。这时期的作品还有表现铁路工人生活的《大交叉》,反映丝绸工人生活的《苦夏》。他的这些作品,"一般来说,它不是从政治、社会这个层面去表现现实,而是从文化、心理这个层面去反映在急剧的变革中人的精神痛苦,肯定这种为历史前进所付出的代价和牺牲,歌唱这场变革的悲壮与艰难。"④ 这个时期的创作应该是他创作的初级阶段,这个阶段的创作他在作着不同的探索和尝试,也逐渐形成了自己的现实主义的创作风格,并为下一步的创作打下了坚实的基础。

1993年,张宏森开始了《西部警察》的创作,进入到创作的成熟期。《西部警察》取材于西北古城甘肃,为了真实地表现边陲公安干警的精神风貌,张宏森来到了他们的身边,和他们生活在一起,工作在一起,体验着他们的甘苦和情怀。他把自己融于他们之中。吸收了充分养分的《西部警察》加上他的呕心沥血地培育,受到了高度的评价,获第16届"飞天奖"二等奖。此剧最大的成功是塑造了一群鲜活的刑警形象,刑警队

---

① 宋遂良:《电视艺术向文化深层开拓的一次尝试》,载《影视文学》1988年第2期。
② 同上。
③ 同上。
④ 宋遂良:《无雪的冬天》序,山东文艺出版社1990年版。

长杨立秋智勇双全,却无法留住杨青青的爱,因为杨青青无法接受他的生活;副队长刘汉粗犷豪爽,却又不乏细心的一面,和战友们破了许多案子,但却在一次追捕逃犯时壮烈牺牲。走进他的家,我们看到的是简陋和清贫,他付出的那么多,然而……忠于职守、勤恳工作的老权,却因为是干警,老伴被犯罪团伙绑架致死,思念和孤独将陪伴他的余生;还有幽默机智的陈思佩;执着追求的童燕。这些栩栩如生的被作者称为"西北魂"的形象,演绎着西北干警的高尚情操。《西部警察》引起的轰动还没平息,张宏森又开始了《车间主任》的创作。在这本剧作中作者用蘸着激情的笔,热情讴歌了处在改革阵痛下工人阶级的博大胸怀,在重重困难中奋斗不已的精神风貌。这部20集的电视剧在中央电视一台黄金时间播出后,引起了观众尤其是工人阶级的强烈共鸣,认为这是多年来不多见的表现工人阶级的好作品。《车间主任》以北方重型机械厂为背景,以车间主任段启明和工人们的命运为主线,向我们展示了一批朴实无华的工人阶级形象。车间主任段启明是作者笔下的轴心人物,他上要听命于厂长、党委书记,下要面对全车间的工人,可以说是重负在身。他在面对整个车间陷入困境的情况下,不是束手待毙,而是团结全车间的工人奋力拼搏。他执着但不古板,及时地调整了自己的心态,以实事求是的态度面对改革,最终带领本车间的工人走出了低谷。老工人刘义山受了工伤,却得不到工伤补助和医疗费,大家都为他愤愤不平,他却无怨无悔,仍拖着伤残的身子上班,在他身上集中体现了工人阶级的那种爱厂如家、任劳任怨的高尚品德;还有青工肖岚,她身上既继承了老工人的爱厂如家、公而忘私的品德和兢兢业业的工作态度,又体现了年青人与老一辈不同人性和处世观念。她虽然被男友无情地抛弃了,但仍要生下男友的孩子,不惜用"劳动模范"的称号作代价。剧中的人物真实可信,栩栩如生,有较丰富的精神内涵。作者正是通过他们向我们展示了改革中工人的痛苦磨砺和奋力拼搏。

第三阶段的创作,体现了张宏森对电视剧创作的诗性的追求,体现这种追求的是28集的电视剧《大法官》。他在《大法官》创作后记中说:"一切的艺术表达都必须是诗性的表达,一个艺术家的立场和情操也必须是真正意义上的诗人的立场和情操,而艺术追求的最高境界也必须要达到诗的境界。"①"我不敢说作品具有了诗性品格,但这是我意识到自己已怀抱了诗人之心,积蓄了诗人之情之后的一次表达,一次创作。"②《大法官》是一部以法律为载体以理性的眼光观察和审视当代中国的剧作,剧作负载着重大的精神内涵,通过发生在春江市的一系列的案件,展示了一群法官的命运,揭示了我国民主与法制建设的艰辛历程和伟大成就。作品的灵魂和核心是公平、公开、公正,这正是法律的灵魂。它没有像一般的公安剧、警匪剧一样注重情节的曲折、诱人。有人说:《大法官》是对当前情节剧的超越,体现了风格化的追求。但整部剧透着理性的思辨和诗性的追求是不容质疑的。特别是通过案件的审理,向人们阐释的法理精神,在一个理性的层次上,让人们认识今天的法律和人们的生活的关系。

剧本的成功首先在于展示了现实生活的复杂性。《大法官》表现了春江市在改革开放过程中出现的一系列的矛盾冲突,这些矛盾冲突集中表现在法院,但与整个春江市有着千丝万缕的联系。财政局长周士杰的贪污受贿案的裁决就牵动了春江市的许多要害人物,在法院代院长杨铁如的凌厉攻势下,使他们惶惶不安。虽然最后周士杰顾念妻儿守口如瓶,使他们逃过一劫,但杨铁如视法律为生命,在执法中的铁面无私,咄咄逼人,却让他们不得安生。他们借市委组织部考察法院领导之机,利用手中的权力把杨铁如从法院这个要害的位置上调开。然而,新上任的法院院长陈默雷同样是一个把法律当作正义之剑的人,并且以柔韧性和稳重性的风格更具战斗力。他们很快感到了陈默雷对他们的威胁,便又拿王杏华案做文章,企图制约陈默雷,使法官林子涵莫名其妙地当了牺牲品。剧中所揭示的市委组织部考察干部的内幕,暴露了这项工作中存在的某些弊端。本来组织部门考察干部的个人谈话是要保密的,然而,杨铁如的谈话内容,张业铭接着就知道了,他对杨铁如认为自己不能胜任检察院的检察长一职表示极大的不满;并且已经退休的老院长也知道了,结果是杨铁如这个代院长被调离,张业铭却如愿以偿地当上了检察长。作品揭示了其中的交易黑幕,让人感到不安的是这一切都是通过正常的组织手段进行的;而当事人杨铁如在市委书记孙志冠冕堂皇的解释下,竟也认为自己被调离法院是正常的干

---

① 盘剑:《走向泛文学》,载《文学评论》2002年第6期。
② 同上。

部调动。编剧对现实中的阴暗面不回避,让人们在复杂的社会情景中,感受审美愉悦的同时,又不无来自生活的警示。

  和以往的法制体裁的电视剧不同,此剧不注重悬念的设置、情节的描述,而是注重人物命运、精神世界的描写,展现了人格和人性。《大法官》的人物形象鲜明,具有很强的时代特色。杨铁如是春江中级人民法院的副院长,他耿直,有能力,有魄力,更重要的是他视法庭为生命,愿为法律事业奋斗终生。然而,正当他带领法院职工结束了财政局长周士杰贪污受贿大案,昭雪吴西江杀人冤案,准备重整法官队伍,推进审判制度和司法实践改革的时候,却被调离了法院,安排在有职无权的市委政策研究室,杨铁如的人格魅力在于他敢于挑战命运,为了自己所热爱的事业,能重返法庭。他辞去公职,注册成立了个律师事务所,继续着自己所钟情的事业;并且当陈默雷为法院的事求助于他时,他鼎力相助,表现出其正直和坦荡的美德。陈默雷和杨铁如相比,则多了许多老练和精明。他同样精通法律,有着依法治国的坚定信念,他还有对现实社会较深刻的了解。对农民状告金城县委一案的重重阻力,让他感到了案件背后有不可告人的内幕,他采取了理智的做法步步为营,最终运用司法手段解决了春江市的腐败网。市委书记孙志具有多重性、复杂性性格,他是从基层一步步走上领导岗位的,在他身上劳动人民的本色还存在,他经常参加劳动就是这一体现,他的变化是逐渐的不设防。他是在复杂心态下接受贿赂的,一方面作为一个市长他认为自己就是春江市的主人,接受贿赂就像拿了自家的东西一样;另一方面犯罪的意识也一直煎熬着他,他资助四十个上不起学的儿童就是他的一种赎罪的行为。可一旦接受贿赂,染指腐败,他就成了腐败网的保护伞,他的腰杆就再也挺不起来了,走上了一条不归路。剧作通过这个人物,"写出腐败行为可怕的传染性、渗透性、腐蚀性,写出日常状态下与腐败行为不自觉的染指以及由此产生的潜移默化的堕落过程"[①],对电视观众具有很强的警示作用。剧作对当代人的精神世界的深入挖掘,林子涵是突出的一个。林子涵是一个有才华、有个性的法官,这位在法国留学回来的法官,有着非常新的观念和知识结构。她思维敏捷、性格坚强,不因循守旧、有创意、敢承担,她是一个"没事的时候从不找事,

---

① 李九红:《相互支撑的"人"字与"法"字结构》,载《中国电视》2002年第1期。

事来了也不怕事"的人,作者通过一次次的矛盾冲突揭示出她的内心世界的丰富的内涵。作为审判长的她在审理王杏华案时表现出了对法理精神的深层理解,体现了情与法的合理协调,她对王杏华案的裁决赢得法院同人的支持和赞赏。而当她因王杏华案被无辜地牵进政治斗争中去时,她没有退却,坚信自己对法理的正确理解。当院长在审判委员会会议上询问她对另一案件的意见时,她仍毫不顾忌地谈出她与审判长的不同意见,显示出一个法官的立场和自信;她与好友赵清华有三十年的友情,赵清华几次有恩于她,但当赵清华触犯了法律,而目睹事情经过的她需要出庭作证时,她虽然痛苦却勇敢地面对,表现出一个法官对法律的忠诚;还有她在处理和男朋友的关系上表现出的真诚。在她和男朋友方正确立关系之时,也就是方正被牵进市委书记受贿案的时候,因为这层关系,她必须回避案件的审理,这对于事业心极强的林子涵是痛苦的,但她勇敢地承担了这一切,显示了她的高尚的人格。《大法官》还用适当的笔墨,描写了青年法官的成长过程。有才华又疾恶如仇的北大高才生郑小泉,刑事庭的潘军右,当他们真正被推上审判长的位置时,才懂得了法律的庄严和神圣。这些青年法官的身上寄托着老法官们的希望,也展示着依法治国的辉煌前景。

《大法官》充满哲理和诗意的语言是这个剧本的一大特点。这些特点是通过大量的台词表现出来的。如开篇周士杰的7分钟独白,王杏华律师的11分钟的辩护词,杨铁如与孙志在看守所的17分钟长谈,还有剧中林子涵对法理精髓的阐释,这些理性的书面化的语言贯穿全剧始终,体现了作者的追求。他在《大法官》创作后记中说:"《大法官》的台词量非常大,而我努力追求的是台词的节奏、韵律、美感以及更多的文学性,努力让剧中的台词恢复戏剧——甚至是古典戏剧中的仪式美,从而就尽可能抛弃了世俗俚语和目前演艺界普遍追求的'生活化'语言。"[①]

张宏森的创作道路是扎实而辉煌的,这从他20年来一部接一部的作品的出版,一个个奖项的获得,可以得到证实。他是在不断地超越自己中前进的。不管前期的创作还是后期的创作,他的作品都始终贯穿着一种人民性,"永远站在生活的底层、站在弱势群体和百姓之中看问题"。这是

[①] 盘剑:《走向泛文学》,载《文学评论》2002年第6期。

张宏森的创作观念。这种人民性的创作观念，使他的目光始终关注着百姓，为他们呼吁，为他们呐喊，不论前期作品的对苦难人生的描写，还是《车间主任》所表述的在走向现代化过程中工人所承受的阵痛与代价，及至《大法官》呼吁法律的公平、公正、公开，都体现了人民性的立场。而能够做到这一点的保证，是他的根深深地扎在人民这块土壤中，他的剧作都来自现实的生活中，并"从较高的审美视角写出来"。写《大交叉》他跟着工人师傅一起跑车；《车站》是他到了一个十分闭塞的小站，读懂了那些终日在枯燥的劳作中默默奉献的工人的情怀后写出的作品；写《大法官》他准备了近三年的时间，他到全国各地的法院进行采访，他欣喜地看到我国司法部门高学历的专门人员在逐渐增加，司法人员的素质也有了很大的提高，但也不乏人治代替法制的案例，说明依法治国还有漫长的道路。他学习法律的有关条文，看了许多的案例，他的一贯严谨的创作态度使他付出了很多，换来的是读者对《大法官》的赞誉。"众多法律专家审看之后，认为这是新中国成立以来看到的法制题材最好的电视连续剧，其法律程序、法律细节、审判过程都做得正规、细致，其法律程序和法理思想通过了严格的审查，创作者还穿越法律行业的表面进入法理精神的本质，进入法官世界的深刻层面"[①]。

在艺术创作上，他的剧作"不追求表现一个有头有尾的故事，而效力于心态的表露和剖析，因而他的作品大多都是从不同侧面、不同层次、不同关系上构建矛盾冲突，以便借助多种多样的纠缠碰撞表现人生、人性和人格的不同方面"[②]。《梁子》中的梁子，整日的忙忙碌碌一心要做个好警察，却被人当作流氓被抓，未婚妻也误解了他，他也气恼也不理解，可是磨难是击不倒他的，他的坚强人格、忠诚人品在磨难中得到升华。在《大法官》中，一开篇就是对财政局长周士杰贪污受贿案的审判，但剧中没有具体地描写他的犯罪过程，而对他的沦落过程心态的变化作了详细的叙述，让我们看到了从偷了一块橡皮的激动和紧张到贪污受贿二百二十万的麻木的触目惊心的变化。还有警察王大凡，曾经为保护人民的利益出生入死，可为了几斤水果却把子弹射向了一个无辜的人。作品揭示了他内心

[①] 李九红：《相互支撑的"人"字与"法"字结构》，载《中国电视》2002年第1期。
[②] 谭好哲：《诗艺的深沉》，载《影视文学》1992年第2期。

深处的变化,射出子弹是一瞬间的事,而这种变化却是潜移默化地把职业变成权力的结果。

张宏森的电视剧表现出了较高的艺术水平,呈现了一种密切贴近社会现实,反映现实和当前生活的优秀的美学品格,具有强烈的时代感、使命感、悲壮感及真实性。具有由揭露社会问题、干预生活、警示、震撼心灵而来的强烈感染力和思想穿透力。在中国影视文学创作中占据了一席不可替代的位置。

参考书目

阿英：《晚清小说史》，商务印书馆1937年版。
郭延礼：《中国近代文学史》，山东教育出版社1991年版。
冯文炳：《谈新诗》，人民文学出版社1984年版。
朱自清：《新诗杂话》，北京三联书店1984年版。
丁尔纲等：《山东当代作家论》，山东教育出版社1989年版。
《燕遇明文集》，长征出版社2001年版。
魏建、贾振勇：《齐鲁文化与山东新文学》，湖南教育出版社1996年版。
辛向阳等：《"说道"山东人》，中国社会出版社1995年版。
《臧克家研究资料》，甘肃人民出版社1990年版。
《臧克家文集》，山东文艺出版社1985年版。
《臧克家外诗集》，陕西人民出版社1984年版。
武汉大学闻一多研究室编：《闻一多论新诗》，武汉大学出版社1985年版。
《李广田文集》，山东文艺出版社1984年版。
《中国现代文论选》，贵州人民出版社1982年版。
苗得雨：《闪亮的心愿》，中国国际广播出版社1998年版。
《全国诗歌报刊十年作品精选》，百花文艺出版社1995年版。
谢冕：《新世纪的太阳》，时代文艺出版社1993年版。
陈仲义：《扇形的展开》，浙江文艺出版社2000年版。
任洪渊：《女娲的语言》，中国友谊出版公司1993年版。
陈仲义：《台湾诗歌艺术60种》，漓江出版社1997年版。
袁可嘉：《半个世纪的脚印》，人民文学出版社1994年版。

梁宗岱：《诗与真·诗与真二集》，外国文学出版社1984年版。

卞之琳：《人与诗：忆旧说新》，三联书店1984年版。

邹建军：《中国新诗理论研究》，长江文艺出版社1993年版。

任愫：《现代诗人风格论》，四川文艺出版社1985年版。

《中国当代文学研究资料·贺敬之专集》，江苏人民出版社1982年版。

宗白华：《艺境》，北京大学出版社1987年版。

管管：《管管诗选》，台湾洪范书店1986年版。

管管散文集《早安·鸟声》，台湾九歌出版社1985年版。

宋协周：《万里情韵》，花城出版社1989年版。

王耀东：《插翅膀的乡事》，人民文学出版社2000年版。

《栾纪曾抒情诗选》，山东文艺出版社1991年版。

纪宇：《纪宇爱情诗》，作家出版社1994年版。

纪宇：《纪宇儿童诗选》，少年儿童出版社1993年版。

《陈显荣讽刺诗选》，百花文艺出版社1992年版。

谢冕：《论诗》，青海人民出版社1986年版。

高兰：《诗的朗诵与朗诵的诗》，山东大学出版社1987年版。

杨匡汉：《缪斯的空间》，花城出版社1986年版。

陈良运：《新诗的哲学与美学》，花城出版社1989年版。

袁忠岳：《缪斯之恋》，花城出版社1989年版。

叶橹：《诗弦断续》，南京出版社1991年版。

王黎明：《孤独的歌手》，中国和平出版社1989年版。

《李晓梅诗选》，安徽文艺出版社1995年版。

晨声：《刀耕火种集》，远方出版社1997年版。

《中国当代实验诗选》，春风文艺出版社1987年版。

《探索诗集》，上海文艺出版社1986年版。

雪松、长征：《伤》，香港天马图书有限公司1993年版。

《杨振声选集》，人民文学出版社1987年版。

《王统照文集》，山东人民出版社1984年版。

阿英编校《现代十六家小品》，天津市古籍书店1990年版。

吴伯箫：《羽书》，文化生活出版社1941年版。

吴伯箫：《北极星》，作家出版社 1963 年版。

杨朔：《海市》，作家出版社 1960 年版。

杨朔：《茶花赋》，人民文学出版社 1985 年版。

峻青：《秋色赋》，人民文学出版社 1963 年版。

马瑞芳：《学海见闻录》，中国文联出版公司 1988 年版。

《郭保林抒情散文选》，陕西人民出版社 1992 年版。

杨文雄编：《风雨阴晴：王鼎均散文精选》，尔雅出版社 2000 年版。

《抗日战争时期延安及各抗日民主根据地文学活动资料》，山西人民出版社 1983 年版。

山东省地方史志编纂委员会编：《山东省志》，山东人民出版社 1995 年版。

《文学运动史料选》，上海教育出版社 1979 年版。

李耀曦、周长风编：《老舍与济南》，济南出版社 1998 年版。

俞元桂主编：《中国现代散文史》，山东文艺出版社 1988 年版。

唐弢：《中国现代文学史》，人民文学出版社 1979 年版。

刘授松：《中国新文学史初稿》，人民文学出版社 1979 年版。

郭志刚：《中国当代文学史稿》，人民文学出版社 1980 年版。

洪子诚：《中国当代文学史》，北京大学出版社 1999 年版。

陈思和主编：《中国当代文学史教程》，复旦大学出版社 1999 年版。

朱德发：《五四文学史》，山东文艺出版社 1986 年版。

刘登瀚、庄明萱、黄重填、林承璜：《台湾文学史》（上、下），海峡文艺出版社 1993 年版。

袁良峻：《香港小说史》，海天出版社 1999 年版。

李少群：《李广田传论》，山东文艺出版社 1989 年版。

杨政：《山东青年作家与齐鲁文化》，济南出版社 1991 年版。

任孚先、赵耀堂、武鹰：《山东解放区文学概观》，山东人民出版社 1983 年版。

《鲁迅全集》，人民文学出版社 1991 年版。

《茅盾论创作》，上海文艺出版社 1980 年版。

后 记

《山东文学通史》（下卷）概述了20世纪山东文学丰富多彩的历史样貌和发展脉络。连续几年的研究、写作过程中，我们得到了多方面的支持和帮助。许多作者和文学研究同行为我们提供了大量的资料，也提供了宝贵的意见。山东教育出版社更是为本书的编辑出版给予了直接和大力的扶助。在此，我们谨向各方致以深切的敬意和感谢。

本书各撰稿人具体撰写章节如下：李少群审阅全部书稿并写作导言，第三、四、五、十一、十六、十七章；章亚昕写作第一、二、十、十五章；杨政写作第六、七、八、十二、十三、十八、十九、二十、二十一、二十二章；卢少华写作第九、十四、二十三、二十四章。

著者